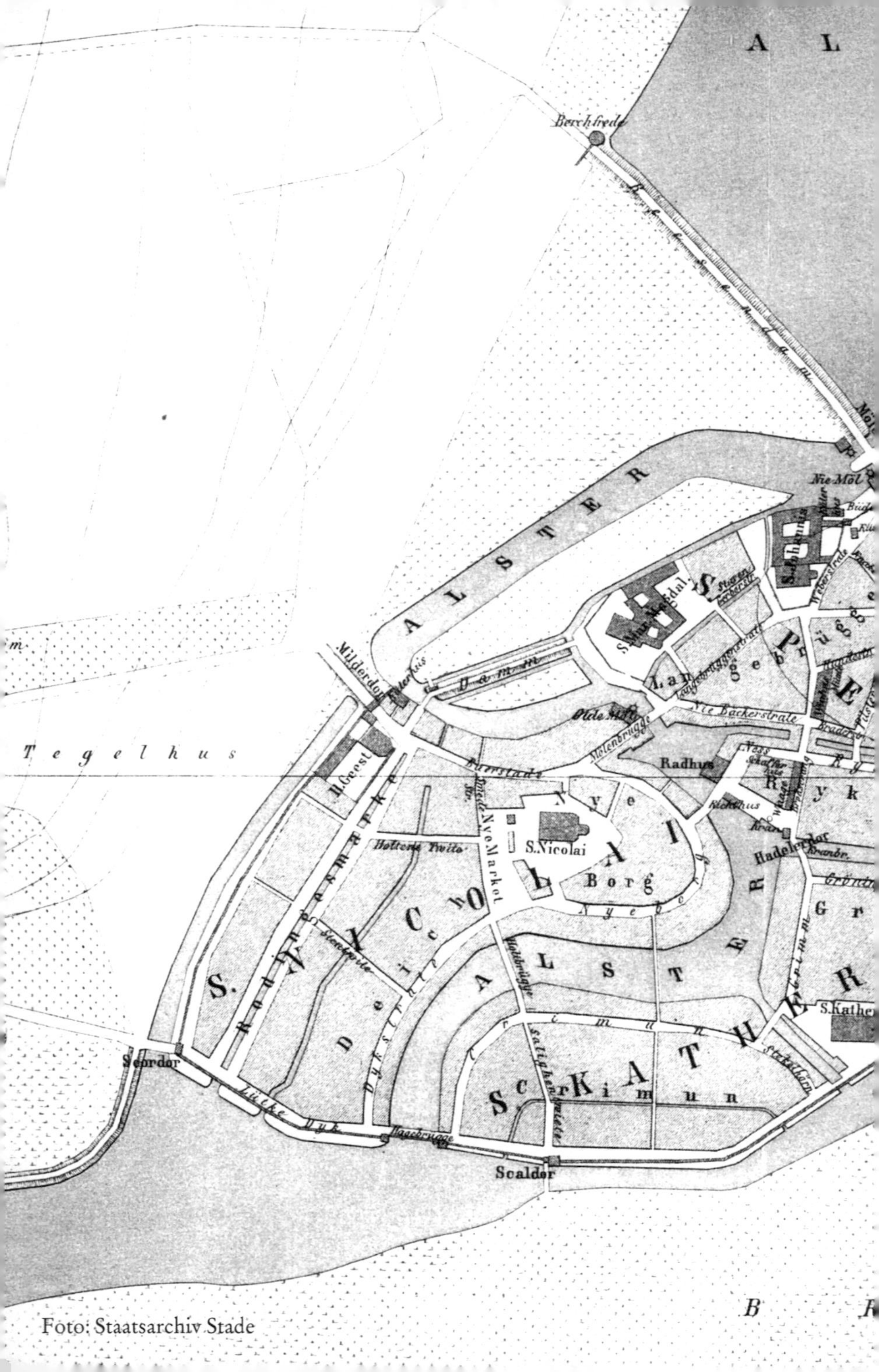

Foto: Staatsarchiv Stade

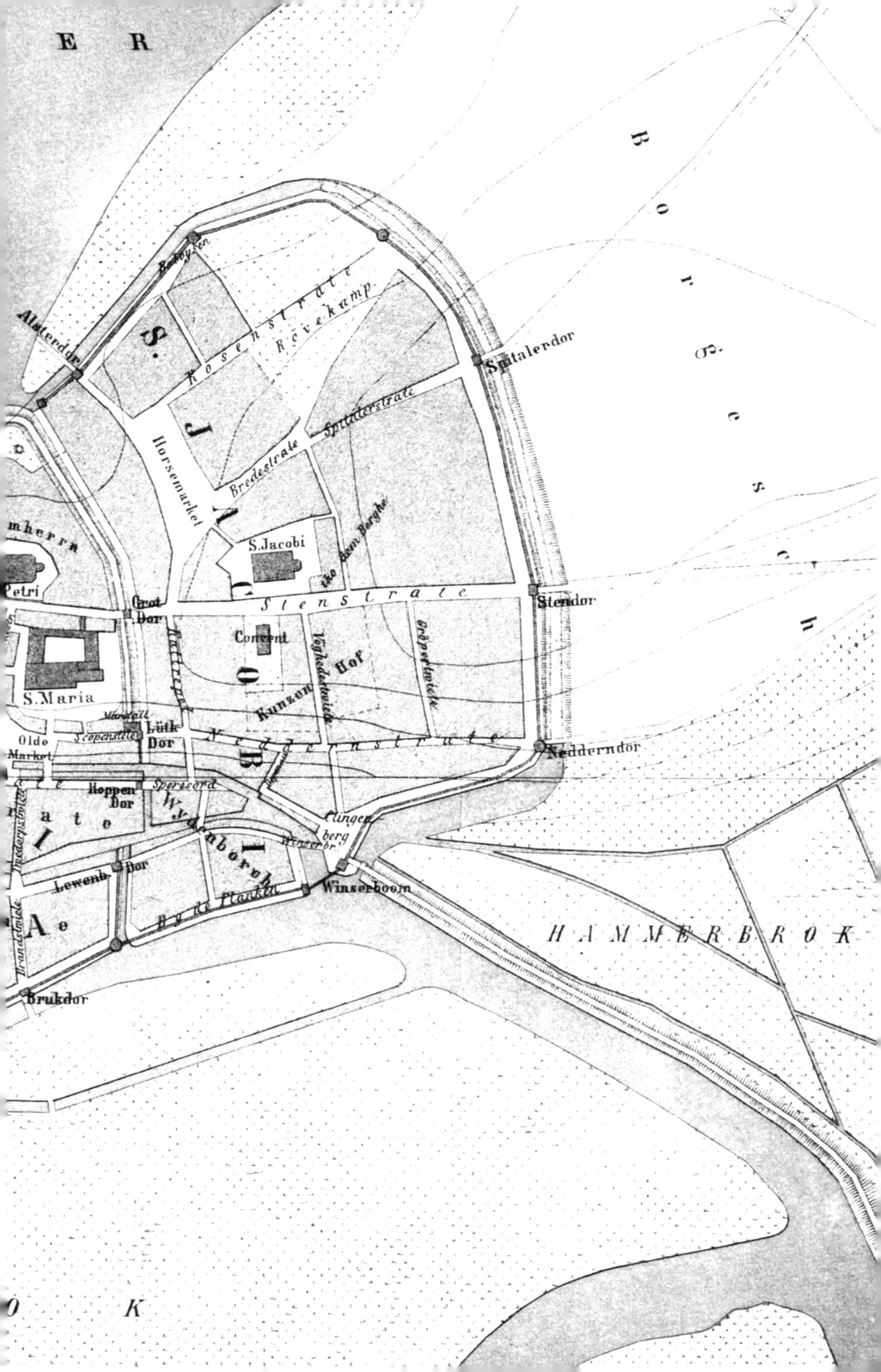
E R
B o r g e s c h
Alsterdor
Badoysen
S.
J
A
C
O
B
I
Rosenstrate
Rövekamp
Spitalerdor
Spitalerstrate
Bredestrate
Horsemarket
ito dem Berghe
S.Jacobi
Petri
Stenstrate
Stendor
Grot Dor
Convent
Vogheden twiete
Gröperstwiete
Kunzen Hof
S.Maria
Lütk Dor
Olde Market
Scopenstele
Reddernstrate
Neddernndor
Hoppen Dor
Speresort
Wydenborch
Clingenberg
Winserbr.
Winserboom
Dor
Lewenb.
By de Planken
Brandstwiete
Brukdor
HAMMERBROK
O K

Silke Urbanski, geboren 1964 in Hamburg, ist promovierte Mittelalterhistorikerin mit den Schwerpunkten Kloster, Hanse- und Wirtschaftsgeschichte. Sie wohnt und lehrt in Hamburg. Im Emons Verlag erschien (zusammen mit Michael Siefener) »Totentanz«.

Dieses Buch ist ein Roman. Die Handlung ist frei erfunden, wenngleich im historischen Umfeld eingebettet. Einige Personen, Ereignisse und Orte sind historisch, einige sind es nicht. Der Anhang enthält ein Glossar.

SILKE URBANSKI

Störtebekers Henker

EIN KRIMI AUS DEM MITTELALTER

emons:

FSC Mix
Produktgruppe aus vorbildlich bewirtschafteten Wäldern und anderen kontrollierten Herkünften
www.fsc.org Zert.-Nr. GFA-COC-001223
© 1996 Forest Stewardship Council

Umschlagzeichnung: Heribert Stragholz
Druck und Bindung: CPI – Clausen & Bosse, Leck
Printed in Germany 2009
ISBN 978-3-89705-670-1
Ein Krimi aus dem Mittelalter
Originalausgabe

In memoriam
Sigrid Will †

Der besten aller Lehrerinnen zugedacht.

Der Büttel, der hieß Rosenfeld,
Der hieb so manchen stolzen Held
Zu Tod mit frischem Muthe,
Er stund wohl in geschnürten Schuh'n
Bis an die Knöchel im Blute.

Störtebekerlied aus der Zeit um 1550

I

DAS BUCH VON DER VERLORENEN RITTERLICHKEIT

ADMONITIA – MAHNREDE

AM FESTE DER HEILIGEN GERTRUD
17. März im Jahr des Herrn 1392

Denn auch wenn Er in Seinem großen Erbarmen groß im Verzeihen ist, sind dennoch Seine Gerichte tief wie das Meer.
Bernhard von Clairvaux, Das Lob der neuen Ritterschaft

Sie hatte versucht, es wegzumachen, aber es hatte sich in ihr festgehalten. Keiner durfte es sehen, denn zu ihr kamen die Frauen, die ihre Sündenfrüchte verschwinden lassen wollten. Deshalb hatte sie ihren Bauch geflissentlich unter einem weiten Surcot und einer dicken Wollcotte verborgen.

Auf dem Fest zur Grundsteinlegung für die Hamburger Gertrudenkapelle spürte sie die ersten Wehen. Es gab Bier und Wein, gestiftet von den reichen Bürgern und der Geistlichkeit, und alle einfachen Bürger des Jacobi-Kirchspiels waren da, sie konnte nicht fortbleiben. Das Kind wühlte in ihr, und sie trank viel, um die Schmerzen zu bekämpfen. Als es dunkel wurde, schlich sie sich davon. Aber sie kam nicht weit. Auf dem Friedhof, im Schatten einer Mauer, warfen die Wehen sie zu Boden. Mühsam hob sie ihre Röcke und hockte sich hin. Sie war stark, sie schrie nicht. Kurz bevor es hinauskam, spürte sie zwei warme Hände auf ihren Schultern. Ihre Nachbarin zog sie hoch, half ihr, sich gegen die Friedhofsmauer zu lehnen, und kniete vor ihr hin. Sie holte das Kind, trennte die Nabelschnur durch und hüllte das Neugeborene in ihr altes Schultertuch.

»Du hast ein Mädchen. Was willst du damit tun?«

Sie stöhnte. Sie hatte sich keine Gedanken gemacht, was aus dem Kind werden sollte.

»Ich bring es für dich ins Kloster, wenn du mir was für meinen Jacob gibst.« Die Nachbarin wiegte das kleine Bündel.

»Damit er nicht mehr außerhäusig Lust sucht?«

»Ja, genau. Braust du mir was gegen seine Hurengängerei?«

Sie nickte. »Gib mir das Kind«, bat sie leise.

»Lieber nicht, sonst schaffst du nicht, es wegzugeben.«

Doch sie hob die Arme. Das Kind greinte wie ein Kätzchen, also legte sie es an die Brust. Sie sah seine Augen, seine Hände, seine zarten Lippen. Es sah aus wie sie. Es trug sogar ihr Muttermal. Die Nachbarin nahm es ihr aus dem Arm. »Und dein Gebräu wirkt sicher bei meinem Jacob?«

»Ich schwöre es bei allen Heiligen.«

Ihre Tränke wirkten immer.

Als die Nachbarin mit dem Neugeborenen davonging, sah sie ihnen hinterher, und es geschah etwas, das ihr lange nicht mehr geschehen war: Tränen füllten ihre Augen.

FEST DES HEILIGEN ANSGAR

Donnerstag, 9. September im Jahr des Herrn 1400

Welch Staunen erregender Irrtum also, ihr Ritter, welch unerträgliche Raserei, Kriegsdienst zu leisten unter so vielen Auslagen und Mühen!
Bernhard von Clairvaux, Das Lob der neuen Ritterschaft

Draußen auf dem Strom im Sonnenlicht erfüllte sich die Hoffnung aller Englandfahrer. Die Vitalienbrüder waren gefangen und wurden von Fredeschiffen nach Hamburg gebracht, ihrem gerechten Schicksal zu.

Tausendmal lieber wäre Geseke Clingspor mit den Schniggen hinausgerudert, die Mannschaft und Gefangene in den Hafen holen sollten, als vor dem Rathaus am Markt zu warten. Auch wenn es eine Ehre war, in der ersten Reihe zu stehen, missfielen ihr die neidischen Blicke der Gattinnen der alten Ratsfamilien aus der Reichenstraße. Nervös spielte sie mit den Korallenschnüren am Mieder ihrer Robe. Auf keinen Fall durfte sie sich anmerken lassen, dass sie sich unwohl fühlte. Denn sie, mehr als jede andere, mehr als die Frau des Flottenführers, Alleke Schoke, repräsentierte die Englandfahrer. Sie war Albert Schreyes Tochter, und Albert Schreye war der Wortführer der Vitalierfeinde.

Sie wusste, es würde nicht lange dauern, bis die Lästerei begann, denn neben ihr stand leicht schwankend ihr Stiefsohn, Sigvrid der Jüngere, der schon früh am Morgen angetrunken war. Der Junge sollte nicht hier sein, sondern bei den anderen Männern draußen auf den Schiffen, unter den Seehelden, deren glorreiche Heimkehr sie gleich feiern würden. Dann würde er nicht saufen müssen.

Geseke warf einen schnellen Blick zu ihrem Gatten hinüber, dem Ratsherrn Clingspor. Wie der Sohn, so der Vater. Mit stolzgeblähter Brust stand der alte Sigvrid neben den anderen Englandfahrern aus dem Stadtrat. Zu dem heutigen Triumph hatte er allerdings nicht mehr beigetragen, als die Anweisungen ihres Vaters zu befolgen: für den Pfundzoll stimmen, Schiffsausrüstung für die Kriegsfahrt bezahlen, Schiffskinderlohn vorstrecken. Sigvrid war mitgelaufen, weil er ihr Ehemann war. Jetzt sonnte er sich in dem Erfolg, den andere errungen hatten, jene, zu deren Anhängern er sich zählte. So war der Lauf der Welt. Gemeinsame Interessen schufen Bruderschaften, Parteiungen, Gesellschaften. Bünde wurden mit Handelsverträgen besiegelt und mit Ehen wie ihrer.

An der Alsterschleife kam die prächtige Ratsschnigge in Sicht. Geseke stockte der Atem. Auf dem schlanken Schiff lagen Fässer, aus denen Köpfe ragten: Die Flottenherren hatten die Seeräuber in Fässer gesperrt. Sie hatten Gleiches mit Gleichem vergolten. Auge um Auge, Zahn um Zahn. Genauso hatten die Seeräuber ihre Geiseln in Fässer gezwängt und unter Deck vor sich hin schimmeln lassen. Dabei konnte man Gott danken, wenn ein Mann überhaupt zur Geisel gemacht wurde und die Likedeeler der Familie anboten, ihn auszulösen. Das war besser, als über die Planke geschickt zu werden. Wie viele Hamburger Seeleute waren von den Piraten ermordet worden? Nur recht, dass sie jetzt selbst in Fässern steckten.

Wenn Geseke an die Gräueltaten der Seeräuber unter Godeke Michels dachte, dann griff der kalte Hass nach ihrem Herzen.

Ihr Blick wanderte hinüber zu den Beginen, die mit einem Fass Bier am Hafenrand standen, um den Gefangenen eine barmherzige Labung zu geben. Unter den grau gekleideten Frauen mit den blauen Kopftüchern erblickte sie ihre Kindheitsfreundin Elisabeth Simonsen. Kaum hatte Geseke an sie gedacht, schaute die Begine zu ihr herüber. »Fässer!«, formte Geseke mit den Lippen und deutete mit einer kaum wahrnehmbaren Bewegung ihrer Hand auf die Schnigge.

Elisabeth verstand und blickte zu dem schlanken Schiff hinüber, dann bekreuzigte sie sich entsetzt.

Schwungvoll legte die Ratsschnigge an. Niclas Schoke, der Flottenkapitän, sprang an Land. Jubelgeschrei begrüßte ihn, und die Ratsmusiker ließen einen Fanfarenstoß hören. Nach Schoke kletterte dessen Gefährte Hermann Lange auf den Anleger. Bevor die beiden Ratsleute die Glückwünsche der Bürgermeister entgegennahmen, reichten sie einem weiteren Seekrieger die Hand: Simon von Utrecht, hühnenhaft und jung, schwang sich mit einem großen Schritt an Land und wurde von den Flottenführern umarmt.

»Unser mutigster Krieger! Er hat den Störtebeker im Zweikampf besiegt. Danach verließ die Bösewichter der Mut. Ihm haben wir zu verdanken, dass die Schlacht so schnell vorüber war«, rief Schoke und wies auf den Flamen. Zu dritt nahmen die Männer Umarmungen entgegen, dann kamen ihre Gefolgsleute an Land: Stadtwächter und bewaffnete Bürger, die sich an der Seeräuberjagd beteiligt hatten. Die Ratstrompeter wetteiferten mit dem Freudengeschrei der Bürger. Als Schiffsknechte die Fässer mit den Seeräubern an Land hievten, trat Schweigen ein. Zehn, zwanzig, dreißig Tonnen. Ein Lastkahn brachte weitere Gefangene in Holzbottichen. Die Gesichter der Vitalier ragten schmutzig und schmerzverzerrt aus den Gefäßen.

Geseke suchte ihn ihrem Herzen nach Mitleid, doch sie empfand nur Abscheu.

⚜

»Gepökelte Seeräuber!«, rief ein Scherzbold. Die ersten Lacher durchbrachen das gierige Schweigen, einige Straßenjungen pfiffen und warfen mit Unrat nach den Seeräubern. Elisabeth machte einen Schritt auf die gequälten Gefangenen zu, aber die Beginenmeisterin packte sie am Arm.

»Helfen, aber nicht auffallen«, zischte sie. Elisabeth schluckte. Die armen Menschenkinder in den Fässern stöhnten, wenn sie hin und her geschoben wurden. Zum Schreien oder Fluchen schien ihnen die Kraft zu fehlen. Wie lange hatten sie nichts getrunken?

Siebzig Fässer mit Seeräubern wurden an Land gerollt. Als Allerletztes kam ein Fass, welches mit Teufelsfratzen bemalt worden war. Das Lachen und Johlen erhob sich zu dröhnendem Gebrüll. Aus dem Fass ragte ein Kopf mit einem blonden Haarschopf. Die Augen des Piraten waren zugepresst, als er in die Mitte des Marktplatzes gerollt wurde. Mit zwei gezielten Axthieben zerhackte Niclas Schoke die Fassbänder.

»Ich bringe euch Claus Störtebeker!«, rief der Flottenkapitän.

Die Latten des Fasses fielen auseinander, und ein Mann rollte auf den Boden. Einige Augenblicke blieb er reglos liegen, dann erhob er sich langsam und richtete sich zu hünenhafter Größe auf. Er ließ den Blick über die Menge schweifen, dann wandte er sich den Armen unter den Schaulustigen zu.

»Ihr ehrbaren Leute von Hamburg!«, rief er. »Ich bin ein einfacher Seefahrer aus Friesland. Zu Unrecht gefangen und gequält.« Stolz warf er den Kopf in den Nacken.

Es wurde still. Die Leute wollten ihn hören.

»Seht, ihr guten Hamburger, welche Gottlosigkeit in eurer Stadt geschieht. Wir sind brave Männer, die ihre Familien versorgen, so wie ihr es tut. Aber man zwängt uns in Fässer, schmiedet uns in Eisen und schleppt uns hierher. Warum? Weil wir unseren Gewinn gerecht teilen, deshalb! Wir freien Männer leiden, weil die Handelsherren der Hanse euch auspressen!«

»Gerechtigkeit!« und »Likedeeler hoch!«, brüllte jemand weit hinten unter den Zuschauern. Andere Stimmen fielen ein. Zwei Stadtwächter ergriffen Störtebeker und wollten ihn in die Knie zwingen, aber sie waren zu schwach. Höhnendes Gelächter erscholl unter den Armen und Hafenarbeitern am Marktrand. Elisabeth befürchtete, die Siegesfeier könne aus dem Ruder laufen, doch Albert Schreye, Gesekes Vater, trat aus den Reihen des Rates hervor. Mit einer knappen Geste winkte er die Stadtwächter fort und trat dem Seeräuber ruhig entgegen. Störtebeker verschränkte die Arme und neigte den Kopf. Doch der Ratsherr wandte sich von ihm fort. Mit einer lockeren Handbewegung wies er auf das Halbrund seiner Bürger.

»Bürger, Schiffsknechte und Hafenleute! Gerechtigkeit soll geschehen, in der Tat«, rief er. »Wir werden mit Fug und Recht beweisen, dass dieser Störtebeker hier ein Seeräuber ist, ein Mörder vieler Hamburger Schiffskinder, darauf gebe ich euch mein Ehrenwort. Wer hat nicht die befreiten Geiseln gesehen, gebrochene Leute durch die schändliche Haft in Friesland oder auf den Raubschiffen?«

Elisabeth bemerkte seine sparsamen Gesten. Der Kopf der Englandfahrer war kein Volkstribun, aber ein geschickter Redner. »Wer hat keinen Bruder, Vetter, Freund, der nicht den Piraten zum Opfer fiel?«

»Sie haben meinen lieben Mann gemeuchelt!«, schrie eine Frau mit schmuddeliger Haube.

»Und meinen Vater!«, rief ein Mann. »Nieder mit den Piraten!«

»Unser Sohn wurde ermordet, weil er kein Lösegeld zahlen konnte!«

»Mein Peer war erst zwölf!«

Schreye gebot Ruhe. »Die Ermordeten sollen gerächt werden.

Doch ich frage euch: Wer hat nicht unter der Störung des Handels gelitten? Wer von euch hat noch genauso viel im Beutel wie vor der Zeit der Seeräuberuntaten in der Westsee? Ab heute wird das anders. Unser Bier wird ungestört nach Brügge und London reisen. Mächtig und reich wird der Strom der Güter fließen. Denn die Pest der See ist ausgelöscht, die Vitalienbrüder sind gefangen. Dank sei dem Herrn, der Muttergottes und allen Heiligen!«

Jubel brandete auf, und die Ratsmusiker spielten einige Fanfaren.

Elisabeth warf einen Blick zu Geseke hinüber. Ihre Freundin lächelte, sie genoss den Triumph ihres Vaters. Jetzt hob der junge von Utrecht die Hand, weil er etwas sagen wollte. Kersten Miles, der älteste Bürgermeister, erteilte ihm mit einem Nicken das Wort.

»Bürger und Leute, der Störtebeker hat vom gerechten Teilen geredet. Auch wir Seeräuberjäger sind gerecht, beim heiligen Petrus. Wir werden alle teilhaben lassen. Das Gold der Piraten soll Schatz der Bürger sein!« Von Utrecht untermalte sein Versprechen mit einem unwiderstehlichen Lächeln.

Mehr Jubel brandete auf, doch Elisabeth sah, dass Niclas Schoke mit ernster Miene Gesekes Vater etwas zuflüsterte. Dieser ergriff nochmals das Wort.

»Zur Feier des Sieges soll es heute nach der Messe vor dem Ratshaus Labung geben, auf Kosten der Flandern- und der Englandfahrer!«

Als der Jubel abklang, schritten die amtierenden Bürgermeister voran nach Sankt Petri zur Dankesmesse. Ihnen folgten die prächtig gekleideten Ratsherren.

Der große Seeräuber wurde von seinen Wachen hinter ihnen hergestoßen. Seine Kumpane wurden vor Schmerz stöhnend in ihren Fässern den Markt hinaufgerollt.

Elisabeth setzte enttäuscht den Holzbecher auf dem Bierfass ab. »Schade um die Mühe, das Bier hierhergebracht zu haben«, sagte sie leise.

Die Beginenmeisterin drehte sich zu ihr um. »Es frommt nicht, dass diese Unholde jetzt eine Labung erhalten. Es war ein Irrtum.«

»Simon von Utrecht hat das Bier zu diesem Zwecke gespendet, Mutter.«

»Das mag sein, aber wir müssen uns nicht dem Willen der Spender fügen, sondern Gottes Willen. Wir lassen das Bier ins Gefängnis bringen. Sie können es trinken, wenn sie gebeichtet haben. Vorher haben sie es halt nicht verdient.«

Wie meist war Elisabeth anderer Meinung als die Meisterin, aber als Begine lernte man, sich zu fügen. Ihre Schwestern strebten mit gesenktem Haupt nach Sankt Jacobi zurück, die Mietknechte rollten das Bierfass davon, doch Elisabeth ließ sich zurückfallen. Sie fügte sich, aber nur weil sie sich oft genug Freiheiten herausnehmen konnte.

Geseke stand an der Brücke zum Kirchspiel Sankt Nicolai und wartete auf ihre Freundin. Sie umarmte Elisabeth zum Gruß.

»Gottes Segen am Morgen, Geseke, Tochter des Helden des Tages. Ohne die Rede deines Vaters hätte es beinahe einen Aufruhr gegeben.«

»Welch eine Schande. Ich dachte nicht, dass die Vitalier so viele Freunde in der Stadt haben«, antwortete Geseke und schüttelte den Kopf. »Bei St. Peter! Dieser Hüne von einem Störtebeker hat mich verblüfft.« Sie riss die Augen weit auf wie eine der steinernen törichten Jungfrauen am Dom und grinste zugleich, sodass Elisabeth lachen musste.

»Er muss Schwindel und Schmerz gelitten haben, nach der Qual im Fass. Und da steht er auf wie ein König und hält eine Rede wie ein Ratsherr.«

»Ein schöner und gefährlicher Mann.«

»Muttergottes, Geseke! Ein bemitleidenswerter Mann, würde ich eher sagen. Jetzt werden sie ihn in Eisen schlagen und in ein Loch stecken wie ein Tier.«

»Ich kann mein Herz nicht für die Seeräuber erweichen, Elisabeth. Ich bin zu schwach dazu. Wie kannst du bloß allen Bösen immer vergeben?«

»Mit Gottes Hilfe. Auch sie waren einst Kinder und werden einst schwache Alte.«

»Diese Vitalienbrüder waren bestimmt üble Bälger, und alt werden sie nun nicht mehr.«

»Vielleicht hat Störtebeker die Wahrheit gesagt, und sie haben alles nur getan, um ihre Familien durchzubringen«, wagte Elisabeth zu entgegnen.

»Du gutes Herz«, flüsterte Geseke und schloss kurz die Augen. »Nein, kein christliches Mitgefühl wohnt in meiner kalten Brust«, sagte sie dann, »egal, ob sie nur auf den Schiffen dienten oder ob sie Störtebeker heißen oder gar Godeke Michels, für mich sind das üble Raubmörder. Die Likedeeler haben den Tod verdient. Ich frag mich allerdings, wie unser alter Henker siebzig wilden Piraten die Köpfe abschlagen soll. Der Büttel kann doch kaum noch seine Axt heben, auch wenn er ein Händchen fürs Torturieren hat. Hoffentlich wird die Hinrichtung kein Debakel.« Seufzend nahm sie die Hand der Begine und hielt sie über ihr Herz. »Ich wünschte, ich wäre so fromm wie du, Elisabeth. Dann ginge es mir besser.«

»Und ich wünschte, ich wäre so stark wie du, mit deinem Mut in großen Dingen«, flüsterte Elisabeth und umschloss Gesekes Hand mit ihren beiden. »Denk nur: Du bist eine brave, gute Tochter und hast deinem Vater gehorcht. Du hast geheiratet, um den Clingspor zu den Englandfahrern herüberzuziehen. Und nun feiert deine Familie den Triumph ihrer Politik. Ich hingegen bin feige zu den Beginen fortgelaufen.«

»Und nun tust du wahre Wunder als Krankenpflegerin.«

»Und du als Botin der Englandfahrer.«

»Wenn ich nicht im Sinne meines Vaters auf meinen Gatten einwirken würde, dann wäre doch die ganze Ehe für die Katz.« Geseke zupfte griesgrämig ihre Haube zurecht.

Elisabeth lächelte. »Sei froh und munter. Feiere, Geseke Schreye, Dame Clingspor. Dein Vater hat sein Ziel erreicht.«

»Da bin ich mir nicht so sicher. Dieser Störtebeker hat zwar ein großes Maul und eine herrliche Statur. Aber das Haupt der Vitalienbrüder, das ist immer noch der Godeke Michels. Den hat Vater gejagt, bevor er im August seine Kriegsfahrt abbrechen musste, um zum Hansetag zu fahren. Den Michels hat Schoke nicht gefangen, das kann keiner schönreden, nicht mal der von Utrecht mit seinen generösen Versprechungen, das flämische Großmaul!« Geseke wandte sich verärgert ab und spuckte wenig damenhaft in das Alsterfleet. Nichts war in ihren Augen schlimmer, als wenn ein Tölpel um des eigenen Ruhms willen die fein gesponnenen, unsichtbaren Machtnetze der Stadt zerriss.

»Ereifere dich nicht. Von Utrecht hat gut geredet.«

»Den Piratenschatz den Bürgern geben! Simon kann so etwas doch nicht ohne Ratsbeschluss versprechen. Der Schatz gebührt den Schiffsführern und Seeleuten. Wenn der Rat nächstes Jahr wieder Fredeschiffe für den Krieg rüsten muss, brauchen Schoke und die seinen jeden Witten.«

»Ich freu mich, wenn das Seeräubergold an die Armen geht.«

»Das hat er nicht gesagt, Elisabeth. Das haben nur alle so verstanden.«

»Ach, die Redekunst. Doch du solltest nicht zu hart über ihn urteilen. Simon von Utrecht hat von Brunsbüttel aus einen Knecht in die Stadt geschickt, um Bier in unseren Konvent bringen zu lassen, damit wir die Gefangenen laben können. So will er Gott für den Sieg danken. Die Meisterin lässt das Bier in die Fronerey bringen. Hoffentlich saufen die Büttelsknechte es nicht«, seufzte Elisabeth.

»Bestimmt zahlt Simon heute auch ein Bierchen für die lieben Bürger der Stadt. Er will ja was werden.«

»Sei still, mein Gesche.« Elisabeth streichelte der Freundin die Wange. »Heut Abend wird bestimmt getanzt auf dem Rathaus. Geh, mach dich schön. Tanze! Und denk an mich, denn ich vermisse es so sehr, das Hüpfen und Springen. Ach Geseke, übe dich in Dankbarkeit für die kleinen Dinge.«

Geseke umarmte die Freundin. Ihre Rede von den kleinen Dingen erinnerte sie an eine gute Tat, die sie vollbringen musste. Sie nestelte in ihrem Geldbeutel und holte eine Handvoll Blafferte heraus. »Da, ich hab sie aus dem ganzen Haus zusammengetragen. Du sammelst das Flittergeld doch für den Mantel der weißen Madonna.«

Elisabeth steckte das billige Blechgeld ein und küsste Geseke zum Dank die Wange. »Ich muss gehen, sonst verpasse ich die Andacht«, flüsterte sie und machte sich schnellen Schrittes auf in Richtung des Beginenhauses.

Geseke blickte ihr nach. Gott gebe mir deine Dankbarkeit für die kleinen Dinge, dachte sie, und den Mut in den großen, den du mir zusprichst. Beides hatte ihr öfter gefehlt, als Elisabeth ahnte.

⚜

Godefroy von Neroth schob die Büsche beiseite, die den Fluchtgang aus der Marienburg im Ordensland verbargen. Vorsichtig folgte Richard von Hardin seinem Freund. Ein kühler Wind wehte in der klaren Nacht. Sterne glitzerten über dem baltischen Meer, doch er konnte sich nicht an der Schönheit von Gottes Werk ergötzen. Richard sah zu Boden und lief auf dem geheimen Pfad, bis eine kleine Waldung die beiden hochgewachsenen Männer umgab. Es war vollbracht: Niemand hatte bemerkt, wie sie Richards Pferd aus dem Stall geholt hatten, wie sie über den kleinen Burghof und in den äußeren Wehrgang geschlichen und dann über die Heide geeilt waren.

»Hier heißt es Abschied nehmen«, sagte Godefroy mit erstickter Stimme. Er löste seinen Schwertgurt und hielt dem Ordensbruder die Waffe entgegen. »Du wirst es brauchen. Dein Dolch allein bringt dich nicht weit. Du weißt, es kommt nicht aus den Waffenkammern des Ordens, es stammt aus meiner Familie.«

Richard von Hardin wollte den Brüdern nichts schuldig bleiben, doch diese Waffe nahm er dankbar entgegen. Sie lag leicht in seiner Hand. Das Langschwert mit schmaler Klinge aus kastillianischem Stahl ruhte in einer schlichten Scheide aus dunklem Leder. Eine mehr als großherzige Gabe, denn dies war eines der besten Schwerter, über das ein Ritter des Deutschen Ordens verfügte. »Ohne dich wird mein Leben trostloser sein, Godefroy«, sagte er.

Godefroy schüttelte den Kopf. »Du befreist dich von einer großen Last, mein Freund; du wirst gar nicht merken, dass ich dich nicht mehr mit Disputen quäle.«

»Aber nein, Godefroy, ich danke dir für all dies. Dank für Meister Eckart, Aristoteles und Abaelard. Und Dank für den Beistand in dieser schweren Stunde.«

»Dank sei dir, Richard. Du hast mir im Kampf das Leben gerettet, wieder und wieder.« Godefroy öffnete die Arme.

Richard zog ihn an sich, hielt ihn, spürte seine Wärme.

»Gott sei mit dir«, flüsterte Godefroy.

»Und mit dir, Bruder«, antwortete Richard und küsste ihn auf die Lippen, zum ersten Mal, bevor er sich aufs Pferd schwang und in die Nacht ritt.

Die Klänge der Lauten und Trommeln der Musiker verwoben sich im Tanzsaal des Rats zu Hamburg mit dem Geruch von süßem Rindsbraten, Bier und Wein. Eine große Pranke legte sich auf Gesekes Schulter, erschrocken drehte sie sich um. »Simon!«

»Darf ich dich zum nächsten Tanz bitten, Dame Clingspor, oder beißt du mich gleich?« Er verneigte sich mit einem Lächeln.

Sie ließ sich von dem holländischen Riesen in die Mitte des Raumes führen. Schließlich hatte er wacker im Auftrag der Englandfahrer gekämpft. Es war gut, sich mit ihm sehen zu lassen. »Dich beißt heute keiner. Du bist der Held des Abends, von Utrecht.«

»Aber nur weil dein Vater und dein Freund Johann Cletzen nicht auf der Fahrt dabei waren.«

Geseke flüsterte: »Du bist ein Lästermaul. Johann ist nicht mein Freund. Er ist ein Anhänger meines Hauses.«

»Johann tut, was immer du befiehlst.«

»Für gutes Geld. Erzähl lieber, was du auf Helgoland und in Brunsbüttel vollbracht hast.«

Er wirbelte sie im Tanz umher. »Mein Schwert geschwungen, was sonst?« Simon packte Geseke um die Hüften und hob sie in die Luft.

Sie lachte. »Lass mich nicht darben, heraus mit den Kriegergeschichten«, befahl sie, als sie wieder stand.

»Der Störtebeker hat ein gutes Schiff, die Rode Düwel. Damit sie uns nicht davonsegelt, hatte der Schoke den Plan, sie lahmzulegen.«

»Und das hast du gemacht? Wie?«

»Als Fischer verkleidet hingefahren und dann das Ruder festgesetzt.«

Wieder hob er sie in die Höhe. Der Schwung nahm ihr den Atem. »Man sagt, du hast ihn entwaffnet«, sagte sie, als der Tanz einige ruhige Schritte gebot.

»Es war ein fairer Zweikampf. Der Mann versteht, seine Waffen zu gebrauchen.«

»Dann bist du der Retter des Westseehandels.«

»Du weißt, dass das nicht stimmt, solange Godeke Michels frei ist.« Simon zog die Augenbrauen zusammen.

»Gräm dich heut nicht darum. Lass dich feiern.« Wieder flog sie in die Höhe.

»Das Beste dieses Festes ist der Tanz mit dir, schönste Englandfahrersgattin. Sonst gibt es wenig zu feiern.«

»Wie meinst du das?«

»Auf der Roden Düwel war kein Schatz zu finden.«

Geseke erschrak, gebot sich aber, zu lächeln. »Vater sagte, es wäre jede Menge Handelsgut da gewesen.«

»Wein und Bier und Tuch, aber kein Gold, nichts, was man von Piraten erwartet. Wer weiß, vielleicht war er gar keiner.« Simon lächelte ein unschuldiges Straßenjungenlächeln, das Geseke von ihm noch nicht kannte.

»Beim heiligen Nikolas, du glaubst doch nicht etwa dem Störtebeker?« Geseke schüttelte den Kopf und entdeckte dabei, dass ihr Gatte an der Fensterseite des Tanzsaals in ein Gespräch mit Heyne Schomer verwickelt war. Das war nicht gut.

Sie vergaß fast ihren Tanzschritt, und Simon schwang sie so unvermittelt wieder in die Höhe, dass ihre Röcke flogen.

»Ohne Beute kein Beweis, dass er ein Seeräuber ist«, sagte Simon.

»Wer?«, fragte Geseke, die noch immer zu ihrem Gatten und dem Schonenfahrer Schomer blickte.

»Störtebeker natürlich«, antwortete Simon, als die Musik ausklang. Elegant wie ein Ritter verbeugte er sich vor Geseke.

»Die Vitalier werden schon gestehen, wenn der Henker sie in den Händen hat.« Geseke versuchte, den Blick ihres Gatten zu erhaschen. Schomer stand immer noch bei ihm.

Simon lachte schallend. »Grausames Weib. Willst du noch mal tanzen?«

Sie schüttelte den Kopf und reichte ihm die Hand. Ein Tanz mit einer Ratsherrngattin war genug der Ehre für den Holländer.

»Führ mich zu meinem Gatten. Er redet dort hinten mit Heyne Schomer, dem Wortführer der Lübeck- und Schonenfahrer.«

»Ich dachte, Schomer sei ein Knochenhauer.«

Geseke nickte. »Schomer war Grobschlachter. Er ist reich geworden, als die Fleischpreise vor fünfzehn Jahren in die Höhe schnellten. Seither holt er selbst Vieh aus dem Mecklenburgischen und verkauft es zu sündhaften Preisen. Seinen Gewinn hat er in den Handel gesteckt, in die Ostseeschiffe der alten Patrizierfamilien.«

Heyne Schomer war das Werkzeug der Leute aus der Reichenstraße, intrigant und einflussreich, dachte Geseke, doch das sagte sie Simon nicht. Schomer wollte um jeden Preis Macht erlangen. Schon jetzt trug er eine feine goldene Kette in weitem Bogen gespannt über seinem dunklen Samtwams, als wolle er zeigen, dass dort eine Ratskette hingehöre. Wenn es in der Stadt noch nach den alten Familien ginge, dann stünden ihrem willfährigen Diener auch alle Wege offen.

»Ein beeindruckender Aufstieg vom Fleischermeister zum Patrizier«, sagte Simon.

»Sieh dich vor ihm vor, er würde seine Großmutter für einen Ratssitz verkaufen«, flüsterte Geseke.

»Ich werde deine Worte in meinem Herzen bewegen«, antwortete Simon leise und verbeugte sich Gesekes Gatten und dem ehemaligen Schlachtermeister.

FREITAG VOR DEM FESTE DES HEILIGEN GALLUS
15. Oktober im Jahr des Herrn 1400

Ihr bedeckt eure Pferde mit seidenen Decken und eure Panzer mit allen möglichen Überhängen und Tüchern; ihr bemalt die Speere, die Schilder und die Sättel; die Zügel und Sporen schmückt ihr ringsum mit Gold und Silber und Edelsteinen; mit so großer Pracht eilt ihr in beschämender Raserei und schamlosem Stumpfsinn in den Tod.
Bernhard von Clairvaux, Das Lob der neuen Ritterschaft

Die Bilder in seinem Kopf holten ihn ein in einem Heuschober auf den Feldern von Kuddewörde, einem Flecken im Lauenburgischen. Sie raubten Richard von Hardin den Schlaf.

Der Schnee dämpfte das Stampfen der Hufe. Vor den Rittern lagen die niedrigen Häuser der Samaiten wie Grabhügel in der weißen Landschaft. Die Bauern hörten ihre Feinde nicht. In der Dämmerung sahen sie die mächtigen Rösser, die Wimpel und Wappen zu spät. Die Männer wurden hingeschlachtet, aufgehängt. Die Frauen warfen sich ihre Kinder auf den Rücken wie Buckelkörbe, pressten Säuglinge an die Brust, rannten auf das vermeintlich rettende Dickicht zu. Kreuztragende Mönchskrieger und wallfahrende Ordensgäste setzten ihnen nach, ihre Knechte zu Fuß im Gefolge. Heidenmetzen, brüllten sie. Richard war bei ihnen, seine Ohren voll der Schreie der Frauen. Wo auch immer er seinen Blick hinwandte, überall waren die Stöße der Männer in die Leiber der Weiber, Stöße mit dem Gemächt, dann Stöße mit tödlich stählernen Waffen. Eine Frau wehrte sich, stach zurück, vergoss Blut und lief um ihr Leben. Er setzte ihr nach, griff sie, spürte ihren sich windenden Leib durch sein Kettenhemd. Die Litauerweiber schrien im Schmerz, die Kinder schrien im Sterben.

Dies waren die Bilder, denen Richard hatte entkommen wollen, doch sie ließen ihn nicht entfliehen. Es war Monate her, dass er mit adligen Gästen auf die Litauerreyse gegangen war, Wochen, seit er seine Brüder verlassen hatte. Unzählige Nächte lang hatte er keinen Schlaf finden können, weil ihn die Bilder jagten.

Bis die Sonne hoch stand, blieb er in dem Schober liegen, um seinem ausgehungerten Körper Kraft zu geben. Gegen Mittag wickelte er sich aus Mantel und Pferdedecke und pfiff nach seinem Ross. Gemächlich trabte das große Tier herbei. Er ließ es an seiner Hand schnüffeln und strich ihm über den muskulösen Hals. Die Berührung rührte ihn so sehr, dass ihm die Tränen in die Augen stiegen. Sein Ross, ein alter Dolch und Godefroys Schwert waren das Einzige, was ihm aus seiner Zeit im *Ordo fratrum domus Sanctae Mariae Theutonicorum Ierosolimitanorum* geblieben war.

Heute würde er auch noch Corvus verkaufen. Denn er hatte nichts mehr, keinen Heller, keinen Witten, keinen Blaffert. Der Rappe würde einen guten Preis erzielen, er war ein Streitross bester Herkunft. Richard wusste, er würde das edle Tier nicht über den Winter bringen. Er wusste nicht einmal, wie er selbst über die nächsten Monate kommen sollte.

Ihm blieb keine Wahl.

Er striegelte Corvus mit Stroh, damit das Tier glänzte, ritt zum Wehrturm von Kuddewörde und ließ den Burgvogt rufen. Die Männer gehorchten seinem befehlsgewohnten Ton, obwohl er verdreckt und übermüdet war. Aus der verwitterten Tür des Wohnturms trat ein Mann in Lederwams und Hosen, der zum Zeichen seiner Herrentreue das Wappen der Lauenburger Herzöge auf der Brust trug. Der Burgvogt zeigte sich interessiert an einem Kauf. Richard saß auf, um das Ross vorzuführen.

»Nun zeig, was du kannst, Großer«, flüsterte er in Corvusens Ohr und tätschelte ihm den Hals. Er ließ ihn traben und führte einige der kleinen Kunststücke vor, die er dem Tier beigebracht hatte. Hier, am Ende ihrer gemeinsamen Zeit, sollten sich die Mühen lohnen, die er sich mit dem Pferd gemacht hatte.

Am Beginn der Reise hätte er nicht gedacht, dass er sein Ross in einem Nest an der Bille verkaufen müsste, dessen Namen er noch nie gehört hatte. Als Richard die Marienburg verlassen hatte, war er überzeugt gewesen, dass er sich mit seiner Waffenkunst über Wasser halten könne. Es hatte ihn ins großmächtige Lübeck gezogen, wo er sich als Stadtwächter verdingen wollte, weit genug entfernt vom Ordensland. Er hatte auf ein neues Leben gehofft, im Dienste der Königin der Hanse. Doch statt ein Auskommen zu finden, hatte er sein letztes Geld verschwendet. Allein schon um Bosse von Bretzeke, den Hauptmann der Stadtwachen, zu sprechen, musste er so viele Hände vergolden, dass für Bier und Brot kaum etwas übrig blieb.

Als er sich ihm eines Tages nach der Messe in Sankt Marien vorstellen durfte, waren all seine Hoffnungen zerstört worden. Schon im Februar hatte von Bretzeke seine Leute angeworben. Bis zum nächsten Februar habe er keinen Bedarf, sagte er. Doch im Januar könne der stattliche junge Herr wieder vorsprechen, mit Sicherheit würde er ihn dann beschäftigen.

Andere Männer hätten ihre Enttäuschung in Bier ertränkt, doch er war noch am selbigen Nachmittag aus Lübeck in Richtung Hamburg geritten. Der Tag, an dem er Lübeck verließ, war der schlechteste seit seiner Abreise aus dem Ordensland gewesen. Am Nachmittag hatte Corvus gelahmt. Wie sollte er den Hufschmied entgelten? Mit dem Dolch an der Kehle?

Er war abgesessen und hatte den Sattel und seinen Beutel auf die Schulter genommen, um Corvus zu entlasten. Die grünen Hügel machten Reiter und Ross beim Aufstieg schwer zu schaffen. Aber am frühen Abend wehte der Wind leisen Gesang zu ihm herüber. In der Ferne erhob sich ein hohes Gemäuer, Teiche glitzerten in der Abendsonne.

Ein Kloster, die Rettung, hatte Richard gedacht. Und für Corvus mochte es in der Tat die Rettung gewesen sein, denn dort erfuhr sein Herr vom Burgvogt von Kuddewörde und seiner Suche nach überragenden Pferden.

Das Zisterzienserkloster zu Reinfeld, gelegen zwischen dreihundertfünfundsechzig Fischteichen – ein jeder barg die Mahlzeiten für einen Tag im fleischlosen Jahr der Mönche –, war ein gastfreundlicher Ort.

Sofort nach seiner Ankunft beschlug ein Konverse das Pferd. Richard besuchte derweil die Komplet. Der Gesang hob sein Herz, die Lesung aus der Heiligen Schrift weckte seinen Geist, und bald konnte er sich an Rübensuppe und Brot stärken. Ob es die Versenkung in das Wort Gottes war oder die deftige Speise, war ihm gleich, er fühlte sich aufgemuntert. Dankbar packte er in der Küche mit an, als es hieß, das Essgeschirr von siebenundsechzig Brüdern abzuwaschen. Dann hackte er im Dunkeln noch ein viertel Fuder Holz, um die Gastfreundschaft der schweigsamen Brüder zu entgelten.

Kurz vor der Schlafenszeit wurde er zum Abt gerufen. Vater Dietrich segnete Richard, als dieser vor ihm niederkniete.

»Ich wollte mit Euch sprechen, Herr Richard, da Ihr erst seit einigen Stunden hier seid und schon alle Mönche und Konversbrüder über Euch flüstern. Man hat mir gesagt, Ihr habet Euch nützlicher gemacht als jeder Gast zuvor. Zudem sagt man, Ihr führtet ein edles Pferd mit Euch«, begann der Abt.

»Ein Streitross von bester Herkunft, gut zugeritten und klug«, sagte Richard.

»Ich will ehrlich mit Euch sein, Herr Richard. Die Konversbrüder im Stall waren der Meinung, dass Ihr das Ross gestohlen habt. Ihr wirkt so ärmlich und Ihr arbeitet wie ein Bauer. Dazu passt das Pferd kaum. Ich habe Euch bei der Komplet beobachtet. Eure Kleidung ist wohl in einem erbärmlichen Zustand, keines Knechtes würdig. Doch Ihr habt jedes Gebet lateinisch mitgesprochen. Ihr seid ein gebildeter Mann. Auch Euer Betragen zeugt von guter Abstammung. Verzeiht daher meine Frage: Woher kommt Ihr?«

»Ich bin kein Dieb. Mir ist nur nichts mehr geblieben außer dem Pferd«, antwortete Richard.

Der Abt legte eine Hand auf Richards Schulter. *»Die Pfeile des Allmächtigen stecken in mir; mein Geist muss ihr Gift trinken, und die Schrecknisse Gottes sind auf mich gerichtet.* So fühlt Ihr Euch, nicht wahr?«

Richard schüttelte den Kopf. »Nein Vater, es ist keine Hiobsgeschichte, sondern eher eine Mär von einem nicht zurückgekehrten verlorenen Sohn. Nicht Gott hat mich auf die Probe gestellt, sondern ich selbst.«

»Ihr seid ein Mann der Bibel. Es liegt mir ferne, in Euch zu dringen, um Euer Schicksal zu erfahren. Gerne würde ich Euch hier länger als Gast sehen. Deshalb möchte ich Euch warnen, dass meine Brüder gerne reden, auch wenn es ihnen durch unsere Regeln verboten ist. Sie werden Euch eine Geschichte anhängen, ob ihr wollt oder nicht. Vielleicht wäre es besser, Ihr befreitet Euer Herz und berichtetet mir.«

Richard sah zu Boden. »Habt Ihr Interesse an dem Hengst?«, fragte er schließlich. »Ich verkaufe ihn zu einem guten Preis. Er ist schön genug für einen geistlichen Würdenträger. Wenn ich für ihn zwanzig Mark bekäme, dann könnte ich mir irgendwo einen billigen Gaul kaufen und weiterreisen.«

Der Abt lachte leise und schüttelte den Kopf. »Es steht mir nicht an, so viel Geld für ein Pferd auszugeben. Aber es steht mir zu, Euch

Asyl und Obdach anzubieten, solange Ihr wollt. Bleibt, hackt Holz, wascht unser Geschirr, erntet Äpfel oder legt gar einen Teich trocken. Kommt zu Euch und zu Gott.«

Richard küsste dem alten Mönch die Hände und wollte gehen, doch der Abt hielt ihn am Ärmel fest. »Mir wurde gesagt, dass der Burgvogt zu Kuddewörde Tiere für den Herzog von Lauenburg kauft, einen wahren Pferdenarren, der hohe Preise zahlt. Doch die Gegend ist nicht ungefährlich. Nachrichten von Viehdiebstählen machen die Runde. Also gebt gut auf Euch acht. Ihr habt den Gang eines Kriegers und wohl den Kopf eines Theologen. Wenn Ihr einst Frieden sucht, dann kehrt hierher zurück. Mancher Ort behagt erst auf den zweiten Blick. Hier seid Ihr immer willkommen.«

Richard hatte dem Abt mit einem Kopfnicken gedankt. Die Nacht hatte er betend vor dem Marienaltar in der Klosterkirche verbracht. Weder die Gottesmutter noch der Herr im Himmel hatten ihm Ruhe der Seele gegönnt, doch wenigstens hatten sie die wilden Traumbilder ferngehalten. Im Morgengrau hatte er sich aufgemacht, um nach dem pferdehandelnden Burgherrn zu suchen.

So war er am Abend nach Kuddewörde gekommen: übermüdet, erschöpft und abgerissen.

Richard löste sich aus seinen Erinnerungen und brachte Corvus im Hof vor dem Burgturm von Kuddewörde zum Stehen. Die Burg bestand aus einer alten schiefen Wehrmauer und einem Donjon, um den sich einige heruntergekommene Hütten scharten. Vor einer von ihnen saß ein Knappe in der Herbstsonne, dessen Wams geflickt und schmutzig war. Er war damit beschäftigt, seinen Dolch zu polieren. Die Waffe war in bestem Zustand. Kuddewörde war eine unbedeutende Festung im Hinterland, für einen Ritter kein lukrativer Sitz. Aber es war offensichtlich, dass der Burgvogt seinen Wehrdienst ernst nahm und sich zudem mit Pferde- und Viehhandel guten Verdienst schaffte, denn große, gepflegte Stallungen lehnten sich an die Burgmauer.

Mit Schwung saß Richard ab.

Der Vogt nickte Richard zu. »Euer Ross?«

»Meins, aus der Zucht meines Vaters. Ich biete es Euch zum Kauf.« Corvus stupste Richard sanft an.

»Er mag Euch«, sagte der Burgvogt von Kuddewörde.

Richard nickte. Er hatte das Pferd gezähmt und zugeritten. Corvus war wie er: ein Kämpfer höchster Güte. Doch mehr noch als er verfügte das Tier über eine innere Ruhe und Genügsamkeit, die es endlose Ritte durch sumpfiges Gelände, Überfälle und Schlachtengetümmel bewältigen ließen.

»Es fällt Euch bestimmt schwer, Euch von ihm zu trennen.«

»Schwerer als Ihr denkt.« Corvus war nach jenem Winterfeldzug Richards Trost gewesen. Nachdem er von der Litauergrenze in die Marienburg zurückgekehrt war, hatte er sich tagsüber ausschließlich mit dem Hengst beschäftigt. Abends hatte er bei seinem Freund Godefroy von Neroth im Kämmerlein gesessen und Werke von Petrus Abaelard und Meister Eckart gelesen, von denen Godefrey dachte, sie würden ihn trösten. Der Pariser Theologe Abaelard hatte vor fast zweihundertachtzig Jahren geschrieben, dass der Wert einer Handlung in ihrer Intention lag und nicht in ihrem Ergebnis. Und Abaelard sagte, dass man sich selbst kennen sollte, um zu wissen, wo in der Seele die Sündhaftigkeit saß und wo die Charakterschwäche. Doch in den ersten Monaten nach der schrecklichen Winterreyse hatte Richard daraus keinen weiteren Schluss ziehen können, als dass er sich dem Pferd widmen und ihm kleine Kunststücke beibringen sollte. Corvus kannte ihn, er kannte den Gaul. Pferdekunst hatte eine gute Intention und zumindest eine gute Wirkung, nämlich dass Richard einfach mit dem Denken aufhören konnte. Damit hätte auch Abaelard zufrieden sein sollen.

»Nimmt er denn andere Reiter an?«, fragte der Vogt.

»Ihr sollt ihn reiten, bevor Ihr einen Preis nennt«, antwortete Richard.

Der Vogt wagte sich zögerlich in die Nähe des riesigen Tiers.

»Schaut ihm nicht direkt in die Augen, wenn Ihr auf ihn zutretet, Burgvogt. Schreitet an ihm vorbei, tätschelt ihn und sitzt auf.«

Ungelenk mühte sich der Burgvogt auf den Rücken des Rosses, doch Corvus zuckte nicht einmal. Erst als der neue Reiter ihm die Sporen gab, setzte er sich brav in Gang. Nach einer gemächlichen Runde probte der Vogt den Trab, dann ließ er das Burgtor öffnen und galoppierte durch die Hauptstraße des Dorfes. Als er zurückkam, lag ein silbriger Blick voller Reiterglück in seinen Augen.

»Nennt Euren Preis«, forderte Richard.

Ganz kurz huschte etwas Geschäftstüchtig-Tückisches über das Gesicht des Vogts. »Zwanzig Mark Lübsch.«

Richard schüttelte den Kopf.

»Fünfundzwanzig?«, fragte der Kastellan und erntete ein ablehnendes Lächeln.

Nach einigen Bechern Wein würde der Herzog von Lauenburg dem Vogt bestimmt vierzig Mark Lübsch für Corvus zahlen. Richard machte sein Angebot. »Dreißig. Ohne den Sattel. Den brauche ich für ein neues Ross.«

Der Burgvogt nickte. »Dreißig gilt. Dafür bekommt ihr zehn neue Rösser.«

Richard strich über Corvusens Hals. »Dein Zaumzeug sollst du behalten, Großer«, murmelte er dem Pferd zu. »Das Tier hört auf seinen Namen. Er heißt Corvus«, sagte er dem Burgvogt.

»Gut zu wissen. Doch Euren eigenen Namen wüsste ich auch gerne«, sagte der Kuddewörder und zeigte mit dem Finger auf Richards Schwert.

Richard ließ die Hand auf den Knauf gleiten. Was, wenn die Nachricht von seiner Flucht ihn überholt hatte? Doch Lügen waren Sünde und halfen nicht weiter. »Es ist Euer gutes Recht, zu wissen, mit wem Ihr den Handel besiegelt. Ich bin Richard von Hardin, Sohn des Karl von Hardin, des Lehnsmanns der Herzöge von Mecklenburg.«

Darauf streckte ihm der Vogt die Hand entgegen, um den Vertrag zu besiegeln. »Ein Handel unter Edelmännern ist zwiefach gut getan. Euer Ross wird dem Herzog von Lauenburg gehören und nur besten Hafer fressen, bevor das Jahr zu Ende ist.«

Richard schlug ein, und der Vogt winkte seinen Verwalter herbei, der eine schwere Geldkatze mitbrachte. »Die Lübsche Mark wird nicht ausgeprägt. Mögt Ihr stattdessen fünfzehn Gulden Danziger Prägung nehmen?«

Richard überlegte nicht lange. Goldwährung war ihm lieber. Wer wusste, wo er noch hingetrieben wurde? Er zählte die Goldstücke ab und ließ sie bis auf eins in seine Geldkatze kullern. »Wenn Ihr mir dies in Lübecker Schillingen gäbt, wäre ich Euch verbunden.«

Er erhielt vierundzwanzig Silbermünzen und band sich seine Geldkatze um den Bauch. Der Burgvogt legte ihm eine Hand auf die Schulter, als wären sie seit Jahren beste Freunde. Vermutlich hätte der Vogt auch mit einem Strauchdieb Geschäfte gemacht, aber die Vorstellung, er habe einen Standesgenossen getroffen, der sich ebenfalls mit dem wenig standesgemäßen Handel über Wasser halten musste, war ihm sichtlich lieber. »Darf ich Euch zum Mahle laden?«, fragte er. »Edelleuten steht unsere Tür offen. Ihr seid willkommen, über Nacht zu bleiben.«

Richard lächelte, schüttelte aber den Kopf. Beim Mahl würde er über sich reden müssen, und es war unangenehm genug, seines Vaters Namen genannt zu haben, wie es sich gebührte. »Ich danke für die Gastlichkeit. Verzeiht, aber ich gehe lieber in den Ort, kaufe mir einen Klepper und sehe zu, dass ich sobald als möglich fortreite. Sonst käme ich noch in Versuchung, Euch mein grad verkauftes Ross zu stehlen.«

Der Burgvogt lachte lauthals, als hätte er nie etwas Absurderes gehört. »Diesen Schatz werden meine Männer mit ihrem Leben schützen«, sagte er.

»Gottes Segen über Euer Haus«, sagte Richard, schwang den Sattel auf die Schulter und ging. Er sah sich nicht noch einmal nach Corvus um.

Auf der Koppel neben dem Krug von Kuddewörde standen zwei Brauereizossen, ein paar Ackergäule, ein altes Packpferd und eine feine braune Stute. Geschäftig schwänzelte ein dicklicher Pferdehöker um Richard herum und pries die Zossen an. Richard ging langsam auf die Stute zu. Das Tier war sehnig und muskulös. Ein schnelles Pferd, das aussah, als könne es einen Mann von Richards Statur auf langen Wegen tragen. Sie war kein Streitross, aber auch kein Bauerngaul. Vorsichtig beschnupperte sie Richard, sprang aber fort, als der Pferdehändler grob nach ihrem Halfter griff. Der dicke Kerl rannte ihr durch den Matsch nach, trieb sie in die Ecke und zerrte sie zu seinem Kunden.

»Sie gehörte einem Handelsherrn aus Hamburg. Dem sind auf dem Weg all seine Güter gestohlen worden. Es ist ein sehr gutes Pferd. Er hat es ungern hiergelassen.«

So war also nicht nur ihm allein Fortuna abhold. Der Hamburger Kaufmann schien Richard ein Gefährte im Unglück zu sein. Umso passender wäre es doch, dieses Tier zu erwerben. Er schaute der Stute ins Maul. »Werden hier des Öfteren Händler überfallen?«, fragte er.

Der Pferdehändler machte ein ängstliches Gesicht. »Das könnt

Ihr wohl sagen. Fast jeder vierte Viehtrieb nach Hamburg hinein. Und immer in unserer Gegend. Eine Schande.«

»Wie hieß der unglückliche Kaufmann? Ich gedenke, mich nach Hamburg zu begeben, und da wüsste ich gern, wessen Ross ich reite.«

»Klingensporn oder so. Er war ein junger Mann. Es schien ihm nicht so sehr ans Herz zu gehen, dass er die Rinder verloren hatte. Nur wollte er nicht ohne bewaffneten Schutz zurück. Er hat sich einem bewachten Kaufmannszug aus Lübeck angeschlossen, und die wollten Geld dafür. Da hat der Klingensporn die Stute hiergelassen. Er sagte, er wolle sie in einer Woche wieder abholen. Aber nun sind zehn Tage mehr verstrichen.«

Richard legte der Stute den Sattel auf. Wenn er auf ihr nach Hamburg ritt, könnte er sie vielleicht an ihren Herrn zurückverkaufen. Das wäre ein guter Einstand. Die Stute nahm ihn an wie einen altbekannten Reiter. Ihr Gang war federnd und leicht, aber so sanft, dass man Tage auf ihr verbringen mochte. Richard verhandelte nicht lange, er gab ein Goldstück für das Pferd, einen hohen Preis.

»Wenn Ihr nach Hamburg wollt, dann findet Ihr in der Herberge Anschluss an einen Viehzug«, sagte der Rosshöker zum Abschied. Ein guter Rat als wertvolle Dreingabe. Richard reichte dem Mann die Hand und führte die Stute zum Stall des Gasthauses.

Der Wirt im Krug bot ein einfaches Essen an, Lauchfleischeintopf und Brot. Richard stillte seinen Hunger weidlich.

»Sind bei Euch Hamburger zu Gast? Ich würde mich gerne einem Zug nach Hamburg anschließen und kann ihnen Schutz bieten«, fragte er, als er sich seine Schüssel ein drittes Mal füllen ließ.

Der Wirt zuckte zusammen. Richard verstand seinen Fehler sofort: Er sah wahrscheinlich eher aus wie ein Kerl, der Kaufleute ermordete und ausplünderte als wie ein ehrlicher Waffenknecht. Als er die Bedenken in den Augen des Wirtes sah, suchte er in seiner Geldkatze nach der passenden Münze und ließ einen Schilling auf dem Tisch tanzen. Der Wirt griff rasch zu. Seine bedenkliche Miene wandelte sich zu einem komplizenhaften Grinsen. Er wies auf einen Tisch in der Ecke. Dort saß eine Gruppe von Männern, von denen einer prachtvoll in Samt gekleidet war. Die anderen trugen Bauernkittel und schlichte, warme Wämser. Der Wirt sprach einige Worte mit ihnen, und der Mann im Samtwams winkte Richard zu sich hinüber.

Richard nahm seine Schüssel mit Lauchfleisch und sein Bier und setzte sich zu ihnen. »Richard von Hardin ist mein Name. Ich will mich als Söldner für gutes Geleit verdingen. Meine Schwertkunst ist wohl geübt.«

Der reiche Viehhändler war mit zwei Großknechten und gemieteten Viehtreibern unterwegs. »Heyne Schomer heiße ich. Ein Erbgesessener Hamburger Bürger aus dem guten Kirchspiel Sankt Petri«, stellte er sich vor. »Wo habt Ihr Eure Waffenkunst geübt?«

»Viele Jahre kämpfte ich für die Deutschen Brüder im Heidenland.«

»Wart Ihr dabei, als die Ordensherren gegen die Vitalienbrüder fuhren?«, fragte Schomer.

Richard nickte. »Sie waren die Pest der Baltischen See. Gegen sie zu fahren, war gute Arbeit. Wir haben sie von Gotland vertrieben.«

»Nur damit sie sich in Friesland einnisteten und die guten Kauffahrer mordeten«, warf ein anderer Hamburger ein.

»Beim heiligen Petrus, dem Übel würde ich mich gern ein weiteres Mal stellen.«

»Dem Herrn sei Dank, das ist nicht mehr nötig. Was die Deutschordensbrüder nicht erreichten, haben die Hamburger Herren vollbracht. Den Störtebeker haben sie gefangen«, meinte Schomer.

Richard zog die Augenbrauen hoch. Störtebeker war einer der Schiffsführer von Godeke Michels. Richard hatte bei der Flucht der Vitalier nach dem Fall von Visby auf Gotland mit ihm die Waffen gekreuzt. Störtebeker war ein Hüne, der sein Schwert schwang wie ein Ritter. Das war gerechter Krieg gewesen, sinnvoller Streit. »Störtebeker gefangen? Ausgezeichnet. Doch wie steht es um Godeke Michels, den Erzschuft der See?«

Die Männer zuckten die Schultern. Godeke war also noch frei. Richard sah seine Gelegenheit gekommen. »Lasst mich mein Können und meine Treue gegen die Viehräuber beweisen. Und wenn Eure Stadt danach jemanden braucht, der schon einmal gegen die Vitalier kämpfte, dann bin ich Euer Mann.«

»Was wollt Ihr für Eure Dienste?«, fragte Schomer.

»Was mögt Ihr geben?«

»Wenn es nicht zum Kampf kommt, einen Schilling.«

Das war weniger, als Richard für Wäsche, Essen und Kämmerchen in diesem Gasthof zahlen musste.

»Drei Schillinge, und wenn es zum Kampf kommt, zwei Mark.«

Der Viehhändler feilschte weiter. »Zwei Schillinge. Wenn es zum Kampf kommt und wir schadlos bleiben, dann eine Mark. Schaden an der Ware ziehen wir vom Schutzgeld ab.«

Richard wog den Kopf hin und her. »Für jeden toten oder gefangenen Räuber zwei Mark obendrein«, forderte er.

Schomer streckte die Hand aus, und Richard schlug ein.

Die Viehtreiber erzählten, dass die Fleischpreise ins Unendliche stiegen, weil jeder dritte oder vierte Viehtrieb überfallen wurde. Jedes Mal wurden die Viehhändler verjagt und die Ochsen fortgeführt. Wer sich wehrte, bezog arge Prügel. Ein Mord war noch nicht geschehen. Doch die Angst ging um, weil sich kein Händler erklären konnte, woher die Diebe wussten, wann die Viehtriebe kommen würden.

»Wisst Ihr, wie sie angreifen?«, fragte Richard.

»Wir haben gehört, dass sie aus dem Nichts kommen, wie Geister.«

»Aus den Büschen?«

»Woher, kann keiner sagen.«

»Wie viele?«

»Ein Dutzend oder zwei.«

Vermutlich waren sie zu sechst, dachte sich Richard. Er trank noch ein Bier und schlug mit den Kaufleuten abermals auf den Handel ein. Bei Morgengrauen hatte er Arbeit. Sein Glück würde sich wenden.

Erleichtert kletterte Richard die Stiege hinauf zu seiner Kammer, für die er gar kräftig gezahlt hatte. Er wollte es ruhig haben, sich waschen, die Kleider reinigen lassen. Wenn er in Hamburg einen guten Einstand haben wollte, durfte er nicht aussehen, als hätte er im Straßengraben gelegen. Der Magd hatte er einige Pfennige gegeben, damit sie einen Bottich in sein Zimmer brachte. Nun dampfte die größte Schüssel des Wirtshauses in Richards Kammer. Er legte seine verdreckte Kleidung ab. Als er die Schritte der Magd auf der Stiege hörte, wickelte Richard sich in die Salunendecke, die über dem Federbett lag.

Die Magd kippte eine weitere Kanne warmes Wasser in den Bottich und grinste ihn an. »So groß und so schüchtern? Vor mir braucht Ihr Euch nicht zu schämen.«

Richard machte eine kleine Verbeugung. »Ein Mann, der Damen verschreckt, ist ein nichtswürdiger Wicht.«

Sie lachte und sammelte seine schmutzige Kleidung auf. »Ich werde das unten vorm Feuer trocknen. Ich schlaf da auch. Wenn Ihr noch was wünscht, egal was ...« Mit einem Hüftschwung drehte sie sich zur Tür und verschwand.

»Gesegnete Nacht«, rief er ihr nach. Als er sich die Haare wusch, bemerkte er, dass ihm dichte Locken gewachsen waren statt der kurzen Haartracht, die er im Kampf getragen hatte. Richard lachte bei der Erinnerung an seinen Ritterstolz bitter in sich hinein, spülte sein Haar aus, trocknete sich ab und schlurfte zum Bett. Auch wenn es noch früh am Abend war, griff der Schlaf nach ihm, sobald er sich ausgestreckt hatte. Er betete für eine Nacht ohne Bilder, die ihn verfolgten. Als wäre sein Gebet erhört worden, umfing ihn eine große Müdigkeit. Er zog noch seinen Schwertgurt und die Geldkatze auf die Strohmatratze unter den Bettpfuhl und ließ sich von der Wärme einlullen.

Sie waren zu viert. Katzenauge schob mit einer Ahle den Riegel zur Stube des Ritters nach oben. Dann schlich er in den Raum. Vorsichtig und langsam zog er den Geldgürtel vom Bett des Ritters. Dieser stöhnte, von Träumen gemartert. Lautlos reichte der Dieb die Geldkatze seinem Kumpel im Flur, dieser warf sie dem Mann im Schankraum zu, der sie nach draußen weitergab. Katzenauges Gehilfen wollten sich davonmachen, aber der Meisterdieb war noch in der Kammer.

Das Schwert lag auf dem Bett neben dem schlafenden Ritter, der Knauf aus ziseliertem Silber glitzerte in der glänzend schwarzen Scheide. Es war mehr wert als die erbeuteten Gulden, das wusste Katzenauge. Viel mehr.

Etwas rief Richard aus den Tiefen des Schlafes in eine Halbwelt aus Erinnerungen. Er sah das vor Augen, was er so sehnlichst vergessen wollte.

Im Heer des Obersten Marschalls ritt Richard auf die Winterreyse von Königsberg nach Samaiten. Wie jedes Jahr war er zu diesem Zwe-

cke aus der Marienburg in den Osten befohlen worden, denn er hatte als Page von den Pferdeknechten gelernt, Litauisch zu reden. Dies und seine Schwertkunst brauchte man zum Schutz der Gäste, die dem Orden im Heidenkampf beistehen wollten. Der edelste Gast des Jahres war der Herzog von Lothringen. Er war mit großem Gefolge gekommen, um im Kampf gegen die Heiden den Ritterschlag zu erhalten. Bei ihm waren viele lothringische Adlige, zweihundert Pferde, ein Herold und ein Hofnarr. Alle lockte der Segen eines Kreuzzugs im Osten. Mit dem Herzog kamen neun Söhne reicher Bürger der Stadt Metz. Sie wollten Adel, Ritterschaft und Ruhm. Zum Heer des Ordens stieß das Heer von Herzog Witold, Fürst von Litauen, der erst vor wenigen Jahren getauft worden war. Man fragte sich, ob er sein Land mit Schwert und eiserner Faust christianisieren wollte oder dem Deutschen Orden einen Dienst erweisen musste. Ihm trauten wenige unter den Rittern.

Der Marschall des Heeres befahl, zur Verpflegung lebende Fische, Hühner, Ochsen, Milchkühe und Schafe mitzuführen, dazu Mehl, Kraut, Erbsen, Eier, Wurst, Pasteten, Schinken und Wein, Bier und Met in Fässern. Die Lastpferde wurden mit Werkzeug und Futter bestückt, so viel ihre breiten Rücken trugen. Fast eine halbe Meile lang zog sich der Tross von der Burg zum Haff hinab. Richard ritt mit Fürst Witold und dem Lothringer voraus, um zu prüfen, wie fest das Haff gefroren war. Grad einen Pfeilwurf weit waren sie geritten, da knirschte das Eis unter Corvusens schweren Hufen. Ein Blick zu Witold, dann befahl Richard den Rückzug. Enttäuschung stand im Gesicht des lothringischen Herzogs geschrieben: kein Ritt über das Eis. Witolds Miene blieb unlesbar und kalt, nur seine Wangen wurden ein wenig rot, als hätte unterdrückte Freude sie gefärbt.

Richard spürte Corvus unter sich und galoppierte über das Eis zurück zum Heer seiner Brüder. Doch der Dämon des Traums riss ihn in der Zeit nach vorn, dorthin wo er nie wieder weilen wollte. Corvusens Hufe stampften durch den Schnee in den Gassen des litauischen Dorfes, hinter dem Mädchen her, das den lothringischen Knappen niedergestochen hatte.

Diesmal endeten die Bilder, bevor Richard sie greifen und zu Boden zerren konnte. Er spürte ein Zucken an seinem Schwertgurt. Seine Hand flog an den Knauf der Waffe, die Klinge zischte aus der Scheide, und der Schlag war getan, bevor Richard sich bewusst war, dass er kämpfte. Als er aus dem Bett sprang, trat er in einen See von Blut.

Der Dieb auf der Treppe hörte das dumpfe Aufschlagen von Katzenauges Körper. Er stürzte die Stiege hinunter, stieß seinen Kumpanen in der Wirtsstube an. Im Schrecken der Flucht drehten sie sich noch einmal um. Eine Gestalt des Grauens raste die Stiege hinunter, die bloßen Füße blutverschmiert, das Schwert mit beiden Händen schwingend. Ein nackter Dämon der Rache. Sie warfen sich auf die Pferde und galoppierten die Straße hinauf. Rasend setzte ihnen der Schwertschwinger nach.

»Räuber!«, brüllte er.

Doch in diesem gottlosen Dorf zündete wegen des Geschreis keiner ein Licht an. Der Nackte hetzte den Dieben bis ans Dorfende hinterher, doch sie waren in den Wäldern an der Bille verschwunden.

Der hochehrwürdige Ratsherr und Flottenkapitän Niclas Schoke spie seit Stunden. Elisabeth hielt ihm die Schultern, wischte den Speichel von seinem Gesicht und streichelte ihm den Rücken. »Du solltest den Kamillenaufguss trinken, Herr Niclas«, sagte sie leise. »Dann fällt dir das Spucken leichter, und der Magen beruhigt sich.«

»Schweig, Frau. Hilf mir lieber, ihn zur Ader zu lassen.« Der Hamburger Stadtmedicus griff sich Niclas' kräftigen Arm.

Elisabeth Simonsen richtete sich zu ihrer ganzen Höhe von fünfeinhalb Fuß auf und stellte sich zwischen Patienten und Arzt.

»Herr Doktor Medicinae Buydessin, seht Ihr nicht, dass der Ratsherr geschwächt ist? Wenn Ihr ihm noch mehr Blut nehmt, dann sackt er uns weg.«

»Schwester Elisabeth, Ihr mögt bei den Beginen als gelehrte Heilerin bekannt sein, aber ich kenne mein Latein.«

»Wenn schon das Lateinreden Weisheit wäre, dann wäre die Welt gut«, murmelte sie auf Latein.

»Was?«, fragte der Arzt.

»Nur ein kleines Zitat der Hildegard von Bingen.«

»Ach so.«

Sie hatte sich die Weisheit grade selbst einfallen lassen. Der Spruch gefiel ihr. Sie würde ihn bei Gelegenheit noch öfter anwenden. Dann könnte sie ihn ja Thomas von Aquin zuschreiben. In Hamburg merkte das sowieso keiner. Der Arzt zückte sein Adermesserchen. Doch Elisabeth legte einen Finger auf das Instrument. »Damit werdet Ihr mir nicht im Arm des Herrn Niclas herumfuhrwerken.« Sie zeigte auf Rostflecken an der Klinge.

»Der Hochehrenwerte Ratsherr spuckt Galle. Seine Säfte laufen über. Er muss zur Ader gelassen werden«, sagte Buydessin bestimmt.

»Niclas ist schwach. Wenn Ihr ihn zur Ader lasst, nehmt Ihr ihm die Kraft. Er soll Kamillenwasser mit Honig trinken und eine klare Hühnerbrühe. Eventuell ein wenig trockenes Brot mit Salz essen.«

»Das kommt doch wieder raus, Elisabeth«, meinte Alleke Schoke, die junge Frau des Ratsherrn, und tupfte ihrem siechen Mann den Speichel vom Mund. Der Flottenkapitän stöhnte.

»Recht hat die ehrenhafte Frau Schoke. Der Körper muss erst durch den Aderlass gereinigt werden, das weiß ein jeder«, meinte Buydessin.

»Alles schmeckt nach Eisen, als hätte ich eine Trense im Maul«, flüsterte Schoke.

Elisabeth stemmte die Fäuste in die Hüften. »Du brauchst Salz und du brauchst Flüssigkeit, Niclas. Ob du es wieder ausspuckst oder nicht.«

»Ich war immer gesund, aber jetzt hat es mich erwischt. Es wird nie zu Ende gehen mit dem Spucken, beim heiligen Petrus.« Niclas Schokes befehlsgewohnte Stimme war nur noch ein schwaches Jammern.

Elisabeth sah ihn streng an. »Hast du auf See aufgegeben, wenn der Sturm drei Tage blies, Kapitän Schoke? Hab Geduld mit dir und deinem Körper. Du hast den Rat zur Seeräuberjagd gezwungen und den Störtebeker gefangen. Das war große, schwere Arbeit. Jetzt darfst du dir Kraft geben lassen. Iss Hühnersuppe, Brot und Magenmorellen.«

»Hochweiser Edler Ratsherr, ich habe noch andere Patienten, und zwar in der Reichenstraße«, ließ sich der Arzt streng vernehmen. »Sie warten schon. Wer soll Euch nun behandeln, ich oder dieses Weib?«

Niclas ließ den Blick von einem Heiler zum anderen wandern. Dann streckte er Buydessin den Arm hin. »Beide«, sagte er.

Elisabeth schüttelte den Kopf. Sie wandte sich ab, als sie sah, wie der Medicus sein rostiges Adermesserchen in den Arm des besten Schiffsherrn der ganzen Stadt Hamburg senkte.

Ihr Blick fiel auf das Sammelsurium auf der ehelichen Betttruhe der Schokes. Zündzeug, eine teure Kerze, die Magenmorellen und daneben ein kleines gerolltes Pergamentzettelchen mit einer schönen, stolzen Schrift. Elisabeth stieß es wie beiläufig mit der Fingerspitze an. Lateinische Verse standen darauf, sie konnte den Namen des Königs Saul entziffern. Offensichtlich hatten die Schokes nicht nur sie und den Medicus rufen lassen, sondern auch noch einem Scharlatan vertraut, der Bibelverse gegen Magenkrankheiten verkaufte. Elisabeth schüttelte den Kopf über die Verführbarkeit der Menschen, schnappte sich den Eimer mit dem Erbrochenen und stieg die Wendeltreppe hinunter in die Küche.

Auf einem Hocker in der Ecke schnarchte Veronika, die alte Begine, die sie stets begleitete, damit Elisabeth mit ihren siebenundzwanzig Jahren keinen Unsinn trieb.

»Seit wann schläft sie schon, Tilde?«, fragte Elisabeth die Großmagd der Familie Schoke.

»Hinsetzen und Wegsacken war eins«, brummte die Magd.

Elisabeth nickte beruhigt. Solange Schwester Veronika ihre Aufpasserin war, konnte sie tun, was sie wollte. Die Alte wollte nichts als ein Bierchen, einen bequemen Hocker und ihre Ruhe. Elisabeth gab Tilde Kamillenblüten aus ihrem Arzneyenbeutel und bestellte eine klare Hühnerbrühe für den Herrn.

»Ein Huhn!«, brüllte Tilde.

Trudika, die Kleinmagd der Familie, rannte los.

»Ist das Kind nicht ein wenig dürr?«, fragte Elisabeth. Das Mädchen war durchscheinend blass. Sie wäre eine engelsblonde Schönheit gewesen, hätte nicht ein schwarzer Leberfleck neben ihrem Mund gehockt wie ein kleiner dicker Käfer.

»Kroppzüch. Kannst füttern oder hungern lassen, bleibt dürre«, sagte Tilde.

»Wie alt ist sie?«

»Weiß nicht genau. Hat kein Mutter und Vater nicht. Ist uns von den Nonnen geschickt worden, als die junge Hausfrau eingezogen ist. Die Herrin päppelt sie, aber sie setzt nichts an. Kein Speck, kein nichts.«

Die Kleine kam wieder, ein Huhn zärtlich unter dem Arm.

»Hättest es ja schon mal krengeln können«, sagte Tilde und nahm ihr das Tier ab, das nun panisch zu gackern begann. Trudika rannte aus der Küche, bevor die Großmagd das Huhn bei den Flügeln packte und ihm mit einem festen Griff den Hals umdrehte.

Elisabeth rührte die Kamille in eine Grape mit kochendem Wasser. »Irgendwelche Sorgen im Haus, abgesehen vom überlaufenden Magen, Tilde?«

Die Magd zuckte die Schultern. »Der Herr ist bitter schlecht gelaunt. Hat ja auch recht. Da fängt er diesen üblen Störtebeker«, Tilde spuckte wütend auf den Boden bei der Nennung des Namens, »und man könnt denken, die Leute danken es ihm. Aber seit Wochen hat er Scherereien im Rat deswegen. Und der Pöbel ist in Aufruhr wegen dem Saukerl von einem Seeräuber. Viele sagen, er sei kein Räuber. Die Vitalierfreunde finden immer mehr Zulauf. Versteh einer die Welt.«

»Warum gibt es Ärger im Rat?«

»Die Herrin sagt, die aus der Reichenstraße stöhnen über die Kriegskosten, die Schonenhändler wollen sich auch nicht dran beteiligen. Andere behaupten, dass das Unheil nicht beseitigt ist, auch wenn sie den Störtebeker köpfen. Ich sag doch, versteh einer die Welt. Trudika, kannst Gemüse putzen kommen, das Huhn ist tot!«

Tilde schickte Trudika in die Ecke, wo ein Korb mit Rüben stand. Dann drehte sie ihr den Rücken zu und tunkte das Huhn in heißes Wasser, um es besser rupfen zu können.

»Empfindlich wie eine Mimose, aber der Liebling der Hausherrin, das Gör«, flüsterte Tilde Elisabeth zu.

Elisabeth sah zu dem Kind hinüber. Es richtete seinen Blick auf die Magd, einen Blick, der hätte töten können. Elisabeth trat an die Kleine heran, grüßte sie und hockte sich vor ihr hin. Es war wirklich ein engelhaft schönes Kind. Sie trug Kleidung aus feinem Leinen, und ihr Haar war sorgsam gebürstet und zu einem kunstvollen Zopf geflochten. Neben der Arbeit in der Küche war Trudika das Spielkind der jungen Frau Schoke. Sie bedachte Elisabeth mit einem abschätzenden Blick.

»Tilde meint das nicht so. Sie ist guten Herzens«, flüsterte Elisabeth.

Trudika sah sie lange an, denn verengten sich ihre Augen zu Schlitzen und sie zischte: »Irgendwann sag ich es meinem Vater.«

»Deinem Vater?«, fragte Elisabeth nach.

»Meinem Vater in der Kirche«, antwortete Trudika und begann eine Rübe zu schrubben.

Elisabeth strich der armen Waise über die Haare, nahm den heißen Kamillenaufguss vom Feuer und trug ihn in die Schlafkammer. Wenn der Magen des Niclas Schoke sich beruhigt hatte, würde sie mit ihm über diese Scherereien im Rat reden.

FEST DES HEILIGEN GALLUS

Samstag, 16. Oktober im Jahr des Herrn 1400

Niemals gekämmt, selten gebadet, erscheinen sie vielmehr borstig, weil sie die Haarpflege vernachlässigen, vom Staub beschmutzt, von der Rüstung und von der Hitze gebräunt.

Bernhard von Clairvaux, Das Lob der neuen Ritterschaft

Im Kuddewörder Krug schrie der Wirt seine Magd an. Sie stand vor der Stiege, über die das Blut aus der Kammer in die Gaststube hinabtroff. Der Wirt brüllte, er wolle sehen, was dort oben los sei. Sie ließ ihn nicht vorbei, wie ein Wächter stand sie vor den Stufen, die von der Stube zu Richards Zimmerchen führten. Die Hamburger Kaufleute hämmerten gegen die Wand ihrer Kammer, um Ruhe einzufordern, und der Wirt brüllte, sie sollten selbst Ruhe geben.

Richard sah an sich hinunter. Seine Füße waren blutig, sein Geschlecht hing schlapp zwischen den Beinen. Er ließ die Tür hinter sich zufallen. Wirt und Magd verstummten. Die Magd betrachtete ihn von oben bis unten und grinste. Er griff nach einer Decke, die vor dem erkalteten Kamin lag, und wickelte sie sich um die Schultern. Als er das raue Wollfilz auf den Schultern spürte, wurde ihm nicht warm, sondern eisig kalt. Er schloss die Augen, um sich zu sammeln. In seiner Kammer lag ein geköpfter Mann, und er hatte keinen Beweis, dass der Tote ein Dieb war. Die Räuber mussten gewusst haben, dass er Geld bei sich trug. Wenn der Burgvogt mit ihnen unter einer Decke steckte, war es um ihn geschehen. Und wer sonst wusste von seinem Gold? Er begann zu zittern. Die Magd trat auf ihn zu und schüttelte ihn sanft. »Seht mich an, Herr Ritter. Sagt mir, was los war.«

Der Wirt schubste sie beiseite. »Was habt Ihr gemacht?«, brüllte er.

Richard wandte sich der Frau zu. »Ich habe mich verteidigt, als einer versuchte, mein Schwert zu stehlen. Er ist tot.«

»Das wollen wir doch mal sehen«, polterte der Wirt. Er wollte die Stiege hinaufklettern, doch die Magd hielt ihn an seinem Nachtgewand fest.

»Beim heiligen Urban, Wirt! Hol den Burgvogt.«

Der Wirt versuchte vergeblich, ihren Griff abzuschütteln. »Wenn du in die Kammer gehst, sag ich dem Burgvogt, dass du vor ihm oben gewesen bist«, drohte sie. Der Wirt murrte etwas von verfluchtem Weib, aber er trollte sich.

Die Magd stellte für Richard einen Schemel vor das Feuer und bewog ihn, sich zu setzen. Aus einem der Fässer füllte sie Rotwein ab und drückte Richard einen Becher in die Hand. »Trinkt. Ihr seid mir zu blass.«

Heyne Schomer steckte den Kopf aus der Kammer. »Was ist los hier?«

»Nichts weiter, entschuldigt die Störung.« Die Magd füllte eine Kanne mit Wein, brachte ihn zu den Kaufleuten, lächelte, beruhigte ihre Gäste und schloss deren Kammertür hinter Schomer.

»Die will ich nicht im Weg haben«, meinte sie mit einem Augenzwinkern zu Richard. Sie nötigte ihm einen zweiten Becher Wein auf. Dann hockte sie sich vor ihn hin. »Was genau werden die Schergen nachher da oben finden?«

»Einen toten Dieb«, stöhnte Richard.

»Wie habt Ihr ihn umgebracht?«

»Ich hab im Schlaf gespürt, wie mein Schwert unter mir weggezogen wurde. Ich zog blank und ...« Er schloss die Augen. »Er ist enthauptet.«

Die Magd schluckte. »Hat er den Schwertgurt noch in der Hand?«

»Das weiß ich nicht.«

»Dann werde ich mal dafür sorgen, dass das so ist. Damit der Burgvogt nicht auf falsche Gedanken kommt. Und Ihr – trinkt und betet.«

Seit der Rückkehr aus Samaiten hatte Richard das Vertrauen in seine Gebete verloren. Dennoch flüsterte er die alten Worte: »Ave Maria, Mutter aller Gnaden ...« Das Gebet erlöste ihn vom Warten, ließ ihn die Zeit vergessen.

»So schnell schon Ärger, Ritter von Hardin? Ihr hättet meine Einladung nicht ausschlagen sollen.« Der Burgvogt von Kuddewörde schien trotz der grausigen Angelegenheit amüsiert zu sein. Richard stand auf und raffte die Wolldecke um sich, aber die spöttischen Blicke der Männer musste er über sich ergehen lassen.

»Ich bin beraubt worden«, sagte er tonlos.

»Mir wurde gesagt, Ihr wärt wie ein Wilder schwertschwingend durch das Dorf gerannt, und hier habe es einen Mord gegeben.«

»Jemand ist in meine Kammer geschlichen und hat mein Geld gestohlen. Er ist tot, aber seine Komplizen haben meine Geldkatze.«

»Er ist nackt herumgerannt, schamlos und unsittlich. Außerdem hat er meine Gäste geweckt. Die ganze Stiege ist voller Blut. Wer weiß, was er in seiner Kammer angerichtet hat«, ließ sich der Wirt vernehmen.

Der Burgvogt grinste. »Dann wollen wir mal sehen.« Er kletterte die Stiege hinauf, gefolgt von der Magd, dem Wirt und zwei Schergen. Richard sackte auf dem Schemel weiter zusammen. Vor seinem inneren Auge sah er sich in einem finsteren Gefängnisloch, am Galgen.

»Er hat den Schwertgurt noch in der Hand. Oh Jesus!«, schrie die Magd von oben.

Richard riss seine halb trockene Kleidung von den Stangen vor dem Kamin und zog sich notdürftig an, um hinter Vogt, Wirt und Magd zur Dachkammer hinaufzusteigen. Im Licht einer Kerze erblickte er das Grauen in seinem Gastzimmer: In der Tat hatte er den Kopf des Diebes mit einem einzigen Hieb abgetrennt, in der Hand des Toten lag der Schwertgurt.

Richard räusperte sich. »Ich denke, das Bild spricht für die Wahrheit meiner Worte.«

Der Burgvogt drehte sich zu ihm um. Der spöttische Blick war bitterem Ernst gewichen. »Es scheint mir so zu sein, wie Ihr sagt. Auch wenn ich mir nicht vorstellen kann, wie Ihr im Halbschlaf einen solchen Schlag ausführen konntet.«

Richard zuckte mit den Schultern. »Ich habe mein Lebtag lang das Schwert geführt.«

Der Vogt fragte: »Was soll ich tun? Wenn ich Euch einkerkere, kommt der Fall vor den Herzog, weil Ihr adlig seid. Dann steht Kuddewörde als Diebesnest da. Es ist mir lieber, ich lass Euch laufen und Ihr verbreitet das Wort, dass der Burgvogt von Kuddewörde ein gerechter Mann sei, als dass ich auf Verdacht einen Ritter wegen Mordes einsperre.«

»Ihr könnt ihn nicht laufen lassen, Herr«, wandte der Wirt ein. »Wer zahlt mir denn die Reinigung der Kammer? Ihm ist doch alles gestohlen worden. Wie bekomm ich mein Geld, wenn er frei bleibt?«

»Was sagt Ihr zu diesen Ansprüchen, Herr von Hardin?«, fragte der Burgvogt.

»Ich habe wirklich alles verloren.«

»Er hat noch sein Schwert, den Dolch, einen Sattel und das Pferd.«

»In der Tat«, sagte der Vogt, »das zahlt die Zeche.«

Kalte Wut stieg in Richard auf.

»Die Zeche zahlte ich im Voraus. Also bleiben die Waffen mein«, sagte er. »Und auch das Pferd.«

»Der Sattel bringt keine Mark. Das reicht nicht für die Säuberung der Kammer von all dem Blut. Besser, Ihr steckt ihn in ein Loch und wartet, bis seine Verwandten ihn auslösen«, antwortete der Wirt.

»Er hat doch gestern schon zwei Schillinge gegeben«, wandte die Magd ein und sah zu Richard auf. Der Wirt warf ihr einen endlos wütenden Blick zu, doch sie lächelte unschuldig.

Richard verstand ihr Spiel. »Die Hamburger waren Zeugen. Wir können sie wecken«, sagte er.

Der Burgvogt ließ den Blick von einem zum anderen schweifen. »Das ist nicht nötig«, sagte er. »Der Sattel bleibt beim Wirt als Pfand für die Reinigung der Kammer. Herr von Hardin kann ihn später auslösen. Allen ist damit gedient.«

Richard nickte erleichtert. Er war davongekommen, mit Pferd, Dolch und Schwert. Wahrlich keine ritterliche Ausstattung, aber wenn der Herr es so fügte, musste es reichen.

Der Vogt wies seine Schergen mit einem Wink an, den Leichnam aufzuheben. »Wir werden den Kopf am Burgtor aufspießen«, sagte er mit einem Nicken in Richtung des blutleeren Hauptes. »Diebe gibt es hier genug, da tut ein wenig Abschreckung gut.«

»Nehmt auch den Kerl mit, er kann die Nacht nicht bleiben«, rief der Wirt.

»Herr von Hardin hat die Zeche bezahlt, das bezeugte Eure Magd. Die Kammer, blutig wie sie ist, ist sein, Wirt.«

»Lieber schlaf ich im Stall«, brummte Richard. »Sonst nehmt Ihr mir noch das Hemd ab.«

»Auf der Burg wolltet Ihr ja nicht nächtigen«, sagte der Vogt mit einem Grinsen und gebot Richard eine gute Nacht. Seine Einladung erneuerte er nicht.

Richard hatte sich neben seiner Stute einen Haufen Stroh als Bett aufgeschüttet, aber noch kein Auge zugetan. Seine Gedanken kehrten zu seinem Schwertschlag zurück. Er tötete immer noch sehr schnell. Zu schnell. Mit einem Kienspanlicht in der Hand schlich sich die Magd zu ihm. Sie stellte die Funzel auf den Boden und setzte sich neben ihn.

»Ihr müsst bei Morgengrauen mit den Hamburgern aufbrechen, die haben es eilig, wollen sogar am Sonntag weiterreisen, aber Eure Kleidung wird bis dahin nicht trocken sein. Das Feuer ist ausgegangen, Mantel und Wams sind noch feucht.«

»Ich kann nicht bleiben«, antwortete er.

Sie sah ihn mit einem lieblichen Lächeln an. »Eure Stiefel standen in dem Blut. Ich kann sie nicht so schnell sauber machen. Was soll damit geschehen?«

Er verstand. Sie hatte eine Belohnung für ihre Hilfe in der Gaststube verdient. »Behaltet alles, als Dank«, sagte er.

»Auch die silbernen Plättchen auf dem Mantel? Nur, damit Ihr mir keine Räuberei vorwerft.«

»Das täte ich nie«, sagte er, aber innerlich verfluchte er seine Nachlässigkeit. Er hatte einfach vergessen, dass sein alter Mantel mit zwei Ritterzeichen derer von Hardin verziert war. Sie zu verkaufen, hätte ihn und Corvus nach Hamburg gebracht. Da es nun aber des Herrn Fügung war, dass er alles verloren hatte, was ihn zum Ritter machte, würden sie den Wohlstand dieser schlauen Magd begründen, dessen war er sich sicher.

»Auch die könnt Ihr behalten, als Dank für Eure Hilfe. Aber ich brauche Schuhwerk.« Sie zwinkerte ihm zu und hob ihren Rock hoch, höher als es schicklich war. Aus einer geheimen Tasche, die nur die Weiber kennen mochten, zog sie zwei Bundschuhe und hielt sie Richard entgegen. »Da, als Tausch für die Stiefel.«

»Ich bin Euch zu großem Dank verpflichtet«, murmelte er. Die Magd hatte ihn ausgenommen. Doch wie könnte er ihr etwas abschlagen? Ohne sie säße er in einem Loch im Turm von Kuddewörde.

»Gerne würde ich Euch in meine Gebete einschließen. Doch dazu müsst Ihr mir Euren Namen sagen, gute Frau.«

»Ihr seid edel und großmütig, Herr Ritter. Doch lasst uns etwas Vergnüglicheres tun als beten«, sagte sie leise und kniete neben ihm nieder. »Ihr habt so weiches Haar.«

Sie ließ ihre Finger durch seine dunklen Strähnen gleiten. Er fing ihre Hand und schob sie von sich.

Sie lächelte über seinen Unwillen und stand auf. »Was ist mit Euch? Seid Ihr etwa ein Mönch und kein wahrer Ritter?«, fragte sie.

»Beides«, antwortete er.

»So ein Rittermönch wie die Kreuzritter?«, meinte sie.

Richard nickte. Sollte sie doch denken, dass er deshalb den Leibessünden abhold war.

Die Magd sah ihn lange an, schüttelte den Kopf, murmelte: »Welche Verschwendung.« Sie lächelte ihm noch einmal zu und ging.

Richard neigte das Haupt zum Gebet. »Heilige Maria, neige dich herab zu deinem sündhaften Diener. Verzeih mir meine Vergehen und mein hochmütiges Urteil über die Untaten meiner Brüder. Himmelskönigin, ich bin voller Sünden, geworfen in die Welt. Liebreizende Gottesmutter, erhöre meine Bitten. Gib mir einen Ort in der Welt, egal, wie niedrig und klein auch immer. Lass mich nicht davonwehen wie Staub im Wind. Und wache nachgiebig über die unkeusche Magd dieses Gasthofs.«

In der Nacht träumte er immer wieder von dem enthaupteten Dieb, doch diese Bilder waren leichter zu ertragen als jene, die ihn sonst plagten. Dennoch stand er beim ersten Morgenlicht auf und striegelte die Stute. Am Brunnen zog er sein Hemd aus und rieb einen großen Fleck Stalldreck aus dem Ärmel. Gleich Hiob hatte er auf dem Mist gelegen, wie es der Abt von Reinfeld vorhergesehen hatte. Doch wie Hiob würde er sich nicht entmutigen lassen. Er wusch sich, band die Lederlappen fest um seine Füße und gürtete sein Schwert. Als die Hamburger Kaufleute nach dem Morgenbier aus dem Gasthaus traten, war er bereit, ihnen als Wächter Geleit zu geben.

Im Haus polterte es. Geseke Clingspor schossen Berichte von Einbrüchen in Bürgerhäuser durch den Kopf. Sie tastete im Bett nach ihrem Ehemann, aber die Seite ihres Gatten war kalt und leer. Sigvrid der Ältere war zu Janne, der Großmagd, in die Küche geschlichen.

Wieder hörte sie aus der Diele ein Rumpeln. War nicht vor Jahren ein Priester in ein Haus eingebrochen und hatte die Frauen missbraucht? Sie musste etwas tun, ängstlich im Bett sitzen half nichts. Sie würde nachsehen und ein Geschrei erheben, wenn es ein Fremdling war. Entschlossen stand sie auf. In ihrem Bettwärmer glühte noch eine Kohle. Vorsichtig blies sie in das warme Leuchten, bis es aufflammte, und hielt den Docht einer Kerze daran. In der Diele war jetzt ein Lärm, als würden Stühle umgeworfen. Ihr Mann würde sich in der Küche bei seinem Liebchen verbergen, aber warum war ihr Gesinde nicht auf dem Sprung? Geseke leerte den Inhalt ihres Nachttopfs aus dem Fenster und nahm den Krug als Waffe mit. Sie schlich die Wendeltreppe hinab.

Vor dem Dielenkamin saß ihr Stiefsohn auf dem Boden und flennte. Unter ihm war ein Schemel zerbrochen.

»Hast du dir etwas getan?«, fragte Geseke.

Er schluchzte, schüttelte aber den Kopf.

Geseke beugte sich zu ihm hinunter. »Was ist los, Sigvrid?«

»Sie war so schön, und ich musste sie verlieren …«, stöhnte er.

Man hätte denken können, dass Venuspfeile seine Seele verletzt hätten, doch das war nicht der Fall. Der Ratsherrnsohn jammerte einem Gaul nach. Wohl zugegeben, die Stute, die er in Kuddewörde hatte versetzen müssen, war ein besonders gut geratenes Tier gewesen. Ihr nachzutrauern, war Gesekes Meinung nach müßig. Ihr Stiefsohn kümmerte sich stets um irgendwelche windigen Geschäfte, nie um die Angelegenheiten des Hauses Clingspor. Dennoch durfte Geseke ihm nicht zeigen, was sie von ihm hielt. Wenn ihr Gatte starb, war dieses Häuflein Elend das Oberhaupt der Familie. Sie berührte Sigvrid den Jüngeren vorsichtig an der Schulter. »Versuch doch, das Tier zurückzuholen.«

»Du weißt doch, dass es nicht geht. Vater gibt mir kein Geld dafür.« Sein Atem roch nach ausgiebigem Biergenuss.

»Er hat dir nicht verboten, nach Kuddewörde zu reiten. Ich strecke dir das Geld für die Stute vor.«

Der junge Mann schüttelte den Kopf. »Es ist viel zu gefährlich, allein zu reisen, und Vater will keine Reitediener zu meinem Schutz bezahlen.«

»Wenn dir dein Pferd so wichtig ist, Sigvrid, dann kannst du zu Fuß nach Kuddewörde gehen. Verkleide dich. Leih dir von einem unserer Knechte einen Kittel und keiner wird dich überfallen.«

»Ich hab das Beste verloren, was ich je hatte.« Sigvrid schlug sich die Hände vors Gesicht und schluchzte.

Geseke schloss die Augen. Es wäre klug, diesen jungen Mann, den sie sonst mit freundlicher Oberflächlichkeit bedachte, auf ihre Seite zu bringen. Nach dem Tod des Alten würde sie mit ihm über die Abteilung ihres Erbteils verhandeln müssen. Sie seufzte.

»Sigvrid, würde dir Johann Cletzen als Begleitung reichen, der Gefolgsmann meines Vaters?«

»Der Stadtwächter?«

»Der mit meinem Vater im Sommer auf Seeräuberjagd war.«

Sigvrid zog die Beine an sich wie ein kleines Kind. »Er ist ein guter Schwertmann. Aber besser, er bringt noch ein paar Freunde mit. Mit den Dieben ist nicht zu spaßen. Es waren viele, und sie kamen aus dem Nichts.«

Die angeheuerten Viehknechte hatten die Flucht ergriffen, als Sigvrids Ochsentrieb überfallen worden war. Er war den Räubern knapp entkommen. Geseke fragte sich jedoch, warum er nicht sein heiß geliebtes Pferd mit Lehm beschmiert und sich als Bauer verkleidet nach Hamburg durchgeschlagen hatte, statt die Stute zu versetzen. Vielleicht war es nicht so einfach, einen Raubüberfall zu vergessen. Schließlich hatte man den Jungen bedroht und gejagt.

»Wer weiß, ob sie noch in dem Mietstall ist«, stöhnte Sigvrid. »Es ist mehr als zwei Wochen her.«

Das erste Licht des Morgens drang durch die Fensterläden. Geseke musste ihn irgendwie in seine Kammer lotsen, bevor ihn das Gesinde so sah. »Sigvrid, was hältst du davon, wenn ich Cletzen heute aufsuche? Und du gehst jetzt schlafen.«

Er griff nach ihrer Hand und küsste sie. Geseke schenkte ihm ein Lächeln. Es war richtig, dem nutzlosen Kerl in seiner albernen Notlage Hilfe anzubieten.

Auf der Suche nach Cletzen trippelte Geseke auf ihren hölzernen Unterschuhen an den fliegenden Händlern vorbei über die Trostbrücke und schritt dann würdevoll, wie es einer Ratsfrau geziemte, über den Markt. In der Morgenfrühe hatten die Gemüsefrauen aus den Vierlanden und von jenseits der Elbe ihre Waren ausgebreitet: Äpfel, Birnen, Kohl, Rüben und Zwiebeln in aller Hülle und Fülle der Erntezeit.

Am Hamburger Rathaus grüßte Geseke einige Wandschneider und erkundigte sich nach ihrem Vater, dem Ratsherrn Schreye, und ihrem Großvater, dem Stadtsyndikus. Wo sie waren, war Cletzen meist nicht weit. Beide waren gesehen worden, als sie das Rathaus in Richtung Berg verließen. Geseke ahnte, wo sie waren. Andere Bürgersfrauen würden sich der Fronerey nicht auf hundert Fuß nähern, aber sie machte sich auf den Weg.

Vor dem städtischen Gefängnis stand eine kleine Gruppe Neugieriger. »Gott zum Gruß«, sprach Geseke eine alte Frau an. »Sind dort Ratsleute drin?«

»Mächtig viele«, sagte eine Alte. »Sie werden sie wohl wieder torturieren. Die armen Hunde.«

»Aber sie kriegen nichts raus, deine feinen Verwandten«, zischte jemand Geseke an.

Mit einem freundlichen Lächeln drehte sie sich um. Es war ein verwachsener älterer Mann mit zahnlosem Mund und zerlumptem Kittel.

»Da hast du wohl Recht, Bürger. Sie kriegen nichts raus. Mich wundert nur, warum.«

»Der Teufel schützt sie, Ratsfru«, wisperte die Alte und bekreuzigte sich.

»Nein, nicht der Teufel – höhere Mächte«, raunte der Zahnlose.

»Sag mir, warum sollten Gott und die Heiligen den Räubern beistehen? Wie oft werden wir im Leid verlassen, und ihnen kann die Folter nichts anhaben?«, fragte Geseke so lieblich sie konnte.

»Weil sie Gutes getan haben.«

»Gutes?«

»Warum war denn da kein Piratenschatz auf Störtebekers Schiff? Kannst es dir doch ausdenken, Mädchen. Der Störtebeker hat alles weggegeben. Frag nur mal die, die es wissen.«

»Und wer würde das wissen?«

Der Mann machte eine vage Handbewegung. »Wenn ich dir das jetzt sag, Frauchen, was passiert dann wohl?«

»Du kriegst einen Schilling«, johlte die Alte.

Geseke lachte. »Das kann wohl sein.«

»Darauf spucke ich«, sagte der Zahnlose. »Nicht für einen und nicht für dreißig Silberlinge verrate ich die Vitalierfreunde.«

Hinkend machte er sich davon. Geseke drehte sich mit einem fragenden Blick zu der Alten um, aber die zuckte nur mit den Schultern.

Die Vitalierfreunde. Es wäre Gold wert, wenn man herausfände, wer sie waren und wo sie sich in der Stadt versteckten. Schon lange bevor die Englandfahrer zur Seeräuberjagd geblasen hatten, waren Gerüchte umgegangen, dass Godeke Michels und Claus Störtebeker Verbündete in Hamburg hatten: Spione, die ihnen mitteilten, wann die fetten Handelskoggen ausliefen. Hamburg war sogar vom Rat zu Brügge beschuldigt worden, die Piraten zu schützen – ein Grund mehr, sie zu jagen.

Doch in all den Wochen seit Störtebekers Gefangennahme war nicht herauszubringen gewesen, wer seine Helfershelfer waren. Die Seeräuber starben eher unter der Folter, als zu reden. An allen Ecken hetzten Freunde der Vitalier gegen die Englandfahrer, die die Seeräuberjagd betrieben hatten. Leute rotteten sich vor der Fronerey zusammen. Nachts wurde Niclas Schokes prachtvolles altes Haus am Speersort mit Teufelsfratzen beschmiert. Vor seiner Frau hatten arme Weiber ausgespuckt, auf seine Schute im Hafen hatte jemand verfaulte Katzenkadaver geworfen. Aber keiner der Übeltäter wurde gefasst.

Aus der Fronerey traten zwei Stadtwächter, und sofort machten sich die einfachen Leute davon. Dann erschienen Gesekes Vater und Großvater, Albert und Herman Schreye.

»Gottes Licht für Euren Tag«, sagte Geseke mit einer Verbeugung.

Ihr Großvater küsste ihr liebevoll die Stirn, aber Albert Schreye sagte nur kurz: »Segen über dich, Tochter.«

»Neuigkeiten?«, fragte Geseke.

Der Vater brauchte nichts zu sagen, ein Zucken seiner Mundwinkel reichte. Nichts. »Wo ist dein Mann?«, fragte Albert Schreye.

»Geschäfte.«

»Er sollte im Rat sein, heute Mittag spätestens.«

»Ich weiß.«

»Sorg dafür.«

»Werde ich tun.«

»Was willst du hier, Tochter?« Er stemmte die Arme in die Hüfte und sah sie an, als sei sie acht Jahre alt und grade verdreckt vom Spielen im Hafenmoor zurückgekehrt.

»Ich suche Johann Cletzen. Ich habe Arbeit für ihn. Leihst du ihn an die Familie Clingspor aus?«

»Er ist ein freier Mann, auch wenn ich ihn um seines Vaters willen fördere. Nimm ihn in Dienst, so du ihn brauchst.«

Mit einer fast unsichtbaren Geste wies er hinter sich. Geseke küsste ihrem Vater die Hand.

Sie brauchte nicht lange auf Cletzen zu warten. Der junge Stadtwächter war unter den Männern gewesen, die ihren Vater in die Fronerey begleitet hatten. Nun trat er aus der Tür des Henkershauses. Als er sie erblickte, verharrte er einige Schritte von ihr entfernt und neigte das Haupt. »Gottes Segen über Euch, hohe Frau.«

Er war so höflich und so schüchtern wie immer. Zurückhaltend und ehrenhaft, das waren die Worte, die ihn am besten beschrieben. Ein Lichtblick unter den jungen Männern Hamburgs, und wenn sie an ihren Gatten dachte, unter allen Männern der Stadt. Johann Cletzens Freundlichkeit brachte ihr Herz zum Singen. Sie schenkte ihm ein Lächeln. »Und über dich, Cletzen. Ich habe einen Auftrag, der einen schnellen Reiter und einen mutigen Krieger verlangt. Magst du mit meinem Stiefsohn nach Kuddewörde reiten? Es ist eine Burg an der Bille, in deren Nähe es von Viehdieben nur so wimmelt. Sigvrid hat sein Ross nach dem Überfall in einem Mietstall verpfändet. Er will es gerne zurückholen.«

»Was immer Ihr wünscht, ich tu es gern.« Er schaute zu Boden.

»Wann hast du Zeit, Cletzen?«

»Ich muss heute noch einen Botenritt tun«, seine Stimme zitterte, »aber am Abend darauf sollte ich zurück sein.«

Manchmal wünschte sie sich, er wäre nicht so schüchtern und würde ihr endlich direkt in die Augen sehen. »Der Tag darauf reicht allemal. Mein Schwiegersohn wird heute nicht reiten können, so viel wie er in der Nacht getrunken hat.«

»Das tut mir leid, Fruwe Geseke.« Nun schaute er auf, ein tiefer dunkler Blick. Sein Gesicht war bleich wie ein Leichentuch.

»Cletzen, du siehst aus wie zweimal ertränkt. Was ist mit dir?«

Er schüttelte nur den Kopf.

»Bist du krank?«

»Nein, ich bin bei Kräften, es ist nur so …« Er stockte. »Ratsfru, bitte. Der Fron, dieses Schwein, der will den Jungen foltern.«

»Welchen Jungen?«

»Den Schiffsjungen, der zu Störtebekers Bande gehört. Er ist grad mal so groß wie mein Schwert. Aus den Männern bekommt der alte Büttel nichts mehr raus, dieser lahme Hundsfott. Aber ein Kind foltern, das kann man doch nicht machen, bei allen Heiligen.«

So groß wie Johann Cletzens Schwert! Der Junge konnte höchstens acht Jahre alt sein. Was machte so einer auf einem Piratenschiff? Vermutlich ein Seeräuberbastard. Geseke sah Johanns flehenden Blick und konnte ihm nichts abschlagen.

18. SONNTAG NACH TRINITATIS

17. Oktober im Jahr des Herren 1400

Die Ritter Christi aber kämpfen mit gutem Gewissen die Kämpfe des Herrn und fürchten niemals weder eine Sünde, weil sie Feinde erschlagen, noch die eigene Todesgefahr.

Bernhard von Clairvaux, Das Lob der neuen Ritterschaft

Richard hatte seinen Sattel wieder unter dem Hintern. Schomer hatte ihn für ein paar Schillinge vom Wirt gekauft und Richard als Teil des Lohns versprochen, wenn er Räuber abwehren könnte. Auch der wollene Gugel, der Richards Schultern wärmte, war eine Vorauszahlung.

So musste er hoffen, dass es einen Kampf gab, denn sonst würde er in Hamburg halb nackt und mit dem ärmlichen Lohn von zwei Schillingen dastehen. In der Nacht hatte der Viehtrieb bei einem Weiler namens Glinde gelagert. Richard hatte den Ochsenknechten gern die Wache über die zehn Dutzend Rinder abgenommen, froh, dem Kampf um den Schlaf und seinen Erinnerungen zu entkommen. Jetzt, am Sonntagmorgen, war er müde. Ein kühler Wind schnitt durch sein dünnes Hemd. Er verfluchte sein adelsfeines Unterzeug, der Kittel eines Bauern wäre wärmer gewesen. Ihm stand der Sinn nach einem ordentlichen Galopp. Vor dem Viehtrieb, am Rande der Felder, erhob sich ein runder, bewaldeter Hügel.

»Wie weit ist es noch bis Hamburg?«, fragte Richard.

»Wenn nichts dazwischenkommt, sind wir vor Toresschluss da«, antwortete Heyne Schomer.

»Ich schau mir die Hamme dort vorn einmal genauer an.« Richard wies auf die Anhöhe.

»Das ist ein Geisterhügel. Niemand hält sich dort lange auf. Ihr werdet sehen, selbst unsere Ochsen laufen da schnell dran vorbei. Unheimlicher Ort.«

Gerade richtig, um sich zu verbergen, dachte Richard und gab der Stute die Sporen. Zwischen den Buchen war es so still, dass er den Atem des Pferdes hören konnte. Er drückte ihm sanft die Hacken in den Leib, und die Stute nahm die Steigung mit Leichtigkeit.

Auf dem Hügel lag ein Stein wie eine jahrhundertealte Grabplatte, bemoost und zerfressen. Nichts regte sich. Ein Gefühl von Gefahr kroch Richard in die Seele, aber er schrieb es seiner Müdigkeit zu.

Als er den Hügel im Buchenhain wieder hinabritt, war der Viehtrieb beim Wäldchen angelangt. Die Knechte hieben mit Zweigen auf die Hinterteile der Kühe, um sie an dem unheimlichen Ort vorbeizutreiben. Als die Hornviecher wieder aus dem Hain heraustraten, tauchte am Horizont ein einzelner Reiter auf. Sein Mantel wehte schwarz im Wind, und auch sein Gesicht schien erschreckend schwarz zu sein. Richard wusste plötzlich, woher sein Unwohlsein auf dem Hügel gekommen war. Kein Vogel hatte dort gesungen.

»Reitet ihm entgegen«, befahl Heyne Schomer mit zitternder Stimme. Seine Angst wandelte sich in Entsetzen, als Richard kehrtmachte und an der Kuhherde vorbei zum Ende des Zugs galoppierte.

»Verräter«, schrie ihm der Viehhändler nach, als sich aus dem Unterholz sich sechs kräftige, maskierte Gestalten lösten, die sich mit Knüppeln auf die Ochsenknechte stürzten.

Richard zog im Galopp blank und ließ sein Schwert durch die Luft sausen. Der erste Dieb duckte sich unter dem Schlag. Ein anderer hieb mit einem Knüppel auf Richards Arm ein. Der Schmerz raste durch seinen Ellenbogen, und er wandelte ihn in Wut für den nächsten Schwerthieb. Er traf den Arm des Knüppelschwingers. Blutend fiel das Gliedmaß zu Boden, schreiend wand sich der Mann im Staub. Die drei anderen zogen sich Schritt für Schritt zurück. Richard brüllte in Kampfeswut, schwang sein Schwert und gab der Stute die Sporen. Dieser Anblick war zu viel für die Räuber. Sie ließen ihre Waffen fallen und nahmen die Beine in die Hand.

Richard wendete das Pferd. Der Reiter, der dem Viehtrieb entgegengeritten war, hatte Heyne Schomer vom Pferd gezerrt und hielt ihm einen Dolch an die Kehle. Sein Gesicht war vollends von einer ledernen Maske bedeckt. Haupt, Haar und Hals steckten in einem Gugel.

Richards Brotherr war weiß wie Kalk. Angstschweiß rann ihm die Stirn herab. Die anderen Männer standen reglos herum.

»Ergib dich, Schwertknecht, oder dein Herr stirbt«, rief der Ledergesichtige. Richard verlangsamte den Schritt der Stute. Sein Herz raste, denn er hatte das Pferd des Diebs erkannt: Es war Corvus, sein geliebter Gaul. Die Stimme des Schnapphahns war jung, und einige braune Locken krochen unter der einfachen Kopfbedeckung hervor. Es konnte nicht der Burgvogt sein.

»Beim heiligen Martin, mir bleibt nichts anderes übrig. Sagt, wie soll ich mich ergeben?«, rief Richard.

Corvus schnaubte.

»Wirf dein Schwert zu Boden und steig ab.«

»Nur wenn du deinen Dolch von seiner Kehle nimmst, sobald mein Schwert am Boden liegt.«

Der Schnapphahn lachte. Mit der freien Hand strich er sich geschwind eine vorwitzige Haarsträhne unter den Gugel. »So soll es sein.«

Richard ließ die Waffe zu Boden gleiten.

»Nun sieh mal her«, sagte der Ledergesichtige und ließ die Dolchspitze am Hals des Kaufmanns hinabgleiten, über dessen Brust, auf das Wams, dort, wo das Herz saß. Er musste sich weit vom Sattel hinunterbeugen. »Jetzt ist der Dolch von der Kehle weg, wie versprochen. Steig ab, Waffenknecht.«

»Wenn dir das hilft, Strauchdieb. Aber schau dich mal um. Deine Leute sind geflohen, du bist verloren, bei allen Heiligen.«

»Rede nicht, mach«, befahl der andere.

Corvus blähte die Nüstern und schüttelte den Kopf. Die Nähe seines früheren Herrn machte den Rappen unruhig. Doch Richard wusste, dass Corvus nie einen Reiter abwerfen würde. Langsam stieg er von der Stute ab und trat einen Schritt vor.

»Bleib stehen«, sagte der Räuber.

Heyne Schomer zitterte erbärmlich.

»Und was dann?«, fragte Richard.

Der Dieb zögerte, und Richard nutzte den Augenblick der Stille. »Leva te!«, schrie er. Corvus stieg auf, wie das Ross auf einem Welfenschild, und schlug mit den Vorderläufen. Der Räuber ließ den Viehhändler los. Er musste sich am Hals des Pferdes festkrallen, um nicht abgeworfen zu werden. Richard zog Schomer fort und griff nach seinem Schwert. Der Dieb wollte Corvus herumreißen, doch Richard fiel ihm in die Zügel. Er holte zu einem gewaltigen Streich aus, aber seine Waffe wurde abgewehrt. Geschwind hatte der Maskierte blankgezogen und ließ seine Klinge gegen die von Richard sausen. Mit einer schnellen Finte strich er ihm die Waffe aus der Hand.

Richard duckte sich knapp unter dem nächsten Schlag. Er zog

seinen Dolch aus dem Gürtel und wollte sich auf den Gegner stürzen, aber der Räuber gab Corvus die Sporen. Im Galopp riss ihm der Wind den Gugel vom Haupt. Sein Haar war eine Wolke dunkler Locken. Richard atmete erleichtert durch. Er war froh, diesen mächtigen Gegner losgeworden zu sein. Erleichtert half er Schomer auf.

»Wollt Ihr ihn nicht verfolgen? Er entkommt uns«, schrie der Kaufmann. Vor Wut lief er rot an.

»Sinnlos. Sein Pferd ist besser.«

»Das war keine Meisterleistung. Alle Diebe sind Euch entgangen. Ich hatte mir mehr von Euren Diensten versprochen.« Schomer wischte sich den Dreck von den Barchenthosen

»Sind Eure Leute den Dieben nicht nachgelaufen?« Richard schaute in die Runde der feige dreinblickenden Ochsentreiber.

»Es war Eure Aufgabe, uns zu schützen«, erwiderte Schomer. »Ihr habt die Räuber nur vertrieben, statt sie zu beseitigen.«

Richard runzelte die Stirn. Hatte der Mann nicht verstanden, dass er ihm grade das Leben gerettet hatte? »Befürchtet Ihr, dass die Diebe wiederkommen? Sie haben ihre Waffen fallen lassen. Eure Männer hätten sie einholen und niederringen können.«

»Wie schon gesagt, das war Eure Aufgabe. Doch jetzt sind wir weiter in Gefahr. Ihr habt versagt, auf ganzer Länge.«

Langsam kochte Wut in Richard auf. Aber er besann sich und blieb gelassen. »Wer weiß? Da hinten liegt einer, der noch reden kann. Wir sollten ihn befragen. Außerdem müssen wir uns den Hügel genauer anschauen. Dort hatten sie sich versteckt. Wollt Ihr Euch den Verwundeten vornehmen, oder kommt Ihr mit ins Geistergrab?«

»Ich befrage den Dieb«, sagte Schomer und warf Richard einen misstrauischen Blick zu. Seine Männer entschieden sich, bei ihm zu bleiben.

Mit großen Schritten umrundete Richard den Hügel. Er hackte mit dem Schwert das Unterholz nieder, bis er verborgen unter langen Zweigen einen Eingang fand. Er musste den Kopf einziehen, um in den Hügel zu steigen. Grünes Licht drang in einen Gang, der von aufrecht stehenden Steinplatten geschützt war. Vorsichtig stieg Richard weiter hinab. Nach einigen Schritten hatte er eine Höhle erreicht, die etliche Männer in sich aufnehmen konnte. Es war ein altes Grab von mächtigen Ausmaßen. Spärlich flackerte ein Kienspanlicht in der Kaverne und brach sich auf den Steinplatten, die die Wände stützten. Wer auch immer in heidnischer Vorzeit hier begraben worden war, sein Grab war riesig. Geschützt durch finsteren Aberglauben, war es eine Räuberhöhle geworden.

»Alter Heide, jetzt kannst du wieder ungestört ruhen«, murmelte Richard achtungsvoll. Vorsichtig löschte er den Kienspan, den die Räuber hatten brennen lassen, und wandte sich zum Gehen, als er plötzlich von hinten gepackt wurde. Ein scharfer Stich fuhr in seinen linken Oberarm, doch Richard schnellte den Ellenbogen nach hinten. Der Angreifer stöhnte auf. Richards Schwert wirbelte durch die Luft. Er schlug im Dunkeln zu, geleitet von Gehör und Instinkt. Mit einem Schlag trennte er das Haupt des Räubers vom Rumpf. Der Körper fiel zu Richards Füßen nieder, der davonfließende Lebenssaft netzte seine Bundschuhe.

Der Viehdieb hatte hier Schutz gesucht. Er war nur mit einem kleinen Dolch bewaffnet gewesen, trotzdem ergossen sich wieder Blutströme unter Richards Händen. Von sich selbst angewidert, schloss er die Augen. Er kämpfte stets wie im Rausch. Mit einem Zucken seiner Hand löschte er Leben aus. Dazu war er seit seinem achten Lebensjahr erzogen worden, dafür hatte man ihn im Deutschen Orden geschätzt. Tief sog er den moderigen Geruch der Höhle ein, dann stieg er wieder ans Tageslicht. Marienmantelblau, dachte Richard mit einem verzweifelten Blick in den Himmel.

»Gottesmutter, vergib mir«, flüsterte er.

Die Viehhändler standen um den Räuber, dem er den Arm abgeschlagen hatte. »Was hat er gesagt?«

»Nichts«, erwiderte Schomer kalt.

Richard schob die Männer beiseite. Der Räuber lag in seinem Blut, völlig verkrümmt, die verbliebene Hand über dem Bauch. Er bewegte sich nicht. Richard beugte sich zu ihm hinab und legte die Hand auf den Puls am Hals. Der Mann war tot. »Was habt Ihr mit ihm gemacht?«

»Wir wollten wissen, wo seine Kumpane sind.«

»Lasst mich raten«, sagte Richard wütend. »Weil er es nicht sagen wollte, habt Ihr ihn getreten, bis er gar nichts mehr sagte.«

Einer der Knechte nickte mit bedrückter Miene.

»Ist Euch der Mann vorher einmal begegnet? Vielleicht in Kuddewörde?«, fragte Richard die Ochsentreiber.

Einer der Männer räusperte sich. »Ich hab den schon mal irgendwo gesehen. Ich glaub, im Sankt-Jacobi-Viertel, in Hamburg.«

»Was willst du damit sagen? Etwa, dass das Hamburger sind?«, fauchte Schomer.

»Nein, nur, dass er mir bekannt vorkommt, mehr nicht«, antwortete der Knecht.

»Wenn Ihr ihn schon umgebracht habt, sollten wir ihn wenigstens beerdigen«, sagte Richard.

Heyne Schomer trat vor den Leichnam. »Das kommt gar nicht in Frage. Wir haben schon so viel Zeit verloren, wir müssen uns beeilen, nach Hamburg zu kommen. Vor Toresschluss.«

»Dann legen wir ihn in das Grab, das die Räuber als Unterschlupf gewählt haben.«

»Egal, was Ihr sagt, Herr Ritter, es kostet Zeit. Lasst ihn liegen.«

»Der Hügel ist ein verlassenes Heidengrab. Wir tragen den Toten dort hinein. So viel Zeit muss sein.« Richard sah den Männern in die Augen. »Nun, um der Toten Ehre, wer wagt es, das Heidengrab zu betreten und das Diebesversteck zu erkunden?«

Die Geisterfurcht der Männer wandelte sich in Neugier. Kühn geworden schleppten die Viehtreiber die Leiche in den Hügel. Sie entzündeten einen Kienspan, begafften den Geköpften und lobten Richard für seine Schwertkunst. Er wischte die Lobe mit einer Geste fort und wünschte sich, seine Reflexe wären weniger verderblich. Er tötete wie ein Berserker.

Richard nahm den Knecht beiseite, der den kräftigen Toten zu kennen glaubte. »Schau dir den Kopf an. Kennst du den auch?«

»Gar nicht, weder aus Hamburg noch von sonst wo«, sagte der Knecht.

»Dann lasst uns von den Toten Abschied nehmen«, meinte Richard. »Wir betten die Leichname mit dem Gesicht Richtung Osten, so achtungsvoll es in der kurzen Zeit geht. Ihr Unglück ist unser Segen.« Er sprach ein kurzes Gebet für die Verstorbenen.

Die Männer neigten ehrfurchtsvoll die Häupter. Dann machten sie sich auf den Weg und schwatzten angeregt über das schaurige Grab. Richard verdeckte den Eingang zum Hügel mit Zweigen. Wenn der alte Heide noch dort lag, hatte er frische Grabgenossen bekommen. Nun gab es wahres Grauen in dem Geisterhügel zu finden.

FEST DES HEILIGEN LUKAS
Montag, 18. Oktober im Jahr des Herrn 1400

Ja, so weiß Christus sich an seinen Feinden zu rächen, dass er nicht nur über sie, sondern auch durch sie oftmals umso herrlicher triumphieren kann, je machtvoller er es vermag. Gewiss auf angenehme und vorteilhafte Weise.
Bernhard von Clairvaux, Das Lob der neuen Ritterschaft

Im Hause Albert Schreyes trafen sich die einflussreichsten Mitglieder seiner Familie, um über den Kurs der Englandfahrer zu reden. »Rat der Schreye« nannten die Männer diese Gespräche, in Wahrheit entschied die Familie dabei über das Schicksal der Stadt. Geseke war die einzige Frau, die jemals dabeigesessen hatte. Stets bat sie ihren Gatten, sie zu begleiten, aber er kam nie mit. Der Rat der Schreye, das waren ihr Vater, ihr Großvater und der Bürgermeister Marquard Schreye, ihr Vetter. Manchmal, wenn es um Kriegsdinge ging, ihr Bruder Diederich.

Wie immer saßen sie in der winzigen Privatkapelle, die ihr Großvater, der alte Herman, im Schreyehaus hinter dem Saal eingebaut hatte. An der Stirnseite des kleinen Raumes hing ein silbernes Kruzifix über einem schmalen Altar, daneben ein schönes Bild des heiligen Thomas von Canterbury, von dem Albert in London eine Fingernagelreliquie erworben hatte. Das Reliquiar in Handform stand auf dem Altar und wurde von sechs Kerzen beleuchtet, sonst erhellte den Raum nur ein ewiges Licht. Es war schummerig und warm. Die Männer taten sich am Hamburger Starkbier gütlich und Geseke am Rotspon. In beides mischten die Schreyes gezuckerten Branntwein mit Zimt, den Gesekes Großvater irgendwo in der Kapelle unter großer Heimlichtuerei versteckte und dann wie ein Magier hervorzauberte, wenn sein Familienrat tagte.

Gesekes Vater hatte sich tagelang das Hirn zermartert, weil ihm sein Lebenswerk zu misslingen schien. Er war schon in den achtziger Jahren gegen die Vitalienbrüder gefahren, als sie noch die Ostsee unsicher gemacht hatten. Im Sommer dieses Jahres hatte er die Jagd auf die Piraten eröffnet. In mühsamen Verhandlungen hatte er den friesischen Fürsten Bündnisse gegen die Vitalienbrüder abgerungen. Mehr als hundert Seeräuber hatte er in Friesland gefangen und achtzig davon hinrichten lassen. Doch Godeke Michels und Störtebeker waren ihm entkommen. Trotzdem hatten die Englandfahrer geglaubt, dass sie zumindest für ein halbes Jahr vor der Pest der Meere Ruhe hätten. Ihre Hoffnungen waren zerstört worden, als Graf Albrecht von Holland Mitte August dieses Jahres einer neuen Vitalienbrüderflotte einen Freibrief ausgeschrieben und einen Preis auf Albert Schreyes Kopf ausgesetzt hatte. Die Hamburger hielten den Atem an: Würden die Vitalienbrüder tatsächlich so spät im Seefahrtsjahr noch ausfahren? Und wohin? Gegen ihre Stadt? Dann war vor Neuwerk ein Raubkoggen gesichtet worden. Unmöglich hätte Schreye gegen sie kämpfen können – nicht auszudenken, was geschehen wäre, wenn er in die Hände Verbündeter des Grafen von Holland gefallen wäre: Es hätte wohl einen neuen Hansischen Krieg ausgelöst, wenn der Graf von Holland einen Hamburger Ratsherrn aufs Schafott schickte.

So waren Niclas Schoke und Hermann Lange ausgefahren und hatten vor Helgoland die »Rode Düwel« mit dem Kapitän Störtebeker aufgebracht. Doch der gefürchtete Godeke Michels, der Teufel der Meere, war immer noch nicht gefangen.

»Die Lage ist ernst«, sagte Bürgermeister Marquard Schreye. »Wenn der Handelsweg nach England frei bleiben soll, muss im nächsten Jahr wieder eine Kriegsflotte ausfahren.«

»Fragt sich, wie sie finanziert werden mag. Ich bezweifle, dass wir den Pfundzoll auf alle Einfuhren verlängern können«, wandte der alte Herman Schreye ein.

Albert Schreye schüttelte den Kopf. »Die Schonen- und Lübeckfahrer im Rat werden dagegen sein. Sie erzählen herum, wir hätten einfache friesische Händler für Piraten gehalten. Es gibt sogar welche, die fordern, dass wir den Störtebeker laufen lassen. Wenn die Stimmung so bleibt, werden die ungebundenen Ratsherren ihr Mäntelchen nach dem Wind hängen, und wir bekommen das Vermögen für die Flotte nicht zusammen.«

»Jede Stimmung kann man zum Umschlagen bringen.« Geseke nippte an ihrem süßen Rotwein. »Eine spektakuläre Hinrichtung würde die Bürger vom Sinn der hohen Flottenkosten überzeugen.«

»Kind, die verfluchten Seeräuber gestehen nicht. Der alte Büttel hat seine Folterkunst verausgabt, aber es ist nichts herausgekommen«, knurrte ihr Großvater.

»Vielleicht sollten wir einen neuen Fron suchen, der sich besser auf die peinliche Befragung versteht. Im Kerker und auf der Tortur sind dem Büttel schon mehr als zwei Dutzend der Seeräuber dahingegangen. Unser Henker schwächelt«, warf der Bürgermeister ein.

»Das dauert zu lange«, sagte Geseke und kippte ein drittes Glas Rotspon hinunter. »Es muss schnell eine Hinrichtung her. Da können wir nicht lange nach einem geschickteren Folterknecht suchen. Es ist absolut notwendig, dass jemand gesteht, egal, welcher der Piraten. Habt Ihr versucht, einzelnen Piraten die Freiheit oder Gold zu bieten?«

Ihr Vater zog die Brauen hoch. Er ließ den Bierkrug kreisen und reichte eine Platte mit Käsepfeifchen herum. Die Männer aßen und schwiegen.

Eigentlich hatte Geseke sich um Johanns willen für den kleinen Schiffsjungen einsetzen müssen, doch je benebelter ihr Kopf vom Wein wurde, desto besser schien ihr des Büttels Vorschlag, über den der Stadtwächter so entsetzt war: das Kind mit der Folter bedrohen, ihm erst mal ordentlich Angst einjagen, dann sein Geständnis aufzeichnen, die Seeräuber damit verurteilen. Sanctus Thomas, was würdest du tun?, fragte sie den Heiligen an der Wand, doch er antwortete nicht.

Sie trank noch ein Glas Rotwein und räusperte sich. »Es gäbe eine Lösung. Bisher hat der Büttel doch diesen kleinen Schiffsjungen geschont, der auf der Roten Düwel dabei war. Schüchtert den mal ordentlich ein. Er wird aussagen, wenn man ihm die Folterinstrumente zeigt. Sagt ihm zudem, dass er keine Angst vor dem Tod zu haben braucht, weil man Kindern nicht den Kopf abschlägt.«

Ihr Vater sah sie stolz an. »Das würde zwar das Recht ein wenig biegen, weil die zum Tode Verurteilten ihre Verbrechen zuvor gestehen müssen. Aber wer kennt schon die Feinheiten des Rechts?«

»Ich will das nicht gehört haben«, bemerkte der Bürgermeister.

»Keiner wird es erfahren.« Alle Blicke richteten sich auf den alten Herman Schreye. »Als Ratssyndikus kann ich das Amt des Gerichtsschreibers an mich ziehen, wann immer ich will. Also verfasse ich das Protokoll. Den Schreibern in der Ratslaube erzähle ich beim

Kopieren, wie ich das Ganze verstanden habe, und flugs ist es in der Stadt herum.«

Der Bürgermeister verschränkte die Arme und schüttelte entrüstet den Kopf über seinen Großvater, wandte aber nichts dagegen ein.

»Dann soll es so sein«, beschied Albert Schreye. »Ich werde im Laufe des Vormittags Hermann Lange und Niclas Schoke bitten, als Gerichtsherren bei der Befragung aufzutreten. Schließlich haben sie diese Seeräuber gefangen, da sollen sie auch dafür sorgen, dass man sie verurteilt, egal, ob Schoke kränkelt oder nicht. Du, Brudersohn Marquard, erhältst von Vater am Abend das Protokoll der peinlichen Befragung. Dann überzeugst du deinen Kollegen, den Ehrenwerten Ersten Bürgermeister Kersten Miles, die Verurteilung der Seeräuber auszusprechen.«

Spät in der Nacht war Geseke in ihr Bett gefallen und hatte sich keine Gedanken mehr über den kleinen Jungen und die Folter, über Rechtsbeugung und Hinrichtungen gemacht, dazu war sie zu betrunken.

Gegen Mittag wurde sie von ihrer Kleinmagd wachgeschüttelt.

»Euer Johann Cletzen steht im Hof«, zeterte Grete.

Geseke griff die Magd am Kittel und brummte etwas Unverständliches, das Grete als Zurechtweisung für ihre Frechheit deuten musste.

»Wenn es nach ihm ginge, wäre er der Eure«, kicherte das Mädchen. Geseke schnappte sie am Ärmel, zog sie zu sich aufs Bett, drehte sie um und gab ihr einen Klaps auf den Hintern. Die Kleinmagd lachte, dann sah sie aber den unwirschen Blick ihrer Herrin und floh zur Treppe.

»Sag ihm, er soll warten«, rief Geseke ihr nach. Der Wein vom Vorabend machte ihr zu schaffen. Ihr Kopf schmerzte, als sei eine Ochsenherde hindurchgetrampelt. Sie schleppte sich zum Fenster. Da stand der Cletzen. Dunkle Ringe unter seinen Augen verrieten, dass er einen schweren Dienst getan hatte. Er sah so aus, wie sie sich fühlte, und er hatte nur ein Pferd mitgebracht. Ihre Kopfschmerzen brüllten. Die Erinnerung an den Rat der Schreye kam unangenehm zurück. Sie hatte den Jungen verraten, um dessen Rettung Cletzen gebeten hatte.

Der Stadtwächter trug schöne Lederstiefel, braune Hosen, ein grünes Wams und ein weißes Hemd. Er hatte sich fein gemacht. Angesichts ihres Versagens vom Vorabend ärgerte Geseke der Anstand, den er trotz seiner sichtlichen Erschöpfung ausstrahlte. »Was ist los, Cletzen? Ihr habt nur ein Pferd dabei«, rief sie aus dem Hoffenster.

»Aber schaut mal, welches.« Er grinste. Am Zügel hielt er die Stute, die ihr Stiefsohn so sehr vermisste. Ein neuer Stich von schlechtem Gewissen jagte in Gesekes Herz: Cletzen hatte an ihren Stiefsohn gedacht, und sie hatte den kleinen Seeräuber der Folter preisgegeben. »Woher hat er das Vieh?«, fragte sie sich halblaut, warf ihren Hoyken über und stieg die Treppe zum Hof hinab.

Cletzen verneigte sich tief.

»Magst du ein Mittagsbier?«, fragte Geseke. Jetzt wird er gleich rot, dachte sie, und es geschah.

Cletzen wandte den Blick ab. »Nur, wenn es Euch recht ist, Fruwe.«

Wenn sie in die Küche gingen, würden sie vermutlich über Sigvrid, ihren Gatten, und die Magd stolpern. Sie lotste Cletzen in die Dornse hinter der Diele und rief nach Grete. Die Kleine war schnell, brachte Brot, Käse, kalten Braten und Bier.

»Nun, woher hast du den Zossen?«

»Heut Morgen hatte Vater Wache beim Spitalertor, und ich …«, er zögerte einen Moment, »ich hab ihm dabei Gesellschaft geleistet. Als wir öffneten, stießen ein paar Knechte einen Mann hinein. Ein großer Kerl, in Fesseln und völlig verdreckt. Hinter dem Gefangenen folgte ein Viehtrieb, der in der Nacht vor dem Tor übernachtet hatte, angeführt von dem Schlitzohr Heyne Schomer. Ihr kennt ja seinen Ruf.«

Geseke nickte müde. Der Geizkragen Schomer hatte schon so manchen über den Tisch gezogen. Er konnte den ehrsamen Händler mimen wie kaum einer und hielt sich an nichts, das nicht schriftlich vorlag. Umso erfolgreicher presste Schomer seit Jahren den mecklenburgischen und lauenburgischen Bauern gute Preise für das rare Vieh ab, ließ es in Massen auf den ratseigenen Brooken weiden und auf eigene Kosten schlachten. Die anderen Knochenhauer mussten bei ihm einkaufen. So war er reich geworden.

»Vor Toresöffnung muss Streit ausgebrochen sein«, fuhr Cletzen fort. »Als Vater fragte, was der Mann verbrochen habe, hat der Gefangene behauptet, Schomers Leute hätten ihn im Schlaf übermannt, gefesselt und ihm sein Hab und Gut abgenommen. Schomer wurde wütend, trat nach ihm, der Mann ist ausgewichen, und Schomer kam ins Stolpern. Vater musste lachen, wie der Schomer sich da fast in den Dreck gelegt hat.«

»Das hat den Schomer nicht gefreut, denke ich.«

»So ist es. Aber der Gefangene wandte sich an meinen Erzeuger und sagte, er wäre als Wächter für den Viehtrieb angeheuert worden. Vater wollte wissen, wieso er gefesselt worden ist, aber Schomer ließ den Mann nicht ausreden. Er kreischte herum wie ein Dämon, behauptete, der Kerl habe sie auf der Reise grundlos aufgehalten und Diebe laufen lassen. Er stecke mit den Schnapphähnen unter einer Decke, hat der Schomer ihm unterstellt. Er wollte das Pferd und die Waffe des Mannes als Entschädigung behalten. Dies sei ein Fall für das Niedergericht, meinte Vater.«

»Da hat er Recht. In unserer Stadt kann keiner einfach jemandem sein Schwert und seinen Gaul abnehmen. Aber hat Schomer das mit sich machen lassen?«, fragte Geseke.

»Nein, natürlich nicht. Vater pfiff einige Wächter herbei, und wir nahmen dem Schomer Pferd und Schwert ab. Was mir da auffiel, war, dass seine Leute ihm nicht beisprangen. Das fand ich bemerkenswert. Als ich den Gaul am Zügel nahm, wurde mir klar, wessen Pferd ich da hab, nämlich das von Eurem Stiefsohn. Nun habe ich gehört, dass er in den Schenken erzählte, wie er seine Stute bei einem Rosshändler als Pfand gelassen hat. Ich denk also, dass von Hardin das Pferd da ausgelöst hat.«

»Von Hardin?«, fragte Geseke.

»Das ist der Name dieses Gefangenen, er ist von Adel. Aber ich erzähle mal der Reihe nach, wenn Ihr erlaubt.«

»Aber gerne, Cletzen.« Sie sah, dass seine Hände zitterten. Selten hatten sie so viel Zeit so nah beieinander verbracht. Aber sie genoss es, trotz ihrer Kopfschmerzen.

»Gegen acht am Morgen tagte das Gericht beim Marktplatz – unter dem Vorsitz vom ehrenwerten Herrn Hermann von Hachede.«

»Oh Jesus Maria, der arme Mann.« Geseke kannte den eitlen Ratsherrn und seine Rechtsprechung.

»Das mögt Ihr wohl sagen, Frau Geseke. Wir haben von Hardin von seinen Fesseln befreit und vorgeführt. Jede Menge Marktbesucher und Müßiggänger sammelten sich um die Gerichtslaube, Ihr wisst ja, wie das ist. Die hoffen, dass einer an den Pranger kommt, um dann ihr Mütchen an ihm zu kühlen. Der Ehrenwerte Herr von Hachede hat den Mann gefragt, wie er zu Schwert und Pferd gekommen sei. Er nannte seinen Namen: Richard, Ritter von Hardin, und meinte, sowohl Schwert als auch Pferd gehörten ihm, wie ein jeder Ritter ein Schwert und ein Pferd sein Eigen nenne. Es gab großes Gelächter, denn er sah aus wie ein davongelaufener Bauernknecht, er hatte nicht mal Stiefel an. Den Spott nutzte Heyne Schomer. Er sagte, stets daran gezweifelt zu haben, dass der Kerl von Adel sei, so wie er aussähe. Ihr könnt Euch das Gejohle der Leute vorstellen.«

»Dieser von Hardin kennt sich wohl nicht gut mit städtischem Publikum aus. Ein Landjunker?«

»Ich weiß nicht, wo er herkommt, aber er ist keiner der gewöhnlichen Krautjunker aus dem Mecklenburgischen, auch wenn er sich ebenso adelsstolz verhalten hat wie die.«

»Erzähl weiter.«

»Wir haben versucht, für Ruhe zu sorgen, damit von Hachede weitermachen konnte. Er befragte den Angeklagten nach der Herkunft des Tiers. Der Beklagte erzählte, er habe das Tier in Kuddewörde erworben, der Dolch stamme von seinem Vater, und das Schwert habe er von einem Freund. Witzbolde riefen was von Sodomiterbrut. Und Schomer schrie, er traue dem Kerl durchaus zu, das Pferd gestohlen zu haben.«

»Dabei stimmen seine Aussagen mit der Geschichte von Sigvrid überein.«

»Ich wollte mich einmischen, weil ich wusste, dass es Sigvrids Tier war, aber von Hardin rief über den Platz, er würde bei Gott und allen Heiligen schwören, dass er die Wahrheit sage. Dann erzählte er, wie er gedungen wurden und was Schomer ihm zahlen wollte. Schomer schrie, dass sie ihn besoffen aus der Gosse gezogen hätten und alles, was er auf dem Leib trug, ihnen gehöre. Da gab es wieder Gejohle. ›Ausziehen‹ und solche Rufe.«

»Und was hat der Ritter gesagt?«

»Ich hab gesehen, wie sich die Wut in ihm sammelte, Fruwe Geseke. Er gab zu, dass der Sattel und sein Gugel von Schomer gestellt worden wären, da er selbst vorher in Not geraten sei. Die Kleidung und der Sattel sollten Teil seines Lohns sein. Schomer unterbrach ihn und sagte wieder, er habe keinen Lohn verdient, weil er die Diebe habe laufen lassen. Der Angeklagte behauptete, er habe fünf von ihnen vertrieben und zwei getötet. Er gab sogar zu, dass es sein mag, dass der Viehtrieb aufgehalten worden sei, weil er darauf bestanden habe, die Diebe zur letzten Ruhe zu betten.«

»Ein ehrlicher Mann.«

»Ich glaube, das ist so was wie Ritterehre.«

Geseke schüttelte den Kopf. »In seiner Lage eine vollends nutzlose Haltung.«

Cletzen nickte bedächtig. »Ich hatte den Eindruck, er hat sich auf die Gerechtigkeit des Richters verlassen. Der ehrenwerte gelehrte Herr von Hachede hingegen wollte das Verfahren schnell vom Tisch haben. Und Ihr wisst ja, wie er ist, wenn er sein Morgenbier noch nicht mit dem Mittagstrunk gekrönt hat.«

Geseke musste lachen. Cletzen durchschaute so manchen Ratsherrn besser als der Rat selbst. »Wie ging es weiter?«

»Der Ritter wollte das Pferd, das Schwert und seinen Lohn. Schomer behauptete, der Schaden der Verspätung fräße den Lohn auf und noch Pferd und Schwert dazu. Dann rief er in die Menge, dass ein Adliger halt nichts von Geld versteht. Die Zuschauer jubelten. Ich hab gesehen, wie sich in dem von Hardin die Wut gesammelt hat.«

»Und das Urteil?«

»Herr von Hachede gebot, die Güter zu teilen. Der Ritter bekäme die Waffen und die Viehhändler das Pferd.«

»Spielte von Hachede den König Salomo?«

Der Cletzen lächelte und nickte. »Zuerst schien es so, als wolle der Angeklagte das Urteil akzeptieren, aber dann ging alles ganz schnell. Fruwe, ich habe noch nie jemanden gesehen, der sich so flink bewegt. Er griff nach dem Schwert auf dem Gerichtstisch, entriss dem Gerichtsdiener die Zügel der Stute, sprang auf und preschte davon.«

»Aber er kam nicht weit«, vermutete Geseke.

»Nein. Alles, was Beine hatte, war hinter ihm her. Auf der Trostbrücke kam ihm ein Handkarren in die Quere, und der Pöbel hat ihn vom Pferd gerissen. Er fluchte und benutzte dabei einige Worte, die ich nicht wiederholen möchte, Fruwe Clingspor. Er hat von Hachede einen Hökerrichter genannt.«

»Nicht grad das klügste Verhalten.«

»Ich weiß nicht, ob es dumm ist, aber er war am Ende seiner Kräfte. Er war bleich und hat eine Verletzung am Arm. Sein Hemd war voller Blut. Der wollte einfach nur weg.«

»Was ist dann geschehen?«

»Hermann von Hachede hat ihn wegen Beleidigung des Gerichts verurteilt, am Marktpranger zu stehen, und sein voriges Urteil bekräftigt. Die Waffen sind im Rathaus hinterlegt.«

»Wenigstens hat Schomer nicht alles bekommen. Bei von Hachedes Schnellurteilen kann man sich nur über eins sicher sein: Gerecht wird das nicht«, murmelte Geseke.

»War es auch nicht. Ich bin dann zu Schomer gegangen, um ihm das Pferd abzukaufen. Im Stall erzählte mir einer seiner Ochsenknechte, dass der Mann sie heldenhaft gegen die Viehdiebe verteidigt habe. Er habe zwei Räuber getötet und deren Hauptmann verscheucht.« Cletzen spielte verlegen mit dem Bierbecher. »Angeblich kann er mit dem Schwert umgehen wie unsereiner mit dem Brotmesser.«

Geseke lächelte, weil das Gleiche über Johann Cletzen gesagt wurde. Er sah aus, als wolle er noch etwas loswerden, und sie nickte ihm auffordernd zu.

»Der Knecht erzählte, dass Heyne Schomer ihnen befohlen hat, den Ritter im Schlaf zu fesseln. Er wollte ihn von Anfang an um seinen Lohn prellen. Aber der Knecht wollte vor Gericht nichts sagen, weil er kein Bürgerrecht hat. Er befürchtete, dass Schomer ihn an seinen ehemaligen adligen Herrn auslieferte, wenn er sich gegen ihn wendet. Das ist ein verfluchtes Unding, Fruwe Geseke.«

»Das Unrecht ist doch die Hörigkeit der Landleute, Cletzen. Kein Landflüchtiger wird sich gern für einen Adligen einsetzen.«

»Ihr sprecht wahr, Fruwe Geseke, aber dieser Knecht ist von der Hörigkeit auf dem Land geflohen und hier in eine Hörigkeit bei Schomer geraten. Und es dauert fünf Jahre nach Hamburger Recht, bis sein alter Herr ihn nicht mehr zurückfordern kann.«

»Du meinst, das sollte man ändern, Cletzen?«

»Das und vieles andere: gleiches Recht aller Stadtbewohner, Mitspracherecht der Bürger bei Ratsentscheidungen. Aber ich weiß, es braucht Zeit.« Er blickte auf seine Fingerspitzen.

Geseke hätte ihm am liebsten gesagt, dass sie seiner Meinung war und wie sehr sie Knechtschaft, Ungleichheit und Armut hasste, doch es war nicht klug, ihn aufzuhetzen. »Unterdessen könnte ich aber etwas für den armen Ritter im Pranger tun«, meinte sie. »Erst mal sag mir aber, was du für das Pferd bezahlt hast.«

Er zuckte mit den Schultern. »Es war nicht billig: drei Mark. Das ist ein guter Preis für so ein schönes Tier.«

»Man bekommt Zossen für weniger. Aber ich weiß, dass Sigvrid mehr für die Stute gezahlt hat. Wieder so eine seiner Spinnereien. Er hat sie über Brügge aus dem Süden kommen lassen, wollte züchten. Sarazenenpferde.« Geseke fühlte nach ihrem Geldbeutelchen, dann wurde sie vor Scham rot. Sie hatte vergessen, dass sie unter dem Hoyken nur ihr Nachtgewand trug. Sie sprang auf. »Cletzen, warte hier. Ich hol eben Münzen.«

»Wartet bitte, Fruwe Geseke …« Er hielt sie an ihrem Ärmel fest. »Ich will kein Geld zurück. Die Stute ist ein Geschenk für Euch.«

Geseke schüttelte den Kopf. Drei Mark. Dafür musste er fast zwei Monate arbeiten. »Nein«, sagte sie. Zart löste sie seine Hand von ihrem Ärmel.

»Ich bin froh, Euch einen Dienst leisten zu können, Fruwe Clingspor.« Er sah ihr mutig in die Augen.

Sie schluckte und dachte wieder an den kleinen Seeräuber, für den er eingetreten war. Was würde dem Jungen heute geschehen?

»Es war ein großer Dienst, Cletzen. Nur versteh doch, ich werde die Stute meinem Stiefsohn zurückgeben. Dein Dienst war für mein ganzes Haus. Mein Haus kann von dir nicht noch obendrein ein Geschenk annehmen.«

Cletzen blickte auf sein Brot. Er hatte das Essen noch nicht angerührt. Doch jetzt nahm er einen kräftigen Schluck Bier. Zögerlich schob er seine linke Hand über den Tisch zu ihr herüber. Was wollte er? Langsam hob er die Hand. Darunter lag ein Nasentüchlein aus feinstem Leinen, bestickt mit Blüten, über und über, in allen Farben des Himmels.

»Ich dachte mir schon, dass das Pferd keine passende Gabe für Euch sei. Doch als Dank für das Mahl vielleicht das.«

Geseke nahm das Tuch mit spitzen Fingern. Ihre Kopfschmerzen pochten schlimmer als zuvor. »Stickt deine Schwester so schön?«, fragte sie mit rauer Stimme.

Er nickte.

»Dann nehme ich es an. Gottes Gruß an die Jungfer Cletzen.«

Ihre Hände zitterten. Er hatte sie tief gerührt mit dem Tüchlein. Er tat das viel zu oft. Fast immer wenn sie ihn sah. Sie ließ das Geschenk schnell im Ärmel ihres Nachtgewands verschwinden.

Cletzen stand auf, um sich zu verabschieden, doch Geseke bat ihn zu warten.

»Grete!«, brüllte sie durch das Haus. Die Kleine erschien lautlos und schnell. »Mach dem Junkherrn Cletzen ein Vesperpaket zurecht, mit dem Besten aus dem Haus. Und eine Flasche Wein lege dazu. Wickele alles in ein gutes Leintuch aus der Vorratstruhe. Warte in der Diele, Cletzen. Du verlässt das Haus nicht ohne Lohn.«

Geseke rannte die Treppen hinauf in ihre Kammer, warf sich das Unterkleid über das Nachtgewand und darüber Surcot, Wams und Gürtel. Nicht einmal eine Haube hatte sie getragen, als sie mit Johann Cletzen sprach. Was in drei Teufels Namen mochte er nun von ihr denken? Ihr Kopf dröhnte wie die Hämmer der Walkmühle.

Sie band sich ein Tuch um wie eine Bäuerin und ließ die Hand in die rechte untere Ecke ihrer Kleidertruhe rutschen. Dort lag Geld, das sie ihr Eigen nannte. Verdienste guter Geschäfte mit ihrem Vater und ihrem Bruder, von denen der alte Bock Clingspor nichts wusste. Sie nahm den prallen Beutel und sauste die Treppe hinunter.

Aber Cletzen war nicht in der Diele, als sie zurückkam. Auf dem Hof waren Männerstimmen zu hören. Geseke verlangsamte ihren Schritt und betete, dass ihr Gatte ihn nicht in der Dornse gefunden hatte, denn ihren ehebrecherischen Mann quälte selbst die Eifersucht. Bisher hatte er hingenommen, dass sie auf Bällen mit Jüngeren tanzte, dass sie mit den englandfahrenden Ratsherren verhandelte und ihren eigenen Haushalt führte, als sei sie ein Mann. Doch es hatte auch nie wahrhaft Anlass für Eifersucht gegeben. Er hatte seine Magd für die Wärme in der Nacht und eine Frau, die erfolgreich seine Geschäfte führte und von der er keine Schande befürchten musste. Doch was wäre, wenn jemand ihm erzählte, sie habe im Nachthemd beim Cletzen gesessen?

Wo war Johann nur? Sie lief durch die Diele auf den Hof und erblickte ein Bild der Glückseligkeit: Sigvrid der Jüngere umhalste sein Pferd wie eine Buhlin. Die Stute ließ es brav über sich ergehen.

»Sigvrid. Gottes Gruß zum Morgen. Hast du schon Cletzens Heldentat vernommen?«

»Es ist ein Wunder, ein Wunder«, stöhnte der junge Mann. »Ich werde dem heiligen Petrus eine Kerze stiften für die Rettung.«

Sie sah zu Cletzen hinüber und verdrehte hinter Sigvrids Rücken die Augen. Cletzen dankte es ihr mit einem Lächeln.

»Du schuldest Cletzen sieben Mark dafür«, sagte sie leichthin zu ihrem Stiefsohn. »Soll ich es dir vorstrecken, Sigvrid?«

Cletzen warf ihr einen entsetzten Blick zu, aber er blieb ruhig.

»Oh Mutter, du bist eine Heilige, Gottes Segen über dich«, sagte Sigvrid. »Und gib ihm noch einen Schilling für seine Mühen. Ich werde es dir zurückgeben, versprochen, beim heiligen Antonius.« Bedächtig tastete Sigvrid seinem Pferd den Bauch ab.

»So soll es sein.« Sie zählte dem verdutzten Cletzen Münzen in die Hand, die fast das Jahresgehalt eines städtischen Bogenschützen ausmachten.

Als er sich verabschiedet hatte, sah sie Johann Cletzen nach, wie er gesenkten Hauptes, ihre Geschenke in der Hand, in Richtung Milradentor ging. Seine Familie war einst wohlhabend gewesen, doch nun arbeiteten sie mit Waffendienst und Handarbeit für ihr Einkommen. Cletzen musste um alles kämpfen, das Ratsfamilien und Kaufleuten selbstverständlich erschien. Dennoch traute er ihr und hatte mit zwei Sätzen sein Leben in ihre Hand gelegt: gleiches Recht aller Stadtbewohner, Mitspracherecht der Bürger bei Ratsentscheidungen. Das waren Ideen eines Aufrührers. Aber er schrie es nicht in den Gaststuben heraus. Er hielt sich bedeckt und arbeitete. Klug, fleißig und bedächtig wie er war. Wie gut wäre es, Johann Cletzen an ihrer Seite zu haben.

Als Geseke wieder in ihre Kammer hinaufstieg, fragte sie sich, wie Johann wohl die drei Mark für die Stute hatte aufbringen können.

Geseke stand vor der kleinen Madonna am Eckhaus der Trostbrücke und bekreuzigte sich. »Drei Taten dieses Tages widme ich dir, Maria«, flüsterte sie. »Hilf mir, dass sie gelingen.« Die erste gute Tat war gewesen, ihrem faulen Schwiegersohn vier Mark mehr für den Cletzen aus dem Beutel geflunkert zu haben.

Als zweite Tat wollte sie sich um den armen Ritter im Pranger kümmern und schließlich nach dem Seeräuberkind schauen. Das war die wichtigste Tat. Sie musste das Kind vor der Folter bewahren, und es würde ihr gelingen. Für Johann.

Mit wehenden Röcken eilte Geseke zwischen den Marktständen hindurch. Etliche der Bäuerinnen aus den Vierlanden sammelten schon ihre übrig gebliebenen Waren zusammen.

Der Pranger stand mitten im Gewühl. Die Löcher für Kopf und Hände waren in einer Höhe angebracht, sodass die Gefesselten nicht stehen und nicht knien konnten, sondern sich stundenlang qualvoll gebeugten Rumpfs halten mussten, während der Pöbel sie bespuckte und bewarf. Aber der Mann im Pranger war groß. Wo andere Delinquenten sich mit lahmen Beinen plagten, hatte sich Richard von Hardin einfach auf die Knie begeben. Seine Augen hielt er fest geschlossen. Wie im Gebet bewegte er die Lippen. Die Flecken auf seinem Hemd zeugten davon, dass die Hamburger Straßenjungen viel gammeliges Wurfgeschoss auf ihn abgefeuert hatten. Doch nun beachtete ihn keiner mehr. *Sic transit gloria mundi.* Heut Morgen noch der Spott der Stadt, heut Nachmittag vergessen.

Geseke ging zu einem Stand, an dem Würzwein ausgeschenkt wurde, kaufte einen Becher voll, trat an den Pranger und sprach den Zurschaugestellten leise an: »Herr Richard von Hardin?«

Er öffnete die Augen. Ein spöttischer Blick traf sie. Sie hielt ihm den Becher an die Lippen. Er trank mit langen Zügen.

»Wie lange noch?«, fragte Geseke.

»Bis Sonnenuntergang«, sagte er heiser. »Wie komme ich zu Eurem Beistand, fremde Dame?«

»Ich bin Geseke Clingspor. Mein Stiefsohn hat heute sein verlorenes Pferd wiederbekommen. Ich habe gehört, Ihr hättet es ausgelöst. Ihr sollt dafür entschädigt werden, dass es Euch gegen alle göttliche Gerechtigkeit genommen wurde.«

Er brummte etwas, das sich wie ein Fluch anhörte, dann drehte er den Kopf in dem unbequemen Holz hin und her. Er stank gotterbärmlich nach Kot und Dreck. Die schwarzen Haare klebten an seiner Stirn, über die ein blutiger Riss lief. Geseke suchte in ihrem Beutel ein Schnupftuch, doch sie fand nur Cletzens Geschenk. Sie wischte dem Ritter das Blut vom Gesicht. Rote Flecken liefen nun über die feine Stickerei. »Wer hat Euch so zugerichtet?«

»Ein Zwerg von ungefähr acht Jahren erlegte mich mit einem grünen Apfel«, sagte er. Sie konnte sich ein Lächeln nicht verkneifen. Der Mann gefiel ihr. »Was ist mit der Wunde am Oberarm?«

»War nur ein Kratzer.«

»Hat aber ordentlich geblutet.« Geseke fingerte an dem zerrissenen Hemd herum und fand eine schmuddelige Pressbinde an seinem muskulösen Arm. »Ihr braucht einen neuen Verband.«

»Das heilt auch ohne.«

»Wenn Ihr hier herausgelassen werdet, dann begebt Euch in die Herberge zum Roten Bären in der Steintwiete. Dort wird man Euch verpflegen. Euer Schwert könnt Ihr erst morgen abholen. Nach Sonnenuntergang ist niemand mehr in der Schreiberei.«

Sie nahm einen Schilling aus ihrem Beutel und drückte ihn in seine eingequetschte Linke. »Lasst Euch das nicht von den Gassenjungen wegnehmen.«

»Ich werde es mit Klauen und Zähnen verteidigen. Gott segne Euch, hohe Frau.«

»Und der Herr gebe Euch Kraft«, antwortete Geseke.

Sie brachte den Weinbecher zurück. Wenn man sich um die armen Sünder kümmerte, sollte man nicht den Holzbecher der Würzweinfrau verschlampen. Der Ritter war wahrhaft von beeindruckendem Körperbau, bestimmt so groß wie Simon von Utrecht, dem sie selbst nur bis zur Schulter reichte. Muskeln hatte er wie ein Hafenarbeiter, zudem einen schnellen Verstand und eine gewählte Sprache. Sie würde mit diesem Mann noch etwas anfangen können.

Ein guter Fang für die Englandfahrer.

An den Ständen der Wandschneider vorbei machte Geseke sich auf zum Rathaus. Cletzens Güte hatte ihr ins Herz geschrieben, was sie nun zu tun hatte: Sie musste die Männer überzeugen, von der Folter des Kindes abzusehen. Also nahm sie den Weg ins Rathaus, betrat die Ratslaube und ging schnurstracks auf Hartwig Scriber zu, der seinen Dienst am Schreibpult verrichtete.

»Gottes Gruß, Herr Hartwig. Ist der Ehrenwerte Herr Schreye in der Kämmerei?«, fragte sie. Ihr Vater war der Verwalter der Stadtkassen.

»Nein, Ehrenwerte Fruwe Clingspor, er ist außer Haus.«

»Sagt mir, wo er ist, Scriber.«

»Es tut mir leid, Fruwe Geseke.« Das Gesicht des Schreibers nahm einen gequält leidenden Ausdruck an, und Gesekes Herz begann zu rasen.

»Ist mein Großvater, der Syndikus, zu sprechen oder mein Neffe, der Hohe Herr Marquard Schreye? Könnt Ihr mir sagen, wo sie sind?«

Scriber schüttelte den Kopf. »Ich kann Euch nicht helfen.« Er hob die tintenbefleckten Hände.

Geseke lief aus dem Rathaus, ohne sich zu verabschieden. Sie wusste, wo ihre Familie war, und deshalb hämmerte in ihrer Brust die Angst, Angst um das Kind. Undamenhaft rannte sie den Ness hinauf, über die Schreiberbrücke und dann zum Berg, dem großen Platz beim Dom. Mit wehender Haube stürmte sie zur Fronerey hinüber, auf die Tür zu, wurde aber von einem Stadtwächter am Arm gepackt.

»Ihr könnt dort nicht hinein, Fruwe.«

»Ich bin die Frau des Ratsherrn Clingspor, Tochter des Herren Albert Schreye, Base des Bürgermeisters.«

»Keiner kann da rein«, sagte der Wächter.

Geseke wusste, was im Keller des Büttelhauses geschah. Ihr wurde schwindelig, die Schuld schnürte ihr die Kehle zu. Sie stolperte an der Mauer der Fronerey entlang, wollte über den Berg nach Hause gehen, aber ihr wurde schwarz vor Augen angesichts ihrer Tat. Sie kniete am Fuße des Kaaks nieder, jenes Schandkäfigs für geschwätzige oder verderbte Weiber, der hoch über dem Berg schwebte. Mit geschlossenen Augen sprach sie langsam den Mariengruß, bis ihre Kräfte zurückkehrten. Sie raffte sich auf und schleppte sich in den Dom. Tränen trübten ihren Blick, als sie das mächtige Kirchenschiff durchschritt und sich am Niedergang zur Krypta hinter dem Hauptaltar vor der weißen Maria zu Boden warf.

»Mutter Maria, vergib mir meine voreiligen Ratsschlüsse. Vergib mir, dass ich über dem Wohl der Stadt das Wohl eines Kindes vergaß«, flüsterte sie. Tränen rannen über ihre Wangen. Sie trocknete sie mit Cletzens Tüchlein. Auf dem bunt bestickten Leinen vermischten sie sich mit dem Blut Richards von Hardin.

Elisabeth Simonsen drehte den Pergamentstreifen hin und her, den Niclas Schoke ihr gereicht hatte. Schwach und blass lag der Ratsherr im Bett. Aus seinem Mund quoll der Speichel. »Was soll das sein, Niclas?«, fragte sie.

Niclas wischte sich die Lippen mit dem Handrücken trocken. »Trudika hat es heute Morgen gefunden. Es steckte ... wo noch? Ja, in meiner Wamstasche. Vorher hat Alleke schon mal eins in meinem Mantel gefunden. Das haben wir dann schnell weggeworfen. Aber jetzt macht uns das doch Sorgen. Alleke sagt, es könnten Flüche sein. Es ist auf Latein. Ich kann nur ein bisschen, so viel, dass es zum Handeltreiben reicht. Das da versteh ich nicht. Es tut mir leid, dich mit so was zu belästigen.«

Elisabeth schüttelte den Kopf. »Wenn man das Latein nicht übt, dann verliert man es. Das ist keine Schande.«

Sie hielt den Streifen in das graue Licht, das durch die Butzenglasscheiben in das kleine Schlafkämmerchen des Ehepaars fiel. *Warum hast du nicht der Stimme des Herrn gehorcht, bist über die Beute hergefallen und hast getan, was böse ist in den Augen des HERRN?*, las sie.

»Was? Was soll das heißen?«, fragte Schoke.

»Es ist aus dem Buch Samuel. Der alte Prophet spricht mit König Saul und wirft ihm vor, kein guter König zu sein. Aber ich verstehe nicht, wer diesen Spruch in deine Tasche gesteckt haben soll, mein lieber Flottenkapitän. Und warum?«

Niclas stöhnte. »Ich kann mir vorstellen, warum. Ich hätte gerne deinen Rat dazu. Vielleicht kannst du eher beurteilen, was die einfachen Leute denken.«

»Worüber, Niclas?«

»Über die Englandfahrer, die Lübeckfahrer, den Rat.«

Sie zuckte mit den Schultern. »Die Menschen wollen Brot, Fisch und Fleisch auf dem Tisch haben. Das fehlte, als der Handel gestockt hat. Die Preise für Fleisch sind unendlich gestiegen. Es gibt nur noch ein paar kleine Knochenhauer in Sankt Jacobi, bei denen Schwein und Rind erschwinglich sind. Vermutlich haben die Familie auf dem Land und bekommen die Tiere billiger. Die Leute sind verärgert, weil der Rat nichts gegen die hohen Fleisch- und Getreidepreise tut. Hamburg handelt mit Flandern, deshalb haben viele nicht verstanden, weshalb wir die Kriegszüge gegen die Vitalier der Ostsee vor drei oder vier Jahren mit finanziert haben, statt das Geld an die Armen zu geben. Auch denken viele, dass die Englandfahrer gut daran getan haben, die Seeräuber aus ihren Verstecken bei den Friesen zu jagen. Andere wiederum sagen, die Seeräuber seien nicht die Ursache des Elends, sondern die Gier der Kaufherren. Aber das ist auch alles.«

»Glauben sie den Vitalierfreunden?«

»Sie glauben, dass ein jeder Pirat einen Schatz hat, und sie fragen sich, wer sich das Gold von Störtebeker genommen hat. Viele schwadronieren darüber, dass es diejenigen waren, die den Piraten gefangen haben.«

»Also sollen wir Störtebekers Schatz gestohlen haben?«

Elisabeth nickte. »Die Piratenjäger, die Englandhändler, der Rat – da unterscheiden die Leute nicht so genau.«

»Wir müssen etwas tun, irgendwas, damit uns die Lage nicht aus der Hand gerät. Auch du könntest etwas tun …« Niclas stockte im Redefluss, wischte sich den Speichel vom Mund und sah sie dann lange an. »Magst du zum Abendessen bleiben, Schwester Elisabeth?«, fragte er unvermittelt.

»Wenn Ihr auch Veronika versorgt.« Bestimmt hatte die alte Begine nichts dagegen, in der Küche mit den Mägden die Reste eines Festmahls zu verspeisen. Schoke richtete sich mühsam im Bett auf und tupfte sich wieder die Lippen trocken. Dann griff er unter sein Kopfkissen und holte ein Geldbeutelchen heraus. »Nimmst du immer noch Blafferte als Almosen für die Weiße Madonna? Ich mein, für einen Mantel?«

Elisabeth nickte. Sie sammelte die kleinen Hamburger Münzen, um der schlichten alten Heiligenfigur einen Schmuckmantel zu kaufen. So konnten sogar die Ärmsten mit einer winzigen Spende an dem Segen teilhaben, den der Mantel bringen würde.

Niclas öffnete den Beutel und schüttete eine Unmenge des Blechgelds in Elisabeths Hand. »Dafür, dass du uns heute beistehst«, sagte er und zwinkerte ihr zu.

⚜

Geschmückt mit ihren Amtsketten saßen die edelsten der Englandfahrer beisammen zum Mahl im Schokehaus: Bürgermeister Marquard Schreye, neben ihm Hermann Lange, der gemeinsam mit Niclas Schoke den Störtebeker gefangen hatte, Gesekes Vater und deren Gatte sowie in einfachen aber wertvollem Gewand Simon von Utrecht. Elisabeth war froh, dass Alleke Schoke, die Frau des Hauses, sie selbst zu Tisch mit diesen hohen Herren geleitete. Mehr noch aber freute sie, Geseke vorzufinden. Alleke platzierte sie gegenüber dem Ehepaar Clingspor. Geseke war wohlgekleidet und reich geschmückt, aber Elisabeth hatte sie noch nie so verzweifelt gesehen. Sie sah kaum auf, auch nicht, als das Essen gebracht wurde, sprach und lächelte nicht.

Gemeinsam mit der dürren Trudika trug Schokes Großmagd eine Erbsensuppe mit Honig und Safranblüten auf. Als der letzte Gast seinen Napf vor sich hatte, winkte Alleke ihre Kleinmagd herbei. Sofort kam Trudika heran und kletterte auf den Schoß der Ratsfrau. Nun saß das Mägdekind mit am Tisch der Reichen. Marquard Schreye, jung an Jahren, aber als Bürgermeister der höchste der anwesenden Herren, bat um Gottes Segen für das Mahl. Kaum hatte er zu Ende gesprochen, flüsterte Trudika ihrer Herrin etwas zu. Alleke nickte. Wie selbstverständlich zog das Kind einen Löffel aus dem Gürtel und bediente sich aus Allekes Schale.

Elisabeth war gerührt. Diese Englandfahrer waren doch von anderem Schlag als die alten Familien der Ostseehändler mit ihren prächtigen Häusern in der Reichenstraße. Wer würde sonst seinem jungen Weib erlauben, eine Klosterwaise so zu verwöhnen, weil es selbst noch nicht schwanger geworden war? Niclas hatte zwei erwachsene Kinder aus erster Ehe, Grete und Tydeke. Doch er wollte gerne weitere Erben, denn anders als Alleke hatte seine erste Frau nicht aus Ratskreisen gestammt.

Alle aßen schweigend. Auch als die Großmagd den nächsten Gang auftrug, hob sich die Stimmung nicht. Kaum sah einer dem anderen in die Augen.

Ein Heidnischer Kuchen, gefüllt mit Schweinehack, Äpfeln und Rosinen, übergossen mit süßsaurer Weinsoße, war die Krönung des Mahls. Dazu gab es weißes Brot und dunkelbraunen Salat von gerösteten Zwiebeln. Das Mahl war ebenso gut, wie es in den besten Häusern in Lübeck gereicht wurde, doch die betretenen Gesichter der Essenden machten den Künsten der Köchin keine Ehre. Die einzigen Worte, die gewechselt wurden, waren Bitten um das Zureichen des Essens. Schoke hatte noch keinen Krumen angerührt, sondern nippte an einem Becher Wein. Elisabeth sah zu Geseke hinüber und versuchte, zu erraten, was sie so grimmig dreinschauen ließ: War es die Anwesenheit ihres Gatten?

Geseke warf ihrer Freundin einen bitteren Blick zu und leerte ihr Weinglas. Mit eisiger Stimme brach sie das Schweigen. »Wie ich hörte, fand eine weitere peinliche Befragung statt, Ihr Herren. Wie steht es nun um die Seeräuber?«

Der Bürgermeister zog sein Nasentüchlein heraus und tupfte sich den Mund, Niclas Schoke wurde gerade wie ein Stock, und Albert Schreye schüttelte den Kopf. Alleke gab Trudika ein fettes Stück Pastete in die Hand und schickte sie mit einem Klaps auf ihr dürres Hinterteil aus dem Raum.

»Verzeiht, dass ich Euer Schweigen gestört habe, Brüder Englandfahrer. Meines Wissens nach sind wir nicht hierhergekommen, um einen bürgerlichen Zweig der schweigenden Zisterzienser zu gründen, sondern um zu beraten, wie wir die Seeräuber aus der Welt schaffen. So lasst uns beginnen, statt das unappetitliche Thema von einem Gang auf den nächsten zu verschieben. Vielleicht schmeckt uns dann die Nachspeise besser«, sagte Geseke.

Elisabeth wusste, dass Geseke eine harte Gangart mit ihrem Gatten fuhr. Als Preis für ihr Schweigen über seine Untreue ließ er ihr manche Freiheit. Aber dass sie wagte, vor ihrem Vetter, dem Bürgermeister, so klare Worte zu sprechen, hätte sie nicht erwartet. Das war der Lohn, den Geseke für ihre lieblose Ehe erhielt: Macht.

Simon von Utrecht legte das Tafelmesserchen beiseite und richtete den Blick auf die Ratsherren, dann ergriff er das Wort. »Ich muss Euch loben, Dame Geseke«, sagte er. »In der Tat sollten wir keine Zeit verschwenden. Was war mit dieser Befragung?«

Er richtete einen fragenden Blick auf Albert Schreye, der sich räuspern musste, bevor er sprach. »Wir waren gestern nochmals in der Fronerey und haben gesehen, wie es um die Seeräuber steht. Glaubt mir, es ist keine Mühe gescheut worden, ihnen ein Geständnis ihrer Untaten zu entlocken. Etliche von ihnen hat der Herr in seiner Weisheit gerecht gestraft und vom Kerker sofort in die Hölle geschickt, trotz der Kunst unseres alten Nachrichters. Alle Übrigen waren so verstockt, dass es mit dem Teufel zuzugehen scheint«, sagte der Ratsherr.

Elisabeth bekreuzigte sich bei der Erwähnung des bösen Feindes. Was mussten die Seeräuber erlitten haben, wenn einige von ihnen im Gefängnis gestorben waren?

Niclas Schoke blickte zu seinem Waffenbruder. »Der Büttel behauptet …«, er suchte nach Worten, »er sagt, sie spürten die Schmerzen nicht. Deshalb seien ihm einige … na ja, über die Klinge gesprungen.«

Bevor Elisabeth darüber nachsinnen konnte, was den Seeräubern die Kraft gab, der Folter zu widerstehen, war Simon von Utrechts Stimme zu hören.

»Das sind gar harte Männer. Aber Ihr ludet mich ein, um über neue Entwicklungen zu beraten. Was ist seither geschehen?«

Gesekes Vater ergriff das Wort. »Es gibt in der Tat eine erfreuliche Nachricht. Es gab an Bord der Roden Düwel einen Schiffsjungen. Und den«, er musste sich räuspern, »haben wir nun befragt. Als der Büttel ihm die Folterinstrumente zeigte, da fing das Balg an zu weinen. Und als man ihn auf das Folterbett spannte, da hat er gestanden, er sei ein Seeräuber, ein Likedeeler gewesen.«

»Was hat er noch gesagt?«, fragte Geseke mit zitternder Stimme.

»Er hat erzählt, die Seeräuber hätten bei den Friesen gewohnt und Raubzüge gemacht«, sagte Schreye.

»Endlich«, seufzte von Utrecht. »Warum habt Ihr den Bengel nicht schon früher in die Mangel genommen?«

Albert Schreye tauschte einen Blick mit seinem Neffen. Der Bürgermeister nickte, und Schreye weihte die Runde ein. »Weil das Geständnis des Kindes nur für das Kind selbst gilt, Simon. Ein Kind können wir aber nicht henken. Er kann lang und breit erzählen, er sei ein schlimmer Seeräuber, aber das kann nicht für die Männer als Urteilsgrund gelten. Sie müssen selbst gestehen, sonst können wir sie nicht nach gutem Recht hinrichten lassen.«

Sein scharfer Blick war auf den jungen Flamen gerichtet, sodass man denken könnte, er wollte ihn bannen.

Doch von Utrecht wich dem Blick nicht aus. Schreye schaute pikiert auf seine Fingernägel und setzte schnell in geschäftsmäßigem Ton hinzu: »Deshalb haben wir seine Aussagen von den erwachsenen Seeräubern bestätigen lassen.«

»Beim heiligen Josef, die Männer haben wirklich geredet?« Von Utrecht lehnte sich zurück, die Arme verschränkt. »Ich dachte, sie seien wahrhaft starkes Seegewächs, doch dem ist wohl nicht so.« Er nahm einen tiefen Schluck aus seinem Becher.

Albert Schreye antwortete: »Sie sind schon lange im Kerker, Simon. Sie sind hungrig und verzweifelt. Außerdem haben die nichts anderes gesagt, als was der Junge erzählt hat. Sie wussten, dass es nun aus ist, und wollten nicht nochmals unter die Folter.«

»Dann werden sie also gehenkt. Bei Gottes Bart, dann ist das wohl so«, sagte Simon von Utrecht.

Die anderen Männer brummten zustimmend, sogar Gesekes Gatte grinste. Doch Geseke fing Elisabeths Blick auf, und in diesem Moment wusste die Begine, dass Gesekes Vater gelogen hatte.

»Auf das Urteil.« Der Bürgermeister hob das Glas. Alle stimmten zu und griffen dann gierig nach dem Heidnischen Kuchen.

»Holt den Jungen schnell da raus.« Gesekes kalte Stimme unterbrach das zufriedene Schmausen. »Er hat geredet und ist in Gefahr durch seine Mitgefangenen.«

»Er könnte noch heute Nacht bei uns Beginen untergebracht werden«, sagte Elisabeth. »Das wäre allemal besser gewesen, als ihn ins Gefängnis zu stecken. Wenn man Kinder gut behandelt, dann sagen sie einem alles, ohne Folter.«

»Vielleicht ist er bei den Franziskanern besser aufgehoben, als Junge«, wandte Simon von Utrecht ein.

Leise, aber bestimmt ließ sich jetzt Alleke Schoke vernehmen. »Ich bin sehr erfreut, Ihr Herren, dass Ihr Euch so sehr um das Wohl dieses Kindes sorgt, auch wenn es unter üblen Hunden aufwuchs. Bedenke aber, Simon: Die Beginen haben mehr Erfahrung mit kleinen Menschen als unsere Brüder Franziskaner. Sie werden das Richtige tun. Kinder muss man immer gut behandeln.« Ihre Hand fuhr dort durch die Luft, wo vor Kurzem noch Trudikas Kopf gewesen war, dann legte sie sie auf ihren Bauch.

»Werden deine Schwestern ihn aufnehmen, Elisabeth?«, fragte Niclas.

Sie nickte. »Wenn jemand für seine Unterkunft aufkommt, dann ist es ein leichtes, die Meisterin zu überzeugen.«

»Das wird geschehen, liebe Freundin«, sagte Alleke Schoke. »Wir sind alle erleichtert, dass diese üblen Verbrecher endlich gerichtet werden. Für uns Frauen ist der Ruf unseres Hauses von unschätzbarem Wert. Die üblen Gerüchte müssen endlich ein Ende haben. Unsere Familien werden beschuldigt, auf Kosten ehrlicher Leute ein unehrliches Spiel zu spielen. Mein Eheherr steht im Mittelpunkt der Verleumdungen. Vor unserem Hause sammelt sich der Pöbel. Das ist nicht erträglich.«

Simon von Utrecht nickte. »Irgendwelche Kröten erzählen in der Stadt herum, der Störtebeker sei ein Edelmann, der mit gutem Handel Geld verdiene und es unter allen armen Leuten aufteile.«

»Einige sprechen davon, dass mein Mann sich den Schatz des Seeräubers angeeignet hat«, sagte Alleke. Niclas Schoke blickte auf seinen Teller und tupfte sich den Speichel von den Lippen. »Dabei hat man auf dem Schiff gar kein Gold gefunden. Sogar im Rat werden solche Dinge besprochen. Das nimmt Niclas sehr mit, wie Ihr alle seht.«

Elisabeth spürte Schokes Blick auf sich. Sie verstand die Warnung des wundersamen Zettelchens. Niclas hatte Angst.

»Ach schweig, gutes Weib«, stöhnte er.

»Nein, Niclas. Es muss etwas geschehen«, antwortete Alleke mit zitternder Stimme. »Sie spucken vor uns aus, lauern vor unseren Häusern, bewerfen unsere Knechte mit Unrat. Das ist unserer Familie nicht angemessen.«

»In der Tat, gute Dame. Das muss ein Ende haben, sonst führt es noch zu Aufruhr und Krieg unter den Bürgern wie anno 1375«, sagte der Bürgermeister Schreye. »Auch wenn seit zwei Dutzend Jahren Ruhe herrscht, dem heiligen Petrus sei Dank, ist Unzufriedenheit leicht zu schüren. Die Geschäfte gehen schleppend. Dies sind immer Zeiten, zu denen es gärt. Ist das nicht auch in Lübeck so, Schwester Elisabeth?«

Elisabeth fühlte, dass sie rot wurde, als Marquard Schreye sie beim Namen nannte. Was wusste sie noch von Lübeck? Seit drei Jahren lebte sie als Begine in Hamburg, seit sie aus Lübeck weggelaufen war. Sie hatte im Kranenkonvent gelebt, als ihr Stiefvater ihr einen Gatten aufzwingen wollte. »Die Briefe meiner Mutter sagen wenig über die großen Dinge der Stadt, mein Herr. Doch weiß ich, dass der Lübecker Handel unter der Seeräuberei in der Ostsee gelitten hat, bis die Hansischen gemeinsam mit dem Deutschen Orden die Vitalienbrüder von dort vertrieben.«

»Hat es in der Stadt besonders viel Unruhe gegeben, als die Likedeeler die Ostsee unsicher machten?«, fragte von Utrecht.

Elisabeth schüttelte den Kopf. »Soweit ich weiß, gibt es stets einige, die fordern, dass dem Rat mehr Bürger angehörten«, antwortete sie vorsichtig. Sie würde hier nicht ausbreiten, wie unzufrieden ihr Stiefvater damit war, dass in Lübeck nur einige wenige Familien den Rat stellten. Sie selbst hätte durch ihre Vermählung mit einem alten Mann seinen Weg ins Ratspatriziat sichern sollen.

»Umstürzler bereiten dem Lübschen Rat immer wieder Scherereien«, sagte Albert Schreye. »Für die sind schlechte Zeiten gute Gelegenheiten.«

»Aber doch nicht in Hamburg, wo wir so erfolgreich gegen die Piraten waren«, meinte Simon von Utrecht mit einem spöttischen Lächeln.

»Doch mein Lieber, auch hier«, sagte Albert Schreye. »Wir sind abhängig vom Seehandel mit Flandern, weil unser gutes Bier dorthin verschifft werden muss. Sitzen wir auf dem Gerstensaft fest, dann leiden die Brauer, hungern die Knechte, und es gibt Gemurre. Die halbe Stadt lebt vom Bier. Umso wichtiger ist es, dass die Brauer, die Handwerker und Knechte dem Rat und seiner Seepolitik trauen. Als wir im Frühjahr Frieden mit den Friesen geschlossen haben, war das ein guter Schritt. Doch es reicht den kleinen Leuten von Hamburg nicht, wenn den Seeräubern die Fluchtlöcher gestopft werden. Sie wollen Köpfe rollen sehen, um zu glauben, dass wir etwas tun.«

»Und wenn sie nicht glauben, dass wir das Richtige tun?«, fragte von Utrecht.

»Dann waren Alberts, deine und, ich will sagen, auch meine Mühen umsonst, Simon«, sagte Niclas Schoke langsam.

»Es gibt immer einige, die den Rat stürzen wollen. Bei uns sind es entweder die Brauer oder die Armen aus Sankt Jacobi«, meinte Marquard Schreye mit einem Blick auf Elisabeth. »Kennt Ihr solche Männer, Schwester Elisabeth? Ihr seid doch oft unter den Armen tätig.«

Elisabeth sah zu Geseke hinüber, die eine Augenbraue hob.

»Marquard, nun pressier doch Elisabeth nicht, etwas zu verraten, was sie am Krankenbett erfahren haben mag«, sagte Geseke schnell. »Und bedenke, viel gefährlicher als die Brauer und die einfachen Leute sind die alten, reichen Lübeck- und Schonenfahrerfamilien, die von neuen Märkten wie England, Island und Hispanien nichts halten. Sie wollen nur den Handel in der Ostsee stärken, weil er sie fett gemacht hat. Vor ihnen und ihren Speichelleckern müssen wir uns hüten.«

»Die großen alten Familien sind doch zufrieden, wenn sie ihre Töchter mit den Söhnen verarmter Ritter vermählen«, rief Simon von Utrecht. »Die wollen einen adligen Junker in ihren Betten und keinen Seeräuber in Ketten.« Er erntete einige Lacher, aber Geseke antwortete ernst.

»Simon, vertraue nie darauf, dass die alten Mächtigen untätig sind. Das wirst du schon noch merken, wenn du länger hier bist. Sie würden alles tun, um die Englandfahrer zu entmachten. Jetzt aber gilt es, die Stimmung herumzureißen, damit wir im Rat die Pfundzölle für weitere Seezüge bewilligt bekommen, um den Fernhandel frei halten zu können. Dabei kommt es auf alle Männer im Rat an. Und der Rat geht oft genug nach der Stimmung in der Stadt. Ihr müsst in die Kirchspiele gehen und mit den Bürgern reden.«

Von Utrecht räusperte sich. »Vielleicht liegt die Lösung in einem Gesichterwechsel im Rat. Seid Ihr nicht seit zwanzig Jahren dabei, Herr Albert? Und Ihr Niclas, seit zwölf Jahren? Gleichzeitig seid Ihr die Herren der Kriegsflotte. Wäre es nicht klug, Euch beide einige Zeit aus dem politischen Kampffeld herauszuziehen?«

Elisabeth sah, dass Ratsfrau Schoke erleichtert wirkte, weil jemand darüber nachdachte, ihren kranken Gatten zu entlasten, aber der Schiffsherr lief rot an, holte tief Luft und wollte offensichtlich lospoltern.

Doch Albert Schreye nahm sich vor Niclas das Wort. »In Hamburg, lieber Simon, ist ein Ratsherr sein Lebtag lang Ratsherr. Und für Englandfahrer gilt das nochmals mehr, weil wir keine weitversponnenen alten Familien mit eisenharten Ehrenbindungen sind. Wenn wir nicht für Kontinuität sorgen, dann ist es bald vorbei mit uns.«

Die Seeräuberjagd, die Friesenexpedition, die Feuerschlangen auf den Koggen, die neu gebauten Friedeschiffe, diese ganzen unendlich teuren Maßnahmen dienten allein dem Machterhalt der Englandfahrer im Rat? Elisabeth schauderte es. Es musste doch eine friedliche Lösung geben, dieses Ziel zu erreichen. Sie räusperte sich leise. »Das Problem sind im Moment doch die Gerüchte, die Eure Machtposition erschüttern. Feuer bekämpft man mit Feuer. Verbreitet ebenfalls Gerüchte, statt über Ratsumsetzungen und Krieg nachzudenken. Das ist billiger.«

Sie sah zu Geseke hinüber, die zum ersten Mal an diesem Abend lächelte. In der Tat, sie hatte grade gesprochen, wie Geseke sonst sprach.

»Wir könnten herumerzählen, dass von Störtebeker selbst ein Geständnis vorliegt«, meinte Alleke Schoke und nickte Elisabeth zu.

»Als Begine kenne ich Menschen aller Stände. Ich werde das Meine dazu tun. Es ist an den Frauen der Englandfahrer, ebenfalls heftig das Mundwerk zu rühren.«

Alleke und Geseke prosteten sich zufrieden zu.

Der Bürgermeister hob die Hand. »Zu diesem klugen Rat will auch ich meine Zustimmung geben. Aber Ihr Frauen, nehmt Euch in Acht mit dem, was Ihr sagt. Zu viel ist manchmal schädlicher als zu wenig. Erwähnt auf keinen Fall den Schiffsjungen.«

Alleke Schoke sog tief die Luft ein. »Hochehrenwerter Herr Bürgermeister. Ebenso wie wir sonst für die Ehre der Häuser sorgen, werden wir jetzt das Angemessene tun – wie immer. Schließlich stammen wir aus guten Häusern und wissen, was zu tun ist.« Sie sah Niclas an, aber der blickte zu Boden.

Geseke schenkte ihrem Ehemann einen Blick, berührte zart seine Hand, und er nickte wortlos. »Ich bin dabei und unser Gesinde ebenfalls«, sagte sie dann.

»Ich werde meine Schiffsmannschaft anweisen, in den Gaststuben solche Rede zu führen«, meinte Simon von Utrecht zuletzt.

Brummende Zustimmung machte sich am Tisch breit, der Bürgermeister hob sein Trinkhorn, und alle nahmen einen Schluck auf den Erfolg ihres Plans.

»Das hilft uns heute und morgen, aber solange wir die Likedeeler nicht hinrichten, wird es heißen, wir hätten die Falschen gefangen«, sagte Niclas Schoke laut in die allgemeine Begeisterung hinein.

»Was hindert Euch noch? Lasst sie morgen köpfen«, meinte Geseke kalt.

»Unser Büttel ist alt und ungeübt. Die letzte Todesstrafe hat er vor acht Jahren vollstreckt. Das waren diese gottlosen Kirchenräuber«, sagte der Bürgermeister.

»Wenn er die Seeräuber ungeschickt abschlachtet, wird uns der Pöbel an die Kehlen gehen. Wir brauchen einen jungen Kerl, der es gewohnt ist, Köpfe abzuschlagen«, sagte Albert Schreye.

»Doch woher bekommen wir schnell einen Henker?«, fragte Schoke.

»Ihr Herren, lasst das meine Sorge sein«, sagte Geseke.

Die Blicke der Männer lagen auf ihr wie auf einem Basilisken, einer giftigen Schlange.

Sie lächelte fein und wandte sich der Hausfrau Schoke zu. »Was soll es denn zur Nachspeise geben, Freundin Alleke?«

Elisabeth schwor sich insgeheim, vor der weißen Madonna im Dom zweihundert Rosenkränze zu beten, hundert für Gesekes Seele, hundert für die ihre. Waren denn List und Tücke nicht Sünden, ebenso verwerflich wie Lüge und Hochmut?

Weit nach Einbruch der Dunkelheit machten die Stadtwächter Richard los. Schwankend und mit schmerzenden Knien suchte er sich den Weg in das Gasthaus, das ihm die Clingsporin gewiesen hatte. Er fragte sich bei dem nächtlichen Gelichter durch, lief um Häuser und Ställe, über Brücken und Stege, bis er vor dem Roten Bären stand. Trotz der späten Stunde erwartete ihn die dralle Wirtin wie einen lang ersehnten Gast. Sie überreichte ihm lächelnd ein Bündel, das ein feines Hemd und einen Lederbeutel mit einem flämischen Gulden und vierundzwanzig Schillingen Hamburgischer Prägung enthielt. Dann geleitete sie ihn zu seiner Kammer im dritten Stock des Hauses. Ein schmales Bett stand unter der Dachschräge, ein winziges Fenster wies auf die Straße. Neben dem Bett fand sich eine Schale mit Brezeln und ein Krug mit Bier.

Richard atmete tief durch. Ein Zimmer für ihn allein. Nach den Stunden am Pranger tat das Alleinsein gut. Erschöpft setzte er sich auf die Bettkante, da klopfe es, und die Wirtin brachte heißes Wasser und ein Stück guter Seife.

»Wenn Ihr noch etwas braucht, Herr, dann kommt die Stiege hinab oder ruft. Mein Mann sagt, die gute Frau Clingspor zahlt. Er ist früher auf dem Schiff ihres Vaters gefahren. Als der Herr Albert Schreye vor zehn Jahren das allererste Mal auf Piratenjagd ging, war er mit an Bord. Nur schade, dass er nicht dabei war, als sie den üblen Störtebeker gefangen haben. Habt Ihr gehört, dass der nun endlich gestanden hat? Ich hab es vom Nachtwächter erfahren, kurz bevor Ihr kamt. Das freut die Frau Clingspor gewiss, denn ihre Freunde haben dem Rat die Kosten für die Seeräuberjagd vorgestreckt. Jetzt ist es wohl keine Frage, dass sie ihr Geld wiederbekommen. Aber bei uns hätte die Clingsporin soundso gezahlt, das tut sie immer. Doch nun sieht es für sie und ihr Haus rosiger aus als je. Also vertilgt nur, was und so viel Ihr möchtet.« Sie beendete ihren Redeschwall mit einem Blinzeln ihrer kleinen Mausaugen.

Richard lachte, bestellte Butter, Schinken und Honig für die weichen Brezeln. Bald war er ebenso sauber wie satt und fiel müde auf das Bett. Zwar schmerzten ihm die Knie, die Wunde auf der Stirn pochte, und seine Beine fühlten sich an wie alte Lumpen, aber morgen würde alles wieder gut sein. Er würde sich neu einkleiden und seine Waffen abholen. Dann war der Pranger vergessen. Richard nahm das Goldstück aus dem Geldbeutel und ließ es zwischen seinen Fingern tanzen. Nie hätte er gedacht, dass ihm jemand sechs Mark für die Stute geben würde. Für die Hälfte bekam man ein prachtvolles Ross.

Die Clingsporin zahlt also immer, dachte er. Sie hatte sich zu ihm herabgeneigt, als er tief gesunken war, und sie hatte ihm aufgeholfen. Schon allein dadurch war er ihr verpflichtet. Doch sie war zudem eine Frau, die über Geld verfügte wie ein Mann, und eine Frau, die Männer bezahlte. Das war ihm neu. Dabei schien ihm eines sicher zu sein: Sie würde auch etwas für ihr Geld verlangen.

DIENSTAG NACH DEM FEST DES HEILIGEN LUKAS
19. Oktober im Jahr des Herrn 1400

Wenn nun die Sache des Kämpfenden eine gerechte ist, da wird ihr Ausgang nicht schlecht sein können, wie auch der Zweck nicht als gut beurteilt werden kann, wo ihm kein guter Beweggrund und keine rechte Absicht vorausgehen.
Bernhard von Clairvaux, Das Lob der neuen Ritterschaft

Vor Morgengrauen rissen seine Erinnerungen Richard aus dem Schlaf. Er wusste, er konnte ihnen nicht entkommen, und folgte den Wegen seiner Seele hinab in die Vergangenheit, nach Litauen.

Der Komtur von Ragnit hatte die Pilgerkrieger reichlich bewirtet, bevor sie von seiner Burg aus in die Wildnis vordrangen, statt den schnellen Weg über das Haff zu nehmen. Am Fluss Mina und bei Bareiko legten sie Vorratsverstecke an. Das war der neunte Tag. Dann ritten sie bis zum Flusse Jura. Hier rodeten des Litauerfürsten Witold Leute das Unterholz, damit das Heer schneller vorankam. Drei kleine Ströme wurden überquert. In der zehnten Nacht lagen sie bei Saduva. Es wurde Abend, und Witolds Späher meldeten, Verstecke der Samaiten gefunden zu haben. Richard umwand Corvusens Hufe mit Filzlappen und ritt mit einigen Brüdern aus Elbing voran. Der Feind war in der Nähe. Es sollte keiner der Gäste einem Hinterhalt zum Opfer fallen. Zwei Verhaue inspizierten sie und galoppierten zurück. Er spürte Corvusens mächtigen Gang unter sich und wollte vor Lust am Ritt aufjauchzen, voller Freude über die kommenden Nachtritte, die harten Kämpfe, die Gefahr, da erschien Richard in seinem Wachtraum eben jenes Dorf, das er später erst auf der Reise heimsuchen sollte, das Dorf seiner Schande.

Richard dankte Gott, dass er von dem Geläut von fünf Kirchen aus seinen Erinnerungen gerissen wurde. Ganz nah rief Sankt Nicolai, aus der Altstadt klangen Sankt Petri und der Dom herüber, vom Hafen her Sankt Katrein, und aus der Ferne rief Sankt Jacobi zum Gebet.

Er öffnete die Dachluke und sog die milde Oktoberluft ein. Über Hamburg hing ein Duft von frischem Brau, süßlich, weich und breiig. Er kniete nieder und betete für einen guten neuen Tag. Der Wirtin gab er die Ehre eines mächtigen Frühstücks mit Brot und Suppe. Dann machte er sich auf und erkundete die Stadt, deren Bewohner er am Pranger von der schlimmsten und – in Person der Ratsgattin Clingspor – von der ehrenhaftesten Seite kennengelernt hatte.

In der Twedorpstwiete hatte ein Kramer auf langen Stangen Altkleider ausgehängt. Frauenröcke und Mieder baumelten bunt im Wind, aber auch gute Männerkleidung in verschiedenen gedeckten Farben. Auf dem ausgehängten Fensterladen präsentierte der Krämer Stiefel, die durchaus auf Richards große Füße passen könnten. Als Blickfang hingen neben der Tür ein Wams und Hosen in beachtlicher Länge und Größe neben einem winzigkleinen, perlenbestickten Umhang.

»Des Herrn Gruß für den Tag«, sagte Richard, »Verkauft Ihr die Riesen- und die Zwergenkleidung?«

»Wenn Ihr zahlen könnt, wohl. Und die Riesenkleidung ist billiger als die Zwergenkleidung, stellt Euch das mal vor.«

Der Perlenumhang hatte einst einer Heiligenfigur gehört. Doch Richard hatte es auf die großen Kleidungsstücke abgesehen und zog sie hoffnungsvoll an. Sie passten wie angegossen.

»Beim heiligen Nikolaus«, rief der Kramer. »Das ist unser beider Glückstag. Man findet nicht oft Männer Eurer Statur.«

»Das ist schöne Ware. Ihr hättet sie kleiner machen können«, antwortete Richard mit einer kleinen Verbeugung.

Der Kramer zuckte die Schultern. »Wer bei mir kauft, kann es auch passend kriegen.«

Wämser, Hemden, Jacken, Mäntel in vielen Farben und Qualitäten hatte der Kramer auf Stangen und in Kästen gestapelt. Richard nickte.

»Das, was Ihr jetzt anhabt, gehörte mal einem hohen Herrn. Dem Simon von Utrecht. Einer seiner Leute hat mir die Sachen gebracht.«

»Von Adel?«, fragte Richard. Selbst die reichen Bürger reichten von der Körpergröße nicht an die meisten Ordensritter heran.

»Nein, Adlige dürfen sich nicht in der Stadt niederlassen. Von Utrecht ist aus Flandern, ein Kaufmann. Aber er ist ein wahrhaft mutiger Krieger, der schlägt jeden Ritter. Für seine Verdienste bei der Seeräuberjagd hat er schneller das Bürgerrecht bekommen, als andere den Eid zu Ende sprechen können. Wenn Ihr mich fragt: Er ist der kommende Mann der Stadt. Aber um bei den großen Leuten gut anzukommen, muss er sich stets frisch und standesgemäß kleiden. Gut für mich, denn mir verkauft sein Bootsmann, was der noble Herr nicht mehr anzieht.«

Richard nickte. Wenn sich die Herren neu kleiden, gewanden sich die Knechte in den Lumpen der Herren. Was sie nicht brauchen, das wird verkauft. Vorher nehmen sie Zierborten und Litzen ab, weil sie separat mehr Geld einbringen. Nun trug auch Richard Kleidung ohne jegliche Zier und lebte als Ritter ohne Recht in einer Stadt, in der man Krieger oder Kaufmann sein musste, um Recht zu bekommen. Das hieß dann Bürgerrecht, und einige Menschen bekamen es schneller als andere.

Er schüttelte versonnen den Kopf. Die Städte mit ihren neuen Freiheiten boten keine Gleichheit in der Freiheit. »Was wollt Ihr dafür haben?«, fragte er den Kramer.

»Zwei Schillinge, wenn Ihr mir Eure alten Lumpen zum Lappenmachen lasst. Gebt mir drei, und Ihr bekommt auch noch Simons alte Stiefel dazu.«

»Was hätte das Heiligenmäntelchen gekostet?«, fragte er im Scherz.

»Zwölfmal so viel. Unter drei Mark lass ich den nicht gehen. Aber für Euch ist er sogar als Kragen zu klein.«

Richard lachte höflich und machte sich auf den Weg zum Rathaus, um sein Schwert und seinen Dolch zurückzufordern.

Er hatte mit einer langwierigen Debatte gerechnet, sogar damit, dass er seine Waffen mit Geld auslösen musste.

Aber der alte Ratsschreiber schenkte Richard ein Lächeln. »Ich habe Euch schon erwartet. Meine Enkelin sagte, Ihr kämt in der Frühe.« Der Greis schlurfte geschäftig durch den Raum, um die wertvolle Klinge aus einer Truhe zu holen. Hatte die Wirtin nicht berichtet, die Clingsporin sei Ratsgattin? Nun stellte sich heraus, dass sie eine Enkelin des Syndikus war.

Der alte Gelehrte strich über die Scheide des Schwerts, als er es Richard entgegenstreckte. »Ich denke, ich soll Euch von meinem Gesekekind grüßen, auch wenn sie es nicht so gesagt hat. Sie hat mich nur gebeten, dafür zu sorgen, dass Ihr Euer Schwert ohne Schwierigkeiten zurückerhaltet. Es ist nämlich so: Einige meiner Schreiber nehmen unrechtmäßig für alle Dienstleistungen Geld, besonders von Gästen der Stadt. Ich versuche zwar, sie dabei zu erwischen, aber langsam werde ich alt. Deshalb bin ich selbst hier in die Ratslaube gekommen.«

Richard dankte dem Alten und wünschte ihm Gottes Segen für den Tag. Die neue Herrschaft der Bürger über die Städte schien ähnliche Auswüchse zu haben wie die des Adels über die Bauern. Da brauchten die ehrlichen Leute wahrhaft Gottes Segen.

Er überquerte den Markt und schlenderte die Reichenstraße hinauf, vorbei an den fünf- und siebenstöckigen Patrizierhäusern. Die Fassaden waren gekalkt und opulent bemalt, die Beischlagwangen an den Treppchen zu den Haustüren zeigten edles Steinschnitzwerk. Vor einigen Häusern waren waffentragende Knechte postiert, die ihm drohende Blicke zuwarfen. Am Fischmarkt schrien die Händler die frischen Fänge vom Morgen aus: Lachse aus der Elbe für wenige Witten, Krebse und Hummer aus den Flussauen, Schollen von der Elbmündung. Am Schopenstehl fand Richard einen Durchgang durch die prächtigen Kurienhäuser der Domherren, dann stand er vor Hamburgs Marienkirche, dem Dom.

Zwei mächtige Kirchenschiffe bildeten die alte Backsteinkathedrale, gesäumt von etlichen Seitenbauten, umringt von den weiß gekalkten großen Wohnhäusern der hohen Geistlichen. Richard überquerte den Friedhof der Domherren und betrat die düstere hohe Halle. In dem großen Raum duftete es nach Weihrauch und feinen Wachskerzen. An zwei Nebenaltären wurden Messen gelesen. Er suchte einen abgeschiedenen Ort für eine Zwiesprache mit der Himmelskönigin. Ihr war der Hauptaltar gewidmet, auf dem ein Marienschrein stand, in dem Reliquien des heiligen Matthäus, ein Stück der heiligen Lanze, Partikel vom heiligen Kreuz und vom heiligen Grab ruhten.

Doch seinen Andachtsort fand Richard links hinten bei der Treppe zur Krypta. Ein kleiner Altar mit einer schlichten weißen Madonna zog ihn an. Er legte sein Schwert vor sich zu Boden und berührte die Waffe mit der Stirn. Hier in dieser Marienkirche, vor einem alten Bildnis der Gottesmutter, hoffte er, beten zu können. Aber der Mariengruß kam ausdrucksleer über seine Lippen. Wieder und wieder versuchte er, seine Seele der Himmelskönigin entgegenzuschwingen, doch sein Geist blieb im Jetzt verhaftet.

Wie verflucht gingen seine Gedanken zurück zu jenem Moment, als Hermann von Hachede ihn zum Pranger verurteilt hatte. So beichtete er der höchsten Heiligen, statt sich ihr hinzugeben. Mit offenem Herzen hatte er die Erniedrigung entgegengenommen. Jeden Pferdeapfel, jede faule Zwiebel, die man nach ihm warf, hatte er willkommen geheißen. Er glaubte, durch diese Reinigung seiner Seele über sich hinausgewachsen zu sein. Am Pranger hatte er zur Gottesmutter gebetet, von ganz unten, als Wurm der Würmer, und hatte dabei Gelassenheit gefunden. War das Hochmut? Hochmut hatte man den Rittern des Deutschen Ordens stets vorgeworfen. Auf seinem Weg fort von den Brüdern hatte er oft gedacht, dass er noch hochmütiger war als alle Deutschen Ritterbrüder miteinander. Denn er hatte sich über sie gestellt, nachdem er in ihrem Namen Schrecken verbreitet hatte. Stolz hatte er seinen Orden verlassen, um ein besseres Leben zu suchen.

Aber was war aus ihm geworden? In Kuddewörde hatte er einen Dieb geköpft, ohne auch nur darüber nachzudenken. Und dann hatte er im Auftrag der Viehhändler für Geld getötet. War das nicht sogar schlimmer als im Namen Gottes Frauen und Kinder zu töten? *Denn sooft du dich in weltlichem Heeresdienst in den Kampf stürzt, ist allerdings zu befürchten, dass du entweder den Feind zwar leiblich, dich aber seelisch tötest*, hatte Bernhard von Clairvaux geschrieben. Richard dachte anders: Auch als Ordensritter durfte man keine Unschuldigen morden und schänden. Was maßte er sich an, über den heiligen Bernhard zu richten? Hochmut! Vielleicht hatte Gott ihn deshalb so tief stürzen lassen, bis in den Dreck des Prangers.

Er sah zu dem weißen Gesicht der Madonna auf. Auf dem Schandblock war Rettung gekommen. »Heilige Maria, Muttergottes, dies ist dein Werk«, flüsterte Richard. »Schütte deinen Segen aus über Geseke Clingspor, die sich zu mir herabneigte. Heilige Maria, sei bei mir auf meinem Weg. Führe mich zu einem Ort, wo ich sein kann.«

Vom Dom aus spazierte Richard über die neu bebaute Grimminsel, um die Schiffe auf der Reede der Elbe anzuschauen. Vor den Toren lag Gartenland, sorgsam bebaute Parzellen. Zu seiner Linken, auf dem Grasbrook, konnte er den Richtplatz der Stadt erkennen. Dem Betrachter drohten einige alte Schädel auf Holzgerüsten mit ihrem bleichen Totengrinsen. Schon lange war in Hamburg keinem mehr der Kopf abgeschlagen worden. Bald würde dort der Schädel des starken Störtebeker prangen. *Sic transit gloria mundi.* Vom Meister des Seeraubs zum bleichen Grinser.

Auf der Elbe lagen die Schiffe auf Reede. Fette Handelskoggen und große Kraweele tümpelten auf dem breiten Strom. Hier lag die Macht der Stadt, ihre Kraft, ihr Stolz. Wie krumm oder ehrlich, klein oder gewaltig groß auch immer ihre Geschäfte sein mochten, die Bürger würden nicht dulden, dass der Handel gefährdet wurde. *Dafür stirbst du, Störtebeker – und als Gottes Rache für die vielen Ertränkten, die deinen blutigen Weg säumten.* Ohne es zu merken, packte Richard seinen Schwertknauf.

Er badete im Stadtleben, besah die Waren auf den vor die Fenster gehängten Läden, guckte den Handwerkern in ihren Werkstätten zu und schlenderte schließlich zum Pferdemarkt, wo er einigen Rössern ins Maul schaute, ohne wirkliche Kaufabsichten zu verspüren. An etlichen Ecken, vor jeder Kirche wurde er angebettelt und verteilte Blafferte und Hohlpfennige, die ihm der Krämer zurückgegeben hatte. Gegen Mittag meldete sich der Hunger. Er gedachte, ihn auf Kosten der Clingsporin zu stillen, und schlenderte zu seinem Gasthof in der Steintwiete zurück.

Als Richard die Stube betrat, saß am Tisch bei Bier und Brot jener junge Stadtwächter, der ihn zum Gericht geführt hatte. Er stand auf und streckte ihm die Hand zum Kaufmannsgruß entgegen.

»Ich bin Johann Cletzen. Ich bringe Euch Nachricht von der Ratsfrau Clingspor. Ich soll Euch zum Haus ihres Vaters geleiten.«

Die hohe Dame forderte offenbar sehr schnell eine Gegenleistung für ihre Wohltaten ein. Richard bedauerte, dass er sein Mittagsmahl verpassen sollte. Sein Blick wanderte zur Küche, aus der ein süßsaurer Soßenduft wehte.

»Seht mich nicht so verdrossen an, Herr von Hardin. Die Dame bittet um Eure Anwesenheit nach dem Mittagsmahl.« Cletzen lächelte und nickte dem Wirt zu, der den Männern sofort eine große Schüssel und zwei Löffel auftischte. Gemeinsam fielen sie über einen Eintopf aus Wurst- und Fleischresten mit Zwiebeln und Äpfeln her, wie er in keinem Knochenhauerhaushalt hätte besser auf den Tisch kommen können.

»Ich hab mir die Stadt angeschaut, Junkherr Cletzen. Viel Reichtum, viel Fleiß, aber auch viel Armut gibt es hier.« Richard tunkte sein Brot in die Schüssel.

»Man kann tief fallen in der Stadt. Und es ist arg schwierig, hochzukommen.«

»Wie steigt man auf?«

»Erst mal braucht Ihr das Bürgerrecht, das Ihr durch Eidesschwur erhaltet. Vorraussetzung dafür sind Geld, Erbe oder Heirat. Als Fremder benötigt Ihr ein Grundstück in der Stadt oder einen Bürgen, um den Eid schwören zu dürfen. Wenn Ihr eine Bürgerstochter heiraten würdet, bürgte ihr Vater.«

Als der junge Mann sprach, war Richard, als habe er die Stimme schon einmal gehört. Er nahm einen tiefen Schluck Bier. »Seid Ihr Bürger der Stadt, Cletzen?«

Dieser nickte. »Meine Familie lebt seit vielen Generationen in Hamburg. Wir haben ein Erbe, ein Haus in Sankt Jacobi. Darauf beruht unser Bürgerrecht. Einst waren wir vermögender als heutzutage. Aber selbst wenn wir das Grunderbe verkaufen müssten, da sei Gott vor, verlören wir nicht unseren Stand. Doch erzählt von Euch. Wie hat es Euch hierher verschlagen?«

»Ich diente lange als Krieger dem Deutschen Orden. Doch mir hat missfallen, was dort geschah. So bin ich auf der Suche nach einem neuen Ort.«

»Ort wozu?«

Der Mann fragte offen und ehrlich, so wie ein Krieger den anderen fragen sollte. Deshalb nahm ihm Richard die Neugier nicht übel. Er antwortete gern. »Zum Leben, unter Menschen.«

»In der Stadt ist das wohl kaum zu vermeiden.«

»Ich weiß nicht, ob ich hier finde, was ich suche. Im Ostland war alles geregelt, Dienst, Behausung, einfach alles.«

»Strebt Ihr nach Wohlstand oder nach Ehre?«

»Ehre, ein hohes Wort. Eher so etwas wie gesicherten Wohlstand. Doch ich weiß nicht, wie man ihn erwerben könnte. Wie erlangen die Hamburger ein Vermögen?«

»Meist mit dem Handel. Doch dafür braucht man Geld. Arbeit allein reicht nicht für Reichtum, wohl aber für ein Auskommen.«

»Was verdient ein Stadtwächter, wenn ich fragen darf?«

Cletzen lachte und strich sich eine vorwitzige braune Haarsträhne aus dem Gesicht. »Natürlich könnt Ihr fragen. Ein Stadtwächter macht um die dreizehn Mark im Jahr, ein Schütze wie ich an die fünf Mark mehr. Einige Wachen stellt die Stadt wochenweise ein. Das ist ein Hundedienst. Nun wisst Ihr es. Fragt aber nie die großen Handelsherren, wie sie ihre Goldstücke zusammenraffen. Einmal gefragt, ewig angeschwiegen.«

Er trank einen Schluck, prostete Richard zu. »Der Wachdienst ist aber nicht alles, was ich tue. Ich handele auch mit Wollhosen aus England. Warme, schöne Beinlinge. Wollt Ihr welche?«

Richard grinste. »Warum nicht, für den Winter?«

»Das ist ein Wort. Morgen geh ich auf den Speicher und suche nach welchen für Eure überragende Länge. Im Sommer hab ich einige Fässer voll bekommen. Bestimmt findet sich was, das Euch die Preziosen wärmt.«

»Wie kommt Ihr an englische Wollhosen?«

»Ich schicke auf Albert Schreyes Schiffen kleine Partien von Hamburger Waren mit nach Flandern oder England, und auf dem Rückweg bekomme ich dann meine Wollhosen zurück. Auf die sind Stadtwächter und Reitediener ganz versessen. So kann ich mit meinem Ersparten einen Gewinn machen.«

»Also seid Ihr abhängig von Schreye?«

»Ohne einen Schiffsbesitzer geht gar nichts in Hamburg. Doch die Schreyes sind immer gut zu meinem Vater gewesen, haben ihm so einige Male aus der Patsche geholfen. Und jetzt, wo sie einen Bürgermeister aus ihrer Familie stellen, ist es eine vielversprechende Verbindung.«

»Fordern sie von Euch Dienste?«

»Keine Frondienste wie auf dem Land, wir sind freie Bürger. Doch es war selbstverständlich, dass ich auf Herrn Alberts Schiff als Kriegsmann mitfuhr, als es im Frühjahr gegen die Friesen ging. Dabei hab ich auch ein gutes Stück Geld gemacht.«

»Und habt es in den Handel mit Wollhosen gesteckt?«

Cletzen lachte und angelte sich ein Stück Wurst aus dem Eintopf. »Nein. Ich baue ein Haus. Je mehr Häuser eine Familie hat, desto besser.«

»Aber Euer Haupteinkommen ist weiterhin das des Stadtwächters?« Mit dreizehn Mark im Jahr konnte man nicht weit kommen.

»Mal so, mal so«, sagte Cletzen, stopfte sich den Wurstbrocken in den Mund und kaute bedächtig. Richard wartete.

»Mein Vater hat mir den Posten verschafft, als ich jünger und, ich will mal sagen, recht heißspornig war. Ich wollte am liebsten Ritter werden, wie jeder einfältige Bursche.« Cletzen lachte. »Jetzt ist das anders. Ich will was erreichen in der Stadt. Ihr habt all die Armut gesehen. Die ist nicht selbst verschuldet. Sogar gute Leute kommen unter die Räder, wenn sie den Schoss, die Steuer, nicht zahlen oder gar Renten auf ihr Haus nicht tilgen können. Dagegen was tun, das wäre eine gute Sache. Aber so wie es ist, muss man wohlhabend sein, um etwas zu bewirken.«

»Mir würde es für den Anfang reichen, Stadtwächter zu sein«, meinte Richard.

Cletzen sah ihn scharf an. »So bescheiden, Herr Ritter?«

»Zur Zeit ja.«

Cletzen schlug ihm freundschaftlich auf die Schulter. »Das ist ein Wort. Die Schüssel ist leer, die Bäuche voll, und der Tag hat noch einiges zu bieten. Auf Euch wartet die hohe Dame Geseke Clingspor. Würde sie auf mich warten, ich hätte keinen Happen hinuntergebracht.«

Er trank den letzten Schluck Bier, und sie machten sich auf den Weg, allerdings, wie Cletzen im Gehen erklärte, nicht zum Hause Clingspor, sondern zum Haus des Ratsherrn Albert Schreye, des Vaters der hohen Dame. Als Richard dem Stadtwächter folgte, verspürte er ein Gefühl von Vertrautheit, wie von Ritter zu Ritter. Doch weder war Cletzen von Adel, noch hatte er jemals an seiner Seite gefochten.

Vor der Tür des Schreyehauses auf der Neuen Burg hatte sich eine kleine Gruppe Männer versammelt, die unzufrieden brummten und gegen die Wände des hell gekalkten Hauses pochten. Sie waren in einfache Kittel gekleidet, nicht zerlumpt, aber dennoch heruntergekommen. Ihre Mienen verhießen nichts Gutes. Einige grunzten wie die Schweine, andere jaulten wie getretene Hunde, um den Schreyes ihre Verachtung zu zeigen.

Als sich Richard und Cletzen näherten, machten die Männer sich davon und hinterließen an der ockerfarbenen Wand eine böse Kohlezeichnung: einen Teufel, der einem Armen das Hemd stahl. Richard betrachtete die Schmiererei mit Interesse, während Cletzen fluchend daran vorbeischritt und an die schwere Tür klopfte. Sofort wurde ihnen aufgetan. Ein Bediensteter, dessen Kleider dreimal besser waren als Richards, wies ihnen den Weg in die geräumige, erleuchtete Diele. Geseke Clingspor empfing sie mit einem strahlenden Lächeln. Sie war schön und dennoch einfach gewandet: in einem hellblauen Kleid, geschmückt mit wertvollsten rosa Korallenschnüren, statt der Bürgerinnenhaube ein schlichtes Tuch.

»Gottes Segen an diesem Tag, Herr von Hardin«, sagte sie. »Ich hoffe, Ihr konntet Euch im Bären erholen. Ihr scheint ein Abgesandter des Himmels für Hamburg zu sein, denn wir brauchen einen Meister der Schwertkunst für unsere Stadt. Und die Bediensteten des vermaledeiten Heyne Schomer haben unserem Freund Cletzen hier Großes von Euch berichtet. Daher ließ ich Euch rufen.«

Richard senkte das Haupt, ergriff dann ihre Hand und führte sie höflich zu seiner Stirn. Er bemerkte, dass Cletzen neben ihm unruhig mit den Füßen scharrte.

»Edle Dame, in der Tat beherrsche ich nichts besser als das Schwert. Sagt, wie ich Euch zu Diensten sein kann.«

»Es ist nicht an mir, die Verhandlungen anstelle des Rats der Stadt zu führen. Aber ich würde mich freuen, wenn Ihr mit den englandfahrenden Ratsherren übereinkommen könntet«, antwortete sie und wandte sich Cletzen zu. Richard sah kurz ein warmes Lächeln über ihr kluges Gesicht huschen, als der Stadtwächter eine tiefe Verbeugung machte.

»Dank auch dir, Johann Cletzen, für die Dienste.«

Cletzen beugte sich noch tiefer. »Ich bin Euch zu Dank verpflichtet«, hauchte er.

Richard sah ihre Blicke. Der Cletzen verehrte diese kleine Ratsfrau über alles, das sah man sofort. Amüsanter war jedoch, wie sie ihr Interesse verschleierte. Richard hatte oft beobachtet, wie seine Brüder sich für eine Magd zu interessieren begannen oder gar füreinander. Die beiden hier spielten dasselbe schmerzhafte Spiel.

Geseke brach das unangenehme Schweigen, das sich zwischen den dreien ausbreitete. »Ihr müsst wissen, Herr von Hardin, meine Familie ist den Cletzens vielfach verpflichtet.«

»Nein, Frau Geseke, das Umgekehrte ist der Fall: Ich bin Eurem Haus verbunden«, wehrte sich Cletzen.

»Und somit der Gemeinschaft der Flandern- und Englandfahrer, zu denen sich die Meinen zählen. Ihr müsst wissen, Herr von Hardin, in unserer Stadt gibt es zwischen den Häusern noch stärkere Bünde als jene, die der Adel kennt. Die Gesellschaften der Seefahrer binden den Kaufmann im Leben, in Gesundheit, Siechtum und Tod«, sagte die Clingsporin. »Jene, welche dieselben Ziele in der Ferne ansteuern, tun sich zusammen, um sicher zu fahren und zu wirken. Zu Hause verehren sie Gott den Herrn an denselben Altären, in denselben Kirchen. Meine Familie fährt nach England, zum Stalhof nach London. Und daher bekämpften sie mit Kraft und Mut die Vitalienbrüder. Herr Cletzen hier hat sein Schwert gegen sie geschwungen, ebenso wie mein eigener Vater.«

»Und wie auch ich, ehrenwerte Dame. Denn ich focht gegen sie auf Gotland«, sagte Richard mit einer Verbeugung.

Geseke zog die Augenbrauen hoch. »Auf Gotland? Nach dem Abzug der Dänen?«

»In der Tat, hohe Frau.«

»Damals sind Euch die meisten Vitalier entkommen, auch wenn Ihr Herren wohl ein ordentliches Gemetzel angerichtet habt. Vielleicht mögt Ihr den Kampf zu Ende bringen, den der Deutsche Orden damals nur halb vollbrachte? Dann folgt mir.«

Auf der breiten Wendeltreppe ließ Geseke dem Ritter den Vortritt. Er bewegte sich wie ein Raubtier, mit Sicherheit war er ein hervorragender Kämpfer. Würde er hinnehmen, dass ihm in dieser Stadt kaum etwas übrig blieb als die unehrenhafte Henkersarbeit? Dass er keine ehrliche Arbeit bekäme, weil er ein Adliger war und weil er im Pranger gehangen hatte? Sie hatte gesehen, wie gelassen er die Ehrenstrafe hingenommen hatte. Eine innere Stärke trug ihn – es würde schwer sein, ihn zum Henkersdienst zu bewegen, wenn sie nicht erfuhr, wo seine Hoffnungen und Sehnsüchte lagen. Sie öffnete ihm die Tür zum Saal ihres Vatershauses und stellte ihm ihren Vater und Niclas Schoke vor. Dann ließ sie die Männer allein.

Unten an der Treppe stand Cletzen und wartete, vermutlich eher auf sie als auf von Hardin. Er lächelte sie an, als sei sie sein Sonnenaufgang. »Meint Ihr, er ist der Richtige?«

»Wofür soll er der Richtige sein, Johann Cletzen?«, fragte Geseke scharf. Sie hoffte, dass er nicht so weit in die Intrigen des Rats verstrickt worden war, um zu ahnen, worum es ging.

»Für die Arbeit, für die Ihr einen fremden Schwertmann suchtet, für die Ihr meine Dienste nicht wolltet.«

Geseke hatte ihm vorsichtig beibringen müssen, dass sie zwar einen Schwertkünstler suchte, er aber nicht in Frage kam. »Bist du beleidigt?«

Er schüttelte den Kopf. »Ich vertraue auf Eure Weisheit in solchen Dingen, Frau Geseke, auch wenn ich gerne wüsste, worum es geht.«

Geseke lehnte sich gegen ein Fass. »Ich wünschte, ich wäre immer weise. Ich bin es nicht. Ich aber weiß, dass du der beste Schwertkämpfer in dieser Stadt bist …«

»Ich bin nichts im Vergleich zu Simon«, unterbrach er sie. »Aber Simon ist nichts im Vergleich zu von Hardin.«

Sie verscheuchte seinen Einwand mit einer kleinen Geste der Hand. »Von Utrecht interessiert mich nicht. Ich wüsste gerne, was den von Hardin hierhergetrieben hat.«

Cletzen lächelte. »Habt Ihr mich deshalb mit ihm zu Mittag essen lassen?«

»Du kennst mich zu gut, Cletzen. Aber dein voller Bauch ist mir ebenso wichtig wie dein Verstand und dein gutes Herz.«

Cletzen schaute zu Boden. »Er erwähnte oft den Deutschen Orden. Kann man von den Brüdern ausgeschlossen werden?«

»Kaum, soweit ich weiß. Nicht mal wegen einer Weibergeschichte. Die brauchen jeden Mann. Der Orden sucht in ganz Europa Pilger in Waffen für seine Kämpfe gegen die Litauer. Dabei sind die Litauer nicht einmal mehr Heiden seit der Hochzeit ihres Großfürsten Jagiello mit der polnischen Prinzessin Elisabeth. Trotzdem gilt es im Adel als Pilgerreise, wenn man dort den Orden unterstützt. Aber wohl nicht mehr lange: Polen und Litauen werden notwendigerweise zusammenwachsen. Der Orden verliert also nicht nur seine Daseinsberechtigung, er hat obendrein auch noch Nachbarn, die nach seinen Gebieten und Städten schielen. Nie würde der Großmeister in dieser Lage einen solchen Ritter gehen lassen, der den Waffendienst so gut beherrscht, wie du denkst.«

»Vielleicht war er nur so ein wallfahrender Gast bei den Deutschen Brüdern und hat das Litauerschlachten bereut, als er gemerkt hat, dass sie Kinder Gottes sind.«

»Dann hätte er nach Hause zurückkehren können. Von Hardin, das klingt doch nach Mecklenburg. Warum ist er hierhergekommen?«

»Er hat beim Essen gesagt, er sei etwas leid geworden.«

»Cletzen, du musst das für mich herausfinden.« Sie wandte sich Cletzen zu und sah ihm tief in die Augen. »Bitte, Johann.«

Sie nannte ihn beim Vornamen, weil sie wusste, dass es ihn aufwühlen würde, aber sie hatte nicht geahnt, dass er es wagen würde, ihre Hand zu ergreifen. Das Lächeln in seiner Miene verschwand, er nickte stumm. Dann drückte er ihre Finger kurz und legte etwas in ihre Hand. Es war ein kleines Büchlein, goldener Schnitt, in rotes Leder gebunden. Auf dem Rücken war GC eingeprägt.

»Für das Entgelt, neulich«, sagte er, zwang sich noch einmal zu einem Lächeln, drehte sich dann eckig um und ging. Als sie das Büchlein öffnete, fand sie es leer bis auf einen Satz auf der ersten Seite. »Für die Herrin«, hatte Johann Cletzen ungelenk hineingekrakelt.

In diesem Moment kam Richard von Hardin die Wendeltreppe herunter. Erschütterung und Verwirrung spiegelten sich auf seinem Gesicht. Geseke trat ihm entgegen. Sein Blick fiel sofort auf das Büchlein in ihrer Hand. Neugier blitzte in seinen Augen auf, dann aber legte sich der Ausdruck der Entrüstung wieder auf sein Gesicht.

»Ehrenwerte Dame, ich muss mich verabschieden«, sagte er.

»Herr von Hardin, bitte bleibt.« Geseke sah ihm direkt in die Augen. »Ihr seid ein großer Schwertkünstler. Aber Ihr habt hier am Pranger gestanden und seid völlig mittellos. Wo auch immer Ihr hinwollt: Ihr braucht Geld, um weiterzureisen.«

»Eure Goldmünze habe ich noch, wenn Ihr sie nicht zurückfordert.«

»Das habe ich nicht vor. Aber das Gold bringt Euch nicht weit. Doch wenn Ihr das Angebot annehmt, das Ihr grade ausgeschlagen habt, dann kommt Ihr über den Winter.«

Geseke wusste, dass der Bürgermeister und ihr Vater ihm zwölf Mark angeboten hatten. Sie hatte den Herren schon vorher gesagt, dass es zu wenig wäre. Je stolzer und geschickter der Mann war, desto höher war der Preis für seine Ehre.

»Ihr tut es, es dauert eine Stunde, und Ihr verlasst die Stadt als wohlhabender Mann«, sagte sie gelassen.

»Ich tue es und verlasse die Stadt als ehrloser Mann.«

»Keiner wird wissen, dass Richard von Hardin der Henker Störtebekers war. Erzählt, Ihr kämt aus irgendeinem Kaff, Buxtehude oder Lauenborch. Denkt Euch einen Namen aus.« Sie klopfte auf ein Fass neben sich. »Setzt Euch. Denkt nach.«

Der Ritter konnte sich ihrem Befehl nicht entziehen. Er setzte sich. Geseke schwieg. Von Hardin zupfte nervös an seinem Wams. Es kam ihr vor, als hätte sie das Kleidungsstück schon einmal gesehen. Der Geruch von Krämerkleidung stieg ihr entgegen, als sie näher an ihn heranrückte.

»Braucht Ihr nicht Winterkleidung, ein Pferd und eine Rüstung? Einen Mantel?«

»Für zwölf Mark? Als Preis für meine Ehre?«, fragte er.

»Das käme als Dreingabe zum üblichen Lohn, von den Häusern Schreye und Clingspor.«

Er sah sie lange an. »Auch wenn Eure Häuser mir eine Rüstung schenkten, gäben sie mir keinen neuen Namen. Ohne Ehre finde ich keine Ruhe mehr.«

Geseke hatte gedacht, dass er sich als fahrender Kämpfer einen Namen machen wollte. Doch in seinen dunklen Augen war so große Verlorenheit, dass sie nicht mehr zu wissen brauchte, was Cletzen ihm aus der Nase ziehen sollte. Sie war sich sicher, was er wollte: Geborgenheit an einem Ort zum Leben.

»Ihr seid ein ehrenwerter Mann, Richard von Hardin. Ich möchte nicht, dass Ihr denkt, ich wollte Euch in die Schande stoßen. Das, was Ihr tätet, wäre durchaus recht getan. Kommt heute Abend zum Mahle zu meinem Haus, und Ihr werdet erfahren, warum. Man redet bei Tische besser als auf einem Fass hockend.« Sie schenkte ihm ein elegantes Lächeln.

Er lehnte nicht ab. Sie reichte ihm die Hand, und er führte sie an seine Stirn.

Geseke genoss es, wie eine Dame behandelt zu werden. Aber kaum war Richard von Hardin vom Hof, stieg sie eifrig die Stiege hinauf zu ihrem Vater und Schoke. Sie würden mehr als zwölf Mark ausgeben müssen. Sie würden ihren Stolz schlucken müssen, genau so, wie sie es von Richard von Hardin erwarteten.

⚜

Am Tisch der Beginen zu Hamburg saß ein seltsamer, aber willkommener Gast. Muhme Grosse hatte im Gesicht so viele Runzeln, wie Gottes Firmament Sterne hatte. In helle, selbst gewebte Wollkleider gewandet, duftete sie nach frischen Kräutern und Erde. Als sie den warmen Würzwein an den zahnlosen Mund hob, verzogen sich alle Runzeln zu einem Lächeln, welches das ganze hagere Gesicht ergriff. Sie nahm einen kräftigen Schluck. »Das bekomm ich nicht aller Tag. Als armes Weib, mein ich.«

»So arm könnt Ihr nicht sein, Muhme Grosse, wenn ich bedenke, was ich für Eure Kräuter zahle«, parierte Elisabeth.

»Nelken, Zimt, Galgant und Pfeffer, um der alten Muhme die Knochen zu wärmen. Da dank ich für.« Die Kräuterfrau nahm noch einen Schluck und öffnete ihren Buckelkorb. Säckchen für Säckchen legte sie Elisabeth die Kräuter von Wald, Feld und Ufer vor. Geerntet in der Sonne, am Morgen, am Abend, bei Vollmond, so wie es ihrer Kunst entsprach. Elisabeth hörte sich die Geschichten der einzelnen Heilmittel an und legte auf die rechte Seite des Tisches das, um dessen Wirksamkeit sie wusste, und auf die andere, was sie für Mittel des Aberglaubens hielt: Hundekot, Fliegenflügel, Lapizmehl, Totenmoos, Alraunenfüße und Spatzenaugen.

Aus ihrer Gürteltasche holte sie die Reisewaage, maß das Gewicht eines Beutels und dann der Kräuter, dann feilschte sie mit der Alten um jedes Gran der Heilmittel, die sie wollte.

Zuletzt, als der Preis gemacht war und die Alte den dritten Becher Wein getrunken hatte, schenkte sich auch Elisabeth ein und sagte in der Küche Bescheid, dass sie zu speisen wünschten. Sie griff in das Geldkästchen des Konvents und zählte Muhme Grosse sechs Mark und acht Schillinge in die Spinnenfinger. Vorsichtig verstaute sie unter dem prüfenden Blick der Kräuterfrau die Säckchen in ihren Kisten und Krügen und gehorchte gehorsamst, als Muhme Grosse schnarrend bemerkte, sie solle den Bocksklee nicht neben die Sennesblätter legen, das vertrüge sich nicht.

Schwester Veronika brachte watschelnd Biersuppe und Brot, schickte der alten Kräuterfrau verächtlich einen bösen Blick hinüber und ging. Muhme Grosse zog eine Fica aus der Rocktasche, betete und bekreuzigte sich.

»Sie ist nur verängstigt«, entschuldigte Elisabeth ihre Beginenschwester.

»Man weiß nie, wer einem was Übles wünscht. Und Gott hilft immer«, meinte die Alte. Dann sprach sie ein Gebet über das Brot und krümelte es in die süße Biersuppe.

Elisabeth tat es ihr nach. Beide Frauen schlürften schweigend den wärmenden, fruchtigen Sud.

»An wen verkauft Ihr das?«, fragte Elisabeth mit einem Blick auf den Haufen mit Zauberkräutern.

»An wen meinst du wohl?«, fragte die Alte mit einem Grinsen zurück.

»Nicht an den Medicus.« Elisabeth war sich sicher, er verachtete all diese magischen Dinge wie Grabsteinmoos, gepflückt in der Johannisnacht.

»Der Buydessin hätte so einiges davon gerne. Aber er hat mich im letzten Winter am Hintereingang seines Hauses im Regen warten lassen, und er redet mit mir wie mit seiner Hündin. Der bekommt von mir nichts mehr.«

Elisabeth wunderte sich nicht, dass die Alte sich ihre Kunden aussuchen konnte. Keine Kräuterbäuerin oder -sammlerin hatte solch wirksame Pflanzen anzubieten. Die Pfefferminze und das Beinwell aus Elisabeths eigenem Garten unter den Apfelbäumen der Beginen waren nichts gegen Muhme Grosses getrocknete Kräuter. Zu dumm für den Medicus, dass er es sich mit ihr verdorben hatte. Denn wen gab es noch, der mit Heilmitteln umzugehen wusste und der sich auch der dunklen Seite der Pflanzen zuwandte? Wer kannte sich in der Stadt mit den Giften und den Zauberkräutern aus, die den Verstand benebelten oder Verderben brachten? Wer benutzte diese Gewächse, deren Wirkung auf den Kräften des Bösen zu beruhen schien?
»Kaufen die Franziskaner so was?«, fragte Elisabeth.

Die Alte schüttelte den Kopf. »Die sind wie du. Die misstrauen Kräften, die sie nicht einschätzen können. Dabei ist es immer Gott, der heilt.« Sie machte ein Kreuzzeichen.

»Du wirst mir nicht verraten, wer damit arbeitet, nicht wahr?«

Die Alte sah ihr lange in die Augen. »Mädchen, du bist die beste Heilerin, die mir untergekommen ist. Das wusste ich, seitdem ich dir die ersten Kräuter verkauft hab. Und deshalb trau ich dir, als wärst du meine Tochter. Du tust allen Menschen Gutes. Mich wundert, dass du nicht weißt, wer das andere macht. Oder willst du es nicht wissen?«

Muhme Grosse hielt ihr den leeren Weinbecher hin. Elisabeth füllte willig nach. Die Alte hatte recht. Sie wollte nichts damit zu tun haben, wenn jemand unter dem Galgen nach Alraune buddelte, nachts auf den Friedhöfen die Maiglöckchen entwurzelte oder das Moos von den Grabsteinen kratzte. Und noch weniger wollte sie wissen, wer aus Bilsenkraut Tränke braute.

»Eine gibt es in der Stadt, mein Kind, die ist so gut wie du. Die kann heilen, aber auch Schmerz und Leid bringen. Zu ihr gehen die, die sich vor deiner Frömmigkeit und Gradlinigkeit fürchten. Oder die, die tief in ihrer Seele Angst haben vor dem, was sie sich wünschen. Ihr beiden, ihr seid zwei Seiten einer Münze. Schwestern, von unterschiedlichen Geistern beseelt.«

Elisabeth schluckte. Eine Zauberin in Hamburg? Ihre Hand glitt in ihr Beutelchen, wo der Pergamentstreifen aus dem Hause Schoke lag. Sie holte ihn hervor. »Macht sie so etwas?«

Muhme Grosse murmelte ein Stoßgebet und atmete tief ein. »Maria, Josef, Gottessohn, helft«, flüsterte sie unablässig, als sie den Streifen aufnahm. Sie betastete ihn, hielt ihn vor die Kerze, roch dran, dann hielt sie ihn vorsichtig an die Zungenspitze und kräuselte die Stirn. »Kein Gift, nichts«, sagte sie. »Was steht drauf?«

»Ein Bibelvers.«

»Ein Segen?«

»Eine Drohung. Aus einem eher unbekannten Buch der Bibel. ›*Warum hast du nicht der Stimme des Herrn gehorcht, bist über die Beute hergefallen und hast getan, was böse ist in den Augen des HERRN?*‹«

»Das ist nicht von der anderen, die schreibt nicht«, meinte die Muhme. »Ist das eine Drohung für dich?«

»Nein, man hat mir den Zettel übergeben.«

»Dann soll es Angst machen. Und es hat Angst gemacht. Sonst nichts. Der Empfänger darf sich nicht fürchten, dann wirkt so was nicht. Dann ist er geborgen in Gott.«

Just in diesem Moment öffnete Veronika die Tür. Hinter ihr stand die kleine Magd von Alleke Schoke, zart wie eine Elfe, verschüchtert und ängstlich.

»Schwester Elisabeth, Meddere Alleke schickt mich. Es geht Vater Niclas nicht gut, aber heut Abend braucht er Kraft.«

»Was hat er?«

»Übel ist ihm wieder und schwach und kopfschmerzig und so. Ihm tut der Rachen weh, und er musste spucken. Und ihm läuft immer der Speichel.« Die Stimme der Kleinen zitterte vor Angst.

»Was hat er gegessen?«, fragte Muhme Grosse. Die Augen der Magd wanderten zu Elisabeth, die ihr zunickte. Die Kleine berichtete von Hühnchen und Brot, Brühe und Apfel.

Elisabeth sah zur Muhme hinüber, die ihre Säckchen wieder im Buckelkorb verstaute. »Er hat eine Krankheit, bei der ihm der Magen überging, seit einiger Zeit schon. Doch dann wurde ihm wieder wohl, bis auf den Speichelfluss. Aber jetzt geht es wieder los.«

»Entgifte den mal«, sagte die Alte kurz. Sie nickte Elisabeth zu, murmelte: »Gottes Segen« und ging eilig aus dem Haus.

Geseke rannte aus der Küche in ihre Schlafkammer und warf sich aufs Bett. Verzweifelt biss sie in das feine Kissen und boxte gegen die Seegrasmatratze. Bloß nicht weinen, bloß nicht hören lassen, wie wütend sie war. Janne, ihre Großmagd, verweigerte den Gehorsam. Ein Mahl für acht Gäste? Zum Mitnehmen nach Sankt Jacobi? Das könne sie nicht vom Nachmittag zum Abend vorbereiten, was sich denn die Hausfrau denke? Da zeige sich mal wieder die Unerfahrenheit der jungen Frau. Dann geh halt Brot und Braten kaufen, hatte Geseke gefordert. Da hatte Janne höhnisch gelacht. Um diese nachmittägliche Zeit würde sie nirgendwo mehr einen Braten bekommen. Also feuere den Ofen an und mache eine herzhafte Torte, oder auch zwei, hatte Geseke gezischt, den Schinken vom Haken gerissen, ihn auf den Tisch gedonnert und dazu Eier, Birnen und Zwiebeln aus den Vorratskörben gelegt. Daraus mach ich keinen Fraß, das mundet doch keinem. Janne verschränkte die Arme und sah Geseke dreist an. Eine gute Hausfrau weiß halt einzuladen, sagte Janne und wandte sich dem Schrubben einiger Grapen zu. Sie konnte sich diese Frechheit leisten: Der Herr würde sie nie aus dem Haus weisen, solange er ihr Lager teilte.

Sollte die Faulheit ihrer Magd wirklich Gesekes Pläne durcheinanderbringen? Sollte es unmöglich sein, den Ritter von Hardin zu einem Imbiss in das Haus der Schifferswitwe Radmering zu locken? Nicht aufgeben, reiß dich zusammen, dachte sie.

Sie strich das Kissen glatt und suchte in ihrer Mitgifttruhe nach der Geldkatze. Sie würde selbst durch die Stadt laufen und das Beste kaufen, was es bei Fleischern, Bäckern und Garköchen zu holen gab. Das musste reichen. In ihrem venezianischen Spiegel prüfte sie den Sitz ihres Kopftuchs, als ihr Gatte zur Tür hereinstürmte.

»Ich höre, wir sollen heute auswärts speisen, im Hause der Radmeringschen? Warum weiß ich nichts davon?« Er baute sich breit vor ihr auf.

»Sigvrid, es geht um die Sache mit den Seeräubern. Es ist wichtig, dass wir alsbald einen finden, der ihnen den Garaus macht. Und der Mann, den ich im Auge habe, muss einen Grund bekommen, den Fron zu spielen, und zudem sehen, dass wir hinter ihm stehen.«

Sie sah Wut in Sigvrids grauen Augen blitzen. »Ich wollte dich allemal davon in Kenntnis setzen, sowie du vom Rathaus kommst. Und nun bist du da.« Sie schenkte ihm ein liebreizendes Lächeln.

»Ich traf deinen Vater heut Morgen, da war noch keine Rede von einem Ausflug nach Sankt Jacobi.« Sein spatenförmiger Bart zuckte, wenn er aufgeregt war. Geseke versuchte, seinen Blick zu fangen, aber er wich ihr aus. Sein Gesicht war rot angelaufen.

»Doch nun ist er einverstanden, ebenso die Familie Schoke. Wir müssen mit dem Mann übereinkommen«, sagte sie.

»Was denkst du dir eigentlich? Ich soll mit einem Henker speisen und dazu noch im Haus einer armen Witwe? Das kommt gar nicht in Frage. Außerdem noch eines, ein für alle Mal: Du wirst dem Gesinde gefälligst keine übereilten Anweisungen mehr geben.«

In Geseke stieg unaufhaltsam heiße Wut auf, doch sie versuchte, ruhig zu bleiben. »Bitte, Sigvrid, das Gespräch mit diesem Mann ist sehr wichtig. Wir brauchen die richtige Umgebung, um ihn zu überzeugen. Und dass Eile geboten ist, das weißt du ja selbst.«

»Was du für wichtig erachtest, ist nicht von Bedeutung, Weib. Du hast deine Pflichten gegenüber dem Gesinde nicht erfüllt. Du sollst ihnen das Leben nicht mit unnützer Arbeit schwer machen. Das ist Gottes Gebot. Jede gute Hausfrau weiß zu beurteilen, was eine Magd leisten kann. Nur mein Weib glaubt, einen Kopf für die Angelegenheiten der Stadt haben zu dürfen, und keinen für ihren eigenen Haushalt. Was denkst du, wie es hier aussehen würde, wenn Janne nicht deine Arbeiten mit erledigte, während du von Haus zu Haus ziehst und mit den Männern über Geschäfte schwatzt, die dich nichts angehen?« Er wedelte wütend mit seinen ringgeschmückten Händen, doch Geseke ließ sich nicht beeindrucken.

»Sigvrid, als du mit meinem Vater den Ehevertrag unterzeichnet hast, habt ihr Euch geeinigt, dass mir eine Großmagd und Köchin, eine Magd für den Haushalt und eine Kleinmagd für meine Belange zustehen sowie zwei Scheuerfrauen für die Sauberkeit in Hof und Diele. War dir dabei nicht klar, dass ich nicht den Besen schwingen oder in den Grapen rühren würde? Hat dein Haus seither finanzielle Einbußen gehabt? Mussten wir im Winter zu hohen Preisen Holz oder Gepökeltes nachkaufen wie andere Häuser? Haben wir nicht sogar mit gutem Gewinn Getreide im Frühjahr an weniger geordnete Haushalte abverkaufen können? Bekommen wir nicht das billigste Salz aus meinen Salinengeschäften und verkaufen es gut in der Stadt? Sind seit unserer Ehe nicht deine Bücher besser geführt, sauberer geschrieben und dichter gefüllt als je? Was willst du mehr?«

»Dass du ein Weib bist wie alle: kochst, dich putzt und Bälger wirfst«, knurrte der Ratsherr und trat auf sie zu. Geseke machte einen Schritt zurück, stieß gegen ihre Truhe und kam ins Stolpern. Er griff nach ihrem Mieder. Die Korallenschnüre zerrissen, ein Schauer von zartrosa Perlen stob davon und verlor sich im Sand auf dem Boden.

»Da geht mein Putz dahin«, sagte Geseke mit zitternder Stimme, »und Bälger werfe ich dir gerne, wenn du sie in mich hineintust, Sigvrid Clingspor.«

»Wer will schon ein besserwisserisches Weib, das die Nase höher trägt als der Kaiser? Was glaubst du denn, weswegen die Männer zu den Weibern kommen? Bestimmt nicht, weil sie verständig in Geschäften sind.«

Sein Gesicht war so nah vor ihrem, dass sie die Haare auf seiner Nase zählen konnte.

»Wer will schon einen Mann, der im Rat nur hinten sitzt und sich von den anderen mittragen lässt? So einen nimmt nur die Küchenmagd.«

Geseke wusste sofort, dass sie zu weit gegangen war. Sigvrids Augen verengten sich, bevor er die Hand erhob. Er schlug ihr ins Gesicht, packte ihren Arm und warf sie aufs Bett, riss ihre Röcke hoch, zerriss ihre Leibbinden, zerrte sein steifes Gemächt aus den Beinlingen und stieß in sie. Geseke schloss die Augen. Als sie vor Schmerz aufschrie, hielt er ihr den Mund zu, bis ihr die Luft wegblieb. Er tat ihr weh und genoss es.

»Sag ›bitte‹.« Er ließ seine Hand gefährlich an ihren Hals gleiten.

»Bitte lass mir Luft«, stöhnte sie, da stieß er heftiger zu.

»Sag ›bitte mach es mir‹«, forderte er.

»Bitte mach es mir wie ein Stier«, sagte sie regungslos. Das hatte sie schon in der Hochzeitsnacht sagen müssen. Es erregte ihn, und er stieß schneller in sie. Er ließ eine ihrer Hände frei, um sich abzustützen. Ihre Finger glitten an dem teuren Damast des Kleids zu ihrer Rocktasche und ertasteten Cletzens Geschenk, das Büchlein. Sie umfasste es und fand die Kraft, nochmals und nochmals das zu sagen, was ihr Gatte hören wollte. Schnell befriedigt, ließ er alsbald von ihr ab, stopfte sein Hemd in seine Beinlinge und stand auf.

»Kein Ausflug heute Abend.« Sigvrid stapfte hinunter in die Diele zu seinen Kontorsbüchern.

Geseke sandte ein Gebet zu Maria Magdalena, der Patronin aller seltsamen Weiber. Diesmal war es schlimmer als sonst gewesen, aber sie wollte sich auf keinen Fall davon kleinmachen lassen. Sie raffte sich auf und betrachtete sich im Spiegel. Ihre Wange war gerötet, die Augen geschwollen. Es würde sie einige Zeit kosten, sich zurechtzumachen.

Doch noch war Zeit bis Sonnenuntergang, genug Zeit, alles zu richten, wenn man eine schnellfüßige Magd hatte und eine Haushälterin von hohem Wert.

Also musste Grete zu Anneke Grise laufen, der Köchin ihrer Mutter, die würde helfen. Dann sollte die Kleinmagd noch von Hardin und Cletzen ins Bild setzen, wo sie sie zu treffen wünschte, nicht vor dem eigenen Haus. Und schließlich musste sie zur Radmeringschen. Zum Glück war ihre Grete nicht so ein zartes Klostergeschöpf wie Schokes Kleinmagd Trudika, sondern eine echte Bauerngöre, die würde das schaffen. Geseke rief die Treppe hinab nach dem Mädchen und brüllte, sie solle gleich einen Krug Wasser mitbringen.

Sigvrid wusste zu viel von der großen Intrige ihres Vaters. Sie konnte ihn nicht mehr ausschließen, sie musste ihn zufriedenstellen, egal, was er von ihr wollte. Aber nicht heute Abend.

»Maria hilf«, flüsterte Geseke, »mach, dass ich wenigstens Bälger werfe, wie es Sigvrid so elegant ausgedrückt hatte.« Langsam strich sie sich über ihren flachen Bauch.

Richard hörte die Schritte des jungen Cletzen hinter sich und ging etwas schneller. Es war ihm wahrlich nicht nach einer Fortsetzung der Plauderei mit dem Stadtwächter. Lieber hätte er an ihm seinen Unmut über das unehrenhafte Angebot und den Reiz, es anzunehmen, ausgelassen. Doch Cletzen holte ihn mit einigen Laufschritten ein.

»Lasst mich Euch begleiten, Herr von Hardin«, sagte er freundlich.

Er strich sich eine Strähne aus dem Gesicht, die seinem festen Zopf entflohen war. Der Mann hatte dunkles Haar, selten in der Gegend. Und diese Geste des Zurückstreichens kannte Richard. Vom Ledergesichtigen am Geisterhügel.

»Sagt, Cletzen, woher weiß die Ratsfrau Clingspor von meinen Schwertkünsten?«, fragte er.

Ein Zucken lief über Cletzens Gesicht. »Nach Eurer Verurteilung zum Pranger hab ich das Pferd gekauft. Ich hatte erkannt, dass es die Stute vom jungen Clingspor war. Dann hab ich mit Heyne Schomers Knechten gesprochen. Die haben Euer Lob gesungen, wie Ihr Euch beim Überfall geschlagen habt.«

»Und das reichte Euch als Beweis meiner Künste, um mich beim Rat anzupreisen?« Richard ließ die Augen über den jungen Mann schweifen. Er erkannte nun die Statur des maskierten Reiters.

»Sie schienen nicht zu lügen.« Cletzen wich Richards Blick aus.

»Wie mich dünkt, vertraut die gesamte Englandfahrergesellschaft auf Euer Wort, Junkherr Cletzen. Wollt Ihr nicht lieber überprüfen, was Ihr so hart versprecht? Wie wäre es mit einem kleinen Turnier?«

Cletzen wandte sich ab. »Ich glaub den Knechten.«

»Ihr geltet auch als großer Kämpfer, Johann Cletzen. Kommt, vor den Toren ist Gartenland, lasst uns einen kleinen Kampf fechten, damit ich sehen kann, wie gut die Hamburger Streiter sind.«

Richard griff ihn am Ärmel und zog ihn fort in Richtung des Schartors. Cletzen machte gute Miene zum bösem Spiel und ging mit. Doch Richard merkte, dass er mit jedem Schritt in Richtung des freien Geländes verhaltener und zögerlicher wurde. Umso schneller schritt Richard aus.

»Folgt mir, Bürger und Stadtwächtersohn, auf ein kleines Geplänkel, dass unsere Glieder nicht einrosten«, rief er.

Vor dem Schartor standen neben einer sandigen Stelle junge Weidenbüsche am Elbufer. Vor den Männern lagen die feuchten Wiesen, aber hier fand der Fuß festen Halt. Ein guter Platz, dachte Richard und zog sein Schwert. Hinter sich hörte er Cletzens Waffe aus der Scheide fahren. Statt sich umzudrehen, packte er einen dicken Weidenzweig und hieb ihn ab, entledigte ihn der Seitenarme und schnitt ihn zu einem guten Kampfstock zurecht. Er warf ihn Cletzen zu und schnitt einen weiteren zurecht. Cletzen fing den Knüppel, aber dann stand er wie versteinert da.

»Dachtet Ihr, ich wollte mich von Eurem Kaufmannsschwert in Stücke hauen lassen?« Richard nahm Kampfstellung ein. »Es gilt. Bürger gegen Ritter mit den Waffen eines Bauern. Schlagt drein!«

Cletzen machte einen vorsichtigen Schritt auf ihn zu und fing Richards ersten Hieb auf die Schulter ein. Der Schmerz schien ihn zu wecken. Er hieb kräftig in Richtung von Richards Hüfte, doch Richard parierte. Er schlug hart und schnell gegen Cletzens Kampfstock, beobachtete dessen Bewegungen, seine Hände, die Arme, und prügelte so auf ihn ein, dass Cletzen sich nur schwerlich wehren konnte. Er traf ihn an Schultern, Armen, in die Seiten, aufs Knie, dann rammte er seinen Kampfstab in Cletzens Bauch. Der Stadtwächter krümmte sich. Mit zwei großen Schritten trat Richard auf ihn zu, entwand ihm den Stock und packte seinen Zopf. Er riss das Band aus dem Haar des anderen. Eine Masse von braunen Locken quoll hervor. Richard ließ seinen Stock sinken. Es war das Haar des ledergesichtigen Strauchdiebs.

»Wir hatten schon die Ehre eines Kampfes, nicht wahr, Herr Viehdieb?«, sagte er.

In diesem Moment zog Cletzen sein Schwert und stürmte auf ihn ein. Richard wehrte sich mit dem Weidenstock, der alsbald von Cletzens Klinge zerstückelt wurde. »Wollt Ihr mich hier morden, Cletzen? Wo Eure Herrin Geseke mich so dringlich braucht?«, rief er.

Cletzen ließ das Schwert sinken. »Wozu braucht sie Euch? Alle Dienste mit der Waffe könnt ich für sie verrichten«, keuchte er.

»Diesen Dienst nicht, Herr Viehdieb. Aber wüsste sie, womit Ihr die kleinen Angebinde für sie bezahlt, dann hätte sie Euch vielleicht die unehrliche Arbeit anbieten können, die sie mir offerierte.« Vorsichtig ließ er seine Hand zum Schwertknauf gleiten.

»Geseke macht keine unehrenhaften Angebote.« Cletzen hob wieder seine Waffe, aber nun fuhr Richards Schwert aus der Scheide, und seine Klinge traf die des Stadtwächters.

»Das glaubt Ihr also? Würdet Ihr für ihre Ehre fechten? Dann gilt es: Hamburgs zukünftiger Stadthauptmann gegen Hamburgs zukünftigen Henker.«

Langsam ließ Cletzen seine Klinge sinken. »Henker?«

»Das ist es, was die feinen Englandfahrer für mich vorgesehen haben. Ich soll Euren Seeräubern die Häupter abschlagen. Wusstet Ihr das nicht? Habt Ihr mich nicht vorgeschlagen?«

Cletzen schüttelte langsam den Kopf. »Ich wusste nichts davon. Ich muss mich entschuldigen, Bote solch eines Angebots gewesen zu sein. Wie Ihr richtig geschlossen habt, traf ich beim Geisterhügel auf Euch und sah Euch kämpfen. Ich habe vor Geseke Eure Fechtkunst gelobt, als ich ihr berichtet habe, dass Ihr im Pranger steckt. Ich wusste nicht, dass sie einen Fron sucht, um den alten zu ersetzen. Ich wünschte, sie hätte mich gebeten.«

»Das hätte sie nie getan, denn mit Euch hat sie Besseres vor.«

Cletzen errötete, aber er schüttelte den Kopf.

»Ach, Cletzen. Habt Ihr nicht gesehen, wie beschwerlich sie sich zusammenreißt, Euch nicht anzusehen? Wie ungelenk sie Euch gegenüber ihren Stand zu behaupten sucht, mein Freund? Ihr werbt um sie, und ihr gefällt es.«

Nun blickte ihm Cletzen in die Augen. »Ihr nennt mich Freund? Einen Viehdieb?«

»Ein Feind der hinterhältigen Viehhändler ist mein Freund.« Richard steckte sein Schwert in die Scheide und hielt Cletzen die Hand hin.

Zögerlich schlug der Stadtwächter ein. »Wer seid Ihr wirklich?«, fragte er leise.

»Wer ich bin? Richard von Hardin, Sohn des Karl von Hardin.«

»Ehemals Ritter des Deutschen Ordens?«, fragte der Stadtwächter nach.

»Ehemals Ritter des Deutschen Ordens«, antwortete Richard mit einem traurigen Lächeln. »Und nun kennt Ihr mein Geheimnis ebenso wie ich Eures.«

»Ihr kennt gleich zwei«, sagte Cletzen.

»Eins reicht. Den Viehraub solltet Ihr sein lassen. Irgendwann werden die Stadtwächter gegen Euch ausgeschickt, und das wäre doch eine seltsame Kalamität, wenn Ihr gegen Euch selbst reiten müsstet.« Richard grinste. »Außerdem glaube ich, dass Ihr die Clingsporsche nicht mit Präsenten beeindrucken werdet, sondern mit Klugheit.«

»Ich brauche das Geld. Ich habe ein Haus gebaut, und nun will ich auch ein Haus gründen.« Der Stadtwächter sah Richard grade in die Augen.

»Dann macht Geschäfte, das könnt Ihr. So bekommt Ihr das Haus und die Clingsporsche.«

»Dazu muss erst der Alte tot sein und meine Familie wieder wohlhabend. Vor Jahren verloren wir durch eine Mitgift unser Vermögen. Seither stehen uns die Schreyes bei, aber wir kommen nicht mehr hoch.«

»Schlimmer wäre aber, wenn Ihr Euren Namen verlört, nicht wahr, Cletzen? Und wenn Ihr einst eine Dame Eures Hauses mit einer hohen Summe ausgestattet habt und die Schreyes Euch deshalb gewogen sind, dann mag es doch sein, dass sie Euch eines Tages als Schwiegersohn akzeptieren. Oder verstehe ich es falsch? Ist Geseke zu nah mit Euch verwandt?«

Cletzen schüttelte den Kopf. »Das hat mit den Schreyes nichts zu tun. Vergesst, was ich gesagt habe.«

»Nur, wenn Ihr versprecht, den Viehraub sein zu lassen.«

»Ich tu mein Bestes. Doch sagt, Freund: Was wollt Ihr wirklich hier in der Stadt?«, fragte Cletzen.

»Eigentlich dasselbe wie Ihr. Ein Haus. Einen Ort zum Bleiben, sei es nun hier oder anderenorts.«

»Dann will ich Euch helfen. Bewahrt Ihr nur meine Geheimnisse, und ich steh Euch bei.« Cletzen legte ihm die Linke auf den Arm und bot ihm die Rechte zum Einschlagen.

Richard griff die Hand und erwiderte den Freundesgruß. »Wer gehört zu Eurer Bande? Zwei davon fielen beim Geistergrab.«

»Einer war ein Mann des Burghauptmanns von Kuddewörde, der andere ein Knochenhauergehilfe hier aus der Stadt.«

»Ich dachte mir, dass der zwielichtige Hauptmann dahintersteckt.«

»Er sendet uns einen Boten, wenn Viehtriebe sich nähern. Dann holen wir in Kuddewörde einen Späher ab. Er bekommt dafür seinen Anteil. Seitdem im Mecklenburgischen die Ernten eingebrochen sind, ist Fleisch unerschwinglich geworden. Zwischenhändler wie Heyne Schomer treiben die Preise für Rinder derartig in die Höhe, dass die Schlachter und Wurstmacher keinen Verdienst mehr für ihre Arbeit sehen. Denn die Verkaufspreise legt der Markvogt streng fest. So kamen wir auf die Idee, den Händlern einiges an Vieh für Gottes Lohn abzunehmen.«

»Gottes Lohn? Dafür habt Ihr Euch dem Teufel und dem Henker verschrieben. Macht Euch und die Euren nicht unglücklich.« Richard hätte wohl noch mehr gesagt, aber die schrille Stimme eines kleinen Mädchens gellte zu ihnen herüber.

»Johann Cletzen!« Das Kind kam mit wehenden Röcken angesaust. »Ich soll Euch von der Herrin was sagen. Dabei geht es wohl um Euch.« Sie zeigte auf Richard und sah frech an ihm hoch.

»Das freut mich sehr, junge Dame. Doch dünkt mich, ich wüsste gerne, mit wem ich die Ehre habe«, fragte Richard mit einem Lächeln.

Das Mädchen stemmte die Fäuste in die Hüften. »Grete Puttfarken«, antwortete sie, als würde das alles erklären.

»Die Kleinmagd der Clingsporin«, meinte Cletzen mit einem Stöhnen in der Stimme.

»Und was habt Ihr mir von der edlen Dame Clingspor auszurichten, Jungfer Margarete?«, fragte Richard.

»Grete, nicht Margarete. Heut Abend essen wir nicht bei den Clingspors. Cletzen soll Euch nicht ins Haus führen, denn es geht mit Gabenkörben und einem Mahl zur Schifferswitwe Radmering. Wartet also an der Trostbrücke Schlag sechs.«

»Wie kommt denn das?«, fragte Cletzen nach.

»Es hat irgendwie Streit mit dem Herrn gegeben. Es geht der Fruwe nicht so gut. Hat ausgesehen wie ne halb ersoffene Katze, vorhin.«

Johann erbleichte. Er drehte auf den Hacken um, in Richtung Stadt. Aber Richard hielt ihn am Arm fest. »Nicht Ihr. Jungfer Grete, sag an: Hat die Herrin eine Freundin in der Stadt?«

Grete machte große Augen.

»Die Begine Elisabeth«, antwortete Cletzen.

»Grete, lauf und bitte die Begine zu deiner Herrin. Aber sag der Ratsherrin nicht, dass du Hilfe geholt hast«, befahl Richard und schob das Kind in Richtung Schartor. Sie nahm die Beine in die Hand.

»Und Ihr, Johann, Ihr bleibt heute fort vom Hause Clingspor, wie die Herrin befohlen hat. In Ehesachen habt Ihr Euch nicht einzumischen. Minne respektiert die Ehe.«

Niclas Schokes Speichel rann ihm aus dem Mund wie einem Kleinkind der Most. Alleke kühlte ihm den schmerzenden Kopf, aber er wollte dennoch aufstehen. Trudika betete.

»Ich muss in drei Stunden wieder auf den Beinen sein, Schwester Elisabeth. Aber ich hab das im Kopf und dann noch Schmerzen …«, er suchte nach Worten, »Im Leib. Ich meine, im Bauch. Und mein Rachen brennt wie Feuer. Aber ich muss los«, flüsterte er.

»Das ist sinnlos, Niclas. Du gehörst ins Bett. Gerne würde ich dir etwas geben, das die schlechten Säfte austreibt.«

»Auf keinen Fall, ich muss heut Abend fort.«

»Du brauchst Bettruhe«, sagte seine Frau.

»Bitte schon dich, Ohm Niclas«, bettelte Trudika mit einem Engelsstimmchen.

»Was treibt Euch, heute auszugehen?«, fragte Elisabeth.

»Wichtiges, weißt du, Wichtiges«, sagte Niclas.

»Er muss den Schreyes beistehen, um diese Seeräuberfrage endgültig zu beenden. Sie suchen einen Henker«, sagte Alleke.

»Die Schreyes sind weise Diener der Stadt. Sie können ohne Euch einen Scharfrichter aussuchen.«

»Ich brauche nur ein wenig Kraft und nur ein wenig gegen die, weißt du, die Schmerzen im Kopf und im Bauch.«

»Er meint, es sei nur eine Erschütterung der Seele«, sagte Alleke und sah zu Boden.

»Wodurch?«

Niclas fingerte nach etwas unter seinem Daunenpfuhl. Doch er konnte es nicht greifen, weil sein Arm zitterte. Er wurde nervös und fluchte böse.

Alleke griff unter das Kissen und zog ein Pergamentzettelchen heraus. »Diesmal fand es die Magd in dem Gemüse, das sie vom Markt geholt hatte.«

Und der Kampf tobte heftig um Saul, und die Bogenschützen fanden ihn, und er wurde schwer verwundet von den Schützen. Elisabeth schüttelte den Kopf. Wer auch immer diese Zettelchen herstellte, er kannte die Heilige Schrift und riss bewusst Sätze aus dem Zusammenhang.

»Das ist aus dem ersten Buch Samuel, Niclas. Aus der Bibel. Damit kann man Euch nichts Böses tun, auch wenn es bedrohlich klingt. Sie sind nicht vergiftet, es liegt kein Fluch darin. Es sind einfach nur Bibelverse«, sagte sie. »Ihr seid kränker, als diese Zettel es machen können. Ihr braucht Ruhe und Zeit für eine Behandlung. Sonst bekomme ich die Kopfschmerzen nicht in den Griff und auch nicht diesen lästigen Speichelfluss.«

Niclas schüttelte den Kopf. »Macht mir was zur Stärkung, Elisabeth. Und dann, bitte, betet für mich.« Er stand auf und ging mit zitternden Beinen zur Truhe am anderen Ende des Raums und kramte fahrig darin herum.

»Ich brau dir nur einen Stärkungstrank, wenn du hierbleibst«, sagte Elisabeth.

Alleke nahm ihren Gatten beim Arm und drückte ihn aufs Bett. »Er bleibt hier, bei der Heiligen Ursula, dafür sorge ich.«

Elisabeth steckte den Zettel in die Tasche ihres Gewandes und ging in die Küche, wo Schwester Veronika mit einem Krug Bier in der Hand in der Ecke auf sie wartete. Elisabeth lächelte der alten Begine zu, nahm sich eine Grape, machte Wasser warm und köchelte Ringelblumenblätter darin auf.

Sie wollte sich an Muhme Grosse halten und dem Körper des Ratsherrn bei der Entgiftung helfen, auch wenn sie sich nicht erklären konnte, womit Niclas Schoke vergiftet worden sein sollte.

Die kleine Magd Trudika kam angetänzelt. »Meddere Alleke sagt, ich soll dir helfen.«

»Warum nennst du sie Meddere Alleke und Niclas Ohm und nicht Herr und Fruwe?«

»Kinder sollen kein Gesinde sein, sondern Familie, sagt Meddere Alleke«, antwortete die Kleine selbstbewusst.

»Du magst gern hier sein, nicht wahr?«

Trudika nickte.

»Dann bist du doch bestimmt traurig, dass der Herr Niclas krank ist.«

»Ich bete zum lieben Gott, dass er gesund wird. Und in Sankt Nicolai rede ich mit dem Vater, dass er hilft.«

»Das ist schön. Vielleicht weißt du auch, wer diese Zettel zu Herrn Niclas bringt?« Elisabeth zog den Bibelspruch heraus. Trudika zuckte zusammen, als Elisabeth ihr das Zettelchen entgegenstreckte.

»Da schau, es steht ein Bibelspruch drauf.« Sie hielt dem Kind den Zettel hin.

Das Mädchen machte einen Schritt zurück. »Das ist ein Geheimnis«, sagte sie leise. Dann drehte sie sich um und lief wieder in die Wohngemächer.

Elisabeth schmunzelte. Die Großmagd hatte recht, das Kind war fürchterlich verhuscht. Mehr noch, sie hatte eine wahrhaft seltsame Sicht auf die Welt.

Elisabeth öffnete leise die Tür zum Beginenhaus gegenüber der Kirche Sankt Jacobi. Die Schwestern saßen ins Gebet versunken an ihrem frühen Vespertisch. Elisabeth und Schwester Veronika drängten sich auf die Bank am unteren Tischende. Die Meisterin beendete die Danksagung, und alle Schwestern stachen fröhlich mit ihren Löffeln in den Brei, als die Herrin des Konvents nach einem Stück Brot griff und dann aufstand. Elisabeth erschrak, als ihre Oberste auf sie zutrat; sie dachte, sie würde wieder gescholten. Aber die Meisterin reichte ihr das Gebäck und flüsterte: »Schwester, auf dich wartet Arbeit. Uns wurde ein Kind aus der Fronerey gebracht. Es liegt oben im Krankenzimmer.«

Elisabeth holte warmes Wasser aus der Küche und machte sich auf den Weg.

Neben dem kleinen Seeräuber saß eine alte Schwester, die ihre Grütze sorgsam aus einer Schüssel löffelte. »Hat er gegessen?«, fragte Elisabeth

»Nicht gegessen, nicht gesprochen, nicht geschlafen. Er liegt mit offenen Augen da, als würde er an der Decke was suchen.«

»Hat er den Eimer benutzt?«

»Ja, seine Säfte laufen, aber irgendwas stimmt nicht mit ihm. So ist doch kein kleiner Junge. Die springen und sabbeln doch.«

»Hast du mit ihm gesprochen, Schwester?«

»Was hätte ich ihm denn sagen sollen?«, sagte die Alte und machte sich davon.

Elisabeth wandte sich dem Kleinen zu. »Guten Abend, kleiner Gast«, sagte sie leise.

Sie setzte sich neben ihn und nahm seine Hand, eine schwielige, dürre Kinderklaue. Sein Puls ging normal, doch er reagierte nicht auf ihre Berührung.

»Ich bin Heilerin bei den Beginen und muss dich untersuchen, Kleiner. Darf ich das?«

Keine Antwort. Vorsichtig knüpfte sie sein verdrecktes Hemd auf und zog es ihm über den Kopf. Es war ein dünner, rundköpfiger Knirps mit runden Augen und stacheligem Blondhaar, bestimmt noch keine zehn Jahre alt. Sein Körper war sehnig und abgemagert.

»Darf ich dich waschen?«, fragte sie.

Er nickte. Vorsichtig strich sie mit einem warmen Lappen seine Schultern entlang. Er war ausgemergelt, aber gesund. Unten am Oberarm fand sie Spuren von Kniffen, nichts Bedrohliches, einfache Blutergüsse.

»Wie heißt du?«, fragte sie, als sie ihn trocken tupfte.

»Bandix«, flüsterte er.

»Vermisst du deine Eltern? Es ist bestimmt nicht leicht, von ihnen getrennt zu sein«, sagte sie mitfühlend. Er wandte den Kopf ab. »Wenn du wieder bei Kräften bist, bringen wir dich zu ihnen zurück«, versprach Elisabeth und legte eine Hand auf sein Brustbein, um seine Atmung zu spüren. »Deine Eltern freuen sich, wenn du wieder da bist.«

Der Kleine schüttelte heftig den Kopf.

»Willst du nicht zu Mutter und Vater zurück?«

»Hab keine«, sagte er mit einem starken friesischen Akzent.

»Aber du hast doch bestimmt ein Zuhause.«

»Das Schiff.«

Es konnte doch nicht sein, dass sich der Knirps an nichts erinnerte als an das Seeräuberschiff. »Wie bist du denn auf das Schiff gekommen?«

»Die Alte hat mich hingegeben, als ich laufen konnte.«

»Welche Alte?«

»Die Muhme.«

»Und wenn Ihr an Land wart, wo hast du da gewohnt? Bei der Muhme?«

Er schüttelte den Kopf. »Bei Keno. In seinem Hof in Marienhafe.«

Elisabeth wusste, dass der Friesenhäuptling Keno tom Brok dem Störtebeker Unterhalt gewährt hatte. Sie hatte gehört, dass er ihm sogar seine Tochter zur Frau gegeben hatte.

»Kommst du aus Kenos Haus?«, fragte sie den Jungen.

Der wandte wieder den Blick ab. Elisabeth streichelte seine Hand. Er zog sie nicht weg. Schweigend saß sie lange neben ihm.

Er war gesund am Körper, doch seine Seele war wund. Wo würde er ein Zuhause finden? Bei den Beginen konnte er nicht bleiben, denn es gab zu viele Anhänger der Vitalienbrüder in der Stadt. Es wäre am besten, ihn in einem Kloster erziehen zu lassen.

»Ich finde dir ein neues Zuhause, Bandix. Irgendwo, wo es warm ist, wo du zu essen bekommst und wo andere Kinder sind. Erst mal bleibst du aber bei uns. Hier bist du in Gottes Haus, er wiegt und schützt dich.«

Ein Zucken ging durch die Kinderhand. Elisabeth hörte ein tiefes Schluchzen, das den kleinen Körper erschütterte. Er weinte leise. Vorsichtig hob sie ihn zu sich, umarmte ihn und streichelte seinen schmalen Rücken. Er ließ es zu.

Gerade als er sich entspannte, klopfte es an der Tür, und gleich darauf trat ein kleines Mädchen ein. Grete Puttfarken. Der Junge schreckte zurück und verkroch sich in die hinterste Ecke seines Bettes.

Die kleine Magd druckste herum, als wüsste sie nicht, was sie sagen sollte.

»Grete, was willst du denn?«

»Ich komm nicht, weil meine Fruwe das gesagt hat. Aber der Cletzen und der von Hardin, die sagen, ich soll Euch holen zur Herrin. Die war ganz verheult eben.«

»Warum verheult und was heißt eben?«, fragte Elisabeth streng.

»Verheult, weil sie Streit mit dem Herrn hatte. Doch sie hat bestimmt auch eine gefangen, mein ich. Und eben ist eben. Das heißt, es ist schon was her.«

Elisabeth blickte von einem Kind zum anderen. Sie mochten beide in gleichem Alter sein. Der Junge hatte sich aufgerichtet und betrachtete Grete mit einem Blick, als habe er noch nie ein Mädchen gesehen.

Grete lächelte ihn an.

Elisabeth winkte die Kleinmagd heran. »Grete, darf ich dich unserem geheimen Gast vorstellen? Bandix von den Likedeelern. Bandix, dies ist Grete, Jungfer aus dem Hause Clingspor.«

Artig hielt Grete ihre Hand hin. Der Junge streckte den Arm aus und schüttelte sie.

»Ich wollte immer schon mal einen Seeräuber kennenlernen. Es freut mich sehr, Bandix«, sagte Grete in ihrem besten Niederdeutsch.

»Freut mich auch.« Bandixens Stimme klang, als hätte er einen Frosch verschluckt.

»Erzähl mal von Eurem Schiff«, Grete setzte sich auf die Bettkante und warf Elisabeth einen fragenden Blick zu.

»Mir kommt das ganz recht. Greteken, magst du ein bisschen bei ihm bleiben?«, fragte Elisabeth.

»Und krieg ich auch was zu trinken? Ich bin den ganzen Abend rumgerannt.«

Elisabeth ging in die geräumige Küche des Beginenhauses und bereitete in einer Grape auf den glühenden Kohlen des Herdes warmes Honigbier für die Kinder. In Bandixens Becher tat sie noch Paradieskörner aus dem fernen Konstantinopel, die dem Schlaf halfen.

Er schwatzte aufgeräumt mit Grete, als Elisabeth die Getränke brachte.

»Drei Teufel, die Fruwe wird schimpfen, wenn ich nicht zurückkomme«, fluchte Grete und nahm einen Schluck vom Honigbier.

Bandix lachte.

»Ich werde Geseke sagen, dass du hier gebraucht wirst«, sagte Elisabeth.

»Sagt mal lieber nichts. Die weiß ja gar nicht, dass ich hier bin.«

»Aber sie kann doch bleiben?«, fragte der Likedeeler.

»Sicher, Bandix, sicher.«

Elisabeth kletterte auf den Dachboden, holte zwei Arme voll Bettstroh für Grete und aus Veronikas Zimmer einen Kopfpfuhl und eine Decke. Als sie ins Krankenzimmer zurückkam, schwätzte Grete auf den kleinen Seeräuber ein, der seine müden Augen nicht von dem Mägdemädchen nehmen konnte. Sie machte sich auf, ihrer

Freundin beizustehen. Kaltes Unbehagen kroch ihr ins Herz, als sie vor das Tor des Beginenhauses ins Dunkel trat.

Es klopfte an Richards Kammertür, gleich darauf trat Johann Cletzen ein.

»Seid Ihr fertig, Ordensmann?«, fragte er. Der Stadtwächter selbst war frisch rasiert, er trug zudem ein Wams in ebenjenem Blau, das Gesekes Kleid am Mittag gezeigt hatte. Seine Hosen waren blau meliert, und sogar seine Stiefel waren aus blauem Leder.

»Fertig, wenn auch nicht so schön wie Ihr, Herr Viehdieb. An Euch haben sich Barbier und Schneider ein Vermögen verdient«, antwortete Richard.

Johann lachte. »Ich soll Euch abholen und wollte mich von Euch nicht ausstechen lassen, wenn wir die Ratsfrau geleiten.«

»Wir geleiten die Ratsfrau, nicht ihr Gatte? Dann bockt der alte Clingspor weiter?«

»Eher hat er noch einen Bock geschossen. Ich fand einen der Clingspor'schen Knechte bei mir im Haus mit der Nachricht, die Ratsfrau wünsche meine Begleitung zu ihrer Sicherheit auch auf dem Rückweg. Welcher Mann lässt einen anderen sein Weib beschützen?«, fragte Johann bitter.

»Ich weiß nicht, wie das unter Bürgersleuten ist, aber im Adel tun das nur die Hurenböcke«, sagte Richard.

»Möge Gott die Clingsporin schützen.«

»Und Euch die Gelassenheit geben, dem Clingspor keine Hörner aufzusetzen.«

»Im Moment möchte ich ihm lieber einen Dolch unter die Rippen rammen.« Johanns Gesicht verfinsterte sich.

Sie traten in das Blaudunkel des hamburgischen Abends.

»Ist da nicht ein Sohn in der Familie? Der, für den Ihr mir das Pferd aus Kuddewörde abgekauft habt?«, fragte Richard.

Johann nickte. »Der Erbe, Sigvrid der Jüngere. Er hat mit der Frau des Hauses nicht viel zu tun. Geseke hat erst kürzlich in die Familie eingeheiratet. Stellt Euch vor, der Junge ist fast in ihrem Alter.

Man hätte denken können, dass auch über ihn die Verbindung der Familien machbar gewesen wäre. Aber der alte Ratsherr wollte wohl eine junge Gemahlin.« Johann verstummte und blickte beim Gehen auf seine Stiefelspitzen.

Als sie an der Kirche Sankt Nicolai ankamen, hielt Richard ihn auf. »Lasst uns schnell ein Gebet sprechen.«

»Warum?«

»Dass die Heiligen dafür sorgen, dass der junge Clingspor seine Stiefmutter schützt. Kommt.«

Er zog den Stadtwächter in die beleuchtete Kirche, in der an diesem Abend nur ein paar alte Weiber beteten. Eine Gruppe zerlumpter Kinder lungerte bei dem mit Kerzen erleuchteten Marienaltar herum, eng zusammengedrängt, als wollten sie sich wärmen. Richard kniete vor dem Altar des heiligen Nikolas nieder, Johann beugte neben ihm das Knie.

»Hilf Nikolas, Heiliger der guten Gaben, und schenke der Geseke Clingspor einen Beschützer im eigenen Haus und dem armen Sünder Johann Cletzen und seiner Angebeteten ein langes Leben, dass er noch in den Genuss ihrer Minne komme«, betete Richard.

»Und wenn mein Leben auch kurz sein solle, es wäre vollkommen, wenn sie Mein würde. Amen«, fügte Johann hinzu.

Richard schenkte ihm einen zweifelhaften Blick, stand dann auf und umarmte den Stadtwächter. Im Gehen warf er eine große Münze in einen Sammelstock.

Vor dem Kirchportal fiel Johann in einen Laufschritt, Richard hielt neben ihm Schritt. Sie taten gut daran, sich zu beeilen, denn als sie an der Trostbrücke anlangten, kam Geseke um die Ecke, beladen mit einem großen Korb. Ihr Gesicht war ebenso weiß wie die gekalkten Häuser in Sankt Nicolai.

Freundlich reichte sie den beiden die Hand. »Herr von Hardin, ich bin erfreut, dass Ihr Euch Zeit nehmt, nach Sankt Jacobi zu kommen. Das Gastmahl müssen wir allerdings selbst mitbringen, denn unsere Gastgeberin zählt nicht zu den Reichen. Ich hoffe, das erschreckt Euch nicht.«

Sie wies auf eine Frau, die ihr beladen mit einem Buckelkorb und zwei Körben an den Armen folgte. Sie war hochgewachsen und kräftig, trug gutes Tuch und eine einfache Haube.

»Anneke Grise, Magd und Köchin meiner Mutter. Sie hat schon

den Haushalt der Schreye in Ordnung gehalten, nun muss sie meinen dazu führen, was ihr nicht schwerfallen wird.«

»Kein Grund, es besonders hervorzuheben, Frau Geseke. Es ist ja nur eine Mahlzeit«, brummte die große, knochige Frau.

»Anneke, dies ist Herr Richard.«

Richard machte vor ihr eine Verbeugung, die Anneke mit einem Nicken quittierte.

Johann grüßte die Magd, warf einen Blick zu Richard und verbeugte sich vor Geseke.

»Meine eigene Kleinmagd ist verschwunden, das wird sie noch bereuen«, meinte Geseke.

»An Gretes Verspätung trage ich die Verantwortung, Frau Geseke. Ich habe sie als Botin ausgeliehen, für eigene Erledigungen. Verzeiht ihre Abwesenheit, es ist allein meine Schuld«, sagte Johann.

Die Clingsporin schaute zu Boden, als Johann ihr den Korb abnahm.

Johann schritt voran, während Richard der Bürgersfrau den Arm bot, um sie ehrenvoll zu geleiten. Er atmete die Luft der Stadt tief ein, den Biergeruch, den Duft von Wasser und Herdfeuern. Geseke trippelte eilig mit kleinen Schritten auf ihren hölzernen Unterschuhen, hielt sich aber aufrecht wie eine Prinzessin. Seit Monaten fühlte er sich zum ersten Mal wieder als Ehrenmann, und dies an der Seite der Frau, die ihm angetragen hatte, Henker in ihrer Stadt zu werden. Geseke schwieg und richtete den Blick nach vorn. Zunächst dachte er, dies läge an ihrer guten Erziehung, doch dann bemerkte er, dass Johanns Hand zum Schwertknauf geglitten war. Vor ihnen, noch vierzig Schritt entfernt, hatten sich einige Müßiggänger zusammengerottet.

»Die Schreyetochter«, brummte einer von ihnen.

»Friesenschlächtergöre«, höhnte ein anderer.

Johann Cletzens Schwert fuhr aus der Scheide wie ein Blitz, und auch Richard zog blank. Die Männer spuckten aus und verschwanden in einer dunklen Gasse.

»Hoffentlich folgen die uns nicht heimlich nach Sankt Jacobi.« Geseke drehte sich noch mehrmals nach den Männern um.

Als Elisabeth das Clingspor-Haus erreichte, waren die Vorderräume dunkel. Sie betätigte den schweren Türklopfer wieder und wieder, doch keiner öffnete die Tür. Sie rief nach Geseke. Endlich hörte sie Schritte auf dem Hof. Die Tür zum Hofgang wurde geöffnet, und Sigvrid der Jüngere stand vor ihr, Stroh im Haar, nach Pferdemist riechend. Sie hob ihre Leuchte, damit er sie erkennen könne.

»Gottes Segen zum Abend, Sigvrid. Verzeiht meine Störung. Ich suche Eure Stiefmutter Geseke.«

Er strich sich müde die langen Haare aus dem Gesicht. »Mutter Geseke?«, fragte er verschlafen. »Hab ich seit vorgestern nicht gesehen. Wisst Ihr was, Schwester Elisabeth? Sie hat dafür gesorgt, dass ich mein Pferd wiederbekomme.« Seine Augen strahlten.

Elisabeth schenkte ihm ein Lächeln. »Das freut mich, Sigvrid, besonders weil es dich so glücklich macht. Aber ich würde jetzt gerne Geseke sprechen. Ich habe lange geklopft, aber keiner hat aufgetan.«

»Ich war im Stall«, antwortete er.

»Lasst Ihr mich ins Haus?«

»Sicher.« Er zuckte die Schultern. Sie stiegen zu Gesekes Kammer hinauf, aber dort war sie nicht zu finden.

»Vielleicht in der Küche?«, meinte Sigvrid.

Er leuchtete ihr den Weg ins Untergeschoss und ließ ihr den Vortritt. Kaum hatten sie einen Schritt in den warmen Raum getan, zerriss ein spitzer Schrei die Dunkelheit.

Im Licht der Laterne sah Elisabeth Jannes nackten Busen. Auf einer dicken Felldecke lag sie in den Armen des Hausherrn vor dem Küchenkamin. Entsetzen malte sich auf ihr rundes Gesicht. Gleichzeitig erblickte Elisabeth die wutverzerrte Fratze von Gesekes Gemahl. Sie wollte eilends die Küche verlassen, aber der jüngere Clingspor stand wie versteinert in der Tür.

»Was suchst du hier, Betschwester?«, knurrte der alte Clingspor.

»Geseke«, flüsterte Elisabeth.

»Weg ist sie, und das soll sie auch bleiben.«

Elisabeth nahm ihren ganzen Mut zusammen. »Bei der Gnade des Allmächtigen, Herr Clingspor, seid so gütig, mir zu sagen, wo sie sich befindet.«

»Gar nichts sag ich. Raus!«, schrie Clingspor.

Jetzt wich auch Sigvrid der Jüngere und machte die Küchentreppe frei. Elisabeth schloss die Tür hinter ihnen.

Der Erbe des Hauses war erbleicht, er hielt sich an einem Pfeiler fest und schüttelte den Kopf.

»Ich verstehe das nicht. Bei allen Heiligen, was tut er da?«, stotterte er. »Ich meine, Mutter Geseke ist doch hübsch und jung. Sie kann auch richtig nett sein, wenn man sie braucht.«

Elisabeth legte ihm die Hand auf den Arm. »Ich verstehe wenig von Liebesdingen, Sigvrid. Aber so wie die Ehen in unseren Kreisen geschlossen werden, sind die Freuden des Bettes nicht mit der Hochzeit versprochen. Vermutlich hätte Euer Vater lieber die Janne zur Frau, aber sie ist niederen Standes. Und Geseke hat beim Eheversprechen mehr ihrem Vater gehorcht als ihrem Herzen.«

Er schniefte. »Aber dass er es in unserem Hause macht. Wenn Geseke ihn nun gefunden hätte.«

Elisabeth ging davon aus, dass Geseke längst Bescheid wusste und das Verhalten ihres Gatten duldete, um das Bündnis der Englandfahrer mit den Clingspors nicht zu gefährden. »Sigvrid, tut Ihr mir einen Gefallen?«

Er nickte und schniefte wieder. Sie zog ein schlichtes Tüchlein aus ihrem Gürtel und hielt es ihm hin.

»Alles, was Ihr wollt«, versprach er, schnaubte die Nase und trocknete die Tränen.

»Bewahrt vorerst Schweigen darüber, was wir gesehen haben. Haltet Wache, bis Geseke nach Hause kommt, und lasst sie dann nicht aus den Augen. Beschützt sie, wenn es Streit geben sollte.«

Er nickte. »Ich versteh das nicht. Das ist doch Todsünde«, hauchte er.

Elisabeth merkte wohl, dass in dem Clingspor-Erben eine kindliche Welt voller Ehre und Vertrauen zerbrach, doch sie konnte sich nicht um ihn kümmern

Als sie vor die Tür trat, klopfte ihr das Herz bis zum Hals. Wo mochte Geseke sein? Schnellen Schrittes machte sie sich auf zum Haus der Schreyes, einige Schritte von Clingspors Tür entfernt. Seit der Gefangennahme Störtebekers lungerten oft Männer vor dem Haus, um den Englandfahrern mit Grunzen und Pochen ihre Verachtung zu zeigen. Elisabeth richtete sich zu ihrer ganzen beeindruckenden Länge auf, als sie an der Gruppe vorbeiging. Doch weder ihre hohe Gestalt noch ihr blauer Schleier hinderten die Beisassen und Träger daran, ihr nachzupfeifen.

Als sie an die Schreyetür klopfte, ahmten sie Ebergebrüll nach. Einer schrie: »Die Engelfahrer nehmen blaue Schwestern zur Nacht statt der gelb behaubten Dirnen. Schlappschwänze!«

»Mach Schreye einen Einlauf in die Seele, damit die Scheiße rauskommt!«, brüllte ein anderer.

Just in diesem Moment riss einer der Schreyer'schen Kontorgehilfen die Tür auf. Er zog Elisabeth am Ärmel hinein, und zwei mit Knüppeln bewaffnete Knechte stürzten sich auf die Großsprecher. Die nahmen die Beine in die Hand. »Wir erwischen sie nie, beim heiligen Judas!«, brummte der Handelsgehilfe.

»Gottes Gruß. Ist der Herr im Haus, oder seine Tochter?«, fragte Elisabeth.

»Nur der alte Herr Herman«, antwortete der Handelsgehilfe.

Als habe er es gehört, öffnete Gesekes Großvater die Tür zum Kontor.

»Schwester Elisabeth, wie schön, Euch zu sehen.« Er streckte die Arme nach ihr aus. Sie ließ sich umarmen und herzen. Herman Schreye roch immer noch so, wie sie ihn in ihrer Kindheit gekannt hatte: nach Gummiarabikum und Galleiche, nach Tinte und Kontor. Wie glücklich sie gewesen war, als ihr Vater noch lebte und sie mit Geseke im Hafenmoor hinter den Häusern auf der Neuen Burg herumgetollt war. Oft genug hatte der alte Syndikus die Kinder gescholten, ohne es wirklich bös zu meinen. So manchen Winter hatten sie mit ihm Lesen, Schreiben und Latein geübt, was er besser konnte als jeder andere Mann in Hamburg. Er unterrichtete sie sogar noch, als Geseke zur Schule ins Kloster musste. Aber dann war Elisabeths Vater der Pest zum Opfer gefallen, und ihre Mutter hatte nach Lübeck geheiratet. Seit jener Zeit hatten Trippen ihre Schritte gehemmt, Sittsamkeit und Heiratspläne waren ihr Gefängnis geworden, bis sie bei den Beginen die Heilkunst erlernte.

»Ohm Schreye, ich such Geseke.«

»Du siehst ja ganz besorgt aus. Was ist los?«, fragte der Alte.

»Ihre Kleinmagd kam gelaufen und sagte, es stünde nicht gut um sie.«

»Um meine Gesche? Seltsam, mein Sohn sagte, sie habe sich unsere Magd Anneke ausgeliehen für ein Nachtmahl, irgendwo in Sankt Jacobi, bei der Radmeringschen. Meinen Sohn hat sie in den Roten Bären bestellt. Wo hast du sie denn gesucht?«

»Ich war in ihrem Haus. Dort wusste niemand, wo sie war. Auch nicht ihr Mann.«

»Was fällt dem Clingspor ein? Achtet er nicht auf sie?«

Tränen schossen in Elisabeths Augen.

»Was ist los, Lisseken?«, fragte der Alte und griff nach ihren Händen.

Da sprudelte es aus ihr heraus: dass Grete gesagt hatte, Geseke sei geschlagen worden, und dass Clingspor mit der Janne Unzucht trieb.

Herman Schreye nahm sie wieder in den Arm und klopfte ihr den Rücken, bis sie aufhörte zu weinen.

»Das sind schwere Vergehen, liebe Elisabeth. Es war recht, dass du mir gesagt hast, was du weißt. Aber jetzt werde ich dir einen unserer Knechte und eine Magd zur Begleitung geben, damit du in den Konvent zurückkehren kannst.«

Elisabeth schüttelte den Kopf. Sie war zu aufgewühlt, um zurück ins Beginenhaus zu gehen. Es war richtig gewesen, den alten Syndikus einzuweihen, doch gleichzeitig sorgte sie sich. Mochte es sein, dass es gar nicht in Gesekes Sinne war, wenn ihre dunklen Familiengeheimnisse aufgedeckt wurden. Zerknirscht und verunsichert beschloss Elisabeth, etwas zu tun, was sie wirklich beherrschte.

Es ging durch verwinkelte Straßen, an einem Friedhof vorbei und zwischen Gärten hindurch, bis Geseke und ihre Begleiter an einem kleinen unverputzten Haus an die Tür klopften. Die Schifferswitwe Radmering wohnte in der Dornse ihres eigenen Hauses im Erdgeschoss. Sie hatte die oberen Zimmer ihres Hauses an Zuwanderer vermietet, Beisassen, Familien vom Lande, die an der offenen Feuerstelle in der Diele ihren Kohl kochten.

Die Radmeringsche, eine gebeugte Frau mit schmuddeliger Schürze, bat ihre hohen Gäste beschämt herein. Als die Beisassen den Ritter und den Stadtwächter sahen, rissen sie ihre Grapen mit dem halb garen Essen aus den Kohlen und verschwanden verängstigt treppauf.

»Sie haben Angst, von ihren adligen Herren zurückgeholt zu werden«, erklärte die Witwe.

Geseke stellte Richard als einen Freund der Familie vor, der die Stadt genauer kennenlernen sollte.

Die Radmeringsche wies auf zwei grobe Bänke an einem langen Tisch. Dort standen ein Krug mit Bier, Brot und Butter.

»Verzeiht, dass ich Euch nicht besser bewirten kann«, entschuldigte sich die Frau.

»Wir haben alles dabei, Lina«, sagte Anneke Grise und tätschelte der Witwe den Arm. Sie deckte kalten Braten, Schinken, Kräuterkuchen, Käsepfeifchen, Fischpastetchen und etliche Würste auf, dazu zwei Käse, Weißbrot und Bier. Becher und Wein kamen aus ihrem Buckelkorb zum Vorschein.

Mit jeder guten Gabe stieg der Radmeringschen das Blut röter ins Gesicht. Sie schlug die Hände zusammen. »So viel!«

»Wir haben uns schließlich bei Euch eingeladen«, sagte Geseke. Sie bat die Radmeringsche, sich zu setzen. Doch der liefen die Tränen die Wangen hinunter. Anneke nahm die abgearbeitete Frau in den Arm. »Lieb Lina, was ist?«

»Wenn nur mein Sohn das sehen könnte.«

Geseke lächelte. »Cletzen, geh mal den jungen Radmering holen«, sagte sie.

Johann stand auf und ging in die Dornse. Es dauerte ein wenig, dann trug er auf den Armen einen mageren Mann hinein, der sich an seine Schultern klammerte.

Er setzte ihn vorsichtig auf eine Bank. Die Augen des Jungen waren von einer Binde verborgen, über sein Gesicht lief eine rote Narbe. Johann setzte sich an seine eine Seite und seine Mutter an die andere.

»Jan, hier ist Geseke Clingspor zu Besuch«, erklärte die Witwe. »Sie hat ein Festmahl mitgebracht, riechst du es?«

Der junge Mann nickte.

»Dann wollen wir auch essen«, sagte Geseke. »Herr von Hardin, mögt Ihr das Tischgebet sprechen?«

Richard schreckte aus seiner Betrachtung des jungen Mannes auf, nickte und bat um Gottes Segen für das Mahl. Schweigend aßen sie. Jan wurde von seiner Mutter und von Johann gefüttert und genoss es sichtlich.

Zum Schluss trug Anneke Grise süße Zwetschgen auf. Bei diesem letzten Gang ergriff Richard das Wort.

»Ehrsame Frau Radmering und ehrsamer Herr Jan. Die Dame Clingspor hat mich hierhergeladen und mir scheint, dass ich Eure Lebensgeschichte erfahren soll.«

Geseke lächelte ihm zu und wandte sich dann zu Mutter und Sohn. »Bitte, ihr könnt unserm Freund erzählen, was euch geschehen ist«, sagte sie.

Der Junge senkte das Haupt, doch die Mutter sprach. »Wie Ihr seht, ist unser Leben ein armes, ein verzweifeltes geworden. Der Herr möge mir meine Worte verzeihen, doch das war nicht immer so. Mein Mann war Schiffsführer und ist für Herrn Schreye und andere große Kaufleute gefahren. Er war für sein gutes Seemanswerk bekannt, er führte Koggen, Holke und Schniggen, elbauf, elbab und durch die Westsee. Wir haben uns dies schöne Haus hier gebaut, und wir hatten Rücklagen getätigt, wenn der Sohn hier ebenfalls Schiffsführer würde, dass man vielleicht eine eigene Schnigge kaufen könnte. Und das Geld hatten wir verliehen, als Rente angelegt.

Dann kam der Tag vor zwei Jahren, da fuhr mein Sohn aus, und mein Mann blieb an Land, weil ihn der Rücken plagte. Er dachte, sich vom Buydessin oder der Schwester Elisabeth kurieren zu lassen. Ach Herr, ich weiß nicht, was besser gewesen wäre. Manchmal denke ich, er hätte auch ausfahren sollen, vielleicht wäre alles anders gekommen. Ach nein, so darf man nicht denken. Vielleicht wären dann beide tot. So ist es nur der eine, und Gott hat mir den Sohn erhalten. Aber seht nur, wie wir gestraft sind, das ist nicht Gottes Werk, sondern das des Teufels.«

»Ich sehe, Ihr habt einen mutigen Sohn, der sich seine Leidensgeschichte gefasst anhört«, warf Richard ein.

Ein Lächeln erschien auf den dünnen Lippen des mageren Jünglings. Seine Mutter schluckte und sprach weiter.

»Es dauerte keine zwanzig Tage, da kam bei uns ein Kerl angeschlichen, der sah aus wie einer, der im Hafen arbeitete, aber er kam mit einem Schriftstück. Nun kann ich nicht lesen, aber mein Mann erbleichte, und da wusste ich gleich, es ist was mit dem Jan. Der Bote, der war gleich wieder weg, den hab ich auch nie wieder in der Stadt gesehen. Es war wohl einer von den gottlosen Vitalierfreunden. Auf dem Brief stand, dass die Likedeeler unseren Jan gefangen haben und nicht hergeben würden, wenn wir ihnen nicht fünfunddreißig Danziger Goldstücke bringen würden. Und dass mein Mann selbst kommen sollte. Und wir hatten doch gar nicht so viel Geld im Haus. Wir haben dann alles so schnell verkauft, wie wir konnten, und auf dies Haus hier Renten verkauft, so viel es in der Eile ging. Es kamen dann dreißig Goldstücke zusammen. Wir mochten aber nicht zu einem vom Rat gehen und Geld leihen. Weil wir doch mit den Seeräubern verhandelt hatten, mit ihnen paktierten. Auch zu Eurem Vater, Dame Geseke, dem Herrn Schreye, wagten wir nicht zu gehen, wo er doch der größte Feind der Likedeeler war.« Sie blickte Geseke kurz an und sah dann auf ihre abgearbeiteten Hände.

»Ihr hattet Bedenken, dass mein Vater Euch dafür bestrafen lassen könnte, wenn Ihr den Seeräubern Geld gebt?«, fragte Geseke mit gerunzelter Stirn.

»Ja, und heute weiß ich, dass das falsch war, Gott helfe uns.«

»Grämt Euch nicht. Bestimmt hätte Herr Schreye irgendeine Falle für die Vitalier daraus machen wollen, und das wäre ebenso gefährlich gewesen wie die einsame Reise Eures Gatten«, warf Johann ein.

»Einsam, das mögt Ihr wohl sagen. Er hat sich das Gold um den Leib gebunden und ist los. Was dann geschah, das kann mein Jan besser berichten. Jan, magst du?«

Der Jüngling senkte das Haupt und redete mit zitternder Stimme. »Sie hatten meine Kogge vor Butjadingen aufgebracht. Alle Mannschaftsmitglieder wurden gefragt, aus welchen Familien sie kämen. Ich wünschte, ich hätte geschwiegen. Doch die, die keine Verwandten hatten oder die arm waren, die schickten sie über die Planke. Mich hatten sie in ein dunkles Loch in der Burg Groothusen gesteckt. Ich hatte nichts zu trinken außer dem Wasser, das sich in einer Ecke des Bodens sammelte. Auch hatte ich kein Licht, und sie warfen nur einmal am Tag einen Kanten Brot hinunter. Den musste ich ertasten. Und dann war da mein eigener Dreck … Dadurch wurde ich krank.

Ich weiß nicht, wie lange es dauerte, Tage. Monate. Irgendwann warfen sie ein Seil hinunter. Ich wurde hinaufgezogen, und dann stießen sie mich ins Helle. Und ich hab gewimmert, dass das so hell ist. Dann hat mir der eine die Augen aufgehalten und mich direkt in die Sonne schauen lassen. Und ich hab geschrien, weil es so wehtat. Da hörte ich die Stimme meines Vaters. Er brüllte, sie sollten mich in Ruhe lassen. Und ich hab aufgehört zu schreien. Ich wollte nicht, dass er hört, wie ich weine. Sie haben ihn gefragt, ob ich sein Sohn bin. Und er hat gesagt, das wäre so und dass er ihnen das Geld übergebe. Sie haben gezählt, doch es war nicht genug. Und der Anführer, der Störtebeker, der hat meinen Vater verhöhnt, er sei ein Geizkragen, dass er nicht genug zahlen wolle für seinen eignen Sohn. Aber Vater ist ganz ruhig geblieben und hat erklärt, weshalb er nicht mehr hat. Er hat gebeten und gebettelt, dass er doch seinen Sohn zurückbekommen möge. Der Störtebeker hat gesagt, er solle mich tatsächlich zurückbekommen, aber mit fünf Gliedern weniger, für jedes fehlende Goldstück eins. Mein Vater brüllte, sie sollten ihn nehmen, da packten sie ihn. Der Störtebeker sagte, er wolle mich zuerst von meinem Leid erlösen. Er sagte, gleich bräuchte ich meinen geizigen Vater nicht mehr zu sehen. Dann hat er mir das Schwert über die Augen gezogen. Eins ist ganz zerstört. Das andere will nicht heilen. Die Seeräuber hoben mich hoch, und der Störtebeker durchtrennte mir die Sehnen in den Knien. Ich schrie und fiel und konnte nicht mehr laufen. Doch Störtebeker hatte keine Gnade, er zerschnitt mir noch die Wange. Dann haben die meinen Vater losgelassen. Er schrie wie ein Wilder und ist auf den Störtebeker zugerannt. Und der rammte ihm sein Schwert in den Leib. Alle haben gelacht, weil mein Vater sich am Boden wand, genau neben mir. Er hat nach meiner Hand gegriffen. Ich fühlte den Griff und spürte, wie er nachließ, wie er keine Kraft mehr hatte. Der Störtebeker hat dann noch irgendwas gefaselt davon, dass sie Ehrenmänner seien und bezahlte Ware auch liefern würden, im Gegensatz zu den Hamburgern, die sogar um Söhne zu feilschen pflegen. Dann wurde ich ohnmächtig und erwachte erst wieder auf, als wir auf See waren.«

»Sie haben mir meine Männer vor die Tür gelegt, eines Nachts, die Vitalierfreunde«, sagte die Radmeringsche. »Der Sohn wund und krank, der Gatte tot. Stellt Euch das vor, wie ich am Morgen die Tür öffne.«

Sie schluchzte. Geseke hielt ihr Johanns Nasentüchlein hin, aber die Frau schnäuzte sich in den Ärmel. »Seither versuchen wir zurechtzukommen, wie es geht, aber es ist ein gottverlassenes Leben.«

»Das stimmt nicht, Mutter«, sagte Jan. »Ich konnte dem Albert

Schreye berichten, wo die Vitalier uns hingebracht haben, und von den Verstecken und den Tiden, die da herrschen, da ist er dann hingefahren.«

Geseke nahm seine schmale Hand. »Mein Vater hat auf seiner Reise im Frühsommer fast alle Räubernester ausgeräuchert und an die achtzig Likedeeler hinrichten lassen. Sogar ein unehelicher Sohn des Grafen von Oldenburg war darunter. Dass dies gelang, ist dir zu verdanken, Jan.«

»Ich wünschte nur, ich könnte sehen, wie mein Vater gerächt wird, wie der Störtebeker den Kopf verliert.«

»Sie haben gestanden, nicht wahr, Frau Geseke? Ich hörte es heut auf dem Pferdemarkt«, sagte die Radmeringsche.

»Ja, sie haben alles gestanden«, sagte Geseke.

»Und wann fahren sie zur Hölle?«, fragte der junge Mann.

»Sobald Gott es will«, antwortete Geseke mit einem Blick zu Richard. Er schloss die Augen. Ein Mann wie er, das wusste Geseke, konnte die Henkersdienste nun nicht mehr ablehnen.

Mit Johann und von Hardin im Schlepptau schlenderte Geseke die Steinstraße hinunter bis zu den Wällen am Hafen. Mit den beiden an ihrer Seite fühlte sie sich sicher und geborgen und zugleich jung und verworfen, abenteuerlustig, wie sie es nie hatte sein dürfen. Vergessen waren Erniedrigungen und Schändung. Hier war sie, was sie sein wollte: ungebunden und behütet zugleich. Am Brooktor wechselte Johann einige Worte mit einer Wache, und sie durften auf den Wall steigen, um über den Strom zu schauen. Schiffslaternen schimmerten von den Koggen und Holken herüber, die auf der Reede lagen.

»So haben sie also gestanden?«, wollte Richard wissen.

»Wir haben ein Geständnis und könnten sie richten«, antwortete Geseke.

»Was verdient ein Kaufmann im Jahr?«, fragte der Ritter.

Geseke sah Richard verwundert an. »Sechzig bis neunzig Mark. Nur wenn es besonders gut läuft, bis zu zweihundert.«

»Was ist das in Danziger Gold?«

»Halbiert die Summe, dann liegt Ihr ungefähr richtig«, sagte Geseke.

»Könnte man sich damit niederlassen, mit solch einer Summe?«

»Simon von Utrecht hat weniger Münzen mitgebracht, als er hier eintraf vor Jahr und Tag. Doch er ist geschickt, ein guter Krieger und Handelsmann«, sagte Johann.

»Das ist der, dessen abgelegte Kleidung ich trag.« Richard lachte trocken. »Mit wie viel würdet Ihr anfangen wollen, Cletzen?«, fragte er den Stadtwächter.

»Zwanzig Goldstücke wären gut«, sagte Johann mit einem unsicheren Blick zu Geseke, die nachdenklich auf ihrer Unterlippe kaute.

Der Ritter wandte sich zu ihr um. »Ich will so viel, wie die Freiheit des Jungen bei den Seeräubern gekostet hat. Dreißig Danziger Gulden. Kein kaufmännisches Gefeilsche.«

Johann stöhnte, doch Geseke ließ sich nicht beirren. »Ein Goldstück für jeden Vitalierkopf. Das ist völlig in Ordnung.« Ihre Mühen um den Ritter hatten sich gelohnt, da war es fast egal, wie viel Gold er forderte. Sie streckte ihm die Hand entgegen, und er schlug ein.

»Und noch eins«, sagte Richard von Hardin. »Ich bleibe als Henker unerkannt.«

»Dann braucht Ihr einen neuen Namen.«

»Was schlagt Ihr vor?«

»Kein Adelsname, das ist in Hamburg nicht gern gesehen«, meinte Johann.

»Bei der Arbeit, die ich zu tun hab, ist mir auch nicht nach Adel zumute.«

»Und kein niederdeutscher Name, damit keiner Euch für Verwandtschaft hält«, meinte Geseke. Sie grinste ihn frech an »Wisst Ihr, wie Ihr am Pranger gerochen habt, Herr Ritter? Wie der Weg, der bei den Gerbern und der Cloaka vorbeiführt.«

»Und der hieße?«

»Rosenfeld«, sagte Johann.

Richard lächelte. »Das passt: Es klingt schön, aber dahinter stinkt es. Eine Hamburger Euphemie.«

Johann hob eine Augenbraue und wollte offensichtlich fragen, wie der Ritter dies meinte, doch Geseke legte die Hand auf seinen Arm. Er brauchte den von Hardin nicht herauszufordern. Sie ließ die Hand auf seinem Arm liegen, und weil Johann es sichtlich genoss, blieb sie auch dort, als sie weitergingen. Ihre feine weiße Hand, eine

Berührung wie eine Feder, doch für Johann wog sie mehr als aller Bürgerstolz.

Die beiden Herren Schreye im Roten Bären hätten gerne gefeilscht, doch sie bekamen keine Gelegenheit dazu. Als Cletzen, Richard und Geseke im Schanksaal eintrafen, war alles schon beschlossen. Die drei jungen Leute setzten sich zu dem alten Ratsherrn und dem jungen Bürgermeister, ließen sich von ihrem guten Wein einschenken und schwiegen.

»Wie viel?«, fragte Schreye seine Tochter.

»Ihr zahlt dreißig Danziger Gulden, dazu Kleidung und Unterkunft. Das Geld der Stadt kommt dazu, ebenso trägt der Rat die Kosten für Grube und Gerüst.«

Marquard wollte etwas einwenden, aber ein Blick der Clingsporschen gebot ihm zu schweigen. »Eins noch, Ihr Herren«, sagte Geseke. »Herrn von Hardins Name bleibt allen geheim, wir nennen ihn Meister Rosenfeld aus Buxtehude.«

»Das ist ehrenhaft und recht«, sagte Albert Schreye und hielt Richard die Hand zum Kaufmannsschlag hin. Auch der Bürgermeister streckte seine Rechte aus.

Der Ritter schlug bei beiden ein und fragte nur: »Wann?«

»So schnell wie möglich. Morgen oder den Tag drauf«, sagte der hohe Herr Marquard Schreye. Als er ging, wickelte er sich in seinen Mantel, um unerkannt durch seine eigene Stadt zu laufen. Die geliebte Stadt, in der Seelenheil und Geschäfte davon abhingen, dass man nichts Unehrenhaftes tat oder zumindest nicht dabei entdeckt wurde.

FEST DES HEILIGEN FELICIAN

Mittwoch, 20. Oktober im Jahr des Herrn 1400

Die Ritter Christi aber kämpfen mit gutem Gewissen die Kämpfe des Herrn und fürchten niemals weder eine Sünde, weil sie Feinde erschlagen, noch die eigene Todesgefahr.

Bernhard von Clairvaux, Das Lob der neuen Ritterschaft

Richard wunderte sich nicht, dass die Bilder seiner Vergangenheit ihm den Schlaf raubten. Er hatte sich zum Töten bereit erklärt. Nachts führte seine Seele ihm vor, was dabei zuvor herausgekommen war.

Er sah, wie das mächtige Heer sich am elften Tage bei Kaltinai trennte. Sieben mächtige Züge ergossen sich mit Feuer und Schwert ins samaitische Land. Bei jedem der Züge ritten Ordensbrüder und preußenfahrende Gäste. Richard blieb bei Witold, um zu hören, was dieser befahl, der Oberste Marschall blieb beim Herzog von Lothringen, um ihn zu schützen. Auf ihren Wunsch begleiteten neun Patrizier der guten Stadt Metz Richard und den Litauerfürsten, um den Ritterschlag zu erstreiten. Witold machte viele Gefangene; seine Männer würden reichlichen Lohn davontragen, wenn sie ihre Landsleute als Sklaven verkauften oder gegen Lösegeld freigaben. Doch ebenso viele, wie sie aneinandergefesselt davonführten, entkamen. Und jedes Mal, wenn er Männer und Frauen entfleuchen sah, huschte diese Röte der Freude über das steinerne Gesicht des Litauerfürsten. So gewann er Richards Achtung.

»Sie werden darben im Winter, ohne ein Dach über dem Kopf und ohne Vorräte«, sagte er beim Abendessen vor der Rückkehr auf Litauisch zu ihm.

»Es sind doch nur Heiden«, antwortete der Fürst auf Latein, und zum ersten Mal spielte ein Lächeln um seine Lippen, »doch es sind auch Litauer, sie sind Entbehrungen gewöhnt. Anders als die Christen«, fuhr er in breitestem Samaitisch fort.

»Verschonst du deine Untertanen, Fürst?«, fragte Richard auf Litauisch.

Der Fürst aber rief in bestem Latein: »Du sprichst unsere Sprache gut, Bruder Richard. Was würdest du tun, wenn ich dir eine unserer Gefangenen schenken würde?« Dann lachte er laut, und mit ihm lachten die jungen Männer aus Metz.

Ich würde sie töten, dachte Richard. Und plötzlich war ihr Gesicht seinem ganz nah. Ein helles, rundes Bauernmädchengesicht. Sie hatte die Augen zusammengepresst. Hinter ihm johlten die Gäste aus Metz: »Mach es ihr!«

Richard schüttelte den Kopf, als würde das die Bilder vertreiben. Ihm war schwindelig, als er sich auf die Bettkante setzte. Langsam stand er auf und trat an das Giebelfensterchen. Die Sonne ging über der Stadt auf, vom Hafen kam schon geschäftiger Lärm. Er versuchte zu beten, doch ihm kamen nicht die richtigen Worte.

»Nimm meine Schuld von mir, wenn du kannst, oder verschone mich von den Träumen. Strafe mich nicht mehr in dieser Welt, denn ich bereue, strafe mich im Jenseits. Herrin, schone mich, erbarme dich, Maria.«

Wie konnte er die Gottesmutter um so etwas bitten, wo er doch wieder töten würde? Gestern, als der Junge von seinem Schicksal erzählte, hatte er gespürt, wie die alte kriegerische Wut in ihm aufstieg, und er war ihr gefolgt. Das Schwert erheben gegen solche Missetäter, das war etwas anderes als gegen die Heiden, hatte er gedacht. Doch war es das wirklich? Vor noch einem Jahr hatte er geglaubt, Litauerreysen seien eine gottgefällige Wallfahrt.

Richard wusch sich Gesicht und Hände, warf sich seinen Kittel über und stieg die Treppe hinab. Die Bärenwirtin wollte ihn zu einem Frühstück laden, aber er sagte ihr, er wolle beten gehen, in den Dom. Vielleicht half die Nähe des Heiligen gegen die Erinnerungen.

Vor der kleinen weißen Madonna sprach Richard vierzig Marienlobe im Stehen. Mit offenen Händen begrüßte er Gottes Urteil über seine Sünden. Dann verbeugte er sich so tief er konnte, sprach vierzig Gebete, in Demut vor dem Herrn. Endlich kniete er nieder, machte sich klein vor der Gottesmutter, bat wie ein Kind, beschützt zu werden, neigte dann die Stirn zu Boden, um sich ihr zu unterwerfen. Vierzig mal vierzig Gebete würde er sprechen, vor ihr niedergestreckt.

Durch Richards Glieder strömte kein warmes Gefühl wie einst, als er noch glaubte, Diener des Herrn zu sein. Ihm wurde kalt. Ein Schauder unterbrach seine Andacht. Er stand auf, breitete nochmals die starken Arme aus, hob den Kopf zum Antlitz der Gottesmutter und wandte sich zum Gehen. Hinter ihm stand Johann Cletzen.

»Mächtig beeindruckende Gebetshaltung, Herr Mönchsritter«, bemerkte Johann.

»Bedauerlicherweise wirkungslos, Herr Strauchdieb. Sonst wäre ich noch bei meinen Brüdern. Seit wann steht Ihr schon hier?«

»Nicht lange. Werdet Ihr mir irgendwann erzählen, warum Ihr davongelaufen seid?«

»Werdet Ihr irgendwann Priester, damit ich bei Euch beichten kann?«

»Um Euer Geheimnis zu erfahren, würde ich sogar erwägen, den geistlichen Rock zu nehmen.«

Richard schmunzelte.

»Herr Kersten Miles und Herr Marquard Schreye bescheiden zur Stunde im Hohen Gericht über die Vitalienbrüder. Es ist Zeit, dass Ihr das hier anprobiert.« Johann reichte Richard ein Kleiderbündel.

»Aber wohl kaum hier in der Kirche.«

»Ich begleite Euch gern in den Roten Bären. Dort isst man gut auf Gesekes Kosten.«

»Später. Cletzen, tut lieber bitte mir einen Dienst. Bringt in Erfahrung, wann ich mir diese Galgenstricke anschauen kann.«

»Hab ich schon. Heute Abend. Und vorher solltet Ihr nochmals üben. Kommt. Wir holen Euer Schwert.«

»Was üben?«

»Hinrichten. Das ist nicht wie in der Schlacht. Außerdem solltet Ihr darüber nachdenken, was Ihr den Kerlen als Henkersmahlzeit serviert, dafür seid Ihr als Fron verantwortlich.«

»Gehe ich recht in der Annahme, dass Ihr für die Kost und die Henkersschulung schon Vorsorge getragen habt?«

»Natürlich, wenn auch nicht ganz uneigennützig.«

Mit langen Schritten ging Johann Cletzen voran, vom Roten Bären am Hafen in Richtung des ärmsten Viertels der Stadt, dem Kirchspiel Sankt Jacobi. An etlichen Wänden stand mit Kohle geschrieben »Vivat Störtebeker!«. Richard sah Cletzen fragend an, der zuckte mit den Schultern und schritt schnell aus, bis die kleinen Gassen des Jacobiviertels sie vollends umfingen. Er steuerte einen besonders übel riechenden Gang an. In der Rinne in der Mitte der Straße schwammen Blutklumpen, und in den Höfen der Häuser hingen die Leiber geschlachteter Tiere über Kübeln, um auszubluten. Cletzen betrat einen engen Gang zwischen zwei Häusern und klopfte an eine Holztür. Ein großer Kerl mit einer mohrenhaften Hautfarbe erschien und schlug dem Stadtwächter zum Gruß auf die Schulter, das es krachte.

»Knochenhauermeister Hannes Bömmebrugg«, stellte Cletzen ihn grinsend vor, »ein Freund, der gerne mal ein paar Rinder mehr schlachtet.«

Bömmebrugg verschränkte die Arme vor der mächtigen Brust. »Kenn ich dich irgendwoher?«, knurrte er Richard an.

»Lass uns reingehen«, sagte Cletzen.

Bömmebrugg brachte sie in eine niedrige Stube, in der es herrlich nach Blutwurst duftete. Doch er bot ihnen keinen Sitzplatz an.

»Na Jon, wen bringst du mir hier ins Haus?«

»Du hast ihn erkannt, es ist der Kämpfer vom Geisterhügel.«

Richard vermied, seine Hand auf den Schwertknauf gleiten zu lassen. Der Knochenhauer war verärgert, aber nicht feindselig.

»Der Kerl, vor dem ich Reißaus genommen hab.«

»Und nur zu recht«, meinte Johann.

»Was soll der hier?«

»Den haben die verdammten Viehhändler an den Pranger gebracht.«

»Ein Fluch auf Heyne Schomer.« Der Schlachter spuckte auf den Lehmboden seiner Stube. »Doch ich frag noch mal, was soll der hier? Der faule Hinnerk ist tot geblieben beim Geisterhügel, seine Leiche haben wir nicht gefunden.«

»Den hab ich verletzt, aber umgebracht haben ihn die Viehtreiber. Ich hab ihn im Hügel beerdigt und ein Gebet über ihn gesprochen«, sagte Richard.

»Gott sei seiner Seele gnädig. Aber was willst du nun? Dich entschuldigen, weil ich einen Knecht weniger hab, du Mörderseele?«

»Beim heiligen Martin, beruhig dich mal, Bömmebrugg«, sagte Cletzen. »Der Meister Rosenfeld hier hat in der Stadt eine Aufgabe gefunden, bei der wir ihm helfen können, und damit ist durchaus ein Gewinn verbunden. Er ist der Henker, der die Likedeeler einen Kopf kürzer machen wird.«

»Beim heiligen Urban, da können wir ja froh sein, dass er das nicht mit uns gemacht hat.«

»Erinnerst du dich, der alte Büttel hat mal an Schweineleichen geübt. Kannst du uns ein paar besorgen?«

»Zahlt ihr?«

»Morgen, mit Gold.«

Bömmebrugg knurrte: »Ich geh mal zu den Nachbarn«, und trabte aus dem Haus. Es dauerte keinen halben Stundenschlag, da kam er zurück und führte sie über seinen Hof, auf dem Tierknochen in der Herbstsonne bleichten und Häute zum Trocknen aufgespannt waren.

Das Grundstück grenzte an einen Fleet, auf dem ein Einbaum dümpelte, voll beladen mit toten Schweinen. Der Schlachter stieg ein, und Cletzen sprang hinterher. Richard folgte ihnen verständnislos. Was wollte Cletzen mit dieser Ausfahrt erreichen? Wozu brauchte er die toten Tiere? Das schmale Boot schwankte, als er sich auf den Schweineleichen niederließ. Sie stakten langsam aus der Stadt.

Auf einer Wiese außer Sichtweite der Mauern entlud Bömmebrugg die Schweine. »Da, nun könnt Ihr Euer Schwert ausprobieren«, rief er.

»Cletzen, das war unnötig«, flüsterte Richard dem Stadtwächter zu.

»Ihr kennt die Hamburger Geflogenheiten nicht. Besser, Ihr übt es vorher mal.«

Richard schüttelte den Kopf, doch er würde gute Miene zum unnötigen Spiel machen. »Dann zeigt mal, wie der alte Büttel zugeschlagen hat.«

Einige Augenblicke später war Richard froh, dass er sich nicht gegen das Schweinezerhacken gewehrt hatte. Noch nie hatte er eine solche Hinrichtung gesehen. So wie Cletzen und der Schlachter die Schweine aufstellten, hielt in Hamburg offensichtlich der Henkersknecht den knienden Verurteilten den Kopf an den Haaren hoch. Der Henker musste unter dessen Arm entlangschlagen. Cletzen spielte den Löw mit einem schiefen Grinsen. »Ich vertrau auf Eure Schwertkunst, Ritter.«

Sein Arm blieb unverletzt. Unter Bömmebruggs Beifall köpfte Richard die sechs Schweineleichen schwungvoll und ohne Fehlschlag. Gemeinsam luden die Männer die Kadaver wieder auf das

Boot und ruderten zurück zum Haus des Schlachters. Der brummte etwas von weiteren Geschäften, stellte Bier auf den Tisch und wärmte auf der Glut Blutwurst und Apfelkompott, deren Geruch Richards Hunger weckte.

»Es wird voll sein auf dem Grasbrook, wenn Ihr die Likedeeler einen Kopf kürzer macht«, sagte Cletzen.

»Mir wäre lieb, es würde alles schnell gehen.«

»Man kann das Spiel lange dauern lassen oder segensreich kurz. Es wäre am besten, der Rat würde alle Urteile verlesen, bevor Ihr Euch die Kerle vornehmt. Die Franziskaner könnten auch mit allen auf einmal das letzte Gebet sprechen. Erst die Urteile, dann den Segen, dann das Schwert.«

»Gut. So bricht mir auch keiner heulend zusammen. Schafft der Löw es, sie mir ohne großes Getue einzeln vor meine Füße zu bringen?«

»Knoken heißt der Löw. Er ist gierig und faul, aber auch gehorsam. Sagt dem Kerl ordentlich Bescheid und versprecht ihm ein Handgeld, dann tut er alles. Der hebt auch das Grab aus und nagelt die Köpfe aufs Gerüst am Brook. Das ist nicht Eure Aufgabe.«

»Von dir wollen die Leute nur eins, Fron: spektakuläres Köpfen, keine Fehlrichtung«, sagte der Schlachter.

Richard rieb sich das Gesicht und sah den Schlachter dann an. »Meister Bömmebrugg, ich würde es vorziehen, wenn es kein Gerede darüber gibt, dass ich hier war, wie ich aussehe und wer meine Freunde sind.«

»Gerede geht von diesem Haus nicht aus. Glaub mal nicht, dass ich wie einer von den Vitalierfreunden bin, die Lügen verbreiten. Die sind mir allesamt zuwider mit ihren ewigen Geschichten über die heldenhaften Seeräuber. Sonst würd ich dir nicht helfen. Ich brauch nur an den Radmering-Jungen denken und würde die gleich selbst hinmachen. Brauchst mal keine Angst zu haben, dass sie hinterher rausfinden, wer du bist, und dir das Leben zur Hölle machen«, brummte der Knochenhauer.

Er wuchtete eine Schale mit Blutwurst auf den Tisch und goss Apfelkompott darüber.

Cletzen legte eine Hand auf Richards Arm. »Wir Jungs aus Sankt Jacobi sind als Knirpse zusammen barbeinig durch die Pfützen gelaufen und haben den Beginen die Äpfel geklaut.«

»Deshalb halten wir zusammen.« Der Schlachter richtete sich zu seiner ganzen Größe auf. Er hatte die Muskeln eines Trägers und die dunkle Haut eines Südländers.

»Wir reden nicht viel und sorgen füreinander und für unsere Leute. Hier. Wie Ihr wisst, sind wir recht billig an Rinder gekommen, bevor Ihr aufgetaucht seid. Und davon hat so manche Familie hier für wenig Geld ihre Suppe gekocht.«

»Ihr habt das Fleisch als Almosen verteilt?«

Der Schlachter schüttelte den Kopf. »Ne, ganz so ging das nicht. Unsere Arbeit musste wohl bezahlt werden. Aber bei mir konnten in den letzten Monaten Leute ihr Suppenfleisch kaufen, die sonst nur zur Hochzeit und Taufe einen Braten zwischen die Kiemen kriegen.«

»So langsam plagt mich mein Gewissen, weil ich mich Euch entgegengestellt habe.«

»Jeder kämpft seinen Kampf«, sagte Johann.

»Du kannst uns als Wiedergutmachung einen Gefallen tun, Meister Rosenfeld. Du wirst die Vitalienser-Galgenstricke noch mal ordentlich füttern müssen.«

»Das ist wohl so Brauch«, antwortete Richard. Er hatte nicht gedacht, dass dies seine Aufgabe sein würde.

»Ich hab genügend Wurst im Rauch, um dreißig Kunden und mehr zu versorgen. Kommen wir ins Geschäft?«

»Sicher, aber wir brauchen auch was Weiches. Einigen von denen dürfte das Essen schwerfallen nach des Büttels Behandlung«, warf Cletzen ein.

»Ich koch aus unseren Schweineleichen einen Eintopf. Mach ich alles bis heute Abend, Meister Rosenfeld«, sagte der Schlachter.

Richard wurde klar, dass von den dreißig Goldstücken etwas abgehen würde; aber es war ihm lieber, als wandelnde Leichen abzuschlachten. »Besorgt Ihr auch Brot? Und frische Kittel von irgendeinem Krämer?«

»Alles von den Jungs aus Sankt Jacobi. Und glaub mir, der Gewinn bleibt nicht in meinem Haus. Wir sind die besseren Likedeeler«, sagte der Knochenhauer und hielt Richard die Hand zum Kaufmannsschlag hin.

»Marquard, du bist des Teufels!«, zischte Geseke Clingspor. Wütend lief sie in der weiträumigen Dornse des Bürgermeisterhauses auf und ab. Ihr rotes Gesicht spiegelte sich verzerrt in den polierten Silbertellern, die den Raum schmückten. Wie eine Furie sehe ich aus, dachte Geseke.

Ihr hochgestellter Vetter knabberte gezuckerte Kümmelsamen und betrachtete sie gelassen. »Es ist keine Frage, dass er zusehen muss. Die Frage ist nur, ob die Henkersknechte ihn vorführen sollen oder ob du dich seiner annimmst.«

»Wie könnt Ihr klugen Gerichtsherren nur beschließen, dass ein Kind zusehen muss, wie seine Freunde geköpft werden?«, fragte Geseke.

»Wirfst du mir etwa Härte vor? Du?« Marquard stand geruhsam auf und rückte seine Bürgermeisterskette auf dem Samtwams grade.

»Ich werfe dir Herzlosigkeit vor.«

Marquard lachte heiser auf. »Warst du es nicht, die vorschlug, ihn zu foltern, um endlich an ein Geständnis zu kommen?«

»Aber Ihr brauchtet ihn gar nicht zu foltern. Gott hat ihn geschützt. Warum müsst Ihr ihn jetzt quälen? Das ist Sünde.« Sie wusste, dass ihre Argumentation hinkte. Zur Bekräftigung ihrer Aussage schlug sie daher mit der Faust undamenhaft auf den Tisch.

»Als Buße, zur Abschreckung. Damit er versteht, mit was für Gesellen er sich herumgetrieben hat«, antwortete Marquard.

»Das lehrt ihn nichts, als uns zu hassen«, sagte Geseke und wandte sich zum Gehen.

»Und wenn schon?« Marquard stand auf und hielt Geseke am Arm fest. »Es ist Männerarbeit, diese Hinrichtung durchzustehen. Und es ist Frauenarbeit, den Jungen zu beglucken. Ich kenn keine außer dir, die beides zusammen tun kann. Führst du ihn also dahin?« Er beugte sich über ihre Hand und küsste sie.

Sie sah ihn an. Marquard ähnelte ihrem Vater so sehr. Ihr Haus brauchte sie. Geseke nickte. »Ich teile es noch heute Elisabeth Simonsen mit und hol ihn morgen bei den Beginen ab.«

»Und ich werde ein Wort mit Clingspor reden. Über diese blauen Flecken an deinen Handgelenken.«

Er drehte ihre Hände um, sodass die zarte Haut der Gelenke nach oben wies. Wie Schnüre hatte sich Sigvrids harter Griff auf ihnen abgezeichnet.

Tränen traten in Gesekes Augen. Durfte sie seinen Schutz annehmen? Er war der Erste ihres Hauses, nicht der Kopf der Familie, aber der mächtigste Schreye in der Stadt. Wenn jemand für sie eintreten konnte, dann er.

»Ja, bitte tu das.«

Sie wandte den Blick ab und suchte in ihrer Gürteltasche nach Cletzens Tüchlein.

Elisabeth öffnete am frühen Morgen die Tür des Konvents. Grete, die kam, um den kleinen Likedeeler zu besuchen, stand etwas abseits, neben der kleinen Trudika. Eine Gruppe von Schülerinnen der Beginen drängte in den Konvent zum Unterricht, fröhlich schwatzend. Elisabeth wartete, bis sie sich gesetzt hatten, und bat die beiden Mägdekinder in die Küche. Neben den munteren Töchtern der Hamburger Handwerker und Brauer wirkte sogar Grete grau und müde, von Trudika gar nicht zu reden. Es waren zwei Kinder, die in fremden Häusern für ihr Brot schufteten, auch wenn ihre Herrinnen sie liebten, auf ganz unterschiedliche Art und Weise.

Trudika sah so bleich um die Nase aus, dass Elisabeth ihr etwas Warmes zu trinken geben wollte, aber die Kleine zog sie zurück zum Tor des Konvents. »Ihr müsst schnell kommen. Ohm Niclas ist gestern Nacht zusammengebrochen.«

»Ist er wieder zu sich gekommen?«

»Ja, aber Meddere Alleke hat den Medicus rufen lassen, und der hat ihn zur Ader gelassen. Und dann ist er wieder weggesackt.«

Elisabeth stellte ihr Mitleid mit den Mägdemädchen hintan, gebot Grete, für sich und den Seeräuberjungen Most zu holen und sich allein nach oben zu begeben. Nachdem sie ihren Arzneyenbeutel geholt hatte, trieb sie Trudika zur Eile an. Magd und Begine rannten durch die Stadt.

Niclas Schoke war weiß im Gesicht, vollgesudelt von seinem Speichel, die Arme verbunden mit blutigen Lappen, die den Strom der Aderlässe stoppen sollten. Seine Wangen waren eingefallen und die Nase spitz. Seine Hände zitterten. Elisabeth hob mit den Fingern vorsichtig seine Lider. Er blinzelte, schien sie wahrzunehmen, doch er war zu schwach, den Kopf zu heben. Lange betrachtet sie seine Iris, dann öffnete sie seinen Mund. Um die Zähne hatte sich ein dunkler Rand gebildet.

»War er auf dem Eimer?«, fragte sie Alleke.

»Wir haben ihm die Bettpfanne untergeschoben.«

Elisabeth steckte ihre Nase in die Bettpfanne, alles roch ein wenig seltsam metallisch. Sie betrachtete die Exkremente – der Kot war blutig.

»Hat er etwas von einem ungewöhnlichen Geschmack im Mund berichtet?«

»Er sagt, alles schmeckt, als würde man an einer Pfanne lecken. Die Großmagd ist schon mächtig wütend über sein Gemecker.«

»Als wir auf dem Gastmahl waren, hat er nach Worten gesucht. Das war doch nicht immer so?« Sie sah Alleke besorgt an.

»Nein, aber wo du es sagst, Elisabeth, er stottert immer mehr in den letzten Tagen. Weißt du, was er hat?«

Elisabeth nickte Alleke zu. »Ich habe eine Vermutung, aber ich muss den Buydessin aufsuchen, um mir sicher zu sein, was es ist. Bis dahin bereitet ihm einen Heilwein, indem Ihr dies hier ein Stündlein ziehen lasst. Lasst ihn dann stündlich einen Becher davon trinken.«

Sie gab ihnen zwei Malven- und sieben Wegerichwurzeln sowie ein Stück Ingwer.

Der Gehilfe des Arztes ließ sie erst ein, als sie sagte, sie käme wegen Niclas Schoke. Lange ließ man sie in der Diele warten, unter einem getrockneten Krokodil, das von der Decke hing. Der Arzt hatte sich in ein rotes Gewand gekleidet, das ihn vom Hals ab vollständig bedeckte. Aus den weiten Ärmeln ragten nur die Hände in zarten Lederhandschuhen, mit denen er Medikamente zubereitet hatte.

»Gottes Segen, Doktor Buydessin.«

»Was wollt Ihr hier, Frau?«

Er ließ sich von seinem Assistenten die Handschuhe ausziehen, wozu dieser zum Schutze seiner Haut Lappen benutzte. Buydessin würdigte Elisabeth keines Blickes.

»Ich glaube zu wissen, an was der Herr Niclas Schoke leidet.«

»Ach, glaubt Ihr?« Buydessin verschränkte die Arme.

»Deshalb wollte ich Euren Rat einholen. Mögt Ihr mich anhören?«

»Sprecht.«

»Er hat vermehrten Speichelfluss, Kopfschmerzen, Zittern, Schwierigkeiten beim Sprechen, Blut im Stuhl, einen metallischen Geschmack und zu guter Letzt dunkle Ränder an den Zähnen.«

»Und wie wollt Ihr das deuten?«

»Quecksilbervergiftung.«

Jetzt sah er sie zum ersten Mal an. Er kraulte sich den wohl gepflegten Bart. »Morbus Mercurialis. Ich habe mir das auch schon gedacht. Schon seit Längerem.«

Buydessin betrachtete sein Spiegelbild in einem polierten Schauteller an der Wand. Er straffte die Schultern. »Schon morgen hätte ich diese Diagnose dem Kranken vorgelegt. Ich hoffe, Ihr wart noch nicht so voreilig?«

Sie wischte seine Bemerkung mit einer Handbemerkung davon. »Viel wichtiger ist mir, woher das Gift stammt. Wer besitzt in dieser Stadt Quecksilber?«

Er drehte sich von ihr fort, schritt majestätisch durch den Raum, um sich ihr plötzlich wieder zuzuwenden. Dann legte er den Kopf schräg. »Wir beide, vermute ich.«

»Und noch irgendwer«, sagte Elisabeth leise. »Denn Ihr, mein Herr, seid kein Mörder, und ich bin es auch nicht.«

»Und wer sollte das sein?«

»Die andere Heilerin, jene, welche auch zerstört«, dachte Elisabeth laut. Ihr war nicht wohl dabei, den Arzt einzuweihen.

»Eine Zauberin in Hamburg? Ihr faselt.«

Sie schüttelte den Kopf. Er brauchte nicht mehr zu wissen. »Doktor, wie heilt man die Quecksilbervergiftung?«

»Sie ist kaum zu heilen. Hildegard sagt Aderlass, nicht wahr?«

»Ihr habt Schoke doch mehrfach zur Ader gelassen.«

»Während Ihr ihn mit Hühnersuppen aufgefüllt habt.«

»Ich bitte Euch, Doktor, lest in den Antidotarien nach, was sonst noch helfen könnte.«

»Ich brauche gar nicht lange zu lesen. Es gibt nichts außer beten und Aderlass.« Stolz sah er an ihr herunter von der blauen Beginenhaube bis zu den schmutzigen Trippen.

Elisabeth schüttelte den Kopf. »Schade, dass es in den Büchern nichts gibt. Aber ich danke Euch für Euren Rat, Doktor Buydessin. Gottes Segen für die Nacht.«

Sie würde anderweitig Hilfe suchen müssen.

⚜

Richard zog seinen Gugel tief in das Gesicht, als er gemeinsam mit Johann Cletzen über den Markt ging. Bevor sie den Berg erreichten, setzte er die Maske auf, die im Kleiderbündel gesteckt hatte: Johanns Viehräubermaske aus Leder.

Die Fronerey war von schwer bewaffneten Stadtwächtern umstellt, die den jungen Cletzen freundlich grüßten. Der klopfte an die schwere Tür, und ein kurzbeiniger Mann mit breiten Schultern öffnete ihnen.

»Meister Fron, ich warte hier und überlasse Euch jetzt Knoken, dem Löw«, sagte Cletzen mit einem Grinsen und schlug Richard auf die Schulter.

Richard reichte dem Mann die Hand.

»Seid Ihr der neue Herr?«, fragte der Löw.

»Für diesmal schon.«

»Und Euer Name?«

»Nenn mich Rosenfeld. Und zeig mir die Gefangenen.«

Knoken nickte.

Sie stiegen die Treppe hinab in den Keller. Ein infernalischer Gestank nach Kot, Urin und Fäulnis schwappte ihnen entgegen. Der Henkersknecht bat Richard, seine Fackel zu halten, öffnete ein dickes Schloss und hob einen Balken hoch. Das Loch, das sich ihnen öffnete, stank wie Misthaufen und Schlachtersabfall zugleich, es war völlig dunkel. Richard steckte die Fackel an einen Halter in der Wand.

Die dreißig Männer waren in einem Raum zusammengepfercht, der nicht viel größer war als Richards Kammer im Roten Bären. Man hatte ihnen die Füße gefesselt, einige waren an die Wände angekettet. Alle waren verdreckt und abgerissen, kot- und kotzbeschmiert.

»Ah, da kommt der Tod«, schallte eine befehlsgewohnte Stimme aus der Tiefe des Raumes.

»In der Tat, Störtebeker, und er kommt, um Sorge zu tragen, dass es morgen schnell hinübergeht«, antwortete Richard und drehte sich zu Knoken. »Bringt mehr Fackeln«, befahl er.

»Du willst also wissen, wie du ohne Mühe zum Mörder werden kannst? Stich uns hier ab, wo wir in Fesseln sind«.

»So wie Ihr ausseht, könnt Ihr Euch nicht wehren, weder heute noch morgen.« Richard trat an einen Mann heran, der stöhnend auf dem Boden lag. »Hast du etwas zu essen bekommen?«, fragte er.

Knoken war wieder eingetreten und antwortete für den Gefangenen: »Brot und gutes Bier von den Beginen. Jeden Tag haben zwei von den Schwestern was zu trinken für die Kerle gebracht.«

Richard beugte sich zu dem Mann hinab. Er sah aus wie eine lebende Leiche.

»Bier, wenig Brot«, flüsterte der.

»Knoken, lass mich mit den Männern allein, bleib aber in Rufnähe.«

Brummend machte sich der Henkersknecht davon.

Richard nahm die Fackel und leuchtete den Raum aus. »Wo ist der Schiffsherr?«

»Hier, wo sonst?«

Man hatte Störtebeker stehend an die Wand geschmiedet. Richard trat ihm entgegen. Er war mager geworden, doch seine Augen leuchteten immer noch so kampfbereit wie auf Gotland.

»Euer Schicksal ist besiegelt, Störtebeker.«

»Erst wenn dein Schwert zuschlägt, Blutgesell.«

»Hoffe nicht auf Befreiung, denn draußen stehen die Stadtwächter zuhauf. Dankt lieber dem Herrn im Himmel für das, was ich Euch in Euren letzten Stunden noch bringen lasse. Ihr sollt Euch waschen, man soll Euch frische Kittel geben und ein gutes Essen. Dann, morgen in der Früh, kommt der Priester für Euer letztes Gebet. So werdet Ihr mit einiger Kraft in den Tod gehen und den Spott der Menge besser ertragen.«

Störtebeker schaute ihn an. »Bist du ein verkappter Franziskaner oder was?«

»Ihr sagtet es eben selbst, Menschenwürger, ich bin Euer Tod. Aber ich bin kein armseliger Schnitter.«

Richard stieg aus der Hölle der Verliese nach oben und sorgte dafür, dass Wasser heiß gemacht wurde, damit sich die Seeräuber waschen konnten. Bald erschien auch Bömmebrugg in der Fronerey und brachte Würste und einen leichter Eintopf. Die Seeräuber konnten sich laben. Richard trat nochmals in das Verlies. Knoken und seine Helfer hatten auf seinen Befehl hin den Piraten die Handfesseln losgemacht, sogar Störtebeker konnte sich bewegen.

»Fron, du bist ein ehrlicher Mann, auch wenn du ein Schänder bist«, knurrte der Anführer der Likedeeler. »Dein Vorgänger hat vierzig von uns zugrunde gehen lassen. Wenn du morgen alles so richtest, wie man dir gesagt hat, soll es nicht dein Schaden sein.« Er sah Richard mit einem stolzen Blick an, hielt ihm die Hand zum Einschlagen entgegen.

Richard schüttelte den Kopf: »Es wird alles sein, wie Gott es gewollt hat. Betet um einen guten Übergang in die Gefilde des Herrn«, antwortete er.

Der Seeräuber wollte noch etwas sagen, aber stattdessen ließ er die Hand sinken und warf den Kopf stolz in den Nacken.

DONNERSTAG NACH FELICIANI
21. Oktober im Jahr des Herrn 1400

Denn auch wenn er in seinem großen Erbarmen groß im Verzeihen ist, sind dennoch seine Gerichte tief wie das Meer, wodurch sein Tun an den Söhnen der Menschen sich wahrhaft schaudervoll erweist.
Bernhard von Clairvaux, Das Lob der neuen Ritterschaft

Elisabeth stand an diesem Morgen früh auf, um sich zu sammeln. Sie hatte kaum Schlaf gefunden, denn obwohl das Wetter herbstlich schön war, hatte ein seltsamer Wind an den Türen des Konvents gezerrt, als sei der Teufel hinter den Schwestern her. Bandix hatte selig geschlafen, als würde ihm nichts bevorstehen, doch für diesen Schlaf hatte sie gesorgt mit Hopfen und Baldrian, Honig und Weinbrand in seinem Abendbier. Elisabeth stand auf und setzte sich an Bandixens Bett.

Vier- oder fünfmal im Jahr wurde in Hamburg ein Mensch durch Henkershand vom Leben zum Tode gebracht, und die Beginen verrichteten an ihm den letzten Dienst der Nächstenliebe. Sie gaben ihm an der Trostbrücke ein gutes Bier zu trinken. Das war ihre ehrenvollste Aufgabe. Vierzehn Schwestern lebten im Konvent, drei waren bettlägerig, drei weitere würden im Haus bleiben, darunter ihr steter Schatten Veronika, als Aufsicht für zwei sehr junge Schwestern. Elisabeth selbst würde Bier austeilen. Sie hatte mit dem kleinen Seeräuber gehen wollen, an Gesekes Seite, doch die Meisterin hatte anders entschieden. Im Unterschied zu ihrer Meisterin fand sie die Aufgabe nicht aufregend oder bereichernd. Ihr schauderte davor. Noch mehr schauderte ihr aber davor, den kleinen Seeräuber ihrer besten Freundin zu übergeben, die ihn zur Richtstatt führen würde. Es lag kein Segen darin, dass er den Schrecken des Todes seiner Kameraden miterleben sollte. Sie kniete neben dem schlafenden Kind nieder.

»Bitte, Himmelskönigin, lass diesen Tag nicht nutzlos verlaufen, lass mich wahrhaft Trost spenden.«

Dann weckte sie Bandix zärtlich und nahm seine kalten Hände in ihre. »Du musst heute ganz stark sein.«

»Ich bin stark«, sagte Bandix und richtete sich auf. Seine Haare standen in alle Himmelsrichtungen ab. »Ich war Likedeeler.«

»Bandix, du bist der mutigste kleine Junge auf der Welt. Heute wird es aber noch einmal sehr schlimm für dich.«

Sie sah, wie sein Blick flatterte, aber er hielt sich aufrecht. »Was meinst du denn?«, fragte er.

»Heute sterben deine Schiffskameraden. Man hat sie zum Tode verurteilt.«

»Hängt man sie auf?«

»Nein, als freien Männern und Kriegern bleibt ihnen das Hängen erspart. Man wird sie enthaupten. So wie man Ehrenmänner richtet.«

Bandix sah auf seine Hände und reckte sich dann noch mal, als wollte er dadurch die Last vertreiben, die sie ihm auferlegt hatte. Elisabeth nahm ihn bei den Schultern und drehte ihn zu sich um. »Hör zu, Kleiner. Das Schlimmste kommt noch: Du musst dabei sein. Ich kann dir das nicht ersparen.«

Der Junge schluckte. »Ich hab schon viele krepieren sehn«, sagte er mit belegter Stimme.

»Weil es heute aber deine Freunde sind, ist es nicht so einfach.«

Er zuckte die Schultern.

»Ich kann nicht bei dir sein. Die Meisterin hat befohlen, dass ich den Seeräubern einen letzten Trank gebe. Deshalb habe ich meine beste Freundin Geseke gebeten, dir beizustehen. Sie ist die Gattin eines Ratsmannes.«

»Ich brauch keinen Beistand, schon gar nicht von einer Ratsmetze.«

»Sie ist die Herrin von Grete, dem Mädchen, das dich besucht hat. Grete will auch bei dir sein.«

»Ich brauch das Weibsvolk nicht, ich weiß, wie das ist. Wir haben andauernd irgendwelche Pfeffersäcke über die Planke geschickt. Die wimmern und schreien und scheißen sich voll. Das macht Störtebeker nicht.« Er richtete sich auf.

»Bestimmt nicht. Und du brauchst Frau Geseke ja auch nicht am Rockzipfel zu hängen. Aber Grete wäre enttäuscht, wenn du ihr nicht erlauben würdest, bei dir zu sein.«

»Wenn es dich beruhigt.«

»Mich beruhigt es sehr.«

Er wandte den Blick ab.

»Magst du dich anziehen?«

Schweigend und langsam legte er den frischen Kittel und die Beinlinge an, langsamer als Elisabeth jemals jemanden hatte Kleidung anlegen sehen.

Als Elisabeth nach unten kam, saß Grete Puttfarken auf einem Stuhl und ließ sich ein Stück Weißbrot schmecken. Ihre Herrin stand vor dem kleinen Marienbild in der Diele des Beginenhauses. Beide waren fein in Schwarz gekleidet, doch während Grete wie das blühende Leben aussah, war Gesekes Gesicht bleich und geschwollen, als habe sie in der Nacht geweint.

»Gottes Segen über dich, Elisabeth. Ist der Junge bereit?«, fragte sie.

»Bandix wird so tun, als sei er ein harter Kerl.«

»Vermutlich freut er sich auch nicht, von einer Ratsfrau dorthin gebracht zu werden.«

»Richtig. Und es ist nicht leicht für dich.«

Geseke spielte abwesend mit ihren Korallenschnüren. »Ich habe die ganze Nacht darüber nachgedacht, wie ich mit ihm umgehen soll. Wird er versuchen wegzulaufen?«

»Weiß ich nicht, ich kann es gar nicht einschätzen.«

»Wenn er abhaut, krieg ich ihn schon wieder. Aber nur wenn Ihr sagt, dass ich ihn fangen muss.« Die kleine Grete stemmte ihre Hände in die Hüften wie eine Fischhökerin.

Elisabeth konnte sich ein Lächeln nicht verkneifen. »Gottes Licht über dich, Grete.« Gottes Licht würde heute nicht auf Grete scheinen müssen, sie trug es in sich. Sie würde dem kleinen Seeräuber helfen, einfach indem sie da war.

»Vielleicht nimmst du ihn gleich an die Hand, wenn er kommt«, meinte Elisabeth.

»Mach ich gern.«

»Dann geh doch rauf und hol ihn. Er ist in meiner Kammer und müht sich mit den Bändern des neuen Wamses ab.«

Kaum war Grete aufgestanden, konnte Elisabeth nicht mehr bei sich halten. »Geseke, du siehst aus wie dein eigener Tod. Was ist los?«

Greteke hielt mitten in der Diele an und drehte sich um. »Das wird sie nicht sagen, Schwester Elisabeth. Aber ich sag es dir.«

»Halt die Schnut, dumme Göre«, zischte Geseke.

»Siehst du. Aber ich sag es trotzdem: Der Herr ist wirklich widerlich zu ihr.« Grete lief die Treppe hinauf.

»Erzähl!«, befahl Elisabeth ihrer Freundin.

Geseke wandte sich ab. »Jetzt ist nicht die rechte Zeit, um darüber zu reden. Doch ich verspreche dir, ich komme zum Beichten, Elisabeth.«

»Schlägt er dich?«

»Nein, das wagt er nicht.« Sie lachte trocken auf. »Stell dir vor, sein Sohn ist auf meiner Seite und lässt es Janne und Sigvrid sehr genau spüren. Er wartet sogar draußen, um mir heute beizustehen. Du kannst also ganz beruhigt sein.«

»Der Herr stehe dir bei, dir und dem jungen Sigvrid.«

Elisabeth nahm Gesekes Hand. Sie sah die blauen Flecke an den Armen der Freundin, doch sie schwieg. Es war wirklich nicht die rechte Zeit zum Reden.

⚜

Wie jede Woche seit Störtebekers Gefangennahme trugen Simon von Utrechts Knechte seine Bierspende den betenden Beginen voraus, dies letzte Mal nicht zur Fronerey, sondern zur Trostbrücke. Traurig trabte Elisabeth hinter ihrer Meisterin her. Die Straßen waren schon von Bewaffneten und Neugierigen gesäumt.

Auf der Mitte der Brücke öffneten die blau behaubten Beginen das Fass und füllten Krüge mit dem teuren Exportbier. Dort standen sie nun und warteten auf die Todgeweihten. Gebrüll kündigte den Zug an. Vor den Verurteilten schritten der Rat und seine Familien. Geseke Clingspor ging neben ihrem Stiefsohn, der ihr wie ein Ritter die Faust gereicht hatte. Mit gemessenem Schritt führte er sie voran. Hinter dem seltsamen Paar kam Grete Puttfarken, die dem kleinen Seeräuber den Arm um die Schultern gelegt hatte. Er sah aus wie ein gepflegter Jungknecht aus einem guten Haushalt. Keiner sollte ahnen, dass er ein Seeräuberkind war.

Die Leute am Straßenrand jubelten, doch hier und da schrie auch einer: »Likedeeler hoch!« oder: »Sie sind unschuldig!« und: »Köpft die Englandfahrer!« Dem Seeräuberjungen musste es das Herz zerreißen.

Hinter dem Rat gingen einige Franziskanerbrüder, die leise beteten. Dann brauste das Geschrei der Menge auf, denn der Mann des Tages machte seinen Weg über den Markt: Der neue Fron trug eine grauenerregende schwarze Maske und ein rot-schwarz gemustertes Wams aus Leder, rote Handschuhe und lange schwarze Hosen. Er war kräftig und groß, wahrhaft ein stattlicher Mann, den Geseke da gefunden hatte.

Doch Elisabeth wollte mit ihren Augen nicht nach dem Henker schauen, sondern ihr Herz stärken für jene, die von ihm getötet werden sollten. Störtebeker war hager geworden, doch trotz der Fußfesseln schritt er mutig voran. Seine Mannschaft war in schlechterem Zustand. Die meisten hinkten oder schlurften, einige mussten gestützt werden auf ihrem letzten Weg. Irgendwer hatte ihnen saubere Kleidung gegeben, vermutlich auch Simon von Utrecht. Mit den Gaben für die Gefangenen dankte er Gott für sein Kriegsglück.

Elisabeth senkte den Krug in das Bier, füllte die Becher der Schwestern. Die Meisterin trat nach vorn und hielt dem Störtebeker einen Humpen an die Lippen. Gierig trank er, dann fragte er etwas, doch die Meisterin schüttelte nur streng den Kopf.

Elisabeth tat das Ihre, um den Männern schnell zu ihrem letzten Trank zu verhelfen. Sie murmelte ihnen Segenssprüche zu. Einige dankten, doch etliche knurrten, und einer sagte: »Warte nur, Nönnchen, noch ist es nicht vorbei.«

Das Bier war noch nicht aufgebraucht, und Elisabeth füllte ihren Becher nochmals. Sie trat auf Störtebeker zu und gab ihm einen weiteren Trank.

»Schwesterchen, redet mit mir. Eure Alte will mir nichts sagen. Was ist mit meinem Schiffsjungen? Henken die den Kleinen heute mit uns?«, flüsterte er

»Seid beruhigt, er ist begnadigt. Ich bin die, in deren Obhut er ist.«

»Dann hüte ihn gut. Dafür wirst du belohnt werden«, hauchte der Seeräuber heiser.

»Ich tu, was in meiner Kraft steht. Möge Gott mit Euch sein, Herr Störtebeker.«

»Und mit dir, blaues Schwesterchen.«

Die Stadtwächter drängten zum Aufbruch. Störtebeker warf den Kopf in den Nacken und machte sich entschlossen auf den Weg.

Elisabeth sah dem Hünen mit dem zerzausten Haar nach. Trauer senkte sich in ihre Seele. Er hatte sich um Bandix gesorgt. Vielleicht hatte er doch ein Herz. Niemand hatte je gefragt, warum er Räuber geworden war, niemand hatte aufgezeichnet, was die dachten, die hinter ihm her ihrem Tod entgegenhinkten. Wen ließen sie in diesem armseligen Jammertal zurück? Hatten sie Kinder in Friesland, Eltern im Baltikum, die um sie bangten, die um sie weinen würden, wenn die Nachricht von der Hinrichtung des stolzen Störtebeker in der Hanse die Runde machte? Wovon würden diese nun leben? Bettel? Würden sie Hunger leiden? Und was war, wenn die Schreihälse recht hatten, die behaupteten, Störtebeker sei ein unschuldiger Mann, und die Englandfahrer meuchelten ihn aus List dahin? Verzweifelt tauchte Elisabeth noch einmal einen Krug in den Rest des Biers am Fassboden, füllte den Humpen, aus dem der wilde Seeräuber seinen letzten Tropfen getrunken hatte, und leerte ihn mit einem Zug.

Geseke hielt sich an der Faust Sigvrids des Jüngeren fest. Mehr als das schreckliche Spektakel machten ihr die letzten beiden Nächte zu schaffen, die sie mit ihrem Gatten verbracht hatte. Sie musste darauf achten, ihre Handschuhe nicht mehr auszuziehen. Im Beginenkonvent eben und bei Marquard, das war Gewohnheit gewesen. Doch es durfte ihr nicht wieder passieren. Auf keinen Fall sollte ihr Vater erfahren, dass ihre Ehe nicht gut lief. Solange musste sie Sigvrid nachts zu Willen sein. Ihre Hand krampfte sich um die Faust des jungen Mannes neben ihr. Erst wenn die Steuererhebungen für die Kriegsfahrten des nächsten Jahres bewilligt waren, konnte sie wegen der Schändung zurück in ihr Vaterhaus fliehen. Sie schloss kurz die Augen, um die Gedanken zu vertreiben, und folgte den Ratsherren durch das Nicolaikirchspiel über den Cremon auf den Grasbrook.

Die Stadtwächter hatten einen Ring um die Richtstätte gebildet.

Für den Rat gab es eine Art Tribüne. Dort sollte sie nun mit dem kleinen Seeräuber hin – zu ihrem Gatten. Sie griff Gretes Arm.

»Dort, beim Rat«, flüsterte sie ihr so leise ins Ohr, wie sie es vermochte.

Grete nahm die Hand des kleinen Seeräubers und folgte ihrer Herrin.

Geseke konnte den breiten Rücken Richard von Hardins sehen. Er stützte sich auf sein Schwert und beobachtete gelassen, wie die Gefangenen in einer Reihe vor ihm aufgestellt wurden. Starr lauschte er der Urteilsverlesung, empfing den Segen von dem kleinen Franziskanerpater, der die Gefangenen geleitete, und schritt zur Tat.

Richard sah sich noch einmal um. Beim Rat stand die Clingsporin. Die freche Göre Grete war bei ihr, hielt die Hand eines kleinen Jungen. Diese seltsame Geseke trug die ganzen Lasten dieser Stadt, und heute sah man es ihr an. Doch sie stützte sich auf die Hand eines jungen Kerls. Wenigstens einer hielt anscheinend zu ihr. Richard schloss die Augen und wartete, bis die lange Liste der Urteile vorgelesen war, dann nickte er Knoken zu. Der packte den Seeräuberkapitän am gefesselten Arm, aber Störtebeker schüttelte ihn ab und trat auf Richard zu.

»Gott sei mit Euch, Herr Störtebeker«, sagte Richard leise.

»Macht mir die Fesseln los. Ich will sterben, wie ich gelebt habe.«

Richard winkte Knoken. »Zerschneide seine Fesseln.«

Knoken tat, wie ihm geheißen, und wollte den Gefangenen in die Knie zwingen.

»Schick den Kopfhalter weg«, bat der Seeräuber.

»Geh!«, sagte Richard, und Knoken trat beiseite.

»Dank dir, Menschenschlächter. Doch halt inne und bedenke, was du tust. Wenn du uns tötest, wird die Stadt in Aufruhr versinken.«

Richard zuckte mit den Schultern. »Ich werde Euch trotzdem töten. An Euch ist es aber, gelassen zu sterben oder in die Knie gezwungen hingemetzelt zu werden. Wenn Ihr jetzt niederkniet, ist es vorbei, bevor Ihr ein Ave-Maria sagen könnt. Ihr habt die Wahl, lasst Euch Zeit.«

Störtebeker blickte ihm in die Augen. »Hör, was ich zu sagen habe und was keiner zuvor aus meinem Munde hörte: Was ihr über uns sagt, ist wahr. Wir lebten von Lösegeld und Raub, unbehaust und frei. Wir lebten nach unserem eigenen Recht. Und so will ich sterben: aufrecht. Schlägst du mir das Haupt von den Schultern, ohne dass ich vor den Kaufmannsmemmen knien muss?«

Richard nickte. »Ganz wie Ihr wollt.«

Er legte dem Piraten die Linke auf die Schulter. »Dreht Euch um und betet«, flüsterte er. Dann trat er einen Schritt zurück und hob das Schwert.

⚜

Geseke fragte sich, was von Hardin mit Störtebeker zu besprechen hatte. Er würde doch keinen Ärger machen? Jetzt legte er dem Kerl noch die Hand auf die Schulter. Was, wenn Johann sich geirrt hatte, wenn sie sich geirrt hätte, wenn dieser mächtige Schwertkämpfer ein Vitalierfreund wäre? Das Herz schlug ihr bis zum Halse.

Sie wandte sich dem Jungen und Grete zu, sah die bleiche Furcht auf ihren kleinen Gesichtern. Maria hilf!, dachte Geseke, doch noch bevor sie wieder Atem holen musste, sauste das Schwert des Henkers durch die Luft und traf den Hals des Seeräubers. Blut spritzte über den Richtplatz. Rote Tropfen trafen ihr Gesicht und die Kinder neben ihr. Der Körper des Seeräubers wankte und machte einige Schritte nach vorn. Sie hörte Grete schreien.

Blut und Tod. Ein Leib, der kopflos zwei Schritt nach vorn wankte und lebenssaftspritzend zu Boden krachte, zwei Kinder, die von Panik ergriffen schrien – das war ihr Werk. Mehr nicht. Geseke hatte das Ergebnis ihres Tuns nie so klar vor Augen gestanden. Sie schuf keine Wärme, sie schuf kein Leben, sie schuf Geld und Tod, trotz der hehren Ziele, die sie im Geheimen mit Johann Cletzen teilte. Vielleicht hatte der alte Bock Sigvrid recht, sie nur mit Kälte zu nehmen. Vielleicht war das Gottes Strafe für ihr Kalkül. Sie zog die Kinder zu sich, den erstarrten Jungen und die weinende Magd. Sie barg sie unter ihrem Hoyken. »Maria, gib mir Kraft«, betete sie. Sie blickte zu ihrem Vater, ihrem Vetter, ihrem Gatten im Rat. Sah deren drohende Blicke. Trotzdem zog sie die Kinder davon.

Aus der Menge hinter ihr waren Jubelrufe zu hören, es fielen wohl weitere Köpfe. Geseke rief einen Kahnführer, der sie gegen ein kleines Entgelt ins Kirchspiel Sankt Nicolai ruderte. Grete schmiegte sich an sie. Der kleine Seeräuber hatte die Augen zugepresst und atmete schwer. Verbittert schwor Geseke der Gottesmutter, nie wieder einer Hinrichtung beizuwohnen.

Neunundzwanzig Jahre später würde sie den Schwur brechen – aus Liebe.

⚜

Knoken brachte einen Likedeeler nach dem anderen. Einige weinten, andere fluchten. Viele zitterten. Noch am Morgen, als Knoken und Richard ihnen Brot zum letzten Morgenmahl reichten, waren sie aufmüpfig gewesen, als würden sie errettet werden. Doch nun, wo alle Hoffnung hin war, griff die Verzweiflung nach ihnen. Richard kannte diese verzerrten, entsetzten Gesichter aus der Schlacht. Knoken stieß ihm die Männer entgegen, gefesselt wie sie waren. Denen, die sich gegen das Niederknien wehrten, griff Richard fest an die Schulter und blickte ihnen ins Gesicht.

»Sag mir deinen Namen«, forderte er.

Kaum hatte der Mann gesprochen, drehte er ihn mit der Linken um und schlug mit dem Schwert zu. Ob sie standen, schwankten oder fortlaufen wollten, alle traf das Schwert am Halse, sodass die Köpfe im Bogen zu Boden fielen. So ging es mit einem Dutzend, dann hatten sich die Verbliebenen gefasst und knieten betend und schicksalsergeben vor Richard nieder.

»Schnell«, trieb Richard seinen Gehilfen an. Er verbot ihm, die Köpfe triumphierend hochzuhalten. Statt des Schauspiels der Macht des Rechts über das Leben der Rechtlosen bot Richard den Zuschauern das Bild schneller Metzgerarbeit an Menschenkindern. Keine Stunde verging, bis es vorbei war mit der Mannschaft der

»Rode Düwel« und der Richtplatz auf dem Grasbrook getränkt war mit Blut.

Elisabeth fühlte sich beschwingt und sorglos, herrlich enthoben von allen irdischen Dingen. Sie dachte an ihre Schwestern, die betend den Schaulustigen zur Hinrichtung gefolgt waren. Aber was sollte sie da? Sie wollte sich vergnügen. Es war ein wunderschöner Herbsttag, man sollte ihn genießen. Ihr fiel Geseke ein. Eigentlich sollte sie ihr bei der Hinrichtung beistehen, aber die kam auch allein zurecht. Im Moment brauchte sie keiner. Was für eine Erleichterung. Ihr war nicht nach Gemetzel. Sie drehte sich hin und her und fühlte sich wie ein Vögelchen in der Luft. Sie stieß an das Fass, und ihr fiel ein, dass dort noch Bier drin sein musste, ganz unten. Vorsichtig winkelte sie das Fass an und leerte den Bodensatz in ihren Humpen. Dann trank sie gierig.

»Auf Störtebeker. Möge er im Piratenhimmel schweben«, sagte sie leise.

Alles drehte sich sehr schnell um sie. Sie musste sich setzen, sonst wäre sie glatt hingeschlagen. Doch sie lachte. Das Leben war leicht und schön, sogar das Sitzen im Straßendreck gefiel ihr. Wie lustig. Als Kind hatte sie sich auch oft schmutzig gemacht. Vor dem Tod ihres Vaters war das nicht schlimm gewesen, aber in Lübeck hatte die Mutter immer geschimpft. Jetzt erlaubte sie sich, ein wenig schmutzig zu sein. Herr Jesus, das war doch lustig.

Dann kamen zwei Leute aus der Richtung, wo alle hingegangen waren. Noch zwei, die Blutvergießen nicht so wunderbar fanden. Seelenverwandte, dachte Elisabeth. Ein kahler, muskelbepackter Mann mit einem Gesicht wie einem Totenschädel und eine kleine Frau, sehr blond, sehr dunkle Augen, sehr hübsch. Nur an ihrem Mund war ein Fleck, ganz schwarz.

»Gottes Licht auf Euren Tag«, grüßte Elisabeth. »Mögt Ihr es auch nicht, wenn den Leuten die Köpfe abgehauen werden?« Sie lachte.

Die kleine Frau lachte mit. »Nein, liebes Schwesterchen, wir wollten zu dir. Der Herr von Utrecht schickt uns, das Fass abholen.«

»Das ist leider schon ganz leer, ich bedauere«, flötete Elisabeth.

»Und du hast die letzten Schlucke getrunken?« Die Frau grinste.

»Nur ein wenig, aber es war gut.«

»Na, das freut mich, dass es dir geschmeckt hat«, sagte die Frau freundlich, aber der Kerl wurde böse.

»Schweig, du dummes Weib«, schalt er sie. »Und du, Schwester, troll dich lieber nach Hause, bevor alle sehen, wie sich hier eine Begine besäuft.«

Elisabeth fand auch, dass es nicht richtig war, wenn sich Beginen betranken, aber sie war gar nicht betrunken, nein, sie fühlte sich nur leicht und sorglos. Genau das wollte sie sagen, aber der Mann rollte das Fass schon davon, und die Frau trug die Deckelhölzer hinter ihm her.

Vielleicht war es doch an der Zeit, in den Konvent zurückzugehen. Der Apfelgarten, das wär genau das Richtige an solch einem schönen Herbsttag. Bestimmt konnte sie ein wenig Fallobst sammeln und ein paar Kräuter ernten. Als sie sich aufrappelte, tönte vom Grasbrook Jubelgeschrei herüber.

Richards Stiefel steckten bis zu den Knöcheln im Matsch aus Blut und Lehm. Er atmete tief ein. Ein Geruch von Schlachthof, Urin und Kot lag in der Luft. Die Stadtwächter trieben die letzten Schaulustigen vom Grasbrook, damit sie nicht unheilige Reliquien von den Toten schneiden konnten, bevor der Löw die Leichen in die große Grube verfrachten konnte, die er mit seinen Gesellen ausgehoben hatte. Knoken machte sich an dem abgetrennten Kopf von Störtebeker zu schaffen und bohrte am Schädel herum, um ihn besser auf einen Pfahl nageln zu können, zur Abschreckung aller seefahrenden Heißsporne.

Richard sehnte sich nach einem Bad, einem Bier und einem Gebet. Noch immer verharrten die Ratsherren würdevoll auf ihrer Tribüne, als wollten sie zuschauen, wie Knoken die Schädelstätte mit einem Gerüst voller Köpfe schmückte. Als Richard an den Herren der Stadt vorbeigehen wollte, winkte ihn einer der vier Bürgermeister heran. Es war ein großer Mann mittleren Alters mit einer wahrhaften Kriegerstatur.

»Ihr habt schnell und sauber gearbeitet, Fron Rosenfeld. Wo habt Ihr Eure Kunst gelernt? Wohl nicht in Buxtehude«, fragte der Herr. Auf der Brust trug er die goldene Amtskette.

Richard verneigte sich tief vor dem Gebieter der Stadt.

Ein graubärtiger Ratsherr stupste ihn mit behandschuhter Hand an. »Sprecht, Ihr ledergesichtiger Kerl, wenn Euch der Bürgermeister Miles etwas fragt. Oder seid Ihr zu müde zum Antworten? Waren dreißig Mann doch zu viel für Euch? Oder wart Ihr so schnell, dass Euch nun der Schwertarm lahmt? Ihr hättet Euch gern mehr Zeit lassen können.«

»So ist es nicht«, sagte Richard leise.

»Dann sprecht. Wie viele könntet Ihr wohl noch töten?«, hakte der bösartige Graubart nach.

»Lasst ihn, Clingspor.« Ein weiterer Ratsherr, in dem Richard Albert Schreye erkannte, trat hinzu und grüßte ihn mit einem Nicken. Doch Richard schaute dem Graubärtigen aufsässig ins Gesicht.

Der grinste. »Nun? Wie viele?«

»Für Euch und Euresgleichen reichte es noch, Ehrenwerter Ratsherr. Das heißt – wenn der Preis stimmt. Seid Ihr mehr als einen Blaffert wert?«, fragte Richard.

Wut verzerrte das Gesicht des Ratsmanns. »Was fällt Euch ein, unreiner Hundsfott?«.

Albert Schreye trat zwischen sie beide. »Niemand würde je bezweifeln, dass Ihr noch den ganzen Rat richten könntet, Herr Rosenfeld«, sagte er mit einem eleganten Lächeln. »Doch für die Hinrichtung auch nur eines Ratsmannes mag in dieser Stadt keiner aufkommen. Euer Preis für die Seeräuber war schon hoch genug.«

Er hakte seinen Schwiegersohn unter, und Clingspor ließ sich widerstrebend wegführen.

Selbst wenn ihn diese Frechheit den Lohn gekostet hätte, das war es wert, dem Ehefrauenschänder eins auszuwischen. Richard stapfte durch das Blutfeld, grüßte Knoken, der mit seinen Gehilfen Köpfe auf Balken nagelte. Er brauchte eine Lunge voll frischer Luft und überquerte den Brook, vorbei an den Hütten von Elbfischern, an Reusen und umgedrehten Booten. Als er die Elbe erreichte, zog er die blutdurchtränkte Kleidung aus und streckte seine Glieder.

Es war gute Arbeit gewesen. Kein Hieb war fehlgegangen, keiner der Männer hatte lange Furcht oder Schmerz ertragen müssen. Es war die Arbeit gewesen, die er immer getan hatte: töten für andere, die das Recht zum Töten hatten. Seine Arbeit. Gerechter Krieg, gerechte Todesurteile – was war der Unterschied? Trotzdem fühlte er sich besudelt. Er ließ das prächtig rote Henkerswams, die feinen Hosen und die blutdurchtränkten Handschuhe am Ufer liegen. Nie wieder wollte er die Kleider anziehen. Mit Johanns Ledermaske, seinem Schwertgürtel und einem dünnen Kittel bekleidet, stürzte er sich in die herbstgraue Elbe. Das Wasser war eisig, es brachte seine Glieder zum Leben, prickelte und kitzelte. Mit einigen Schlägen war er vom Ufer entfernt und ließ sich treiben. Er nahm die Maske ab und genoss die Kälte, die Wellen. Es ebbte. Wenn er die Augen lang genug schloss, konnte er sich vom Strom zu einem nassen Tod hinausziehen lassen. Doch Richard schwamm mit kräftigen Zügen in Richtung des Kajen und landete zitternd vor Kälte zwischen zwei Pramen im Hafenschlick. Es war gut so. Besser schlammverdreckt als blutbeschmiert in den Roten Bären zurückkehren.

⚜

Die Stimme der Meisterin riss Elisabeth aus einem weichen Schlaf unter den Apfelbäumen der Beginen. »Bist du des Teufels, was machst du hier? Sieh dich nur an!« Und: »Wo ist das Fass?« Beschimpfungen und Vorwürfe drangen als ein Mus von Gekreische an Elisabeths Ohr.

Über ihr ragte die Konventsmutter dürr und bohnenstangenlang auf. Elisabeth blinzelte, das sanfte Herbstlicht tat ihr in den Augen weh. »Herr im Himmel, Mutter Meisterin. Wie bin ich hierhergekommen?«

»Wo ist das Fass?«, schrie ihre Konventsmutter.

Elisabeth dämmerte, dass es sich um das leere Fass von der Trostbrücke handeln musste. »Das ist durch Simon von Utrechts Leute abgeholt worden, während Ihr bei der Hinrichtung wart.«

»Und, hast du dich ausreichend bedankt?«

»Bei Knecht und Magd?«

»Nein, bei von Utrecht.«

»Warum sollte ich das tun?«

»Bist du nicht mit den Leuten ins Utrechthaus gegangen?«

Elisabeth schüttelte den Kopf. »Wieso?«

»Du gibst einfach ein wertvolles Fass an irgendwelche Leute ab und überprüfst nicht, wo sie es hinbringen? Wenn das Fass gestohlen ist, wie stehen wir dann da?«

»Ich glaube, ich sollte bei Simon von Utrecht vorbeigehen und das klären.« Elisabeth stand mühsam auf und schüttelte die Erde aus ihren Röcken.

»Du willst doch nicht etwa schon wieder allein durch die Stadt laufen?«, zeterte die Meisterin.

»Soll Veronika mich begleiten, oder mögt Ihr die arme Alte schonen?«

»Sie geht mit«, beschied die Meisterin.

Missmutig murmelte Veronika den ganzen Weg vor sich hin. Zu recht war die arme alte Schwester verärgert, dachte Elisabeth, weil sie wegen ihrer Nachlässigkeit die müden Beine rühren muss. Von Utrecht bewohnte ein großes Haus an der Görttwiete. Die beiden Beginen wurden durch die Hoftür eingelassen und in den Lagerraum hinter der Diele gebeten. Gesindeeingang, dachte Elisabeth. Veronika kümmerte es nicht. Mit einem lauten Seufzer ließ sie sich auf einer Bank nieder. Kurze Zeit später fing sie an, zu schnarchen. Elisabeth wartete einige Zeit, dann warf sie einen Blick in den Hof, um nach den beiden Bediensteten Ausschau zu halten, die das Fass geholt hatten. Doch keiner vom dort arbeitenden Gesinde ähnelte der zarten kleinen Frau und dem kahlköpfigen Kerl. Als sie in den Lagerraum zurückkam, stürmte von Utrecht mit großen Schritten auf sie zu. Sie streckte die Hand aus, um ihn zu begrüßen. Er presste ihre abgearbeiteten Finger zum Kusse an seine weichen Lippen.

»Schwester Elisabeth! Ich habe grade erfahren, dass man dich hier warten hieß, welch eine Schande. Ich bitte zutiefst um Verzeihung. Komm bitte in die Dornse, da sitzt man schöner. Dort entlang.«

Er ließ sie durch die Diele mit den prächtig geschnitzten Balken vorgehen. Hier lagerten im Trockenen hohe Stapel von Holzbalken und Fässer mit Nägeln.

»Willst du ein Schiff bauen, Simon?«, fragte Elisabeth.

Er lächelte, reichte ihr die Hand, führte sie an einer offenen Tür zum Saal vorbei. Sie erblickte einen großen Esstisch gedeckt mit Wein, Süßigkeiten und Hefegebäck, an dem zu ihrem Erstaunen Heyne Schomer saß, der Schlachtermeister, der zum Viehhändler und dann in kürzester Zeit zum Wortführer der Lübeckfahrer avanciert war. Simon folgte ihrem Blick und zog sie schneller in die vor dem Saal liegende Dornse. Er lud sie ein, sich am Kachelofen auf einen ledergepolsterten Stuhl zu setzen, und rief einem Bediensteten zu, sie wünschten Labung. Sofort erschien eine Magd und brachte eine Schachtel mit Süßigkeiten.

Simon schloss hinter ihr die Tür und wandte sich zu Elisabeth um. »Ja, Schwester, ich will eine Schnigge bauen, mein eigenes Schiff. Dazu braucht man gut abgelagertes Holz, und ich suche schon lange nach dem besten. Doch dich führen bestimmt wichtigere Dinge hierher als Balken und Planken.« Von Utrecht trug ein kurzes, meerblaues Wams mit weiten Ärmeln und eng anliegende graue Hosen, die seine langen Beine noch länger scheinen ließen. Er setzte sich ihr gegenüber, legte seinen Kopf schief und schenkte ihr ein kleines Lächeln.

»Ich will Abbitte leisten«, sagte sie.

»Das kann nicht sein. Du bist der frömmste und beste Mensch von allen.«

»Ach, Simon, ich hab heute Mittag dein Bierfass an einen kahlköpfigen Kerl und seine Frau übergeben. Ich dachte, sie seien dein Gesinde. Nun bin ich mir nicht mehr so sicher, ob es nicht einfach geschickte Diebe waren, die mich übers Ohr gehauen haben. Das Fass ist auf jeden Fall fort. Bitte entschuldige meine Nachlässigkeit. Lass mich den Schaden irgendwie begleichen.«

Simon wischte den Vorschlag mit einer Handbewegung weg wie eine lästige Fliege. »Das war schon in Ordnung. Was ist schon ein Fass?«

Elegant wie ein Löwe stand er auf und reichte ihr die Spanschachtel mit Marzipan. Sie nahm sich ein Stückchen und genoss es schweigend.

»Du warst also nicht bei der Hinrichtung?«, fragte er, während er sich gleich zwei Marzipanrhomben in den Mund stopfte.

»Meine Aufgabe war, bei deinem Fass Wache zu halten.« Und sie hatte sich betrunken, wobei ihr das Bier unvermutet schnell und heftig zu Kopf gestiegen war.

»Beim heiligen Jakob, du hast etwas verpasst«, rief er aus. »Der Henker war so schnell, als würde er Garben schneiden.«

»Ich frage mich, was so einer denkt, wenn er dreißig Männer niedermacht. Ob er wohl ein schlechtes Gewissen hat?«

Simon schüttelte vehement den Kopf. »Der bestimmt nicht. Es sei denn, er glaubt den Gerüchten.«

»Unseren selbst gestreuten Gerüchten?«

»Nein, den anderen.«

»Welchen, Simon?«

»Denen, die besagen, dass Störtebeker ohne rechtskräftiges Urteil gehenkt wurde. Und dass Gott ihm deshalb die Kraft gab, noch ohne Kopf etliche Schritte zu gehen.«

»Was heißt ohne Kopf?« Sie hatte Hühner, denen man das Köpfchen abgehackt hatte, noch irre weiterflattern sehen, aber ein Mensch? Ein grauenvoller Gedanke.

»Ah, du hättest es sehen sollen. Der Henker hat ihn im Stehen gerichtet. Unser Seeräuberhauptmann stand vor diesem schwarzen Riesen aufrecht wie ein Baum«, erzählte Simon. »Und dann schlug der Fron zu. Man konnte kaum mit den Augen blinzeln, da war der Kopf runter, und das Blut spritzte überallhin – das war ein Geschrei. Aber das sonderbarste kam noch: Der Kopflose lief. Erst einen, dann zwei oder drei Schritte, und er wäre noch weitergelaufen, wenn er nicht gestolpert wäre. Es war fast, als habe ihm jemand ein Bein gestellt, vermutlich der widerliche Knoken. Auf dem Rückweg hierher hat man mir erzählt, der Henker habe versprochen, alle Seeräuber zu verschonen, an denen Störtebeker ohne Kopf vorbeigeht.«

»Das kann nicht sein. Er hätte nicht das Recht gehabt, so was zu versprechen.« Gradewegs wie Geseke klang sie, als sie so sprach.

»Wer weiß, was so einem Fremden einfällt. Vor allem, wenn es keinen rechten Urteilsspruch gibt. Die Leute sehen in Störtebekers kopflosem Gang einen Beweis dafür.«

»Aber den Urteilsspruch hat es gegeben. Die Todesurteile sind vom Rathausbalkon aus verlesen worden und vermutlich noch mal auf dem Richtplatz. Glaube doch nicht solchen Geschichten, Simon.«

Er goss ihr Wein ein und schob die Marzipanschachtel näher zu ihr hin. Dann lehnte er sich lässig auf seinen Tisch. »Ich glaub den Gerüchten ja gar nicht. Ich finde es nur sehr interessant, wie schnell sie aufkommen.«

»Ich fände es viel interessanter zu wissen, wer sie ausstreut.«

»Das zu wissen, wäre wohl mehr wert als die paar Fässer Bier, die ich den Beginen für die Gefangenen übereignete, um mein Gewissen zu beruhigen.«

Elisabeth fühlte den alten Widerspruchsgeist in sich regen, der sie aus Lübeck, aus ihrer Familie vertrieben hatte. »Warum musstest du eigentlich dein Gewissen beruhigen?«

Er stöhnte. »Weil ich Schreye geholfen habe, die Likedeeler vor Helgoland hinters Licht zu führen, auch wenn ich an den guten Zielen der hansischen Kaufleute manchmal zweifle. Schau dich um, wie reich der Kaufmann ist und wie arm der Seefahrer. Wenn ich etwas zu sagen hätte, würden nicht die Großkaufleute die Macht in Händen halten, sondern die, die den Reichtum der Stadt wahrhaft erarbeiten.«

Simon schenkte ihr ungewohntes Vertrauen. Seine Rede passte kaum zu dem Bild des ehrgeizigen Aufsteigers, das Geseke von ihm zeichnete. »Meinst du die Brauer, die Böttcher, die Mägde und Knechte?«, fragte sie.

»Natürlich. Aber vor allem jene, die wirklich noch zur See fahren. Und außerdem die Leute, die sich in den Kirchspielen um die Nöte der Leute kümmern. Wie zum Beispiel unser Freund Johann Cletzen und sein Vater. Haben die nicht immer allen Menschen in Sankt Jacobi geholfen, wo sie nur konnten?«

Elisabeth hatte gehört, dass der Vater Cletzen während des Aufstands vor fünfundzwanzig Jahren Sprecher gewesen war, aber der Sohn?

»Johann?«, fragte sie.

»Johann hilft allen aus der Patsche, die nur zu ihm kommen. Wenn nicht mit Geld, dann mit Rat oder mit einer Portion Gemüse aus dem Garten. Stell dir das vor.« Simons Augen glänzten, als er von den guten Taten seines Waffenbruders erzählte.

Wusste Geseke das? Elisabeth fühlte sich beschämt. Schließlich lag der Beginenkonvent im Kirchspiel Sankt Jacobi, täglich verteilte sie dort Heilmittel und half den Kranken. Die Leute erzählten ihr von ihren Sorgen, aber nicht von Johann Cletzens Guttaten. Als wollten sie ihn schützen. Vielleicht hatten sie sogar zu Recht Scheu, ihr alles zu erzählen, weil die Meisterin sie ebenfalls zu reichen Kranken wie Niclas Schoke schickte, die für ihre Hilfe schönes Gold spendeten.

»Simon, ich wusste nichts von Johanns Caritas, und ich wusste nichts von deinen politischen Träumen. Ich dachte immer, du seist mit Seekrieg und Handel zufrieden.« Und außerdem solltest du deine Träume für dich behalten, wie es Cletzen wohl tut, wollte sie noch hinzufügen, aber sie wollte nicht unfreundlich erscheinen.

»Oh, bin ich auch, werde ich auch sein. Aber warte nur, bis erst das Schiff fertig ist, meine schöne ›Bunte Kuh‹, dann werde ich dieser Stadt so gute Dienste leisten, dass sie mich nie vergessen wird.«

»Hüte dich vor dem Hochmut, Simon. Er hat so manchen guten Mann Schlechtes tun lassen.«

»Nicht, wenn ich Menschen wie dich und Johann zu Freunden habe. Vertraue mir.«

Er nestelte in seinem Gürtelbeutel herum und holte sieben Blafferte heraus. »Geseke sagt, du sammelst die kleinen Münzen für einen Mantel für die Weiße Maria im Dom.«

»Das stimmt, Simon. Sei bedankt.«

Er griff nochmals in seinen Geldsack und holte eine Danziger Goldmünze hervor. »Da, bete für mich«, sagte er und drückte sie in ihre Hand.

Elisabeth dankte verwirrt. Simon von Utrecht geleitete sie zur Vordertür hinaus. Als er hinter ihr schloss, fragte sie sich, was für ein Mensch von Utrecht war. Er schenkte den Likedeelern im Kerker Bier, sorgte sich um die kleinen Leute und bewirtete gleichzeitig Heyne Schomer, den übelsten Großsprecher der Lübeck- und Schonenfahrer. Über diese Gedanken hatte sie die alte Veronika gradewegs vergessen.

Richard wusch sich mit dem warmen Wasser, das ihm die Bärenwirtin brachte. Viermal schickte er die arme Frau nach mehr von dem sauberen Nass.

»Ihr solltet ins Badehaus gehen, Herr Richard«, sagte sie.

»Bei Euch werde ich sauber und bleib es auch.« Er schenkte ihr ein Lächeln.

»Dort könntet Ihr Euch in einem tiefen Zuber einweichen und mit guten Essenzen massieren lassen. Sie haben Öle aus Persica und Seife aus Egyptien, die ist aus flüssigem Gold gemacht.«

»Dafür hab ich kein Geld, edle Wirtin. Lieber lasse ich die Clingsporin für Eure Kannen zahlen und werde nicht gerupft wie ein junger Hahn.«

»Ach, das mit dem Geld sollte Euch nicht mehr im Weg stehen. Ich will ja gar nicht wissen, was für Geschäfte Ihr mit der Clingsporin macht, aber die scheinen gut zu laufen. Auf Eurem Bett liegt ein Bündel, in dem es klimpert«, sagte sie mit einem Augenzwinkern.

Er trocknete sich ab und öffnete das Stoffpaket. Dort fanden sich ein schönes grünes Wams, warme Beinlinge, Strümpfe, ein besticktes Leinenhemd und sogar ein paar kurze Stiefel – nebst einer schweren Geldkatze.

Richard nahm zwei Goldstücke aus der Geldkatze, dann noch eins. Dieser fette Lederbeutel war der Obolus der Englandfahrer, zwölf Mark würden noch vom Rat kommen. Er musste zwar noch Bömmebrugg entlohnen, doch mit dem restlichen Geld stand ihm die Welt offen. Dennoch hatte er das Gefühl, er wollte nicht hinausziehen. Lieber wollte er eine Weile bleiben. Nur einmal noch fortreiten, einen Versuch machen, Corvus zurückzukaufen, das war er dem geliebten Gaul schuldig. Und dann hier überwintern und Arbeit suchen. Solange er unerkannt blieb, konnte er gut in Hamburg unterkommen. Ihm gefielen die Leute, der verliebte Cletzen, sein Freund der Schlachter und sogar die kühle Clingsporin. Das war ein guter Anfang.

»Dank dir, Maria, Himmelsherrscherin«, flüsterte er, als er die Treppe hinunterstieg.

Die Bärenwirtin war in der Küche. Sie hörte ihn eintreten und lächelte ihn an. »So gefallt Ihr mir, bei der heiligen Ursula. Ihr strahlt ja wie hundert Bienenwachskerzen.«

Er schüttelte den Kopf, doch er musste lächeln.

»Doch, Herr Richard. Ihr ward immer duster und verschlossen, fast griesgrämig schautet Ihr drein. Und eben, bevor Ihr Euch gewaschen habt, saht Ihr aus wie ein Dämon, Gott verzeih mir meine Worte, doch so dreckig und halb nackt hier hineinzuspazieren, das ist schon eine gewagte Sache, beim heiligen Urban. Aber jetzt ist es, als habet Ihr etwas von Eurer Seele abgewaschen.«

»Seht Ihr, Wirtin, Euer Wasser ist besser als die goldene Seife der Egyptier. Um Gold geht es mir dennoch. Ich will gerne noch einige Zeit hier wohnen bleiben, wenn es Euch beliebt. Die Clingsporin wird nicht mehr zahlen. Wie Ihr schon ahntet, unsere Geschäfte sind abgeschlossen. Deshalb das hier.« Er hielt ihr die Goldmünze hin.

Sie errötete und steckte das Geld schnell in ihre Gürteltasche. »Das reicht wohl für einige Zeit, Herr Richard.«

»Sagt mir, wenn Ihr mehr braucht.«

»Das werd ich, bestimmt, das werd ich.« Sie lachte und warf die runden Arme in die Höhe. »Gott sei es gedankt für Euch, Herr Richard.« Beinahe hätte sie ihn umarmt, doch dann hielt sie inne. »Fast hätte ich es vergessen: Der junge Cletzen wartet in der Stube.«

Richard freute sich. Johann Cletzen war just der Mann, um das zweite Goldstück weiterzureichen und das dritte einem vergnüglichen Zweck zuzuführen.

⚜

Der Abend senkte sich, und das Haus der Clingspors war dunkel, nur ein Flickern wie von einem Kienspan im vierten Stock zeugte davon, dass jemand anwesend war. Elisabeth ließ den bronzenen Türklopfer mit aller Wucht gegen die Tür sausen, einmal, zweimal, dreimal. Sie lauschte: nichts. Wieder ließ sie den Klopfer sausen, rief Gesekes Namen. Dann waren eilige Schritte auf der Treppe zu hören.

Blitzschnell öffnete Geseke die Tür und zerrte Elisabeth hinein. Ihre Stimme zitterte, als sie »Mir nach« flüsterte. Mit schweißnasser Hand packte sie Elisabeth am Arm und zerrte sie im tiefen Dunkel die Windungen der Wendeltreppe hoch, dann die Bodenstiege hinauf, bis oben zur Kammer der Kleinmagd, in der auch Tuche gelagert wurden. Geseke riss die Tür auf, schob Elisabeth hinein, machte die Tür leise zu und schob ein Fass davor. Sie umarmte die Begine so fest, dass Elisabeth fast der Atem wegblieb. »Gott hat dich gesandt.«

Auf dem Bett erkannte Elisabeth im sanften Kienspanlicht zwei schmale Körper. »Die Kinder?«, fragte sie.

»Sie haben reichlich Bier mit Honig getrunken. Dann hat mein Gretemägdekind den Jungen hier raufgeholt. Meinst du, das ist unschicklich?«

»Ziemlich unschicklich, aber gut für beide – nach dem, was sie heute durchgemacht haben«, flüsterte Elisabeth zurück. »Doch was für ein seltsames Spiel treibst du hier?« Sie wies auf einen Knüppel, den ihre Freundin in der Hand trug.

»Es ist jemand im Haus.« Gesekes Stimme zitterte.

»Bestimmt dein Mann oder dein Schwiegersohn.«

»Sigvrid ist mit Janne saufen. Mein Stiefsohn auch, der ist mit den Knechten auf den Marktplatz gelaufen, Störtebekers Tod feiern. Erst war ich mit den Kindern allein, aber dann fing es an zu knarzen. Irgendwer schleicht hier herum. Hör mal.«

Beide Frauen hielten den Atem an. Es knarrte, als wäre das Haus alt und der Wind käme von Osten. Doch das Haus war neu, und draußen war das Wetter schön, fast zu schön für Oktober.

Kurz hörte das Knarren auf, Stille lag über dem Haus. Dann kam das Geräusch wieder, lauter, näher.

»Was tun wir?«, flüsterte Elisabeth.

»Nichts. Beten. Abwarten«, flüsterte Geseke. Aber sie nahm im Dunkeln die Hand der Freundin und drückte einen kalten Gegenstand hinein: Es war ein Küchenmesser, schwer und groß. Sie verharrten in der kleinen Kammer, das Knarzen erklang auf den Gängen, es kam auf sie zu, wurde leiser, klang aber näher, immer näher. Geseke krallte ihre freie Hand in Elisabeths Arm, schob sie hinter sich und stellte sich selbst an die Türöffnung, den Knüppel erhoben. Dann wurde es still, und beide wussten, dass der Eindringling vor der Tür stand. Elisabeth betete und packte das Messer fester. Sie schrie innerlich zu Gott.

Als wären ihre Gebete erhört worden, knallte die Haustür. Schwere Schritte waren auf der Treppe im ersten Stock zu hören, dann rief jemand: »Geseke Clingspor, wo verkriechst du dich? Du sollst feiern, nicht zu Hause hocken.«

Sigvrid der Jüngere stolperte die Treppe halb hinauf, dann wieder nach unten, polterte durch das ganze Haus, nach Geseke rufend. Leise entfernten sich die Schritte des Einbrechers von der Tür. Die Frauen hielten bange den Atem an, angstgelähmt wegen des betrunkenen Jungen, der von unten seine Stiefmutter rief. Doch sein fröhliches Gebrüll tönte weiter durch das Haus.

Geseke steckte den Kopf aus dem kleinen Lukenfenster zum Hof und rief nach ihm: »Sigvrid, hab acht, es ist ein Fremder im Haus.«

Ungeachtet der Gefahr hastete ihr Stiefsohn die Treppe hinauf. Erleichtert hörten die Frauen ihn den Gang hinaufpoltern. Er hämmerte an die Kammertür. Die Kinder wachten auf. Grete fragte, was los sei. Der Seeräuberjunge drängte sich mit Höllenangst in den Augen gegen die Wand.

Geseke öffnete die Tür. Sigvrid schlug sich vor Lachen auf die Schenkel, als er seine Stiefmutter und die Begine bewaffnet vor sich sah.

»Was hat Euch denn geritten? Wollt Ihr ein Schwein totschlagen und schlachten zur Feier des Tages?«, kicherte er.

»Es war jemand im Haus.«

»Da is keiner, außer dir, Mutter.«

»Wir haben jemanden gehört. Es ist einer durch das Haus geschlichen«, sagte Elisabeth.

Er schüttelte den Kopf. »Ich war überall.« Er kniff die Augen kurz zu, fuhr sich mit der Hand über die Stirn und atmete tief durch. »Wenn Ihr meint, schau ich noch mal nach. Wir bringen die beiden Lütten hier in die Dornse, und ich guck überallhin. Der kann was erleben.« Er zog einen Dolch aus dem Stiefel und grinste.

Die Dornse war noch warm vom Kachelofen. Sigvrid zündete Wachslichter an und machte sich dann auf einen Erkundungsgang, in einer Hand seinen scharfen Dolch, in der anderen Gesekes Knüppel.

»Morgen muss der Junge hier weg. Ich bin sicher, es ging um ihn. Überleg nur. Was ist heute hier anders als sonst?«, fragte Geseke.

»Keiner deiner Knechte war da.«

»Ja, und es ist auch eine Sache mehr im Haus als sonst: Bandix.«

»Ich kann ihn gleich in den Konvent bringen.«

»Heute Nacht ist er hier sicherer als bei dir im Konvent. Der Einbrecher hat schlechte Karten. Sigvrid ist zwar nicht besonders wagemutig, aber er kann gut zuschlagen. Er ertüchtigt sich neuerdings mit der Bürgerwache, die mein Bruder anführt«, sagte Geseke.

Sigvrid kam mit Brot, Käse und einer Kanne Starkbier zurück. »Nichts zu sehen. Meinst du nicht, wir sollten die Wache holen oder zumindest Johann Cletzen?«, fragte er Geseke.

»Nein, jetzt sind wir sicher. Dein Schutz reicht mir, Sigvrid.« Der junge Mann strahlte.

Geseke machte den Kindern auf den Bänken Platz zum Schlafen und setzte sich selbst an den Ofen. Sigvrid zog zum Zeitvertreib ein Karnöffelkartenspiel aus der Gürteltasche und sah die Frauen mit einem fragenden Blick an. Für Elisabeth war es Zeit zu gehen, wenn solch teuflisches Zeug auf den Tisch kam, doch ihr war nicht nach einer reuigen Rückkehr in den Konvent.

Sie wollte etwas tun, wofür sie besser geeignet war, als auf Fässer aufzupassen und Einbrecher zu jagen. Sie verabschiedete sich. Geseke drückte und küsste sie, als wollte sie das Leben in der Freundin ganz nah spüren. Allein ging Elisabeth durch die dunkle Stadt, über die Trostbrücke, den Ness und den Berg zum Speersort, zum Haus der Schokes.

Trudika ließ sie ein. »Gut, dass Ihr kommt, liebe Schwester«, flüsterte sie. »Der Ohm Niclas ist immer noch sehr krank.« Das kleine Engelsgesicht sah aus wie die Antlitze der törichten Jungfrauen am Dom. Man könnte die Kleine dem Meister Bertram als Modell für seine erhabenen Gemälde andienen. Der Meister würde dann den Leberfleck über ihren Lippen weglassen und hätte die schönste aller Heiligen gemalt.

»Du bist ganz traurig, nicht wahr?«, fragte sie das Kind.

Trudika nickte.

»Betest du für ihn?«

Die Kleine schluchzte. »Ja, und ich tu alles, was mir der Vater sagt, damit er wieder stark wird. Dann helfen die Gebete besser.«

»Vater?«

»Ja. Wenn ich in der Gertrudenkirche bin, sagt mir der Vater, was ich tun kann, damit die Gebete besser werden.« Die Kleine stürmte die Treppe hinauf.

Manchmal brauchte man nicht zu verstehen, was die Kinder im Gebet erfuhren, es ging über den sündhaften Verstand der Erwachsenen hinaus. Auch sie hatte als junges Ding im Lübecker Dom von

Sankt Marien Bilder von Gärten vor Augen gehabt und sich vorgestellt, es sei das Paradies, dabei waren es nur die floralen Deckenmalereien gewesen.

Niclas Schoke war in einem schrecklichen Zustand. Er zitterte am ganzen Leib. Der Raum stank nach blutigem Kot. Alleke saß neben ihrem Mann und hielt seine bebende Hand, doch er brabbelte nur vor sich hin, weinte, schluchzte, schlug den Kopf hin und her und bäumte sich auf, als Elisabeth ihn ansprach.

»Seit wann ist er so?«

»Heut Morgen ist es schlimmer geworden. Er hat sich sofort nach dem Essen erbrochen. Er wollte unbedingt ein Brot mit dickem Butterbelag, und das kam wieder raus. Dann ist er auf die Köchin losgegangen, als wäre sie schuld daran. Er hat sie mit einem Schemel schlagen wollen, stelle es dir vor.« Alleke schluchzte. »Die ist aus dem Haus gerannt und hat gesagt, sie käme nicht wieder. Dann ist er auf mich los. Ich hab die Kleine hier zu Buydessin geschickt, um sie auch aus dem Haus zu haben. Dann hab ich beruhigend auf ihn eingeredet. Und du glaubst es nicht, was dann geschehen ist: Er fing an zu weinen. Der liebe, liebe Mann.«

Jetzt flossen bei Alleke die Tränen in Strömen. Elisabeth nahm sie in den Arm. »Das ist doch meine zweite Ehe, und der Erste ist mir gestorben, ohne dass ich Kinder hatte, und jetzt ist auch noch der Zweite krank«, schluchzte Alleke. »Und er ruft im Schlaf nach Alheid, und ich weiß, das bin nicht ich, sondern seine erste Alheid, das Weib aus Sankt Jacobi, das ihm zwei Kinder geschenkt hat. Und mir stirbt er weg, einfach so.«

Elisabeth brachte sie in die Dornse und holte ihr aus der Küche einen guten Rotwein zur Beruhigung. Sie setzte sich ihr gegenüber und sah sie an. »Alleke, du darfst dich jetzt nicht selbst bemitleiden. Vergleich dich nicht mit Alheid Cletzen, sie ist schon lange tot. Du bist jetzt seine Frau. Nur du kannst ihn retten, mit Gottes und mit unserer Hilfe. Also reiß dich zusammen und spiel nicht die verhuschte Jungfer.«

Alleke wurde rot. Sie wandte den Blick ab und nahm einen tiefen Schluck aus dem Weinbecher. Elisabeth wollte ihre Hand nehmen, aber Alleke entzog sie ihr. Sie trank gierig weiter.

»Was hat der Buydessin mit Niclas gemacht?«, fragte Elisabeth, als Alleke den Becher Wein ausgetrunken hatte.

»Einen Aderlass, wie immer. Außerdem gab er dem Niclas einen Theriak für die Kraft.«

Theriak konnte alles sein, teuer und wenig wirkungsvoll.

»Wie ging es dem Niclas danach?«

Alleke fing wieder an zu weinen. »Er ist mir umgekippt. Vom Schieteimer ist er gefallen, und den hat er dabei umgestoßen. Überall war der blutige Dreck, und mein Mann lag mittendrin. Der Buydessin hat sich dann ganz plötzlich verabschiedet, wo wir ihn doch so dringend brauchten. Er sagte was von Erkrankungen in der Reichenstraße. Da saß ich nun, nur mit der kleinen Trudika allein und mit dem Schmutz und dem kranken Mann.«

»Beim heiligen Andreas, offensichtlich brauchen wir Buydessin hier nicht. Wie hast du Niclas aufgeweckt, nachdem er ohnmächtig geworden ist?«

»Mit kaltem Wasser, wie man das bei kurzatmigen Jungfern macht.«

»Gut gemacht.«

»Er hat dann wieder nach mir geschlagen und sich dann entschuldigt. Jetzt weint er nur noch.«

»Hat er klare Momente?«

»Ja, aber dann jammert er auch. Er war wach, als die Glocken läuteten, weil die Seeräuber gerichtet waren. Da hat er geweint und gerufen, er wolle nicht mehr leben. Elisabeth, der Buydessin sagt, Niclas habe eine Vergiftung. Stimmt das?«

Elisabeth nickte.

»Buydessin sagt auch, dass das beste Mittel Gebete seien. Das ist schlimm, nicht wahr? Sag mir die Wahrheit, wie steht es um meinen Niclas?«

»Nicht gut, Alleke. Aber noch ist nicht aller Tage Abend. Zuerst mal müssen wir das Gift aus ihm herausbringen. Dann werde ich Hilfe holen.« Muhme Grosse wusste, was zu tun war. Und sie würde wissen, wer in der Stadt mit Quecksilber hantierte. Irgendwie würde Elisabeth sie in die Stadt bringen.

Doch das musste bis morgen warten. Jetzt schritt sie erst einmal selbst zur Tat. Sie kochte einen Sud aus Kümmel, Baldrian, Anis und Fenchel und flößte ihn Niclas ein. Er jammerte etwas von Wasserfolter und innerem Verbrennen, aber bald fegte ihm der Sud den Magen aus. Klagend saß er lange auf dem Schieteimer, und man konnte hören, wie sein Gedärm sich befreite. Dann hoben ihn die beiden Frauen in einen Badezuber. Elisabeth sah, dass der Schiffsherr abgemagert war wie ein Eremit. Im Bad ließ er das Jammern sein und genoss den Melissenduft des Badewassers. Spät nach Mitternacht schlief er ein. Elisabeth wies Alleke an, am nächsten Tag mit der Kur weiterzumachen und ihn mit Honig zu päppeln. Alleke bat sie, die Nacht im Haus zu verbringen, aber sie verspürte das ungewohnte Bedürfnis, allein zu sein.

Alleke nestelte in ihrer Schürze herum. »Ich hab da noch was«, sagte sie, und Elisabeth dachte, sie wollte ihr Geld geben, aber es war wieder einer jener seltsamen Zettel, diesmal mit einem bedenklichen Zitat: *Aber nun wird dein Reich nicht bestehen. Der HERR hat sich einen Mann ersucht nach seinem Herzen; dem hat der HERR geboten, Fürst zu sein über sein Volk; denn du hast des HERRN Gebot nicht gehalten.*

»Wo hast du es her?«

»Unter unserem Kopfpfuhl lag das.« Allekes Stimme zitterte. »Was denkst du? Meinst du, der Buydessin bringt sie mit?«

Elisabeth schüttelte den Kopf. Sie konnte sich nicht vorstellen, dass der Arzt sich zu so etwas herabließ. Sie bat Alleke um den Pergamentstreifen, den diese nur allzu gern fortgab. Wer schrieb so etwas? Und wer vergiftete Hamburgs besten Kapitän? Und wie? Sie stellte sich dem Giftmischer zum Kampf. Sie würde Schoke nicht aufgeben. Trotzdem war sie froh, als sie sich auf den Weg durch die nächtliche Stadt machen konnte, fort von dem Haus, in dem solch schreckliche Dinge geschahen. Die Straßen Hamburgs waren durch einen Regenguss sauber gespült. Es hing ein frischer Duft von Herbst über den Häusern, der eine gute Apfelernte im Garten der Beginen versprach.

⚜

»Die Bärenwirtin sagte, es gäbe hier goldene Seife aus Egyptien«, flüsterte Richard Johann Cletzen zu, als sie das Badehaus betraten.

Im Roten Bären hatten er und Johann Braten, Äpfel, Weißbrot und Wein geschmaust. Er hatte dem Stadtwächter das Gold für

Bömmebrugg gegeben, und sie hatten drei Krüge Rotspon geleert und sich dabei entschieden, sich nicht »Cletzen« und »von Hardin« zu nennen, sondern wie Freunde beim Taufnamen. Um die Freundschaft zu feiern, wollten sie Starkbier trinken, das die Bärenwirtin nicht brauen durfte, denn es war für den Export bestimmt. Doch die ganze Stadt war auf den Beinen, um Störtebekers Tod zu feiern, und die Brauhäuser waren überfüllt. Weil Johann noch schweißdurchtränkt und schmutzig war von seinem Dienst auf der Richtstatt, hatten sie doch den Weg in die Badestube an der Brandstwiete gefunden.

Überall waren große Zuber aufgestellt, Männer sangen, Mädchen trugen Essenzen und Speisen zu den Badenden, die hinter Leinenvorhängen verborgen ihren Freuden nachgingen.

»Es gibt hier alles, was du zahlen kannst. Das Essen ist aus den besten Garküchen, und die Mädchen sind sauber und zugänglich.«

»Mir reicht ein Bad mit Kräutern und etwas von dem sagenumwobenen Hamburger Bier«, meinte Richard.

Das Haus war gut besucht, und so wies man ihnen einen Kübel für zwei an. Johann gab seine Kleider zum Ausbürsten, und Richard rutschte in die Wanne, bevor der Stadtwächter seine Nacktheit betrachten konnte. Das heiße Wasser duftete nach Rosmarin und Lavendel, in der Luft hing ein Geruch von frischem Brot und Wein.

Die beiden Männer ließen die Wärme schweigend in ihre Glieder dringen. Nach einer Weile kam ein Bademädchen in ihr Cubiculum und fragte nach ihren Wünschen. Richard ließ Starkbier kommen, Äpfel und Käsebrezeln.

»Hast du das Bademädchen bemerkt? Wie offenherzig ihr Mieder war? Wenn du willst, verbringt sie die Nacht mit dir«, sagte Johann.

»Mein Freund, das ist nichts für mich.«

Johann sah ihn spöttisch an. »Man sagt, bei den Mönchen sind sich die Brüder zugetan.«

Richard lachte.

»Hast du denn nie?«

»Was denn, Johann? Die Nacht mit meinen Brüdern verbracht? Doch, viele, viele Nächte. Wie Brüder es halt tun.«

»Also, du hast?«

»Das Tier mit den zwei Rücken gespielt? Meinst du das, Johann?

Ja und nein. Es ist eine traurige Geschichte, und sie hat nichts mit Liebe zu tun. Aber du, Johann? Wie steht es bei dir mit der Liebe?«

Johann warf sich eine Handvoll Wasser ins Gesicht und prustete. »Du weißt es ja. Ich komm nicht über sie weg.«

»Aber bisher auch nicht an sie heran, wenn ich das richtig sehe.«

»Wenn deine Gebete erhört werden, Richard, dann vielleicht. Du hast in Sankt Nicolai um Hilfe für Geseke gebeten, und nun schau dir den jungen Clingspor an. Bei der Hinrichtung hat er an ihrer Seite eine richtig gute Figur gemacht.«

»Verlass dich nicht auf meine Gebete. Tu lieber was.«

»Ich habe verzweifelt versucht, reich zu werden.«

»Tu was Besseres.«

»Was denn? Ich habe mich bemüht, ein Haus zu gründen. Ich baue eines und hoffe, dass es ihr gefallen könnte. Ich tu meinen Dienst, ich grab meines Vaters Garten um und bau Gemüse an, stell dir vor. Das essen wir oder schenken es den Armen, so kosten mich Körper und Seele nichts. Alles, alles tu ich wegen der Pfennige, die ich damit mache. Geld zählt in Hamburg, Richard.«

»Muss man denn wirklich reich sein, um das Herz einer Ratstochter zu gewinnen?« Richard fand, dass Johann gradezu versessen aufs Reichwerden war.

»Richard, glaub mir, ich habe erlebt, wie es zugeht, wenn es nicht gleich zu gleich ist. Meine Tante war der Augapfel eines guten Schiffsführers. Die beiden sündigten miteinander, und sie wurde schwanger. Damit er sie heiratet, damit sie nicht in Schande fällt, hat Vater für die Mitgift unsere Familie ruiniert. Die beiden liebten sich, und es war gut für sie, jahrelang. Doch nun ist sie tot, und wir sind arme Leute, bis er dahinscheidet und wir die Mitgift als Erbe wiederbekommen. Wo ich nun eine Ratstochter will, da scheint mir es doch besser, wir wären beide reich oder beide mächtig. Und das Erstere bedingt in dieser Stadt das Zweite.«

»Vergiss, was deiner Tante geschah. Deine Geseke wird dich nehmen, egal, wie viel du hast.«

»Das will ich aber nicht. Ich will mit ihr auf gleicher Stufe stehen«, antwortete Johann.

»Warum ist das in der Minne so wichtig? Viele der Troubadoure standen weit unter ihren Damen.«

»Im Adel mag das edel erscheinen. Aber in der Stadt ist es nur lächerlich. Nicht dass ich diese Umstände gutheiße. Aber ich muss mich ihnen zunächst fügen, um sie zu ändern.«

»Was willst du daran ändern?«, fragte Richard.

»Es geht nicht mehr an, dass der ehrliche, einfache Mann nichts zu sagen hat in der Stadt. Nimm nur mal meinen Vater. Er hat seiner Schwester die Mitgift gezahlt und danach sein Leben lang geschuftet, nur um auf seine alten Tage warme Hosen und eine warme Stube zu haben, statt in der Gosse zu verrotten. Alles, was er tat, war mutig und ehrenvoll. Er genießt hohes Ansehen in der Stadt. Aber in der Bürgerversammlung, da gilt er nichts. Oder nimm Simon von Utrecht. Der kämpft für die Stadt besser als alle Ratsherrensöhne zusammen, aber nur durch die Heirat mit einer Hamburger Bürgerstochter kann er was werden, egal, wie treu und dienstbar er ist.«

»Tut denn jemand etwas, um die Verhältnisse zu ändern?«

»Die Englandfahrer, die haben angefangen, etwas zu ändern. Sie haben die Macht der alten reichen Lübeck- und Schonenfahrer im Rat gebrochen.«

»Und wie hilft das dir?«

»Die Lübeck- und Schonenfahrer aus der Reichenstraße sind die alten großen Familien der Stadt. Deren Töchter heiraten in den Adel ein, und ihre zweitgeborenen Söhne landen im Domkapitel. Die brauchen nicht mal im Rat zu sein, um Macht auszuüben. Wenn einer von denen mit dem Finger schnippt, ist sein dummbatziger Neffe Ratsherr, ehe man Amen gesagt hat. Kampe, Moller, Cernentin, Miles – allein schon der Name verspricht Erfolg. Vor nicht allzu langer Zeit waren die hier fast wie Götzen. Aber das ist anders geworden. Wenn ein Schreye Bürgermeister werden kann, ein Fremder wie von Utrecht mitreden darf und ein Schoke eine Cletzen heiratet und dann trotzdem in den Rat einziehen kann, dann hat sich schon etwas geändert. Man muss den Weg nur weitergehen.«

»Die Frau von Schoke ist deine Tante?«

»Nein, meine Tante ist schon seit einigen Jahren tot. Sie war Niclas' große Liebe und hat ihm zwei Kinder geboren. Die junge Alleke ist die Witwe eines Ratsherrn. Sie ist Schokes zweite Frau, und er ist ihr zweiter Gatte.«

»Dann hat er jetzt doch in gleiche Kreise geheiratet.«

»Ja, aber ich bau darauf, dass die Schranken fallen werden und dass eines Tages die Jungs aus Sankt Jacobi mitreden können.«

Richard nahm einen großen Schluck des berühmten Hamburger Biers und sah Johann an. »Doch das hat dir nicht mehr eingebracht als ein gebrochenes Herz.«

Johann tauchte etwas weiter in das warme Wasser ein und sah zur Decke. »Ja. So ist es. Aber genau deshalb muss man noch einen Schritt weitergehen. Wir brauchen eine Bürgerschaft, die den Rat kontrolliert, statt Michaelis und zu Sankt-Petri-Stuhlfeier auf den großen Bursprakenversammlungen, wenn der Rat seine neuen Gesetze verkünden lässt, zu allem nur ›Ja!‹ zu schreien. Dann ist es egal, ob man aus einer Ratsfamilie kommt oder nicht. Wenn die Bürger mitbestimmen, dann sind die Unterschiede hinfortgefegt.«

»Das riecht nach Umsturz, Johann. So was kann ein Leben lang dauern oder ein Leben kosten. Doch du musst bereit sein, um Gesekes Hand anzuhalten, wenn der alte Clingspor stirbt. Wie hat es von Utrecht gemacht? Er ist ein Krieger wie du, und er bekommt demnächst seine Ratstochter, wenn ich es recht verstehe.«

»Simon von Utrecht stammt aus flämischen Ratskreisen, das ist eine andere Sache.«

Kaum hatte Johann Utrechts Namen ausgesprochen, riss jemand den Vorhang zur Seite. Johann erschrak so sehr, dass er beinah das Brett mit dem Bierkrug umgerissen hätte. Richard fing die Kanne auf.

Simon von Utrecht stand vor ihnen. Der flämische Riese war splitternackt, in der Hand hielt er einen Becher Wein, der nach Gewürzen duftete.

»Ich habe doch meinen Namen gehört? Und ich hab auch die Stimme erkannt. Mein Freund Cletzen. Lass dich umarmen.«

Er lachte und küsste den verdutzten Johann zur Begrüßung nass auf die Wange, ohne auch nur einen Tropfen seines Weins zu verschütten.

»Stell mir den Mann vor, mit dem du Badezuber und Umsturzpläne teilst, Jon«, lachte er und stellte sich breitbeinig neben den Zuber. »Habt Ihr hier keinen Wein oder was Gebranntes?«, fragte er mit einem kritischen Blick auf Richards Bier und Brot.

»Dies ist Richard von Hardin, ein Freund und Waffenbruder«, sagte Johann.

»Guter Name. Klingt nach Pommern.«

»Mecklenburg, um genau zu sein«, sagte Richard.

»Und Euch erzählt der Johann hier von seinen Macht-für-die-Bürger-Träumen? Da müsst Ihr ihn mächtig beeindruckt haben.«

»Mir schien es weder Aufruhr noch Traum zu sein«, antwortete Richard vorsichtig. »Nur Gedankenspiele.«

»Vor mir braucht Ihr nichts runterzuspielen. Ich bin ganz Johanns Meinung. Die Städte müssen vorangehen beim Schaffen der neuen Welt. Und wenn er recht hat, ich meine in Bezug auf meine Aussichten in der Stadt, dann wird sich hier gewaltig was ändern.«

Richard prostete ihm zu. »Ich bewundere Eurer beider Mut, doch bedenkt, dass man sein Lebensglück nicht an den Wandel der Macht hängen sollte. So manche hat das schon den Kopf gekostet, Étienne Marcel in Paris oder Wat Tyler in England. Beide bezahlten ihre hochfliegenden Pläne mit dem Leben.«

»Da kommt einer aus Mecklenburg und kennt die ganze Welt. Weit gereist, Herr von Hardin?«, fragte von Utrecht.

Richard schwieg.

»Lieber tot als ein Sklave, heißt es bei den Friesen im Norden, das ist nicht so weit wie Paris«, sagte Johann.

»Darauf einen Schluck«, antwortete von Utrecht und stürzte seinen Würzwein hinunter. »Über den Störtebeker erzählt man auch, er sei ein Umstürzler und Leutefreund gewesen. Was denkt Ihr als Mecklenburger darüber?« Er setzte sich auf den Rand des Badezubers.

»Für mich ist er ein Mordbrenner, egal, was er mit dem Diebesgut gemacht hat. Seine Opfer mussten gerächt werden«, sagte Richard leise.

»Da habt Ihr recht. Aber einen Schatz, den hat man bei ihm nicht gefunden, auch wenn der Rat hart danach sucht. Sein Schiff haben sie dreimal durchwühlt und nichts gefunden. Also hat er sein Geld wohl doch an alle verteilt. Und nun kann man ihn nicht mehr fragen.« Von Utrecht griff nach einer der Käsebrezeln und steckte sie in den Mund. »Habt Ihr das Spektakel gesehen?«, fragte er Richard.

»Welches?« Richard kippte schnell noch einen Becher Bier hinunter.

»Dreißig Seeräuber haben heute auf dem Brook den Kopf verloren. Unser neuer Fron hat sie hingemacht wie der Schnitter die Garben.«

»Das war auch recht so«, murmelte Johann.

Utrecht schwieg und schenkte sich aus Richards Kanne Starkbier ein. »Es mag einem richtig erscheinen, aber ob es Recht war, das ist eben die Frage. Wusstest du eigentlich, dass unser beider Englandfahrerfreunde Justitia zur Hure gemacht haben, um die Seeräuber bluten zu lassen?«

Johann schüttelte den Kopf, und Richard richtete sich im Wasser gerade auf. Ihm wurde im heißen Bade eisig kalt.

»Für das Urteil gegen die Likedeeler gab es nur das Geständnis eines Kindes. Die Männer haben nicht selbst gestanden«, fuhr von Utrecht munter fort.

»Das kann nicht sein«, murmelte Johann.

»Doch, es stimmt. Ich ahnte das schon seit Tagen.«

»Dann schweig jetzt«, zischte Johann.

»Du glaubst mir nicht? Aber ich weiß es mit Sicherheit. Ich habe heut auf dem Markt den Knoken gesucht und ihm Brandtwein ausgegeben, und er hat sich alles von der Seele geredet. Die Seeräuber haben nie gestanden, nur der Schiffsjunge hat gesungen. Knoken ist um zehn Mark Schweigegeld reicher.«

Johann warf einen Blick zu Richard. Was wusste der Stadtreiter? Richard goss sich noch einen Becher Bier ein und trank ihn in einem Zug aus.

»Was hat Euch der kluge Herr Knoken noch erzählt, Herr von Utrecht?«, frage er dann leise.

»Er meint, Schoke steckt dahinter. Johann, sag: Kannst du dir das nicht auch denken? Der Schoke hat Eurer Familie doch übel mitgespielt. Und wer weiß, wie die das Kind dafür gequält haben.« Von Utrecht redete sich in Fahrt. »Aber die Folter an dem Knaben mal beiseitegelassen, muss man doch überlegen, was das heißt. Erstens: Die Todesurteile waren Unrecht. Und zweitens kann es ebenso gut sein, dass Störtebeker immer die Wahrheit sprach. Es mag sein, dass er ein ehrlicher Kaufmann war. Und wir haben ihn hier einen Kopf kürzer gemacht. Denkt mal drüber nach.«

»Schreckliche Vorstellung«, flüsterte Johann. Richard schenkte sich noch einen Becher Bier ein und trank. Sein Kopf schwamm, aber nicht vom Bier, sondern vor Enttäuschung und Wut.

»Aber es ist halt so, dass überall in der Stadt erzählt wird, der Claus Störtebeker sei ein guter Mensch gewesen, ein Händler, der vielen aus der Patsche geholfen hat, und kein Seeräuber. Und worüber so viele reden, da muss doch etwas dran sein«, sagte von Utrecht.

Johann und Richard schwiegen.

»Oh je, jetzt hab ich Euch die Laune verdorben«, meinte der Flame. »Ich geh dann mal lieber. Soll ich noch einer Bademagd Bescheid sagen? Braucht ihr was?«

Johann schüttelte den Kopf. Als von Utrecht gegangen war, griff Richards Hand nach Johanns Arm wie eine Teufelsklaue. »Störtebeker sagte mir auf der Blutstatt, dass er nicht geredet hat, und ich wollte es nicht verstehen. Also ist das wahr?«

Johann schwieg.

»Was weißt du, Cletzen?«, zischte Richard.

»Nichts.«

»Und die Clingsporin?«

»Vermutlich alles.«

Richard stand auf, stieg aus der Wanne und trocknete sich ab. Er trank das letzte Bier aus der Kanne und zog sich an. Bevor er ging, machte er seiner Wut Luft und drückte Johanns Kopf unter Wasser, bis der ordentlich strampelte.

Das Wetter war umgeschlagen. Als Richard aus dem Badehaus trat, wehte es kalt durch Hamburgs dunkle Gassen. Seine Wut wandelte sich in graue Verzweiflung. Er barg sein Haar unter dem Gugel und schwankte durch die Stadt, bis er nahe Sankt Jacobi eine Spelunke fand, in der man Gebranntes ausschenkte. Er ließ sein Goldstück auf den Tisch rollen und verlangte Aqua vitae, um Verstand und Seele zu ertränken.

II

DAS BUCH VON DER SUCHE NACH DER SELIGKEIT

FEST DES HEILIGEN SEVERUS
Freitag, 22. Oktober im Jahr des Herrn 1400

Es nützt aber weder dem Toten noch dem Lebenden, weder dem Sieger noch dem Besiegten, ein Mörder zu sein.
Bernhard von Clairvaux, Das Lob der neuen Ritterschaft

Richard schwankte den Steindamm hinunter, als der Braten und die Käsebrezel in seinem Magen sich auf den Weg nach oben machten.

An einer Hausecke übergab er sich. Alles drehte sich um ihn. Nicht nur das Aqua vitae machte ihm zu schaffen, er war wund an der Seele und verfluchte seinen Körper, der drei Flaschen Gebranntes vertrug, ohne hinüber zu sein. Hinüber in die Gefielde der Hölle. Er hatte dreißig Männer ohne Urteil getötet. War das schlimmer, als im Krieg zu töten? War es vielleicht sogar schlimmer, als einer jungen Litauerin die Kehle zu durchtrennen, wenn sie darum bat? Dann waren die Bilder da.

Die Männer des Dorfes an den Füßen aufgehängt mit aufgeschlitzten Leibern, die Kinder erschlagen, die Frauen vergewaltigt und getötet. Er hatte sich auf die fliehende Frau geworfen, ohne nachzudenken. Er hob sie auf, hielt sie fest. Sie war sehnig und stark, ein dicker blonder Zopf fiel ihr über die Schulter. Sie war schön, sie war seine Gefangene. Doch die anderen hatten sie gesehen. »Mach es ihr!«, schrien sie. Er warf sie zu Boden, spürte, wie sie unter seinem Leib zitterte. Ihre Stimme, als sie um ihre Ehre bat, seine Stimme, die sagte, er könne sie nicht schonen. Die Häme der Ordensgäste, als er vorsichtig ihre Wange streichelte. Ihre Stimme, die fragte, ob alle tot wären. Sein Ja, alle. Dann töte mich auch, töte mich auch, bitte. Ihr Blut in seinem Gesicht, als er sie umbrachte. Das Johlen, das Anfeuern, immer wieder. Als er in sie drang, sah er ihre gebrochenen grauen Augen. Noch im Tode war sie schön.

Richard fiel auf die Knie, in sein Erbrochenes. Es gelang ihm, sich in Kreuzform auszustrecken, in den Dreck der Straße und seinen eigenen. Er flehte sie um Verzeihung an, alle. Das Litauermädchen, Störtebeker, die Seeräubermannschaft, den Dieb unter dem Geisterhügel und den in Kuddewörde und alle, die er im Kampf gemeuchelt hatte. Immer wieder bat er das Litauermädchen um Vergebung, dann die Heilige Jungfrau Maria. Er weinte.

Zuerst spürte er die Berührung kaum. Er nahm wahr, dass jemand neben ihm kniete. Dann fühlte er es. Zart legte sich eine Hand auf seine Schulter.

»Lasst mich sehen, was mit Euch ist.«

Die Stimme war tief und ruhig, die Stimme der Gottesmutter. Aber er schüttelte den Kopf.

»Lasst mich allein.«

»Ihr dürft hier nicht bleiben. Könnt Ihr aufstehen?«

Er schüttelte den Kopf.

»Habt Ihr Schmerzen?«

»Nein, ich will nur liegen bleiben.«

»Ihr liegt im Straßenkot.«

»Hier gehör ich her.«

»Wenn Ihr hier noch eine Viertelstunde liegt, kommt die Nachtwache und bringt Euch ins Verließ. Also lasst Euch lieber helfen. Es ist nicht weit bis zum Konvent. Ich nehme Euch mit.«

Er hob das Haupt. Die junge Frau hatte ihre Laterne neben ihn gestellt. Sie war groß und kräftig, hatte ein Gesicht wie eine der jungen Bäuerinnen aus dem Ordensland, die er so oft bei der Arbeit betrachtet hatte. Sie roch nach Gras und Kräutern. Richard richtete sich auf.

»Kommt«, flüsterte sie.

Er konnte nicht mehr allein gehen, aber mit ihrer Hilfe bewerkstelligte er die Schritte zum Beginenkonvent. Sie schleifte ihn durch die Diele, in ein kühles Zimmer auf eine Seegrasmatratze. Schließlich flößte sie ihm etwas Salziges ein, und er erbrach alles, was in ihm war. Dann wurde es dunkel um ihn.

Gesekes Mann betrat die Dornse, als sie in der zwölften Runde der Karnöffel waren. Er trat hinzu und sah seinem Sohn ins Blatt. Geseke schenkte ihm ein Lächeln, denn sie war glücklich. Alle Ziele waren erreicht, die Seeräuber waren glorios dahingemacht worden, die Stadt feierte den Sieg der Englandfahrer, ihr Stiefsohn wurde zum Mann und hatte einen Einbrecher in die Flucht geschlagen. Wie sollte sie ihrem Gatten noch gram sein?

Doch er erwiderte ihr Lächeln nicht. »Heidnisches Zeug. Ihr solltet Gott und alle Heiligen um Vergebung bitten, für das, was Ihr hier tut«, brummte er.

»Es sind doch nur Karnöffel, Vater. Es ist kein Glücksspiel«, sagte Sigvrid.

»Tu, was ich dir sag, weg mit den Karten«, knurrte der Hausherr. Geschwind sammelte Geseke die Karten ein.

»Alle zu Bett!«, sagte sie mit gespielter Fröhlichkeit, weckte Grete und wies ihren Stiefsohn mit einem Nicken an, den kleinen Seeräuberjungen aufzuheben. »Nimm ihn mit zu dir«, flüsterte sie ihm zu, lief ihrem Gatten nach und zog ihn bestimmt in die eheliche Kammer. Auch wenn es sie viel Überwindung kostete, mit Gottes Hilfe würde sie den Alten so beschäftigen, dass er nicht darüber nachdachte, wer der kleine Junge in seiner Dornse gewesen war. Sie kannte seine Vorlieben und spielte diese Karte besser aus, als die zweien Bauern und Kardinäle auf dem Karnöffeltisch. Sigvrid verausgabte sich schnell in seiner gewalttätigen Erregung.

Als er schlief, zog sie den Daunenpfuhl vom Bett und legte sich auf den Boden, so weit wie möglich entfernt von seinem Schnarchen und seinen Gerüchen.

Richard erwachte am Morgen, weil jemand ihm die Wange streichelte. Durst brannte ihm in der Kehle. Vorsichtig und zart flößte ihm die Frau etwas lauwarme Hühnerbrühe ein. Gierig schluckte er das labende Nass, doch es dauerte kein Wimpernzucken, und er erbrach sich wieder. Dann schleppte er sich mit ihrer Hilfe zum Eimer und entleerte sich. Sie half ihm, sich zu säubern, und sie half ihm zurück auf die Matratze und deckte ihn zu. Sie flüsterte: »Schlaft noch.«

Er fuhr mit der Hand an seinem Leib entlang, nackt lag er dort unter der Salunendecke. »Wo sind meine Kleider?«

»Sie hängen auf dem Trockenboden. Ihr werdet Euch gedulden müssen.«

»Wo bin ich?«

»In der Krankenstube des Beginenkonvents.«

Richard öffnete die Augen und sah in das runde Bäuerinnen-und-Heiligen-Gesicht, das ihm in der Nacht erschienen war. Sein Engel. Es war wie ein Erwachen nach langer Krankheit.

»Wer seid Ihr?«

»Schwester Elisabeth von den Beginen zu Hamburg.«

»Habt Ihr mich ausgezogen?«

»Ja.«

»Und gewaschen?«

»Sicher. Und ich habe Euch einen Einlauf gemacht, falls Ihr das auch noch wissen wollt.«

»Ich war die ganze Zeit nackt?«

»Wie ein neugeborenes Kind.«

»Ich muss Euch um Verzeihung bitten.«

»Wofür? Ihr seid durchaus wohlgestaltet.« Sie lächelte wie eine der Statuen der klugen Jungfrauen am Dom. Wissend, unschuldig, vergnügt.

»Ich bitte um Verzeihung für den Schmutz.«

»Vergesst ihn, ich hab ihn auch schon vergessen.« Die Leichtigkeit, mit der sie es sagte! Sie sprach nicht laut, ihre Stimme war dunkel und klar.

»Ich bin Euch sehr dankbar, Schwester Elisabeth.«

»Oh, das freut mich. Ich hatte eher erwartet, dass Ihr mir gram seid. Noch gestern hattet Ihr vor, im Hamburger Straßendreck zu verrecken.«

Sie hatte recht, aber so elend er sich fühlte, heute war das anders. Er brauchte nur ihr Gesicht anzusehen, ihre Stimme zu hören, und er wusste, dass es dumm gewesen war, sich um Verstand und Leben saufen zu wollen.

»Ich schulde Euch einen Dienst, liebe Schwester. Wann immer Ihr mich braucht, werde ich es Euch vergelten, was Ihr an mir Gutes tatet.«

»Sagt so etwas nicht, sonst komme ich darauf zurück. Zunächst müsst Ihr Euch ausruhen. Ihr hattet eine Vergiftung vom Alkohol, aber Ihr habt einen starken Körper. Einen anderen hätte die Unmengen an Aqua vitae umbringen können, die Ihr in Euch hineingekippt habt. Geh ich recht in der Annahme, dass Ihr eben das vorhattet? Euch umbringen?«

Tränen stiegen in seine Augen. Er wandte sich ab.

»Ich habe Euch im Schlafe weinen gehört«, sagte sie leise.

»Wir haben nichts so wenig in der Hand wie unseres Herzens Stimmung, wir müssen ihm gehorchen, statt dass wir ihm befehlen könnten«, flüsterte er.

»Ein Zitat?«, fragte Elisabeth.

»Petrus Abaelardus.«

»Abaelard, der Ketzer? Es klingt sehr wahr, was er da geschrieben hat. Ich sage aber: Wenn einem die Seele schmerzt, ist es leicht, sich hinter Zitaten zu verstecken. Es hilft viel mehr, zu erzählen, was einen bedrückt.«

Auf keinen Fall, auf keinen Fall durfte sie erfahren, was ihn umtrieb. »Nein, es ist gut. Sobald ich kann, werde ich gehen. Ich will Euch nicht weiter zur Last fallen«, sagte er und richtete sich auf.

»Nicht so schnell. Heute Mittag werdet Ihr ein wenig Sanddornsaft in Wasser zu Euch nehmen. Vorher gebt Ihr soundso alles wieder von Euch. Ich lasse Euch erst ziehen, wenn Ihr etwas bei Euch behaltet, also bleibt Ihr. Ich habe da auch ein Zitat: *Die Vernunft ist des Menschen Natur. Was also immer wider die Vernunft ist, das ist wider des Menschen Natur …*«

»Thomas von Aquin?«, fragte er.

Sie nickte, hob den Finger in die Luft wie ein Kirchenlehrer und befahl: »Wer sich am Körper versündigt hat, soll durch den Schlaf wieder rein werden.«

Er musste lachen, doch dabei tat ihm der Kopf weh. »Lasst das mal keinen Eurer Domherren hier hören. Das klingt nicht nach reiner Lehre«, sagte er.

»Vor allem sagen wir es lieber nicht dem Pfarrer von Sankt Jacobi, der für uns Hamburger Beginen als Aufpasser zuständig ist.«

»Damit Ihr keine Ketzerei treibt?«

»Seit neunzig Jahren stehen wir im Geruch der Häresie. Wie Euer Peter Abaelard, nicht wahr?«

Richard atmete tief durch. Er fühlte sich so wahrgenommen wie einst in seines Waffenbruders Godefroy von Neroths Zelle auf der Marienburg. »Kennt Ihr seine Schriften?«

»Nein, leider nicht.«

»Er beurteilte die Menschen nach ihren Absichten und nicht nach dem Ergebnis ihrer Handlungen. Er sagt, das Wesen des Heiligen Geists ist die Liebe. Verketzert wurde er nur, weil sich der heilige Bernhard gegen ihn wandte. Deshalb musste Abaelard ins Kloster gehen.« Außer Atem geredet, sah er sie an und mühte sich ein Lächeln ab.

Seine Anstrengung wurde belohnt, ihre Augen glänzten. »Mit den Beginen verfuhr man anders: Margarete Poretes Schrift über die armen Seelen brachte sie nicht nur ins Kloster, sondern auf den Scheiterhaufen.«

»Ein schrecklicher Tod.«

»Schweigt jetzt und schlaft«, befahl sie. Mit einer Hand hielt sie ihm zart die Augen zu, und mit der anderen rieb sie ihm eine Lavendelcreme unter die Nase.

Er genoss die Zuwendung, aber auf keinen Fall wollte er schlafen. »Peter Abaelard ist zwar nicht verbrannt worden, aber das Leben hat ihn hart gestraft«, sagte er.

»Wollt Ihr nicht ausruhen?«

Er lächelte – er konnte wieder lächeln. »Wie könnte ich schlafen, wenn ich stattdessen über Abaelard reden kann.«

Sie schüttelte den Kopf und lachte gleichzeitig. »Wenn es Euch so danach drängt, dann gesundet Ihr wohl daran. War da nicht etwas mit einer Liebesgeschichte?«

»Er war Lehrer an der Universität in Paris und verliebte sich in die Nichte eines Kanonikus, Heloise. Sie liebte ihn auch sehr. Als sie schwanger wurde, entführte er sie und gebot ihr, ihn zu heiraten. Bei seiner Rückkehr nach Paris ließ ihr Onkel ihn entmannen.«

»Autsch, eine gar schreckliche Strafe, aber nicht ganz unverdient.«

»Ihr seid grausam.«

»Bedenkt, was er dem Mädchen angetan hat.«

»Heloise wollte in ein Kloster gehen, daher ließ er das Kind von seiner Schwester aufziehen.«

»Also ist er nicht wegen der Sünde zum Ketzer erklärt worden?«

»Nein, der heilige Bernhard hatte ihn im Visier, weil er Aristoteles dem Platon vorzog.«

»Welch fürchterliches Verbrechen«, sagte sie und zwinkerte ihm zu.

»Unter Theologen damals schon, auch wenn Ihr es nicht ernst zu nehmen scheint.«

»Doch, durchaus. Die Gefahr der gut gemeinten Abweichung vom Glauben lauert uns Beginen täglich. Ich mag gar nicht denken, was geschehen würde, wenn der Pfarrer von Sankt Jacobi hören könnte, was wir hier reden. Aber nun erzählt doch: Was wurde aus dem Mädchen Heloise?« Elisabeth legte ihm die Hand auf die Brust.

Richard wurde sehr warm. Ein Blick in ihre Augen sagte ihm, dass sie wirklich mehr hören wollte.

»Heloise wurde Äbtissin in einem Kloster namens Paraklet. Abaelard lebte in einem anderen Kloster als Abt, aber er hat sie besucht, und sie haben sich geschrieben, ihr ganzes Leben lang.«

»Welch traurig-schönes Ende.«

»Er hat ihre Geschichte aufgeschrieben. *Da wurden über dem offenen Buch mehr Worte über Liebe als über Lektüre gewechselt; da gab es mehr Küsse als Sprüche. Nur allzu oft zog es die Hand statt zu den Büchern zu ihrem Busen, und öfter spiegelte Liebe die Augen ineinander, als dass die Lektüre sie auf die Schrift lenkte.*« Richard nahm vorsichtig Elisabeths Hand in seine und sah sie an. Engelsgesicht.

»Still, nicht so etwas in diesem Haus«, mahnte sie und entzog ihm ihre Hand, aber sie lächelte.

Er schloss die Augen. Sie war wunderbar.

»Nun schlaft aber, das Erzählen hat Euch angestrengt. Ihr könnt noch einige Stunden hierbleiben. Kann ich unterdessen etwas für Euch tun?«

»Ich habe eine Kammer im Roten Bären. Dort findet Ihr Kleidung. Schickt jemanden danach. Er braucht nur zu sagen, Herr Richard ließe die Dinge holen.«

Sie nickte. »Herr Richard«, wiederholte sie flüsternd seinen Namen.

⚜

Zitternd stand Elisabeth vor dem Roten Bären. Was würde man von einer Begine denken, die die Kammer eines Mannes aufsuchte? Doch sie hätte jede Konventsregel auf einmal gebrochen, um mehr über diesen gebildeten, versoffenen Kerl herauszufinden. Veronika war sie losgeworden, in dem sie sie gebeten hatte, auf den Kranken zu achten. So hatte sie allein schnell ausschreiten können.

Auf dem Weg durch die Stadt waren Elisabeth immer wieder Bilder der letzten Nacht in den Sinn gekommen. Seine verzweifelten Augen. Die langen Glieder, die, gereinigt vom Schmutz, einen feinen braunen Hautton aufwiesen. Seine kräftigen Hände und immer wieder das dichte schwarze Haar, die zarten Lippen, die schönen Brauen. Ein prächtiger Mann. Ihn zu waschen, war wie eine alte Heiligenstatue von dickem Staub zu befreien. Dann sein Weinen in der Nacht. Sie sehnte sich danach, zu erfahren, was ihn quälte. Dann schalt sie sich. Was sie gesehen hatte, war nur ein Körper aus Knochen, Fleisch und Sehnen. Darüber zu sinnieren, war jungfrauenhafte Spintisiererei. Dem Körper haftete nichts Gutes an, wenn nicht die Seele, die er barg, gut war. Aber der Mann selbst war belesen. Die Zitate, die er über sie geschüttet hatte, waren ein Zauberwerk von Bildung gewesen. Wie er sich daran gefreut hatte, das rührte sie. Und sie fühlte sich ihm so nah. Nur allzu gern redete sie über die Geschichte der Beginen und das Konzil von Vienne, das ihre Lebensweise verdammte. Doch sie wusste, dass man damit fast jeden langweilte. Nicht Herrn Richard. Aber was war Bildung schon wert, wenn die Seele nicht gut war, die sich damit kleidete? Über die Seele des Herrn Richard würde sie allzu gern mehr wissen. Und jetzt klopfte ihr Herz, weil sie seine Kleider holen musste.

Die Bärenwirtin war erleichtert, als sie erfuhr, dass ihr fehlender Gast in guten Händen war, und führte Elisabeth in das Zimmerchen unterm Dach. Sie war voll des Lobs über die Höflichkeit und Großzügigkeit des Herrn Richard. In der Kammer ließ sie Elisabeth allein, sie müsste weiter in ihren Grapen rühren, sagte sie, sonst brenne das Essen an. Herr Richard bewohnte eine karge Dachkammer mit einem Gaubenfensterchen. Neben dem schmalen Bett stand ein Schwert, so lang wie ein Fünfjähriger hoch war. Elisabeth öffnete die einzige Truhe im Raum. Sie fand ein Hemd und ein Paar Beinlinge und legte sie beiseite. Darunter lagen Leibbinden, ein Paar Bundschuhe und eine Geldkatze. Ganz unten fand sie ein seltsames Stück Leder. Sie nahm es aus der Truhe und hielt es ans Licht. Als sie erkannte, was es war, glaubte sie, ihr Herzschlag setze aus. Elisabeth wurde schwindelig, sodass sie sich aufs Bett setzen musste, mit der Ledermaske in der Hand.

Sie wusste nun, wen sie in der Nacht aus dem Straßendreck gezogen hatte. Meister Rosenfeld. Störtebekers Henker. Mit zitternden Händen band sie die Kleidungsstücke zu einem Bündel. Sie lief so schnell sie konnte aus dem Haus, aber je näher sie dem Konvent kam, desto langsamer und schwerer wurden ihre Schritte.

⚜

Der letzte Mensch, mit dem Richard über Abaelard gesprochen hatte, war Godefroy von Neroth gewesen, sein bester Freund. Auch damals hatte er sich schuldig gefühlt, und das Studium des Abaelard hatte ihn aufgerichtet. Sollte sich gar nichts geändert haben? Er schalt sich des Selbstmitleids. Nie wieder hatte er zu Unrecht töten wollen, aber hier in der Stadt war er nicht Mittäter seiner Brüder, sondern Opfer einer Intrige machtgieriger Kaufleute geworden. Es war kein wildes Gemetzel gewesen, sondern eine Hinrichtung im guten Glauben, dass es Gottes und der Menschen Gesetz so vorsah. Und hatte Störtebeker ihm nicht selbst gebeichtet, dass er ein Rechtloser gewesen war? Warum war ihm also elend zumute? Weil das Urteil Unrecht barg, so gerecht es angesichts Störtebekers Untaten schien. Wer nicht gestand, konnte nicht hingerichtet werden. So war das Gesetz. Wenn man das Gesetz nicht ändern konnte, durfte man es auch nicht beugen. Da die Seeräuber aber so harte Männer gewesen waren, dass sie der Folter monatelang widerstanden hatten, hätte man sie halt im Gefängnis verrotten oder freilassen müssen. Doch die Hamburger hatten einen krummen Weg um den graden herum gefunden. Hinter all dem steckte die Clingsporin und ihre verdorbene Händlersippe. Sie hatte ihn belogen und benutzt. Und er hatte sich von ihr kaufen lassen. Er sandte seinen schlimmsten Fluch über das böse Weib: »Beim Herrn der Hölle, möge alles verdorren, was die Clingsporin liebt.«

Kaum hatte er die schwarzen Worte ausgesprochen, wurde die Tür geöffnet, und Schwester Elisabeth trat ein. Sie war bleich, und sie lächelte nicht wie am Morgen, als es ihm so übel gegangen war.

Sie warf ihm seine Kleider zu und setzte sich auf einen Schemel. Er sah die Maske sofort.

»Nun wisst Ihr, wer ich bin«, sagte er.

»Herr Richard oder Meister Rosenfeld, der Fron von Hamburg?«, fragte sie tonlos.

»Beides bin ich. Und nun mögt Ihr mich gerne aus Eurem heiligen Haus werfen, weil ich ein Unreiner, ein Unehrsamer bin, der Eure Nächstenliebe missbraucht hat. Ich werde Euch das nicht auflasten. Ich gehe.«

Richard streifte sich das Hemd über.

»Ich wollte Euch nicht aus dem Haus werfen. Ich will etwas verstehen. Worüber weint ein Henker in der Nacht?«

Er fühlte sich, als habe sie ihm einen Stoß versetzt.

»Sagt mir nicht, Ihr trauertet, weil Ihr dreißig Menschen getötet habt. Das ist doch wohl Euer täglich Brot.«

»In der Tat habe ich schon weitaus mehr Menschen getötet. Aber ich tat bisher nur einem Menschen größeres Unrecht. Das lastet auf meiner Seele.«

»Denkt Ihr etwa auch, dass Störtebeker unschuldig war? Dass er, wie der heilige Franziskus, alles den Armen gegeben hat? Das erzählen viele in der Stadt herum.«

»Nein, er war ein Erzlump. Ich weiß aber, dass das Urteil ein Unrecht war. Es beruhte alleinig auf dem Geständnis eines Kindes. Doch mich hat die Clingsporin im Glauben gelassen, ich vollstrecke ein gerechtes Urteil.«

»Was ist nur in Geseke gefahren, Jesus, Maria und alle Heiligen!«, stöhnte Elisabeth und stand auf.

Sie nannte die Clingsporin beim Taufnamen. Wo noch reichte deren Arm hin? Ihm wurde schwindelig. Am liebsten hätte er sich wie eine Assel unter einem Stein verkrochen. »Ihr kennt die Clingsporin?«, fragte er schwach.

Elisabeth packte ihn bei beiden Schultern und sah ihm streng in die Augen. »Ja. Wir sind Freundinnen, seit wir das Laufen gelernt haben. Aber ich bin durchaus nicht immer einverstanden mit dem, was sie tut. Deshalb muss ich jetzt zu ihr. Herr Richard, Ihr bleibt hier und ruht Euch aus. Keinen Schritt aus dem Haus.« Sie griff nach ihrem Hoyken. »Ich bin bald wieder da, denkt an Thomas von Aquin!«, rief sie und lief aus dem Raum.

Er hätte ihr alles erzählt, er hätte sich an ihr festgehalten, er wäre in dieser verfluchten Stadt geblieben. Doch er hatte gesehen, wie besorgt sie um die Frau war, die ihn verraten hatte. Deshalb stand Richard auf, zog sich an und ging.

Geseke gönnte sich das Vergnügen eines Sitzbades, das Janne ihr widerwillig bereiten musste, weil Grete mit dem Seeräuberjungen frühstückte. Sie ließ das Gefühl von Zufriedenheit zurückkehren, das Sigvrids Auftritt am Abend verscheucht hatte. Alles war gelungen. Als das Wasser kühl wurde, stand sie auf und salbte sich mit einem duftenden Öl. Sie hatte es verdient, sich um sich selbst zu kümmern. Vorsichtig färbte sie sich die Lippen rot und steckte die Haare sorgsam auf. Noch hatte sie ihre Haube nicht aufgesetzt, als Elisabeth in ihre Kammer stürmte, mit verweintem und wütendem Gesicht.

»Was hast du getan?«, schluchzte ihre Freundin.

Geseke verstand nichts. »Nichts habe ich getan«, sagte sie und nahm die Freundin in den Arm.

Sie wurde grob zurückgestoßen. Die Begine sah aus wie eine Furie. »Wer steckt hinter dieser ganzen Machenschaft, Geseke?«

Geseke hob abwehrend die Hände, aber Elisabeth war stärker. Sie packte sie an den Armen und drückte sie gegen die Wand. Ihr Gesicht war nur eine Handbreit von ihrem entfernt. »Erzähl mir nichts. Das alles riecht nach einer gut ausgeklügelten Gesekelist. Der Einfall, das Kind zu befragen und auf seiner Aussage das Urteil gründen zu lassen, war doch von dir, nicht wahr?«

Gern hätte Geseke gelogen, doch es war ihr nicht möglich. Nicht, wenn Elisabeth sie zwang, ihr in die Augen zu sehen.

»Ja. Es war mein Ränkespiel.«

»Weißt du, wie viele Menschenleben du auf dem Gewissen hast?«

»Dreißig«, flüsterte Geseke. Sie hätte sagen können, dass es dreißig blutrünstige Piraten gewesen waren, dass es für das Wohlergehen der Stadt notwendig war, doch sie schwieg, denn es war Elisabeth, die vor ihr stand, und Elisabeth konnte sie nichts vormachen.

»Und noch einige mehr, wenn wir nicht aufpassen. Bandix ist in Gefahr, das denkst du doch auch? Und meinst du, der Einbrecher gestern hätte Grete und dich geschont, wenn er hinter ihm her war? Bandix muss fort aus der Stadt, sonst ist er des Teufels. Aber es kommt noch mehr. Heute Nacht hat sich dein schöner neuer Henker fast im Aqua vita ertränkt. Er kann es nicht verwinden, dass er ein unrechtes Urteil vollstreckt hat. Und zu guter Letzt wird Niclas Schoke, der Sieger über Störtebeker, langsam, aber sicher von irgendjemandem vergiftet. Sucht da jemand Rache für Störtebeker? Was wird geschehen, wenn es bekannt wird, dass die Seeräuber nie gestanden haben? Und hinter all dem stecken die Englandfahrer. Steckst also du.«

Lippenfarbe und Haarparfüm halfen nun auch nicht mehr. Geseke fühlte sich, als würde sie zu Asche zerfallen. »Was sollen wir tun?«

»Wer ist Störtebekers Henker? Er heißt doch sicher nicht Rosenfeld.«

»Richard von Hardin heißt er, ein entsprungener Bruder des Deutschen Ordens, ein Ritter ohne Land und Erbe.«

»Ha«, machte Elisabeth. Ihre Augen glänzten. »Nun verstehe ich seine Seelenpein. Er hat heute Nacht geschworen, mir einen Dienst zu leisten. Wird es das tun?«

Geseke nickte.

⚜

Es klopfte an seiner Kammertür. Richard wollte aufstehen, aber seine Beine versagten ihm den Dienst. Er fiel aus dem Bett.

»Richard, seid Ihr da?« Es war Elisabeths Stimme. Er jubelte innerlich. Sie war in den Bären gekommen, obwohl er den Konvent verlassen hatte. Sie kam zu ihm, zu Störtebekers Henker. Sie rief noch einmal.

»Schwester Elisabeth, ich bin hier, aber kann nicht aufstehen.«

Die Tür wurde aufgestoßen, und da stand sie über ihm. Sie war groß für eine Frau, das sah er erst jetzt.

»Ihr windet Euch ja wie ein Wurm. Was habt Ihr?«

»Nichts als einen Krampf, aber in beiden Beinen.« Richard spürte, wie er rot wurde.

»Könnt Ihr ein Zitat vertragen, Herr Richard?«

Er nickte.

»*Wenn Magen und Blase des Menschen zu viel Speisen und Getränke bekommen, verursachen sie im ganzen Leibe einen Sturm der bösen Säfte.* Hildegard von Bingen. Das Aqua vitae in den Spelunken ist nicht gut gebrannt. Es kann alle möglichen Vergiftungen auslösen. Aber meins wirkt dagegen.« Schwester Elisabeth zog eine kleine Flasche aus ihrer Rocktasche. »Lasst Euch helfen.«

Sie stützte ihn, damit er wieder aufs Bett kam und sich umdrehen konnte. Wie stark sie war.

»Ich musste Euch schon wieder entkleiden, Herr von Hardin! Doch diesmal nur in schicklicher Art und Weise.«

Er stöhnte. Sie musste seinen Namen bei der Clingsporschen erfahren haben. Elisabeth zog ihm die Beinlinge aus und benetzte seine Unterschenkel mit der weißen Flüssigkeit aus dem Fläschchen. Dann massierte sie Beine und Füße. Ihm war, als würde ein Schwarm Ameisen über ihn hinweglaufen.

»Wie fühlt Ihr Euch jetzt? Bewegt die Beine.«

Er trat ein paarmal in die Luft und wackelte mit den Zehen. »Meiner unteren Körperhälfte geht es gut. Aber mein Kopf schmerzt so sehr, dass ich nichts gegen eine saubere Enthauptung hätte.«

»Tut mir leid, der äußerst begabte Henker dieser Stadt ist grade unpässlich«, antwortete sie.

Unter ihrem schlichten blauen Schleier strahlten ihre Augen, als sie ihm ein feuchtes Tuch auf die Stirn legte. Er fing ihre Hand auf und küsste ihre Fingerspitzen, ganz leicht. Ihre Haut roch nach Pfefferminz und Kampfer, die kleinen Hände waren schwielig von der Arbeit, doch ihm war, als würde ein heiliger Blitz durch seinen Körper zucken, als er sie mit den Lippen berührte.

Er seufzte. »*Was ist besser als Weisheit? Frauen. Und was ist besser als eine gute Frau? Nichts!*«

»Von wem ist das?«

»Geoffrey Chaucer, ein englischer Dichter. Er liebt Frauen wie Euch«, sagte Richard.

»Übernehmt Euch nicht an Galanterie, Herr Ritter. Ich brauche Euch bei Kraft und Verstand.«

»Ich tue alles für Euch, edle Wunderheilerin. Was verlangt Ihr?«

»Euren Dienst.«

Richard hatte Bilder von Minnedienst und edlem Tournament vor Augen, wischte sie aber als dumme Verklärung fort. Er war ein Henker und sie eine einfache Magd Christi, auch wenn er sich mit ihr Zitate an den Kopf werfen konnte wie sonst nur mit Godefroy von Neroth.

»Wünscht Ihr meinen Dienst noch am heutigen Tag?«, fragte er.

»Sobald Ihr reiten könnt, also eher morgen. Heute müsst Ihr nur Eure Christenpflicht tun und Vergebung üben, sobald Ihr stark genug seid, eine Weile Haltung zu bewahren.« Sie zog die Augenbrauen hoch und stand auf. Wieder verströmte ihr Gewand den Geruch von Kräutern und Kampfer.

Geseke überließ die schwere Aufgabe, den Vitalierjungen anzuziehen, ihrer Magd. Und Grete Puttfarken brauchte all ihre Überredungskraft, um Bandix davon zu überzeugen, dass er zu seiner Sicherheit ein Mädchen-Surcot tragen musste. Als er ausreichend verkleidet war, konnte Geseke mit den Kindern ihr Haus verlassen. Stolz, mit hoch erhobenem Kopf, als habe sie eine neue Kleinmagd dabei, schlenderte sie über den Markt am Rathaus und den Berg nach Sankt Jacobi. In einer krummen, dunklen Gasse kaufte sie bei einem zweifelhaften Krämer Ersatzkleidung für den Jungen, ein warmes Wams, Wollhosen und dicke Kittel. Auch wenn er immer noch nicht mit ihr sprach, konnte sie in Bandixens Augen die Zufriedenheit darüber lesen, dass er nicht lange in Gretes abgelegten Röcken herumlaufen sollte.

Als sie schließlich Johanns Grundstück betraten, schlug Geseke das Herz bis zum Halse. Sein Haus war unverputzt, und die Fenster waren noch zugenagelt. Ob er sich hier überhaupt aufhielt? Sie hatte Grete gebeten, sie zum Neubau zu führen, zu Johanns Grundstück in Sankt Jacobi. Hier fühlte sie sich sicher vor Klatsch und Tratsch.

»Meistens schuftet er im Hof«, sagte Grete und rannte hinter das

Haus. Tatsächlich kam sie mit Johann zurück, der einen Korb mit violetten Rüben unter jedem Arm trug. Ihm war es sichtlich peinlich, abgearbeitet und schmutzig vor Geseke zu stehen. Sie befahl den Kindern, in den Garten zu gehen und dort zu warten. Ohne Johann förmlich zu begrüßen, nahm sie ihm einen Korb ab und führte ihn an der Hand in sein eigenes Haus. Sie begab sich in seine Hände, das wusste sie, ihren Ruf und ihre Ehre. Doch sie wusste auch, dass jetzt nur noch er zu ihr stehen würde, er und Elisabeth.

Keinen Stundenschlag später hatte Johann sie das erste Mal weinen gesehen, wusste von der Intrige der Englandfahrer, ihrer Schuld gegenüber den gerichteten Vitaliern. Sie erzählte ihm, dass es ihr Einfall gewesen war, Bandix der Folter auszusetzen, und dass sie hinter dem Gerichtsmord an den Piraten steckte. Er öffnete die Arme, und sie ließ sich hineinfallen. Es war ihr, als würde sie zum ersten Mal geborgen sein.

»Elisabeth sagt, Schoke würde vergiftet. Aus Rache für Störtebeker.« Wieder traten ihr Tränen in die Augen.

»Niclas ist schon lange krank. Nicht erst seid der Urteilsverkündung. Daran kannst du dir nun keine Schuld geben.«

»Aber ihm kann nur geholfen werden, wenn jemand Elisabeths Kräuterfrau aus den Mooren bei Luur up holt.«

»Klingt nach einer finsteren Gegend. Aber ich reite für dich überallhin.«

»Da gibt es Morast und Räuber.«

Er lachte. »So was kann mich nicht schrecken.«

»Schrecken dich meine Ränkespiele?« Sie barg ihr Gesicht in seinem Arbeitskittel.

»Jetzt nicht mehr.«

Er hielt sie lange im Arm. Sie wusste, dass er sie immer beschützen würde.

⚜

Geseke Clingspor kniete in der kleinen Kammer im Roten Bären vor Richard von Hardin, mit ihren dirnenhaft rot gefärbten Lippen und den verweinten Augen. Sie sah die Kälte in seinem Blick und beugte ihr Haupt tiefer. Ihre Haube rutschte von ihrem Haar. Als ihre Stirn den Boden berührte, kamen wieder die Tränen. Tief in ihr zersprang eine Fessel, die sie aufrecht gehalten und zugleich gepeinigt hatte. Sie umfasste seine Knöchel und bat um Vergebung. Einmal, zweimal flüsterte sie ihre Bitte, dann weinte sie nur noch. Sie zitterte unter seiner Berührung.

Erst waren es seine Fingerspitzen, die über ihr Haar strichen. Dann hob er sie auf, nahm sie in den Arm und küsste ihre Stirn. Elisabeth nahm sie beide zugleich in die Arme. Aus dem Körper des Ritterhenkers wich alle Härte. Geseke sah, wie ihre Freundin Richard kurz über die Wange strich. »Seid bedankt, Herr von Hardin«, sagte Elisabeth.

FEST DES HEILIGEN SEVERINUS

Samstag, 23. Oktober im Jahr des Herrn 1400

Solange der Sinn noch frei ist, ist nichts, was wahre Freiheit heißt, in Gefahr, und wir können keiner schimpflichen Knechtschaft verfallen.
Peter Abaelard, Kenne dich selbst

Richard ließ sein Pferd gemächlich im Schritt gehen. Er war seit drei Stunden mit dem Jungen unterwegs, dessen Freunde er hingeschlachtet hatte. Auch wenn Schwester Elisabeth ihm versichert hatte, der Kleine wisse nicht, dass er der Henker war, hatte der Junge noch kein Wort gesagt. Er saß unbehaglich dreinschauend auf dem Pferd und schmollte. Am Abend würde der Kleine einen wunden Hintern haben. Richard hielt an.

»Willst du eine Pause?« Keine Erwiderung. »Ich hätte nichts gegen die Wegzehrung von der Bärenwirtin.« Am Abend vor ihrer Abreise hatte der Junge im Roten Bären gegessen wie ein Wolf und hatte mit der frechen Magd der Clingsporschen Witze über seine Mädchenverkleidung gerissen.

Doch seit das Mädchen mit ihrer Herrin nach Haus gegangen war, bekam Richard nichts mehr aus ihm heraus. Die Bärenwirtin hatte ihm ihren süßen Brei so schmackhaft machen mögen, wie sie konnte, doch er hatte nichts mehr davon angerührt.

Aber als Richard ihm erlaubte, die Mädchenkleider für die Reise abzulegen, hatte er erleichtert geseufzt. Richard hatte dann nach seinem Namen gefragt, der Junge hatte etwas wie Bandix gemurmelt.

Danach hatte er wieder geschwiegen.

Richard saß ab und führte sein Pferd auf eine Wiese an der Straßenseite. In seinem Beutel war reichlich Proviant: Pastete, Speck, Äpfel, goldener Käse und weißes Brot, alles so liebevoll verpackt, dass Richard vermutete, die Bärenwirtin hoffe auf seine Rückkehr.

Aber er wollte nichts als fort aus der Stadt. Er ließ sich eine Scheibe Speck munden und bot Bandix von dem köstlichen Brot an. Doch der Junge schüttelte nur den Kopf. Als Richard die Tonflasche mit dem Exportbier entkorkte, schaute der Junge herüber, und Richard reichte ihm den starken Trank. Mit gierigen Schlucken schlürfte der Knabe das Getränk. Dann legte er sich ins Gras und schloss die Augen.

»Mich hat man auch mal ins Kloster gebracht«, sagte Richard. »Meine Mutter hat auf ihrem Sterbebett vom Vater gefordert, dass ich Ordensritter werden sollte wie ihr Großonkel. Er war im Kampf gegen die Heiden gefallen, und ich sollte es ihm nachtun. Ich war aber grade acht Jahre alt und fand die Vorstellung, Mönch zu werden, schrecklich.«

Später hatte Richard sich in der Rolle des Ordensritters gefallen, aber das wollte er dem Jungen nicht sagen. »Ich kenne den Abt des Klosters zu Reinfeld, deshalb haben die Frauen sich überreden lassen, dich dorthin zu bringen, statt ins Frauenkloster bei Harvestehude. In Reinfeld brauchst du nicht Mönch sein. Sie werden dich zu dem ausbilden, was du sein möchtest, Taschenmacher, Schuster, Schneider, Schmied, Bäcker, Schreiner oder Schreiber.«

»Aber nicht Kapitän«, brummte der Kleine.

»Nein, nicht Kapitän. Aber wenn du Schreiner lernst, kannst du Schiffszimmerer werden.«

Der Kleine drehte sich von ihm weg.

»Nicht mehr Likedeeler«, flüsterte er.

Richard sagte nichts. Er hielt dem Kleinen das Bier noch mal hin und packte die Mahlzeit ein. Er half Bandix beim Aufsitzen und schlug dann den Weg ein, den er vor nur wenigen Tagen gekommen war.

Sie bogen um einen bewaldeten Hügel, als ihnen ein Rindertrieb entgegenkam. Richard erkannte sofort den Kaufmann Schomer an der Spitze. Er zog Bandixens Pferd am Zügel zu sich heran und trabte zurück hinter den Hügel.

»Kannst du gut genug galoppieren für einen argen Streich gegen die Pfeffersäcke da?«, fragte er

Der Junge nickte.

»Der Rinderhöker voraus hat mir mal übel mitgespielt«, sagte Richard. »Ich will es ihm heimzahlen. Lass uns den Hügel umreiten, die Hornviecher mit Hei und Ho aufscheuchen und dann davonstieben. Er wird einen Tag zu tun haben, seine Kühe wiederzubekommen.«

Ein Grinsen zauberte sich auf das traurige Gesicht des Jungen. »Gemacht«, sagte er.

»Bleib nah bei mir«, sagte Richard. Mit zwei Schwertstreichen schnitt er Weidenzweige ab.

Die Herde trampelte gemächlich an ihrem Gebüsch vorbei. Reglos warteten sie, bis zwei Drittel der Rinder den Hügel passiert hatten. Dann stürmten sie los, mitten in die Herde hinein, kreischend wie Dämonen.

Die Viehknechte waren so überrascht, dass sie erstarrten. Die Rinder stoben davon. Richard schrie und brüllte, Bandix drosch mit seinem Weidenstock auf Kuhhintern, dass es klatschte. Zehn Schock Rinder rasten wie eine Herde von Höllenkühen über die Hügel und verschwanden in Wäldern und Brüchen.

Richard griff nach Bandixens Zügeln und riss sein Pferd herum, in wildem Galopp ergriffen sie die Flucht. Im Fliehen drehte Richard noch Heyne Schomer eine Nase. Sie rasten davon, bis die Flüche der Viehhändler nicht mehr zu hören waren. Dann fielen sie in Schritt, und Richard erlaubte sich, laut zu lachen. Bandix lachte auch.

»Das war großartig«, sagte der Junge und schenkte Richard ein breites Grinsen. »Hast du gesehen, wie die Kühe galoppiert sind? Und die Gesichter der Kuhhirten? Heiliger Niklas, der Händler hat vielleicht geflucht! Denen haben wir es aber gegeben!«

Geküsst von einer gnädigen Altweibersommersonne ritten die beiden fröhlich weiter. Da hörte Richard, dass ihnen jemand folgte, und drehte sich rasch um. Der Reiter hatte ein schnelles Pferd und kein Gepäck, er trug die Kleidung der Hamburger Reitediener. Es stand zu vermuten, dass er mit Nachrichten auf dem Weg nach Lübeck war. Richard lenkte sein Pferd zur Seite, hob die Hand zum Gruß, doch der Mann verlangsamte seinen Ritt nicht. Erst als er wenige Schritte entfernt war, verstand Richard, was geschah. Der Mann hielt mit gezogenem Schwert auf sie zu. Richard riss Bandix vom Pferd und schützte ihn mit seinem Körper vor dem Schwertschlag des Mannes. Er hätte Richard getötet, hätte dieser sich nicht mit voller Kraft abgewendet. Bandix schrie unter ihm auf. Als das Schwert niedersauste, raste Schmerz durch Richards rechte Schulter, doch er zog mit der Linken den Dolch aus seinem Gürtel.

Der Reiter wendete und raste wieder auf sie zu. Richard sah sein Gesicht, es war das eines Totenkopfs. Er warf seine Waffe nach dem unheimlichen Reiter, doch er traf nur das Pferd. Das Ross bäumte sich auf, und der Reiter kämpfte, um nicht zu fallen. Jetzt zog Richard sein Schwert mit der Linken und lief auf seinen Gegner zu. Dieser starrte ihn an, riss mit Gewalt seinen wiehernden Gaul herum und galoppierte auf dem verletzten Tier zurück in Richtung Hamburg.

Bandix jammerte. Richard legte das Kind behutsam auf den Rücken, tastete es vorsichtig ab. Seine Rippen waren geprellt, aber es schien nichts gebrochen zu sein. Richard musste ihm den Arm ausgekugelt haben, als er ihn vom Pferd gerissen hatte. Er wiegte den Kleinen in seinem linken Arm und befahl ihm, ruhig und langsam zu atmen.

»Es tut teuflisch weh, nicht wahr?«, sagte Richard. Der Junge stöhnte. »Hör mir zu. Du darfst weinen und schreien, aber ich muss deinen Arm wieder einkugeln. Bist du bereit?«

Der Junge nickte.

»Du bist sehr mutig, Bandix.« Richard überwand den Schmerz in seinem Rücken und griff Bandixens Arm. Er hatte oft genug die Glieder seiner Brüder eingerenkt, aber diese Schulter, dieser Arm war so klein und zerbrechlich. Dennoch packte er zu. »Störtebeker wäre stolz auf dich!«, brummte er. In dem Moment, als ein Lächeln über das kleine Gesicht huschte, schlug er den Arm in die Kugel. Bandix schrie nur kurz, dann schloss Richard ihn schon in die Arme, und er konnte weinen. Richard wiegte ihn und küsste ihm die Stirn. Diesen kleinen Kerl hatte man benutzt, um ihn zu einer rechtlosen Hinrichtung zu verleiten. Aus Angst hatte Bandix seine Freunde verraten, doch traf ihn keine Schuld. Ebenso wie ihn an dem gotteslästerlichen Urteil keine traf. Plötzlich fühlte er sich dem Jungen so nah, als sei er sein Bruder.

»Wir müssen weiter. Der Angreifer könnte zurückkommen«, murmelte er. Er zerriss sein zweites Hemd und schnürte einen stützenden Verband um die geprellten Rippen des Jungen. Dann hob er ihn vor sich auf den Sattel.

Richards Wunde schmerzte, aber es blieb keine Zeit, sich zu verarzten. Ein Kerl wie der Tod hatte mit ihm gekämpft, schnell wie ein Wetterleuchten, und er hatte trotzdem gesiegt. Wer den Tod verjagt, stirbt nicht an einer Rückenwunde.

Kurz bevor sie auf dem Höltingbaum in eine dichte Waldung reiten mussten, entschloss sich Richard zu einem Umweg. Er würde über Kuddewörde reiten. Kein Verfolger würde denken, dass sie solch einen Umweg machten. Als der Abend sich zur Nacht wandelte, erreichten sie eine weite Landschaft, die von kleinen Waldungen geziert war. Kein Stern war am Himmel zu sehen.

In der Ferne hinter ihnen waren Reiter zu hören. Sie waren noch weit entfernt, aber er war beunruhigt. Richard sah sich um: Sie trugen Laternen und ritten langsam. Vom Kampfplatz aus mussten sie ihre Spur verfolgt haben. Wenn er nun in Galopp fiel, wären sie beide verraten. Herbstwolken verdeckten immer wieder den Mond, sodass sie nicht schnell zu entdecken waren, doch das Land war hier weit und leicht zu überschauen. Auf jeder anderen Straße wäre in solch einer Landschaft kein Entkommen gewesen. Aber hier lag in nicht allzu weiter Ferne ein bewaldeter Hügel an der Seite der Straße – ein Hügel des Schreckens. Ein Hügel, der Richard jetzt ein Segen sein würde. Er löste Bandixens Stute von den Zügeln und scheuchte sie den Weg in Richtung Kuddewörde hinauf, in der Hoffnung, dass ihre Spuren die Verfolger ablenkten. Dann machte er sich mit Kind und Pferd auf in ein grauenhaftes Versteck.

Bandix schluckte, als ihnen der Modergestank entgegenschlug. Flüsternd hatte ihm Richard von den beiden unbeerdigten Toten erzählt, in deren Gegenwart sie die Nacht verbringen würden. Im Dunkeln stolperten sie über die abgenagten Kadaver, zerrten das scheuende Pferd hinter sich her. Richard brachte den Wallach dazu, sich zu legen, und band ihm die Beine zusammen. Bandix redete weiter beruhigend auf das Tier ein, während Richard sich um die Leichen kümmerte. Er zerrte die beiden angefressenen Skelette in den Höhleneingang. Die Waldtiere hatten sich an den Toten gelabt, aber als sich der Mond einmal zeigte, sah Richard dennoch ein Bild des Grauens. Kleidungsfetzen hingen von den Leichen, deren Fleisch bis auf die Knochen abgenagt worden war. Doch so würden die Diebe ihrem Henker einen Dienst erweisen können, denn sie waren abschreckender als die schlimmsten Flüche. Sollten ihre Verfolger dennoch in den Hügel eindringen, konnte er einen nach dem anderen niederkämpfen, während sie sich in den Leichenteilen verhedderten.

Richards Rückenwunde pochte. Er wusste, dass sie sich entzünden würde, doch er hatte keine Zeit, darüber nachzudenken.

Bandix streichelte sanft den Kopf des Pferdes, das leise schnaufend am Boden lag.

»Schon mal so angefressene Tote gesehen?«, fragte Richard beiläufig.

»Nein, nur Leute die grade tot waren.« Bandixens Stimme war brüchig.

»Im Kampf gefallene?«

»Ja.«

»Viele?«

Bandix nickte.

»Ich auch. Auf dem Schlachtfeld wird am nächsten Tag nach den Toten gesucht. Dann sind sie noch nicht so angefressen.«

»Wir haben sie über Bord geworfen.«

»Noch sauberer.«

»Wo hast du gekämpft, Richard?«

»Gegen die Heiden im Osten. In Polen, Litauen, Livland.«

»Der Kapitän war auch dort.«

»Störtebeker?«

»Ja, da hat er viel von seinem Gold gemacht.«

»Wo denn?«

»Bei Stockholm, da haben sie große Schätze zum Lohn erhalten.«

Richard hatte sich immer gedacht, dass die Deutschen in Stockholm die Vitalier für ihre Unterstützung entlohnt hatten. Sie hatten die Stadt einen Winter lang mit Nahrungsmitteln versorgt und hinterher behauptet, sie hätten es um Gottes Liebe willen getan.

»Und von Gotland, haben sie da was mitgebracht?«

»Große Reichtümer. Es gab ein Seeräuberreich auf Gotland, mit Burgen und Häfen und Prinzessinnen für jeden Seefahrer.« Bandix Stimme war die Begeisterung anzuhören.

Wohl eher vergewaltigte Bauernmädchen als Prinzessinnen, dachte Richard bei sich. »Aber sie mussten fliehen, nicht wahr?«, fragte er.

»Die Mecklenburger haben die Sodomiter vom Deutschen Orden geholt. Die sind mit dem Bösen im Bunde.«

Sodomiter. Wie lange war es her, dass sich Richard über solche Beschimpfungen aufgeregt hätte? Kein Jahr. Er blickte zu dem Wallach, der neben ihnen lag und ihnen seine Körperwärme spendete.

Er war nie zum Sodomiter geworden, auch wenn er in den Monaten des Zweifels mehr Nächte in Godefroy von Neroths Zelle verbracht hatte als in seiner. Er hatte nur den Verstand des Freundes geliebt. Sein körperliches Begehren war nach den Töchtern der Bauern gewesen, wenn er sie, die Röcke hoch geschürzt, auf dem Feld arbeiten sah. Dann hatte er Lust, sie zu berühren, mit ihnen zu raufen, zu lachen, ihnen Kinder in den Leib zu lieben. Doch er hatte es nie getan, aus Ehrfurcht vor ihrem Leben, das eine Liebelei mit dem Ritter verderben musste. Seine Lust hatte er durch Gebete bekämpft oder im Bettlaken versickern lassen. Bis zu jener Nacht in Samaiten.

Richard schloss die Augen. Er lud die Bilder ein, zum ersten Mal. Sollten sie ihn doch überschwemmen, er würde sich ihnen stellen.

Als Fürst Witold ihn gefragt hatte, was er denn mit einer geschenkten Litauerin machen würde, hatte er gesagt: Freilassen würd ich sie. Der Fürst hatte gelacht. »Bist du auch so einer, der keine Verwendung für Frauen hat? Von solchen gibt es viele bei den Kreuzrittern.« Richard hörte das Gelächter der jungen Metzer Bürger, die mehr sein wollten als Patrizier, wahre Ritter. »Nein, ich bin nicht so einer.« Damit hatte er sich abgewendet. Am nächsten Tag waren sie aufgebrochen, um das Heer bei Kaltinai zu treffen. Vier der Heereszüge waren schon dort gewesen. Wut und Geschrei tönten ihnen entgegen. Der Feind hatte das reich bestückte Vorratslager ausgehoben, Wein, Mehl und Fleisch gestohlen. Man würde nicht feiern können, und die Angst vor Hunger fachte den Hass der Männer an. Einige kalte Stunden später befahl der Marschall, Raubzüge in die nächstgelegenen Dörfer zu unternehmen, seien sie nun christlich oder nicht. Es sollten keine Gefangenen mehr gemacht werden, denn für die reichten die Vorräte nicht. Kein Litauer durfte mitreisen, auch nicht der hohe Fürst Witold. So wurde Richard zum Anführer eines mordgierigen Haufens von hungrigen Ordensgästen, unter ihnen jene neun Metzer Patriziersöhne. Die Brüder, die mitritten, kamen aus Elbing, er kannte sie nicht. Am Ende der grausigen Nacht sollte er sich selbst nicht mehr kennen. Vor seinen Augen tauchte das Gesicht der Litauerin auf. Hohe Wangenknochen, bleiche Lippen. Die Einzige, die er bisher genommen hatte, hatte er vorher umgebracht.

Bandix hatte recht. Er war wahrhaft mit dem Bösen im Bunde gewesen.

»Ja, so sind sie, die Brüder vom Deutschen Orden. Kalt und grausam«, antwortete er tonlos.

Der Junge schien nichts von Richards Stimmungsumschwung bemerkt zu haben und erzählte weiter. »Dann sind die Likedeeler zu Keno gekommen und haben ihr Gold mit den freien Friesen geteilt. Und unser Störtebeker hat wieder einen Schatz erworben. Er sagte, er brauche ihn, weil die Häuptlinge der Friesen zerstritten sind. Es war ein ganz besonders wertvoller Schatz für seine Mannschaft und für seine Kinder.«

»Er hatte Kinder?«, fragte Richard.

»Die Leute sagen, dass er Dutzende hatte am ganzen Ost- und Westseestrand.«

»Und hatte er bei den Friesen auch eine Frau?«

Bandix nickte und wollte erzählen, als Richard draußen Hufgetrappel hörte. Und Stimmen. Er hielt dem Kind den Mund zu, schlich sich dann mit gezogenem Dolch zum Eingang; versteckt hinter den stinkenden Skelettteilen. Er lauerte leise und lange. Auf der anderen Seite des Hügels redeten Männer. Richard glaubte, das Wort »Geisterhügel« zu verstehen. Er wartete regungslos, das gezückte Schwert in der Linken.

Lange nachdem der letzte Hufschlag verklungen war, kroch er zurück. Seine Wunde pochte schmerzhaft. Im völligen Dunkel der Höhle dauerte es etwas, bis er die Branntweinflasche fand, die ihm Elisabeth beim Abschied zugesteckt hatte. »Nicht zum Trinken, Herr Richard, nur zur Wundreinigung, falls einer von Euch beiden sich verletzt, möge die Heilige Mutter Maria das verhindern.«

Flüsternd wies er Bandix an, seine Wunde zu waschen. Er biss auf seine Unterlippe, um nicht vor Schmerz aufzustöhnen, als der Alkohol das rohe Fleisch traf.

Er wusste, er hatte kaum noch Zeit, bis der Wundbrand ihm die Kraft rauben würde. Doch wenn sie früh aufbrachen und den kürzesten Weg fanden, konnten sie in der kommenden Nacht in Reinfeld sein. Wenn das Pferd durchhielt, würde Richard auch durchhalten. Der Knabe allemal.

Die Englandfahrer luden anlässlich der Hinrichtung zum Tanz, und Geseke nutzte die Gelegenheit, ein neues Kleid und einen neuen Hoyken auszuführen. Auch wenn Sigvrid der Ältere frömmlerisch das Karnöffelspiel in seinem Haus verbot, legte er großen Wert darauf, dass die Kleidung seiner Frau seinem hohem Stande entsprach. Am Rathaus hing seit Jahrzehnten eine Tafel, auf der zu lesen war, dass die Bürgerin ihre Zierung der Höhe der Schosszahlungen anzupassen hatte, die ihr Gatte an die Stadt leistete. Sigvrid gehörte zu den reichsten Bürgern, auch wenn er nicht viel Handel trieb – die Familie lebte von Renten, die in Grundstücken in der Stadt angelegt waren. Trotzdem durfte Geseke Scharlachtuch und Gold, Korallenschnürchen und Broschen tragen. Ihr Oberkleid glänzte in dunklem Rot, der Ziergürtel endete in zwei Silberposamenten, feine Perlenschnüre aus rosa Korallen spannten über ihrer Brust, die steife Haube und das Schultertuch waren aus silberdurchwebtem Seidentuch in der gleichen Farbe wie die Korallen. Ihr damastener Hoyken, der allumfassende Mantel der Hamburger Bürgersfrauen, glänzte blau wie der Nachthimmel. Die edelsteinverzierte Spange, die ihn vor ihrem Hals schloss, war mehr wert als eine halbe Schiffsladung Bier. Ihre Trippen waren eine Handbreit hoch, rot bemalt und silberbesetzt, die feinen Lederschühchen, die sie darin trug, nachtblau.

Vorsichtig schritt Geseke neben ihrem Gatten her. Trotz des Zierrats war ihr nicht nach einer Feier zumute. Noch am Vortag hatte sie vor Richard von Hardin gekniet und um Verzeihung für das gebeten, was nun gefeiert wurde.

Bei der Rede des Bürgermeisters Kersten Miles über den von Seeräubern befreiten Handel war ihr unwohl, und während der kurzen Predigt des Domlektors über den Segen Gottes, der über dem Tun der Englandfahrer lag, sprach sie ihre eigenen Bittgebete zur weißen Madonna. Das Mahl von dreifarbenem Hecht, Schwein in Apfelsoße, Kräutertorte und Taubenpastete konnte sie nicht reizen.

Sie trank Rotspon. So konnte sie eine langsame Ungaresca mit ihrem Gatten und zwei temperamentvollere Ronden tanzen, ohne griesgrämig dreinzuschauen. Als eine Schirazula für die Jugend der Stadt angespielt wurde, trat sie beiseite und kam neben Simon von Utrecht zu stehen, der von Kopf bis Fuß in Meerblau gekleidet war. Er trug eine schwere silberne Kette, an der eine große Münze mit dem Abbild einer Kogge baumelte.

»Schön hast du getanzt, Geseke.«

»Es ist nicht meine liebste Beschäftigung.«

»Und die wäre?«

»Du weißt es, Simon.«

»Die Stadt lenken, ohne dass es jemand merkt?«

»Das wäre zu hoch gegriffen. Meinem Haus dienen, meine ich.«

»Das tust du äußerst geschickt, auch beim Tanze.«

»Ich danke.«

»Dein Haus wird es weiterhin brauchen. Auch wenn dieses schöne Fest das Gegenteil demonstrieren soll, bläst euch doch immer noch der Wind ins Gesicht, nicht wahr?«

»Was meinst du, Simon?«

»Nun, in der Stadt machen die Vitalierfreunde immer noch Stimmung. An den Kirchenwänden finden sich Schmierereien, in den Spelunken werden die Fäuste geschwungen, ob der Störtebekerkopf nun von einem Pfahl am Grasbrook grinst oder nicht. Was gedenkt ihr dagegen zu tun?«

»Warten.«

»Auch wenn das Gerücht umgeht, dass das Urteil gegen den bösen Claus ein gottloses war?«

Geseke schlug das Herz bis zum Halse. Hatte jemand geredet? »Nun, Simon, du weißt, dass das nicht stimmt. Aber auch hier heißt es zu warten, bis die frechen Lügner ihrer Verleumdungen leid werden.«

»Da ist noch etwas, das mir mehr Sorgen macht. Godeke Michels wird im Frühjahr wiederkommen. Dann müssen wir wieder in See stechen und brauchen gute Schiffe.«

Sie wandte sich ihm zu und schenkte ihm ein liebevolles Lächeln. »Aber wir haben doch dich, Simon. Du bist der beste Kämpfer und Seekrieger der Westsee. Was kann uns fehlen?«

»Ein gutes Schiff.«

»Bau eins.«

»Es wäre einfacher, eines zu reparieren.«

»An welches denkst du?«

»Ich brauche eine kleine Geldspritze, um die Rode Düwel vom Rat zu erwerben.«

»Warum fragst du nicht gleich, Simon?«

»Weil du sagtest, du dienst deinem Haus.«

»Das tue ich auch, wenn ich von dir eine Rente auf das Schiff kaufe und du mit dem Baren Störtebekers Holk erwirbst. Nur zu, Simon.«

Simon lächelte wie ein kleiner Junge, der das erste Mal segeln gehen durfte. Geseke fragte sich, was er mit dem Schiff wollte. Die ganze Stadt wusste, dass er eine Schnigge bauen ließ.

»Edle Clingsporin, darf ich dich zur nächsten Gaillarde zum Tanze führen?«, fragte Simon.

Der große Kerl würde sie wieder ordentlich hochwerfen und gut auffangen. Ein Spaß, den sich Geseke nicht entgehen lassen wollte.

FEST DER HEILIGEN CHRISPINUS UND CHRISPIANUS

Montag, 25. Oktober im Jahr des Herrn 1400

Denn die Menschen urteilen nicht nach verborgenen, sondern nur nach offenkundigen Beweisen …
Peter Abaelard, Kenne dich selbst

Und dann sind wir von Groothusen zur Wesermündung gesegelt und haben dort bremische und hamburgische Kauffahrer aufgebracht. Das war leichte Beute. Die Kaufleute wurden in Fässer gesteckt, damit sie Lösegeld einbringen konnten, aber nur wenn sie gleich die Waffen gestreckt haben, Herr Richard. Das haben die feigen Hunde auch meistens getan. Denen war das Leben lieber als die Ehre«, erzählte Bandix. »So einen wie dich, den hätten wir vielleicht brauchen können. Dich hätte der Störtebeker gefragt, ob du Likedeeler sein wolltest. Dann wärst du bestimmt mitgefahren. Das war eine Zeit, ich sag dir. Wir haben Hunderte Tonnen Bier erbeutet. Das Bier gaben wir weiter an Pramführer, die verkauften es dann wieder in Stade, Marienfelde und anderswo. Vom Gewinn haben sich die Schiffsführer ihren Teil genommen, und der Rest wurde unter der Mannschaft aufgeteilt. Dann wurde gefeiert, das haben die Schiffsführer gezahlt, weißt du?«

Ja, ich weiß. Nein, ich weiß nicht. Wie gut, dass du da bist, Bandix. Richard war so benommen, dass er dem Jungen nicht antworten konnte.

»Und auf Störtebekers Tisch stand immer ein Bierhumpen, so groß, dass du darin ein Neugeborenes ertränken könntest, und den hat er immer mit einem Zug geleert. Das konnte nicht mal Keno ihm nachtun, auch wenn er der Herr der Friesen war und ein harter Mann.«

Richard streckte seine Hand aus. Der Junge griff danach. Unter Schmerzen hob Richard die Rechte und hielt einen Finger vor den Mund.

»Ach, hier ist keiner! Der Bruder Arzt hat gesagt, ich soll dir was erzählen, während du so daliegst«, sagte Bandix arglos, dann aber grinste er über das ganze Gesicht. »Beim heiligen Niclas, gut dass du wieder aufgewacht bist, Herr Richard. Die Mönche mussten die ganze Nacht für dich beten. Ich lauf mal zum Bruder Infirmarius, der freut sich bestimmt«, sagte er und verschwand.

Richard holte tief Luft. Er war festgebunden, sodass er sich nicht drehen konnte. Er versuchte, mit der schmerzenden Rechten nach seinem Rücken zu tasten, aber der Verband saß stramm.

Der Infirmarius trat in die Kammer und beugte sich über seinen Patienten. Mit einer Lampe leuchtete er ihm ins Gesicht.

»Willkommen zurück in diesem Jammertal, das sich Diesseits nennt. Dankt Gott für Eure Rettung. Zwei Fingerbreit tiefer, und es hätte Eure Lunge getroffen. Eine Rippe ist angebrochen, die wächst wieder. Aber einige Stückchen von Euren schönen Rückenmuskeln sind weggeschnippelt, und ich hab Euch wieder zuflicken müssen.«

Richard lächelte. »Nicht nur dem Herrn sei Dank, sondern auch Euch.«

Der Infirmarius schüttelte den Kopf. »Dankt nicht mir, sondern dem Apothecarius, der Euch den weißen Branntwein verkauft hat. Ohne so ein Aqua vitae wärt Ihr jetzt in regno mortis, wenn Ihr versteht, was ich meine. Den Wundbrand hab ich noch nie so gut bekämpfen können wie damit. Ist das Zeug aus Hamburg? Kauft man das da beim Apotheker oder anderswo?«

»Es ist von den Beginen.«

»Hochachtung, Hochachtung. Unser Orden kann sich seiner Gelehrsamkeit sowie seiner handwerklichen Produkte rühmen, aber so ein Zeugs brennt kein Zisterzienser.« Der Infirmarius entfernte den alten Verband, und Richard biss die Zähne zusammen.

»Nicht in Padis oder Falkenau? Dort brennt man scharfe Wässerchen«, flüsterte er, als der Mönch die alten Verbände auf den Boden warf.

»Beim heiligen Antonius, da schau her. Ihr kennt Euch aus. Unsere zisterziensischen Abteien in Estland. Ja, ich habe gehört, da kommt ein gutes weißes Aqua vitae her. Aber die Brüder haben uns bisher keines geschickt. Wäre mal eine Idee, gute Sachen unter den Abteien auszutauschen. Ist aber nicht meine Arbeit, das muss ich dem Thesaurarius weitersagen. Ich bin nur der Wundarzt.« Er riss die letzte Lage Verband so geschickt herunter, dass Richards Wunde nicht wieder aufsprang.

»Ich hab ordentlich an Euch rumgenäht, Herr Richard. Und die Fäden habe ich auch mit dem Wässerchen der Begine getränkt. Sieht alles gut aus. Aber drei Wochen braucht Ihr noch.«

Er sah in Bandixens Gesicht. Der Junge strahlte. Offensichtlich gefiel ihm der Gedanke, dass Richard noch einige Zeit da war.

»Ich bleibe, solange Ihr mich versorgen mögt«, antwortete er dem Infirmarius. »Und wer weiß, ob Ihr mich dann nicht noch brauchen könnt, im Winter. Ich helfe gern beim Holzhacken mit.«

»Das Einzige, was ich von Euch im Moment brauche, ist der Name dieser Begine, die das Aqua vitae herstellt.«

»Elisabeth Simonsen, Schwester im Konvent zu Hamburg.«

»Der werd ich dann mal schreiben wegen des Wässerchens. Ich bekomme es bestimmt schneller von ihr als aus Padis.«

Abt Dietrich war der nächste Besucher. »Der Infirmarius erzählt etwas von einem Doktor Theologicus, dem er eine Schwertwunde vernäht hat und der die Klöster unseres Ordens kennt wie seine Westentasche. Wann hört Ihr auf, uns in Erstaunen zu versetzen, Herr Richard?«

»Dann, wenn Ihr beschieden habt, dass ich eigentlich zu nichts gut bin, als Euer Holz zu hacken.«

»Dazu müsst Ihr erst einmal wieder gesund werden. Dann alles Weitere. Aber wenn Euch nach einem Disput über die Nützlichkeit des Warenaustausches im zisterziensischen Klostergründungsverband ist, Bruder Richard, dann wendet Euch an mich. Padis und Falkenau im Estenland? Was sollen die Brüder denken, wenn wir einen Gast hier haben, der die Zisterzienserklöster der Welt besser kennt als ihr eigener Abt? Schweigt lieber über Eure Weltkenntnis. Wie ich schon einmal sagte, meine Mönche tratschen gerne, trotz des Schweigegebots, und das auch außerhalb des Konvents. Es laufen schon wildeste Mutmaßungen über Eure Person und die Herkunft des Jungen herum.« Der Abt blickte auf seine schmalen, vom Alter gezeichneten Hände. »Aber wie auch immer: Der Infirmarius hat mir berichtet, dass Ihr ihm eine Quelle von guter Arznei eröffnet habt. Das ist nützlicher als alles Holzhacken, Herr Richard.«

»Es ist keine Quelle in dem Sinne. Es ist eine …«, Richard machte eine Pause, »eine Freundin in Hamburg, eine Begine. Sie verfügt über viel Kenntnis von allerlei Dingen.«

»Trotzdem. Dank dafür. Wir werden versuchen, von ihr das Wässerchen zu erwerben. Was ich Euch aber sagen wollte: Ich danke Gott für Eure Rückkehr. Bleibt so lange Ihr mögt, erholt Euch. Darf ich heute etwas für Euch tun?«

»Bringt dem Bengel da Lesen und Schreiben bei, während ich hier liege. Schickt ihn zwei oder drei Stunden am Tag zum Plappern vorbei. In der übrigen Zeit soll er was lernen.«

Er blinzelte Bandix zu, der bei den Worten »Lesen und Schreiben« vor Schrecken bleich geworden war.

Der Abt nahm den Knaben liebevoll bei der Schulter. »So hat dein Freund mehr Ruhe«, sagte er.

Bandix sandte Richard einen flehenden Blick zu, aber er schüttelte den Kopf und legte einen Finger auf die Lippen.

Muhme Grosse ging gebeugter, als Elisabeth in Erinnerung hatte. »Was ist mit Eurem Rücken, Muhme?«, fragte sie auf dem Weg zu Schokes.

»Ich bin seit zwanzig Jahren nicht auf einem elenden Gaul geritten und hab es nur für dich getan, vergiss das bloß nicht, Kindchen. Und jünger werde ich auch nicht.«

Elisabeth fragte nicht weiter. Sie gingen an Sankt Jacobi vorbei zum Speersort. Eine Erinnerung griff nach Elisabeth, unangenehm und belustigend zugleich. Sie erzählte der Alten von dem seltsam starken Bier, das sie hier heruntergebracht hatten zur Trostbrücke.

»Das war vermischt«, knurrte die Alte.

Dieser Gedanke war Elisabeth bisher noch gar nicht gekommen. »Bilsenkraut?«, fragte sie.

»So was oder anderes. Da gibt es viele Kräuterchen. Es hat dir nicht geschadet und den armen Todeskandidaten auch nicht. Da hatte jemand mit denen ein Nachsehen gehabt.«

Simon von Utrecht? Warum sollte der Flame den Seeräubern medizinieres Bier schicken? Doch Muhme Grosse ließ ihr keine Zeit zum Nachdenken. Sie hoppelte voran in Richtung des Speersort. Am Schokehaus angekommen, klopften sie an der Tür und wurden alsbald eingelassen. Alleke umarmte Elisabeth und neigte vor Muhme Grosse ehrfürchtig das Haupt.

Die Alte hielt sich nicht lange mit der Herrin des Hauses auf, sondern ließ sich sofort zum Patienten bringen. Niclas dämmerte im Bett vor sich hin. Als Muhme Grosse ihn ansprach, zuckte er erschrocken zusammen.

»Soll ich dir helfen, mein Sohn?«, fragte sie. Ihre Stimme hatte all jene Schärfe verloren, die Elisabeth von ihr kannte.

Niclas Schoke nickte langsam. Die Muhme war nicht mehr Kauffrau, sondern Ärztin. »Dann musst du bereitwillig alles tun, was ich verlange. Und du musst Geduld mit dir selbst haben. Kannst du das?«

Wieder nickte der Kranke. Vorsichtig streichelte die Alte Niclas die Stirn. Er richtete seine Augen auf sie, und sie begann ein Lied zu summen. Ein Frühlingslied, das Elisabeth aus Kindertagen kannte.

»Wes Herz sich gerne freuen mag,
Der schaue an den grünen Hag,
Wo huldreich seinen Gästen
Der Mai verteilte weit und breit
Ein farbenprächtiges schmuckes Kleid,
Und wo auf allen Ästen
Ein jeder Vogel pfeift sein Lied
Im süßen Sangesreigen,
Dass alles hallt vom lauten Klang,
Vorauf der Nachtigall Gesang
Aus dichtbelaubten Zweigen.«

Der mächtige Schiffsherr schloss die Augen und ließ entspannt die Schultern sinken. Aus ihrem Schürzenbeutel nahm die alte Kräuterfrau eine Schere und schnippte dem Kranken ein paar Haare ab.

Sofort war Schoke wieder erschrocken und verkrampft.

»Ich habe dir Haare abgeschnitten, Niclas, weil wir mit ihnen herausfinden können, wie krank du bist«, flüsterte die Muhme. Wieder sang sie ihr Liedlein, und diesmal schlief Niclas selig dabei ein.

Muhme Grosse winkte Elisabeth zu, ihr in die Küche zu folgen. Dort wartete Alleke auf sie.

»Wir müssen eine Locke von Niclas' Haaren verbrennen, um herauszufinden, womit er vergiftet wurde«, erklärte die Muhme.

Alleke gab ihnen ein Schüsselchen und Feuer. Bald füllte der Gestank verbrennenden Haars den Raum. Lange wühlte die Muhme mit ihrem Finger in der Asche herum, roch daran und probierte sogar ein Körnchen mit der Zunge.

»Er hat große Mengen Quecksilbers in sich«, sagte sie, als Alleke, Elisabeth und Trudika sich um sie scharten.

»Ich weiß nicht, wie weit das Gift seinen Geist und seine Seele zerstört hat. Das musst du wissen, Frau«, sagte sie zu Alleke.

»Er ist ungerecht, aufbrausend, fast närrisch. Dann weint er wieder unhaltbar und ohne Grund. Er ist so schwach.«

»Frau, dein Mann muss lange Zeit viel Gift zu sich genommen haben. Wie kam es in sein Essen? Wo ist es her?«

»Ich weiß es nicht. Tilde, unsere Großmagd, hat gekündigt, als er ihr im Streit vor einigen Tagen vorwarf, ihn zu vergiften. Sie hat ihm ihre Schürze vor die Füße geworfen und ist davon. Ich habe gehört, dass sie bei einer Schiffersfamilie in Sankt Katharinen in Dienst getreten ist. Dort könnten wir sie befragen.«

»Ich glaube nicht, dass Tilde etwas damit zu tun hat. Aber wir sollten die Küche durchsuchen, ob hier irgendwo weißliches Pulver versteckt ist.«

In der Küche fanden sie nichts, aber neben einem der Pflanzentöpfe vor einem Fenster zum Garten, in dem im Sommer noch schöner Schnittlauch gewachsen war, steckte ein unansehnlicher brauner Lederbeutel, kaum größer als ein Daumennagel. Darin waren ein kleines Pergamenttütchen mit weißem Pulver und ein Pergamentzettel mit einem lateinischen Spruch. Elisabeth übersetzte, was darauf stand: *Da stürzte Saul zur Erde, so lang er war, und geriet in große Furcht.*

Muhme Grosse drehte den Zettel hin und her und wandte sich dann an Alleke. »Wenn wir deinen Gatten retten sollen, Frau, dann braucht es Gottes Hilfe zu unserer dazu. Versprecht dem Herrn einen großen Dienst, eine Wallfahrt, ein Kirchenfenster, eine Kapelle. Und betet, dass sich unser Gott kaufen lässt.«

Alleke nickte. »Meint Ihr, dann könnte ich auch Kindlein bekommen?« Ihre Augen glänzten.

Die Grosse warf ihr einen vernichtenden Blick zu. »Eins nach dem anderen, Frauchen. Erst mal müssen wir deinen Mann wieder auf die Beine bringen, dann kannst du den Herrn mit deinen Wünschen belagern. Geh und bete für deinen Mann!«

Dann wandte sie sich an Elisabeth. »Geh damit zum Doktor Buydessin. Er hat ein Laboratorium mit jeder Menge Alambiks, Phiolen und Feuerchen. Lass ihn prüfen, ob dies Mercurius ist«, sagte die Muhme und drehte den Zettel zwischen ihren knotigen Fingern hin und her.

ALLERHEILIGEN
Montag, 1. November im Jahr des Herrn 1400

Das hieße ja, eine Menge Geld könnte jeden besser und verdienter machen, wenn sie so ohne Weiteres zu Verdienst oder Vergrößerung des Verdienstes beizutragen vermöchte, und die Menschen könnten je reicher, desto besser werden.
Peter Abaelard, Kenne dich selbst

Die Messe, der Chorgesang, das Gebet mit den Brüdern des Zisterzienserklosters von Reinfeld, all dies erhob Richard nicht von Erden. Es erlöste ihn nicht von der Schuld, die stets an ihm nagte, gemischt mit einem Gefühl von Selbstmitleid, das ihm einreden wollte, sein Fortgang aus dem Ordensland habe sein Leben nicht geändert. Er hatte seine Arbeit nicht gewechselt, er war Krieger, tötete Menschen, war immer noch Hinrichter. Ihm war, als könne er nichts anderes, und dies müsste so bleiben.

Zeitweilig fand er Erlösung im Umgang mit Bandix. Wäre er Erbe vom Gut Hardin gewesen und hätte heiraten dürfen, dann hätte er vielleicht genau solch einen Sohn gehabt. Einen mutigen und draufgängerischen kleinen Jungen. Doch als Zweitgeborenem war ihm dies nicht beschieden. Sie teilten sich ein Kämmerchen im Gästehaus und verbrachten die Abende auf einem breiten Bett, das sonst einer der adligen Klostergäste für sich allein gehabt hätte. Daher fühlten sie sich wie Könige, naschten Äpfel und Haselnüsse und tratschten wie die Mönche in der Recreatio. Richard ließ sich erste Schreibversuche aus den Unterrichtsstunden vorweisen, die Bandix auch stolz präsentierte. Doch abgesehen davon schwieg Bandix sich geflissentlich über die Klosterschule aus, konnte aber nicht genug davon bekommen, von Störtebekers Heldentaten zu erzählen. Zuerst hatte Richard nur zugehört, doch seit einigen Tagen hinterfragte er das, was der Junge berichtete.

»Störtebeker hat vor Stockholm Hunderte erschlagen und war der Held der Befreiung der Stadt.«

»Aber er ist nicht als Stifter der Messe zum Gedenken an den Sieg der Befreier erwähnt, Bandix. Ich habe die Widmung gelesen.«

»So was war ihm nicht wichtig. Er sagte immer: Gottes Freund und aller Welt Feind, so sind die Likedeeler!«

»Kann man darauf stolz sein, alle Welt zu Feinden zu haben? Denk mal nach.«

»Er war so stolz, weil er ein Adliger war.«

Richard schluckte. »Hat er das erzählt?«

»Nein, aber das hab ich gehört.« Bandix zog seine Stirn kraus. »Stimmt das nicht?«

»Ich hab gehört, dass er als ganz junger Mann in Wismar in eine Schlägerei verwickelt war. Vielleicht war er nur ein Draufgänger, den die Wismaraner rausgeworfen haben.«

»In Friesland erzählt man, er sei in Halsmühlen bei Verden geboren, als Sohn eines Ritters.«

»Aber das kann doch nicht beides gleichzeitig wahr sein, Bandix, was meinst du?«

»Das kann beides wahr sein. Er war auch ein großer Kämpfer und ein großartiger Kapitän«, verteidigte Bandix seinen Helden lautstark.

»Du hast ihn sehr gemocht, was?«

»Ich war sein Lehrling, das war schon was.«

»Was heißt Lehrling?«

»Na, das hat der Störtebeker gesagt. Wenn ein Zimmermann einen Jungen in seine Werkstatt aufnimmt, wird der Zimmermann. Er hat mich aufs Schiff mitgenommen, also werde ich mal Kapitän. Das ist besser als kritzeln und lesen.«

Richard seufzte. »Weißt du, Bandix, jeder Kapitän muss lesen und schreiben können.«

»Was verstehst du schon von der See, Herr Richard?«

Richard schmunzelte. Recht hatte Bandix. Von der See verstand er nichts. Aber er wusste, dass lesen gut für die Seele war.

Deshalb brachte er Bandix jeden Morgen zum Lesemeister der Schule und suchte sich selbst echte Arbeit. Er half den drei Konversen des Klosters beim Veredeln der Äpfel, die in den letzten Wochen geerntet worden waren, schnitt Früchte, in Scheiben zum Dörren und in Schnipsel für Wein. Die Brüder fanden seine Anwesenheit nicht mehr befremdlich, und er fand Ruhe bei den Tätigkeiten, die er schon als Knirps gemocht hatte, bevor er zum Orden gegeben wurde.

Doch ihn ließ die Frage nicht los, wie er den Jungen für ein gutes Leben gewinnen könne, wo er doch selbst kein solches führte.

Als würde er Richards Gedanken lesen, sandte der Abt ihm gewagte Schriften zum Lesen: ein Bändchen mit Auszügen aus Werken des Ketzers William von Ockham, der seinen scharfen Verstand und die Logik benutzte, um zum Wesen der Dinge vorzudringen, und als Gegenstück eine Abschrift aus dem Büchlein des Jan van Ruysbroec, des letztverstorbenen Doctor Ecstaticus. Richard versenkte sich in seine Schrift »Van seven trappen in den graed der gheesteliker Minnen«, doch er fand darin nicht die Stärkung wie in Abaelards Werken. Doch um diese mochte er nicht bitten, sie waren zu verrufen.

Mit den Büchern schickte der Klostervater den bescheidenen Gästen täglich Wachskerzen, Bier und feine, frische Brötchen für eine späte Schmauserei, sodass sie es sich am Abend noch gut gehen ließen. Bandix hörte mit großer Begeisterung Richards wilde Geschichten von den heidnischen Litauern. In Wirklichkeit waren die Litauer, die er kannte, gar nicht so heidnisch gewesen, als dass er viele wilde Geschichten von ihnen erzählen könnte. Also schmückte Richard alte Berichte aus den Ordenschroniken mit gruseligen Einzelheiten aus: Er erzählte von Priesterinnen, die in Heiligtümern dem Pferdegott Menschenopfer brachten, berichtete, dass Ordensritter, die von den Litauern gefangen wurden, bei lebendigem Leibe verbrannt wurden, in ihrer Rüstung, hoch zu Ross.

»Die haben die Pferde mit verbrannt?«

»Ja, Pferd, Mann und auch die Hunde.

»Aber ich dachte, die haben Pferdegötter?«

»Nein, nur Heiligtümer aus Pfählen mit Pferdeköpfen obendrauf. Dort hausen die Priesterinnen und beschwören die Dämonen der Winde und Wälder.«

In Wahrheit war seit Witolds Übertritt zum Christentum nur die tiefste Wildnis von Samaiten heidnisch geblieben. Die Grausamkeiten, die jene Gegend heimsuchten, kannte er nur allzu gut. Sie wurden in das Land getragen, durch die Litauerreysen seiner Brüder und derer Gäste.

»Die Likedeeler haben keinen verbrannt. Das ist grausam«, murmelte Bandix zögerlich.

»Aber?«

»Einmal hab ich gesehen, wie sie einem Jungen die Augen ausgestochen und die Kniekehlen zerschnitten haben. Der Vater von dem musste zugucken. Er hat gebettelt, dass sie den Sohn verschonen. Der Junge hatte richtig viel Angst und hat auch gefleht, sie mögen ihn doch freilassen. Das war schlimm. Der Vater ist so wütend geworden, dass er auf den Kapitän losging, und der hat ihn dann erstochen. Aber das war nur einmal. Die meisten haben wir einfach über die Planke geschickt. Wer nicht bei uns mitmachen wollte, musste über die Planke.« Der Junge legte den Kopf an Richards Schulter.

»War das auch schlimm?«

»Die haben oft geweint, bevor der Maat sie runtergeschubst hat«, flüsterte Bandix. »Oder nach ihrer Mutter gerufen, da haben die anderen gelacht. Aber ich nicht. Ich fand das traurig.«

»Bestimmt hat Maria im Himmel sie zu sich genommen«, sagte Richard und nahm Bandix fest in den Arm. »Sie ist für alle die Mutter.«

»Auch für mich? Auch wenn ich dabei war?« Bandixens Augen waren feucht geworden.

»Ja, für dich und für mich. Und ich habe auch schlimme Dinge getan.«

Der Junge schwieg.

»Du kannst mit der Gottesmutter reden, wann immer du willst. Hör mal, so …« Richard sprach ein Ave-Maria.

Bandix starrte in die Kerze.

Richard glaubte, die Zeit sei gekommen, Bandixens großen Helden zu hinterfragen. »Hast du eigentlich immer geglaubt, dass Störtebeker das Richtige getan hat?«

Der Junge rückte von ihm ab, nahm ein Brötchen und biss wütend hinein. Als er geschluckt hatte, sah er Richard trotzig an. »Klar. Alle haben ihm vertraut. Er wusste mehr als wir. Und er hat auch immer recht gehabt, bis zum Schluss«, sagte Bandix.

»Wie meinst du das?«

»Er hat uns versprochen, dass keiner von uns nach Gottes Recht gerichtet werden kann. Und das ist auch nicht passiert.« Der Junge pfefferte das angebissene Brötchen in die Schale.

Richard wartete ein paar Augenblicke, dann fragte er weiter: »Die Hamburger haben die Seeräuber nach ihrem Recht verurteilt, nur dich haben sie verschont. Meinst du, das war nicht Gottes Werk?«

»Das war Teufels Werk.«

»Warum?«

»Die anderen waren Gottes Freunde. Sie waren so stark, sie haben nichts gestanden.«

»Aber du bist Kind des Herrn, wie sie.«

»Nein, ich habe sie verraten.«

Er drehte den Kopf weg, aber Richard nahm ihn in den Arm. »Du hast keinen verraten, du hast die Wahrheit gesprochen.«

Bandixens Augen waren feucht, doch er verbot sich zu weinen. »Die anderen, die haben von der Folter nichts gemerkt, weil sie nämlich Gottes Freunde waren, genau wie Störtebeker es geweissagt hat. Nur mir hat das wehgetan, als mich der Henker gekniffen hat. Und da habe ich gewusst, dass der Teufel nach mir greift, und ich habe Angst bekommen, dass Gott sich von mir abwendet.« Er zog die Nase hoch, seine Stimme wurde ganz hoch. »Die Muhme, bei der ich war, als ich ganz klein war, die hat immer gesagt, Gott liebt die Wahrheit, und da hab ich die Wahrheit gesagt. Aber das war genau, was der Teufel gewollt hat. Aber ich hab das doch nicht gewusst.« Jetzt schluchzte der Junge ganz erbärmlich.

Richard zog ihn wieder an sich. »Wie kommt es denn, dass die anderen unter der Folter nicht gelitten haben?«

»Das hat doch der liebe Gott gemacht.«

»Und woher weißt du das? Vielleicht steckte da der Teufel drin.«

»Nein! Sogar der Hamburger, der aufs Schiff kam, hat dem Störtebeker gesagt, er wüsste ein Mittel, um uns zu helfen, weil Gott unser Freund ist.«

»Der Hamburger?«

»Ja, in der Nacht vor der Schlacht bei Helgoland.«

»Was wollte der?«

»Der kam von einem Fischerboot und wollte den Kapitän sprechen. Störtebeker hat ihn begrüßt wie einen Freund. Ich bin ihnen nachgeschlichen. Er sagte was wie: ›Egal, wie es morgen ausgeht, ich hol Euch da raus, mit Gottes Hilfe‹.«

»Wie hat der denn ausgesehen?«

»Weiß nicht, groß war er, und er hatte einen Gugel auf und einen Mantel an.«

»Worum ging es dann noch?«

»Weiß ich nicht, sie sind nämlich in die Kajüte gegangen. Aber am nächsten Morgen waren die Hamburger da, eine riesige Übermacht. Da hat der Kapitän eine Rede gehalten und gesagt, dass wir uns nicht fürchten sollten vor der Masse der Schiffe. Selbst wenn wir gefangen würden, dann könnte man uns nicht nach Gottes Recht richten. Gefängnis und Folter in Hamburg würden uns nichts anhaben. Wenn wir keine Verbrechen gestehen würden, dann kämen wir auch frei. Und so war das ja auch.«

Bandix zog wieder die Nase hoch, seine Stimme klang gejagt. »Die Hamburger konnten doch meine Leute gar nicht richten, wo die doch nicht gestanden haben. Deshalb haben sie mit dem Teufel paktiert. Und ich war sein Werkzeug. Ich. Deshalb musste ich übrig bleiben, weil ich alle verraten habe. Da ist der Teufel drin.« Nun schluchzte er so schmerzerfüllt, dass es Richard den Hals zuschnürte.

»Nein, Bandix, nein, so einfach ist das nicht. Die Likedeeler sind gestorben, weil sie gemordet und geraubt haben. Auf die eine oder andere Art bezahlt man immer für seine Mordtaten.«

»Aber warum musste ich übrig bleiben?«

»Weil du Mitleid hattest. Willst du wissen, wofür genau deine Kumpanen gebüßt haben? Es hat dich doch gerührt, wie sie damals dem Jungen die Augen ausgestochen und den Vater ermordet haben. Da hattest du Mitleid und sie nicht. Darum starben sie, und dir hat Gott alles, alles verziehen, denn du hast ein gutes Herz.«

Der Junge schluchzte noch einige Male, dann versiegten seine Tränen. Richard hielt ihn im Arm, ganz fest. Bevor Bandix einschlief, sagte er: »Das war schlimm, mit dem Jungen damals.«

Erst am nächsten Abend traute sich Richard, den Jungen nach dem zu fragen, was die Bande der gierigen Hamburger so sehr bewegt hatte. »Ich frag mich die ganze Zeit, was aus dem Likedeeler-Schatz geworden ist. Die fetten Kaufleute waren da bannich hinterher. Ist der noch auf der Roten Düwel?«

Der Junge schmunzelte. »Erst wenn sie das Schiff abwracken, finden sie ihn. Störtebeker hat immer gesagt, sein Schatz sei tief unter der Erde, hart am Mast und hoch auf See. Er sei umwandet wie die Evangelisten und klug wie die Apostel. Und Störtebeker hat gesagt, der Schatz mache jeden frei, der ihn zu nutzen versteht.«

»Der Schatz ist im Mast?«

»Nein, Herr Richard. Man kann doch kein Loch in den Mast bohren. Hart am Mast, hab ich gesagt.«

Nun wusste Richard das große Geheimnis des kleinen Seeräubers. Ein Geheimnis, das den Jungen in Lebensgefahr bringen mochte, obwohl weder Bandix noch er es wirklich verstanden.

DAS FEST DES HEILIGEN MARTIN

Donnerstag, 11. November im Jahr des Herrn 1400

Denn häufig entspringt ein und dieselbe Tat verschiedenen Absichten, bei dem einen aus Gerechtigkeit, bei dem anderen aus Schlechtigkeit.
Peter Abaelard, Kenne dich selbst

Tägliche Dampfbäder, die Haut danach von Elisabeth heftig abgeschrubbt und von Alleke sorgsam eingeölt, einmal am Tag ein Einlauf, stündlich ein Becher voll Entgiftungstrank aus Angelikawurz und getrocknetem Spargel, Honigholundertee und Hildegardentaler zur Stärkung, immer wieder Hühnersuppe, am Abend goldene Zitrusfrüchte vom Mittelmeer, gekauft bei der Kaufmannsfamilie Jordan aus Lübeck für ihr Gewicht in Silber. Morgens, mittags, abends Gebetsübungen, dazwischen Schlaf, nichts als Schlaf. Das alles brachte Niclas Schoke langsam, aber sicher ins Leben zurück. Er aß wieder, redete sinnvoll und schlief ruhig. Er beriet sich mit dem wallfahrtserfahrenen Pfarrer von Sankt Jacobi, wie er göttlichen Segen erhalten könnte, und lenkte seine Hoffnungen auf eine Pilgerreise zur See zu den Stätten des heiligen Jakobus.

Für den Martinstag zahlte er dem Pfarrer von Sankt Jacobi eine Mark für ein Hochamt, an dem er einen heiligen Schwur tun wollte, danach sollte zu Hause gefeiert werden bei Gans und rotem Wein.

Die schmale, helle Kirche war gefüllt mit guten Hamburgern, hoch und niedrig. Die Honoratioren des Kirchspiels saßen in ihrem Gestühl, für die anderen Ratsherren und ihre Damen hatte man Bänke hineingeschafft. Dahinter standen die Freunde der Englandfahrer und jene, die durch Schoke Arbeit und Brot bekommen hatten: Schiffssoldaten, Bootsbauer, Werftarbeiter, Schiffer, Seeleute, Handwerker. Massen von Neugierigen, aus allen Kirchspielen und allen Lebenslagen, drängten sich hinten ins Kirchenschiff, darunter viele, die hofften, einiges vom göttlichen Segen abzubekommen, den sich der hohe Herr zu erwerben gedachte.

Niclas Schoke hatte kein Büßergewand angezogen. »Gebüßt hast du schon genug, Niclas, für welche Sünde auch immer«, hatte Elisabeth gesagt. Doch statt der Robe der Ratsherren mit der schweren

Kette trug er Pilgerkleidung: feste Stiefel, Wollhosen, den weiten braunen Mantel und den Hut mit der breiten Krempe und den Wanderstab. Während der ganzen Messe kniete er. Zum Schluss der Messe bat er laut den Herrn um Vergebung für seine Sünden. »Ich habe im Krieg um mich geschlagen und getötet, vergib mir, oh Herr. Ich schwöre, zu heiligen Orten zu pilgern, um dort deinen Segen, oh Herr, zu erflehen, als Dank für die Gesundheit meines Leibes und mit der Bitte, dass du meinem Weib einen fruchtbaren Leib schenken magst.«

Geseke schüttelte den Kopf. Sie stellte sich unter guten Taten etwas anderes vor. Eher das, was Simon getan hatte, als er den Beginen das Bier für die eingekerkerten Seeräuber hatte bringen lassen. Aber all die Risiken einer Wallfahrt auf sich zu nehmen, erschien ihr doch zu selbstzerstörerisch. Räuber, Wölfe, Stürme, Krankheiten rafften jeden fünften Pilger dahin. Dann konnte man nichts mehr Gutes tun und auch nichts für seine Familie. Geseke war in Betrachtungen über die rechte Frömmigkeit versunken, als die Kirchentür aufgerissen wurde. Ein Kerl stürmte herein und schrie: »Freunde, sie schleppen Störtebekers Holk weg. Sie wollen die Rode Düwel schlachten.«

Sofort entstand ein Tumult. Jemand schrie: »Die gehört den Armen!«

Eine Frau kreischte: »Von Utrecht hat sie uns versprochen!«

»Schande, Schande und Vernichtung!«, brüllte jemand, und ein anderer: »Sie wollen Störtebekers Schatz klauen!«

Dann war zu hören: »Nieder mit den Englandfahrern, nieder mit dem Rat!«

Einige rannten aus der Kirche hinab zum Hafen, andere stießen die Freunde der Schokes zur Seite und versuchten, sich zu den Ratsleuten nach vorn zu drängen.

»Tod den Schokes!«, brüllte jemand.

Einige Ratsfrauen weinten verängstigt, die Männer gestikulierten wild. Die beiden Bürgermeister brüllten nach den Stadtwachen. Jüngere Männer stürzten nach hinten, um die Vitalierfreunde zurückzudrängen. Noch wurden keine Waffen in der Kirche gezogen, noch war die Heiligkeit des Raums ungebrochen, doch das Gedränge wogte grob hin und her, und so mancher wilder Fluch erscholl im Hause Gottes.

Die Vitalierfreunde skandierten wild: »Nieder mit Schoke, nieder mit dem Rat!«

Um die Lage zu überblicken, stieg Geseke auf den Stuhl, den sie als Ratsherrengattin in der Kirche nutzen durfte. Sie wusste, dass Johann in der Kirche war, konnte ihn im Gewühl nicht ausmachen, wohl aber die kleine Trudika, die sich zielstrebig durch das Gewühl nach hinten drängte. Niclas Schoke wurde von seiner Frau gestützt, seine Haut war unnatürlich weiß, seine Augen weit aufgerissen. Geseke sah, wie sich Elisabeth zu ihrem Patienten nach vorn drängte. Sie packte ihn am Arm und zog ihn zur Apsis der Kirche, doch Alleke lief verängstigt zurück, rief nach ihrer Trudika. Wild entschlossen stürzte sie sich in die Menge verängstigter und weinender Patrizier, riss das kleine schwarzhaarige Mädchen aus dem Gewühl heraus und zerrte sie in die Sakristei.

»Mutter!«, schrie Trudika verzweifelt, als Alleke sie fortriss. Dabei meinte sie offensichtlich nicht Alleke Schoke, sondern jemanden hinten in der Kirche. Neugierig erhob Geseke sich auf die Zehenspitzen, als sie am Arm von der Bank gezerrt wurde. Der eisenharte Griff gehörte nicht Johann, wie ihr Herz es gewünscht hatte, sondern Simon von Utrecht. Er schleppte sie zum Altar.

»Wir sorgen jetzt für Frieden, du und ich!«, rief er über das Geheul hinweg.

Vor dem Altar brüllte er dreimal mit Stentorenstimme: »Ruhe, Bürger!«, dann war in der Tat Stille in der Kirche.

»Leute und Bürger von Hamburg. Seht her, neben mir steht die Tochter des Albert Schreye, des Haupts der Englandfahrer. Sie ist bei mir, um zu bezeugen, dass wahr ist, was ich Euch sagen will. Die Rode Düwel wird nicht abgewrackt. Ich werde sie kaufen, mit der Hilfe dieser edlen Frau hier. Dann werde ich sie aufrüsten lassen, als Fredeschiff gegen freche Piraten. So gehört sie dann Euch!«

Geseke hatte niemanden wissen lassen wollen, dass sie von Utrecht unterstützte. Doch der hielt sie am Arm fest und fuhr fort: »Vorher aber werde ich das Schiff durchsuchen, von oben bis unten. Und wenn es einen Schatz der Seeräuber gibt, dann werde ich ihn finden, und er soll den Bürgern der Stadt gehören!«

Die Hochrufe erschallten so laut in der Kirche, dass Geseke die Ohren klangen. Sie machte ihren Arm von Simon los und stieg so anmutig, wie es ihr möglich war, die Stufen vom Altar hinab. Sie wollte am liebsten im Boden versinken, so unangenehm war ihr dieses Theater vor Sigvrid und vor ihrem ganzen Haus.

Als sie sich zu Simon umdrehte, stand er breitbeinig vor dem Altar, die Hände in die Hüften gestützt, und ließ sich feiern.

Niclas Schoke zitterte am ganzen Leib, als Alleke und Elisabeth ihn aus der Sakristei führten. Sie hatten den Aufruhr hinter den Weihnachtsparamenten versteckt abgewartet, voll Angst und mit gespitzten Ohren, neugierig, was in der Kirche geschehe. Nun wollten die Frauen und das Kind mit dem stöhnenden und bebenden Schiffsherrn zurück in den Speersort. Doch als er ans Sonnenlicht trat, schreckte er zusammen. Elisabeth packte ihn und zerrte ihn die Steinstraße hinauf durch das Schultor nach Hause. Er wehrte sich gegen ihren Griff, aber so abgemagert wie er noch war, konnte er ihr nichts entgegensetzen. Er wimmerte gotterbärmlich. Als Alleke Schoke sah, was geschah, flüsterte sie ihrer geliebten Trudika ins Ohr, sie möge zu Buydessin laufen. Elisabeth hörte es mit einiger Verärgerung, doch sie wandte sich ihrem widerspenstigen Patienten zu und tat, was sie konnte.

Schoke wurde in warme Decken eingewickelt und atmete Lavendeldampf ein, um seine Nerven zu beruhigen. Doch es war nicht Elisabeth, die ihn versorgte. Alleke hatte ihr befohlen, ihren Mann nicht anzufassen und in die Küche zu gehen. Unwillig hatte Elisabeth ihr teures Lavendelöl hergegeben.

Nun wartete sie auf weitere Anweisungen und betete leise für den Schiffsherrn. Muhme Grosse hatte gesagt, dass die Heilung einer Quecksilbervergiftung nur langsam und manchmal gar nicht möglich sei. Sie hatte insgeheim auf den Segen des Wallfahrtsversprechens gesetzt, doch der Aufruhr in der Kirche hatte das Gegenteil bewirkt.

Elisabeth betete den dritten Rosenkranz, und die neue Köchin sah sie mit einem scheelen Blick an, als sie Flüstern vernahm. »Latein«, sagte Elisabeth mit einem freundlichen Lächeln, aber die einfache Frau bekreuzigte sich und lief davon.

Buydessin kam mit seinem hochnäsigen Gehilfen und dem gesamten Arztgeschirr an Adermesserchen und Blutegeln. Er nahm sie kaum zur Kenntnis, als sie aus der Küche trat, um ihn zu begrüßen. Ebenso kühl bat Alleke sie, den Arzt mit dem Patienten allein zu lassen.

Elisabeth verstand wohl, was in der Ratsgattin vor sich ging. Rückfälle führten oft zu Zweifel an dem Heiler. Alle Menschen wünschten sich Heilung sofort – und in ihrem tiefsten Inneren wünschten sich dies auch alle Heiler. Doch die schlimmsten Übel blieben lange im Menschen und mussten tagtäglich bekämpft werden: mit Gebeten und gutem Leben, mit Diäten und Geduld. Aber das wollte kaum jemand hören. Der Arzt sollte dafür sorgen, dass alles so wurde wie vorher. Elisabeth ahnte, dass sie im Speersort nicht mehr willkommen war. Ein Gefühl von Enttäuschung und Verrat griff nach ihr, doch sie betete dagegen an und sammelte ihre Kräuter zusammen, um zu gehen. Als sie ihre Medizintasche umhängte, erhoben sich Stimmen im Schlafzimmer. Niclas war zu hören. Er keifte wie ein Waschweib, doch sie verstand nicht, was er sagte. Dann rannte Trudika die Treppe hinab in den Hof und schrie nach den Knechten.

Gerade als sie zur Hoftür hinauswollte, stürmten zwei der Hofbüttel auf Elisabeth zu. Einer packte sie an den Armen, und der zweite verpasste ihr eine Ohrfeige und einen Tritt in den Bauch. Sie krümmte sich vor Schmerzen und sank auf der Schwelle des Hauses nieder.

⚜

Geseke senkte den Blick, als Sigvrid der Ältere grob ihren Arm nahm, um sie aus der leeren Kirche nach Hause zu führen. Sie befürchtete Schlimmstes: einen Wutausbruch, Ohrfeigen, Schändung. All das kannte sie zur Genüge. Doch ihre große Angst war, dass er öffentlich auf sie losginge, denn das Gesicht ihres Gatten war rot vor Wut. Er zerrte sie über den Pferdemarkt, und sie ließ es mit sich geschehen. Sich wehren würde nur die Blicke der Bürger und Beisassen auf sie lenken. Ein zerstrittenes Ratsehepaar wäre der Klatsch des Tages. So ließ sie sich in ihre Haustür stoßen und die Treppe hinaufschleppen.

Sigvrid schlug die Tür zu. »Von Utrecht tanzt mit dir wie ein Gockel? Er macht Geschäfte mit dir und bespricht seine Komplotte mit dir? Was noch, du Hure?«

»Ich bin dir eine treue Ehefrau, und das weißt du auch«, sagte Geseke ruhig. Sie wusste, was folgen würde.

Er schlug sie ins Gesicht. »Du bist eine vertrocknete alte Hündin!«

Sollte er sie nur weiter beschimpfen. Gleich würde er sie nehmen wollen, und dann war es bald vorbei.

In Jannes Armen könnte er sich dann trösten lassen über die Schmach, dass seine Frau über eigenes Geld verfügte, von dem er nicht einmal wusste, woher es kam. Geseke ließ sich auf die Matratze sinken. In der Tat geschah, was sie erwartet hatte, aber nicht auf dem Bett. Er zerrte sie auf den Boden und befahl ihr, seine Hündin zu sein. Kurz dachte sie an das göttliche Verbot der Sodomie, wollte sich wehren, doch dann ließ sie es einfach geschehen: Und als er sie zu seinem Vergnügen würgte, schloss sie die Augen und bat den Herrn um Vergebung für ihren Hochmut. Denn was anderes war dies als die Strafe des Herrn? Die Erniedrigungen in der Ehe waren der Preis, den sie für ihre Freiheiten zahlte. Sigvrid stieß brutal in sie hinein. Sie schrie vor Schmerz. Das gefiel ihm, und so wurde er schnell fertig. Geseke sank auf den Boden. Stumm dankte sie dem Herrn, dass die Prüfung so kurz gewesen war.

Sie dachte, ihr Mann würde einfach gehen, aber sie hatte sich geirrt. Er zog sie an ihrem schönen bestickten Mieder zu sich hoch und sah ihr ins von den Schlägen geschwollene Gesicht.

»Du bleibst jetzt hier im Zimmer und gehst nicht mehr hinaus, egal, ob dein Vetter, der hohe Herr Bürgermeister, bei mir für dich vorspricht oder nicht. Er hat mir in mein Haus nicht hereinzureden, der aufgeblasene Marquard. Vorbei ist es mit dem Umherlaufen und Intrigenspinnen. Das bleibt so, bis du Kinder wirfst, und zwar meine – und keine Utrechtsbälger. Janne wird schon aufpassen.«

Er ließ sie zu Boden fallen und trat ihr in den Bauch. Vor Schmerz vergingen ihr fast die Sinne.

Geseke hörte noch, wie er einen Balken vor die Tür legte, dann gab sie sich ihren Tränen hin.

FREITAG NACH DEM HEILIGEN MARTIN
12. November im Jahr des Herrn 1400

Nirgends kann es Leiden geben, wenn nicht in irgendeinem Punkt etwas wider den Willen geschieht.
Peter Abaelard, Kenne dich selbst

Während Richards Wunde geheilt war, hatten Herbststürme gewütet. Als sich die Sonne wieder zeigte und nur noch ein kühles Lüftchen wehte, machten sich die Mönche daran, den riesigen Karpfenteich des Klosters zu Reinfeld abzufischen. Durch ein komplexes System von Schleusen wurde in der Nacht das Wasser abgelassen. Richard und Bandix stiegen in lange Lederstiefel und sammelten gemeinsam mit Mönchen und Laienbrüdern aus dem matschigen Boden die zappelnden Karpfen, die das Wasser nicht zur Schleuse gesogen hatte. Sie waren die Garbenleser des Klosterteichs.

Fröhlich Fische erntend, ließen sie sich mit ihren Eimern immer weiter vom geselligen Schaffen der anderen forttreiben. Der Teich verengte sich durch ein Weidengebüsch. In der Ferne zappelten zahlreiche Wasserbewohner silbrig auf einer trockenen Fläche.

»Guck mal, wie viele da sind, Herr Richard.« Bandix leerte seinen Eimer in einen Sack, den Richard über der Schulter trug, und lief voraus. Richard freute sich an jeder Bewegung, die er schmerzfrei machen konnte. Der Sack mit den zappelnden Fischen war lästig, aber seine Verletzung war verheilt, sie bereitete ihm keine Pein. Er hob die kleinen Fische auf, die Bandix auf seinem rasenden Sammellauf liegen ließ, und warf sie in tiefere Pfützen, auf dass aus ihnen im nächsten Jahr leckere dicke Schlammgründler würden. In der Ferne erntete Bandix mit beiden Händen Karpfen in seinen Eimer.

Richard schloss die Augen und ließ die Strahlen der warmen Novembersonne auf sein Gesicht scheinen. Er dankte Gott für die Gnade eines schönen Tages und bückte sich vorsichtig nach einem zappelnden Jungfisch, als er ein dumpfes Stöhnen hörte. Er blickte auf und sah Bandix nicht mehr. Wo eben noch der kleine Seeräuber gestanden hatte, lag nur noch der Ledereimer. Richard schrie Bandixens Namen, befreite sich vom Schultersack, lief dorthin, wo eben noch der Junge gewesen war.

Im Matsch waren Spuren zu sehen, die zum Ufer führten. Am Saum des Sees bewegte sich etwas im Unterholz, und Richard lief, so schnell er konnte. Aber die, die den Jungen mit sich genommen hatten, waren schneller als er. Ihre Spur verlief im Nichts.

Bis spät in die Nacht suchten mehr als hundert Männer nach dem Kind. Ganz Reinfeld war von Fackeln erhellt. Die Mönche durchstreiften zu Fuß das Gebüsch; jeder, der ein Pferd hatte, ritt alle bekannten Pfade ab. Es war vergebens. Die Entführer hatten eine Viertelstunde Vorsprung gewonnen, bis Richard das Klostervolk zur Hilfe hatte rufen können. Dann läuteten sie Alarm, und das Dorf lief zusammen, alle bereit, dem Kind zu helfen. Keiner wollte aufgeben, alle strömten aus. Doch als sie in der Nacht zurückkehrten, wussten sie, dass es vergebens war. Sie verloren sich in Spekulationen darüber, wer den Kleinen entführt haben könnte: die Viehdiebe, wendische Kinderfresser, der Teufel.

Der Abt nahm Richard beiseite. »Ich habe Euch nie gefragt, Herr Richard, wessen Kind der Junge ist. Es war nicht Eurer, das konnte man sehen. Wer könnte ihn geholt haben, bei allen Heiligen?«

»Er hatte keine Eltern, aber Feinde. Tödliche Feinde mit Einfluss und Geld. Vor ihnen sollte ich ihn beschützen. Doch ich habe versagt.« Richard wandte sich ab, damit der Klostervater nicht die Tränen in seinen Augen sah. Der alte Mönch machte ein Segenszeichen über ihn und ließ ihn allein.

Es war die erste Stunde des neuen Tages, als der Abt die Suche abbrechen ließ. Trotzdem erhoben sich die Mönche vier Stunden später zu den Laudes, und auch Richard fand sich ein. Doch sie konnten dem Loblied des Morgens keine Kraft einhauchen, war der Junge in seiner Lebendigkeit doch allen ans Herz gewachsen.

Als der Morgen graute, öffnete der Portarius die Tür für Richard, der sich zu Pferd auf die Suche machen wollte. Doch er brauchte nicht fortzureiten. Vor den Klostertüren lag der Junge, ein blutendes Bündel Mensch mit eingeschlagenem Schädel.

Janne klopfte nicht an, denn sie war nun Herrin des Hauses. Geseke hörte sie am Balken hantieren und hatte nur einen Wimpernschlag Zeit, ihr Tageswerk unter dem Bett zu verstecken. Denn sie zerriss ihre Mitgift. Schweigend nahm sie Janne die Suppe ab. Als Janne an einem Schultertuch auf ihrem Kleiderständer herumfingerte, riss sie die Stola von dem Gestell und drückte sie ihr in die Hand. »Nimm und verschwinde.«

Das triumphierende Lächeln der Magd verschwand unter Gesekes Blick. Mit einem herablassenden Schnalzen drehte sich die große blonde Frau um und ging. Geseke goss die Suppe aus dem Fenster und zog die Tuchstreifen unter dem Bett hervor: Vier Brüsseler Leinenbetttücher und drei bestickte venezianische Tischdecken – durchaus nicht die schlechtesten Stücke ihrer Aussteuer – würden für ein Seil vom Bettpfosten zum Fenster und in den Hof hinab reichen. Entschlossen knotete sie das wertvolle Leinen aneinander. Bald würde sie nicht mehr hier sein. Es gab keinen Grund mehr, das Leid zu ertragen. Ihr Einfluss auf Sigvrid war verflogen. Ohne das Recht, aus dem Haus zu gehen, konnte sie für niemanden anderen nützlich sein, nicht einmal für Sigvrid den Jüngeren. Wie auch immer, sie musste Sigvrid zwingen, ihr ihre Freiheit wiederzugeben. Deshalb war es wichtig, dass der Buydessin alsbald ihre Blessuren bezeugte, damit ihr Vater für sie eintreten konnte.

In der Dämmerung dankte sie Gott, die Tochter eines Schifferführers zu sein, als sie die Tuchstreifen mit einem Seemannsknoten an den Pfosten des Himmelbettes knotete. Mit Vergnügen warf sie den besten und den zweitbesten Bettpfuhl aus dem Fenster in den nassen Hof und seilte sich vorsichtig ab. Ihre Hände brannten wie Feuer, als sie am Tuch entlangrutschte. Sie landete mit einem ungeschickten Plumpsen auf ihren Federbetten und rannte zur Hoftür. Unter ihren Röcken klimperte ihre pralle Geldkatze. Sie musste ohne Trippen laufen, leise wie eine Katze. Ihre feinen Lederschuhe saugten den Straßendreck auf, und ihre Füße wurden nass wie die einer Straßengöre.

Es waren nur ein paar Schritte bis zum Haus ihres Vaters, doch es waren die wichtigsten Schritte ihres Lebens. Sie lief zu ihrem einzigen Hafen, wie sicher auch immer er sei. Durch die Seitentür drückte sie sich in die Diele. In der Dornse spielte ihre Familie Karnöffel. Sie schlich an ihnen vorbei zur Küche, wo sie jene Frau fand, nach der sie sich sehnte: Anneke Grise, die Magd ihrer Mutter, das starke Weib. Mit klopfendem Herzen ließ sie sich in ihre Arme sinken.

Der Infirmarius wusch Bandixens Kopf mit Wein, dann rasierte er das Haar. Richard hielt das Kind. Bandix bewegte sich nicht, auch wenn unter den Lidern seine Augen zuckten. Schließlich wusch der Mönch die Wunde mit dem Aqua vitae. Mit jedem Arbeitsschritt wirkte er besorgter.

»Er fühlt nichts mehr«, sagte der Infirmarius.

»Aber er lebt noch.«

»Kaum.«

Der Arzt verband die Kopfwunde vorsichtig. Dann zog er dem Jungen die blutverschmierten Kleider aus, und mit jedem befreiten Körperteil enthüllte er mehr Entsetzen. An Armen und Beinen, an den kleinen Händen und Füßen waren gräuliche Wunden zu sehen. Verbrennungen, Blutgerinnsel und aufgerissene Haut. Ungeschickte, schmerzhafte Foltermethoden, die das Opfer auf ewig zeichneten und weitaus mehr Schmerz zufügten, als nötig war, um den Geist eines Menschen zu brechen. Die Übeltäter hatten sich einen Spaß daraus gemacht, den Jungen zu misshandeln. Über und über war der kleine Körper mit Wunden und Flecken übersät. Sogar sein zartes Gemächt hatte man mit Feuer gepeinigt. Der Schlag auf den Kopf war nur die letzte Missetat an dem Seeräuberkind gewesen.

Doch Bandix lebte. Richard streichelte das bleiche Haupt des Jungen. Reglos lag er in Richards Schoß, wie schlafend, aber nah dem Tode.

Buydessin betrachtete Gesekes geschundenes Gesicht. Dann nahm er ein Tuch und rieb grob ein wenig festgetrocknetes Blut von ihrer Stirn.

»Edle Dame, was ist Euch geschehen? Ihr seht genauso aus wie Eure Freundin Elisabeth, als ich sie das letzte Mal vor Augen hatte. Wird das in Hamburg gang und gäbe unter den Frauen?«, scherzte er.

Geseke sah ihn streng an. »Was ist mit Elisabeth?«

»Die Schoke-Knechte haben ihren Unmut an ihr ausgelassen. Die Stadtwache ist gekommen, um die Begine in die Fronerey zu bringen. Man wirft ihr Giftmischerei vor, soweit ich es verstanden habe«, sagte der Arzt.

Geseke wurde schwindelig. »Das sagt Ihr so leichthin, Ihr Quacksalber!«, zischte sie Buydessin an. Sie zog Cletzens Nasentüchlein aus der Rocktasche und hielt es sich vors Gesicht. Sie konnte die Tränen nicht zurückhalten. »Meine Elisabeth, was soll ich nur tun ...«, flüsterte sie und begann zu weinen. Sie schluchzte laut. Anneke Grise lief in die Kapelle des heiligen Thomas, um mit einem gezielten Griff Ohm Hermans Branntwein aus seinem höchst geheimen Versteck unter dem Fingernagelreliquiar zu holen.

Der Arzt hatte sich seine Kalbslederhandschuhe angezogen und wollte ihr Gesicht weiter betasten, aber sie schob ihn von sich. »Was ist mit Elisabeth?«, flüsterte sie.

»Edle Dame, das später, erst mal müssen wir uns um Euch kümmern. Was ist Euch geschehen?«

»Das war mein Gatte, und Ihr müsst eventuell später bezeugen, was Ihr an meinem Leib findet. Werdet Ihr das tun, im Namen der Heiligen Jungfrau?«

»Alles, was im Sinne des Rechts ist, Frau Geseke«, antwortete der Arzt. Anneke kam mit der Branntweinflasche zurück und hielt Geseke einen Becher voll hin. Mutig schluckte die Clingsporin das scharfe, gezuckerte Zeug. Anneke half ihr, das teure, samtene Obergewand auszuziehen, sodass sie im Hemd vor dem Arzt stand, scheu wie eine Jungfrau.

Buydessin betrachtete die blauen Flecken am Hals, an den Schultern und Armen und die Striemen von Clingspors Fingernägeln am Rücken und Gesäß. Dann zog er ein Kampferweinfläschchen aus seiner Ledertasche, nahm ein frisches Tuch und rieb Gesekes Glieder ab.

»Was ist nun mit der Elisabeth, Buydessin?«, verlangte Geseke zu wissen.

»Ich war da, als es passierte, aber ich konnte nichts tun. Schoke hatte so was wie einen Rückfall und ließ mich rufen. Ich habe ihn erst mal aus den warmen Tüchern geschält, in die Eure Freundin ihn hat wickeln lassen, um ihn dann gehörig zu schröpfen. Doch kaum hatte ich ihm die Egel angesetzt, da kreischte er schon herum, die schwarze Elisabeth habe ihn verzaubert. Wegen ihr würde er nicht gesund, das habe er von den Stimmen der Heiligen in der Kirche vernommen. Seine Frau sagte, Elisabeth habe aus seinen Haaren einen Trank zubereitet und gesagt, dass Gott auch ohne große Spenden hülfe. Dann hat sie einen Klagegesang darüber angehoben, dass Elisabeth eine schrumpelige Alte ins Haus gebracht hätte, die ihr nicht beim Kindleinkriegen helfen wollte. Die kleine Magd ist nach unten gelaufen, rief ›Böse Zauberei‹ und holte die Knechte.«

»Wie konnten sie nur auf das verwirrte Kind hören?«

Buydessin nahm eine Salbe heraus und tupfte sie vorsichtig auf die Würgemale an Gesekes Hals.

»Die Vorwürfe sind nicht ganz unbegründet. Keine meiner Kuren sprach an. Dann hat Elisabeth diese Muhme Grosse mitgebracht, und sie haben das Pulver gefunden, das sie mir zur Untersuchung übergaben. Ich prüfte es, und es enthielt Quecksilber und Zucker. Recht giftig, so was. Aber keine drei Wochen vergehen, und der Schoke ist wieder auf den Beinen. Ich kenne die Alte. Sie kennt sich mit dem Heilen aus, aber auch mit dem Schaden. Sie handelt mit allem möglichen Zeug, heilig und unheilig.«

»Aber was haben sie mit Elisabeth gemacht?«

»Sie ist in der Fronerey. Liebe Frau Clingspor, so schrecklich es ist, es sollte uns nicht verwundern. Zum Teil hat sie es sich selbst zuzuschreiben. Sie macht Dinge, die jede Frau in Verruf bringen würden. Wie oft ist sie nachts allein durch die Straßen gewandert, ohne die gute Schwester Veronika?«

Geseke stöhnte. Das konnte doch nicht für einen Zaubereivorwurf reichen. Aber sie wusste es ja selbst, viele kleine Abweichungen vom Üblichen machen oft einen großen Verdacht aus.

Buydessin redete unbeirrt weiter. »Kennt Ihr die alte Grosse?«

»Die Kräuterfrau?«

Er nickte und bat mit einer Geste um ihren Arm zur Behandlung. Geseke streifte die Ärmel hoch, und er bestrich die Quetschungen mit seiner scharf riechenden Salbe. »Schwester Elisabeth hat sie ins

Schokehaus mitgenommen. Das war nicht klug. Wisst Ihr, wie die aussieht? Wehende Kleider, selbst gewebt, überall runzelige Haut. Wahrlich eine Zaubersche. Und Schoke muss unter ihren Kuren gelitten haben. Sie haben ihn expurgiert, dass es eine Folter war. Und Elisabeth hat auch gotteswidrige Dinge getan. Ja, schaut mich nicht so an, Frau Clingsporin. Vielleicht hat sie sich von der Alten zu schwarzen Künsten verführen lassen, alles im Sinne des Kranken, natürlich, aber wider Gottes willen.«

Geseke schüttelte den Kopf und reichte Buydessin den anderen Arm. Vorsichtig setzte er einen kleinen Blutegel auf eine besonders böse Prellung. »Elisabeth versteht von Zauberei ebenso wenig wie Ihr. Vielleicht kennt Ihr Euch sogar besser damit aus, schließlich munkelt man, Ihr habet in Eurem Haus ein geheimes Laboratorium.«

Der Arzt schluckte. »Ich stelle Salben und Tränke her, sonst nichts.«

Geseke hätte sagen können, dass dies die Aufgabe des Apothekers und nicht des Arztes war. Doch sie schwieg.

»Man kann ihr wahrlich nicht alles vorwerfen, was sie getan hat. Selbst dass Schwester Elisabeth Quecksilber als das Gift diagnostiziert hat, wird jetzt gegen sie gekehrt. Das ist nicht im Sinne des Herrn. Ich hätte das zwar alsbald genauso erkannt und habe dementsprechend ihr Urteil auch sofort bestätigt. Aber sie hätte die Grosse nicht hinzuziehen sollen.« Buydessin knetete seine behandschuhten Hände.

Geseke horchte auf. Sprach hier nicht Elisabeths schärfster Gegner an den Krankenbetten der umworbenen wohlhabenden Kranken? »Ihr verurteilt sie nicht?«

»Sie ist hochmütig und herablassend, aber sie ist eine gute Ärztin.«

»Genau dasselbe könnte man über Euch sagen.«

»Ich weiß, Clingsporin. Und Gott wird mich einst für meinen Hochmut strafen, aber nicht für meine Kunst. Doch Eure Freundin wird schon jetzt für beides gestraft. So wenig ich ihre Ungezügeltheit und ihre Naseweisheit schätze: Das ist nicht recht, denn sie hat sich aus Gottesliebe immer auch um die Ärmsten der Armen gekümmert.«

Geseke sah den Arzt mit neuen Augen. Vielleicht würde er ihrer Freundin helfen können. »Würdet Ihr für sie aussagen?«

»Ich kann über ihre Kuren nichts sagen. Wir haben nie zusammengearbeitet.«

»Außer bei Schoke.«

»Auch er hat sich irgendwann entschieden.«

»Für Elisabeth.«

Der Arzt wandte den Blick ab. »Das war nicht immer so.«

»Elisabeth hat nie Blut fließen lassen, sie hat nicht amputiert und nicht operiert. Das überließ sie Euch.«

»So ist es.«

»Ihr hegt keinen Groll ihr gegenüber?«

»Verdächtigt Ihr mich dessen?« Buydessin sah ihr in die Augen. Er war arrogant, aber zumindest war er nicht so feige, wie ihn Elisabeth immer schilderte.

»Ich würde Euch gerne trauen, doch ich frage mich, warum Niclas Schoke, den Elisabeth wieder ins Leben zurückgeholt hat, sie nun einsperren lässt.«

»Das ist einfach zu erklären. Mercurius-Vergiftungen haben diese Nebeneffekte. Ich habe es im Antidotarium Nicolai nachgelesen. Die Vergifteten sind unberechenbar und launisch. Etliche verlieren irgendwann sogar ihren Verstand.«

»Schon in der Kirche schien Schoke einen Rückfall zu haben«, meinte Geseke.

Der Arzt zog eine Augenbraue hoch. »Habt Ihr gesehen, wie es ihm ging?«

»Es gab einen Aufruhr, davon habt Ihr sicher gehört. Dann schwankte er, zitterte und wollte sich von den Frauen kaum in Sicherheit bringen lassen.«

»So schildern es die Bücher. Widerspenstig und ohne Einsicht. Es wird lange dauern, bis er vollends frei von dem Gift ist.«

»Doktor Buydessin, werdet Ihr gegen Schwester Elisabeth aussagen?«

»Das werde ich nicht, denn ich kann nichts Übles über sie reden. Aber wenn Ihr an die Grosse herankommt, dann hätte ich einiges zu sagen. Denn die hat mir Mercurius angeboten, mehrfach.«

»Weil sie um Eure alchemischen Interessen wusste, Buydessin?«, fragte Geseke.

»Edle Frau Clingspor, Ihr habt einen wachen Verstand für ein Weib, das weiß alle Welt. Aber nun lasst Eure Vermutungen über mein

Laboratorium sein und vertraut mir, dass ich alles tue, was ich für Schwester Elisabeth tun kann. Denn ich bin Euch und Eurem Hause gern zu Diensten, was immer Ihr von mir verlangt. Doch ich werde nichts sagen, das mich selbst in Verruf bringt. Also müsst Ihr Euch damit begnügen zu erfahren, dass die Grosse mir Quecksilber anbot, weil sie wusste, dass ich es mir leisten konnte, und weil ich weiß, was man damit anfängt. Offensichtlich weiß das aber sonst noch jemand in der Stadt.«

»Jemand, der daraus Gift macht«, schloss Geseke und musterte den Arzt von oben bis unten. »Ihr meint, die Grosse weiß, wer das ist?«

»Ja. Wenn Ihr die Grosse findet, dann kann ich über das Quecksilber reden. Sonst ist Eure Freundin ein verlorener Fall, und niemand braucht meine Aussage. Anders als Elisabeth Simonsen habe ich die weise Entschlossenheit, verlorene Fälle nicht zu behandeln. Das schadet dem Ruf. Ich selbst würde die Grosse herbringen lassen, aber ich weiß nicht, wo sie haust.«

»Ich aber, und ich werde sofort nach ihr schicken lassen.« Geseke lehnte sich auf dem Stuhl zurück. Ihr Körper war voller Schmerzen, aber sie hatte Besseres zu tun, als sich ihnen hinzugeben.

22. SONNTAG NACH TRINITATIS

14. November im Jahr des Herrn 1400

Was leisten wir schon Großes für Gott, wenn wir immer nur unseren Willen erfüllen, statt etwas gegen diesen zu ertragen?
Peter Abaelard, Kenne dich selbst

Bandix lag seit zwei Tagen ohne Regung auf dem Krankenbett. Richard schlief auf einem Strohsack neben ihm. Morgens und abends wusch er Hände und Füße des Jungen und massierte seine Beine.

»Er spürt nichts mehr«, sagte der Infirmarius jedes Mal, wenn er Richard dabei beobachtete.

»Könnt Ihr gar nichts für ihn tun?«

»Der Schädelknochen ist eingeschlagen, tief in die graue Masse gedrungen.«

»Es gibt da eine Kunst, Trepanation heißt sie. Man kann den Schädel öffnen. Zumindest habe ich gelesen, dass es schon in alten Zeiten gemacht wurde«, sagte Richard leise.

»Mag sein, dass die Alten es konnten. Ich kann es nicht«, sagte der Mönch bestimmt.

»Und wenn Ihr Schwester Elisabeth riefet, sie mit reitenden Boten aus Hamburg holtet?«

Der Mönch schaute ihn lange an. »Stellt Euch vor, genau das habe ich versucht. Ich habe dies wunderbare Wundwasser nicht vergessen. Unser Klosterreiter hat die Pferde fast zu Schanden geritten, aber Eure Begine wird uns nicht zur Hilfe kommen können, wenn ich dem Boten Glauben schenken darf.«

Richard erstarrte. »Was ist mit ihr?«

»Eure Ärztin scheint mir einer seltsamen Zunft anzugehören. Sie schmachtet seit Sankt Martin unter Zaubereiverdacht in Hamburg im Kerker. Wobei ich sagen muss, dass dieser Kleine hier ein wenig Zauberei gut gebrauchen könnte, der Herr im Himmel möge mir verzeihen. Doch so, wie die Dinge stehen, haben wir nichts als mich, Euch, die Gebete der Brüder und ihr Aqua vitae.«

Richard traute seinen Ohren kaum. Er rang um Atem, innerlich schrie er zu Gott. Er sah Elisabeth, sah Bandix. Ihre Gesichter tanzten vor seinen geschlossenen Augen. Ein kräftiger Schlag ins Gesicht holte ihn in das Krankenzimmer zurück.

»Reißt Euch zusammen, Herr Richard. Ich brauch Euch hier noch«, sagte der Infirmarius. »Ihr seid der Einzige, dem der Knabe vertraut hat. Ihr müsst bei ihm bleiben, bis der Herr ihn zu sich ruft.«

Richard nickte. Er würde nach Hamburg zurückkehren und der frommen Frau helfen, die sein Herz zum Bersten brachte. Doch erst musste er diesem sterbenden Kind beistehen.

Die Stunden dieses Tages bis zum Abend und noch bis zum erwachenden kalten Morgen hielt Richard den Jungen in seinen Armen. Er betete zur heiligen Maria, dass sie den Kleinen zu sich nehme wie eine Mutter. Als das erste Licht durch das kleine Fenster die Krankenstube in ein helles Blau tauchte, glaubte er, das Rauschen eines weiten Mantels zu hören. Da hörte Bandix auf zu atmen.

Die Mönche sangen das morgendliche Gotteslob, als Richard in die Kirche trat. Langsam schritt er durch das Kirchenschiff. Vor dem Altar fiel er auf die Knie, das Schwert vor sich gestreckt. Er schwor Rache und Minne zugleich. Er bat den Herrn, seinen Zorn auf Bandixens Mörder zu richten, und versprach, der Arm dieses Zorns zu sein. Die Gottesmutter flehte er um Hilfe und Kraft für Elisabeth an.

»Lass mich der Bote deiner Gnade sein, heilige Maria, dass ich Retter und Rächer zugleich werde.«

Der Gesang der Mönche folgte ihm noch, als er das Kloster verließ und zurück nach Hamburg ritt. Ein junges Leben war ausgelöscht worden, ein Leben, das viele für unwichtig hielten, doch er würde Vergeltung fordern. Diese war in Hamburg zu finden, dessen war er sich sicher. Doch auch wenn es diese Sehnsucht nach Vergeltung nicht geben würde, hätte er nicht gezögert, zurück in die verkommene Stadt zu reiten. Er war der Einzige, der mit Gottes Hilfe Elisabeth noch retten konnte. Wer eine Zauberin verurteilen wollte, brauchte einen Henker. Und er war Henker. Henker und Ritter würde er für sie sein.

Seit Stunden war ihr Vorrat an Gebeten aufgebraucht, die ihren Geist gestärkt und ihr Herz gewärmt hatten. Die Kälte kroch Elisabeth in die Knochen. Jetzt half nur noch der Atem, doch der floss nicht tief und stark, wie er sollte, denn es stank erbärmlich in Elisabeths Gefängnis. Sie hatten ihr nicht die Ehre gelassen, auf eigenen Füßen zu gehen, nein, sie hatten sie an den Armen und Haaren gepackt und durch die Straße geschleift wie ein abgestochenes Schwein. Doch das hatte ihr nichts ausgemacht. Da war die Kraft der Heiligen bei ihr gewesen, die Hand der Gottesmutter über ihr, denn das Unrecht war so groß.

Dann hatten sie sie die kleine Treppe in der Fronerey hinuntergestoßen, und das Geheul der anderen Gefangenen war an ihr Ohr gedrungen, und es war stärker als der Schmerz in ihrem Knöchel gewesen, den sie sich verstaucht hatte, als sie gestolpert war. Auch das konnte ihr nichts anhaben, denn ihr Herz war voller Mitleid für die anderen, die hier darbten und flehten, bettelten, heulten, wenn sie die Nähe eines anderen menschlichen Wesens spürten.

Aber dann wurde sie in das Loch hinabgelassen, ein Loch voller Pestilenzgestank, als sei jemand gestorben und habe hier viele Wochen lang in seinen eigenen Exkrementen gerottet. Sie mochte sich nicht rühren, hockte in einer Ecke auf verfaultem Stroh und fürchtete sich vor dem, was die Miasmen von Gestank verbreiteten. Die Gebete verschlossen ihr nicht die Nase. Sie brauchte den Atem und wusste doch, dass sie von dem, was hier neben ihr faulte, krank werden konnte. Sie trug zu ihrem eigenen Elend bei, sowie sie sich erleichtern musste. Wie viele Rosenkränze, wie viele »Der Herr sei mein Hirte«, hatte sie geflüstert? Sie wusste es nicht. Sie vergaß die Zeit, sie vergaß ihre Kraft, der Gestank wurde zu dem Einzigen, was sie noch wahrnahm. Dann konnte sie ihr Wasser nicht mehr halten und beschmutzte sich. Tränen rannen über ihr Gesicht und spülten Salzgeschmack auf ihre Lippen. Ihre Zunge spürte diesem Sinneserlebnis nach, das besser war als der Pestgeruch. Ein trostvoller Gedanke floss in ihr Hirn, wie ihre Tränen in ihren Mund flossen.

Wenn diese das Ende der Kraft ist, dann finde Kraft im Ende. Gedenke deines eigenen Todes. Noch mehr Tränen schossen ihr in die Augen. Wie oft hatte sie sich darin geübt, ihre eigene Sterblichkeit zu bejubeln, in Aussicht auf das Himmelreich. Sie hatte sich alt unter den Schwestern sterben sehen, doch nun sollte es anders sein. Ein anderer Tod. Ertränkt oder am Galgen baumelnd, oder doch eher lebendig begraben? Wenn sie daran dachte, bereitete es ihr keinen Schrecken. Warum nicht heute statt später? Warum nicht die Qual einer Hinrichtung statt der Qual eines Siechtums? Es änderte nichts an ihrem gelebten Leben, an ihren Taten und ihrem Glauben.

Elisabeth nahm den Gedanken auf, sah sich zum Galgen geführt, erstieg im Geiste die Stufen des Schafotts und sah ihrem Henker ins Gesicht. Richard. Ihr Herz begann zu rasen. Wer, wenn nicht Richard von Hardin, würde sie vom Leben zum Tode befördern? Würde sie noch einmal seine Stimme hören? Würde er ihr die Schlinge grob um den Hals legen oder mit Bedauern? Würde er sie berühren, und würde er ihr die Gnade erweisen, die so mancher Henker gegen schimmernde Goldmünzen austeilte, und ihr mit einem Griff den Hals brechen, sodass sie nicht leiden musste? Sie wusste, dass sich ihre Gedanken unfromm vergaloppierten, und biss sich kräftig auf die Lippen. Richard war fort. Vermutlich musste der alte Büttel wieder zur Tat schreiten, oder Knoken würde an die Stelle seiner Herren nachrücken.

Richard war nicht da. Bitteres Selbstmitleid schnürte ihr den Hals zu, da öffnete sich die Luke zu ihrer Zelle.

Die Henkersknechte zerrten Elisabeth an den Armen nach oben, sodass ihre Knochen knackten. Im Licht der Fackeln musste sie blinzeln. Bevor sie sehen konnte, wurde sie schon nach vorn gestoßen, zwei Schritte, durch eine Tür in eine weitere Kammer. Der Geruch von getrocknetem Blut schoss ihr in die Nase, ihr wurde speiübel. Von den Knechten losgelassen, fiel sie zu Boden.

»Dort liegst du ganz richtig, verworfenes Weib«, hörte Elisabeth jemanden sagen. Sie blickte auf. Hamburgs geehrter Bürgermeister Kersten Miles saß hinter einem breiten Tisch, neben ihm ein zweiter Mann, der sein Gesicht unter einem weiten Gugel verbarg und emsig auf ein Pergament schrieb. »Weißt du, warum du hier bist, Weib?«

Elisabeth wollte sagen, dass sie unschuldig sei, doch sie brachte kein Wort heraus. Ihre Stimme versagte ihr völlig den Dienst, sodass die Fronsknechte über ihrem Gekrächze vor Lachen aufjohlten.

»Bist du die Beginenschwester Elisabeth Simonsen?«, fragte Miles nun.

Elisabeth nickte und wollte wieder etwas sagen, doch sie konnte nicht. Der Bürgermeister sprach weiter. »Du hast versucht, den Ehrsamen und Ehrenhaften Ratsherrn Niclas Schoke zu vergiften.«

Wieder nur Krächzen, Schluchzen.

»Gestehst du dein Verbrechen?«

Elisabeth schüttelte den Kopf.

»Der Ratsherr persönlich hat dich beschuldigt, und uns liegt hier sogar ein Beutelchen des Gifts vor. Man fand es nach deiner Verhaftung in der Küche des Schokehauses, in der du zu Werke gegangen bist.«

Elisabeth schluckte. »Ich tat es nicht.«

Jetzt blickte der Mann neben Miles auf. Es war Herman Schreye, Gesekes Großvater. Elisabeth fing seinen Blick auf. Sie hielt sich an dem Gesicht des Alten fest.

»Ich habe versucht, Schoke zu heilen. Er wurde mit Quecksilber vergiftet. Es greift den Geist an.«

»Schoke sagt, deine Heilungsversuche machten alles nur schlimmer. Und da man dich mit dem Gift gefasst hat, liegt deine Schuld sehr nahe. Also bleibt dir nichts, als uns Zeugen für deine Unschuld zu nennen.«

Elisabeth atmete tief durch. »Alleke Schoke, des Ratsherrn Weib, und unser Stadtarzt Buydessin wissen um meine Tätigkeit.«

Der Bürgermeister nickte. »Dies weise Gericht hat deine Pläne vorhergesehen und sie befragt. Das Weib des Vergifteten glaubt ihrem Gatten. Der weise Doktor Buydessin sagt, du seist eine gute Ärztin. Er würde sogar auf deine Unschuld schwören, aber er kann nicht bezeugen, was du im Schokehaus getan hast. Daher werden wir dich jetzt befragen, und wenn du unschuldig bist, wird die Pein die Unschuld hervorbringen.«

Elisabeth schloss die Augen. Wie sollte sie der Folter widerstehen, wenn ihr schwindlig, schwach und armselig zumute war?

»Sieh, Weib, was wir mit dir tun können«, sagte Knoken. Er zeigte ihr ein Instrument, das dazu geeignet war, ihre Hände zu zerbrechen, dann rührte er mit einer glühenden Stange in einer Kohlenpfanne.

Elisabeth schwieg.

»Schreckt dich das nicht?«

Sie schüttelte den Kopf. Da packte Knoken ihre Arme und drehte sie nach hinten. In dem Moment, als er sie berührte, brach es aus ihr heraus.

»Ist das jetzt der Henker von Hamburg? Wo ist Meister Rosenfeld?«, rief sie. »Kein anderer darf mich befragen. Ich bin Bürgerin dieser Stadt.«

Sie entriss Knoken ihre Hände und schlug nach ihm. »Gottes Zorn über dich, wenn du mich anrührst«, fauchte sie.

Überrascht von ihrer Gegenwehr, sah Miles zum alten Schreye hinüber.

Die Augen des Ratssyndikus leuchteten. »In der Tat. Schwester Elisabeth hat recht. Nur der berufene Fron darf die Folter durchführen, wenn auch durch seine Gesellen. Ihr selbst habt zugestimmt, dass der Stadtbüttel aufs Altenteil gehen soll. Meister Rosenfeld aber ist nicht aufzufinden.«

»Vor drei Wochen ist er zum Kloster Reinfeld abgereist. Dort kennt man ihn bestimmt als Herrn Richard.« Elisabeths Stimme zitterte, als sie seinen Namen aussprach.

»Ihr solltet nach ihm schicken oder jemand zum Fron berufen, der sein Handwerk versteht«, sagte der alte Schreye zu Kersten Miles.

Elisabeth sah zu Boden. Es war widersinnig, sich an den Gedanken zu klammern, dass Richard von Hardin irgendetwas für sie tun konnte. Aber lieber würde sie unter seiner Folter gestehen, als sich von Knoken auch nur anfassen zu lassen. Sie bat die Gottesmutter um Verzeihung für ihre unvernünftige Hoffnung und ließ sich wieder in ihr fauliges Loch bringen. Der Gedanke an Richard machte sogar den Gestank erträglich.

WOCHENFEST DES HEILIGEN WILLEHAD
Montag, 15. November im Jahr des Herrn 1400

Durch Zweifeln nämlich kommen wir zur Untersuchung. Durch die Untersuchung aber vernehmen wir die Wahrheit.
Peter Abaelard, Sic Et Non

Richard ritt das Pferd des Abtes in Regen und Sturm fast zu Tode, aber er erreichte die Stadt trotzdem nicht rechtzeitig vor Toresschluss. Es waren noch zwei Meilen, als die Sonne zu sinken begann. Zu spät langte er beim Spitalertor an, die massigen Türen waren schon verriegelt

Vor den Wällen der Stadt lagerte ein seltsames, zusammengewürfeltes Völkchen. Händler, die es ebenfalls nicht rechtzeitig geschafft hatten, die Stadt zu erreichen, wiesen ihre Knechte an, Lagerfeuer zu errichten und bei den Wagen Wache zu gehen. Richard erinnerte sich lebhaft daran, wie er in Heyne Schomers Diensten die Tiere bewacht hatte und am Ende seiner Wache todmüde eingeschlafen war, nur um von Heynes Knechten übermannt und gefesselt zu werden. Hier galt es, vorsichtig zu sein. Allein war man vollends verloren. Richard streifte umher. Am Rande des Lagers lungerte eine Gruppe von Männern ohne Waren herum. Ein abgerissener Student, der sich in drei alte Salunen gewickelt hatte, predigte einigen Zuhörern die Liebe Gottes. Daneben wandelten käufliche Frauen umher, die Busen fast entblößt, das Haar lose über den nackten Schultern hängend. Eine davon war ein Mädchen, kaum zwölf Jahre und ohne Brust im Mieder. Sie folgte mit gesenktem Blick den anderen Hübschlerinnen. Die Lippen hatte man ihr rot geschminkt, so rot, wie die edle Bürgerin Geseke Clingspor sie sich vor einigen Wochen bemalt hatte.

Die Ähnlichkeit der Kinderhure mit der mächtigsten Frau in der Stadt trieb Richard Schauer über die Haut. Musste sich Geseke nicht ebenso dem Missbrauch hingeben wie dieses Kind? Warum nur war sie gegenüber Bandix, den Seeräubern und ihm selbst dann ebenso gnadenlos gewesen wie die Hurentreiber, die das Mädchen hier unter das Gesindel schickten? Er wünschte, er könne sie verstehen, denn sie war es, die er um Hilfe bitten musste, wenn er ihrer Freundin helfen wollte, Elisabeth, die ihm nicht aus dem Kopf und dem Herzen ging. Er zog sein Pferd zurück in die Nähe der Mauer, wo Bauern und Kleinhändler auf ihren Gütern saßen, die sie am nächsten Morgen in die Stadt bringen wollten: Fadenholz, Rüben, Äpfel, billiges Wolltuch, Honig und Felle.

»Freund, hast du Geld, dann gibt es hier Gebratenes!«, rief man ihm zu. Richard war nicht abgeneigt, dem Angebot nachzugehen. Er sattelte das Pferd ab, rieb es trocken, faltete die Satteldecken zu einem Sitz und hockte sich zu dem Landvolk in den Kreis. Die Gesellen um ihn herum waren allesamt mit Gugeln bekleidet und hatten sich in grobe Wollmäntel gewickelt. Der Feuerkreis wurde von einer Frau und einem Mann versorgt, die einen Buckelkorb mit Holz und Tragetücher mit Essen bewachten. Sie waren die Marketender der Gestrandeten vor dem Tore. Richard grüßte sie freundlich, nannte seinen Vornamen und legte einige Witten in eine Spanschachtel, die ihm der Mann reichte. Eine Frau stand auf und kramte in ihrem Beutel. Sie reichte ihm mit schmuddeligen Fingern ein kleines Brot und ein Stück Käse.

»Willst du Fleisch, müssen es noch ein, zwei Witten mehr sein. Und wenn du einen halben Schilling hast, kriegst du Bier und schläfst neben dem Feuer.«

Ihre Zähne waren schwarz und voller Lücken, doch sie verstand ihr armseliges Geschäft. Richard fingerte aus seiner Geldkatze eine kleine Münze und zahlte für Wärme, gebratenen Speck und Bier. Seinen Henkerslohn hatte er in die Satteltaschen gesteckt, auf denen er schlafen würde. Keiner der Armen hier sollte seinen Reichtum ahnen. So schwätzte er mit den Bauern über die Apfelernte und den milden Herbst.

Nach einiger Zeit setzte sich einer in den Kreis, der ein Schwert bei sich führte, dazu eine Axt und einen Kampfstock. Es war ein langer Kerl, dessen Augenbrauen so blond waren, dass man sie nicht sah, und auf dessen Kopf eine borstige blonde Mähne spross. Er bewegte sich wie ein Krieger. Richard zog seinen Schwertgurt aus den Satteldecken und legte ihn lautlos an. Der Kämpfer speiste laut schmatzend und lobte die Kost der Marketender. Dann begann er über die Unterdrückung des Bauernstandes zu schwadronieren. Richard fragte sich, wie oft der waffenstarrende Kerl wohl schon den

Acker selbst umgegraben hatte. Vermutlich weniger oft als er, der als Knirps auf dem Hof bei der Burg des verarmten Vaters hatte hart arbeiten müssen, bevor der letzte Wunsch seiner Mutter ihn zu den deutschen Brüdern brachte. Richard schloss die Augen und rief die Bilder von Kindheit und Jugend hervor, um die bitteren Worte des anderen nicht an sein Herz zu lassen. Seit mehr als zwanzig Jahren war er Arm und Schwert jener Ausbeuter von Adel gewesen, über die der lange Kerl herzog, doch zuvor hatte er mit den Söhnen und Töchtern der Bauern gespielt, selig kindlich, unbewusst seines Ranges.

Richards Aufmerksamkeit wurde wieder geweckt, als der Name Störtebeker fiel. Immer mehr Leute waren an den Feuerkreis getreten, denn der Aufwiegler schwadronierte wortreich.

»Wie der Adelsmann auf dem Land den Bauern schindet, so schindet der Kaufmann die Städter und Seeleute. Nur einer stand dagegen, der Störtebeker, und den haben die Hamburger erschlagen.«

»Wieso erschlagen?«, fragte einer der Bauern.

»Ich sag erschlagen, wider Gottes Recht!«, antwortete der Erzähler. Großes Gemurmel entstand unter den Zuhörern. Der Brauenlose wartete, bis die Runde wieder still war.

»Erschlagen wurde der Gerechte unter den Menschen, denn es ist kein rechtes Urteil gesprochen worden. Nur ein Kind hat gegen den Leutefreund ausgesagt. Er selbst hat nie gestanden, ein Räuber und Mörder zu sein. Und er war es auch nicht, glaubt mir, gute Leute.«

Empörte Ausrufe waren zu hören, einer fragte den anderen, ob er davon schon gehört habe. Alle fanden es unvorstellbar, dass so etwas geschehen könne. Richard sah sich den Kerl genauer an. Das war also einer dieser Vitalierfreunde. Die Hetze hatte also noch nicht aufgehört. Störtebekers Schädel auf dem Pfahl am Hafeneingang war mit Sicherheit schon von den Raben kahl genagt worden, aber der Seeräuber lebte als Legende fort.

»Jeder im Rat wusste, dass es unschuldige Männer waren«, fuhr der Aufwiegler fort. »Den Schiffsjungen haben sie hinterher aus dem Beginenhaus entführt und fortschaffen lassen. Ihr könnt Euch denken, dass dem armen Jungen der Kopf eingeschlagen wurde, irgendwo in einem Gebüsch.«

Richards Herz tat einen Sprung. Woher wusste der Kerl so viel?

Es mochte in der Tat sein, dass perfide Ratsleute hinter dem Mord an dem Kleinen steckten. Aber woher wusste der Brauenlose so genau, wie Bandix gestorben war?

»Sag, Freund, woher weißt du das alles?«, fragte er.

Der Brauenlose wandte sich zu ihm um und stützte sich auf seinen Kampfstock. Er grinste. »Die Freunde der Likedeeler wissen halt mehr als alle!«

»Das behaupten auch die Priester«, antwortete Richard und erntete einige Lacher. »Aber die sagen uns, von wem sie ihr Wissen haben, nämlich vom Herrn im Himmel. Nun sag auch du!«

»Glaubst du mir etwa nicht?«

»Lass ihn weitererzählen«, kreischte die Marketenderin und ging herum, um ihr fades Bier in die Becher der Runde zu füllen.

Richard legte den Kopf wieder auf seinen Sattel. Er wollte keinen Streit.

»Erzähl von Störtebekers Tod!«, rief jemand.

Der Brauenlose drehte sich einmal um sich selbst und sah alle in der Runde mit ernstem Gesichtsausdruck an. Mit dem Rücken zu Richard sprach er weiter. »Hört die wahre Geschichte vom Mord am edlen Claus. Der alte Henker von Hamburg wollte die Schandtat nicht begehen, denn unter seiner Folter hatte der große Seefahrer nicht gestanden. Stellt Euch vor, der Held der See widerstand der Tortur. Das kann er nur mit Gottes Hilfe erreicht haben!«

»Der Herr stand ihm bei, denn er hat in Friesland Kirchen gestiftet, das hab ich auch gehört«, warf ein Fadenholzhändler ein.

»Doch auch da wussten die gottlosen Englandfahrer Rat. Sie haben als Henker einen Mörder gedungen, den Meister Rosenfeld!«

Richards Hand fuhr an den Schwertknauf, die Klinge klickte in der Scheide.

Der Erzähler fuhr herum. »Glaubst du mir das auch nicht, du ungläubiger Thomas, du?«, fragte er.

Richard lächelte und rief ihm zu, er solle fortfahren, was der lange Kerl tat, aber nun starrte er Richard an, als sei er sein einziger Zuhörer.

»Seit dem Massenmord ist der Meuchler Rosenfeld verschwunden. Doch die guten Leute in Hamburg, die Freunde der Gerechten, warten darauf, dass er seinen Lohn holen kommt. Dann muss er für seine Untat bezahlen. Doch vorher torturieren wir ihn, wie es mit

Störtebeker geschehen ist. Dann wird er singen wie ein Vogel, denn nur die Guten schützt der Herr. Und dann wird bewiesen sein, wer die Feinde der guten Leute sind. Dann endlich wird der Beweis geliefert gegen Schoke und seine Kumpane!«

Zustimmende Rufe erschollen unter den Zuhörern.

»Nun, gute Leute, Ihr habt Rosenfeld auf dem Grasbrook mit seiner Maske gesehen, den feigen Hund. Aber ich weiß, wie er aussah! Wollt Ihr wissen, wie er aussah?«

Zustimmendes Gebrüll.

»Riesengroß, wie der Störtebeker. Und der war groß, noch eine Handbreit größer als ich, schaut mich an!« Er stand auf und drehte seinen stolzen Körper im Feuerschein.

»Doch Rosenfeld, der Teufel, sah nicht aus wie unsereins, er sah aus wie ein Wende aus dem Osten, nicht wie wir hier. Er hatte dämonisch schwarze Augen und schwarzes Haar, das ihm auf die Schultern wallte wie Schlangen. Ja, er sah aus wie der Herr der Finsternis.«

Aufgeregtes Geflüster lief durch die Menge.

»Und wenn Ihr es noch genauer wissen wollt, dann sah er in drei Teufels Namen ebenso aus wie der da. Wie der ungläubige Thomas!« Er wies mit dem Finger auf Richard. »Da seht Ihr, er ist ein schwarzäugiger Riesenkerl: Das ist der Henker von Störtebeker!«

Richard sprang erschrocken auf, Hände griffen nach ihm, man zerrte ihm am Mantel, der Gugel wurde ihm vom Kopf gerissen, sodass sein Haar zum Vorschein kam, jemand entriss ihm das Zopfband. Seine Haare fielen auf seine Schultern. Er wehrte sich gegen die, die ihn festhalten wollten, wollte fliehen, nicht kämpfen, nicht gegen dieses arme Bauernvolk

»Es ist der Henker, lasst ihn hängen!«, brüllte der Erzähler, da zog Richard blank, und die Klinge seines Schwertes glänzte im Funkeln der Flammen. Seine Mahlzeitsnachbarn sprangen aus Angst vor der Waffe davon, aber der Erzähler schritt auf ihn zu, die Axt in der Hand. »Seht Ihr das Schwert, das Störtebeker gemeuchelt hat! Holt es Euch!«, brüllte er.

Die Umstehenden zogen ebenfalls Waffen aus ihren Bündeln, einfache Dolche oder Knüppel. Richard sah sich einer wahren Truppe gegenüber, aufgehetzt und mordlüstern.

»Bist du Störtebekers Mörder?«, brüllte einer.

»Ich bin Richard von Hardin!«

»Das ist er!«, schrie der Brauenlose und drang nun auf ihn ein. Ein Bauer stürzte sich auf Richards Pferd und trieb es davon, ein anderer griff sich den Sattel und die Decke am Boden. Wenn Richard jetzt auf diese Leute einhieb, auf die bewaffneten und die unschuldigen, würde es ein Blutbad geben.

»Nehmt ihm das Schwert weg!«, schrie der Scharfmacher.

Richard drehte sich um und rannte. Er war noch nie vor einem Kampf geflohen, aber hier war nichts zu gewinnen.

»Haltet ihn, damit die Wahrheit herauskommt!«, hörte er seinen Verleumder brüllen.

Er stolperte über Schlafende, Hände griffen nach ihm, er wehrte sich mit heftigen Schlägen, zog im Lauf den Dolch, stach in einen Arm, als er aufgehalten wurde, hörte das Winseln des Getroffenen und rannte wie ein Besessener – das tödliche Schwert ungenutzt in der Hand. Die Männer folgten ihm wie eine Meute Hunde.

Richard hetzte den Weg nach Osten hinauf, sah links in der Ferne das Spital Sankt Georg und lief nach rechts in die Dunkelheit, rannte durch Gartenland, sprang über Hügelbeete und Spaliere. Sein Herz pochte wild, doch er lief so lange, bis er nichts mehr hören konnte als seinen Atem. Er duckte sich hinter einen Verschlag und lauschte. Weit in der Ferne waren suchende Stimmen zu hören, nun östlich von ihm, abgelenkt und in die Irre gelaufen. Nun dankte er Gott dafür, von Adel zu sein. Schließlich hatten die Ritter nicht nur mehr Macht, sondern auch längere Beine als die Bauern.

Von Busch zu Busch schlich er sich in Richtung der Stadt. Er überquerte einen breiten Weg, der zum Steintor führen musste. Hier endete das Gartenland, unter seinen Füßen spürte er Matsch. Er rutschte in ein flaches Gewässer. Eisige Kälte kroch in seine Beine, doch er wartete hier, bis in der Ferne alle Stimmen verklungen waren. Dann schwamm er mit kräftigen Schlägen an das andere Ufer zum Stadtwall. Zitternd kroch er aus dem eiskalten Wasser und robbte an der Mauer entlang. Der Mond erhellte die Nacht, und er wollte die Wachen nicht alarmieren. Nach endlosem, langsamem Vorwärtskrabbeln kam er an eine Stelle zwischen Neddern- und Steintor, die ihm Johann und der Schlachter auf dem Weg zum Schweineköpfen gezeigt hatten. Genau hier war der Wall oft unbesetzt, denn er lag über den stinkenden Gruben, wo die Abflüsse der

Gerber sich mit dem Müll der Fischhändler paarten, eben jener Gegend, die man scherzhaft Rosenfeld nannte. Niemand hielt hier gern Wache.

Vorsichtig schlich Richard sich an den Wall heran. Links von ihm war ein Lager der Wachposten zu sehen. Er wartete. Keiner der Wächter bewegte sich vom wärmenden Feuer fort. Da nahm er Anlauf, kletterte den Wall hinauf, sprang an der Palisade aus Stein und Pfählen hoch und schaffte es, oben am Schutzwall der Stadt mit beiden Händen Halt zu finden. Mühsam zog er sich nach oben, setzte den Fuß auf und hievte sich über die Mauer.

Gefährlicher war es, hinunter zu springen, eineinhalb Mannslängen tief ins Dunkel. Er betete, dass dort, wo er absprang, keine Gerbergrube war, und Gott erwies ihm die Gunst: Es war nur der Abfallhaufen eines Knochenhauers, in dessen Verwesungsgestank Richard unsanft landete.

Er wühlte sich aus dem miefenden Dreck heraus. Wieder war er abgerissen und stinkend in Hamburg gelandet, wieder hatte er nichts als sein Schwert. Er dachte kurz daran, beim Knochenhauermeister Bömmebrugg Unterschlupf zu suchen, doch es eilte, und er wusste, wo er hinwollte: zum Haus der Clingsporin.

In dem schönen Haus auf der Neuen Burg brannte weit hinten ein Licht. Und so klopfte Richard an der Clingsporentür, lange, leise, dann lauter, dann an der Hoftür. Doch niemand antwortete. Er wusste, dass er keinen Lärm schlagen durfte, sonst würden Gesekes Knechte oder ihr Gatte ihn sofort vertreiben. Es blieb ihm nichts übrig, als bis zum Morgengrauen zu warten. Deshalb schlich er vor Kälte zitternd zur nächstgelegenen Kirche, nach Sankt Nicolai. Er hoffte, dort die Nacht verbringen zu können, aber das Portal und alle Türen waren verschlossen. Richard fluchte auf die Städter und ihre Angst vor Dieben.

⚜

Mitten in der Nacht rief Albert Schreye Geseke zu sich. Anneke Grise weckte sie. Mit zehn Jahren hatte er sie zum letzten Male so holen lassen: aus dem Bett, mitten in der Nacht, ohne Frühbier, ohne Morgengebet. Damals hatte man sie und Elisabeth nach Abendgrauen im Hafenmoor spielen sehen. Sie hatten sich, verdreckt und aufgekratzt, zurück nach Hause geschlichen und geglaubt, keiner habe ihre Abwesenheit bei der Messe und im Hause bemerkt. Wer kümmerte sich schon um zwei kleine Mädchen, wenn das hohe Osterfest vorzubereiten war?

Für Elisabeth hatte es Schläge gesetzt. Ihre Vertreibung aus dem Leben als Hamburger Bürgerstochter kam erst später, mit der zweiten Ehe ihrer Mutter. Doch Geseke, dem verwöhnten Schiffseignerspross, wurde verkündet, dass sie ab nun im Kloster erzogen werden würde. Zu unbewacht, zu frei, zu wenig abgesondert von den Kindern der weniger Begüterten war ihr Leben gewesen, jene Zeit nach dem Nähen, Sticken, Kochen lernen, die Zeit, die sie sich gestohlen hatte von den Tochterpflichten, um mit Elisabeth zu verschwinden: fortlaufen zu den Schiffen, auf den Markt oder in das stinkige, summende Stück wilder Wiese – dem Hafenmoor mitten im Kirchspiel Sankt Nicolai, hinter den Häusern. So endete die Zeit des Fröschefangens mit den wilden Jungs aus Sankt Jacobi, des versponnenen Libellenjagens und des in der Sonne Träumens. Nach Ostern brachte ein Kahn sie nach Harvestehude ins Kloster Jungfrauenthal. Diese Bilder vor Augen zog Geseke ihr Obergewand über und schritt barfuß die Wendeltreppe hinunter.

Ihr Vater saß in der Dornse und rieb sich die Hände vor den Ofenkacheln, hinter denen ein gutes Feuer loderte. Es war das erste Mal, dass er seit ihrer Flucht mit ihr sprach. Er hatte sie gemieden, bis er mit ihrem Gatten verhandelt hatte.

»Du bist deinem Mann fortgelaufen. Hast du die Konsequenzen bedacht?«

»Ich gehe davon aus, dass du weißt, wie er mich zugerichtet hat. Ich fürchte um mein Leben. Mein Vaterhaus gewährt mir Schutz.«

»Dein Mann hat mir versichert, er habe dein Leben nie in Gefahr gebracht.«

»Er hat mich geschlagen.«

»Er hat geschworen, es nicht wieder zu tun.«

»Es war nicht das erste Mal, Vater. Er wohnt mir in gotteswidriger Weise bei. Er tritt mich, er würgt mich. Es bereitet ihm Freude.«

»Ich kann jetzt sehr wohl sehen, Geseke, dass du misshandelt worden bist. Doch zuvor habe ich es nie bemerkt.«

»Es gibt Dinge, die wir Frauen vor Männern deines Standes zu verbergen wissen. Gott steh mir bei.«

Ihr Vater wandte sich ab. »Ich habe mit Sigvrid geredet, heute in der Nacht. Er will dich zurück.«

»Er wird mich in meiner Kammer einsperren. Er hat gesagt, ich dürfe das Haus nicht mehr verlassen.«

Als sich ihr Vater wieder zu ihr umdrehte, spielte ein verschmitztes Lächeln um seine Lippen. »Deshalb hast du dich also davongemacht: weil du nicht mehr in der Stadt herumlaufen und Gerüchte streuen darfst.«

»Und nicht mehr Stimmung für deine Staatskunst machen soll.«

»Du bist verworfen.«

»Ich bin verdorben von dir.«

»Der heilige Mercur stehe uns bei.«

»Das ist kein Heiliger, sondern ein heidnischer Gott.«

»Du wärst seine weibliche Inkarnation.«

Sie sah am Blitzen in seinen Augen, wie sehr er sie liebte. »Heidinnen verbrennt man«, antwortete sie.

»Hat dir davon unser Henkersritter aus dem Osten erzählt?« Jetzt grinste ihr Vater über beide Wangen, aber Geseke war nicht nach einem scherzhaften Disput zumute.

»Lass die Wortfechtereien, Vater. Worüber hast du mit Sigvrid geredet?«

Er legte die Handflächen vorsichtig an seine wertvollen Ofenkacheln. »Über deinen Zustand. Blau und grün geschlagen. Er sagt, er sei entsetzt darüber und will Buße tun.«

Sie lachte auf. »Sagen das nicht alle Sünder?«

»Sigvrid meint es ernst. Als ich im Dunkel der Nacht zu ihm geschlichen bin wie ein Dieb – Geseke, wie ein Dieb, um deine Ehre zu schützen –, da hat er lange und vernünftig mit mir geredet. Es ist ihm wichtig, dass wir zu einer einvernehmlichen Lösung kommen. Stell dir vor, während wir sprachen, klopfte jemand an der Tür – heftig wie in Not –, und er hat nicht aufmachen lassen, damit wir ungestört sind. Er hat sogar die Pflicht zur Gastfreundschaft um deinetwillen verletzt. Es ist ihm ernst.«

»Was will er denn noch von mir? Mich weiterschlagen und erniedrigen?«

»Er will sein Erbe absichern. Zu dem einen Sohn will er weitere.«

»Dann sollte er mir regelmäßig beiwohnen und seinen Samen nicht an Janne vergeuden.«

Albert Schreye nickte, als würde er seine eigenen Gedanken für richtig erklären müssen. »Ich hab mir schon gedacht, dass so was im Spiel ist. Hast du es ihm vorgeworfen?«

»Nein, ich war klug und besonnen, wie du es mich gelehrt hast, und so will ich auch weiterhin sein.«

Ihr Vater strich mit der Hand über seinen wertvollen Kachelofen. »Ehebruch, Gewalt, Flucht. Was hab ich dir nur zugemutet«, murmelte er.

Geseke ließ ihm Zeit, um nachzudenken. Er hatte zu entscheiden, wie sie leben sollte, ihr blieb nichts anderes, als seinem Urteil zu folgen. Albert Schreye ging in dem kleinen Raum auf und ab wie ein eingeschlossenes Tier. Vor dem Ofen blieb er stehen und zog mit einem Finger die Ornamente einer grünen Hohlkeramik nach. »Ich brauch den Clingspor noch, Geschekind.«

»Was wirst du tun, Vater?«

Er legte den Kopf an die warmen Kacheln und sprach leise ein Vaterunser. Dann wandte er sich ihr zu. »Ich habe entschieden, dass du, Tochter meines Hauses, in das Haus deines Gatten zurückkehren sollst, bis du ein Kind empfangen hast. Dann bist du frei, in dem Haus deines Vaters zu wohnen oder dem seinen. Du sollst nach all deinem Können seinen Haushalt führen, das ist sein Wunsch. Doch er wird dir jede Ehre erweisen müssen. Ich werde ihn schriftlich festhalten lassen, dass er dich nicht gefangen halten, dir kein Leid antun darf und dich nicht in deiner Haushaltsführung einschränkt, durch Geldentzug oder die Einstellung oder Entlassung von Dienstleuten. Tut er dies trotzdem, ist hier dein sicherer Hafen. Du sollst zu deiner Hilfe unsere Magd Anneke Grise mitnehmen, und sie soll die Magd ersetzen, die er zu seiner Buhlin nahm. Diese soll aus dem Haus gejagt werden.«

Geseke war erleichtert, aber nicht ganz einverstanden. »Nein, Vater, das Letztere wäre falsch. Die Janne soll in Ehren gehen dürfen, von seinem Gut ein eigenes kleines Häuschen als Entschädigung erhalten und eine Leibrente, damit sie nicht darbt.«

Sie brauchte sich nicht zu rächen. Wenn sie die Grise bei sich hatte, sich selbst frei bewegen könnte und Sigvrid aus dem Haus war, um bei der Janne zu schlafen, dann war alles gut.

Ihr Vater sah sie lange an. »Wenn das dein Wunsch ist, soll es so sein. Du kannst hierbleiben, bis dein Gatte mir darauf den Handschlag gegeben hat. Und nun folge mir in die Kapelle, um zu beten.«

Richards Stiefel und Hosen waren nass, und das Wollhemd zog die Feuchtigkeit aus der Unterwäsche empor. Er zitterte am ganzen Leib. Wenn er nicht bald irgendwo Unterschlupf fand, würde er in der Kälte umkommen. Er ging um das Gebäude herum und fand einen Holzverschlag, in dem die Kirchenbauarbeiter ihre Werkzeuge gelagert hatten. Vorsichtig zog er an der Tür. Sofort wurde sie von innen zugezogen. Er klopfte sacht an.

»Wohnt hier jemand? Könnt Ihr mir Unterschlupf gewähren für eine Nacht?«

»Hier ist alles voll!«, sagte eine Kinderstimme, die ihm bekannt vorkam.

»Grete?«, fragte er.

»Geht weg, hier ist alles voll.«

»Ich bin es, Richard, der Freund von Johann Cletzen.«

Jetzt wurde die Tür einen Spalt aufgetan. Im Licht der herbstlichen Sterne konnte Richard die schemenhaften Züge von Gretes Gesicht ausmachen.

»Was machst du hier? Warum bist du nicht zu Hause?«

»Der Herr und die Janne haben mich rausgeworfen, mitten in der Nacht. Da bin ich zur Kirche gelaufen, ich wusste sonst nicht, wohin. Hier sind immer ein paar Kinder. Habt Ihr Geld?«

»Nur ein paar Blafferte.«

»Gebt sie uns, und Ihr könnt rein.«

»Wer ist das?«, fragte eine Mädchenstimme von drinnen.

Richard nahm die letzten Münzen aus seiner Gürteltasche und streckte sie Grete entgegen.

Die antwortete der anderen: »Einer, der mit Waffen umgehen kann. Er wird uns beschützen.« Sie machte die Tür auf, und Richard kroch ins Dunkle.

»Gottes Gruß zur Nacht, die jungen Damen«, sagte Richard und erntete ein Kichern.

»Puh, der stinkt!«, meinte ein Mädchen.

»Ist doch egal, wir stinken auch«, antwortete eine weitere.

»Wir sind hier zu siebt. Alles Mädchen. Die anderen sind auch ohne Haus«, erklärte Grete.

Es war warm im Kabuff an der Kirchenmauer, denn die Kinder saßen dicht gedrängt. Richard hockte sich an die kalte Mauer und zog die Beine an.

»Was ist passiert, Jungfer Margarethe?«

Wieder kicherten die Mädchen.

»Der Herr hat die Fruwe verprügelt, weil der von Utrecht ihr angeblich den Hof gemacht hat. War aber gar nicht so. Und dann hat er sie eingesperrt. Aber das hat die Herrin nicht mit sich machen lassen. Sie hat ihre Betttücher zerschnitten und sich abgeseilt, aus dem zweiten Stock.«

»Und wo ist sie hin?«

»Ich denk mal, in ihr Vatershaus, das macht man so. Aber meistens müssen die geprügelten Weiber doch zurück.«

»Und was ist mit dir?«

»Die Janne hat mitten in der Nacht entdeckt, dass die Fruwe weg ist. Dann haben sie sich mich vorgenommen. Sie dachten, ich wüsste was, aber ich hab nichts gewusst. Janne hat mich gehauen, und ich bin vor ihr weggelaufen, durch die Küche. Und der Herr wollte mich fangen und festhalten, aber der junge Herr ist ihm in den Arm gefallen. Dann haben sich die beiden Herren Sigvrid gestritten. Und die Janne hat mich dann doch gepackt und rausgeworfen. Da waren die Kirchportale schon zu. Aber ich wusste, dass die Mädchen hier sind. Weil ich ihnen immer mal was gegeben hab, so Reste aus der Küche, darum haben sie mich aufgenommen. Die betteln und machen die Straßen sauber vor den Bürgerhäusern. Dafür bekommen sie Essen und Bier. Das mach ich jetzt auch.«

»Morgen gehen wir in das Schreyehaus, da wird sich alles lösen lassen.« Richard zitterte, und eine heiße Trockenheit schnürte ihm den Hals zu.

»Die Fruwe wird nichts für uns tun können, Herr Richard.«

»Sie muss, sonst war alles umsonst«, krächzte er als Antwort

Ein Mädchen sagte: »Ruhe jetzt, ich will schlafen.«

Doch Grete gab keine Ruhe. »Wo habt Ihr Bandix gelassen?«, flüsterte sie Richard zu.

»Bandix lebt nicht mehr, meine Kleine.«

Erst schwieg Grete, als habe ein böser Engel ihr all ihre Munterkeit geraubt, dann fragte sie heiser: »Wie?«

Richard erzählte ihr flüsternd die Wahrheit. Sie weinte, und er nahm sie in den Arm. Leise redete er auf sie ein. »Im Himmel trifft der Bandix nun endlich alle seine Schiffskumpane wieder.« Er erzählte Geschichten vom heiligen Franciscus, der die Kinder geliebt hatte, und dass Jesus alle Kinder bei sich haben wollte. Irgendwann, als ihre Tränen aufgebraucht waren, schlief Grete ein. Richard zitterte an allen Gliedern vor Kälte. Kurz vor Morgengrauen fiel er in einen unruhigen Schlaf.

FEST DES HEILIGEN OTHMAR

Dienstag, 16. November im Jahr des Herrn 1400

So soll doch ein Kranker, der um sein Wohl besorgt ist, nach dem Heilmittel, das er besser glaubt, mit noch größerem Eifer suchen …
Peter Abaelard, Kenne dich selbst

Man warf ihr wieder ein Seil hinunter, diesmal mit einer Schlaufe, vermutlich ein Richtseil. Es dauerte einige Zeit, bis Elisabeth verstand, dass sie einen Fuß in die schreckliche Schlinge stecken sollte, damit man sie hochzog. Wieder schoss Richards Name durch ihr Hirn. Doch anstelle des Ritters fand sie Johann Cletzen auf dem Gang vor, auf dem Wams die Zeichen der Hamburger Stadtwächter, neben ihm Anneke Grise, die große, knochige Magd der Schreyes. Knoken beäugte Johann kritisch, als dieser Elisabeth umarmte.

»Bin ich frei, Jon?«

»Nein, Lisseken, nein, das bist du nicht. Aber Geseke schickt dir Essen, und sie hat für eine bessere Zelle bezahlt. Wir bringen dich nach oben ins Haus, und du kannst baden.«

»Für Geld bekommt man ein angenehmeres Gefängnis?«

»Irgendwovon müssen wir ja leben«, brummte Knoken, packte die Fackel, die den Gang erhellte, und ging voraus.

Elisabeth schwankte, als sie an den jammernden und fluchenden Gefangenen entlanggeführt wurde. Knoken öffnete die Tür zur Wohnung des Henkers. Wunderbarer Melissenduft stieg ihnen entgegen. Ein großer Bottich stand in der Diele, gefüllt mit dampfendem Wasser, versetzt mit Seife und Kräutern. Die Männer ließen sie mit Anneke Grise allein, und Elisabeth ließ sich genüsslich in das heiße Nass gleiten.

»Wie geht es Eurer Herrin?«, fragte sie dann Anneke.

»Gut und schlecht«, sagte die Magd, die Elisabeths Kleider ausklopfte.

»Was ist geschehen?«

»Der alte Bock hat sie wieder geschlagen. Aber als er sie einsperren wollte, ist sie abgehauen, durch das Fenster.«

»Endlich.« Die beiden Frauen grinsten sich an.

»Aber es ist nur für eine Weile«, meinte Anneke. »Sie ist zwar noch im Schreyehaus, doch sie muss zu ihrem Gatten zurückkehren. Das haben die beiden Alten entschieden. Aber ich werde bei ihr sein. Wenn der ihr noch mal was tut, dann setzt's was.«

»Geseke und du, ihr beide passt zusammen wie Hand und Handschuh.« Anneke war schon als Kleinmagd ins Schreyehaus gekommen und mit Geseke aufgewachsen.

»Ein wahres Wort. Lasst mich ihr Schutz sein und sie der meine.«

Elisabeth beugte sich lächelnd vor, damit ihr Anneke Grise den Rücken schrubbte.

»Meine Herrin sendet Euch folgende Nachricht: Erzählt dem Johann Cletzen alles, was Ihr wisst über das Gift im Hause Schoke. Jede Kleinigkeit. Er wird gleich mit Euch speisen. Dann versucht er, Zeugen zu finden.«

So erfuhr Johann Cletzen von den Bibelsprüchen und dem Pulver mit Quecksilber, von Buydessins Schröpfversuchen und von der zweiten Heilerin der Armen, die es in der Stadt zu geben schien. Eine Stunde später machte er sich auf, um Muhme Grosse zu holen, der einzigen Zeugin, die wirklich für Elisabeths Unschuld sprechen konnte.

⚜

Die beiden Bettler, die der Knecht ihres Vaters vor der Tür vorgefunden hatte, erwiesen sich als willkommene Besucher. Geseke erkannte Richard von Hardin kaum, er war stoppelbärtig, und sein Gesicht zierte eine rote Schnupfennase. Aber ihre Grete, ebenso stinkend und dreckig wie der Ritter, schloss sie sofort in ihre Arme.

Dann versetzte Geseke das Haus in einen Sturm aus Arbeit. Den großen Bierbottich heranschleppen, Wasser heiß machen, Seife, Filzjacken, Salunendecken mussten her. Und schließlich sollte ihre Mutter die Kräuter vom Dachboden holen, denn von Hardin war schwindlig und er hustete. Es verging kein halber Stundenschlag, und das Mädchen und der Mann saßen in einem riesigen Badezuber und atmeten beruhigende Düfte. Züchtig waren ihre Leiber mit Leinentüchern bedeckt, auf die Geseke Fenchel, geriebenen Pfeffer und Wacholder verteilte, damit sie die Düfte einatmen konnten. Als sie von Hardin noch Minzpaste unter die laufende Nase schmieren wollte, meinte der: »Wollet Ihr mich gesotten zum Abendessen vertilgen? Diese Kräuterzusammenstellung passt doch zu Wild.«

»Nein, krankes Wild essen wir Bürgersleute nicht«, antwortete sie.

Richards Lachen verging unter einem heftigen Hustenanfall.

Als die Erwachsenen lachten, fing Grete an zu weinen. Geseke zog das Kind aus dem Bottich, rieb es mit einem feinen Tuch sauber und nahm es in die Arme. Sie brachte ihre kleine Magd nach oben in ihre eigene Kammer und setzte sich zu ihr, bis sie das ganze Leid gehört hatte, den Rauswurf, die Bettelarbeit, die Kälte und die Trauer um Bandixens Tod.

Dabei vergaß sie den Ritterhenker in seiner Wanne. Anneke Grise fand ihn schlafend im warmen Wasser, weckte ihn, zog ihn aus dem Bad und flößte ihm drei Becher heißen Hypocras ein. Gemeinsam mit Schreyes Knechten schaffte sie ihn in ein Bett in der warmen Dornse. Sofort fiel er in den Schlaf der Erschöpften, den Schlaf der Heilung.

MITTWOCH VOR DEM FEST DER HEILIGEN ELISABETH
17. November im Jahr des Herrn 1400

Wenn also auch einer … Strafe oder Belohnung verdient hatte, dürfen wir nicht verlangen, es sei deshalb nur recht und billig, dass ihm der Gott auch auszahle, wenn er vorgesehen hat, mit ihm auf andere Weise … zu verfahren.
Peter Abaelard, Kenne dich selbst

Elisabeth beobachtete den Lauf der fahlen Herbstsonne im Giebelfensterchen der zum Gefängnis gewandelten Dachkammer der Fronerey mit einem Gefühl von Geborgenheit in Gott. Ihr Vertrauen in Geseke Clingspor war größer als ihre Hoffnungen auf den dunklen Ritter, den Henker, der Abaelard zitierte wie ein Heiliger. Geseke mochte zeitweilig Schwierigkeiten haben, doch sie war durchaus in der Lage, sich diesen zu entziehen. Sie hatte es geschafft, Sigvrid Clingspor in eine unangenehme Lage zu bringen, und sie würde es auch schaffen, ihre alte und beste Freundin aus einer unangenehmen Lage zu befreien. Mit diesem Gedanken sprach Elisabeth dem Wein zu, den Geseke in den Essenskorb gelegt hatte. Sie erschrak, als die Luke zu ihrem Gefängnis aufgestoßen wurde. Zwei Männer zerrten ein gefesseltes Bündel in ihre Kammer, aus dem oben ein Büschel grauer Haare hervorlugte. Sonst war der ganze kleine Mensch in Tücher und Taue gewickelt.

Knoken stapfte die Treppe hinauf und baute sich vor Elisabeth auf. »Da ist deine Komplizin, Zaubersche. Wir überlassen es dir, sie auszupacken, nicht dass sie uns doch noch mit ihren bösen Fingerzeigen verflucht.«

Elisabeth machte sich daran, ihre alte Kräuterfrau aus den Seilen und Tüchern zu schälen, mit denen man sie gefesselt hatte.

Muhme Grosse stöhnte und rieb sich ihre Glieder. Cletzen hatte die Alte aus ihrer Moorsiedlung geholt, auf ein Pferd gesetzt und rücksichtslos schnell nach Hamburg gebracht. »Der Junge ist geritten wie der Teufel, und ich armes Weib saß hinter ihm und wurde hin- und hergeschleudert. All das hätte ich ja gern für dich auf mich genommen, Elisabeth. Doch die wollen mir hier an den Kragen.«

Elisabeth wurde von Schrecken erfüllt, als sie den Bericht der Kräuterfrau hörte. Johann hatte sie im guten Glauben in die Fronerey gebracht, dass die Muhme nur eine Aussage machen sollte. Doch auf sie warteten der Bürgermeister, Hermann Schreye und die Fronsknechte. Mutig gab die Alte zu Protokoll, wie sie gemeinsam mit der Begine Elisabeth den Niclas Schoke behandelt und wie und wo sie das Beutelchen mit dem Gift und das Pergamentzettelchen gefunden hatten. Sie erklärte, wozu die Haare von Schoke verbrannt worden waren, nämlich, um sie auf Gifte zu untersuchen. Bürgermeister Kersten Miles hörte alles geduldig an, doch seine Brauen hatten sich zusammengezogen. Kritisch fragte er nach den Zetteln mit den Flüchen, und Muhme Grosse antwortete, dass Elisabeth ihr diese gezeigt hatte und dass darauf Sprüche aus dem Alten Testament standen. Gefragt, woher sie denn wüsste, dass Elisabeth ihr nicht etwas vorgemacht habe, meinte die Alte, sie könne wohl lesen. Gemurmel ging durch den Raum. Der Richter schüttelte den Kopf.

»Bist du nicht aus dem Pinnebergischen?«

»Ja, in der Tat.«

»Und dort sollen die Weiber lesen können?«

»Nicht alle, aber einige schon. Wie überall.«

Miles lehnte sich zurück. »Du hast mir viel erzählt, und gern wollte ich dir glauben. Aber es gibt eine Grenze.«

Er wandte sich zu den Stadtknechten, die um das Gericht herumstanden, und befahl, den Buydessin holen zu lassen.

Buydessin erschien geschmückt mit dem weiten, pelzkrägigen Mantel des Stadtarztes; selbstsicher und überheblich wirkte er auf die Muhme.

Er bestätigte, dass er das Pulver überprüft hatte, aber er wisse nichts über die Heilungsversuche der Begine und der Kräuterfrau. In der Tat sei es dem Schoke aber dadurch besser gegangen. Miles, Schreye, Knoken und die Fronsknechte brummten gleichermaßen erstaunt, als Buydessin sagte, dass Elisabeth eine gute Ärztin sei. »Nicht ganz auf der Höhe der Kunst, alles Operieren lässt sie mir. Aber sie hat keinen Patienten verloren, den Gott nicht mit Macht zu sich holen wollte. Für sie stehe ich ein. Doch nicht für diese da!«

Er zeigte mit einem arroganten Wink auf Muhme Grosse. Sofort wehrte die Alte den Zeig mit einem Kreuzzeichen ab und murmelte ein Stoßgebet.

»Seht Ihr«, rief Buydessin. »Sie hext uns was an. Wie sie auch allerlei zaubersche Kräuter verkauft, Leichenteile und Giftzeug. Sie ist eine Giftpanscherin.«

»Da sei Jesus vor!«, rief die Muhme. Mit der einen Hand machte sie zur Abwehr der Besagung ein Hörnerzeichen. Mit der anderen Hand zog sie ein Amulett aus ihrem Wams hervor, ein knotiges Ding, das aussah wie ein Daumen, der zwischen den gekrümmten Fingern einer Hand hervorgestreckt war. Sie presste es an ihr Herz.

Buydessin griff nach der Lederschnur, an der das Amulett hing, und riss es der Alten aus der Hand, die Schnur vom Hals.

Die Muhme kreischte: »Elender Teufel, lass mir meine Fica!« Sofort packte einer der Fronsknechte sie und band ihr den Mund zu.

Der Arzt legte das Ding auf den Tisch des Richters, es war eine schrumpelige Wurzel mit einem Wurmfortsatz.

»Eine Alraune?«, fragte Miles.

»Eine Zauberalraune«, meinte der Arzt.

Auf einen Fingerzeig des Bürgermeisters hin griffen die Folterknechte zu und verschnürten die Muhme wie ein Bündel Frachtgut.

»Ich glaube, wir haben genug gesehen. Wenn die Elisabeth Simonsen die Schülerin dieser Flüchewerferin ist, dann wissen wir, wer dem Schoke ein Leid zufügte!«, sagte der Bürgermeister.

In diesem Moment schlich sich Besorgnis in Buydessins Gesicht. »Ihr solltet mich nicht falsch verstehen, ich will nichts Schlechtes über Schwester Elisabeth gesagt haben. Sie kauft nur bei dem Weib ein und erhält Rat von ihr. Wenn ihr sie des Giftmordes beschuldigen wollt, nur weil sie die Grosse kennt, dann geht ihr von falschen Voraussetzungen aus. Die Schwester kennt sich mit Giften aus, aber das tue ich ebenso. Doch es muss noch eine dritte Person in der Stadt geben, und oft habe ich gehört, dass in den armen Vierteln neben der Schwester Elisabeth und den frommen Brüdern des Franziskanerklosters eine weitere Heilerin bekannt ist, jemand, der davon lebt, den Menschen Tränke zu verkaufen. Aber dies sind nicht meine Patienten, so weiß ich es nur vom Hörensagen.« Der Muhme wollte es so scheinen, als habe Buydessins Gesicht einen fast flehenden Ausdruck angenommen, als er seine Rede beendet hatte.

Doch Miles sah den Medicus nicht einmal an. Er hatte sich von Herman Schreye die Protokolle geben lassen und ging sie durch.

»Diese Grosse dort ist keine Hamburger Bürgerin. Dann können wir sie morgen der peinlichen Befragung unterziehen, nicht wahr, Schreye?«, meinte er mit einem Blick auf die Muhme.

Herman Schreye konnte dem Bürgermeister nicht widersprechen. Er nickte bedrückt und ließ sich das Pergament zurückgeben. Auf einen Wink Miles' hin wurden Muhme Grosse und Elisabeth zurück in ihre Kammer geschleppt.

Ermattet beendete die Muhme ihre Erzählung. Elisabeth nahm die Alte in den Arm. »Ich wünschte, sie nähmen mich an deiner Stelle«, flüsterte sie. Doch ihr Stand als Hamburger Patriziertochter hatte sie geschützt.

⚜

Geseke schmunzelte, als ihr Vater ihr davon berichtete, wie er ihrem Gatten den neuen Ehevertrag mit sechzig Punkten vorgelegt hatte, in denen die Rechte und Freiheiten seiner Tochter Geseke bis ins Kleinste beschrieben waren.

»Sigvrid der Jüngere war als Zeuge dabei. Er trat hinter seinen Vater und lugte ihm über die Schulter, als der einen Paragrafen nach dem anderen las. Und stell dir vor: Bevor sein Vater noch zu Ende gelesen hatte, blickte der junge Sigvrid auf und sagte, er wäre mit all dem einverstanden. Der Junge müsste doch eigentlich alles daransetzen, dass du keine Kinder bekommst, um sein Erbe ungeteilt zu genießen. Er müsste dein Feind sein. Wie hast du ihn nur gefügig gemacht?«

»Er liebt seinen Gaul mehr als alles auf der Welt. Den Zossen hatte er durch Dummheit verloren, und ich habe ihn ihm wiederbeschafft.«

Lächelnd schüttelte Albert Schreye den Kopf. »Dann steht nichts mehr dem entgegen, dass du die Geschäfte führst und die Entscheidungen des Hauses Clingspor triffst, wie es dir beliebt.«

»Oder dir«, flüsterte Geseke. Mit Schaudern dachte sie an den Preis, den sie im Bett dafür zahlen würde. Doch wenigstens ihre Rückkehr in das Haus ihres Gatten würde sie so gestalten, wie sie es sich vorstellte.

Geseke freute sich heimlich am wütend-erstaunten Blick ihres Gatten, der sich durch die neuen Bewohner überrumpelt fühlte und nichts dagegen zu tun vermochte, denn in Item vierzig bis einundfünfzig des neuen Ehevertrags stand, dass Geseke jedes Recht hatte, über Kammern und Vorräte ihres Hauses so zu verfügen, wie sie wollte, und dass sie einstellen konnte, wen sie wolle. Nun brachte sie sechs abgerissene Betteljungfern und einen in Wolldecken gewickelten, fieberkranken Krieger mit.

Grete Puttfarkens Leidensschwestern aus dem Verschlag von Sankt Nicolai zogen auf den Boden unterm Dach, wo es leidlich warm und trocken war. Nach Gesekes Plan würden sie in Dienst bei anderen Kaufmannsfamilien treten, wenn sie sie aufgepäppelt und somit ihre Treue erworben hatte. Mehr Sorgen machte sie sich um den Henker. Richard delirierte im Fieber. Immer wieder sprach er in einer unverständlichen Sprache, die kein Niederdeutsch, Flämisch, Dänisch, Mecklenburgisch, Englisch oder Latein war, sondern ein fremdes heidnisches Idiom. Geseke traute sich daher nicht, den Buydessin zu rufen. *Du kranker Recke sollst endlich aufstehen und meine beste Freundin befreien, statt hier wie ein Dämon zu schnattern,* fluchte sie innerlich, als sie ihm Wadenwickel an die elend langen Beine anlegte. Grete schlich sich häufig zu ihr in die Kammer.

»Euer Gatte schmollt über Eure Abwesenheit. Er brummt, Ihr triebet es sogar mit Kranken«, sagte sie leise und grinste. »Lasst mich den Richard pflegen. Er hat dem kleinen Bandix beigestanden bis zum Schluss.«

Geseke war einverstanden, aber sie gab Grete die Mädchen von Sankt Nicolai zur Hilfe. Sie würden von nun an im Krankenzimmer Wache schieben und der klugen Grete zuarbeiten. Tag und Nacht. Immer zu zweit, immer vier Stunden am Stück, zweimal am Tag: wie einst Bandix auf dem Schiff.

WOCHENFEST DES HEILIGEN MARTIN
Donnerstag, 18. November im Jahr des Herrn 1400

Es gibt nichts Besseres als eine gute Frau, nichts Schlechteres als eine böse.
Peter Abaelard, Carmen ad Astralabium

Ständig verfolgte Richard in seinem Fieber ein und dasselbe Bild.

Er sah das Litauermädchen vor sich, ihre angstgeweiteten Augen. Ihre Frage nach den Dorfbewohnern klang in seinen Ohren. »Sie sind alle tot«, antwortete er. »Dann töte mich auch«, sagte sie. Und er tötete sie. Tausendfach in jeder Nacht.

Als die Kälte von Gretes Wadenwickeln den Sieg über die Hitze seines Blutes gewann, erschien ihm Godefroy von Neroth.

»Du musst mit deiner Schuld leben, dies ist Gottes Wille. Aber du solltest lenken, wie die Schuld dein Leben bestimmen soll.«

»Und wenn ich ginge?«

»Es würde die Brüder erschüttern.«

»Und dich?«

»Der Herr ist mein Hirte, mir wird nichts mangeln«, zitierte Godefroy den dreiundzwanzigsten Psalm.

Richard nahm den Freund in den Arm. »Du bereitest mir einen Tisch im Angesicht meiner Feinde«, sagte er leise.

Richard sah Godefroy mit gesenktem Haupt vor den Hochmeister treten, um von der Flucht des Freundes zu berichten. Er sah ihn vor dem Rat der Brüder, hörte, wie er sich verteidigte – wie er ihn verteidigte. »Und ob ich schon wanderte im finsteren Tal, fürchte ich kein Unglück«, hatte Godefroy zu ihm gesagt. Kein Wort über die Vergewaltigungen, kein Wort gegen die Heidenfeldzüge in christliche Dörfer in Litauen: Der Godefroy aus Richards Fieberträumen hielt dem Orden die Treue und ebenso ihm, dem Freund.

Dies waren besänftigende Träume, an die er sich noch schemenhaft erinnerte, als Grete den Sieg über das Fieber errungen hatte. Sonst blieb in Richard eine völlige Leere, der er nachspürte, ohne an ihren Rand zu gelangen. Was hatte er erreicht, seitdem er Marienburg hinter sich ließ? Der einzige Gedanke, der ihn aus diesem Abgrund herausreißen konnte, war der an Schwester Elisabeth von den Beginen zu Hamburg.

Der erste Tag, an dem er wieder denken konnte, endete mit einem Besuch der Clingsporin an seinem Lager. Sie kniete neben seinem Bett nieder, nahm seine Hand und küsste sie: »Grete sagt, Ihr seid bald gesund genug, um wieder Eure Kammer im Roten Bären beziehen zu können, Herr Richard. Ich wollte das selbst überprüfen.«

»Gottes Licht über Euch«, krächzte er mit heiserer Stimme.

»Über Euch ruht seine Hand. Ihr hättet im Fieber sterben können«, sagte sie und fühlte seine Stirn. »Es ist wichtig, dass Ihr schnell wieder auf die Beine kommt. Elisabeth braucht Eure Hilfe.«

»Deshalb bin ich hier.«

Geseke zog eine Augenbraue hoch.

Richard räusperte sich. »Ich habe ihr den erwünschten Dienst getan und den kleinen Bandix nach Reinfeld gebracht. Doch ich konnte ihn nicht beschützen.«

»Grete hat mir erzählt, dass er tot ist.«

»Vor meinen eigenen Augen wurde er entführt, als wir zum ersten Mal die schützenden Klostermauern verließen. Alle Mönche, alle Konversen haben mit mir nach ihm gesucht. Doch wir fanden ihn nicht. Am nächsten Morgen hat man ihn vor die Klostertüren gelegt, mit eingeschlagenem Kopf und den kleinen Körper voller Folterspuren.«

Die Clingsporin schluckte.

»Diese Hunde müssen ihn stundenlang torturiert haben.«

Die Ratsfrau senkte den Blick. Er sah, dass ihr Tränen über die Wangen liefen.

»Könnt Ihr Euch vorstellen, was sie von ihm wollten, Fruwe Clingspor?«

Sie wischte sich mit den Händen über das Gesicht und atmete tief ein und aus. Zögerlich begann sie zu sprechen. »In der Stadt laufen immer noch viele Vitalierfreunde herum. Könnte es sein, dass sie sich an dem Kleinen rächen wollten, weil er nicht hingerichtet wurde? Weil sie vermuten, dass er aus Angst gestanden hat und so Störtebeker ans Schwert lieferte?«

»Warum dann die Folter? Nur aus Rache?«

»Diese Vitalierfreunde machen Stimmung gegen die England- und Flandernfahrer und den Rat, indem sie schlimme Gerüchte streuen. Eines ist, dass der Rat den Schatz der Vitalier für sich genommen hat. Voreilig hatte Simon von Utrecht versprochen, dass er das Gold für die Stadt verwenden würde. Viele haben das so verstanden, als würde er es den Armen geben wollen. Rechtlich gesehen gebührt die Beute jedoch den Schiffsausrüstern, Kapitänen und Mannschaften der Schiffe, die Störtebeker vor Helgoland gestellt haben. Doch es wurde bisher kein Schatz gefunden. Vielleicht hoffte jemand, aus dem Kleinen herauszupressen, wo der Reichtum der Piraten verborgen ist, um ihn einzuklagen. Doch ich kann mir nur nicht vorstellen, dass Störtebeker seinen Schiffsjungen in so etwas eingeweiht hat.«

Richard presste die Lippen aufeinander, um ihr nicht zu widersprechen. Sie rieb sich die Augen und fuhr dann weiter fort: »Des Weiteren wisst Ihr ja sicherlich, dass gar nicht Störtebeker der schlimmste der Seeräuber ist.«

»Sondern Godeke Michels.«

»Ebendieser. Es kann auch sein, dass man herausfinden wollte, wo er sich versteckt hat.«

»Eure Parteigänger?«

»Ja, einige der Englandfahrer.«

»Könnt Ihr Euch vorstellen, wer unter den Englandfahrern in der Lage wäre, ein Kind zu foltern?«

»Keiner der ehrenwerten Herren vom Rat selbst, Richard.«

»Könnten sie Schergen geschickt haben?«

»Ja.«

»Wer wäre so kaltblütig?«

»Alle. Aber vor allen anderen mein Vater und ich.«

Er griff ihre Hand. Nun blickte sie ihn wieder an. Ihr Gesicht war tränenüberströmt. »Ihr wart es diesmal nicht«, sagte er.

»Diesmal war ich es nicht.« Geseke Clingspor schluchzte und barg ihr Gesicht im Daunenpfuhl, der Richards Beine bedeckte. Vorsichtig streckte er die Hand aus und strich ihr über das Haupt.

»Ich habe oft die Wege des Guten verlassen, um Einfluss zu erhalten. Ich tat es, damit ich wiederum Gutes tun konnte«, flüsterte sie. »Doch ich musste es so oft tun, dass ich das Gute aus dem Auge verlor. Ich wünschte, ich könnte umkehren zu dem, was Johann Cletzen antreibt, Gerechtigkeit und Liebe unter den Christenmenschen. Doch ich traue mir selbst kaum noch!«

Richard streichelte ihre Haare. »Ihr seid gerade umgekehrt, Geseke Clingspor, der Menschensohn hat Eure Bitte erhört. Glaubt mir.«

Sie weinte leise. Er zog sie zu sich hoch auf das Bett und nahm ihre Hände in seine. »Gott ist mit Euch, edle Dame, auf jedem Eurer seltsamen Wege.«

»Gibt es Verzeihung für das, was ich tat?«

»Wir müssen es hoffen. Ich tat Schrecklicheres, Frau Geseke, und sende mein Flehen zu Gott, dass er mir vergebe. Weil nun der Herr aber vollkommen ist, wird er auch zu vollkommener Vergebung in der Lage sein. Wir dürfen nur nicht aufhören zu hoffen. Aber jetzt sollten wir alles daransetzen, unsere Schwester Elisabeth zu befreien und den Tod des kleinen Jungen zu rächen. Das sind die beiden Dinge, die Gott uns zu tun aufträgt.«

Elisabeth flößte Muhme Grosse Bier und Honig ein, bis sie wieder zu Kräften kam. Die Alte grinste schwach.

»Da wollte ich dir nun helfen, meine Liebe, und was geschieht?«

Sie konnte nicht anders, als die Alte in den Arm nehmen. Lange saßen die beiden Frauen umschlungen auf den Brettern des kalten Dachbodens. Dann strich die Alte Elisabeth über die verwuschelten Haare.

»Die werden mir morgen allerlei Schmerzen zufügen, und ich habe nichts zur Hilfe als meine Geisteskraft. Das wird schlimm.«

»Ich werde für dich beten.«

»Ich wünschte, ich hätte was von dem Bier, das ihr Mädels dem Störtebeker immer gebracht habt.«

»Meinst du, die andere Heilerin hat das Bier so angemischt?«

»Bestimmt hat sie das. So, dass die Seeräuber nichts gefühlt haben von dem Schmerz und der Pein.« Die Grosse zog ihre Salunendecke um die Schultern.

»Sie hat den Seeräubern also geholfen. Ich frag mich nur, wie sie ihr Rauschmittel in Simons Bier hineingeschmuggelt hat.«

»Entweder hat er es so bestellt, oder sie hat es ihm aufgeschwatzt. Ist das so wichtig?«

»Es ist wichtig. Wenn er es für die Seeräuber bestellt hat, dann wollte er, dass sie nicht gestehen. Aber warum? Wieso paktiert er mit den Likedeelern?«

Die Muhme wickelte ihre Kleider fest um sich. »Kümmer dich doch nicht um die Seeräuber. Sie sind tot.«

»Meinst du, die andere war es auch mit dem Gift für Schoke?«

»Wer sonst?« Die Alte wirkte verschlossen. Sie pustete in ihre kalten Hände und sah Elisabeth nicht an.

»Wer ist diese Heilerin?«

»Ich werde es morgen den Henkern nicht sagen und dir heute nicht.«

Die Kräuterfrau schaute Elisabeth grade in die Augen, bis sie den Blick abwenden musste. »Muhme, willst du für sie sterben?«

»Für dich, Kind, würde ich sterben und auch für sie. Ihr seid beide gleich geschickt. Zwei Seiten einer Münze.«

FEST DER HEILIGEN ELISABETH VON THÜRINGEN

Freitag, 19. November im Jahr des Herrn 1400

Und nicht leibliche Knechtschaft, sondern Unterwerfung unter eigene Schwächen schändet die Seele …

Peter Abaelard, Kenne dich selbst

Ohne mit der Wimper zu zucken, ging Muhme Grosse den Schrecken entgegen, die auf sie warteten. Doch Elisabeth verging vor Angst. Sie presste ihr Ohr auf den hölzernen Boden der Dachkammer, aber konnte nicht hören, was unten geschah. Was sie hörte, war ein Jammern, ein Klagen, tiefe Seufzer – Töne, die tief in das Gemäuer des Gebäudes eingesunken waren und jeden befielen, der hier weilen musste.

Den Weg auf den Dachboden zurück konnte die Alte nicht mehr auf ihren eigenen Beinen machen, denn Knoken hatte sie ihr zerquetscht. Ihre Hände waren nur noch eine Masse Knochen und Blut, und ihr Atem ging schwer. Gerne hätte Elisabeth die Fronsknechte verflucht, doch ihr Glaube hielt sie zurück. Sie wusch der Alten die Wunden mit dem Wein, den Geseke hatte bringen lassen, und wiegte sie vorsichtig hin und her. Die Muhme wimmerte und stöhnte. In der Nacht wand sie sich auf dem Lager. Erst gegen Morgen ging ihr Atem gleichmäßig, aber beunruhigend langsam und flach. Als sie erwachte, griff sie nach Elisabeths Hand. »Ich habe nichts gesagt«, sagte sie leise.

»Mutige alte Frau. Aber jetzt schweig auch und erhol dich, du musst bald wieder stark sein.«

Die Alte schüttelte den Kopf.

»Die holen mich kein zweites Mal.« Ihre Stimme war kaum zu hören. Elisabeth strich ihr beruhigend den Arm.

»Sie heißt Agneta Strüven. Die andere Heilerin«, flüsterte die Muhme Grosse.

»Danke, Muhme«, sagte Elisabeth und hauchte der Alten einen Kuss auf die Wange.

»Versprich mir, versprich mir, sag es ihnen nicht ohne Not. Nur wenn es um dein Leben geht.«

»Nicht, solange ich es für mich behalten kann, das schwöre ich bei allen Heiligen.«

»Bete für mich.«

Elisabeth nahm ihren Rosenkranz und begann ein Ave-Maria, da schloss die Alte die Augen. Bevor Elisabeth den Gebetsreigen beendet hatte, war Muhme Grosse gestorben.

SAMSTAG NACH HEILIGEN ELISABETH VON THÜRINGEN
20. November im Jahr des Herrn 1400

Schwäche ist etwas, wodurch wir zum Sündigen verleitet werden, das heißt, wodurch wir verführt werden, unsere Zustimmung zu einer unziemlichen Sache zu geben.
Peter Abaelard, Kenne dich selbst

Der Henker von Hamburg betrat die Fronerey, ohne die Maske vom Haupt zu nehmen. Angst und Feindseligkeit waren ihm auf dem Weg gefolgt, aber es war ihm egal. An seiner Hüfte hing sein gutes Schwert, und seine Hand ruhte lässig auf dem Knauf seines Dolches.

Er öffnete die Tür, ohne anzuklopfen. Knoken lief aus der Dornse herbei und verbeugte sich, als er seinen Herrn erkannte. Dieser setzte sich an den Eichentisch in dem warmen Wohnraum und ließ die behandschuhte Faust über die Platte gleiten. Sein Gesell kuschte und brachte Bier.

»Ihr haltet hier zwei Zaubersche?«, fragte der Henker.

»Nur noch eine, Herr. Eine ist draufgegangen.«

»Welche?« Richard zwang seine Stimme, nicht zu zittern.

»Die Alte.«

»Was wollen die hohen Herren vom Rat nun tun?«

»Wo Ihr nun da seid, Herr, werden sie die andere drannehmen. Die haben nur auf Euch gewartet, weil die doch Bürgerin ist.«

»Dann will ich sie mir lieber mal vorher anschauen.«

Knoken sprang zur Seite, als sein Gebieter an ihm vorbeiging, und verbeugte sich tief hinter seinem Rücken.

Richard erklomm die steile Stiege zum Dachboden. In einer dunklen Ecke des Vordergiebels saß Elisabeth, verkrochen wie ein krankes Tier. Sie sah ihn mit ruhigem Blick an, doch ihre Züge waren kalt. Er fragte sich, warum sein Herz so pochte: Was hatte er nur erwartet? Willkommensfreude? Wie sollte sie denn wissen, dass er ihretwegen zurückgekehrt war? Wie sollte sie sich freuen, wenn ihre alte Freundin hier zu Tode gequält worden war? Vor ihm hockte eine Frau in tiefstem Elend.

Richard nahm die Maske ab und beugte das Knie. Als er wieder aufblickte, hatte sie sich immer noch nicht bewegt. Er sank auf beide Knie und senkte das Haupt. »Ich komme, um Euch zu helfen, Elisabeth.«

Da hörte er sie schluchzen.

»Habt keine Angst, Schwester.«

Auf allen vieren kroch er zu der Ecke, in der sie kauerte, und nahm sie ganz fest in die Arme. Er spürte ihren Körper, ihre Wärme, wie vorher nur bei einer, an die er nicht denken durfte, an sein hingeschlachtetes Opfer. Doch nun war die Erinnerung da, und ihm stiegen die Tränen in die Augen. Er barg sein Gesicht in Elisabeths Haar. Sie roch anders als die Litauerin in der eisigen Mordnacht, sie war anders, sie war ihm nah, warm und weich war sie, sie ließ ihn gewähren. Ihm war, als würden sich die Tore des Himmels öffnen. Sanft streichelte er ihren Rücken.

Mit einem Mal hob sie den Kopf. »Sie haben meine alte Kräuterfrau zu Tode gefoltert«, schluchzte sie.

»Still, still!«, sagte er.

»Sie hat doch den Schoke geheilt.«

»Ich weiß, Geseke hat mir berichtet, ich weiß alles. Doch du weißt doch, was der Prediger sagt: ›*Ein jegliches hat seine Zeit, und alles Vornehmen unter dem Himmel hat seine Stunde. Geboren werden und sterben, pflanzen und ausrotten, was gepflanzt ist.*‹ Ihre Zeit war gekommen, wie auch immer.«

»Sie hätte noch lange leben können, auch wenn sie schon alt war. Sie war gesund.«

»Der Herr hat entschieden, dass sie zu ihm gehen soll. Trauere nicht um sie, freu dich, sie gekannt zu haben. Sei traurig, weil du ohne sie bist. ›*Denn dazu sind wir in die Zeit gestellt, dass wir durch vernunfterhelltes Tun in der Zeit Gott näher und ähnlicher werden*‹, sagt Meister Eckart.«

Sie schüttelte den Kopf. »Zitier doch hier keine Ketzer, Richard.«

»Ich finde es verwerflich, dass der Papst Meister Eckarts Thesen verdammte. Denn der Meister tröstet: ›*Die Natur zerbricht nie, ohne dass sie ein Besseres dafür gibt. Wenn das die Natur tut, wie viel mehr tut es Gott: Der zerbricht niemals, dass er nicht ein Besseres gäbe.*‹ So ist es auch mit deiner Kräuterfrau. Sie ist fort, aber etwas Besseres wird daraus werden.«

Sie drehte den Kopf weg. Er entließ sie aus der Umarmung und setzte sich neben sie auf den Boden.

»Morgen musst du klug und stark sein, kleine Schwester. Ich will dich hier herausholen, doch weiß ich noch nicht wie. Am besten wäre es, wenn wir die Vorwürfe gegen dich entkräften könnten.«

»Das geht nur, indem ich jemand anderen besage.«

»Wen?«

Sie sah ihn an, und er wagte, eine Träne von ihrer Bauernengelswange abzuwischen.

»Ich werde es nicht verraten.«

Er sah auf seine Hände. »Ich habe darüber nachgedacht, wer den Schoke vergiften wollte. Da gibt es eine alte Geschichte mit den Cletzens. Bekommt nicht Johanns Vater das Geld für die Mitgift seiner Schwester zurück, wenn Schoke stirbt? Und Johann braucht doch Geld.«

»Johann Cletzen? Niemals. Das könnte der nicht.« Sie schüttelte den Kopf und rückte ein Stück von Richard ab.

»Ich meine nicht, dass er das Gift hergestellt hat, sondern dass er es ins Haus geschmuggelt hat. Über seine Männer aus Sankt Jacobi.«

»Richard, Johann Cletzen mag wissen, woher er dieses Gift bekommt, und er mag sogar über eine Bande von alten Freunden verfügen, die für ihn alles täten. Aber er könnte nie dem Mann schaden, der seine Tante über alles geliebt hatte.«

»Bist du dir da so sicher?«

»Ja.«

»Dann sag, wer der Giftmischer ist.«

»Das tue ich nur, wenn ich in Lebensgefahr bin.«

»Das bist du.«

»Nicht, solange Gott seine schützende Hand über mir ruhen lässt. Und hast du nicht eben gesagt: ›*Dazu sind wir in die Zeit gestellt, dass wir Gott ähnlicher werden.*‹ Wie soll ich Gott ähnlicher werden, wenn ich andere besage?«

Er saß noch lange neben ihr und schwieg. Dann nahm er ihre Hand und küsste sie. »Ich werde das Meine tun, dass dir nichts geschieht, Elisabeth«, sagte er, ohne zu wissen, was das sein könnte.

Sie griff in eine tiefe Rocktasche und zog eine Geldkatze heraus. »Ich habe Blafferte gesammelt, von allen, die etwas spenden wollten. Bitte kauf der weißen Maria ein Mäntelchen davon, wenn ich nicht dazu kommen sollte.«

»Aber wenn du Angst hast, hier zu sterben, dann sprich!«, sagte er.

Elisabeth wandte sich ab.

Richard verließ die Fronerey mit der Geldkatze in der Hand. Was sollte er nur tun? In einem kalten Sturzregen, der die Stadt in eisiges Grau tauchte, lief er zum Clingsporenhaus zurück, um mit der Meisterin der Stadtgeschäfte Pläne zu Elisabeths Befreiung zu schmieden. Doch er fand nur Grete vor, die es sich in der Dornse bequem gemacht hatte und strickte.

»Die Herrin ist nicht da.«

»Und wo könnte sie sein?«

»Ist weg, nachdem Ihr heute Morgen losgegangen seid und der Herr zur Ratssitzung aufbrach.«

»Einfach so allein weggegangen? Ohne dich?«

»Nicht mal die Grise hat sie mitgenommen. Der Herr musste doch schwören, dass sie alles tun darf, was sie will. Und jetzt macht sie das auch. Sie hat sogar die Mädchen von der Bude bei Nicolai, Ihr wisst noch, wo wir übernachtet haben, als Ihr Euch das Fieber geholt habt, die Mädchen, die hat sie hierhergeholt. Alle. Die sitzen mit dem jungen Herrn im Stall, trinken Bier und machen ihm schöne Augen.«

»Und keine von Euch Gören sah sich in der Lage, Eure Herrin zu begleiten, wie es ziemlich wäre?«

»Wollte sie doch nicht.«

Er schüttelte den Kopf, verzweifelt über das verquere Weibsvolk in dieser Stadt. »Beim heiligen Thomas! Ich könnte schwören, dass du weißt, wo sie ist.«

Grete grinste. »Nein, weiß ich nicht. Das ist doch der Sinn dabei.«

Richard zog eine Augenbraue hoch. »Wo wohnt noch der Cletzen?«, fragte er. Grete beschrieb ihm den Weg, ohne dass das Grinsen ihr kleines Gesicht verließ.

Geseke stellte die beiden Fläschchen auf den Bettrand und setzte sich neben Johann. Der schaute auf seine Hände, als sei dort etwas zu finden, was er noch nie gesehen hatte.

»Wenn ich schwanger werde, bin ich frei«, sagte sie. Er schaute nicht zu ihr auf. »Es besteht keine Gefahr, Jon.«

»Geseke, ich liebe dich, von ganzem Herzen.«

»Dann hilf mir.«

Er schüttelte den Kopf, sah wieder auf seine Hände. Dann, als wäre es eine unendlich schwere Tat, sah er sie an. »Möge der Herr bei mir sein, wenn ich jetzt alles zerstöre, was er mir an Liebe schenkte. Aber ich werde nicht mit dir sündigen, wenn du mich nicht auch liebst.«

Sie schüttelte den Kopf und lachte leise. »Du Dummkopf, natürlich tue ich das.«

»Ich dachte, du brauchst mich nur«, sagte er mit fast erstickter Stimme.

»Herr im Himmel, natürlich brauche ich dich. Sogar doppelt. Denn wenn ich dich nicht auf irgendwelche Aufträge schicken würde, bekäme ich dich doch gar nicht zu Gesicht. Aber seit jenem Fest bei meinem Vater nach der Reise gegen die Seeräuber, als Simon seine Erfolge pries und du nur still dabeisaßest, seitdem bist du in meinem Herzen, ganz tief. Weißt du noch, du bist früher gegangen als die anderen?«

Er nickte. »Und du hast versucht, mich aufzuhalten.«

»Und du sagtest, du müsstest für deine Familie sorgen, deshalb könntest du nicht länger feiern.«

Er nickte.

»Bei der heiligen Maria Magdalena, da bin ich dir verfallen, Johann Cletzen. Doch wie sollte ich es dir zeigen? Was hätte es für uns beide anderes bedeutet als Unglück?« Sie nahm ihn in die Arme und küsste zart seinen Hals.

Sie hatte ihn aus seinem Garten geholt und bei der Hand in sein Haus geführt, und jetzt roch er immer noch nach Erde, Herbstlaub und Schweiß. Vorsichtig zog sie ihm den Kittel über den Kopf. Er war schlank und muskulös, und seine Haut zeigte Narben von seiner Arbeit.

Sie öffnete ihr Mieder, löste die Schnüre ihres Kleides und ließ sie zu Boden gleiten. Ihr besticktes Unterhemd bedeckte sie von der

Brust bis zu den Zehen. So fühlte sie sich freier. Sie legte sich auf sein Bett.

Endlich sah er zu ihr herüber. »Es geht so schnell. Ich wünschte, wir könnten uns Zeit lassen«, flüsterte er.

»Dies ist unsere Zeit«, antwortete sie und streckte die Hand nach ihm aus.

Er legte sich neben sie und schloss die Augen.

Geseke öffnete das erste Fläschchen von dem Fruchtbarkeitstrunk, den ihr Anneke Grise verschafft hatte. Mit einem Schluck trank sie es leer. Dann wandte sie sich Johann zu. Vor einem Jahr hatte jemand in der Stadt herumerzählt, dass Johann ein Wende war, dass deshalb seine Familie gar kein Bürgerrecht haben dürfe. In der Tat sah er anders aus als die meisten Kaufleute in der Stadt. Mit den traurigen Zügen und den kräftigen Augenbrauen ähnelte er Richard von Hardin, dem Mecklenburger. Doch sie liebte dieses Gesicht und diese weichen Lippen, ob nun wendisch oder nicht, das war ihr egal. Immer hatte sie diese Lippen küssen wollen, wenn er mit ernster Miene zu ihr sprach, nun wagte sie es – vorsichtig und leicht. Er öffnete den Mund, und sie strich mit ihrer Zunge über die seine. Da umarmte er sie. Sie ließen den Kuss lang werden, so lang wie das Warten aufeinander. Wärme floss durch ihre Glieder, Geseke wurde weich wie Honig, sie wollte nichts mehr auf der Welt als den Körper dieses lieben Mannes umschließen. Johann atmete tief und ließ seine Hand unter ihr Hemd gleiten. Sie half ihm, zog sich aus und schlang sich um ihn wie eine Weinranke. Er küsste ihren Hals, ihr Kinn und sehnsuchtsvoll wieder ihre Lippen. Vorsichtig nestelte sie an seinen Hosen, bis sie ihn befreien konnte, und drängte sich an ihn. Bald wurde sie mit ihm eins.

Das Klopfen an der Tür unten jagte Johann aus dem Bett wie ein aufgeschrecktes Tier. Er versuchte, sich anzuziehen, doch keine der Schnüre an seinen Kleidern wollte ihm gehorchen.

Geseke schenkte ihrem furchtvollen Liebsten ein Lächeln, streifte ihr Hemd über und wickelte sich in ihren Hoyken. »Lass dir Zeit, dich anzuziehen«, flüsterte sie, als sie zur Diele hinabstieg.

Sie lugte aus dem Fenster der Dornse. Es drohte keine Gefahr, denn es war der Henker, der vor Johanns Tür stand.

»Was zum Teufel tut Ihr hier?«, zischte Richard und wies auf das Unterhemd, das unter Gesekes Hoyken hervorblinkte.

»Schwanger werden«, sagte sie ruhig.

»Ein Herz brechen, Euch auf den Kaak und ihn an den Pranger bringen und die Sache der Englandfahrer gefährden? Was noch? Ach ja, Eure Seele der Verdammnis anheimgeben und seine mit! Ich vermute doch, Johann ist oben in der Schlafkammer, nicht wahr?«

Geseke nickte.

»Dann holt den vermaledeiten Sündiger herunter.«

Geseke ging nach oben, lächelte Johann an und nahm den zweiten Trunk mit einem Gebet um Verzeihung ihrer Sünde.

»Richard?«, fragte Johann.

Sie nickte. »Es scheint dringend zu sein.«

⚜

Richard saß an Johanns großem Esstisch und erwartete die beiden Liebenden mit grimmigem Gesichtsausdruck.

»Wie könnt Ihr beiden nur so unvorsichtig sein?« Zu Johann gewandt sagte er: »Wolltest du nicht Minne üben?«

»Minne ist etwas für Troubadoure und Ritter, Richard.«

»Nein, es ist für diejenigen, die in der Liebe warten können.«

Geseke legte ihre kleine zarte Hand auf seine Pranke. »Er ist nicht schuld. Ich habe ihn verführt.«

»Wenn ich das bisher nicht falsch verstanden habe, gehören dazu immer zwei, Frau Clingspor.«

»Dann müsst Ihr auch zwei verdammen, Herr Ordensritter«, sagte sie.

»Ich bin bestimmt nicht in der Lage, Euch zu verdammen oder zu belehren. Meine Erfahrungen auf dem Gebiet sind gering. Doch eines weiß ich: Lieben kann man auch ohne Sünde.«

»Und wie, wenn die Liebste an einen brutalen Alten weggegeben wurde?«, fragte Johann.

Richard schloss die Augen. »Es ist recht, dass du als Liebender ihr Schutz und Schirm sein sollst, in allen Lagen, zu allen Tagen. Aber auch ihren Ruf sollst du schützen, nicht nur ihren Leib.«

»Wenn ich ein Kind bekomme, bin ich frei, Richard. Dann kann ich Clingspor verlassen. Also schützt mich Johann, indem er mit mir sündigt.«

Richard schüttelte den Kopf. »Ich kenne nicht Gottes Rat und Willen in diesen Dingen, aber vor den Menschen begeht Ihr ein Verbrechen, dass Euch beiden Euer Lebensglück kosten wird, wenn es jemand entdeckt.«

Gesekes Hand krampfte sich um Richards. »Seht mich an, Herr Richard. Denkt Ihr, ich habe jetzt Lebensglück? Ich bin reich, ich bin klug, ich kann lesen und schreiben, ich habe acht Mägde. Aber wenn mein Mann zu mir kommt, muss ich für ihn Dinge tun, die mich mit der Zeit um den Verstand bringen. Ich habe gebetet, ich habe geweint, ich habe es in die hinterste dunkle Lade meiner Erinnerung verbannt, aber immer wenn der alte Clingspor in meine Kammer kommt, ist es wieder da. Das kann an jedem Tag geschehen, zu jeder Stunde. Es ist der langsame Mord an meiner Seele, es ist das Gegenteil von Lebensglück, und es heißt Notzucht. Selbst das Wort dafür ist ein Hohn an der, die es erleiden muss.«

Ihre Fingernägel hatten sich durch das Leder seines Handschuhs gekrallt. Er nahm ihre Hand vorsichtig in seine freie Rechte und küsste sie. Dann schloss er die Augen. Da war es wieder. Das Gesicht der Litauerin. *»Töte mich auch«, forderte sie.* Jetzt verstand er umso mehr.

»Gott möge bei Euch sein zu jeder Stunde«, flüsterte er.

Johann griff nun seine andere Hand. »Richard, Ihr seid ein wahrer Freund. Nun sagt aber, warum Ihr hergekommen seid.«

»Unsere Schwester Elisabeth weiß genau, wer das Gift für den Schoke angemischt hat, aber sie will es nicht sagen.«

Geseke stöhnte.

»Noch heute Abend soll sie der peinlichen Befragung unterworfen werden. Ich werde die Folter selbst durchführen. Mir fällt nichts ein, als ihr einen Namen in den Mund zu legen. Wie hieß die Alte, die Knoken zu Tode geschunden hat?«

»Die Muhme ist tot?« Er nickte.

»Wenn Ihr es der Toten unterschiebt, dann wird Elisabeth am nächsten Tag die Aussage zurücknehmen, um den Ruf ihrer alten Kräuterfrau zu schonen.«

»Gibt es denn keinen Hinweis?«, fragte Johann.

»Genau das muss ich dich fragen, Johann. In aller Freundschaft.

In dieser Stadt hättest du das größte Interesse an Schokes Tod. Deine Familie erhielte die Mitgift deiner verstorbenen Tante zurück. Wenn du etwas mit der Vergiftung Schokes zu tun hast, dann ist jetzt die Zeit zu reden.«

Gleichzeitig zogen die beiden Liebenden ihre Hände von seinen zurück.

»Richard, du kennst mich doch«, sagte Johann mit unterdrückter Wut in der Stimme.

»Eben darum. Du brauchst Geld, und du tust alles dafür. Du weißt, was ich meine.«

»Das ist doch etwas ganz anderes. Das ist doch kein Giftmord.« Johanns Stimme zitterte, er war rot angelaufen.

»Das sehe ich ähnlich, Johann, doch ich muss mir sicher sein, wenn ich dir weiter vertrauen soll. Und ich will dir vertrauen.«

Geseke war vor Zorn bleich geworden. »Wovon redet Ihr?«, fragte sie mit einer Stimme voll unterdrückter Wut.

Die Männer tauschten einen Blick, und Richard nickte Johann zu.

»Ich habe was getan, das nicht rechtens war, aber für viele Leute recht profitabel. Richard hat mich dabei erwischt.«

»Und was war das?«

Johann schwieg.

»Euer Liebster hat Rinder gestohlen und sie an die Schlachter in Sankt Jacobi weitergegeben. Die haben das Fleisch von der Hintertür aus billig an die Minderbemittelten verkauft. Außer den Viehhändlern hatte jeder etwas davon. Aber hätte man den hier erwischt, hätte auch der Henker etwas davon gehabt«, sagte Richard.

»Und von dem Geld hast du für mich Geschenke gekauft und die Stute für den jüngeren Sigvrid.«

Johann nickte.

Geseke schüttelte den Kopf. »Bis wann ging das?«

»Bis Richard dazwischenkam.«

»Bevor er am Pranger stand?«

»Genau.«

»Deshalb hast du mich auf ihn aufmerksam gemacht? Weil er euch wirklich vertrieben hat und du deshalb wusstest, dass er unschuldig dort hing?« Geseke war außergewöhnlich besonnen und ruhig. Sie befragte Johann wie einen Schiffsherrn, der seine Reise beschreiben sollte.

Doch dem Stadtreiter war die Situation sichtlich unangenehm, und er sah auf seine Hände. »Es war nicht gerecht, dass er dort hing.«

»Herr Richard, ich verstehe, dass Ihr Johann misstraut, bei all den Dummheiten, die er begeht. Doch genau das spricht ihn frei. Wenn er Schoke vergiften könnte, dann hätte er sich solch unsinnigen Viehraub sparen können. Die Mitgift von Alheid Cletzen betrug vor mehr als fünfzehn Jahren dreihundert Mark. Wenn die Cletzens das wiedererhalten, dann müssen sie sich nicht in Lebensgefahr bringen, um Kühe zu stehlen. Dann sind sie reich.«

Richard fragte sich, ob das nicht genau gegen Johann sprach, aber wenn er Johann anblickte, dann konnte er ihm nicht misstrauen. Der Stadtreiter blickte immer noch verschämt auf seine Fingerspitzen wie ein Schuljunge, der vom Lehrer die Verkündigung des Strafmaßes für eine Dummheit erwartete. Er verhielt sich just wie einer, der eher Vieh stahl als um einer Erbschaft willen zu morden.

»Da steht Ihr nun mit Eurem Verstand für ihn ein, Ratsfrau Clingspor«, antwortete Richard. »Möge Eure Liebe den Richtigen getroffen haben. Johann, verzeih mir meine Zweifel.« Geseke könnte recht haben. Außerdem mochte Richard diesen Johann Cletzen. Ein hinterhältiger Giftmord passte nicht zu dem Mann.

Er streckte dem Stadtwächter die Hand hin, und dieser schlug missmutig ein. Richard lehnte sich erleichtert in den Stuhl zurück. »Aber Eure Liebesschwüre bringen uns noch nicht näher an den Giftmischer heran und helfen unserer Elisabeth nicht, Frau Geseke.«

»Doch!«, sagte Geseke und ließ das leere Fläschchen des Fruchtbarkeitstranks auf den Tisch rollen.

»Den Trank hier hat mir meine Magd Anneke besorgt. Er soll die Empfängnisbereitschaft fördern.« Sie lächelte Johann an. »Die Grise war in Sankt Jacobi, um das Zeug zu kaufen, und da kennst du dich doch wohl aus.«

Johann strich sich über die Stirn, dann nickte er bedächtig. »In der Nähe der Sankt Gertrudenkapelle soll es ein Haus geben, wo die Kranken hingehen, die sich den Buydessin nicht leisten können. Vielleicht ist das ein Anfang.«

Geseke stand auf. »Ich denke, wir sollten die Arbeit teilen, um möglichst schnell zu sein. Ihr, Richard, geht zurück in die Fronerey und schützt Elisabeth, so gut Ihr könnt. Wir suchen den Heiler, der auch tötet. Oder die Heilerin.«

Richard küsste Gesekes Hand. Als er aufschaute, ruhte ihr Blick warm auf ihm, als wüsste sie, was er sich fragte: Wie sollte er eine Frau schützen, die er foltern müsste?

»Gott sei mit Euch, Richard von Hardin«, sagte sie leise, als er ging.

Als Geseke, gekleidet in einfache Mägdegewänder und mit einem schmutzigen Tuch statt der stattlichen Haube auf dem Kopf, vor dem Haus bei Sankt Jacobi eintraf, dämmerte es bereits. Sie hatte keinen Augenblick des Nachmittags verbracht, ohne an Elisabeth und Richard zu denken. Vielleicht konnte er lieben, ohne zu sündigen, aber wie wollte er die Frau foltern, die er so offensichtlich liebte? Wie würde Elisabeth es durchstehen? In den Wochen, in denen von Hardin mit Bandix unterwegs gewesen war, hatte Elisabeth oft von ihm gesprochen. Und wenn nicht von ihm, dann von Abaelard, dem Theologen, den der Henkersritter so gern zitierte.

Wie würde sie es durchstehen, von dem Mann gequält zu werden, den sie bewunderte? Mit Gottvertrauen und Frömmigkeit, versuchte sich Geseke einzureden. Sie lief mit Anneke Grise an ihrer Seite in schnellen Schritten am Pferdemarkt vorbei, die Breite Straße hinauf, dann an Sankt Gertruden vorbei in die Lilienstraße hinein. Geseke wurde vom Gestank der Tännereien und Abfallgruben übel, aber sie ging mutig weiter. Ganz am Ende, vor dem Raboisen, war eine offene Gartenfläche. An der Ecke lehnte Johann, das Gesicht von einem Gugel verhüllt, an einem blattlosen Obstbaum und kaute auf einem späten Grashalm. Er wies mit dem Kinn auf ein kleines Haus gegenüber. »Es ist jemand bei ihr.«

»Agneta Strüven, die Wunderheilerin«, keuchte Anneke. »Dachte nicht, dass sie was anders kann als Fruchtbarkeits- und Liebestränke!«

»Wenn wir uns nicht irren, kann sie viel, viel mehr.«

»Wird sie versuchen, uns zu verfluchen?« Die Stimme Annekes klang unsicher.

Geseke fingerte ihre goldene Kette mit dem Kreuzlein vom Hals und gab es ihrer Magd. Sie tauschte einen Blick mit Johann. Wenn Gott allmächtig war und alle Sünden vergab, schützte er die, die guten Herzens waren, vor Flüchen.

»Bete stumm, wenn wir hineingehen«, sagte sie zu Anneke.

Die Tür öffnete sich, und ein großer Kahlköpfiger wurde von einer Frau hinausbegleitet. Sie hatte dunkle Augen, flachsblondes Haar und ein Muttermal im Gesicht. Ihr Gesicht kam Geseke bekannt und dennoch fremd vor.

»Den Kerl kenn ich von irgendwoher«, brummte Johann, aber Geseke verbot ihm den Mund.

Anneke Grise reichte der Strüvenschen die Hand und stellte ihr ihre Freunde vor. »Ein gequältes Paar, das deiner Kunst bedarf.« Die Heilerin bat sie hinein. Das schmale Haus hatte keine Dornse neben der Tür, der einzige Raum des ärmlichen Gebäudes war kahl bis auf einen Tisch, zwei Stühle und ein Bett. Ein grauer Filzteppich zierte die Hinterwand. Keine Giftmischerbude, keine Zauberschenoffizin. Geseke setzte sich und sah sich um.

»Meine Freundin hier leidet sehr unter ihrer Schwiegermutter und ihr Gatte unter derselben, seiner Stiefmutter, deswegen kamen wir zu Euch, Meisterin Agneta«, begann Anneke.

Gott habe die Seele meiner wahren Schwiegermutter selig, ich kannte sie nie, dachte Geseke. Kein Körnchen Wahrheit sagen, hatte sie Anneke eingeschwärzt.

»Die Alte ist eine wahre Spinne, sie verdirbt die Kinder, säuft den Weinkeller leer und redet schlecht über meine Freundin hier. So dachten wir, sie ein wenig zu beruhigen, ich meine die Schwiegermutter.«

»Beruhigen?«, fragte die Strüven.

Johann nahm Gesekes Hand. »Es ist die zweite Frau meines verstorbenen Vaters. Ich bin ihr verpflichtet, aber sie ist mir nicht nah. Wenn sie schliefe, machte sie keinen Ärger mehr. Könnt Ihr uns helfen?«

»Ein langer Schlaf?«

»Ein sehr langer …«, antwortete Geseke.

»Das wird teuer«, sagte die Strüven.

»Aber Ihr könnt so was?«, fragte Johann.

Die blonde Frau sah ihm in die Augen und schwieg.

»Ich bitte Euch, Agneta. Helft Ihnen, wenn Ihr könnt«, bat Anneke.

Geseke ließ ein Goldstück auf den Tisch rollen. Die Strüvensche griff danach und ließ es zwischen den Fingern umherlaufen wie ein Taschenspieler.

»Ja, ich kann so was«, sagte sie.

»Wann kann ich die Arzney abholen?«, fragte Anneke.

»Ihr könnt sie gleich mitnehmen, aber nur, wenn noch ein Goldstück über meinen Tisch rollt.«

Geseke nickte und zahlte. Die Frau ging zur Hinterwand des Raumes und schob den Filzvorhang zur Seite. Dahinter lag ein verborgener Raum. Und nun sah Geseke die Tiegel und Gläser, den ewigen Ofen, die getrockneten Pflanzen und Tiere. Hier lag das Laboratorium der Heilerin und Giftmischerin. Die Strüven kam mit einem Beutelchen zurück, das ganz wie die Beutelchen aussah, die Elisabeth bei Schokes gefunden hatte, nur größer. »Eine Messerspitze in das warme Bier am Abend, das die Alten so gerne trinken«, sagte sie.

»Und was passiert, wenn wir ihr mehr geben?«, fragte Johann.

»Das ist Eure Entscheidung. Aber es dauert dann nicht mehr lange«, sagte die Strüven. Johann und Geseke tauschten Blicke. Mit einem Griff zog Johann den Gugel vom Kopf.

»Ich bin Johann Cletzen, Agneta Strüven, und ich nehme dich im Namen des Ehrhaftigen Ehrwürdigen Wohlweisen Rats der Stadt Hamburg wegen des Verdachts auf Giftmischerei in Gewahrsam«, sagte er.

Die Strüvensche griff nach dem Beutelchen, aber Johanns Hand schloss sich wie eine eiserne Klammer um ihren Arm.

»Du hättest besser darauf achten sollen, wem du das verkaufst, Agneta«, sagte er leise.

⚜

Richards Herz war am Zerspringen und sein Geist wie ausgeleert. Elisabeth hatte bisher nichts gesagt. Sie hatte einzig und allein ihre Seele Gott befohlen und gesagt, alle Anklagepunkte seien unwahr und unrecht. Kersten Miles stellte ihr Fragen zu dem Quecksilber und der Behandlung, die sie hatte Niclas Schoke zukommen lassen, doch sie reagierte verstockt.

»Alles war im Sinne des Herrn und nach den Regeln der Heilkunst«, war ihre einzige Aussage.

Richard hätte sie schütteln mögen. Doch er war nur der stumme Diener der Justiz, der die Schmerzen verursachte, die die Herren den Angeklagten zudachten. Wenn sie wenigstens über Schokes Kur reden würde, könnten Geseke und Johann Zeit gewinnen. Genau das hatte er ihr zugeflüstert, als er sie in die Gerichtskammer brachte: »Schinde Zeit.« Sie hatte den Kopf geschüttelt. Er verstand. Kein noch so langes Protokoll würde sie retten, wenn sie unter der Folter zusammenbrach. Als er sie von ihrem Dachboden herunterholte, hatte sie seine Stirn geküsst und ihn gesegnet. »Ich bin in Gottes Hand, Herr Richard«, hatte sie gesagt. Das war ihre Stärke. *In meiner Hand bist du auch,* dachte er. Das war sein Schrecken.

In der Torturkammer hatten die hohen Herren vom Rat ihm geboten, ihr die Folterinstrumente vorzuführen. Sie hatte gesagt, dass sie nichts davon abhalten würde, die Wahrheit zu sprechen.

Miles bezeichnete dies als Frechheit und wies Richard an, den ersten Grad der Folter einzusetzen, ohne Blut zu vergießen. Er entschied sich für die Streckbank, band Elisabeth locker darauf fest. So konnte er ihr zuflüstern, sie solle doch bitte den Namen nennen, und sei es um seiner Seele willen.

»Wir sind in Gottes Hand«, flüsterte sie.

»Frag sie, ob sie dem Schoke das Quecksilber verabreicht hat«, befahl Miles.

Richard beugte sich über Elisabeth, sah, dass sich ihre Lippen bewegten im Gebet.

»Nein!«, sagte er für sie.

Sie öffnete die Augen und sah ihn lange an.

»Frag sie, ob sie von der Grosse Schadenszauber gelernt hat.«

Jedes Mal wenn er sich ihrem Gesicht näherte, spürte er ihre Angst, in seiner lockeren Fesselung zitterten ihre Hände. Wieder hörte er von ihren Lippen nur ein Gebet.

»Nein!«, behauptete er.

Dann gab ihm der Richter das Zeichen, die Bank zu bedienen, ihre Glieder aus den Gelenken zu reißen. Vorsichtig drehte Richard an der riesigen Kurbel und hörte Elisabeth stöhnen. Dabei hatte er nur ihre Arme etwas gespannt. Wieder näherte er sich ihrem Gesicht.

»Das war noch gar nichts. Es wird sehr schmerzen und sehr langsam heilen. Doch du kannst hier fort. Sag nur den Namen.«

Sie schüttelte den Kopf.

Just in diesem Moment kam einer der Wächter von oben herab und gab dem Syndikus ein Breve. Richard atmete auf. War der Alte nicht Gesekes Großvater? War das Schreiben von Geseke? Würde er jetzt etwas tun, um Elisabeth zu retten? Doch der Alte schob das Papierchen dem Richter zu.

»Bitte lest den Brief, Herr Bürgermeister«, bat Richard.

Der schüttelte den Kopf und schob das Breve wieder zurück. »Eins nach dem anderen. Macht weiter, Fron«, befahl er.

Der alte Schreye sah seinen Bürgermeister an und bat um Erlaubnis für eine Frage, die ihm Miles gewährte. »Schwester Elisabeth, hörst du mich?«

Richard sah zu der geliebten Frau hinunter, aber sie betete nur. Langsam stieg Wut in ihm auf: Dachte sie denn, er habe Freude daran, sie langsam zu zerreißen? Warum sprach sie nicht?

Der Alte fragte: »Elisabeth, kannst du benennen, wer außer dir und Buydessin in der Stadt Gift zu mischen versteht, wie es im Protokoll des letzten Verhörs zu lesen ist?«

Elisabeth schüttelte den Kopf.

Kersten Miles sah seinen Syndikus verärgert an und gebot ihm mit einem Fingerzeig, sich zu setzen.

»Fron, macht weiter. Helft der Angeklagten aus ihrer Verstocktheit heraus. Zieht die Streckbank an.«

Wie gern hätte Richard die Richtaxt gegriffen, Richter und Syndikus niedergemacht und wäre mit Elisabeth geflohen. Doch wie? Er hatte kein Pferd mehr und keinen einzigen Schilling, um sie durch den Winter zu bringen.

Da wurde ihm bewusst, dass sie beide an diese Streckbank gefesselt waren. Er beugte sich zu ihr nieder, und seine behandschuhte Hand schloss sich um ihren Hals. Er wechselte ins Latein und flüsterte: »Schwester, du hast mich in der Hand, wie ich deinen schönen Hals in der Hand habe. Wenn du willst, dass ich meine Seele herausreiße und dich foltere, dann schweig weiter. Doch ich flehe dich an, verschone mich.«

Ganz vorsichtig ließ er sie den Druck seiner Hand spüren, aber in ihren Augen war nichts als Mitleid. Er könnte sie hier und jetzt erwürgen, dann wäre ihr Leid vorbei. Aber er wollte sie am Leben haben, frei und schön wie sie war.

»Die nächste Stufe«, forderte der Bürgermeister.

Richard wusste nun, was zu tun war. Er drehte nicht an der Kurbel, er schwang ein Bein über die Streckbank, sodass er über ihr stand und sein breiter Rücken dem Gericht die Sicht versperrte. Dann stieß er seinen Zeigefinger in ihre Schlüsselbeingrube. Elisabeth schrie. Er stieß weiter zu, und sie schrie lauter.

»Na, es geht doch«, meinte der Bürgermeister. »Nun sag uns, ob du den Schoke mit Quecksilber vergiftet hast.«

Richard beugte sich zu Elisabeth hinunter. »Sag den Namen.« Er presste wieder zu. Wieder schrie sie, atmete tief, Tränen liefen ihr an den Wangen herab. Er gab ihr einige Augenblicke Ruh, dann brachte er sie wieder zum Schreien.

Er war wütend genug, ihr so etwas anzutun, auch wenn er nicht in der Lage war, sie zu zermartern. Sein Bruder hatte das mit ihm gemacht, auf dem Hof des Vaters. Später hatte er es im Ringkampf mit den Novizen im Orden ausprobiert, auch mit dem lieben Godefroy. Es war ein unfairer Griff, schmerzhafter als ein Peitschenhieb. Er ließ Elisabeth noch mal etwas Atem holen und stach wieder mit seinem Finger in ihre Muskeln.

»Nun sag schon«, murmelte er in ihr Ohr.

»Nein!«, brüllte sie.

Miles ließ wieder eine seiner unsinnigen Fragen durch den Raum schallen, aber Richard und Elisabeth hörten ihn nicht. Mit den Fingern der linken Hand stach er ihr in die Seite unter den Rippenbogen.

Sie schrie vor Schmerz.

»Dieser Schmerz wird nie enden. Ich kann es stundenlang machen. Also sprich«, sagte er in feinstem Latein.

Nochmals bohrte er ihr in den großen Atemmuskel. Ihr blieb die Luft weg. Tränen liefen ihr über das Gesicht.

»Sag den Namen.«

Sie schüttelte den Kopf.

Er sah ihr direkt ins Gesicht, wartete, bis sie sich ein wenig entspannte, und brachte sie erneut zum Aufheulen.

»Ich flehe dich an, hör auf!«, keuchte sie.

Er flüsterte in ihr Ohr: »Du willst flehen? Nein, ich flehe: Sag den Namen, bei meiner sündigen Seele, auf Knien bettele ich. Um meiner Liebe willen, sprich.«

Ihre Augen öffneten sich weit, er glaubte, ferne Länder und tiefe Wälder darin zu sehen. Doch er durfte sich nicht verwirren lassen. Drohend strich er mit dem Finger über ihre Schlüsselbeingrube.

»Ich tu es wieder«, drohte er.

Sie schluchzte auf, betete laut. Er wartete, legte zart die behandschuhten Hände auf ihre Schultern, streichelte sie sanft. Nun weinte sie wie ein Kind. »Um meiner Liebe willen, sprich«, wiederholte er leise.

»Agneta!«, schrie sie. »Agneta Strüven.«

»Ist dies der Name der wahren Giftmischerin?«, rief Herman Schreye.

Der Bürgermeister sah seinen Henker und seinen Syndikus verwirrt an, denn die beiden Männer lächelten sich erleichtert zu.

»Ja, das ist der Name«, sagte Richard.

Elisabeth heulte und verfluchte sich selbst. Als er ihr auf den Dachboden hinaufhelfen wollte, wandte sie sich widerspenstig ab und kletterte mühselig allein hinauf.

⚜

Geseke ließ sich auf ihr Bett fallen. Die Ereignisse des Tages schienen so viel verändert zu haben. Sie hatte mit Johann geschlafen und den Fruchtbarkeitstrunk genommen. Richard hatte sich als wahrer Freund gezeigt – trotz allem, was sie ihm angetan hatte.

Sie hatten die Giftmischerin überführt, und Elisabeth hatte ausgesagt. Geseke hatte nicht hören wollen, wie Richard ihre Freundin zur Aussage gebracht hatte. Sie bedauerte, dass ihre Notiz in die falschen Hände gefallen war, denn das hätte ihr die Folter erspart. Doch sie konnte beruhigt sein, denn als sie Richard gefragt hatte, ob Elisabeth nach seinem peinlichen Verhör ärztliche Pflege brauchte, hatte er gelächelt und gesagt, er hätte als Junge nach Ringkämpfen mit seinen Freunden auch keine gebraucht. Mehr wollte sie nicht wissen. Sie hatte Anneke in die Fronerey geschickt, Elisabeth zu umsorgen und zu beschützen. Johann und Richard waren in den Roten Bären gezogen, um zu feiern. Sie wollte auf ihre Art feiern, zufrieden sein, sie wollte sich heute um nichts mehr sorgen. Sie streifte ihre dünnen Lederschuhe ab und ließ sie zu Boden fallen. Irgendwas nagte dennoch an ihr. Was hatte Richard gesagt? *Unsere Schwester Elisabeth zu befreien und den Tod des kleinen Jungen zu rächen, das sind die beiden Dinge, die Gott uns zu tun aufträgt!*

Der kleine Bandix war das Opfer ihrer Rücksichtslosigkeit gewesen, aber getötet hatten ihn andere, die immer noch in dieser Stadt ihr Unwesen treiben mochten. Wie konnte sie zufrieden sein, wenn sein Mörder ungestraft blieb?

Auch wenn sie nun wusste, dass Agneta Strüven das schreckliche Pulver für Niclas angemischt hatte, verstand sie immer noch nicht, warum. Um dumpf und zufrieden auf dem Bett liegen bleiben zu können, hätte sie auf Richards Folterkünste zum Erbringen der Wahrheit vertrauen müssen. Er hatte Elisabeth zum Sprechen gebracht, er würde auch Agneta zum Reden bringen. Doch war es nicht so, dass man unter der Folter immer das sagte, was gehört werden soll, aber selten die Wahrheit?

Sie setzte sich auf. Es waren so viele Fragen offen: Warum Schoke? Warum die Strüven? Wer war der kahlschädelige Mann, der das Strüvenhaus verlassen hatte, als sie ankamen? Irgendjemand musste die Strüvensche beauftragt haben. Jemand, der ausreichend gut lesen und schönschreiben konnte, um die Pergamentstreifen herzustellen, die Elisabeth gefunden hatte. Und weil es gegen den Schoke ging, musste es jemand sein, der mit den Seeräubern zu tun hatte. Diese Strüvensche war der Schlüssel. Sie würde sie zu den Vitalierfreunden führen. Zwei Fliegen mit einer Klappe würden sie schlagen, zwei Aventüren wären eine. Sie sprang auf und wollte ihren Hoyken umwerfen, um den Männern in den Roten Bären nachzulaufen, da klopfte es an der Tür. Der alte Clingspor trat ein und forderte sein eheliches Recht. Es war ihr Schicksal, dass sie sich seinem Willen fügen musste.

SONNTAG VOR DEM FEST DER HEILIGEN CAECILIA
21. November im Jahr des Herrn 1400

Wenn die Zunge auch ein bescheidenes Körperteil ist, so ist sie doch das schlimmste Feuer. Nicht so viele sind durch das Schwert wie durch diese zugrunde gegangen.
Peter Abaelard, Carmen ad Astralabium

Am Morgen klagte Elisabeth der Anneke Grise ihr Leid, als diese ihr eine heilsame Massage mit Branntwein verpasste. Sie erzählte, wie Richard sie gestochen und gekniffen hatte, so schrecklich, dass sie gestand. Die große Magd lachte herzlich. »Da sieht man mal, Ihr Fräulein aus dem Patriziat habt nie ordentlich gerauft. Das waren alles nur Jungenstreiche. Aber ich gebe zu, es tut höllisch weh.«

Elisabeth mochte der Grise nicht sagen, was sie wirklich gebrochen hatte: »Um meiner Liebe willen«, hatte Richard gesagt. Zweimal. Und da, nur da war sie wirklich in Not gewesen.

Das, was sie sich am meisten wünschte und was nie sein durfte. Sie und der Henker. Etliche Beginen verließen nach einiger Zeit den Konvent, um zu heiraten, aber sie gingen stets in ihre alten Kreise. Kreise, in die Elisabeth nicht zurückkonnte nach ihrer Flucht aus dem Lübecker Beginenhaus. Damals hatte sie für sich zwei Gelübde getan. Sie hatte sich Gott versprochen, und sie wollte in seinem Dienste heilen. Sie stand gegen das Vergießen menschlichen Blutes durch Menschen. Töten war Sünde, Folter war Sünde, Verstümmelung war Sünde. Doch all dies war Richards Leben, ob als Ritter oder als Henker. Das trennte sie auf immer.

»Um meiner Liebe willen …« Hätte sie um seiner Liebe willen lieber schweigen sollen und in den Tod gehen? Was hätte sie ihm damit angetan, wenn sie ihn zu ihrem Henker gemacht hätte?

Nun würde Agneta Strüven das erleiden müssen, was ihr erspart geblieben war. Wer konnte hinter der Strüven stecken? Vielleicht konnte man ihr Schicksal mildern, wenn man die Hintermänner hinter der Vergiftung an Schoke fand. Bei Niclas Schoke lief alles zusammen, was mit den Vitaliern zu tun hatte. Elisabeth fühlte sich an das Debakel in Sankt Jacobi und den Schatz von der Roten Düwel erinnert. Wer rührte das immer wieder auf? Wer schürte den Hass gegen die Englandfahrer. Eile war geboten, bevor die Strüvensche sich unter der Folter selbst besagte.

»Anneke, haben sie die Strüven schon verhaftet?«, fragte sie die Magd.

»Schon bevor du sie besagt hast.«

Elisabeth setzte sich ruckartig auf. »Wieso?«

Dann erzählte ihr die Grise die Geschichte von der Falle, die Geseke der Strüvenschen gestellt hatte. Elisabeth schloss die Augen. Sie hatte die Strüven nicht verraten, Geseke und Johann hatten sie überführt. Das Briefchen, das der Bürgermeister nicht öffnen wollte, hätte ihre Folter allemal beendet. Sie dankte der weißen Madonna im Dom und stand mit Annekes Hilfe auf. »Bring mich zum Fron.«

Anneke Grise sah sie an wie eine Verrückte, doch sie tat, wie ihr geheißen war. Sie rief den Wächtern die Bitte der Gefangenen zu, und alsbald stand Elisabeth vor Meister Rosenfeld.

»Herr Richard, ich will zur Strüvenschen«, sagte sie, ohne ihn zu begrüßen. Er nickte. Dann wandte er sich von ihr ab, zu dem winzigen Fenster, wodurch ein wenig Licht in die düstere Stube fiel.

»Geseke sendet Grüße, Schwester Elisabeth«, sagte er mit rauer Stimme.

»Grüßt zurück, wenn Ihr sie seht.«

»Ich sah sie heute Morgen. Sie suchte mich im Roten Bären auf. Sie denkt, dass die Strüven im Auftrag der Vitalierfreunde gehandelt hat. Und ich will die Vitalierfreunde finden, um den kleinen Seeräuber zu rächen, den man mir unter den Händen weggemordet hat in Reinfeld. Also, wenn ich Euch zur Strüvenschen lasse, dann wäre es schön …«

»Wenn ich sie auch noch aushorchen würde, nachdem ich sie schon verraten habe?«, unterbrach sie ihn.

Er wandte sich ihr wieder zu. »Hört, Elisabeth. Es tut mir im tiefsten Herzen leid, dass ich Euch Schmerzen zugefügt habe. Ich wünschte, Ihr könntet mir verzeihen.«

»Das ist schon vergeben, Herr Richard. Wie sagte die Grise eben grade: nur Jungenstreiche.«

Er zuckte die Schultern. »Es tut sehr weh, aber es ist immer noch besser, als jemandem die Glieder zu zerschmettern.«

»Was ja Euer tägliches Brot ist.«

»Das ist es, Gott helfe mir. Es ist das Einzige, was ich kann.«

»Und mit Zitaten um sich werfen.«

»In der Tat.«

»Dann will ich Euch hiermit zur Kenntnis geben, dass es nicht mein tägliches Brot ist, andere Frauen dem Henker zu überliefern, wohl aber, den Menschen Trost zu spenden. Und das will ich für die Strüvensche tun. Nichts anderes. Lasst Ihr mich dennoch zu ihr?«

Richard sah sie lange an, als wollte er sie mit seinem Blick bannen, dann schloss er die Augen und nickte.

»Wenn Ihr es wünscht, kann sie bis zu Eurer Freilassung mit Euch die Bodenkammer teilen«, sagte er und wandte sich wieder ab.

»Ich danke. Und wenn Ihr Geseke trefft, dann sagt Ihr, wenn sie die Vitalierfreunde sucht, dann sollte sie noch mal über das Debakel in Sankt Nicolai nachdenken, als Schoke sein Gelöbnis tat. Vielleicht lohnt es sich, dem Gerücht vom Schatz der Roten Düwel nachzugehen.«

CAECILIAENFEST
Montag, 22. November im Jahr des Herrn 1400

Denn wo gibt es Kampf, wenn kein Anlass dazu vorhanden ist? Oder wie sollten wir große Belohnung verdienen, wenn wir nicht Schweres durchmachen müssen?
Peter Abaelard, Kenne dich selbst

In der gewohnten Kammer im Roten Bären war Richard in sein altes Bauernhemd geschlüpft und hatte seinen Gugel aufgesetzt. Die Clingsporsche hatte während seines Fiebers für ihn Gewänder beschafft, die einem Fron zustanden. Aber nichts war ihm widerwärtiger, als maskiert als Meister Rosenfeld durch die Stadt zu laufen. So klopfte er in Gugel und Kittel an die Bedienstetentür des Clingsporhauses und wurde eingelassen. Kaum hatte Geseke ihn von der Dielentür aus erspäht, kam sie in den Hof, einen großen Korb am Arm.

»Gott mit Euch, Herr Richard.« Sie drückte ihm den Korb in die Hand. »Da, tragt das brav für mich. Ihr sagtet doch, wir sollten meinen Ruf schonen.«

Er lächelte. Die einzige unverfängliche Art, wie sich ein fremder Mann einer unbegleiteten Dame nähern konnte, war in der Haltung des Bediensteten. Und auf eine seltsame Weise war er auch ihr Bediensteter, denn sie zahlte sein Kämmerchen im Roten Bären.

Zielstrebig machten sie sich auf zum Millerntor. Mit schnellen, trippenklappernden Schritten ließ Geseke die Stadtmauern hinter sich und führte Richard durch abgeerntetes Gartenland, in dem die Hamburger auf großen Parzellen im Sommer ihre Kräuter, Gemüse und in dichten Spalieren Obst anbauten.

Im Garten der Familie Schreye hingen an einem Baum noch rotbäckige Winteräpfel. »Bei Eurer mächtigen Größe reicht Ihr sogar an die obersten«, sagte sie und begann die unteren Äpfel abzuernten. »Außerdem können wir hier reden, ohne dass jemand zuhört. Wie geht es Elisabeth?«

»Ich bin der Letzte, der es beurteilen kann. Ich denke, sie wird nicht mehr gerne mit mir verkehren.« Er griff in seine Rocktasche, zog Elisabeths Blafferte heraus und gab sie Geseke.

»Ich gebe ihr das gerne zurück, Herr Richard, aber ich glaube nicht, dass sie Euch schneiden wird. Ihr bedeutet ihr sehr viel.«

»Sie ist sehr erbost darüber, dass ich sie zum Reden brachte.«

»Das dachte ich mir. Meine Magd Anneke sagte aber, sie habe keine Schmerzen mehr. Ihr seid ein geschickter Folterer.«

»Ich weiß nicht, ob ich das als Lob verstehen soll.«

»Verzeiht.«

Er nickte. Wie sollte er ihr nicht verzeihen? Sie hatte ja recht. »Elisabeth sendet Euch Grüße, Frau Geseke. Und sie lässt Euch ausrichten, dass Ihr bei der Suche nach den Vitalierfreunden über das Debakel in Sankt Jacobi, als Schoke sein Gelöbnis tat, und den Schatz der Roten Düwel nachdenken solltet. Das waren ihre Worte, auch wenn ich sie nicht ganz verstehe.«

Er legte vier Äpfel in den Korb und wartete, dass sie ihm erzählte. Geseke setzte sich auf eine Bank unter dem Apfelbaum.

»Ihr müsst wissen, unser Flottenführer Niclas Schoke hat Störtebeker gefangen. Kurz danach ist er schwer erkrankt. Wie wir jetzt wissen, wurde er vergiftet. Nachdem Elisabeth ihn kuriert hatte, versprach er bei einer feierlichen Messe eine Wallfahrt. Plötzlich stürmte eine Bande Gesindel die Kirche und forderte Störtebekers Schatz, den Schatz von der Roten Düwel. Einen Hort, den es gar nicht gibt.«

»Seid Ihr Euch da so sicher? Ich habe anderes gehört.«

»Mein Vater hat das ganze Schiff durchwühlen lassen, aber nichts wurde gefunden. Sonst hätte ich es erfahren.«

»Vielleicht wussten sie nur nicht, wie sie suchen sollten. Der kleine Seeräuber hat mir vieles anvertraut, als ich verletzt im Kloster Reinfeld lag.«

»Ihr wart verletzt?«

»Ja, auf dem Weg nach Reinfeld wurden wir angegriffen. Erst von einem Kämpfer, dann folgte uns eine Gruppe.«

»Das muss ein mächtiger Krieger gewesen sein, der Euch verletzt hat.«

»Ich habe nicht in Drachenblut gebadet.«

»Auch den Siegfried aus dem Nibelungenlied hat es hingerafft. Das macht mir immer Hoffung in Bezug auf einen anderen Sigvrid.« Sie grinste. »Als die Mönche Euch pflegten, da hat der Junge geredet?«

Richard nickte. »Er sagte, dass der Störtebeker das Gold besonders geschickt versteckt habe. Ich höre Bandixens Worte noch heute: Tief unter der Erde, hart am Mast und hoch auf See, umwandet so wie die Evangelisten und klug wie die Apostel. Und Störtebeker habe gesagt, der Schatz mache jeden frei, der ihn versteht.«

Geseke pflückte einen kleinen Apfel, der genau über ihr hing, und spielte damit. »Hoch auf See und tief unter der Erde klingt, als wäre es unter dem Ballast. Doch den hat mein Vater durchsuchen lassen. Darunter war nichts von Wert. Eisen, Steine.«

»Hart am Mast, verdeckt, verborgen, vielleicht unter einer Verschalung. Bandix hat gesagt, man müsse das Schiff abwracken, bevor man es findet.«

Geseke ließ erschrocken den Apfel fallen und sprang auf. »Ist der Junge nicht gefoltert worden, bevor man ihn umbrachte?«

»Ja, mit Sicherheit.«

»Dann hat er auch geredet, Richard. Bewaffnet Euch und lauft sofort zum Cletzen, holt Euch Männer und fahrt zur Werft vom Diederik Johannsen heraus. Dort lässt von Utrecht die Rode Düwel reparieren. Ich sage meinem Vater und meinem Vetter Bescheid, sie kommen nach. Das Gold gehört der Stadt.«

Richard rannte quer durch die Stadt, sprang über Fässer und Ballen am Markt. So manchen ehrlichen Hamburger rempelte er auf seinem Weg an. Er verstand nicht, um was es ging, doch die Clingsporin hatte so gebieterisch gesprochen, dass er sich ihr sofort unterwerfen musste.

Als er Johann fand, klärte dieser ihn auf. Gemeinsam liefen sie durch Sankt Jacobi, holten Johanns alten Vater und Bömmebrugg ab und bezahlten einen Einbaumruderer am Winsertor dafür, dass er sie die graue Bille hinab und zum Brook ruderte.

Auf der Werft am matschigen Ufer der Elbinsel lagen zwei Schiffe nebeneinander, ein kleineres, dessen Spanten schon gelegt waren, und daneben ein großes, dessen Mast fehlte und dessen Planken an der Seite aufgerissen waren. Als das schmale Boot anlegte, sprangen die Cletzens ans Ufer, Richard und der Knochenhauer folgten ihnen. Der abgearbeitete Schiffbauer trat ihnen entgegen. Richard hörte, wie der alte Cletzen im Namen des Rats laut die Besichtigung der Roten Düwel forderte.

»Das Schiff gehört dem Herrn von Utrecht, ich kann Euch da nicht ranlassen.«

»Wir werden nichts zerstören und forttragen, wir wollen nur die Teile besichtigen, die Ihr abgebaut habt. Du willst dich doch nicht mit dem Rat anlegen?« Fast gleichzeitig glitten die Hände von Vater und Sohn Cletzen an ihre Schwertknäufe.

Der Werftbesitzer trat eingeschüchtert beiseite und wies auf das große Schiff. Sie umrundeten den schlanken Rumpf der großen Holk. Jetzt konnte Richard sehen, dass der Mast aus dem Schiff herausgehauen worden war und zersägt danebenlag.

Johann stieß ihn mit dem Ellenbogen an. »Die müssen verrückt sein, solch einen guten Mast zu zersägen.«

»Die haben darin was gesucht, Johann. Hart am Mast, vielleicht im Mast?«, antwortete Richard.

Nicht im Mast, hart am Mast, hab ich gesagt, hörte Richard Bandix sagen. Rührung krampfte ihm den Hals zu. Der mutig kleine Kerl hatte unter der Folter gelogen, hatte »im Mast« gesagt.

Das Loch in der Seite des Schiffes klaffte wie eine Wunde, es war so groß, dass ein Mann in die Bilge hineinkriechen konnte. Fast aller Ballast war aus dem Rumpf verschwunden. Die Bilge gab es nicht mehr, denn die Decks waren herausgerissen worden, und zwei Männer arbeiteten auf den schrägen Planken und rissen die Hölzer des Mastfußes hoch, um den Rest der Spiere zu lösen.

»Gottes Gruß! Seid Ihr Männer des Herrn Simon von Utrecht?«, rief Johann. Der größere der beiden erhob sich. Als er sich umdrehte, hatte er in der einen Hand einen Kuhfuß und in der anderen ein Kurzschwert, so wie es Knappen im Kampf trugen. Er war völlig kahl. Ihm fehlten sogar die Augenbrauen. Richard wich einen Schritt zurück. Der Mann war der unheimliche Kämpfer, der ihn auf dem Weg nach Reinfeld verletzt hatte, der Mann mit dem Gesicht eines Totenschädels. Im Lichte besehen ähnelte er auch dem Aufwiegler vor dem Spitalertor, aber ohne die borstigen blonden Haare.

»Wir kommen im Auftrag des Rates, um die Teile der Roden Düwel zu besehen.«

»Das ist alles Besitz des Herrn von Utrecht.«

»Der wohl nichts dagegen hat, dass man sich seinen Besitz ansieht«, sagte Johann und wollte an dem Mann vorbeigehen, aber der hielt ihm sein Schwert vor die Brust.

»Was mag hier wohl so wertvoll sein, dass es niemand sehen soll?«, fragte Richard ruhig.

Der Brauenlose hob seinen Kuhfuß, und Richard zog blank. Sofort drang der Kahle auf ihn ein, schlug mit dem Kuhfuß nach seinem Schwertarm. Doch Richard ließ sich von ihm nicht in die Enge treiben, er trat zwei Schritte aus dem Wrack heraus, um sich Raum zu verschaffen. Nun hob der Brauenlose sein Schwert.

Die anderen Schiffsknechte stürzten sich auf die Cletzens. Der alte Heyne wehrte mit kräftigen Schlägen einen dicken Seemann ab, der ein Tauende schwang. Johann hatte es mit zwei Schiffsbauern zu tun, die ihre Werkzeuge zu Waffen machten. Bald stöhnte einer von ihnen getroffen auf, doch der andere schlug mit einer langen Latte auf Johann ein, der sich schmerzbrüllend duckte und versuchte, mit dem Schwert die Latte zu kürzen. Heyne Cletzens behäbiger Opponent wich schnell zurück, doch im Vorwärtsdrängen kam der alte Stadtwächter mit dem Fuß unter ein Tau, verhakte sich und fiel.

Der Seemann hieb mit dem Tauende auf den Kopf des Alten ein. Richard versetzte dem Kahlen einen mächtigen Streich gegen den Kuhfuß und rannte zum alten Cletzen, grade als der Seemann sein Tau um den Hals des Alten schlingen wollte. Richard ließ sein Schwert auf den Seemann niedersausen. Blut schoss über den Platz. Doch Richard erhielt von hinten einen mächtigen Schlag auf den Kopf. Ihm wurde schwarz vor Augen. Im Niedersinken schwang er noch einmal sein Schwert und brach dann zusammen.

Noch bevor Johann Richard zur Hilfe eilen konnte, schmatzte der Kiel der Ratsschnigge in das weiche Ufergras. Simon von Utrecht sprang mit gezogenem Schwert an Land und schrie seinen Kampfruf hinaus. Er rannte auf Richard zu. Der Kahle erblickte Simon von Utrecht und hielt sofort in seinem Tun ein. Er nahm mit seinen beiden verbliebenen Gesellen Reißaus.

Von Utrecht beugte sich über Richard, der benommen aufzustehen versuchte. Sein Kopf schmerzte unendlich.

»Beim heiligen Niklas, Ihr habt einen harten Schädel, Mann. Ein Schlag mit dem Kuhfuß hätte andere umgebracht.« Von Utrecht reichte ihm die Hand, half ihm auf, klopfte ihm lobend den Rücken, dann umarmte er Johann.

»Waren das deine Leute, Simon?«, fragte dieser keuchend.

»Nein, die waren wohl von der Werft«, antwortete von Utrecht.

Dann neigte er das Haupt vor Marquard Schreye, der auf sie zuschritt. Die Schergen, die den Bürgermeister begleiteten, zerrten den Werftmeister herbei.

»Wer hat sich an deinem Schiff zu schaffen gemacht, Simon?«, fragte der Bürgermeister Schreye.

Von Utrecht wies auf den abgearbeiteten Werftmeister. »Seine Handwerksgesellen, denke ich?«

Zitternd vor Angst leugnete der Werftmeister dies. »Sie kamen vor ungefähr einer Woche und sagten, sie sollten in Eurem Auftrag den Koggen abwracken, um Holz für die Schnigge zu gewinnen.«

»Nicht in meinem Auftrag. Ich wollte die Rode Düwel nicht abwracken. Es ist ein viel zu gutes Schiff. Ihr solltet sie nur auf Lecks prüfen«, meinte von Utrecht.

Mit einer Kopfbewegung wies Marquard Schreye die Schergen an, den Werftmeister abzuführen, der flehend seine Unschuld betonte. Sie fesselten ihn und setzten ihn in den gemieteten Nachen. Auf einen weiteren Wink des Bürgermeisters ruderten zwei von ihnen mit dem Gefangenen davon.

Ungemach sah Richard dem Mann nach. Er war der Nächste, den er befragen musste. Dabei dröhnte ihm der Schädel, als sei sein letztes Stündlein gekommen.

»Meine Base sagte mir, es gelte, einen Schatz zu finden, und Ihr, Herr von Hardin, wüsstet, wo er ist«, meinte der Bürgermeister.

Richards Kopf schmerzte zu sehr, um zu nicken. Er trat an das ausgeweidete Schiff heran. Unten, wo der Mast aus der Bilge herausragte, war er durch eine Umschälung verstärkt, die bis unter den Ballast gegangen war.

Mühsam ergriff Richard den Kuhfuß und brach die erste Verschalung herunter. Darunter war eine zweite. Die Holzumfassungen waren geteert. Hinter ihnen befand sich an einer Stelle eine Höhlung. In ihr lag ein Beutel aus ebenfalls geteertem Leder. Richard riss ihn auf. Darin befand sich noch ein Beutel, der völlig von einer weichen, gleichzeitig klebrigen Masse aus Gummiarabikum umgeben war. Vier Hüllen, vier – wie die Evangelisten. Vorsichtig schnitt er die wasserdichte Verpackung auf.

Es kamen Urkunden zum Vorschein. Richard las. Schweigend gab er das erste Pergament an den Bürgermeister weiter, dessen Miene sich verfinsterte.

»Ein Freibrief des edlen Herzogs Albrecht von Holland, des Kaisersohnes. Er bürgt für Störtebeker und seine Mannschaft. Er nimmt die Männer dieses Schiffes in Schutz und erklärt sie zu Rittern, die in seinem Auftrag einen ehrlichen Krieg führten, und verlangt ihre Rückführung gegen Lösegeld, das er bereit ist zu zahlen«, knurrte er.

»Wir hätten sie gar nicht henken dürfen«, rief Simon von Utrecht.

»Halt den Mund, Simon«, befahl der Bürgermeister. Ärger rötete sein breites Gesicht. »Sie haben gestanden, Seeräuber zu sein. Und sie waren Seeräuber, ob im Auftrag eines Herzogs, Kaisersohnes oder des Papstes selbst, das ist mir völlig gleich. Ich bin ein Mann der Hanse. Wer meine Schiffe beraubt und meine Mannschaften ertränkt, den henke ich, so Gott es will. Und wenn ich es will, auch ohne bürgerliches Gericht.« Wütend stapfte er davon.

»Was sind da noch für Urkunden?«, fragte Cletzen.

Richard brummte nur: »Freibriefe, alle waren herzögliche Gefolgsleute, wie die Apostel Jesu Gefolgsleute waren. Davon gibt es zwei. Aber da ist noch mehr, Verträge mit Kaufleuten in den Hansestädten, wenn ich das auf die Schnelle richtig verstehe …« Sein Kopf dröhnte so sehr, dass er nicht lesen konnte.

Simon von Utrecht nahm ihm das Bündel mit den Unterlagen aus der Hand. Er warf einen kurzen Blick darauf. »Es ist wahrhaft das Gold des Störtebeker!«, rief er und hakte Richard unter, der kaum noch stehen konnte und schwankte. »Bringen wir unseren Kämpen hier nach Hause und die Unterlagen zum Syndikus.«

⚜

Elisabeths Wut auf Richard war ein wenig dadurch gemildert worden, dass die Strüvensche zu ihr auf den Boden gesperrt wurde. Sie reichte ihr die Hand, als sie die Stiege hinaufkletterte, dann zog der Fronsknecht die Leiter weg und schloss die Luke von unten.

»Wer bist du?«, fragte die Strüvensche mit zitternder Stimme, als sie sich auf das Stroh gesetzt hatte. Elisabeth konnte ihr Gesicht im Halbdunkel nur schemenhaft erkennen.

»Du brauchst nichts zu fürchten. Ich bin Schwester Elisabeth von den Beginen.«

Die andere sog hörbar die Luft ein. »Die Krankenpflegerin, nicht wahr? Haben sie dich auch wegen Giftmischerei dranbekommen? Bestimmt steckt dieser Medicus dahinter.«

»Der Medicus hat damit wenig zu tun. Sie suchen nach einer, die mit Quecksilber umzugehen versteht.«

Wieder holte die andere tief Luft. Elisabeth wartete. Es dauerte, bis Agneta Strüven weitersprach.

»Was haben sie mit dir gemacht?«

»Meinst du, was sie mich gefragt haben?«

»Nein. Haben sie dir was angetan?«

»Nichts von Bedeutung.«

»Konntest du dich schützen?«

»Ich wüsste nicht wie.« Und hätte sie es gewusst, sie hätte es getan, auch wenn es ihr Seelenheil gekostet hätte. Doch auch das hätte die Strüvensche nicht gerettet.

»Ich vergaß, du machst nur die ganz frommen Sachen.«

»Du machst das andere, nicht wahr?«

Die Strüvensche lachte. »Bist du neidisch?«

»Nur auf deine Kenntnisse, nicht auf deine Taten.«

»Verurteilst du mich?«

»Ja, das tue ich. Aber ich verstehe auch, dass eine Frau ihr Geld verdienen muss, wie sie es nun mal kann.«

Die Giftmischerin blickte sie verständnislos an.

»Was ich sagen will ist: Einem Menschen zu schaden ist falsch, doch man muss dazu nicht böse sein. Manchmal bleibt einem nichts anderes übrig.«

»Aber du hast so etwas nie getan?«

»Auch ich habe mich versündigt, nur nicht auf die gleiche Art und Weise wie du. Weil ich es tat, bin ich dir näher, als du denkst. Zwei Seiten einer Münze, zwei Schwestern, wenn auch nicht im Geiste.«

Die Strüvensche machte eine Bewegung, als wolle sie Elisabeths Worte fortwischen. »Gehupft wie gesprungen. Jetzt sitzen wir beide hier. Dich haben sie schon gefoltert, mit mir machen sie es morgen. Irgendwann werden wir beide sagen, was sie wollen, denn keiner hält es aus ohne mein Mittelchen.«

»Aber du hattest keine Zeit, es einzunehmen.«

»Und wenn ich doch was davon kriegen würde? Von meinen Freunden geschickt? Dann müsstest du für das sterben, was ich getan habe.« Die Augen der Giftmischerin blitzten im Halbdunkel, als sie Elisabeth musterte.

»Es wird nicht so sein, Agneta«, sagte Elisabeth ruhig.

»Wie kommst du darauf?«

»Weil es ihnen um einen einzigen Fall von Vergiftung ging, und von dem Verdacht bin ich frei, weil sie dich gefangen haben.«

Die Strüven schluckte. »Welchen Fall?«, fragte sie.

»Seit Monaten leidet der Schiffsherr Niclas Schoke unter einer langsamen Quecksilbervergiftung. Ich habe ihn behandelt, und der Arzt Buydessin hat ihn behandelt. Wir beide kommen frei, wenn es noch jemanden in der Stadt gibt, der mit Quecksilber umgeht. Da es sich bei Schoke aber um einen Ratsherrn handelt, wird Knoken keinen deiner Freunde hier hineinlassen.«

»Warum sagst du mir das alles?«

»Weil ich nicht verstehe, warum du es tatest, und nicht verstehe, wie du ihm das Gift verabreicht haben konntest. Und ich wüsste es gern.«

Die Strüvensche schwieg. Elisabeth sah, wie Tränen in die Augen der schönen Frau traten.

»Ich kann dir das nicht sagen. Heilige Mutter, hilf. Kannst du für mich beten?«, flüsterte die Giftmischerin.

Elisabeth nickte. »Ich bete auch gerne mit dir zusammen.«

Agneta schüttelte den Kopf. »Ich kann nicht«, sagte sie und drehte sich von Elisabeth fort.

Elisabeth betete bis in die späte Nacht und dann wieder bis zum Morgen für das Seelenheil der Giftmischerin.

FEST DES HEILIGEN CLEMENS

Dienstag, 23. November im Jahr des Herrn 1400

Unter moralischer Gesittung verstehen wir solche Schwächen oder Vollkommenheiten des Charakters, die uns zu bösen oder guten Werken geneigt machen.

Peter Abaelard, Kenne dich selbst.

Richard erinnerte sich daran, dass Simon von Utrecht das Paket mit den rätselhaften Urkunden in der Hand gehabt hatte, als sie die Schnigge bestiegen. Dann war Schwärze. Er glaubte zu wissen, dass die Bärenwirtin ihn mühsam die Stiege hinaufgeschoben hatte. Später flackerte das Gesicht der Clingsporin vor ihm auf. Danach wurde alles schwarz und flammend und dröhnte. Er hielt die Augen geschlossen, auch als ein stechender Geruch nach Minze und Kampfer sein Bewusstsein erreichte. Ein Tuch wurde über sein Gesicht gelegt, das Stirn, Wangen, Augen kühlte. Kräftige Hände strichen über seine nackten Schultern, den Hals hinauf bis zum Schädelansatz. Er stöhnte.

»Seid Ihr wach, Herr Richard?«

Die Stimme schoss auch wie ein Schwertstreich durch sein Hirn. Mühsam nickte er.

»Ich würde gern Euren Schädel abtasten und werde Euch dazu aufrichten.« Elisabeth nahm das feuchte Tuch von seiner Stirn, hob seinen Oberkörper geschickt an, polsterte ihn mit Kissen ab, hielt seinen Kopf sanft aufrecht und lehnte sich über ihn. Während ihre Finger suchend an seinem Kopf entlangglitten, öffnete er die Augen. Ihr Brusttuch war streng geschlossen, aber unter der grauen Wolle ihres Habits erahnte er ihre Brüste. Seine unzüchtigen Gedanken wurden mit schlimmeren Schmerzstößen bestraft.

»Wer hat Euch rausgelassen, Schwester?«

»Marquard Schreye. Damit ich Euch wieder auf die Beine bringe.«

»Hat der Brauenlose mir den Schädel gebrochen?«

»Nein, dann stünde es schlechter um Euch.«

»Ich hab es beim kleinen Bandix gesehen.«

»Hat man ihm den Kopf eingeschlagen?«

Er nickte.

»Vielleicht war es die gleiche Waffe, Herr Richard. Aber Ihr habt einen dickeren Kopf. Ich kann keine Fraktur finden. Wenn die Heiligen Euch beistehen, dann habt Ihr nur eine Erschütterung und seid bei einiger Pflege schnell wieder gesund. Betet.«

Sie setzte sich neben ihn, rückte ihm die Kissen zurecht und legte ihm wieder das kalte Tuch auf die Stirn.

»Der Bürgermeister sagt, er brauche Euch im Henkershaus. Schreye will den Werftbesitzer und die Strüven verhören«, sagte sie.

Richard ließ sich in die Kissen fallen. »Ihr mögt mir glauben oder nicht, ich bewältige es in diesem Zustand nicht.«

»Ich würde es in keinem Zustand bewältigen, jemanden zu quälen. Deshalb glaube ich Euch gerne, wenn Ihr zugebt, dass Ihr manchmal zögert.«

Ihr spitzer Ton kränkte ihn. »Ihr könntet es der Strüven ersparen«, gab er zurück.

»Ich horche sie nicht aus.« Sie wühlte in ihrer Tasche und zog eine Flasche mit einem Pulver heraus, das sie in einen Becher Wasser schüttete.

»Es gibt Anleitungsbücher zur Tortur, Elisabeth. Ich habe sie in meiner Jugend auf der Marienburg gelesen. Wenn ich mich bei Euch daran gehalten hätte, könntet Ihr nicht mehr gehen und nichts mehr anfassen. Es wäre besser, die Strüven redet von alleine, als dass die hohen Herren Marquard Schreye oder Kersten Miles dem Knoken befehlen, den zweiten oder dritten Grad der Folter anzuwenden.«

»Warum Knoken und nicht Ihr?«

»Weil ich es nicht täte. Was denkt Ihr eigentlich von mir?«

»Ihr seid der Henker von Hamburg, und Ihr habt auf der Marienburg Bücher über die Tortur gelesen.« Sie reichte ihm den Becher mit dem aufgelösten Pulver.

»Und vieles andere mehr hab ich dort gelesen«, sagte er und trank.

»Was Ihr gerne unter Beweis stellt. Geseke hat mir gesagt, dass Ihr ein Herr des Deutschen Ordens wart. Deshalb scheut Ihr wohl die Folter. Ein wahrer Ritter, unser Fron Rosenfeld, nicht wahr?«

»Was tut ein Ritter anderes als ein Henker, Elisabeth? In der Schlacht auf Gotland habe ich mehr als vierzig Männer erschlagen. Die Seeräuber, die sich mir damals entgegenstellten, hatten zwar Enterhaken, Kurzschwerter, Wut und Todesmut, aber nicht meine Ausbildung. Seit meinem zehnten Lebensjahr lerne ich die vielfältigen Künste des Tötens.«

»Und hattet noch Zeit, Abaelard, Meister Eckart und obendrein ein paar Folterbücher zu studieren.«

»Ebenso wie Speisebücher, Falknerbücher, Dichtung und die Heilige Schrift.«

Sie nahm das Tuch von seiner Stirn, tränkte es nochmals mit einer Flüssigkeit und rieb ihm damit die Schläfen. »Doch im Kampf, da wurden Euch Eure Opfer nicht gefesselt vorgeführt wie die Lämmer zur Schlachtbank.«

»Wenn das einen Unterschied ausmacht, nein. Die Gegner im Kampfe können weglaufen. Doch selbst auf der Flucht sind die Aussichten eines zu den Waffen gezwungen Bauernknechts gegen einen wie mich schlecht. Ebenso die Aussichten eines Litauers, dessen Dorf von einem Trupp des Ordens überfallen wird. Oder die Aussichten einer Litauerin.« Er schluckte, als das Bild seiner Gefangenen wieder vor ihm auftauchte.

»Krieg ist also Henkerei?«

Er nickte vorsichtig. »Bis auf einige ehrenvolle Zweikämpfe vielleicht, in denen ein adliger Gegner versucht, seinen adligen Gegner zu entwaffnen, um ihn dann gegen Lösegeld später wieder freizugeben. Sonst ist es nichts als Metzelei, Verstümmelung und Waten im Blut. Aber, Elisabeth, es ist das, was ich kann. Es ist meine Bestimmung. Doch Folter, Folter ist etwas anderes.«

»Töten könnt also Ihr besser als jeder andere?«

»Besser als viele. Aber auch von Utrecht und Cletzen sind gut darin.« Und, dachte Richard, ebenso der Brauenlose, der ihm fast den Schädel eingeschlagen hatte.

»Aber sie sind keine Henker geworden, weil sie noch etwas anderes können. Sie brauchen nicht zu foltern«, sagte Elisabeth.

»Die beiden haben Geld oder Familie. Ich habe gar nichts mehr. Der Lohn für den Henkersdienst an den Vitaliern wurde mir gestohlen. Ich habe nicht mal mehr ein Pferd. Dennoch: Foltern werde ich nicht.«

Sie sah ihm lange in die Augen. Ihr Blick war bitter, und er befürchtete, sie verloren zu haben. Doch was sollte er noch mehr tun oder sagen?

»Wenn Ihr meint, Herr Richard, dann ist das wohl gut so. Also päppele ich Euch wieder auf, damit Ihr metzeln könnt.«

»Es wäre sehr hilfreich, wenn Ihr unterdessen darüber nachdenkt, wie Ihr aus der Strüvenschen ohne Daumenschrauben etwas herausbekommt«, parierte er. Und weil ihm der Kopf dröhnte und er das letzte Wort behalten wollte, drehte er sich auf die Seite.

Elisabeth seufzte und bereitete am Boden ihr Lager für die Krankenwacht.

KATHARINENABEND
Mittwoch, 24. November im Jahr des Herrn 1400

Durch Taten, nicht Worte bekennt sich die Weisheit.
Peter Abaelard, Lied an Astrolabius

Elisabeth las eines der bunt bebilderten Besinnungsbüchlein aus dem Beginenkonvent, als Johann Cletzen in Richards Kammer kam. Richard lag auf dem Bett und starrte an die Dachbalken. Es war, als würden Eiszapfen in der Luft wachsen.

»Nach Euch beiden wird gerufen. Euch, Meister Rosenfeld, erwartet man in der Fronerey.«

Richard drehte sich stöhnend um.

»Er sollte noch nicht arbeiten, sagt das den Herren vom Rat«, murrte Elisabeth. »Er hat ihnen schließlich Störtebekers Schatz verschafft. Nun können sie ihn auch mal schonen.«

»Wieso Störtebekers Schatz?«

»Das haben mir deine Kameraden erzählt, als sie mich aus der Fronerey ins Beginenhaus und dann hierherbrachten.«

»Das ist gelogen. Wir haben nur Papiere gefunden.«

»Dann frag mal die Bärenwirtin, die hat es am Brunnen gehört. Es geht das Gerücht um, der Mast sei mit Gold gefüllt gewesen, und Ihr hättet das mit Hilfe eines Fremden herausgefunden.«

»Unsinn.«

»Mir soll es egal sein. Aber sag lieber Geseke Bescheid, dass ein Gerede umgeht. Wo soll ich hingehen, wenn der mich nicht mehr braucht?« Sie wies abfällig auf Richard.

»Zu Schokes.«

»Maria, hilf! Wenn die mich rufen, nach all dem, was sie mir angetan haben, dann steht es übel um den guten Niclas.«

Elisabeth stopfte das Büchlein in ihre Tasche und warf sich ihren grauen Mantel um. Ohne Abschiedsgruß lief sie die Treppe hinunter. Sie war froh, von Richard von Hardin fortzukommen. Jede Minute hatte sie sich versucht gefühlt, herausfordernd, »Sic et non!« zu schreien oder mit ihm weiter zu disputieren. Dein Abaelard hat gesagt, das Wesen der Dinge sei in Gott sowie in den Dingen selbst, bezieh das doch auf dich selbst, wollte sie ihm entgegenhalten, und dass man sich wahrhaft ändern könne, wenn das Wesen seiner Selbst in sich sei und nicht in Gott allein. Dass man vom Menschenzerhacker zu irgendwas werden konnte, das besser war, das Gott dienlich war. Er könnte aufhören zu töten, denn er war ein Teil von Gott, von Gottes Schöpfung, Gottes Liebe.

Sie hatte ihre Aufregung durch das Lesen zu bändigen versucht, aber je länger er schweigend an die Decke gestarrt hatte, desto wütender war sie geworden. Spät war er eingeschlafen. Um selbst schlafen zu können, hatte sie bei der Bärenwirtin eine Kanne heißen Rotspon mit Honig bestellt. So war die erste Nacht mit dem Mann vergangen, den sie zu lieben geglaubt hatte. Nichts war zwischen ihnen, nichts als ein tiefer, unüberwindbarer Graben von Unverständnis. Und dennoch, als die ersten Sonnenstrahlen durch die Luke im Dach gekrochen waren, hatte sie wieder seine Schönheit gesehen. In unruhigem Schlaf hatte er das Federbett abgestreift. Auf seinem nackten Rücken war eine Narbe hinzugekommen, recht frisch, vielleicht sieben Wochen alt, gut vernäht. Mit Kennerfingern hatte sie über die Arbeit des fremden Arztes gestrichen. Neben der Naht war Richards Haut glatt wie feinstes Leder. Unter ihr erfühlte sie die entspannten Muskeln. Wie schön wäre es, wenn er sich jetzt umdrehte. Sie wollte sein Lächeln sehen. Sollte er doch Abaelard zitieren, ohne ihn auf sich selbst zu beziehen. Sie wollte sehen, wie er sich freute.

Doch dann war er griesgrämig aufgewacht, und sie hatte ihm einen kalten Kopfwickel gemacht. Halsstarrig hatte er weiter auf die Deckenbalken gestarrt, bis Johann Cletzen gekommen war. Ebenso griesgrämig trabte Elisabeth nun an Sankt Petri vorbei zum Schokehaus.

⚜

Der Rat der Schreye traf sich wieder in der winzigen Kapelle des Schreyehauses an der Neuen Burg, doch diesmal war einer geladen, der sonst nicht hierhergehörte. Simon von Utrecht hockte auf einer der seitlichen Gebetsbänke und starrte auf das Bild mit dem bleichen Gesicht des Märtyrers Thomas Becket von Canterbury.

Herman Schreye hielt ihm einen Becher mit seinem höllischen Gesöff hin. »Trink!«, befahl der Alte.

Simon schluckte und wurde rot im Gesicht. Herman füllte seinen Becher nochmals. »Runter damit.«

Dennoch war Simon nicht bereit, sich auf das einzulassen, was von ihm erwartet wurde. Es ging um seine Ehre und um sein Geld, und er verteidigte beides, so gut er konnte.

»Du hast die Urkunden ins Wasser fallen lassen, weil du der Stadt eine Wohltat erweisen wolltest, Simon, das glauben wir dir gerne. Doch bitte sage, wie du den Leuten erklären willst, warum du die Rode Düwel auseinandernehmen ließest«, fragte der Bürgermeister.

»Ich habe es nicht angeordnet. Es waren die Männer auf der Werft, die den Cletzens durch Flucht entkamen.«

»Was für Männer waren das? Die Cletzens kannten sie nicht.«

»Hamburg hat mehr als ein Dutzend mal tausend Einwohner, man kann nicht alle kennen. Vermutlich waren es Parteigänger von Störtebeker, die sich nach seinem Ableben den Freibrief holen wollten.«

»Johann Cletzen berichtet, in der Stadt gehen Gerüchte um, du habest im Schiff einen Schatz gefunden, und dieser würde durch die Englandfahrer an die armen Leute verteilt. Wer hat die Gerüchte gestreut?«, fragte Geseke.

»Wie soll ich das wissen?«

»Du hast gleich bei der Anlandung der Seeräuber den Armen den Schatz versprochen. ›Das Gold der Piraten soll Schatz der Bürger sein.‹ Das waren deine Worte«, erinnerte Geseke ihn.

»Das ist so ungenau geredet, dass es niemanden verpflichtet«, sagte Simon beleidigt.

»Es war klug geredet, doch nun entsteht daraus eine Kalamität. Wenn die Leute glauben, dass der Schatz gefunden ist, werden sie sich das von niemandem ausreden lassen. Sie werden glauben, dass wir Englandfahrer ihn in die eigene Tasche stecken wollen. Nun erwarten sie von uns Englandfahrern, dass wir ihn verteilen. Kannst du dir eine Lösung dafür denken?«, fragte Albert Schreye.

Simon kratzte sich am Kopf. »Wenn wir alle zusammenlegten und für die Bürger zum Advent einen Freitisch ausrichteten, wäre schon ein gut Teil getan. Wir könnten auch eine Messe im Dom stiften.«

»Das wird den guten Leuten nicht genügen. Ganz abgesehen davon, dass wir alle Geldreserven brauchen, um im nächsten Jahr eine Flotte gegen Godeke Michels zu rüsten.«

»Ich verspreche, mit meinem Schiff dabei zu sein.«

»Die Stadt dankt dir für deine Mühen«, sagte Marquard und spielte an seiner schweren goldenen Amtskette. »Aber es reicht nicht. Wir erwarten, dass du morgen erklärst, auf der Roden Düwel sei Gold gefunden worden, und du würdest es hergeben zur Ausrüstung einer Flotte gegen Michels.«

»Aber damit breche ich mein Wort den Bürgern gegenüber.«

»Hast du nicht grade gesagt, es wäre so ungenau geredet gewesen, dass es niemanden verpflichtet habe?«, fragte Geseke.

Albert Schreye beugte sich vor. »Wir wollen, dass du den Bürgern sagst, dass wir das Geld nicht für Freibier und Braten hergeben, sondern es für die Piratenjagd brauchen. Du sollst es sagen, weil du uns diese Schwierigkeiten eingehandelt hast. Wenn du dann doch noch eine Labung spendieren willst, sei es deine Sache. Dafür kommst du aber mit deinem Vermögen auf.«

Simon schloss die Augen und schwieg.

»Was willst du dafür, Simon, dass es so geht?«, fragte Albert Schreye.

»Ein Schiff und ein Amt.«

Marquard nickte. »Das haben wir uns schon gedacht. Und deine Verdienste zeichnen dich dafür aus. Doch du musst uns noch diesen einen Dienst leisten. Dann bauen wir die Bunte Kuh fertig, und der nächste Ratssessel, den die Englandfahrer besetzen können, sei dein.«

Er streckte dem Neubürger die Hand hin, und Simon schlug ein. Erleichtert verließ er die Kapelle.

Als er gegangen war, fragte Geseke Clingspor in die Runde: »Warum nur hat er diese Urkunden in die Elbe fallen lassen?«

Als Elisabeth im Schokenhause klopfte, öffnete ihr Buydessin. »Ich danke dem heiligen Pantaleon, dass man Euch freigelassen hat, Schwester Elisabeth«, flüsterte er.

»Warum habt Ihr mich rufen lassen?«

»Es ist wieder ein Rückfall. Wie habt Ihr ihn damals kuriert?«

»Entgiftet, das könnt Ihr auch. Dann aufgebaut.«

Er nickte. »Aber es gibt noch etwas, womit nur Ihr Euch auskennt.«

Er streckte ihr ein Pergamentzettelchen entgegen. In derselben stolzen Schrift wie zuvor stand dort auf Latein: *Also starb Saul an seiner Missetat, die er wider den HERRN getan hatte, an dem Wort des HERRN, das er nicht hielt, und fragte den HERRN nicht. Darum tötete er ihn und wandte das Reich zu David.*

Elisabeth drehte das Zettelchen hin und her. »Das ist aus dem ersten Buch der Chronik, es geht um den Tod Sauls. Alle Pergamentzettelchen haben sich bisher um Saul und David gedreht.«

»Was soll das, ist das eine Morddrohung?«

Elisabeth zuckte mit den Schultern. »Eher nicht. Saul hat sich selbst das Leben genommen.«

»Zwischen Saul und David ging es um die Königsmacht. Will der Zettelschreiber, dass Schoke seine Macht aufgibt? Seine Ämter?«

»An Euch ist ein Ratssyndikus verloren gegangen, Buydessin. Doch nun lasst uns unsere Arbeit tun. Geleitet Ihr mich hinauf, Herr Doktor Medicinii?«

Bevor Elisabeth jedoch zu Niclas Schoke gelangen konnte, musste sie ertragen, dass sich Alleke ihr zu Füßen warf, ihre groben Holzschuhe küsste und unter Tränen um Vergebung bat.

Zu viel war geschehen, zu viel war ihr als Prüfung auferlegt und dann doch durch die Güte Gottes wieder erspart geblieben, als dass Elisabeth nicht vergeben konnte. Schließlich war sie frei und gesund, Maria sei Dank. Sie hob die Ratsherrengattin auf und nahm sie in die Arme, Alleke sank erneut nieder und bat um Elisabeths Segen, küsste ihre Hände und nannte sie heilig. Nichts war Elisabeth ferner, und sie verfiel nicht der Ketzerei, der Frau den Segen zu spenden. Sie küsste Allekes Stirn und wies sie an, für Niclas schnell ein Bad bereiten zu lassen. Der Ratsherr lag im Bett, mit einem heißen Tuch um den Hals. Er wand sich hin und her. Elisabeth setzte sich zu ihm, doch er erschrak vor ihr. Sie versuchte gar nicht erst, seine Hand zu nehmen, sondern trat vom Bett zurück und ließ den Stadtmedicus vor. Der hielt dem mächtigen Schiffsherrn die Hand.

»Welche Symptome hat er?«, fragte Elisabeth.

»Ein Brennen im Rachenraum, den typischen Metallgeschmack im Mund. Quälende Bauchschmerzen und, wie Ihr seht, wieder blutige Durchfälle. Taubheitsgefühle in den Beinen.«

Sie schüttelte den Kopf. »Wir müssen herausfinden, wie er wieder mit Quecksilber in Kontakt gekommen ist. Lasst ihn Heilerde schlucken und dann expurgieren wir ihn.«

Niclas wimmerte und kniff die Augen zu.

»Lieber Schoke«, sagte der Arzt und tätschelte dem Kranken die Hand, »es ist besser, wir halten uns an die Weisheiten der Schwester Elisabeth. Sie hat Euch schon einmal geheilt und wird es noch einmal tun. Dann geht Ihr auf Eure Pilgerreise, und alles wird gut.«

Einige Wochen zuvor hätte Elisabeth jeden ausgelacht, der ihr geweissagt hätte, dass Buydessin einst ihren Ratschlägen folgen würde. Doch jetzt war ihr dieser Triumph nicht mehr wichtig. Sie wollte wissen, wer dem Ratsherrn das Gift verabreichte. Der Haushalt der Schokes war groß. Neben Alleke und ihrer verwöhnten Kleinmagd gab es die neue Köchin, den Handelsgehilfen und etliche Knechte und Hofmägde, die Elisabeth nicht mal beim Namen kannte. Es würde schwierig werden herauszufinden, wer Niclas langsam ums Leben brachte.

Richard zog nichts in die Fronerey. Am liebsten wäre er unter Geseke Clingspors Apfelbaum sitzen geblieben, bis die Sonne unterging. Er stopfte die Gesichtsmaske unter sein Wams und polterte die Treppe hinab. Bevor er den Gastraum durchqueren konnte, hielt ihn die Bärenwirtin auf. »Herr Richard, hier, dies hat mir die Schwester Elisabeth gegeben, damit Ihr es trinken sollt, bevor Ihr geht.«

Sie hielt ihm ein milchiges Getränk entgegen. Gehorsam schlürfte er die Mixtur. Die Bärenwirtin sah ihm fröhlich zu und erzählte von dem großen Glück, dass die Stadt ereilt hatte: Ein großer Schatz sei im Störtebekerschiff gefunden worden, der ganze Mast sei mit Gold gefüllt gewesen. All der Reichtum würde für das Wohl der Bürger eingesetzt. Ohne ihr den Kopf zurechtzusetzen, kippte Richard den letzten Schluck der Medizin herunter und machte sich auf den Weg. Seine Laune war gallenschwarz, weil diese Gerüchte in Windeseile um sich griffen und ihm ehrlose Arbeit bevorstand. Kaum war er bei der Trostbrücke angekommen, begann es kalt zu regnen. Auf dem Weg rempelte er etliche Bürger beiseite, die für ihn nicht in die Gosse ausweichen wollten. Einer fluchte ihn an und bekam als Antwort einen Stoß mit dem Ellenbogen. Es geschah ihm nur recht, dass er auf dem Hosenboden landete.

Als Richard eintrat, war die Gerichtskammer der Fronerey hell erleuchtet. Beide amtierenden Bürgermeister waren anwesend: Marquard Schreye und Kersten Miles. Neben ihm saß als Herr des Niedergerichts jener Ratsherr Hermann von Hachede, der ihn vor Wochen an den Pranger geschickt hatte. Mit wachem Blick betrachtete ihn der alte Syndikus Schreye. Richard neigte vor ihnen das Haupt und nahm seinen Platz hinter dem Gericht ein, als Warnung und Drohung für die Angeklagte.

Die Strüvensche wurde hereingeführt, zart und klein und dennoch mutig mit stolz erhobenem Haupt. Sie sah den Richtern in die Augen, auch während der alte Schreye die Anklageschrift vorlas. Sie lautete auf Giftmischerei und den Versuch des Mordes an Niclas Schoke.

»Bekennst du dich schuldig, oder willst du deine Unschuld behaupten?«

Die Stimme der Frau war klar wie Glockenklang, als sie sprach: »Ich bekenne mich schuldig. Ich habe das Gift gemacht, aus wertvollem Mercurius, und habe es dem Schiffsherrn langsam zugeführt.«

Schweigen trat ein. Nur das Kratzen von Herman Schreyes Federkiel war zu hören.

Als er fertig war, räusperte er sich. »Erlaubt das hohe Gericht dem Syndikus, noch eine Frage zu stellen?« Schreye nickte und sein Großvater erhob sich.

»Agneta Strüven, du behauptest, du habest dem Niclas Schoke langsam ein Gift zugeführt. Erkläre doch bitte, wie du es getan hast. Wie bist du in sein Haus gekommen, wie hast du es ihm in den Mund getan?«

Sie schwieg.

Hermann von Hachede fuhr sie an: »Rede!«

Doch die Strüven, nun weniger stolz, schaute zu Boden.

Von Hachede fragte: »Hast du es mittels zauberischer Kräfte getan?«

»Ja, ich habe mir ein Pulver gemacht, das mich verwandelt, bin in mondleeren Nächten auf Drachenschwingen zum Kamin hineingeflogen und habe Gift auf seine Lippen gestreut!« Die Augen der Frau leuchteten, obwohl sie ihr eigenes Todesurteil sprach.

Richards Dienste wurden nicht gebraucht. Ebenso wenig musste das Gericht sich lange beraten. Marquardt Schreye und Kersten Miles verurteilten die Strüvensche wegen Schadenszaubers zum Tod durch das Feuer.

Als sie ihr Urteil hörte, schwankte die zarte Frau und flüsterte: »Nein.«

»Nein?«, fragte Herman Schreye sofort nach. »Willst du dein Geständnis zurückziehen?«

»Nein, aber ich bitte um Gnade. Gewährt mir einen schnellen Tod.«

»Wer mit gottlosen Mitteln anderen Schaden zufügt, hat nur diesen Tod verdient«, sagte Hermann von Hachede.

Richard räusperte sich. »Doch durch ihr schnelles Geständnis hat sie Reue gezeigt. Man sollte ihr Gnade gewähren. Der Feuertod ist der grausamste.«

Von Hachede sah ihn an, als habe ein Misthaufen geredet, und wandte sich an den Bürgermeister. »Es gibt keine rechtliche Grundlage dafür.«

Herman Schreye, der das Stadtrecht am besten kannte, schwieg. Da wusste Richard, dass die Strüvensche brennen würde. Er fragte sich nur, für wen.

Richard machte sich gedankenvoll auf den Weg zurück in den Bären. Wenn er dem Knoken das Amt des Frons überließ, könnte er dem Schrecken einer Verbrennung entgehen. Doch würde der das tun, was man noch für die Strüvensche tun könnte? Kein Feuer war wie das andere, und er hatte gehört, dass so mancher Henker die Zauberer gegen einen guten Lohn vorher erstach. Aber sein Henkersknecht hatte Freude an der Grausamkeit. Das wusste er, seitdem er gesehen hatte, mit welchem Vergnügen Knoken die Seeräuberköpfe vor der Pfählung durchbohrt hatte.

Der Regen peitschte durch sein Haar, Sturm trieb Blätter und

Dreck durch die Straßen. Richard wich nicht unter die Traufen der Häuser aus, er ließ sich von Gewitter und Unrat umspülen. Dies Wetter war wie sein Leben. Verkommen, wild und unrein. Es gefiel ihm, nass und schmutzig durch die Straßen zu stapfen.

Als er im Roten Bären ankam, schlug die Wirtin die Hände über dem Kopf zusammen. »Wie nass Ihr seid, Herr Richard! Und dass trotz Euer Krankheit. Und man lässt Euch keine Ruhe. Ihr habt Nachricht von der guten Frau Clingsporin, dass Ihr schnellstens zum Schokehaus in den Speersort kommen sollt, und zwar in Waffen. Dies hier hat sie Euch auch noch bringen lassen.«

Sie übergab ihm ein Bündel, das er auf seiner Kammer öffnete. Es enthielt einen wollenen Mantel, etwas zu kurz, aber durchaus tragbar. Dazu einen hektisch mit Kohle beschriebenen Zettel, einen Abriss von einer Geschäftsurkunde: *Eilt!*

Er warf die nasse Kleidung ab, schlüpfte in sein einziges Hemd und sein letztes Paar Beinlinge, gürtete Schwert und Dolch um, griff den neuen Mantel und lief los. Mit riesigen Schritten rannte er zum Hopfenmarkt, dann über die Mühlenbrücke durch das Herz der Stadt. Als er an Sankt Petri vorbeilief, hörte der Regen auf, und die Abendsonne tauchte die Stadt in ein schmutziges bronzefarbenes Licht. Vor dem Schokehaus standen wütende Männer, die »Raus mit dem Gold« und »Tod den Störtebekermördern!« riefen und die Wände mit Kot bewarfen.

In der gegenüberliegenden Twiete stand in einem Mägdemantel die Clingsporin und neben ihr Sigvrid der Jüngere, der mit einem Knüppel bewaffnet war. »Richard, Gott sendet Euch so schnell. Wir müssen dort hinein!«, flüsterte Geseke, und der junge Mann nickte brav.

»Hinein?«, fragte Richard verwirrt.

»Elisabeth ist da drin.«

»Habt Ihr die Wache holen lassen, um die Kerle zu vertreiben?«

Sie nickte.

»Mutter hat all ihre kleinen Mägde ausgeschickt«, sagte der junge Mann. »Aber es kann dauern.«

»Mein Stiefsohn will helfen. Aber wie machen wir das nun?«, fragte Geseke.

»Euch liegt wirklich viel an der seltsamen Begine«, meinte Richard.

»Euch doch auch. Also tut was, bevor die da brennende Lappen auf das Haus werfen«, gab Geseke zurück.

»Ich schlage vor, wir drängen uns bis zur Tür vor, Mutter klopft und ruft, bis sie aufmachen. Wir halten ihr bisweilen die Dreckskerle vom Leib«, sagte Sigvrid grimmig und rasselte mit seinem Schwertgurt. »Ich wollte das gleich machen, aber sie wollte auf Euch oder auf Johann warten.«

»Euer Plan zeugt von Wagemut, junger Herr Sigvrid. Lasst ihn uns mit ein wenig Hinterlist verfeinern. Die Dame Geseke sieht schon aus wie eine Magd. Wir beide legen unsere Mäntel ab und beschmieren uns mit Straßendreck. Dann schreien wir bei den Vitalierfreunden mit, als wären wir ihre Brüder. Aber wir rufen auch nach unserer liebsten Begine. Wenn sie klug genug ist, zu öffnen, decke ich Euch den Rücken.«

»Gut«, antwortete Sigvrid.

Richard wischte mit der Hand von einer Hauswand etwas ergrauten Kalk ab und verunzierte damit sein Gesicht und dann das des jungen Patriziers. »Her mit dem Schatz!«, brüllte er und gesellte sich, gefolgt von Sigvrid, den Protestierern zu.

»Begine raus, lass den Schoke verrecken!«, rief Geseke.

»Elisabeth, zeig dich!«, rief Richard.

»Gold her!«, brüllte Sigvrid. Ihre Nachbarn im Gedränge schauten sie verwirrt an, aber als Richard einen losen Stein gegen das einzige unverschlossene Fenster des Hauses oben in der vierten Giebelstufe warf, waren sie beeindruckt. Richard schubste und stieß, bis er für sie den Weg zur Tür gefunden hatte.

»Störtebeker hoch!«, brüllten Geseke und ihr Stiefsohn. Als sie an der Tür angekommen waren, schrien sie: »Elisabeth!«

Es dauerte nicht lange, bis sich die Tür einen Spaltbreit öffnete. Bevor die Vitalierfreunde »Stürmt das Haus!« brüllen konnten, war Geseke hineingeschlüpft.

Richard zog sein Schwert und stellte sich den Männern entgegen. Sie wichen zurück. »Verräter«, brüllte einer der Vitalierfreunde. Dann wehrte Richard den ersten Stock ab, schlug einem Mutigen, der ihn angreifen wollte, die linke Faust ins Gesicht und schwang bedrohlich sein Schwert. Sigvrid wurde von seiner Stiefmutter in die Tür gezogen, Richard ließ sein Schwert auf einen Knüppel niedersausen. Das Holz zerfiel in zwei Teile, als sei es aus Butter.

»Als Nächstes nehme ich mir einen Arm vor. Verschwindet – oder wollt Ihr zerstückelt werden?«, schrie er.

Geseke zog ihn rückwärts in die Tür. Sie warf den Balken vor und sah sich um. Auf einem Fass in der Diele saß weinend die Hausfrau Schoke, ihre kleine Magd im Arm, versteinert stand der Medicus daneben. Elisabeths Haar war immer noch unbedeckt, die Ärmel ihres Gewandes hochgekrempelt. »Wieso bringt Ihr Euch so in Gefahr?«, fragte sie ihre Helfer.

»Um deinetwillen, du dummes Huhn!«, zischte Geseke.

»Wir müssen die Tür verbarrikadieren«, befahl Richard. Er winkte die Ratsfrau und ihre Magd von dem Fass herunter und rollte es vor die Haupttür. »Gibt es eine Gartentür oder Hoftür? Dann verrammelt sie auch!«

Richard trat auf Alleke zu. »Ihr seid die Dame Schoke?«

Alleke Schoke nickte.

»Habt Ihr eine Latrine im Hof und einen Misthaufen?«

Die Schoke nickte verständnislos. »Dann holt Eure Knechte und Mägde her und lasst alles an Eimern bringen, was Ihr finden könnt.«

Alleke ließ die Magd los. In diesem Moment sah Richard das kleine Mädchen zum ersten Mal an. Er sah das Muttermal an ihrem Mund, und er wusste sogleich, wessen Tochter sie war. Er wusste, dass ihre Mutter für sie sterben wollte, und er ahnte, wie das Gift in das Schokehaus gekommen war. Eine heiße Welle von Wut und Mitleid mit dem verführten Kind überflammte sein Herz. Er riss sich fort von den bösen Gedanken, die sein Hirn überfluteten und den Kopfschmerz weckten, und hockte sich vor die kleine Magd. »Wie heißt du?«

»Trudika.«

»Magst du für mich aus der Küche und vom Hof alle Abfälle holen, die du finden kannst?«

Sie nickte und lief los. Zwei Knechte rollten Fässer heran und stapelten sie vor der Tür.

»Füllt die Eimer in der Latrine, mischt Mist, Wasser und Küchenabfälle dazu und tragt sie auf den höchsten Boden. Die da unten werfen mit Kot, das können wir auch«, rief Richard.

Alleke schrie: »Oh nein!«, aber Elisabeth lachte. Richard fing einen schelmischen Blick von ihr auf.

Geseke zog die Herrin des Hauses in die Küche. »Kommt, Alleke, lass uns Spreu holen, um die Böden auszustreuen, dann ist der Dreck hinterher leichter wegzufegen.«

In kürzester Zeit war das Haus mit Strohhäckseln ausgestreut, und Eimer voller Fäkalien standen bereit. Richard nahm sich mutig den ersten. »Junkherr Clingspor, Medicus, organisiert eine Eimerkette von der Latrine bis zum obersten Boden.«

Elisabeth griff einen weiteren Schieteimer und sagte: »Ich zeig Euch den Weg, Herr Richard.« Dann ging sie vor.

Es war eine Freude, sie geschwind die Treppen hinaufsteigen zu sehen, aber mehr noch ihre Begeisterung bei der Verteidigung des Hauses. Sie leerte mit Schwung die Eimer aus dem Fenster. Im hohen Bogen ergossen sich die Fäkalien auf die Belagerer. Ekelerfüllte Schreckensschreie waren die Antwort. Einiges an Dreck wurde zurückgeschleudert, aber keiner konnte so hoch werfen wie Richard zuvor. Er lachte aus dem Fensterchen und drehte den Protestierern eine Nase, bis der nächste Eimer kam. Die Kette lief jetzt schnell, und Richard musste zusehen, dass sie nicht ins Stocken kam. Der stinkende Sud ergoss sich in Strömen auf die Belagerer. Bald flohen die ersten mistdurchtränkten Vitalierfreunde. Elisabeth reichte Richard die Eimer zu. Er konnte sich an ihrem amüsierten Gesicht gar nicht sattsehen, lächelte sie unentwegt an, während er stinkende Brühe auf die Straße kippte. Nie war er so glücklich gewesen. Er kämpfte neben dem wunderbarsten Wesen, das er jemals gekannt hatte.

So merkte er nicht, dass er Johann Cletzen und seine Stadtwächterkameraden mit Dreck tränkte, als sie vor dem Haus ankamen.

⚜

Am meisten hatte Johann abbekommen. Geseke schüttete sich vor Lachen aus, als sie ihren mistübergossenen Geliebten in Empfang nahm. Sie griff in ihr Gürteltäschchen, gab den Stadtwächtern je einen Schilling fürs Badehaus und entließ sie. Das schöne Schokehaus stank bestialisch und die Verteidiger auch.

Alleke putzte verlegen mit einem Nasentüchlein an Trudika herum, auch wenn sie fast sauber geblieben war. »Gott hat Euch zu uns gesandt. Was auch immer Euer Wunsch ist, es sei gewährt«, sagte sie zu den Verteidigern ihres Hauses.

Johann sah betrübt an sich herunter, bedachte dann aber die dreckige Geseke mit einem Lächeln.

»Wir warten auf Elisabeth und Herrn von Hardin, dann gehen wir uns waschen«, antwortete sie Alleke.

Scherzhaft drohte Johann Elisabeth und Richard Prügel- und Höllenstrafen an, als sie die Treppe hinunterkamen.

»Wo gehen wir hin, um uns zu waschen? Auch ins Badehaus? Man sagt, dort gäbe es goldene Seife«, fragte er dann.

»Wir können alle zu uns. Vater ist bestimmt bei Janne in ihrem Häuschen in Sankt Katrein«, antwortete Sigvrid. »Außerdem hat die Dame Clingspor sieben kleine Mägde, die uns das Bad bereiten können.«

»Die Straßengören und Grete?«, fragte Richard. »Mit denen habe ich eine Nacht in einer Bauhütte verbracht. Ein Bad würde ich nicht mit ihnen teilen, sie haben Haare auf den Zähnen.«

Geseke nahm Elisabeth am Arm und trat mit ihr auf die Straße.

»Überlassen wir die Männer ihrem Gerede. Viel wichtiger ist mir, wohin du willst. Zu uns oder zu deinen Schwestern?«

Elisabeth legte ihr den Arm um die Taille wie einst, als sie kleine Mädchen gewesen waren. Sie gingen in Richtung des Clingsporhauses. »Die Beginenschwestern haben mich im Gefängnis nicht einmal besucht.«

»Hätten sie es gedurft?«

»Ja, es ist eine der ehrenvollen Aufgaben der Beginen. Wenn die Meisterin es erlaubt, dürfen wir die armen Gefangenen betreuen. Doch wer weiß, vielleicht waren sie ganz froh, dass ich fort war.«

»Das kann nicht sein, jeder liebt dich.«

Elisabeth zuckte mit den Schultern. »Nicht die Meisterin und nicht der Richard«, sagte sie.

»Ach, mein Armes. Er hat dein Herz in seinen Händen, nicht wahr?« Geseke legte nun ihren Arm um Elisabeths Taille. Ein Mädchen mit zwei Köpfen, hatte ihr Großvater früher gesagt, wenn er sie so sah.

»Gott wird mir Kraft geben«, sagte Elisabeth. »Einen Wunsch hat er mir schon gewährt. Ich habe Richard voller Freude gesehen.«

»Freude beim Mistwerfen?«, fragte Geseke.
»Freude beim Mistwerfen«, sagte Elisabeth und lachte.

Im Hause Clingspor schufteten Anneke Grise und die sieben kleinen Mägde heftig, um der Herrschaft und ihren Gästen Bütten voll warmen Wassers zu beschaffen. Die Frauen wuschen sich in der Küche, die Männer in der Diele. Doch viel teure Seife und viele Eimer Wasser waren nötig, bis der Kloakengestank aus Haut und Haaren verschwunden war. Der Waschbottich wurde angeheizt, und jeder Fetzen Stoff, den die Jauchekrieger am Leib gehabt hatten, landete in der Lauge. Anneke fluchte über den zusätzlichen Waschtag, aber Geseke gebot ihr Einhalt mit dem Versprechen von zwei Schilling Lohn. Sie freute sich daran, Elisabeth gesund und unverletzt zu sehen. Sie dankte Gott, dass der Freundin die Folter erspart geblieben war. Im Bade erblickte sie an Elisabeths Körper jedoch einige schwarzblaue Flecken, die verrieten, dass Richard seinem Opfer nicht jedes Leid erspart hatte.

In der Diele kleideten sich Johann und Sigvrid in die prächtigen Wämser des jungen Clingspor. Nur Richard musste sich im Hemd und in einen Mantel gewickelt vor den Ofen in der Dornse hocken. Er war für alles zu groß, was das Haus Clingspor an Männerkleidung zu bieten hatte.

Johann trocknete seine Locken an den warmen Kacheln, und Sigvrid zündete schöne Wachskerzen an, die den Samt seines Wamses zum Leuchten brachten.

»Ich würde gerne so kämpfen wie Ihr, Herr Richard.«

»In der Tat! Kaum einer kann so schnell zuschlagen wie unser Freund Richard. Man sollte nicht seinen Kopf in den Weg seines Schwertes halten.« Johann zwinkerte dem Henkersritter zu. »Vielleicht solltest du dir ein bescheideneres Vorbild suchen, Clingspor!«

»Ach Johann, an mir ist kein Kaufmann verloren gegangen, was auch immer die Wünsche meines Vaters sind. Aber wenn Ihr mich die Schwertkunst lehrtet, Herr Richard, dann hätte ich bald einen Unterhalt in der Stadt. Ich habe mir in der letzten Zeit drei Kettenhemden und Brustpanzer angeschafft und bin mit Gesekes Bruder Tideke vor den Toren zu Waffenübungen gegangen. Er führt einen Teil der städtischen Truppen an. Das täte ich auch gern.«

Johann und Richard sahen sich an.

»Richard und ich üben die Schwertkunst, seit wir Kinder sind«, wandte Johann ein.

»Gesekes Bruder übt auch einmal in der Woche mit der Wache.«

»Und das ist für einen jungen Kaufmann schon viel der Waffenkunst. Sigvrid, du solltest dein Schicksal nicht an das Schwert binden«, sagte Johann ernsthaft.

»Handelt mit Pferden, damit kennt Ihr Euch aus«, warf Richard ein.

Der junge Clingspor sah auf. »Meint Ihr?«

»Ich habe Eure Stute gesehen. Sie ist wunderbar.«

»Sie ist das Beste, was ich je erwarb.«

»In der Tat. Deshalb folgt diesem Weg. Ich gebe Euch einen ernst gemeinten Rat: Kauft Hengste, am besten Schimmel und Rappen, und bietet sie dem Deutschen Orden an. Bald wird es im Osten einen Krieg geben. Der polnische König rüstet seit dem Tode seiner frommen Frau sein Heer und will die Brüder zurückdrängen. Da wird jedes Streitross gebraucht. Als Pferdehändler braucht Ihr natürlich einiges an Kampferfahrung, also übt mit dem Cletzen, so viel Ihr könnt. Gerne bin ich auch dabei, Johann, wenn wir nur nicht wieder beim Bömmebrugg Schweine köpfen müssen.«

Johann lachte, und Sigvrid strahlte.

Dann kamen die Damen dazu, begleitet von der Grise, die heißen Hypocras und Birnentorte servierte. Elisabeth trug ein Kleid von Geseke, das straff saß über ihren kräftigen Formen. Sie hatte ihre Schultern züchtig bedeckt und trug stolz am Gürtel ihre Börse mit den Blafferten für die Weiße Maria im Dom. Sie strahlte, doch weder Sigvrid noch Johann sahen ihre Schönheit, denn Geseke stolzierte wie eine Göttin in die Dornse, angetan mit einem meerblauen Kleid, über das ihre hellen Haare in Wellen flossen. Doch Richard konnte seine Augen nicht von der Begine nehmen, deren kurzes Haar sich beim Trocknen fein kräuselte. Wenn er nicht gleich vor ihr auf die Knie fallen sollte, um ihre ewige Minne zu erflehen, dann musste er sich ablenken.

»Unter den Vitalierfreunden war nicht der Kahle, der mir gestern fast den Schädel eingeschlagen hat, oder doch?«, fragte er.

»Ich hab ihn nicht gesehen«, sagte Johann, »aber als wir kamen, hattet Ihr die meisten schon vertrieben.«

»Ich glaube zu wissen, wie das Gift in Schokes Essen kam, aber wenn ich es Euch berichte, müsst Ihr versprechen, zu schweigen und die Schuldige zu schonen«, meinte Richard dann.

Alle nickten. Elisabeth sah ihn mit großen Augen an.

»Sagt mir vorher Folgendes: Kommen in der Stadt ungewollte Kinder als Mägde in die Häuser der reichen Bürger?«

»Bastarde kaum«, meinte Sigvrid.

»Trudika!«, flüsterte Elisabeth entsetzt.

»Trudika ist Waise, sie wurde am Tag nach dem Feste Sankt Gertruden vor acht Jahren als Neugeborenes im Kloster Frauenthal zu Harvestehude abgegeben. Man benannte sie nach der Heiligen des Vortages und zog sie groß. Sie lernte Nähen, Sticken, Kochen und ist dann in das Haus der Schokes gegeben worden, um sich ihre Aussteuer zu verdienen, wie es alle Mägde tun. Das weiß ich von Alleke«, erläuterte Geseke.

»Sie ist keine Waise«, sagte Richard. »Sie ist mit Sicherheit die leibliche Tochter der Strüven. Bis auf die Farbe der Haare sind sie gleich, wenn nicht das Lebensalter sie unterschiede. Sie haben sogar beide das gleiche Muttermal.«

»Stimmt, der schwarze Punkt!«, rief Geseke. »Daher kam mir die Strüvensche bekannt vor.«

Elisabeth schlug sich die Hand vors Gesicht. »Ich habe das Kind und die Frau nie zusammengebracht. Es waren für mich zwei Welten.«

»Vielleicht wäre ich auch nicht darauf gestoßen, wenn ich nicht hätte anhören müssen, was in der Gerichtsstube geschah«, sagte Richard. »Die Strüven hat ohne peinliche Befragung Giftmischerei, Zauberei und den Mordversuch an Schoke gestanden. Sie wollte jemanden schützen. Nun weiß ich, wen: ihr Kind.«

»Sie hat ihr Kind beauftragt, dem Ratsherrn das Gift zu geben?«, fragte Geseke, und Entsetzen schwang in ihrer Stimme.

»Hat denn die Trudika im Kloster schreiben gelernt?«, wollte Elisabeth wissen.

»Nein, bestimmt nicht. Ich selbst wurde auch dort erzogen, und ich lernte es. Aber die meisten Waisenkinder von fragwürdiger Herkunft werden wieder fortgegeben, bevor sie auch nur einen Bibelvers lesen konnten. Aber warum fragst du?«

Elisabeth legte einen Pergamentstreifen auf den Tisch, auf dem drohend die lateinischen Worte aus dem Buch Samuel standen. *Da stürzte Saul zur Erde, so lang er war, und geriet in große Furcht.*

»Von diesen seltsamen Zettelchen fanden sich etliche im Haus der Schoke. Ich habe sie gesammelt.«

»Das ist keine Kinderschrift«, meinte Geseke. »Das war ein geübter Schreiber.« Sie zog Cletzens Büchlein aus ihrer Rocktasche. »Für die Herrin« hatte er auf die erste Seite gekrakelt. »So schreibt ein ungeübter Schreiber«, sagte sie und hielt es Richard unter die Nase.

Die Schrift gab ihm einen Stoß ins Herz. Er verstand, dass Geseke ihren Liebsten endgültig von jedem Verdacht freisprechen wollte. Und sie hatte ihm seinen Verdacht noch nicht verziehen. Zu recht. Johann war der einzige Mensch in der Stadt, von dem Richard wusste, dass er einen Grund hatte, Schoke ans Leben zu wollen. Doch außer Richard schien niemand sonst Johann Cletzen zu verdächtigen. Er schalt sich der Untreue gegenüber dem neuen Freunde.

Elisabeth sah Richard an. »Kann die Strüvensche selbst schreiben? Habt Ihr beim Verhör etwas gesehen?«

»Sie muss ihr Geständnis unterschreiben«, warf Geseke ein und zog die Stirn kraus. Sie wandte sich an ihren Stiefsohn. »Sigvrid, geh los, such den Herrn Syndikus auf und frage ihn, wie die Giftmischerin Strüven das Geständnis unterschrieben hat. Ein Kreuz, ein Kringel, ein gekrakelter Name oder gute Schreibschrift.«

Sofort brach der junge Mann auf, um seiner Stiefmutter einen Dienst zu tun. Sie sahen ihm durch das Fenster nach, wie er in die Dunkelheit des Abends trat.

»Jetzt können wir freier reden. Er macht sich, aber er muss nicht alles wissen.« Geseke lehnte sich auf der Ofenbank zurück. »Bei dieser Sache ist vieles verbunden, aber wir haben noch nicht alles erfasst. In der Tat ähnelt Trudika Mägdekind der Strüvenschen, und die hat mit Sicherheit das Pulver gemacht. Und wer das Pulver appliziert hat, wird auch die Pergamentstreifen versteckt haben. Aber warum?«

»Aus Rache für Störtebekers Tod«, meinte Johann.

»Waren es dann die oder der Gleiche, der mir den Seeräuberjungen entführte und ermordete?«, wollte Richard wissen. »Dann wäre es vermutlich der Mann ohne Augenbrauen, ein Totenkopf, der mich auf der Werft fast erschlagen hat.«

»Über den wir nichts wissen, außer dass er einmal bei der Strüven war.«

»Und er trägt gelegentlich künstliches Haar. Ich glaube, er hat mir vor dem Spitalertor aufgelauert, als ich nach dem Mord an Bandix nach Hamburg zurückkam. Da hatte er eine blonde Mähne.«

»Kann es nicht ein anderer gewesen sein? Vor dem Tor lauert immer viel Gesindel auf gestrandete Reisende«, sagte Johann.

»Möglich, aber unwahrscheinlich. Der Mann hatte ebenfalls keine Augenbrauen, und er hat messerscharf geschlossen, dass ich der Hamburger Henker bin.« Richard trank einen kräftigen Schluck Hypocras.

»Auf den Hamburger Henker!«, prostete ihm Johann zu und lachte.

»Lasst den Zynismus«, zischte Elisabeth Johann an und schenkte auch Richard einen strengen Blick. »Kommt lieber zur Sache. All das sind nur Mutmaßungen, so kommen wir der Wahrheit nicht nahe und werden Schoke nicht schützen.« Sie nahm sich ein Stück Birnenkuchen und tauchte es in ihren Hypocras.

»Wie gelangen wir zu mehr Sicherheit, Dame Elisabeth?«, fragte Richard sie. Sie tupfte sich mit dem Finger einen Weintropfen von den Lippen, und er konnte den Blick nicht von ihr lassen.

»Ich könnte morgen meine Mädchen losschicken und nach einem Kerl ohne Augenbrauen suchen lassen«, schlug Geseke vor.

»Ich frage meine Freunde in Sankt Jacobi«, meinte Johann.

Elisabeth sah zu Richard hinüber. Seine grünen Augen trafen ihre, und ihr war, als wolle er in ihnen versinken.

»Ich werde die Strüvensche aufsuchen und sie fragen, wer ihr Kind in seine bösen Spiele verwickelt hat«, sagte sie.

Um Richards Lippen spielte ein kleines Lächeln. Triumph oder Dankbarkeit, das konnte sie nicht sagen, aber sie genoss es.

FEST DER HEILIGEN KATHARINA

Donnerstag, 25. November im Jahr des Herrn 1400

Wollen wir dies alles umso unbesorgter ertragen, je unverdienter es uns zustößt. Wenn schon nicht zum Verdienst, so trägt es uns doch zu einer gewissen Läuterung bei: Daran wollen wir nicht zweifeln …
Peter Abaelard, Trostbrief an einen Freund

Am Morgen machte sich Elisabeth auf den Weg vom Clingsporhaus in die Fronerey, diesmal angetan mit Gesekes schlichtestem Gewand und dem blauen Kopftuch der Beginen. Maskiert wartete Richard vor dem Henkershaus auf sie. Er beugte das Knie vor ihr und küsste ihre Hand. Ihr schlug das Herz bis zum Halse, als er sie berührte, und sie zitterte, als er sie lange ansah.

»Es wird nicht leicht für Euch«, sagte er. »Das Urteil ist heute früh vom Rathausbalkon verkündet worden. Bei Sonnenuntergang soll sie brennen. Knoken baut schon den Scheiterhaufen.«

»Der Herr im Himmel steh ihr bei.«

»Und Euch, Elisabeth.«

»Sie hat die Zettelchen nicht geschrieben. Sie hätte das Latein nicht mal kopieren können, wenn man es ihr vorgelegt hätte. Sie unterschreibt mit einem ›A‹ mit hübschem Kringel, wie ein Kind.« Ihre Hand zitterte in der seinen.

»Elisabeth, mögt Ihr mir eine Frage beantworten, ohne erfahren zu wollen, warum ich es frage?«

»Gern.«

»Hätte Johann die Zettel wirklich nicht schreiben können? Seht, ich hab den Kerl in mein Herz geschlossen. Vielleicht bin ich aber zu sehr auf seiner Seite. Denn ich weiß, dass er von Schokes Tod profitieren wird. Ich will mir sicher sein, bevor ich den nächsten Schritt tue. Und unsere liebe Frau Clingspor hat mich schon einmal hinters Licht geführt.«

Sie zog die Stirn kraus, dann lachte sie. »Nein, Richard, Geseke würde zwar alles tun, um den Cletzen zu schützen, aber ihre Abbitte Euch gegenüber kam aus tiefster Seele. Doch wenn mein Urteil Euch Sicherheit gibt, Richard, dann sei gesagt: Johann Cletzen schreibt wie ein Kalfaterer. Das hat Euch Geseke gestern schon gezeigt. Der Schreiber war jemand, der in eine gute Schule gegangen ist, und kein grober Schmierer. Ihr könnt dem Cletzen und der Clingsporin vertrauen.«

Richard atmete sichtlich erleichtert auf, trat mit ihr ins Fronhaus, holte den Schlüssel zu den Kerkern aus der Dornse und ging vor Elisabeth die stinkende Treppe hinunter. Am Anfang des eisigen Ganges griff er sich eine Fackel und schickte einen Henkersknecht, der Wache schob, nach oben ins Warme.

»Nicht mehr der Dachboden?«, fragte Elisabeth.

»Ratsbefehl. Sie könnte durch den Schornstein davonfliegen, wie sie behauptet hatte.«

»Glaubt Ihr, sie hat dämonische Kräfte?«

»So viel wie ich in meinem kleinen Finger.«

Wenn sie das beurteilen müsste, dann wären das viele Kräfte, dachte Elisabeth, denn jede Berührung von Richard brachte sie zum Zittern. Aber sie sagte es nicht, sondern mahnte ihn, nicht zu scherzen.

Er drehte sich um. »Verzeiht, aber ich finde dies hier alles ohne etwas Zynismus kaum erträglich. Es sei denn, ich sage mir immer wieder dasselbe: ›*Die Werke an sich sind vollkommen indifferent. Sie dürfen nur im Zusammenhang mit der Absicht der handelnden Person gut oder böse genannt werden.*‹«

»Wieder Abaelard?«

Er nickte. »Aber es hilft nicht, wenn man töten muss, nicht wahr?«

»Betet lieber, statt zu zitieren, Meister Rosenfeld.«

»Ich werde für Euch vor der weißen Madonna beten, Elisabeth, und für die Agneta, mit all meiner Kraft.«

»Euer Gebet wird all meine Kraft sein.«

Er gab ihr die Fackel und ließ sie zu Agneta Strüven in die Zelle. Seine Schritte entfernten sich, und sie fühlte sich unendlich einsam.

»Agneta?«, fragte sie in den Raum.

»Schwester Elisabeth?« Die Stimme der Heilerin war voller Tränen.

Elisabeth steckte die Fackel in eine Halterung. Die Strüvensche saß auf einer Pritsche. Sie war angekleidet, und ihr Haar war gekämmt. Doch unter ihren schönen Augen lagen dunkle Schatten.

»Sie werden mich töten, Schwester Elisabeth.«

»Ich weiß. Doch der Herr wird bei dir sein.« Sie setzte sich neben die zarte Frau.

»Der Herr hat kein Nachsehen mit Mörderinnen, Zauberschen und Giftbrauerinnen.«

»Hast du gebeichtet?«

Agneta nickte. »Es war so ein alter Franziskaner hier.«

»Der hat dir gesagt, du kämest in die Hölle?«

Agneta nickte. »Ewiges Fegefeuer. Das ist doch dasselbe, oder?«

»Hast du ihm auch gesagt, warum du alles gestanden hast?«

Sie schüttelte den Kopf.

»Schau, Agneta, ich weiß, dass du dein Kindlein schützen willst, und der Herr weiß es auch. Er verzeiht dir, weil du Liebe in dir hast.«

Agneta sah sie an. »Woher weißt du das von meiner Tochter?«

»Wenn man euch beide kennt, sieht man es. Sie trägt dein Mal.«

»Und du wirst es für dich behalten.«

»Ich liefere kein Kind an den Henker.«

»Es geht ihr gut da, wo sie ist, nicht wahr?«

»Sie wird geliebt wie eine Tochter. Alleke Schoke stellt ihr eine herrliche Aussteuer zusammen und wird sie einem guten Mann geben, wenn es an der Zeit ist.«

»Das hat er auch gesagt.«

»Wer?«

»Der, der sie mir gezeigt hat. Er hat sie gefunden, und ich konnte sie ansehen, von fern.«

»Wer war das?«

»Das willst du gern wissen, nicht wahr? Deshalb bist du hier?«, fragte die Strüvensche und richtete sich auf. Ihre Augen glänzten.

»Ich bin hier, um dir zu helfen.«

Agneta zog die Brauen zusammen. »Wie könntest du mir denn noch helfen?«

»Ich habe nachgedacht. Keine Mutter bringt ihr Kind dazu, andere zu ermorden, auch wenn sie es nicht selbst aufgezogen hat. Hat dich jemand in der Hand, Agneta?«

Die Giftmischerin sah weg. »Er sagte, er würde der Familie verraten, dass sie ein Bastard ist, wenn ich ihm nicht zur Hilfe sei.«

»Wenn wir ihn vor heute Abend bekommen, kann man dein Urteil abwandeln. Vielleicht kannst du nach einiger Zeit sogar wieder freikommen.«

»Du lügst. Ich habe das Gift hergestellt, und darauf steht der Tod.«

Elisabeth sah auf ihre Hände. Agneta hatte recht.

»Warum interessiert Ihr Euch so für ihn?«, fragte Agneta.

»Weil er Niclas Schoke nicht weiter vergiften soll.«

»Ich war nicht so dumm, ihm einen Vorrat zu geben. Er hat nur noch ein Säckchen Quecksilberpulver und ein Säckchen Bilsenkrautpuder.«

»Wer ist er?«

Agneta sah sie an. Im Fackelschein änderte sich ihr Blick. Sie sah Elisabeth direkt in die Augen und schüttelte den Kopf. Dann lächelte sie. »Ich werde es Euch sagen, aber erst, wenn ich mir sicher bin, dass ich nicht verbrennen muss. Wenn der Henker mir einen schnellen Tod gewährt, werde ich es sagen. Heute Abend.«

»Dann musst du dem Henker trauen.«

»Ihr traut dem Henker, und der Henker traut Euch. ›Euer Gebet wird all meine Kraft sein.‹ Hier unten hört man ein jedes Wort, jeden Fluch, jedes Flehen. Und jedes Liebesgesäusel. Ich will, dass er mir den Hals bricht.«

⚜

Richard hatte sich vor der weißen Madonna im Dom auf die Knie geworfen. Zuerst betete er für Elisabeth, auf dass sie ein erfülltes Leben haben möge, dann bat er für sich: um geistige Stärke, um Geschick, um Vergebung. Das Lächeln der Gottesmutter verhieß all dies, und sein Gebet gelang. Langsam sank die Wärme ihrer Güte in sein Herz, und er ließ sich demütig zu Boden sinken, in Kreuzform, das Gesicht an die kalten Steinplatten gepresst. Er wurde eins mit den Worten des Mariengrußes, er verlor seinen Körper, sein Denken, sein Wissen, die Zeit. Nur noch sie war in seinem Geist, die Himmelskönigin.

Die Sonne sank schnell in diesen Novembertagen. Als die Dämmerung kam, fand Elisabeth ihn im Dom, wie er gesagt hatte. Das Schwert an der Seite, ausgestreckt wie ein betender Mönch.

»Richard, der Herr sei mit Euch. Sie holen sie jetzt«, flüsterte sie und sprach ein Stoßgebet für die Verurteilte und für ihren Henker. Er stützte sich auf sein Schwert und stand langsam auf wie ein alter

Mann. Sie lächelte ihn an, nahm seine Hand und berichtete ihm, was die Strüvensche von ihm erwartete.

»Ich dachte es mir, der Herr steh mir bei«, sagte er und sank vor Elisabeth in die Knie.

»Ich werde da sein«, sagte sie.

Er küsste ihre Hände. Mit zitternden Fingern strich sie über sein dunkles Haar. Graue Strähnen zogen sich hindurch, die Elisabeth zuvor noch nicht gesehen hatte.

⚜

Kalter Wind wehte über den Grasbrook, als man die Giftmischerin hinausbrachte. Richard sah, dass Alleke Schoke sich von ihrem Gesinde geleiten ließ, sie wollte wohl das Ende der Frau, die ihren Mann fast umgebracht hatte, nicht verpassen. Trudika war nicht dabei, vermutlich wachte sie bei Niclas. Das war gut für das Kind. Was wäre, wenn es in der Verurteilten seine Mutter erkannte, und sei es nur an dem Mal über dem Mund?

Das eisige Wetter hielt viele der Hamburger davon ab, sich das Schauspiel einer Verbrennung anzusehen. Auf dem Brook kam dennoch eine gute Menge zusammen, die von den Stadtwächtern vom Scheiterhaufen ferngehalten werden musste. Agneta hatte mit gesenktem Haupt die Fahrt auf einem holperigen Wagen hinter sich gebracht. Auch sah sie nicht auf, als Marquard Schreye ihr das Urteil noch einmal vorlas und der alte Franziskaner mit brüchiger Stimme mit ihr betete.

Erst als Richard auf sie zutrat, hob sie den Blick. Er nahm sie bei der Schulter und führte sie zum Scheiterhaufen, neben dem Knoken mit einer Fackel stand. Sie zitterte. Als sie im Dämmerlicht über das Brennholz steigen sollte, versagten ihr die Beine. Sie konnte ihr Wasser nicht mehr halten und sackte in sich zusammen. Lacher im Publikum brachten Tränen in ihre Augen.

Richard hob sie auf. Er winkte die Fronsknechte beiseite, die ihm helfen wollten, und trug die kleine Frau auf seinen Armen den mächtigen Holzstapel hinauf. Am Schandpfahl half er ihr auf die Beine.

»Ich werde tun, was Ihr wünscht, Agneta«, sagte er leise, als er ihr die Beine und Arme festband.

»Schnell!«, schluchzte sie.

»Sagt, wer Eure Tochter zu seinem Werkzeug macht.«

»Er heißt Arnulf van Brooken.«

»Wem dient er?«

»Das weiß ich nicht. Er verkauft Plunder und Sachen aus Flandern.« Schluchzer unterbrachen ihre Rede.

Richard nahm ihren Kopf in seine Hände. »Ruhig, sprecht ruhig weiter. Wo wohnt er?«

»Nahe meinem Haus«.

»Ist er kahl?«

Sie nickte. »Er hat keine Haare mehr am Leib. Deshalb kam er zu mir.«

»Und er sah Euer Muttermal und erinnerte sich an das von Trudika. Er zog seine Schlüsse, und Ihr vertrautet ihm, nachdem er Euch die Kleine zeigte.«

Sie schluchzte und nickte wieder. »Er sagte mir nicht, wessen Magd sie war. Aber er hat sie mir immer wieder einmal in der Petrikirche gezeigt, wenn sie neben ihrer Herrin betete. Im Austausch gegen das Gift. Der Herr möge mir vergeben.«

»Wollt Ihr mir noch etwas sagen, Schwester in Christo Jesu?«

Sie schüttelte den Kopf. Er begann zu beten, wie er es vor nur einer Stunde im Dom getan hatte. Sie fiel leise in die Mariengrüße ein. Als ihr Atem ruhiger ging, nahm er zart ihren Kopf zwischen seine Hände. Agneta schloss die Augen, und Richard nahm seine ganze Kraft zusammen. Mit einer schnellen, heftigen Bewegung brach er ihr das Genick. Er hielt ihr Haupt noch einige Zeit, bis er wusste, dass die Seele den Körper verlassen hatte. Dann ließ er sich von Knoken die Fackel geben, entzündete zum Entzücken der Zuschauer das geölte Holz um sich und den Leichnam herum und sprang wie ein Dämon aus dem Feuer. Der Applaus schien ihm ein Hohn, denn Flammen und Rauch verbargen seine Untat.

Er wollte nur fort von der Richtstätte, die jetzt mit einem fürchterlichen Gestank brennenden Fleisches überzogen wurde, und drängte sich durch die Schaulustigen, als er ihn sah: Arnulf van Brooken trug wieder seine blonde Rosshaarperücke. Er war gekommen, um den Tod seiner Komplizin anzusehen, und starrte mit verschränkten Armen in die Flammen. Richard atmete tief ein und schlenderte gelassen auf ihn zu. Doch der andere verstand schnell, dass es ihm ans Leder gehen sollte. Entsetzen malte sich auf sein Gesicht, und er rannte vor dem Henker davon, auf den städtischen Bauhof zu. Van Brooken kannte das Gelände besser als Richard, lief zwischen Stapeln von Holz und Ziegeln, Schuppen und Kränen entlang. Bei den Kalkgruben hatte Richard ihn verloren. Verzweifelt stapfte er zum Grasbrook zurück.

Mit gerafften Röcken kam ihm Elisabeth entgegengelaufen. Sie packte ihn am Arm, völlig außer Atem. »Ich bin Euch nachgerannt. Was war los?«

»Er heißt Arnulf van Brooken. Wohnt in Sankt Jacobi.«

»Sagt mir nichts.« Sie japste vom Laufen.

»Ich hätte ihn eben haben können, beim Beelzebub!«, fluchte er.

»Ihn habt Ihr also verfolgt?«

»Ja, wen sonst? Er hat sich die Hinrichtung angesehen. Bevor ich ihn packen konnte, schöpfte er Verdacht. Er war es, der vor zehn Tagen beim Spitalertor die Menge auf mich gehetzt hat. Er weiß, dass ich hinter ihm her bin.« Richard spie vor Ärger und Verzweiflung auf den Boden.

»Hat er gesehen, dass Ihr mit der Strüvenschen gesprochen habt?«

»Bestimmt.«

»Dann müssen wir uns beeilen. Schnell, zum Schokehaus!«

Sie lief in die Richtung, in die Arnulf gelaufen war. Er verstand ihre Sorge und rannte los.

»Über die Brücke am Brooktor!«, rief sie.

Er überholte sie mit langen Schritten, dann hielt er inne, packte ihre Hand und lief mit ihr gemeinsam die Brandts- und Twedorpstwiete hinauf, am Fischmarkt und am Dom vorbei. Die Tür des prachtvollen Hauses war verschlossen.

»Nicht«, wisperte Richard, als Elisabeth den Türklopfer betätigen wollte. Er steckte seinen Dolch durch die Spalte der Tür und hebelte sie auf. Dann hob er mit der Klinge den Balken, der innen vor der Tür lag. Vorsichtig drückte er das schwere Holz nach oben, schob die Tür schnell auf, fing geschickt den Balken auf. Er steckte den Dolch weg, ließ Elisabeth ein, schloss die Tür lautlos wieder und zog sein Schwert. Mit der Linken ergriff er Elisabeths Hand.

»Führt mich zur Küche«, flüsterte er.

Als sie die Küchentür aufstießen, stand Arnulf van Brooken am Tisch. Er hatte Trudikas Kopf gepackt und presste ihr einen Becher an die Lippen, um ihr etwas einzuflößen. Sie spuckte und greinte: »Das schmeckt widerlich, Vater!«

Auf dem Tisch lag eines von Agnetas Säckchen.

»Soll sie wahnsinnig werden oder gleich krepieren, van Brooken?«, fragte Elisabeth.

Der Mann riss das Mädchen hoch und legte ihr einen Dolch an die Kehle. Das Kind erstarrte und blickte verständnislos zu ihm auf.

»Lasst das Kind los, Arnulf van Brooken. Es gibt keinen Ausweg für Euch. Ihr seid besagt worden durch Agneta Strüven«, schrie Elisabeth.

»Die ist tot.«

»Aber ich bin ihr Zeuge«, brummte Richard.

»Verschwindet oder ich töte das Mädchen.«

»Ihr würdet es doch sonst auch töten, nur langsamer.«

»Vater, was reden die?« Trudikas Stimmchen zerschnitt die Luft im Raum.

»Wenn du sie freigibst, lass ich dich laufen«, sagte Richard.

»Dann leg das Schwert hin.«

»Halt du den Dolch weit von dem Kind weg am ausgestreckten Arm und lass ihn fallen.«

Arnulf nickte und nahm den Dolch vom Hals des Kindes.

Langsam legte Richard das Schwert vor seine Füße.

Trudika umfing Arnulf van Brooken mit beiden Armen, doch er fasste das Mädchen grob bei den Haaren. Das Kind wimmerte, aber es hielt still.

Einige Atemzüge vergingen, dann packte Arnulf Trudikas Kopf, und Richard wusste, dass er ihr eben das antun wollte, was er selbst ihrer Mutter angetan hatte. Er trat auf seinen Schwertknauf, die Waffe wirbelte empor in seine Hand, und er schlug zu, bevor van Brooken dem Mädchen das Genick brechen konnte. Arnulfs Kopf flog von den Schultern und rollte über den Küchenboden.

Elisabeth riss Trudika aus den Händen des enthaupteten Körpers und hob sie auf den Arm, barg ihr Gesichtlein an ihrer Schulter und stürmte mit ihr die Treppe hinauf.

Sie brachte sie zu Niclas Schoke, setzte sie auf den Bettrand und befahl ihr, sich nicht von ihrem Ohm fortzurühren. Der Ratsherr sah sie mit einem fragenden Blick an.

»Trudika braucht dich, Niclas«, sagte Elisabeth.

Der Kranke nahm schweigend die Hand der Kleinen.

Als Elisabeth zurück in die blutüberschwemmte Küche kam, stand Richard über dem Kopf des Mörders und betrachtete ihn mit abschätzendem Blick. »Es ging ziemlich schnell, nicht wahr?«, sagte er.

»Als hätte Gottes Hand ihm Haupt vom Leib getrennt. Nur können wir ihn nicht mehr fragen, ob er alleine oder im Auftrag handelte«, sagte sie lakonisch.

»Und nicht mehr, ob er schreiben konnte oder nicht.«

»Meinst du, dass dies der Anführer der Vitalierfreunde in der Stadt war?«

Das Du aus ihrem Munde gab Richard einen Stoß tief dort, wo sein Herz war. »Möglich«, sagte er leise.

»Es wäre besser gewesen, wenn du ihn nicht enthauptet hättest.«

»Oh, liebste Freundin, das hättest du früher sagen müssen. Dann hätte ich in aller Ruhe überlegt, wie ich ihn kaltstellen kann, während er dem Trudikakind den Hals umdreht.«

»Entschuldige bitte.« Ihre Stimme klang ehrlich, sie hatte ihn nicht tadeln wollen.

Er grinste. »Schon vergeben. Ich kann nun mal nicht anders. Abaelard würde es eine Charakterschwäche nennen, die mich sündigen lässt. Kaum schlag ich zu, fällt ein Kopf. Aber vielleicht ist es auch keine Charakterschwäche, sondern ein Fehler meines Handgelenks.«

»Mir ist nicht zum Lachen, Richard.«

Er zuckte die Schultern. »Was ist dringlicher, Schwester Elisabeth? Den Leichnam hier fortzuschaffen oder das Kind aus dem Haus zu bringen?«

»Wenn Alleke wiederkommt, müssen wir die Leiche erklären, und das geht nur, indem wir das Kind beschuldigen. Wenn aber das Kind schon fort ist, dann kann man es nicht anklagen.«

»Was machen wir mit der Leiche?«

»Hierlassen, einfach so«, meinte Elisabeth.

»Und wohin bringen wir Trudika?«

»Dahin, wo sie herkam.«

»Wo ist das Kloster?«, fragte Richard und streckte sich, bereit zur nächsten Tat.

»Die Alster hinauf.«

Geseke drehte den Pergamentstreifen zwischen den Fingern. Sie kannte die Schrift, doch sie wusste nicht, woher. Wenn sie herausfinden wollte, wer hinter den Morden und den Vitalierfreunden steckte, dann müsste sie den Schreiber finden. Sie ging hinunter in die Diele und öffnete die Schreibstube. Im Kontorsschränkchen lag das Rechnungsbuch der Clingspors. Hunderte von Seiten, Verträge, Buchhaltungseinträge, alles durcheinander, zuerst geführt von guten Handelsgesellen, die schon lange bessere Stellen gefunden hatten, dann krakelig und flusig von ihrem alten Gatten und seit ihrer Eheschließung genau und ordentlich von ihr. Seither gab es Doppelseiten mit Soll und Haben sowie besondere Papierlagen für Verträge, die noch unterschrieben werden sollten. Doch es half nichts, sie würde jede einzelne fremde Schrift aus dem Buch mit dem Bibelzitat vergleichen müssen, und vielleicht würde sie nicht mal fündig werden. Doch es war nur recht, dass sie sich unter dieses Joch beugte, wenn sie bedachte, was ihre Freunde an diesem Tag taten.

Johann durchforstete die Haushalte in Sankt Jacobi nach dem Kahlen, Elisabeth hatte die Todeskandidatin befragt – nicht zu denken an Richard, der just zu dieser Stunde die arme Frau verbrennen musste. Und Geseke hatte sich die Zeit damit vertrieben, für den Ritter Hosen, Wams und Beinlinge zu kaufen, da er nicht mit den Henkersgewändern durch die Stadt ziehen mochte. Das war eine elende Lauferei gewesen, aber es hatte sie keine Geisteskraft gekostet. Schneider hätten mindestens drei Tage für seine Ausstattung gebraucht, da die helle Zeit, in der man bei Tageslicht arbeiten durfte, im November so kurz war. So war sie zu den Kramern mit abgelegten Kleidern gegangen. Die meisten Kramer führten keine Gewänder für einen Mann von Richards Statur. Nur ein Höker in der Twedorpstwiete hatte Hosen und Wämser für solch einen großen Kerl angeboten, passenderweise abgelegt von Simon von Utrecht, verkauft von seinem Dienstmann. Sie hätte gleich zu dem Flamen gehen und ihn um eine Leihgabe bitten sollen. Doch das wäre unziemlich gewesen. So hatte sie die alten Winterhosen und Wämser des Waffengefährten ihres Vaters für teures Geld erstanden, was widersinnig war, wenn sie bedachte, was Simon ihr und ihrem Vater schuldete.

Sie blickte wieder auf den Pergamentstreifen. Hohe steife Buchstaben von einer gradlinigen Schönheit. Ein Stich ging ihr durchs Herz. Dies war die Schrift des Flamen. So schrieb von Utrecht, den Johann wie einen Bruder liebte, der die Englandfahrer mit Leib und Verstand stützte, seit er in der Stadt war. Es durfte nicht sein. Sie entzündete noch eine Kerze und blätterte das Handelsbuch durch. Einoder zweimal hatten die Clingspors mit Simon Geschäfte gemacht, zu Beginn seiner Zeit in Hamburg. Es dauerte keine halbe Stunde, dann fand sie seine Schrift und war sich sicher – er war der Schreiber der Pergamentzettelchen. Das, was nicht sein durfte, war zur Gewissheit geworden.

Trudika zitterte, aber sie ließ sich von Elisabeth fortführen wie ein Lamm zur Schlachtbank. Sie gingen bis zum Dammtor durch die dunkle Stadt. Das Tor war geschlossen, aber Elisabeth griff in ihre Rocktasche und zog einige ihrer Blafferte heraus.

»Habt Nachsicht, das Kind muss zu seinen Eltern«, bat sie den Torwächter.

Der lächelte. »Behalt dein Flittergeld, fromme Frau. Aber bedenkt, Ihr könnt nicht wieder hinein.«

Er ließ sie durch ein Turmtürchen hinaus. Sie kletterten den Mühlendamm hinab. Dort fand Richard einen Kahnbesitzer und fragte nach dem Preis für die Bootsleihe für eine Nacht. Elisabeth zeigte wieder ihre Blafferte vor, aber der Bootsführer hatte kein Interesse daran, wohl aber an Richards Waffen. Er ließ sich darauf ein, den Dolch des Ritters als Pfand zu nehmen.

»Den siehst du nie wieder«, warnte Elisabeth ihren Begleiter, aber Richard verzichtete gern auf die Waffe. Sie erinnerte ihn stets an seine Untat an dem Litauermädchen. Er stieg in das Boot und ruderte mit kräftigen Schlägen, während Elisabeth auf die Lichter aus der Klosterkirche zusteuerte. Trudika saß neben ihr auf der Bank.

Vorsichtig legte Elisabeth den Arm um sie. »Du hast zu Arnulf van Brooken ›Vater‹ gesagt, aber er ist nicht dein wirklicher Papa. Weißt du das?«

Das Kind schwieg.

»Weißt du, was er mit dir tun wollte?«

Sie wartete, hörte nur das Geräusch von Richards Rudern.

»Er hat sein Messer an meinen Hals gelegt.«

»Ja. Doch da war noch mehr.«

»Er hat mir doll wehgetan, als er mir den Kopf umgedreht hat.«

»Warum hat er das wohl gemacht?«

Sie schwieg eine Weile. Dann sagte sie: »Er wollte das mit mir machen, was die Tilde mit den Hühnern macht.«

»Meinst du, dein wirklicher Vater hätte das getan?« Elisabeth strich ihr zart über die Schultern.

»Nein, das glaube ich nicht.« Trudika schaute auf ihre Hände.

»Er war nicht dein Vater, Liebchen.«

»Aber er hat mir Mutter gezeigt.« In Trudikas Stimme regte sich Widerspruch.

»Das hat er, aber nur, damit du tust, was er will.«

»Was war mit dem Mann?« Sie sah Elisabeth bittend an.

»Er war sehr böse. Aber nicht auf dich, Trudika.«

»Heute war er schon ganz böse, als er kam. Er hat gesagt, ich soll Bier warm machen und es trinken, aber ich mag kein Bier. Da hat er gesagt, ich soll mich nicht anstellen. So hat er vorher nie mit mir gesprochen.«

»Wie hat er vorher mit dir gesprochen?«

»Er war lieb. Er hat mir die Mama gezeigt.«

Trudikas Stimme schien zu ersticken, als sie von ihrer Mutter sprach, aber Elisabeth musste mehr in Erfahrung bringen. »Und wo?«

»In Sankt Gertruden. Ich musste mich wegschleichen von zu Hause. Er hat mich vor der Kapelle getroffen und mir dann die Mama gezeigt, wie sie betete. Sie sieht aus wie ein Engel. Und sie hat das wie ich.« Sie berührte ihr Muttermal.

»Und was hat er über die Mama gesagt?«, fragte Elisabeth vorsichtig nach.

»Er sagt, dass sie ganz arm ist und dass sie mich deshalb zu den Nonnen gegeben hat und dann zu den lieben Schokes. Aber wenn ich den Ohm Niclas jung und gesund mache, dann könnte ich ihn bitten, dass er der Mama so viel Geld gibt, dass sie mich wieder zu sich holen kann.«

Richard spuckte angewidert in die Alster und ruderte schneller.

»Und wie solltest du den Niclas jung und gesund machen?«

»Der Va…«, sie stockte. »Der Mann aus der Küche, er hat mir so Beutelchen gegeben zum Jungmachen und Zettelchen zum Gesundmachen. Die Beutelchen musste ich ins Essen tun und die Zettel in Ohm Niclas Kleidung stecken.«

»Und du hast niemandem davon erzählt.«

»Das durfte ich doch nicht, dann hätte der Zauber nicht gewirkt.«

»Das hast du gut gemacht, kleine Maus«, sagte Elisabeth und küsste dem Mädchen den Scheitel. »Aber der Mann hat dich belogen. So einen Zauber gibt es gar nicht.«

»Dann wird Ohm Niclas nicht wieder gesund?«

»Doch. Er wird wieder gesund, aber jung kann niemand mehr werden. Unser Gott der Herr hat uns so gemacht.«

Die Kleine lehnte sich an Elisabeths Schulter. Sie hörten Richards regelmäßigen Ruderschlägen zu. Nach einiger Zeit schlief Trudika ein. Elisabeth zog ihr Schultertuch aus und deckte das Kind damit zu.

»Ich hoffe, sie erfährt die Wahrheit nie. Ihre Mutter hingerichtet, sie selbst als Giftbotin benutzt. Wie könnte sie damit leben?«, sagte Richard auf Latein.

»Ich hoffe, sie erfährt die Wahrheit erst, wenn sie damit umgehen kann. Du lebst doch auch mit deinen Taten.«

»Das ist das Schicksal des Mannes.«

Elisabeth lachte. »Ach nein. Und nicht das der Frauen?«

»Eher des Mannes«, sagte er.

»Wenn schon das Lateinreden bei den Männern Weisheit wäre, wäre die Welt gut«, sagte sie und wandelte ihr früheres Zitat ab.

Er legte den Kopf schräg. »Von wem ist das?«

»Thomas von Aquin«, log Elisabeth.

»Nein, das passt nicht.«

»Doch.«

»Du lügst. Es passt eher zum Abaelard.«

»Falsch. Es ist von mir.«

»Hübsch. Abaelard schreibt: ›*Das Wort soll so verkündet werden, dass es nicht der üblichen Gelehrtensprache entspricht, sondern eher der üblichen Sprache der Ungebildeten. Denn in lateinischer Sprache ist es zwangsläufig schwer verständlich und doppeldeutig, wird es dagegen nach der Sitte des Volkes verkündet, werden Doppeldeutigkeit und Geheimniskrämerei vermieden.*‹«

»Mir gefällt dein Abaelard immer besser.«

»Ich bin mit Bernhard von Clairvaux aufgewachsen. Als ich mich von den Rittern abwandte, hab ich Abaelard, seinen ärgsten Feind, studiert und hab seine Schriften lieben gelernt.«

»Warum hast du den Orden verlassen?«

Er schwieg und senkte all seine Kraft in die Riemen. Das Boot schoss voran. Beim zwölften Schlag der Ruder hielt er ein. »Weil mir der Orden gebot zu morden und weil ich es freiwillig für ihn tat.«

Dann redete er. Er wusste, dass sie ihn trotzdem noch lieben würde, auf welche Art und Weise auch immer. »Es war ein Kriegszug ins heidnische Samaiten, Ende Januar dieses Jahres. Wie immer zog ich mit, denn ich habe als kleiner Junge von litauischen Leibeigenen auf der Marienburg ihre Sprache gelernt. Ich kannte das Gelände, die Gefahren, den Feind. Dieses Mal waren tausendfünfhundert Männer unterwegs, ein riesiges Heer, zu Ehren eines hohen Gastes aus dem Westen, des Herzogs Karl II. von Lothringen. Es begann unter Mühen, denn wir konnten nicht über das Eis des Haffs ziehen. Drei Tage brauchten wir, um das Heer überzusetzen, und unsere edlen Gäste wurden ungeduldig, sie wollten Heiden jagen. Nach elf Tagen trennte sich das Heer in sieben Gruppen auf. Jede dieser Einheiten verwüstete, jagte und brachte nach zwei Wochen Gefangene zurück zur Sammelstelle bei Kaltinai.

Doch irgendwelche gewitzten Litauer hatten unser Vorratsversteck entdeckt, die Wachen abgeschlachtet und alle Nahrungsmittel gestohlen. Die Herren von Sirk, Boppart und Haraucourt schlugen vor, als Rache die Gefangenen zu morden, doch der Oberste Marschall verweigerte es ihnen. Er ließ die Weiber und Kinder laufen und behielt die Männer. Doch er befahl, Stoßtrupps als Vorhut auszusenden, die die Dörfer auf dem Weg nach Sachuva ausrauben sollten. Ich sollte einen der Stoßtrupps anführen. Der Marschall verbot uns, Gefangene ins Lager von Sachuva zu bringen. Wir sollten nur Vieh herbeitreiben. Da war die Enttäuschung unter den Gästen groß, denn gerne hätten diese ein Heidenkind mit an ihren Hof genommen, um es vorzuzeigen. So ritten wir los. Und bei mir waren ...« Richard schluckte und hängte sich kräftiger in die Ruder.

»Die Herren von Sirk, Boppart und Haraucourt?«

»Ja, sie und ihre Mannen. Ich hatte den Ruf, dass mir kein Kampf misslingt. Schlimmer aber noch, es folgten mir etliche Patriziersöhne aus Metz, die sich im Kampf beweisen wollten.«

»Kein einfaches Gefolge. Was geschah dann?« Im Licht des Mondes sah sie sein Gesicht. Es war das eines vom Leben Gepeinigten.

»Im Dunkel der Nacht fanden wir ein Dorf. Dort wurde gefeiert, und meine Begleiter meinten, die Bauern feierten mit unseren Vorräten. Doch es war eine Hochzeitsgesellschaft. Sie hörten nicht, wie wir kamen. Vierzig Reiter stürmten das Rund der Häuser. Die Gäste und auch meine Ordensbrüder unterwarfen sich nicht mehr meinem Befehl. Sie jagten die Frauen zusammen, hängten die Männer an den Füßen auf, stachen ihnen die Speere in den Bauch und ließen sie verbluten. Die Weiber wurden von unseren Knechten herbeigeschleift. Dann vergingen sie sich an ihnen, als Erstes an der Braut. Als ihre Lust gestillt war, brachten sie sie um. Eine Bäuerin aber hatte ein Messer, sie war jung und mutig. Sie stach auf ihren Peiniger ein und lief davon. Ich war noch zu Pferd und hetzte ihr nach. Als ich sie hatte, warf ich sie zu Boden. Ich nahm ihr das Messer ab. Einen Augenblick dachte ich daran, sie freizulassen, aber dann war ich umringt von meinen Männern. Diese jungen Bürger aus Metz hatten vom Litauerfürsten gehört, wir Ordensbrüder verschmähten die Frauen. Sie forderten mich heraus.«

»Und du konntest nicht widerstehen?«

»Es war viel schlimmer. Ich hätte einfach das Schwert ziehen können, die Gäste zur Räson bringen sollen und die Bäuerin laufen lassen. Doch ich gab der Versuchung nach, fühlte mich angestachelt, wollte den herbeigelaufenen Gästen zeigen, was für ein Mann ich bin. Die Litauerin bat um ihren Tod als Jungfrau. Den gab ich ihr. Doch dann verging ich mich an ihrem entseelten Leib.«

Elisabeth legte eine Hand auf seinen Arm.

Er ruderte weiter wie ein Galeerensklave. »Ich denke, hinter dem Raub an unserem Vorrat steckte unser Verbündeter, Fürst Witold.

Der wurde nie dafür gestraft, aber die Dorfbewohner mussten dafür sterben. Und uns, die Mörder, erwarteten hohe Ehren. Die Metzer Jünglinge bekamen ihren Ritterschlag, ebenso Karl von Lothringen. Gemeinsam saßen sie am Ehrentisch des Obermarschalls in Königsberg. Da war ich schon auf dem Rückweg in die Marienburg.«

Sie waren beim Kloster angekommen. Er sprang aus dem Kahn, zog das Boot ans Land. Richard hob die schlafende Trudika aus dem Nachen und blickte Elisabeth an. Sie stieg aus dem Boot und trat zu ihm. Vorsichtig streichelte sie seine Wange. Die zarte Berührung brachte alle Mauern zum Einsturz, die er um sich gebaut hatte. Tränen liefen über sein Gesicht.

Elisabeth nahm ihm das Kind vom Arm. Richard brach im kalten Matsch des Alsterufers in die Knie, kauerte sich zusammen und weinte.

Trudika wachte auf und fragte, was mit dem Mann sei.

»Er ist traurig, weil jemand gestorben ist.«

Das Kind streichelte nun seine Schulter.

Klänge engelhafter Reinheit schallten zu ihnen herüber. Es war die Vespermesse im Kloster Harvestehude. Elisabeth nahm Richards Hand und hob ihn auf. Trudika nahm sie an die andere Hand. Zu dritt gingen sie in die Kirche der Zisterzienserinnenabtei.

FREITAG NACH KATHARINEN
26. November im Jahr des Herrn 1400

Mögen des Wassers wirbelnde Wogen herantoben und Stürme sausen, ich weiche nicht und stehe unerschüttert, denn ich bin auf einen festen Felsen gegründet.
Peter Abaelard, Glaubensbekenntnis an Heloise.

Beschwingt schritt Elisabeth am nächsten Morgen die Neue Burg hinauf. In ihrem Kopf spukten Bilder von Richard von Hardin, der sie bei Morgengrauen über die Alster zurückgerudert hatte. Sie hatten die Nacht im Kloster verbracht. Nach einem langen Gespräch mit der Äbtissin über die Verletzungen der Seele, die Trudika erlitten hatte, wies die Scolaria den beiden ein Bett im Refektorium zu, durch einen Wandschirm von den schlafenden Schwestern getrennt. Richard hatte man fortgeführt, aus der Klausur der Nonnen hinaus zum Wirtschaftshof.

Elisabeth war vor Morgengrauen erwacht, als sich die Zisterzienserinnen zu den Laudes erhoben. In der Kirche hatte sie Richard gefunden, den Blick zu den schönen Fenstern erhoben, durch die das erste Licht schien. Nebeneinanderstehend hatten sie dem Morgengesang der Nonnen gelauscht, danach in der Klosterküche warmes Bier und ein Stück Brot als Wegzehrung erhalten und waren schweigend zur Alster hinuntergegangen. Dort, wo Richard am Abend zuvor weinend zusammengebrochen war, hatte er leise zu singen begonnen:

Stimme an den
Brautgesang, Verlobte!
Und die innerliche Freude
verkünde laut!
Steh auf, Freundin, und eile!
Weiße Taube, fliege herbei!
Denn der schreckliche Winter ist vorüber
und der heftige Regen hat nachgelassen;
der liebliche Frühling hat das Land geöffnet,

die Blumen blühen und die Turteltaube gurrt:
Steh auf, Freundin, und eile!
Der Herr hat ihn geschaffen!
Dies ist der Tag!
Ihn haben wir erwartet!
Dies ist der Tag!
An ihm haben wir aufrichtig gelacht!
Dies ist der Tag!
Er schafft alles neu!
Dies ist der Tag!
Freude für die Welt!
Dies ist der Tag!
Und ein neues Leben!
Dies ist der Tag!
Ihn hat der Herr erschaffen! Amen.

Leise vor sich hin singend hatte er den Kahn losgemacht, Elisabeth hineingeholfen und war dem Sonnenaufgang entgegengerudert. Dies sei ein Lied des Abaelard, erzählte Richard mit leiser Stimme und lehrte sie den Text. Sie sangen gemeinsam, bis sie ihr Ziel erreichten. Am Mühlendamm angekommen, reichte er ihr die Hand und geleitete sie durch das Kütertor in die erwachende Stadt.

Vor dem Sankt-Johanniskloster nahm er ihre beiden Hände in die seinen. »Wohin wirst du gehen?«

»Zu Geseke.«

»Gut. Ich mache mich auf in den Roten Bären, um mich auszuruhen, denn ich habe nicht geschlafen, sondern die Nacht in der Klosterkirche im Gebet verbracht. Wenn du mich brauchst, lass mich rufen.«

Er hatte ihre Stirn geküsst und war eilig die kleine Johannisstraße hinuntergegangen. Sie ließ sich Zeit, nahm die große Straße zur Mühlenbrücke und klopfte dann bei ihrer Freundin an die Tür.

Geseke zog sie schnell in die Dornse. »Warst du mit von Hardin zusammen?«

Elisabeth errötete und nickte. »Ist dein Gatte da?«

Geseke schüttelte den Kopf, lächelte dann amüsiert. »War Richard das mit dem Geköpften im Schokehaus?«

»Ja, aber wie kommst du drauf?«

»Bei so einem Schlag denk ich sofort an unseren Henker.«

»Gab es viel Aufsehen?«

Geseke lachte. »Und wie! Großes Geschrei, als die Leute von der Hinrichtung zurückkamen. Alleke Schoke hat die ganze Straße zusammengeheult. Nun berichte aber mal, wie es dazu kam.« Sie grinste schadenfroh.

Elisabeth erzählte von ihrer Jagd nach Arnulf van Brooken und von der nächtlichen Bootsfahrt zur Rettung der kleinen Trudika. »Ich habe die ganze Nacht nicht an die Leiche in der Küche gedacht.«

Geseke schüttelte den Kopf. »Gott möge mir verzeihen, aber nach dem Verrat an dir geschieht es Alleke Schoke recht, dass ihr so etwas geschieht. Eine Leiche unterm Gesindetisch.« Sie rief nach Grete, nach Wein und Gebäck und zog unter dem Dornsentisch Nähzeug hervor. Mit schnellen Stichen setzte sie gestickte Borten an das grünsamtene Winterwams, das sie für Richard gekauft hatte.

»Es ist herzlos, sich darüber so zu amüsieren, Geseke. Stell dir vor, du fändest einen Geköpften in deiner Küche«, mahnte Elisabeth.

Geseke lachte. »Ich würde gleich denken, dass Richard von Hardin da gewesen sei.«

»Wie werden wir es ihr erklären?«

»Erst mal gar nicht. Soll sie doch schmoren, die Alleke, das wankelmütige Weib. Aber wir sollten unsere Verehrer herbeiholen lassen, weil es Wichtiges zu beraten gibt.«

Bevor Elisabeth bitten konnte, Richard zu schonen, hatte Grete den Schmaus gebracht und wurde losgeschickt, die Männer zu benachrichtigen. Die honigsüßen Hildegardentaler waren noch nicht verzehrt, als Johann eintraf.

Munter mit Gret plaudernd, kam Richard ebenfalls im Clingsporhaus an. Er hatte zwar dunkle Ringe unter den Augen, aber er schien nicht mehr erschöpft zu sein. Zuallererst musste er es ertragen, dass Geseke ihn unter Johanns spöttischen Blicken bat, die neue Kleidung zu probieren und sich begutachten zu lassen. Zu dem Samtwams hatte sie schwarze englische Hosen gekauft und ein Hemd aus feinster schottischer Wolle.

»Wunderbar, Richard. Du siehst aus wie ein erbgesessener Stadtbürger. Wenn es niemanden mehr hinzurichten gibt, kannst du so nächstes Jahr bei den Stadtwächtern anfangen«, rief Johann.

»Wer weiß. Wenn wir die Hintermänner der Vitalierfreunde dingfest machen, gibt es vielleicht mehr Ruhe in der Stadt, und Richard braucht in der Tat andere Arbeit. Diese Unruhen sind von einigen wenigen bewusst geschürt. Es sind nämlich nicht die kleinen Leute, die sich aufregen, weil es ihnen zu schlecht ergeht.« Geseke holte ihren Pergamentstreifen und ihr Rechnungsbuch hervor, um zu erläutern, was sie am Abend zuvor herausgefunden hatte.

Johann zog die Stirn kraus und schüttelte den Kopf. »Alle in der Stadt wissen, dass Simon den Störtebeker im Zweikampf überwunden hat. Er kann nicht hinter den Vitalierfreunden stehen«, sagte er.

»Doch, das kann er, Johann«, sagte Geseke. »Als Homo novus muss er sich mit allen Parteien in der Stadt gut stellen, wenn er etwas werden will. Und er will nichts mehr als in den Rat, weil in Haarlem seine Familie im Rat sitzt. Also tut er alles zugleich: Er kämpft für die Englandfahrer, und er verspricht den kleinen Leuten das Blaue vom Himmel. Arnulf van Brooken beauftragt er, üble Gerüchte gegen die Seeräuberjäger zu streuen. Er vergiftet Schoke, damit ein Platz im Rat frei wird, und zwar der Platz eines Meisters der Schifffahrt, den er selbst gut ausfüllen könnte. Wenn Schoke krank am Leibe zurückgetreten wäre, dann hätte man nicht an ihm vorbeigekonnt. Hätten die Englandfahrer ihn nicht vorgeschlagen, dann die Schonen- oder Flandernfahrer als Dank für die Gerüchte, die den Ruf der Englandfahrer beschädigten.«

»Das sind alles weit hergeholte Beschuldigungen«, meinte Johann.

Richard legte Johann eine Hand auf die Schulter. »Wer soll es sonst sein?«, fragte er.

Geseke schob Johann den Pergamentzettel und das Rechnungsbuch zu und bat ihn mit einem zärtlichen Blick, die Schriften zu vergleichen.

Er strich über das Papier, atmete tief ein und sagte ohne große Überzeugungskraft: »Ich kann es einfach nicht glauben. Das ist nur ein einzelner Hinweis. Es braucht mehr, um Simons Schuld zu beweisen.«

Elisabeth fiel ein, was sie in Simon von Utrechts Haus gesehen hatte. Sie nahm Johanns Hand. »Die heilige Muttergottes stehe mir bei, aber ich habe etwas gesehen, das Gesekes Ansicht stützt. Ich war in seinem Haus, weil ich ein Fass von seinem Bier verloren hatte, und da sah ich, dass er Heyne Schomer, diesen Büttel der Lübeckfahrer, bewirtete. Simon ist ein Diener vieler Herren.«

»Es mag nur ein Geschäftsabschluss gewesen sein, Schwester«, verteidigte Johann seinen Waffenbruder.

»Es gibt noch etwas«, sagte Richard. »Bandix, der Seeräuberjunge, hat mir einiges erzählt, das sich in der Nacht vor der Seeschlacht bei Helgoland ereignet hat. Der Seeräuberjunge hat gesehen, dass ein großer Mann an Bord der Rode Düwel gekommen sei und die Nacht über mit Störtebeker verhandelt habe. Am Morgen vor der Schlacht habe Störtebeker seiner Mannschaft versprochen, dass sie vor Schmerzen bewahrt würden und keiner sie richten könne außer Gott dem Herrn.«

»Es muss nicht Simon gewesen sein«, sagte Johann.

»Bandix sagte, der Kerl sei so groß gewesen wie Störtebeker, also ungefähr so groß wie ich«, entgegnete ihm Richard.

»So groß wie Ihr, also so groß wie von Utrecht!«, rief Geseke.

»Bandix hat auch vom Gefängnis erzählt, von der Folter durch den alten Büttel. In der Tat spürten die Männer nur wenig Schmerz, starben aber an den Wunden. Doch keiner gestand. Aber als der Büttel den Kleinen mit einer Zange kniff, um ihm zu zeigen, was ihm geschehen würde, da tat es so weh, dass Bandix sofort redete«, meinte Richard.

»Bandix hat nichts von dem Exportbier bekommen, das wir Beginen den Seeräubern bringen durften. Er bekam Most oder Kinderbier. Die Meisterin hat dafür gesorgt, dass immer ein Krug für ihn mitgegeben wurde. Das gespendete Bier hingegen hatte die Strüvensche mit Bilsenkraut und Ähnlichem versetzt, sodass die Vitalier nichts spürten«, sagte Elisabeth.

»Und das Bier spendete euch von Utrecht«, setzte Geseke hinzu. »Reicht dir das jetzt, Johann?«

Der Stadtwächter sah zu Boden. »Das ist noch kein Beweis.«

»Was wäre einer?«, fragte Geseke.

»Beweise mal, dass van Brooken in von Utrechts Diensten steht.«

»Welcher reiche Bürger, der Samt und englische Wolle trägt, ist so groß wie Richard von Hardin, Johann?« Geseke lehnte sich auf ihrem Stuhl zurück.

»Nur Simon, soweit ich weiß.«

»Der Kramer, von dem ich die Kleidung für Richard erwarb, sagte, sie stammte von einem Dienstmann des Simon von Utrecht, der ihm stets die abgelegte Kleidung seines baumlangen Herrn verkaufte«, meinte Geseke.

»Das war bestimmt derselbe Höker, der mir die ersten Kleider in dieser Stadt verkaufte. Er erzählte die gleiche Geschichte«, stimmte Richard ihr zu.

Geseke schüttelte den Kopf. »Dieser oder ein anderer Höker, aber das ist egal. Wenn einer dieser Kramer nun sagen würde, der Verkäufer der endlos langen Hosen und Wämser des Herrn von Utrecht habe kein einziges Haar im Gesicht, ist dir das dann Beweis genug, Johann?«

Dieser nickte betreten.

»Ausziehen!«, befahl Geseke Richard.

Mit geschickten Bewegungen legte Richard die schöne Kleidung wieder ab. Während sich Geseke abwandte, sah Elisabeth ihm ohne Schamgefühl zu. Sie hatte seine Seele nackt gesehen, was tat es da, wenn sie seine unbekleideten Beine sah? Keine Frage, er hatte einen wunderbaren Körper, doch ihr lag mehr an seinem Geist.

Eine Stunde später musste Johann vor dem Kramerladen eingestehen, dass sein Freund Simon der Dienstherr jenes Arnulf van Brooken war. Denn dieser hatte die Kleidung verkauft, die Geseke Richard zum Geschenk gemacht hatte.

»Das erklärt auch, wieso van Brooken so viel über die Intrigen aus deinem Haus wusste, Geseke«, gab er zu.

»Simon hat sich bestimmt alles zusammenreimen können. Die Folter des Schiffsjungen, die Rechtsbiegung und wer der Henker war«, bemerkte Geseke. »Das alles weiß er von uns. Unser Vorteil ist, dass er nicht weiß, was wir von ihm wissen.«

Richard begleitete Elisabeth bis zum Beginenhof an der Steinstraße.

»Wenn die Meisterin mich nicht gehen lässt, dann reicht dir die alte Veronika die Zettelchen heraus.«

»Mir wäre es lieber, du bliebest hier.«

»Während ihr alle euch in Gefahr begebt?«

»Ich bin es gewohnt.«

»Und Geseke?«

»Sie ist anders als du.«

»Denkst du, sie ist mutiger?«

»Nein, aber sie ist es gewohnt, Menschen etwas anzutun.«

»Sie ist dabei, sich zu ändern. Denk nur an die kleinen Mädchen, die sie aufgenommen hat. Trotzdem darf sie Johann und dir beistehen.«

Er sah zu Boden. »Ich will dich nicht in Gefahr sehen.«

»Und ich dich nicht.«

Sie hieß den Ritter warten und öffnete die Tür zum Konvent. Am großen Tisch saßen zwei der Schwestern mit einem guten Dutzend kleiner Mädchen, die von ihnen lesen lernten. Schweigen legte sich über die gelehrsame Runde, als Elisabeth vorbeiging. Sie schritt erhobenen Hauptes durch die Küche und nahm noch ein Fleischmesser mit, denn sie war sich sicher, dass Richard ihr keine Waffe leihen würde. In ihrem Kräuterlager zog sie die Pergamentstreifen aus dem Beutel mit getrockneten Fliegenpilzen.

Als sie den Konvent verlassen wollte, stellte sich ihr die Meisterin in den Weg. »Ich weiß nicht, wo du warst, Schwester Elisabeth, ich will es auch nicht wissen. Aber wenn du jetzt wieder gehst, melde ich dein Vergehen dem Pfarrer und dem Domdekan, und du musst mit einer harten Strafe rechnen.«

Dies konnten Geldstrafen sein, Bußgebete, Zwangsfasten, Einzelhaft. Doch Elisabeth zögerte nicht. Sie würde jede Strafe in Kauf nehmen, um Richard und Geseke beizustehen, wenn sie bei Sonnenuntergang Simon von Utrecht entgegentraten.

»Ich werde zurückkommen und Euer Urteil demütigst erwarten, Mutter«, antwortete sie sanft und drängte sich an der Meisterin vorbei.

»Das wird dich deine Mitgift kosten!«, schimpfte die Konventsvorsteherin.

Doch Elisabeth schenkte ihr ein Lächeln. Diese Strafe stand nicht in den Regeln der Hamburger Beginen.

Unterdessen kopierte Geseke Heyne Schomers Schrift aus dem Geschäftsbuch der Clingspors. Sie trocknete die Schrift mit feinem Sand. Als Elisabeth und Richard zurückkamen, war der kleine Brief trocken. Sie legte eines der Pergamentzettelchen ein, schloss den Brief und ließ Siegelwachs darauftropfen. Dann drückte sie einen alten Löffel auf den roten heißen Klumpen. »Das Schomer'sche Knochenhauersiegel steht mir leider nicht zur Verfügung, aber das ist auch besser so. Es soll keine Fälschung sein, sondern ein Köder, der den Fuchs aus dem Bau lockt«, sagte sie.

»Was hast du geschrieben?«

»›*Das Rätsel ist gelöst. Doch wem gebührt der Preis? David wird den Saul besiegen. Ehre dem, der die Stadt auf seiner Seite weiß. Im Garten der schlimmsten Feinde wird sich alles fügen. Heute, wenn die Uhr auf sechse weist. Schomer.*‹ Ist das ausreichend geheimnisvoll geknüttelt?«

»Wenn er es enträtselt, dann kommt er, allein schon um die zu beseitigen, die zu viel wissen«, meinte Elisabeth.

»Habt Ihr Euren Stiefsohn gesprochen?«, fragte Richard.

Geseke nickte. »Er leiht mir seine Rüstungen, aber er will mit uns kommen.«

»Ist er eingeweiht?«

»Noch nicht ganz. Aber er ist dabei und soll bald alles erfahren, denn er ist meines Hauses würdig.«

»Gut, jetzt fehlten nur noch Johann und die Verstärkung durch die Jungs aus Sankt Jacobi.« Richard setzte seine Maske auf. Die Männer, die Johann mitbringen würde, sollten ihn auf keinen Fall erkennen.

Elisabeth und Geseke zogen sich zurück, um sich zu rüsten.

Sie banden sich Sigvrids Brustpanzer unter die Surcots. Unter den weiten Hoyken würde niemand sehen können, dass man sie mit Stichwaffen nicht verletzen könnte.

»Bist du zufrieden damit, Simon nicht gleich ans Messer zu liefern, Geseke?«, fragte Elisabeth.

»Mal sehen, wie er sich heute verhält. Aber es ist besser, nicht zu riskieren, dass er die Pläne der Englandfahrer ausplaudert. Wie du immer sagst, übe ich grade Dankbarkeit für die kleinen Dinge.«

»Und wo bleibt der Mut für die großen?«

»Nun, sehen wir das mal so: Simon sollte nach dieser Entlarvung brav den Englandfahrern dienen und keine großen Ambitionen mehr haben. Aber dem Johann und seinen Leute aus dem Jacobi-Kirchspiel, denen werden nach dem heutigen Abend wiederum die Englandfahrer verpflichtet sein. Und das wäre schön. Auf diesem Weg kann man die kleinen Leute an der Macht beteiligen.«

»Soll das die kleinen Leute ruhigstellen, damit es weniger gärt in der Stadt?«, fragte Elisabeth zynisch.

Geseke griff nach ihrer Hand und sah ihr ernsthaft in die Augen. »Nein, damit es weniger Ungleichheit gibt. Das sind die ganz großen Dinge. Aber sie sind oft nur auf Schleichwegen und mit langem Atem zu erreichen.«

Elisabeth schüttelte den Kopf. »Der Herr wählte keine Schleichwege, lieb Gesche.«

Geseke setzte sich aufs Bett. »Du sammelst doch deine Blafferte für einen Mantel für die Weiße Madonna?«

»Ja.«

»Wie oft geben dir arme Leute einen Blaffert dafür?«

»Schon mal, ich denke zwei- oder dreimal in der Woche.«

»Sieh mal, und wenn du endlich den Mantel zusammengespart hast, dann freuen sie sich und denken, sie haben ihren Teil beigetragen.«

»Ja, deshalb mache ich es ja.«

»Genau wie diese Armen bin ich. Ich trage meine kleinen Teile bei zu dem großen Werk. Im Moment ist mein Blaffert, dass die Patrizier in Hamburg nicht so hochnäsig und eigenmächtig werden wie die in Lübeck. Dann soll es der Blaffert sein, dass die Seeräuber bekämpft werden können. Der nächste Blaffert wird, dass der Schoss nicht so hoch bleibt. Für beides brauchen wir die Englandfahrer. Irgendwann wird es hoffentlich der Blaffert, dass die kleinen Leute Gehör finden. Kleine Schritte, dünne Blafferte. Das ist mühsam, und man braucht auch direkte Erfolge zwischendurch, um Kraft zu schöpfen. Deshalb habe ich die sechs kleinen Bettelmädchen aufgenommen, die alle hier lesen und schreiben lernen und denen ich eine Aussteuer verschaffe. Und man braucht Menschen, die mittun. Deshalb liebe ich Johann und werde ihn immer lieben, so schwierig es für uns auch ist. Ich weiß nicht, was ich täte, sollte er sich von mir abwenden oder falls er vor mir stirbt. Ich glaube, dann tue ich ein Goldstück hinzu zu den Blafferten. Dann nehme ich mein ganzes Geld und gebe es denen, die am wenigsten in dieser Stadt zu sagen haben, den einsamen armen Weibern. Aber vorher will ich so viele Blafferte für Gerechtigkeit und Wohlstand sammeln, wie es mir möglich ist. Und heute ist der Blaffert, sich Simon von Utrecht gefügig zu machen.« Geseke wühlte in ihrem Geldbeutelchen. »Hier, ich hab noch ein paar für dich aufgehoben!« Sie drückte Elisabeth drei der Flittermünzen in die Hand.

Elisabeth nahm Geseke in den Arm. »Und ich dummes Ding sammele Flittergeld für eine Devotionalie!«

»Aber du gibst den Beladenen dein ganzes Leben. So ein Marienmäntelchen bringt allen, die dafür spenden, viel Segen. Möge uns die Weiße Madonna heute beistehen.«

⚜

Im Dunkel des Abends wirkte das Gartenland wie ein durchpflügtes Schlachtfeld, aus dem nur der Apfelbaum mit der Bank hervorragte. Sigvrid lag ruhig am Boden neben Richard. Der Ritter roch, wie der junge Clingspor unter dem ungewohnten Kettenhemd trotz der eisigen Kälte schwitzte. Er hoffte, der Junge könne Ruhe bewahren, denn durch die Spalierhölzer sah er, dass wahr wurde, was er befürchtet hatte. Simon von Utrecht kam nicht allein. Er hatte sieben Männer bei sich. Ihre Gesichter kannte Richard vom Aufruhr vor dem Schreyehaus, von den Hinrichtungen, aus den Wirtshäusern der Stadt. Simon hatte erkannt, dass der Brief nicht von Heyne Schomer stammte, und wollte mit denen aufräumen, die zu viel ahnten.

»Sie sind in der Übermacht«, murmelte Sigvrid.

Johann hatte vier Männer mitgebracht. Sie trugen Stadtwächterwämser, aber ihre Profession war die der Knochenhauer und Viehdiebe. Einer von ihnen hatte den Botendienst zum Utrechthaus übernommen. Die anderen versteckten sich hinter Bodenwellen und Spalierzäunen.

»Du hast die Frauen vergessen, damit sind wir ihnen über«, flüsterte Richard. »Und jetzt still.«

Geseke und Elisabeth saßen auf der Bank unter dem Winterapfelbaum und sahen Simon von Utrecht entgegen. Als er auf zehn Schritte heran war, stand Geseke auf und entbot ihm Gottes Gruß zum Abend.

Er grüßte nicht. »Was willst du hier? Geh nach Hause«, raunzte er sie stattdessen an.

»Was du hier willst, im Garten meines Vaters, das mag ich eher dich fragen, Simon. Ich sitze mit meiner Freundin unter einem Baum, und du tauchst hier mit sieben harten Knechten auf. Ich denke doch nicht, um Äpfel zu stehlen. Es sind keine mehr da.«

»Du hast also ein Rätsel gelöst?«, fragte Simon von Utrecht. Seine Stimme klang nun etwas verunsichert.

Sie hob die Laterne und schenkte ihm ein Lächeln. »Ja. Und mit Vergnügen.«

»Was willst du nun?«

»Dass deine Männer dreißig Schritte Abstand halten.«

Er winkte seinen Leuten, und sie zogen sich etwas zurück.

Geseke trat nah auf den Holländer zu, so nah, dass es Richard schauderte.

»Simon, du spielst ein doppeltes Spiel. Da du gleich wusstest, wer der Feind des Herrn Schomer ist, vermute ich, du spielst im Auftrag der Lübeck- und Schonenfahrer. Diese Visagen um dich herum kenne ich auch: Es sind die Oberhetzer der Vitalierfreunde.«

»Das sind Dinge, die du nicht verstehst, Frau.«

»Wer solche Rätsel lösen kann, der kann auch die Dinge der Stadt verstehen, ob Weib oder Mann.« Geseke zog einen Pergamentstreifen aus ihrer Gürteltasche. »Dein Ehrgeiz trieb giftige Blüten, Simon. Du hast den Niclas Schoke krank gemacht, um ihn im Rat zu ersetzen. Dafür hast du die kleine Trudika und ihre arme Mutter Agneta Strüven missbraucht. Um dich bei den kleinen Leuten lieb Kind zu machen, hast du deinen Mörder Arnulf van Brooken auf den Seeräuberjungen losgelassen, weil du einen Schatz finden wolltest. Gift, Folter, Missbrauch, Mord. Was hast du noch getan, Simon?«

»Geseke, du reimst dir etwas zusammen. Zeig mir mal den Zettel da.« Er griff nach dem Pergamentstreifen, doch sie verbarg ihn schnell unter ihrem Hoyken.

»Du brauchst es nicht erst zu sehen, um zu wissen, was es ist. Arnulf ist tot, und es wäre leicht, ihm den Giftanschlag auf Schoke unterzuschieben, wenn man Trudika findet und verhört. Doch diese Streifen hier, die sind in deiner Schrift, auf Latein.«

Der Holländer schüttelte den Kopf. »Woher willst du das wissen?«

»Ich habe die Zettel mit deinen Vertragsunterschriften in unserem Geschäftsbuch verglichen.«

Er trat ein wenig zurück. »Und was willst du nun von mir?«

»Ich kann dich nicht richten, Simon, ohne meinen Vater zu richten, denn du kennst die Geheimnisse der Englandfahrer. Ich kann dich nicht verurteilen, ohne uns alle zu Schanden zu machen. Doch ich sage dir, sieh ab von deinen Plänen, in den Rat einzuziehen. Von diesen Pergamentstreifen habe ich noch so einige gesammelt. Sie bringen die Schande zu dir, sobald ich es will. Schwöre also hier – unter Gottes Sternenhimmel – zweierlei, Simon von Utrecht: dass du aus deinem Vermögen eine Krone für einen Hamburger Kirchturm bauen lässt. Deine Gerüchte streuenden Leute sollen dann herumerzählen, die Krone sei aus dem Gold des Störtebekerschatzes, zum Beweis, dass Störtebeker ein übler Pirat war. Und zweitens«, sie machte eine kleine Pause, »zweitens schwöre, dass du nicht in den Rat ziehst, bevor nicht mein Freund Johann Cletzen und mein Stiefsohn es tun. Dann erst, mit meinen Männern im Rate, bin ich mir deiner Treue sicher.«

»Also nie, Geseke. Denn Johann wird nie Ratsherr sein.« Von Utrecht packte heftig ihre Hand.

»Schwöre!«, rief Geseke.

»Hast du die Zettelchen da?«, zischte von Utrecht und griff unter ihren Hoyken.

»Ich bin doch nicht dumm.«

»Wo sind sie?« Er drehte Geseke die Hand um. Sie schrie auf vor Schmerz.

Richard legte Sigvrid eine Hand auf die Schulter, damit er Ruhe bewahrte. Doch ein anderer konnte sich nicht zurückhalten. »Lass sie los, Simon!«, brüllte Johann und sprang aus seinem Versteck hervor.

»Ach, mein Freund als ritterlicher Held«, höhnte von Utrecht. »Lass das hier meine Sache sein, Jon.« Er packte Geseke fester und zog einen Dolch.

»Simon, noch versuchen wir es im Frieden, also schwöre!« Bedrohlich kalt klang Gesekes Stimme.

»Wo hast du die Streifen?«, fragte er.

Geseke lachte. Doch dann quetschte er ihre Hand so fest, dass die Finger brachen und sie vor Schmerz brüllte.

Johann sprang auf seinen einstigen Waffenbruder los, riss ihm den Dolch aus der Hand, befreite Geseke. Elisabeth war sofort bei ihrer Freundin, doch die Männer des von Utrecht stürmten auf die Gruppe los.

»Los!«, rief Richard. Sigvrid und er griffen die Utrechtsknechte von hinten an, von links kamen Johanns Schlachter mit ihren groben Waffen.

Der junge Clingspor traf einen von Simon von Utrechts Männern mit der flachen Klinge an der Schulter, doch der Kerl drehte sich um und stach mit dem Dolch auf ihn ein, die Waffe rutschte am Brustpanzer ab und senkte sich in Sigvrids Gemächt. Sofort sackte der junge Mann in sich zusammen. Der Knecht erhob sich über den Bürgerssohn, um ihm in den Hals zu stechen. Richard schlug ihm mit der Faust ins Gesicht, dass die Knochen knackten. Der Knecht sank nieder, doch auch Sigvrid war kampfunfähig, er verlor in Strömen Blut. Richard warf ihm seinen Mantel zu. »Press dir das zwischen die Beine!«, schrie er.

In diesem Moment wurde er von hinten angegriffen. Ein Stich traf ihn in die Schulter, dann war der Mann über ihm. »Da hast du es, Henker!«, rief sein Gegner und riss ihm die Maske vom Gesicht. Richard rammte ihm einen Ellenbogen in die Seite. Vor Schmerz japsend wich sein Gegner zurück. Das Licht der Laternen fiel auf Richards nacktes Gesicht.

»Flieht, Freunde! Das ist der Schlächter vom Geistergrab!«, schrie einer der Männer aus Sankt Jacobi.

»Lauft nicht weg! Bleibt, er ist Johanns Freund!«, rief Bömmebrugg, doch seine beiden Kumpane nahmen Reißaus. Zwei der Utrechtknechte stürzten sich auf den allein gelassenen Knochenhauer, der mit dem Hammer um sich schlug, den er sonst benutzte, um Schweinen ein Ende zu machen. Richard zog blank und rannte Bömmebrugg zur Hilfe. Sofort hängten sich die übrigen Utrechtsknechte an ihn, siegessicher durch die Unterzahl der Gegner. Richard schlug wild mit dem Schwert um sich, traf das Eisen ihrer Waffen, trieb sie zurück, schaffte sich ein Kampffeld, hieb dann gezielt zu. Seine Bewegungen waren wie die eines düsteren Dämons, jeder

Schlag traf. Bömmebrugg ließ seinen Hammer sinken, wie gelähmt vom Anblick des Bluttanzes.

Geseke sah, wie Johann mit Simon von Utrecht rang, ohne eine Waffe gezogen zu haben. Mit eiserner Kraft hielt er die Hände des Freundes fest. »Verschwinde hier, Simon, verlass die Stadt!«, brüllte er.

Geseke biss sich vor Schmerz auf die Lippen. Mit der Linken packte sie von Utrecht am Arm. »Schwöre, Simon.«

Der Holländer machte sich von Johann los, schubste Geseke heftig zu Boden und zog sein Schwert.

»Wag es gegen mich, Stadtwächtersohn!«, rief er.

Johann hob die leeren Hände, machte einen Schritt zurück, doch von Utrecht schlug nach ihm. Geseke sprang auf und warf sich zwischen die beiden. Das Schwert fuhr durch ihren Hoyken, traf das Eisen der Brustwehr mit einem hohlen Klang. Von Utrecht grinste und stach nochmals auf ihre Rüstung ein. Der Stoß warf sie um, und sie riss Johann mit sich.

Simon von Utrecht lachte nun laut und zerrte sie hoch. »Ein Weib in Waffen. Welch Ketzerei, Clingsporin!« Er hielt ihr die Klinge an die Kehle. »Wo sind die Zettel?«, zischte er.

In diesem Moment schob sich ein langes Schwert vor seinen Hals.

»Wenn du kämpfen willst, von Utrecht, dann nicht gegen Cletzen, deinen Freund. Nimm mich«, sagte Richard.

Simon von Utrecht fuhr herum und sah, dass Richard seine Knechte niedergemacht hatte wie der Schnitter die Garben. »Du hast meine Mannschaft gemeuchelt. Nun wirst du deinen Henker finden, Fron!«, brüllte er.

Zwei ebenbürtige Kämpfer stießen aufeinander. Funken stoben von den Schwertern.

Elisabeth zog den heulenden Sigvrid aus dem Kampfesgewühl und öffnete ihm die Hosen. In der Tat war von seiner Männlichkeit wenig übrig geblieben. Sie presste ihm ein sauberes Tuch gegen die Wunde. Als sie wieder aufsah, erhob sich einer der Utrechtsknechte neben ihr. Er hielt sich kurz das Kinn, kam mühsam zum Stehen und sah sich um. Dann zog er einen Dolch und stürzte davon.

Elisabeth sprang auf. Sie sah, wie der Knecht sich Richard in den

Rücken warf und auf ihn einstach. Er traf den Ritter am Bein. Richard ging in die Knie, parierte heftig einen Schlag von Simon, als der Knecht den Dolch wieder hob.

In diesem Moment stach Elisabeth zu, von hinten unter dem Rippenbogen links schräg nach oben ins Herz. Der Mann war sofort tot.

Richard warf ihn von sich und machte einen ungelenken Ausfall. Er traf Simons Schwertarm mit der Fläche der Klinge, und das Schwert des Holländers flog durch die Luft. Katzenartig warf sich Richard auf ihn. Unter seinem Gewicht stürzte Simon in den Dreck. Elisabeth starrte noch einmal kurz auf die Leiche des von ihr Gemordeten, dann rannte sie zu Richard und trat Simon heftig auf die linke Hand. Seine Knochen knackten unter ihrem Holzschuh. Er schrie auf.

»Die Rache einer Freundin«, sagte Elisabeth.

»Aber du hast noch eine Hand zum Schwören. Schwöre bei allen Heiligen, Simon!« Geseke hielt sich ihre gebrochenen Finger, doch ihre Augen blitzten.

»Vor allem bei Saulus und David!«, rief Elisabeth.

»Oder wollen wir Wurst aus ihm machen?«, fragte Bömmebrugg heiser.

»Als Hanswurst ist er der Stadt dienlicher!«, sagte Richard.

Johann trat neben Geseke und blickte auf den Holländer hinab. »Hier hast du Zeugen aus allen Ständen, Simon: von der Geistlichkeit, von Adel, Stadtbürger und Handwerker, Männer und Weiber. Kein Schwur könnte härter sein, mein Freund«, sagte er eisig.

Niedergehalten von einer Frau und einem Henker, schwor Simon von Utrecht bei Gott und allen Heiligen, der Stadt Hamburg mit Leib und Leben, Vermögen und Gut zu dienen und keinen Ratssessel anzustreben, bis nicht Johann Cletzen und der junge Sigvrid Clingspor auch Ratsherren sein würden.

»Und ich werde eine goldene Krone spenden für Sankt Katrein und verlauten lassen, sie sei aus Störtebekers Schatz bezahlt«, röchelte er zu guter Letzt.

SAMSTAG VOR DEM ERSTEN ADVENT

27. November im Jahr des Herrn 1400

Es gibt viele Brüder, aber unter jenen ist der Freund selten. Die ersteren schafft die Natur, die Gnade gewährt den letzteren.

Peter Abaelard, Carmen ad Astralabium

Elisabeth weckte Sigvrid Clingspor mit einem scharfen Riechsalz. Es dauerte, bis er verstand, dass er im Hause seines Vaters war. Er verzog das Gesicht vor Schmerzen. »An mir wurden die Sünden meines Vaters gerächt«, jammerte er.

»Solche Wege geht der Herr nicht, Sigvrid. Er stellt dich auf die Probe, das ist alles.«

»Ist es das Ende des Hauses Clingspor?«, fragte er dann.

Elisabeth hielt ihm fest die Hand. »Gott mag es so fügen, doch Gott denkt in größeren Gefilden als denen der Häuser«, sagte sie.

»Es war bestimmt nicht das Ende des Hauses und auch nicht das Ende deines Manneslebens, Sigvrid«, meinte Geseke lächelnd.

Elisabeth sah sich zu ihr um. »Was meinst du damit?«

Geseke legte eine Hand auf ihren Leib.

»Du bist gesegneten Leibs? Und mir hast du noch nichts gesagt?«

Geseke nickte. »Es ist noch sehr früh, aber die Zeichen sind gut.«

»Und dann machst du so was wie gestern Nacht?« Elisabeth trat zu der Freundin und strich ihr über den Bauch.

»Was auch immer das Kindlein wird, es muss die Sache der Englandfahrer vertreten. Und das hat es auch heute Nacht schon getan.« Geseke stand auf und kniete sich neben ihren Stiefsohn. »Wir halten deine Verletzung geheim. Und wenn du ein Mädchen zum Heiraten gefunden hast, eine junge Frau, die dich wahrhaft liebt, dann bereitest du ihr anders Vergnügen. Sie wird es dir nicht übel nehmen. Es enthebt dich der Last, ein Weib zu ehelichen, das dein Vater aus geschäftlichen Gründen für dich wählt. Sprich mit Johann darüber. Er weiß um solche Dinge.«

Sigvrid wandte den Kopf ab. Elisabeth sah Tränen auf sein Kissen rollen. »Lasst mich bitte allein«, sagte er.

Elisabeth nickte und hielt Geseke die Tür auf.

In der Diele stand Johann, unverletzt, aber erschöpft.

»Ich muss um Verzeihung bitten, dass meine Kumpane uns in der Stunde der Not verließen.« Er neigte vor ihr das Haupt.

»Sie schienen Richard zu kennen. Ich würde allzu gern wissen, was es mit dem Schlächter vom Geistergrab auf sich hat«, sagte Geseke.

Johann zuckte die Schultern und schwieg.

»Das waren also deine Geschäftsfreunde aus dem Viehhandel?«

Er blickte zu Boden.

»Johann, ich denke, du schuldest mir einen Dienst.«

»Was immer du willst.«

»Unser Richard liegt mit seiner Beinverletzung in der Mägdekammer. Er hat mehr für die Englandfahrer getan als sonst einer. Ich werde ihn reichlich entlohnen, doch was ist ein Ritter ohne ein Pferd? Weißt du noch, was er erzählt hat, bevor er in den Pranger kam?«

»Er hatte Sigvrids Stute in Kuddewörde gekauft.«

»Nachdem er sein Ross an den Kuddewörder Burgvogt verkauft hatte. Hol es zurück.«

»Bestimmt hat der Burgvogt es schon an den Herzog von Lauenburg weitergegeben.«

»Du kennst dich ja mächtig gut aus in Kuddewörde. Erklär mir nicht, warum, tu nur, was ich dir sage, koste es, was es wolle.«

»Geseke, ich versichere dir …«

»Johann, ich will nichts davon hören. Ich weiß schon viel zu viel. Deine kleine Schwester ist nicht bekannt für ihr Geschick im Sticken, dein Haus baut sich nicht von allein, und weder Stuten aus Spanien noch feine kleine Bücher sind so wohlfeil zu haben, dass ein Stadtwächtersohn sie eben mal nebenbei erwerben kann. Das alles muss ein Ende haben.«

Er nickte, wollte zu einer Erklärung ansetzen, aber sie legte ihm ihre verbundene Hand auf den Mund.

»Es ist mir egal, warum und wie du deine Missetaten vollbracht hast, aber jetzt hol das Streitross des Herrn von Hardin zurück.«

Ungeschickt löste sie mit der unverletzten Linken ein Beutelchen von ihrem Gürtel und gab es ihrem Geliebten. »Und küss mich, bevor du gehst.«

Er küsste sie auf die Stirn. Sie zog ihn in ihre Arme, legte ihre Lippen an sein Ohr. »Es reicht, wenn ich uns in Gefahr bringe«, flüsterte sie, »und es reicht, wenn ich das Geld heranhole. Kümmere du dich um die Armen in deinem Kirchspiel.« Sie küsste ihn kurz auf die Lippen und schob ihn vom Hof.

Dann drehte sie sich zu Elisabeth um, hakte die Freundin unter. »Besuchen wir nun unseren wundgeschlagenen Henkersritter?«

ZWEITER ADVENTSSONNTAG

5. Dezember im Jahr des Herrn 1400

Und du bist doch die Frau, die in Wort und Werk die Irrenden lehrt, die Kleinmütigen tröstet, die Schwachen aufrichtet; das ist bei dir kein neues Können.

Brief Peter Abaelards an Heloise

Corvus stupste Richard sanft mit der Schnauze an. Sie standen vor dem Fronhaus, und das Tier roch die Wärme des Stalles im Hinterhof. Die sinkende Sonne glitzerte fahl auf dem Schnee, der die Dächer und Kirchtürme zierte. Richard trug keine Maske mehr. Er hatte vom Rat einen guten Vorschuss für die Henkersdienste des kommenden Jahres erhalten, der in seiner Geldkatze klimperte, zusätzlich zu der reichlichen Belohnung der Clingsporin.

Diese Fronerey würde nun sein Zuhause sein. Knoken öffnete seinem Herrn das Tor, und Richard brachte sein Tier zu den vier Henkersklepperrn. Er besah sich die Zellen und ließ gegen Knokens Protest zwei Rabauken aus Sankt Jacobi, die nächtens in der Kleinen Reichenstraße Lärm gemacht hatten, aus den stinkenden Löchern in der Tiefe ziehen. Er gab ihnen frisches Stroh, Salunendecken, Wasser, Seife, Brot und Bier und ließ sie auf den Dachboden steigen.

»Morgen könnt Ihr nach Hause, da werden Eure Mütter Euch grün und blau prügeln, also schlaft noch mal gut!«, warnte er die beiden.

Knoken grummelte etwas wegen unverdienten Vorteilen und Fluchtgefahr. Richard gab ihm einen Schilling für ein Abendvergnügen und schloss hinter ihm die Tür.

Seine Kammer war im ersten Stock, über dem Saal für die peinlichen Verhöre. Das würde jetzt seine Arbeit sein: Menschen in den Pranger stecken, torturieren, hängen, köpfen, aufs Rad flechten. Als er sich zum Schlafen legte, kamen ihm die Bilder von Elisabeth auf der Streckbank und der weinenden Agneta Strüven wieder in den Sinn.

Er musste lernen, damit zu leben, denn es blieb ihm nichts anderes übrig. Er musste diese Arbeit tun. Leise betete er ein Ave Maria.

Gerade als er in seinem neuen Haus in den ersten Schlummer sinken wollte, flog ein Steinchen gegen die Fensterläden. Er schob den Rahmen mit der Schweinehaut beiseite und öffnete den Holzverschlag.

Elisabeth war wieder aus dem Konvent fortgelaufen.

Ihre Strafe, eine Woche bei Wasser und Brot zu fasten, hatte sie nicht wie befohlen genutzt, um über ihre Sünden nachzudenken. Sie hatte sich an dem schönen Taschentuch mit Richards Blutflecken festgehalten, das Geseke ihr vorher gab, und hatte gewartet, bis die Haft endlich vorbei war.

Seitdem sie einen Knecht des Herrn von Utrecht getötet hatte, konnte sie auf Richard nicht mehr hinabblicken. Sie war wie er: unvollkommen und dem Willen des Herrn ausgeliefert. Wenn Richard sie nun noch wollte, würde sie ihn nehmen, ehrbar oder nicht. Mit einem bübischen Lächeln unter dem blauen Tuch stand sie vor der Fronerey.

Richard warf sich ein Hemd über und öffnete ihr die Tür. Sie nahm ihn sofort in ihre Arme.

»Woher wusstest du, dass ich hier bin?«, fragte er.

»Geseke sagte, du habest das Geld vom Rat genommen.«

»Was bleibt mir anderes?«

»Alles, was dir mit Gottes Hilfe möglich ist.«

Er nickte. Nichts also. »Willst du etwas essen?«

Sie schüttelte den Kopf. Richard sah, wie ihre Augen flatterten.

»Was möchtest du dann?«

Sie sah zu Boden. »Bei dir sein«, sagte sie leise.

»Möchtest du mitkommen in meine Kammer?«

Elisabeth nickte. Er nahm sie bei der Hand und führte sie die Treppe hinauf. Sie setzte sich auf einen Schemel und band ihr blaues Beginentuch ab.

Er strich ihr über die Haare.

»Ist es kalt alleine im Bett im Konvent?«, fragte er.

Sie lächelte. »Ja, sehr.«

Er setzte sich auf sein Bett und schlug die Daunendecke hoch. »Dann komm zu mir.«

Sie zog die Schuhe und ihr Obergewand aus, dann die Bluse und die Leibbinden. Im langen Hemd sah sie aus wie ein Engel an einer Kathedrale. Er nahm ihre Hand und zog sie zu sich ins Bett, sie wandte ihm den Rücken zu und schmiegte sich an ihn wie ein Kind.

»Seit meiner Flucht aus Lübeck schlafe ich allein«, sagte sie ins Halbdunkel.

»In der Ordensburg habe ich das Bett mit Bruder Godefroy von Neroth geteilt, aber der war nicht so weich und warm wie du«, flüsterte er und strich über ihre Haare.

»Hast du dich mit ihm versündigt?«

»Nein, nie.«

»Dann hast du es nie aus Liebe getan? Das, was die Eheleute tun?«

»Nein, noch nie. Denn ich habe noch nie so geliebt, wie ich dich liebe.«

Vorsichtig strich er über ihre Brust. Sie zuckte zusammen. Er küsste ihren Hals, ihre Wangen und streichelte ihre Schultern. Wieder glitt seine Hand an ihre Brüste. Sie atmete schwer. Aber sie schmiegte sich an ihn.

»Schwesterchen, wenn ich dich jetzt weiter streichele, dann versündigen wir uns alsbald.«

»Wie Abaelard und Heloise.«

»Wie diese. Voller Liebe und Leidenschaft. Willst du das?«

Sie schwieg.

»Ich kann dich einfach im Arm halten, und morgen bist du noch so jungfräulich rein, wie du warst. Was möchtest du?«

»Einfach bei dir sein.«

Richard spürte, dass sie zitterte, und küsste wieder ihren Nacken. »Dann sorge ich dafür, dass ich dich morgen nicht als Sünderin in den Kaak sperren muss«, raunte er und zog sie in seine Arme. Seine Lippen berührten ihre Schulter.

Er hielt sie fest und warm, sodass sie ruhig einschlief, nachdem es Mitternacht geschlagen hatte. Doch er lag mit offenen Augen wach und starrte in das Mondlicht, das durch die Schweinehaut in sein Zimmer schien. In seinem Kopf waren die Worte, die sie zu ihm gesagt hatte, als sie in die Fronerey gekommen war: Man kann alles tun, was einem mit Gottes Hilfe möglich ist.

AM FESTE DES HEILIGEN NIKOLAUS
6. Dezember im Jahr des Herrn 1400

Welche Fürstin, welche hohe Dame beneidete mich nicht um meine Freuden, um das Lager meiner Liebe?
Heloise, Brief an Peter Abaelard

Auf dem Hof wieherten zwei Pferde zugleich. Geseke öffnete den Laden ihres Fensters. Im Hof hockte auf einem Fass Sigvrid der Jüngere, neben ihm lag eine fette Geldkatze. Er grinste über beide Wangen, denn Richard von Hardin führte seinen Corvus gerade an die kleine Stute heran, die ihr Stiefsohn so liebte. Die schönen Pferde stolzierten umeinander herum, als wollten sie eine Gaillarde tanzen. Hatte Sigvrid es etwa geschafft, dem Ritter den Hengst abzukaufen?

Richard trug einen einfachen warmen Mantel, einen dicken Gugel und feste Stiefel.

»Des heiligen Nikolaus' Segen, Meister Rosenfeld und dir, lieber Sohn«, grüßte sie die Männer.

Richard sah zu ihr hoch, und das Lächeln verschwand von seinem Gesicht. Ernsthaft blickte er zu ihr auf. Dann beugte er das Knie und verneigte sich tief vor ihr, als sei sie eine Königin.

»Richard, warte!«, rief sie. Sie warf einen Hoyken über das Nachtgewand und lief die Stiege hinunter. Als sie auf den Hof trat, war er nicht mehr zu sehen.

Sigvrid erhob sich mühselig. »Stell dir vor, er hat mir Corvus für die Pferdezucht überlassen. Einfach so. Und das hier, das sollst du dem Rat zurückgeben!« Sigvrid drückte ihr die Geldkatze in die Hand.

⚜

Richard setzte sich neben Elisabeth aufs Bett und hielt ihr einen Becher mit duftendem, warmem Wein entgegen.

»Ich habe lange geschlafen.«

»Du hast nicht einmal gemerkt, dass ich schon aus dem Haus war.«

»Wie konntest du mich im Henkershaus alleine lassen?«

»Es war ungefährlich. Der Henker war nicht da.« Er lächelte fein. »Ich habe etwas für dich besorgt.«

Er hielt ihr ein in Leintuch gewickeltes Paket hin.

Sie machte es auf. Es war der schönste Figurenmantel, den sie jemals gesehen hatte, über und über mit Perlen bestickt.

»Für die Weiße Maria vom Dom«, sagte er.

»Woher hast du das Geld?«

»Gesekes Dankgeschenk für den Kampf gegen Simon von Utrecht.«

Sie sah ihn an. Er war in feste Reisekleider gewandet. »Du willst fort«, flüsterte sie.

Er nickte. »Du hast gesagt, ich sollte tun, was mir mit Gottes Hilfe möglich ist. Und mir bleibt außer dem Henkersleben noch eins: Ich gehe nach Reinfeld zu den Zisterziensern.«

»Du willst wieder Mönch werden?«

»Nein, aber sie brauchen immer jemanden, der ihnen das Holz hackt. Vielleicht nehmen sie mich als Konversen. Ein Bruder ohne Gelübde. Dann wäre ich wie du, Schwesterchen.«

»Und was wird aus unserer Minne?«

»Das, was aus der Minne des Abaelard und der Heloise wurde. Sie haben sich nie vergessen.«

»Und sich geschrieben.«

Er nickte. »Zieh dich an, wir wollen die weiße Gottesmutter einkleiden.«

Elisabeth weinte leise, als Richard der schönen Marienfigur im Dom den Perlenmantel umhängte. Er trat hinter sie, um seine Gebete zu verrichten. Er hatte Angst, der Regung nachzugeben und sie in die Arme zu ziehen. Das hätte ihm die Kraft geraubt zu gehen. Doch er konnte nicht bleiben, sonst würden sie beide der Sünde verfallen. Oder Elisabeth würde ihn zum Manne nehmen müssen, ihn, einen Ehrlosen. Es durfte nicht sein, dass sie ausgestoßen lebte, dass sie Verachtung erfuhr und nicht mehr heilen durfte.

Nach ihrem Gebet begleitete Elisabeth ihn schweigend zum Spitalertor und ein Stück des Wegs, durch die verschneiten Gärten und Felder, bis sie allein waren.

»Ist Abaelard je zu Heloise zurückgekehrt?«, fragte sie leise.

»Als er Abt geworden war, hat er sie häufig besucht.« Er wollte ihr nicht sagen, dass die beiden in ein Grab gelegt worden waren.

»Wirst du zu mir zurückkommen?« Ihre Stimme zitterte ein wenig.

Richard nahm sie in die Arme und vergrub sein Gesicht in ihrem Haar. »Ich kann es nicht versprechen.«

Er warf seinen Mantel um ihre Schultern und genoss es, ihre Wärme zu spüren. Der Schnee fiel auf das eng umschlungene Paar.

Sie schmiegte sich an ihn, atmete seinen Duft. Zart strich er über ihre Wangen und legte vorsichtig seine Lippen auf ihre. Sie öffnete sich ihm. Zum zweiten Mal im Leben verschmolz er, Leib und Seele, in einem Kuss, lange und inbrünstig.

Dann lächelte er sie an.

Sie strich eine Haarsträhne aus seinem Gesicht und küsste ihn auf die Wange. Geschwind griff sie in ihre Rocktasche und zog ihre gesammelten Blafferte hinaus. »Damit du auf dem Weg nicht irgendwo im Stroh schlafen musst.«

Er nahm das Blechgeld aus ihrer Hand und ließ es in seine Rocktasche gleiten. »Sei bedankt, Liebste.«

Sie ließ ihre Augen auf ihm ruhen, um sich ihr Lebtag an sein Antlitz zu erinnern. »In der Nacht vor Nikolaus, wenn es Mitternacht schlägt, werde ich an dich denken. Von jetzt an jedes Jahr meines Lebens«, flüsterte sie.

»Und ich an dich.«

»So wirst du dann doch zurückkommen.«

»Sic et non, ja und nein«, sagte er und küsste sie ein letztes Mal.

Sie sah ihm noch lange nach, der dunklen Gestalt, die durch den Schnee stapfte. Weiß und schwarz, ja und nein, Ritter und Henker.

Nachwort

Wie Claus Störtebeker, Geseke Clingspor, Johann Cletzen und die anderen in einen Roman kamen, oder: Eine zweite Abbitte an die Muse der Geschichtsschreibung.

Störtebeker ist eine Figur, die im Hanseraum und weit darüber hinaus durch Bücher, Festspiele und Fernsehproduktionen bekannt ist. Er ist noch heute Identifikationsfigur für einige, die Widerstand und Kritik gegen den Hamburger Senat oder abstrakterweise gegen den »Staat« üben. Sie schreiben ihm einen Robin-Hood-Charakter zu und führen damit das weiter, was jahrhundertelang die historische Figur Störtebekers ausmachte: eine sagenhafte Überhöhung.

Schon kurz nach seinem Tod begann eine schwer zu entwirrende Legendenbildung. Wenn man die vielen Lagen der schwankhaften Überlieferung entfernt, bleibt wenig übrig: Claus Störtebeker war 1380 das erste Mal in Wismar quellenkundlich, wo er gemeinsam mit einem Kumpan in einer Schlägerei einem Bürger etliche Brüche und Beulen zufügte und deshalb der Stadt verwiesen wurde. In den folgenden Jahren ist er als Vitalienbruder Kaperfahrer in der Ostsee gewesen, einer von jenen Seeräubern, die im Streit um die schwedische Krone zwischen der dänischen Königin und den Herzogen von Mecklenburg angeheuert worden waren, also ein räuberischer Söldner zur See. Zu jener Zeit war er noch nicht als Schiffsführer in Erscheinung getreten. Im Jahr 1394 halfen Vitalienbrüder bei der Verteidigung Stockholms. Danach werden Godeke Michels und Störtebeker unter den Hauptleuten der Vitalier genannt.

Die Seeräuber erlangten in den nächsten Jahren eine Art gewalttätiger Herrschaft über die Ostsee, die den Handel schwer beeinträchtigte. Von ihren Stützpunkten auf Gotland wurden sie erst 1398 durch den Einsatz des Deutschen Ordens vertrieben. Sie flohen an die friesische Küste, und hier treten unter den Likedeelern Michels und Störtebeker sowie ein Magister Wichman als Hauptleute in Erscheinung. Die Likedeeler verdingten sich als Söldner der Friesen in deren Kämpfen gegeneinander. Störtebeker kam eventuell in Marienhafe beim Häuptling Keno tom Brok unter.

Die Hauptbeschäftigung der Seeräuber bestand im Raubzug gegen hansische Schiffe. Die Namen der Seeräuber Godeke Michels und Claus Störtebeker werden in etlichen Urkunden und Briefen genannt, denn immer wieder wurde von den Hansestädten gefordert, sie sollten gegen die Likedeeler vorgehen.

Die Beute der Likedeeler bestand aus Bier, Metall und Tuchen, den Haupthandelsgütern der Flandern- und Englandfahrer. Likedeeler zu sein hieß übrigens nicht, dass alle Seeräuber denselben Teil bekamen, sondern dass der Kapitän sich seinen Anteil nahm und dann alles gleichmäßig aufgeteilt wurde. Die Kapitäne hatten in der gemeinschaftlich organisierten Lebensform der Likedeeler eine herausragende Rolle.

Die wichtigste Rolle unter allen Likedeelern spielte nicht Störtebeker, sondern Godeke Michels. Er war das Haupt der Likedeeler, ihn wollten die verbündeten Hamburger, Lübecker und Bremer schon im Sommer 1400 fangen. Der Hamburger Schiffsführer Albert Schreye teilte sich hierbei das Kommando mit einem Lübecker Kapitän. Sie konnten in Friesland an die achtzig Seeräuber fangen und viele hinrichten lassen. Den friesischen Häuptlingen nötigten sie Verträge ab, in denen verboten wurde, Seeräuber zu beherbergen. Dann mussten sie zum Hansetag nach Lübeck zurück, und so wurde der Seezug abgebrochen, ohne dass Godeke Michels gefangen worden war.

Ende August oder Anfang September 1400 wurden vor der Elbmündung Raubkoggen gesichtet, für Seeräuber spät im Jahr. Albert Schreye fuhr nicht gegen sie aus, vermutlich, weil durch den Grafen von Oldenburg auf ihn ein Kopfgeld ausgesetzt worden war, als wäre er ein Seeräuber. Daran zeigt sich, dass die Likedeeler mächtige Verbündete hatten, die in ihnen nützliche Helfer sahen. Einige Historiker vermuten, dass Störtebeker sich am Hof des Grafen versteckt hatte. Nun lauerte er aber vor der Elbmündung auf heimkehrende Handelsschiffe, und die Hamburger schlugen zu. Niclas Schoke und Hermann Lange, nicht, wie die Legende besagt, Simon von Utrecht, brachten den Raubkoggen auf. Von Utrecht hatte sich noch nicht ausreichend in der Stadt etabliert, um ein Kommando zu erhalten.

Störtebeker war der erste Seeräuberkapitän, den die Hansekaufleute fingen. Darauf beruht sein Ruhm. Und darauf, dass sich um ihn die in diesem Buch erwähnten Legenden rankten: dass er einen Stiefel voll Bier mit einem Zug leeren könne, dass er seine Beute unter allen geteilt und dass er die Armen damit versorgt habe, dass er adliger Herkunft gewesen sei, dass er ohne Kopf an vielen seiner Kumpane vorbeigeschritten sei, um ihr Leben zu retten, dass er sein Gold im Mast der »Rode Düwel« versteckt habe, dass das Gold von den Hamburgern genutzt wurde, um eine Krone für den Turm der Katharinenkirche zu schmieden. Im 17. Jahrhundert erschien sogar ein Porträt des Piraten, welches aber nicht sein Antlitz zeigte, sondern das eines Freundes des Kaisers Maximilian I, des Augsburgers Kunz von der Rosen, ein Bild aus dem Jahr 1515.

Die Legendenbildung muss kurz nach Störtebekers Tod eingesetzt haben und ist im 16. Jahrhundert in die Volksliteratur eingegangen.

Ich habe mir für diesen Roman die Frage gestellt, wieso gerade diese Legenden verbreitet wurden. Einerseits profitierten die siegreichen Hamburger davon, wenn sie Störtebeker zum gefährlichsten Seeräuber aller Zeiten hochstilisierten, andererseits wurde Störtebeker als Leutefreund und Volksheld dargestellt und seine Überwinder als üble Pfeffersäcke.

Es scheinen hier unterschiedliche Interessen am Werke gewesen zu sein. Um 1400 war Lübeck noch die Königin der Hanse und Hamburg die Stadt der Brauereien. Während aber in Lübeck ein exklusives Patriziat die Geschäfte der Stadt führte, war die Ratsschicht in Hamburg durchlässig und nahm aufstrebende Händler in sich auf. Der Handel mit Salz und Fisch über Lübeck war noch wichtig, ebenso wichtig war aber auch der Flandernhandel und die Englandfahrt. Flandern- und Englandfahrer drängten in den Stadtrat. Aus den Englandfahrern rekrutierten sich die Seeräuberjäger, denn ihre Schiffe brachten die wertvollen Wolltuche nach Hamburg und waren für die Seeräuber begehrte Beute. Die Hansekaufleute ließen es sich einiges kosten, diese Verbrecher der See aufzubringen: In den hamburgischen Kämmereirechnungen finden sich die horrenden Kosten der Seezüge verzeichnet. Mehr als siebenhundertdreiunddreißig Pfund, das Doppelte der Hamburger Mark, für die Reisekosten, Schiffsbau und -reparatur. Nicht zu vergessen: Der Henker erhielt für die Hinrichtung zwölf Pfund, sein Knecht Knoken eines. Die Verpflegung der Gefangenen in den Monaten vor ihrer Hinrichtung kostete zweiundvierzig Pfund.

Im Jahr nach Störtebekers Tod wurde Godeke Michels gefangen

und ebenfalls in Hamburg hingerichtet. Just in jener Zeit begannen sich die Kaufleute offiziell in Gesellschaften zu organisieren, die nach ihrem Hauptfahrtziel benannt wurden: Flandernfahrer, Schonenfahrer, Englandfahrer. Sie vertraten in der Politik der Stadt dezidiert ihre eigenen Interessen, stifteten Altäre und Messen und halfen einander durch Rat und Kredit. So sicherten sie ihren Erfolg und ihren Einfluss ab, ebenso wie es heute soziale Gruppen tun. Die Zeit von 1375 bis 1420 war von etlichen Unruhen gekennzeichnet, in denen einige der Personen, die ich in diesem Buch zum Leben wiedererwecken wollte, eine wichtige Rolle spielten. Einiges darüber habe ich in meine Romanbiografie über Geseke Cletzen eingearbeitet. Wer mehr über das Leben der Patrizierin und Hospitalsstifterin sowie ihren mutigen Mann aus Sankt Jacobi erfahren will, der mag dort weiterlesen. Weitere Informationen zur hamburgischen Geschichte und deren Figuren finden sich in der von Franklin Kopitzsch und Dirk Brietzke herausgegebenen Hamburgischen Biografie. Etliche Angaben finden sich im Glossar. Genaue, wissenschaftlich fundierte Informationen über Störtebeker und Godeke Michels finden sich ausschließlich in zwei Büchern, nämlich in *Die Vitalienbrüder – Klaus Störtebeker und die Seeräuber der Hansezeit* von Matthias Puhle und in *Klaus Störtebeker: Ein Mythos wird entschlüsselt* von Ralf Wiechmann et. al.

Wer an den Mutmaßungen meines Romans Freude gefunden hat, der kann dort erfahren, womit dieses Buch begann.

Personen

Richard von Hardin – heruntergekommener Ordensritter

Elisabeth Simonsen – Begine aus Lübeck, hamburgischer Herkunft, untergekrochen im Hamburger Konvent

*Geseke Clingspor** – Tochter des Albert Schreye, verheiratet mit dem alten Ratsherrn Sigvrid Clingspor

*Sigvrid Clingspor der Ältere** – Ratsherr, der besser seine Magd geehelicht hätte als die junge Geseke Schreye.

*Sigvrid Clingspor der Jüngere** – Sohn des Ratsherrn, auf der Suche nach einer Berufung

Janne – Magd des Sigvrid Clingspor

*Greteke Puttfarken** – Kleinmagd der Geseke Clingspor

*Anneke Grise** – Großmagd im Hause Schreye und Clingspor

*Johann Cletzen** – Stadtwächter und Gefolgsmann der Schreye. Ein Mann, der hart arbeitet, um reich zu werden.

*Heyne Cletzen** – sein Vater, Stadtwächter und Bruder der ersten, verstorbenen Gattin des Niclas Schoke, für deren Mitgift er das Vermögen der Familie aufgab

*Niclas Schoke** – Sieger über Claus Störtebeker, Schiffführer, Kriegsmann, Ratsherr

*Alleke Schoke** – zweite Gattin des Niclas Schoke, Witwe eines Ratsherrn

Trudika – Kleinmagd der Alleke Schoke

Tilde – Großmagd und Köchin im Hause Schoke

*Herman Schreye** – Großvater der Geseke Clingspor, Stadtsyndikus

*Albert Schreye** – Vater der Geseke Clingspor, Schiffführer, Ratsherr, Englandfahrer, Kopf der Englandfahrer

*Marquard Schreye** – Alberts Neffe, Bürgermeister der Stadt Hamburg

*Kersten Miles** – Bürgermeister

*Hermann von Hachede** – juristisch gebildeter, aber etwas überforderter Ratsherr

*Claus Störtebeker** – Seeräuber von ungewisser Herkunft und sicherem Ende

*Heyne Schomer** – Viehhändler, ehemaliger Schlachter, der in die Kreise der mächtigen Lübeck- und Schonenfahrer aufgestiegen ist

*Dr. Buydessin** – Stadtmedicus

Lina Radmering – verarmte Schifferswitwe

Jan Radmering – kranker Sohn der Radmering'schen

*Simon von Utrecht** – Schiffführer, Krieger, Neubürger in Hamburg aus gutem flandrischem Hause

*Knoken** – der Henkersknecht in Hamburgs Fronerey

Arnulf van Brooken – Dienstmann des Simon von Utrecht

Bandix – friesischer Schiffsjunge in Diensten Störtebekers

Agneta Strüven – Arzneyherstellerin

Muhme Grosse – Arzneyherstellerin und Kräuterfrau

*Vater Diederich** – Abt des Klosters Reinfeld

Der Infirmarius des Klosters Reinfeld

* Historische Personen, denen die Autorin wider alle Regeln der Geschichtswissenschaft wagte, Worte in den Mund zu legen und Gedanken, Gefühle und Motive zuzuschreiben.

Glossar

Abaelard – Peter Abaelard lebte von 1079 bis 1142. Geboren als Sohn eines bretonischen Ritters, ging er nach langen Studien 1113 nach Paris und wirkte dort mit größtem Erfolg als Lehrer der Dialektik und Theologie an der Kathedralschule. Er unterrichtete in dem Haus des Kanonikus Fulbert dessen achtzehnjährige geistreiche Nichte Heloise, mit der er ein Liebesverhältnis begann. Fulbert bemerkte die Beziehung erst, als Heloise bereits schwanger war. Abaelard brachte Heloise zu seiner Schwester Dionysia, wo sie ihrem Sohn, Astralabius, das Leben schenkte. Heloise lehnte aus Rücksicht auf Abaelards Gelehrtentätigkeit eine Ehe ab, denn Universitätslehrer hatten einen quasi geistlichen Status. Abaelard hatte andere Pläne. In Verhandlungen mit Fulbert erwirkte Abaelard die Erlaubnis zu einer heimlichen Ehe mit ihr. Fulbert hielt sich aber nach der Vermählung und Rückkehr seiner Nichte nicht an die getroffene Vereinbarung des Stillschweigens, sodass die Ehe bekannt wurde. Heloise zog sich auf Bitten Abaelards für einige Zeit in das Kloster Argenteuil zurück, in dem sie erzogen worden war. Fulbert betrachtete dies als Versuch Abaelards, Heloise loszuwerden. Voller Zorn ließ Fulbert Abaelard durch seine Knechte entmannen. Abaelard überlebte die Verstümmelung und trat alsbald als Mönch in die Abtei Saint-Denis ein. Auch Heloise nahm nun endgültig den Schleier. Abaelard hielt von einer Einsiedelei aus weiter Vorlesungen, doch seine Thesen wurden 1121 zum ersten Mal als Ketzerei verworfen. Als er die Erlaubnis erhielt, sich in eine Einöde zurückziehen zu dürfen, ging er in die Wildnis bei Nogent-sur-Seine, wo er das Bethaus »Parakletum« baute. Abaelard lebte in beständiger Angst, wieder der Ketzerei angeklagt zu werden. Deshalb nahm er 1125 die Wahl zum Abt des St. Gildasiusklosters in der Bretagne an. Da Heloises Kloster in Argenteuil aufgelöst worden war, schenkte Abaelard ihr und ihren Nonnenschwestern das Parakletum, welches sie als Äbtissin zu einem blühenden Kloster machte. Er besuchte sie häufig, was Anlass zu üblem Gerede gab. Daher beschränkten sich die beiden Liebenden auf Briefkontakt. Abaelard kehrte um 1133 als Lehrer nach Paris zurück. Schüler aus aller Welt suchten ihn auf. Doch er geriet in Streit mit Bernhard von Clairvaux, der seine Anklage wegen Häresie betrieb. Nach einem Schnellverfahren am Heiligen Stuhl verurteilte der Papst Abaelard 1141 zu Klosterhaft und ewigem Schweigen, weil er die Dreifaltigkeit Gottes durch dessen Qualitäten begründete. Zudem stieß seine Überzeugung, dass man den Glauben auf allgemeine Vernunftprinzipien zurückführen könne, auf Widerstand.

Abaelard verbrachte die Monate bis zu seinem Tod am 21. April 1142 in einem Kluniazenserpriorat. Sein Leichnam wurde auf Heloises Bitten hin ins Paraklet-Kloster überführt. Sie ließ sich nach ihrem Tod im Jahr 1164 neben Abaelard bestatten. Während der Französischen Revolution wurde das Parakletum aufgehoben und die sterblichen Überreste des Paares nach Paris verbracht. Seit 1817 ruhen Abaelard und Heloise auf dem Friedhof Père Lachaise.

Beginen – Um das Jahr 1170 entstand die Bewegung der Beginen. Die Frauen lebten in kleinen religiösen Gemeinschaften, Konvente genannt. Sie legten kein Gelübde ab, widmeten aber ihr Leben dem Gebet und der Fürsorge für andere. Beim Eintritt in einen Beginenkonvent bezahlte die Frau ein Aufnahmegeld. Sie konnte den Konvent wieder verlassen, verlor aber dann dieses kleine Vermögen. Beginen waren in der Krankenpflege und in der Mädchenausbildung tätig, einige Konvente stellten handwerkliche Produkte her. Seit Mitte des 13. Jahrhunderts gerieten die Beginen unter Ketzereiverdacht. Daher unterstellten sich die meisten norddeutschen Beginenkonvente einem Priester, der ihre Glaubensausübung und ihren Lebenswandel überwachte. Die Hamburger Beginen lebten in einem großen Giebelhaus an der Steinstraße, besaßen in der Nähe einen Apfelgarten und waren dem Pfarrer von Sankt Jacobi zur geistlichen Unterweisung unterstellt. Die rechtliche Aufsicht über die circa zwanzig Frauen hatte der Domdekan, der sie auch auf Bitten ihrer Meisterin bestrafen konnte. 1440 wurden Regeln für ihre Lebensführung verschriftlicht, darunter auch ein Katalog für strafbare Handlungen wie »Allein durch die Stadt Wandern« und nächtliches Fortbleiben aus dem Haus.

Bernhard von Clairvaux – Bernhard wurde als Sohn adliger Herren bei Dijon geboren. 1113 trat er in das südlich von Dijon gelegene Kloster von Cîteaux ein, doch schon 1115 wurde er zum Abt von Clairvaux im Norden Dijons ernannt, das sich unter seiner Führung zur bedeutendsten Zisterzienserabtei entwickelte. Bernhards mitreißende Predigten und Berichte von Wundertaten zogen zahlreiche Pilger an. Von Clairvaux aus entstanden zu seinen Lebzeiten mehr als neunzig Tochterklöster. 1128 erwirkte er die Anerkennung des Templerordens durch die Kurie. Auf Befehl des Papstes rief er 1146 zum zweiten Kreuzzug auf. Diese Kreuzzugspredigt löste in ganz Europa Begeisterung für das Unternehmen aus. Der französische König führte das Heer an, aber der Kreuzzug misslang. Dennoch war Bernhard zum bekanntesten Prediger und Theologen seiner Zeit geworden. Nur Abaelard, der immer im Streit mit offiziellen Vertretern der Kirche lag, hatte noch größeren Ruhm. Die durch Abaelard vertretene rationalistische Philosophie, die den Menschen Urteilskraft im Glauben und Selbstbestimmung über ihre Taten zumutete, widersprach Bernhards Glauben an den Gehorsam gegenüber Gott. So forderte er mit

Erfolg vom Papst dessen Verurteilung als Ketzer. 1174 wurde Bernhard von Clairvaux heiliggesprochen.

Blaue Schwestern – Bezeichnung für die Hamburger Beginen. Sie wurden so genannt, weil sie stets ein blaues Kopftuch trugen.

Bosse von Bretzeke – Lübecker Stadthauptmann im Jahr 1400.

Brook – Elbinseln und Elbufergebiete, die bei Fluten gelegentlich überschwemmt wurden. Erst im Laufe des Spätmittelalters wurde die Brooke bei Hamburg befestigt und besiedelt.

Cletzen, Heyne – Vater des Johann Cletzen. Er hatte Grundbesitz in Sankt Jacobi, war Reitediener und Stadtwächter, oft für den Rat als Begleiter von Gesandtschaften unterwegs. Seine Schwester Alleke heiratete den Schiffshauptmann Niclas Schoke, starb aber vor 1400. Die Mitgift muss die mittelständische Familie einen großen Teil ihres Vermögens gekostet haben. Heyne Cletzen trieb gemeinsam mit seinem Sohn Handel in kleinem Umfang und konnte das Vermögen der Familie konsolidieren.

Cletzen, Johann – Sohn des Heyne Cletzen, war wie sein Vater in militärischem Dienst der Stadt. Er trieb in kleinem Umfang Handel und konnte so ein Grundstück in Sankt Jacobi erwerben. Im Hamburger Aufstand im Jahre 1410 vertrat er die Bewohner seines Kirchspiels, wurde Ratsherr und Stadthauptmann. Nach dem Tode seines angeheirateten Onkels Niclas Schoke erhielt er die Mitgift seiner Tante Alleke in der Höhe von zweihundert Pfund zurück. Er war dessen Testamentsvollstrecker. Nach einem militärischen Fehler wurde er 1429 hingerichtet.

De laude novae militiae – Schrift Bernhards von Clairvaux für den in Gründung befindlichen Templerorden, in der er eine neue Ritterschaft lobt, die keinen weltlichen Besitz anstrebt, sondern alleinig dem Kampf für Gottes Reich auf Erden geweiht ist. Sie galt als Leitschrift für alle Ordensritter.

Deutscher Orden – 1190 gründeten Bremer und Lübecker Kaufleute während der Belagerung von Akkon im dritten Kreuzzug ein Hospital mit einer Krankenpflegebruderschaft. 1198/99 wurde sie in einen geistlichen Ritterorden umgewandelt. Das Ordenszeichen war das schwarze Kreuz auf weißem Mantel. Das Zentrum der Aktivitäten des Ordens verlagerte sich allerdings bald ins Baltikum: 1225 bat Herzog Konrad von Masowien den Deutschen Orden um Hilfe gegen die heidnischen Pruzzen. Kaiser Friedrich II. gebot dem Orden 1226 in der Goldenen Bulle von Rimini, das heidnische Gebiet im Norden zu erobern und die Bewohner zu bekehren, und setzte ihn zum Herrscher über die bekehrten Gebiete ein. So wurde die Grundlage für den Deutschordensstaat geschaffen. Um 1280 hatte der Orden die Pruzzen besiegt. Er setzte sich in Livland fest. Im Jahre 1308 erwarben die Deutschen Ordensbrüder

Pomerellen und 1346 Estland. Gotland fiel den Rittern nach einem erfolgreichen See- und Landkrieg gegen die Vitalienbrüder zu. Als die Christianisierung des Baltikums durch die Taufe des litauischen Großfürsten abgeschlossen war, schien die Missionsaufgabe des Deutschen Ordens erfüllt. Doch der Orden geriet zunehmend in Gegnerschaft zu Polen und warf dem polnisch-litauischen König Jagiello vor, die Heiden zu schützen. So veranstaltete der Orden jährlich mindestens zwei Kriegszüge auf litauisches Gebiet, die sogenannten Preußen- oder Litauerreysen. Im Jahre 1410 unterlag das Ordensheer auf den Feldern bei Tannenberg und Grunwald einer polnisch-litauischen Streitmacht. Der Orden musste im daraufhin geschlossenen Thorner Frieden von 1411 etliche Gebietsverluste hinnehmen.

Dornse – Dornse bedeutet »beheizter Raum«. Die Feuerstelle der Küche oder Diele grenzte an die Wand der Dornse, sodass dieser Raum wohlig warm wurde. In Kaufmannshäusern beherbergte er oft die Schreibstube. Vielerorts wurde er aber als kleine Alltagswohnstube genutzt, in der die Familie abends beieinandersaß.

Englandfahrer – Seit 1266 trieb Hamburg Handel mit England. Doch seine Haupthandelsgebiete waren Flandern und Schonen. Kaufleute, die mit Schonen Handel trieben, bestimmten bis zum Ende des 14. Jahrhunderts den Rat. Die Englandfahrer erhielten größeren Einfluss, als sie gegen die Seeräuber in der Nordsee rüsteten, welche den Handel mit Flandern und England fast zum Erliegen brachten. Als Fahrergesellschaft wurden sie zuerst 1402 erwähnt. Im Rezess von 1410, einem Vertrag zwischen Bürgern und Rat nach einem Aufstand, musste der Stadtrat Rat der Gilde sogar ausdrücklich seine Unterstützung versprechen.

Étienne Marcel – Marcel war ein reicher Tuchhändler in Paris. Seine politische Karriere begann 1356 nach der Gefangennahme des Königs Johann II. durch die Engländer. Er stellte als Vorstand der Seine-Kaufleute und im Namen der Pariser Bürger Forderungen an den ungekrönten Dauphin. Marcel wollte unter der Herrschaft des Monarchen eine ständisch-demokratische Struktur mit größerer bürgerlicher Beteiligung schaffen. Er forderte die Stabilisierung des Staatshaushaltes. Am 22. Februar 1358 drang eine Menschenmenge mit Marcel an der Spitze in den Louvre und ermordete vor den Augen des Dauphin seine engsten Mitarbeiter, die Marschälle der Champagne und der Normandie. So trat Marcel in offene Opposition zum Regenten. Doch seine Unterstützung durch die Pariser schmolz dahin, als er aufständische Bauern zur Revolte in die Hauptstadt führen wollte. 1358 wollte er Paris dem König von Navarra übergeben und wurde von ehemaligen Parteigängern ermordet.

Fica – Das Durchstecken des Daumens zwischen Zeige- und Mittelfinger der geballten Faust ist die Handgeste der Feige, der Fica. Sie galt als Mittel zur Abwehr von Flüchen oder dem bösen Blick. Als Amulettanhängsel wurde die Fica aus Wurzelholz zum Schutz gegen das Böse getragen.

Fron – Ein Begriff für den Henker, der seine Hoheitsfunktion beschreibt. Fron bedeutet, aus dem Althochdeutschen und -sächsischen stammend, »Herr«. Der Henker ist nach dem Urteil der Herr über das Leben der Todgeweihten.

Gerüchte/Gerede – Im Mittelalter war die wichtigste Möglichkeit, Nachrichten über Politik und Sozialleben zu erhalten, das Gespräch am Brunnen, auf dem Markt oder bei der Arbeit. Hier lag die große Macht der Frauen, denn sie verbreiteten die Nachrichten oder trugen sie nach Hause. Sie arrangierten über das Gerede Ehen und Freundschaften zwischen den Häusern.

Geseke Clingspor – Tochter des Ratsherrn Albert Schreye, Gattin des Ratsherrn Siegfried Clingspor. Nach dessen Tod ehelichte sie den Johann Cletzen, der in Hamburg den Aufstand von 1410 angeführt hatte. Im Laufe ihrer Ehe stieg Cletzen zum Ratsherrn und Heerführer auf. Da ein Feldzug unter seiner Leitung katastrophal endete, wurde er zum Tode verurteilt. Nach seinem grausamen Ende nutzte sie das immense Familienvermögen, um das erste Hospital für arme, kranke, alte oder einsame Frauen zu gründen.

Godeke Michels – Führer der Vitalienbrüder in der Nordsee. Er war nach deren Flucht aus der Ostsee nach dem Sieg des Deutschen Ordens auf Gotland vermutlich der bestimmende Kopf der Seeräuber. Nach der Expedition des Albert Schreye gegen Friesland floh Michels wahrscheinlich nach Norwegen, während sein weniger bedeutender Waffenbruder Claus Störtebeker den Hamburgern vor Helgoland in die Hände fiel. Im Jahr nach dessen Tod wurde auch Michels gefasst und ebenso wie Störtebeker auf dem Grasbrook geköpft. Doch entstand um ihn kein Legendenkreis, was vermutlich darauf zurückzuführen ist, dass Störtebeker der erste in Hamburg gerichtete Pirat war.

Gotland – Insel, östlich von Südschweden gelegen. Im Krieg Dänemarks gegen Schweden besetzten 1394 die Vitalienbrüder die Insel. Von dort aus fuhren sie als Freibeuter unter der Losung »Gottes Freunde, aller Welt Feinde!« aus. Sie wurden in den folgenden Jahren zu gefürchteten Seeräubern mit einer eigenen Organisationsstruktur. 1398 vertrieb der Deutsche Orden unter Konrad von Jungingen die Vitalienbrüder von Gotland. Sie zogen in die Nordsee.

Grape – dreibeiniges, dickbauchiges Gefäß mit verengter Öffnung. Grapen wurden in die glühenden Kohlen auf dem Herd gestellt. In ihnen kochte man weiche Gerichte wie Soßen, Brei und Mus.

Gugel – schützende Kopfbedeckung der Reisenden, Bauern und Arbeitsleute im Mittelalter. Der oft wollene Gugel umfasste Kopf und Schultern und hielt Wind, Kälte, Regen und Sonne ab.

Hartwig Scriber – Hamburger Ratsschreiber im Jahre 1400.

Heiliger Thomas von Canterbury oder *Thomas Becket* – Unmittelbar nach seiner Ernennung zum Erzbischof von Canterbury 1162 legte Thomas Becket das Kanzleramt des Königreichs England, das er seit 1155 innehatte, nieder und wandelte sich vom engen Freund und Berater König Heinrichs II., als der er dessen Kirchenpolitik mitgetragen hatte, in einen kompromisslosen Verfechter der päpstlichen Interessen gegenüber dem König. 1170 wurde Becket von vier Rittern des Königs in der Kathedrale von Canterbury erschlagen, drei Jahre später wurde er von Papst Alexander III. heiliggesprochen. Beckets Grabstätte war einer der meistbesuchten Wallfahrtsorte in Europa.

Hildegardentaler – Hildegard von Bingen (1098-1179), Benediktinernonne, Ärztin und Visionärin, empfahl, diese Plätzchen zu essen, um die Bitterkeit des Herzens zu vertreiben. Sie sollen gegen Erkältungen und Schwäche helfen. 4 große Eier, 250 g kalte Butter, 250 g Rohrzucker, 200 g gemahlene Mandeln, Abriebe zweier Zitronenschalen, 25 g Muskat, 25 g Zimt, 1 Messerspitze Nelkenpulver, 2 TL geriebener Ingwer, 1 Prise Salz mit 600 g Dinkelmehl und (heutzutage) einem Päckchen Backpulver kräftig zu einem Teig verkneten. Eventuell Eiswasser zufügen, damit er geschmeidig wird. Eine halbe Stunde ziehen lassen, dick ausrollen, runde Kekse von der Rolle schneiden oder ausstechen. Bei 180 Grad ungefähr 15 Minuten lang goldgelb backen.

Hohes Gericht – Gericht für Revisionsfragen und Verbrechen, bei denen Körper- oder Blutstrafen ausgesprochen werden konnten. Richter war hier ein Bürgermeister.

Hoyken - Der Hoyken war ein weiter Mantel, der den Körper ganz umschloss, meistens fiel er locker von den Schultern hinab, oft hatte er eine weite Kapuze. Durch die Stoffmenge war er ein sehr wertvolles Kleiderstück, das in vielen Testamenten als Erbgut erwähnt wurde. Er war je nach Ausstattung wetterabweisende Alltagsbekleidung oder, besonders im Spätmittelalter, ein prächtiges Repräsentationsstück der Städterin.

Hypocras – mittelalterlicher Würzwein. Die Weine des Mittelalters waren weniger stark und saurer als heute gängige Weinsorten. Daher wurde Wein, noch in römischer Tradition, mit Gewürzen, Honig und Zucker vermischt. Hypocras, ein pfeffriger Wein, konnte auch als Träger medizinischer Substanzen verwendet werden. Hier ein einfaches Rezept zum Ausprobieren: 2 l Rotwein mit 175 g Zucker, 1 TL gemahlenem Zimt, 3/4 TL Ingwer und je 1 TL gemahlene Nelken, Muskat, Majoran, Kardamom und schwarzen Pfeffer erwärmen. Zehn Minuten ziehen lassen und filtern.

Kaak – Schandkäfig hoch auf einem Pfahl am Hamburger Berg, in dem Ehebrecherinnen und Betrüger zur Schau gestellt wurden.

Karnöffel – frühes Kartenspiel, in dem es darum ging, die Karten des anderen durch Aufdecken höherer Karten zu stechen.

Keno tom Brok – Von 1399 bis 1417 war Keno Häuptling des Brookmerlandes in Ostfriesland. Er beherbergte Vitalienbrüder, um diese Seeräuber als Söldner in innerfriesischen Auseinandersetzungen einzusetzen. Am 2. Februar 1400, wenige Monate nachdem Keno II. Häuptling wurde, beschloss der Hansetag zu Lübeck, die Entsendung von bewaffneten Koggen in die Nordsee, um Seeräuber zu bekämpfen. Keno versprach, seine Seeräubersöldner zu entlassen. Die meisten Vitalienbrüder fanden aber bei seinen friesischen Gegnern Unterschlupf. Daraufhin entschloss sich die Hanse zum Angriff. Am 5. Mai 1400 traf die Flotte der Hanse unter Albert Schreye auf der Osterems auf Vitalienbrüder und besiegte diese. Am 6. Mai eroberte sie die Stadt und das Schloss Emden. Ende Mai versprachen alle Häuptlinge und Gemeinden Ostfrieslands der Hanse, nie wieder Vitalienbrüder aufzunehmen, so auch Keno.

Konversbrüder – Konversen oder Konversbrüder sind Brüder dritten Ordens in den Mönchsklöstern. Diese Brüder erhielten nicht die volle Ausbildung eines Mönches, da sie die körperliche Arbeit erledigen sollten. Sie stammten oft aus nicht adligen, teilweise sogar bäuerlichen Familien. Sie schlossen sich den Klöstern für ihr ganzes Leben an, sprachen auch Gelübde, lernten aber nicht unbedingt Lesen und Schreiben. Im Zisterzienserorden oblag ein großer Teil der Wirtschaftsführung den Konversbrüdern.

Kuddewörde – befestigtes Dorf an der Bille mit einem kleinen Burgturm. Es geriet gegen Ende des 14. Jahrhunderts in den Ruf, Heimstatt von Viehdieben und Raubrittern zu sein. Bei dem Feldzug der Hamburger und Lübecker gegen Bergedorf wurde der Bergfried 1420 zerstört.

Lange, Hermann – Lange war von 1383 bis 1413 Ratsherr der Stadt zu Hamburg und übernahm in der Zeit etliche militärische und diplomatische Aufgaben. Er kann zu den Englandfahrern gezählt werden und tat sich insbesondere als Flottenkapitän bei den erfolgreichen Seezügen gegen Claus Störtebeker und gegen Godeke Michels hervor.

Likedeeler – Dies ist der mittelniederdeutsche, ehrende Name der Vitalienbrüder, welcher nahelegt, sie hätten alle Gewinne gleich geteilt (»Gleichteiler«). Die neuere Forschung geht davon aus, dass die Kapitäne die Teilung der Beute vornahmen, wobei an die Mannschaft tatsächlich gleiche und große Teile fielen. Es ist aber nicht davon auszugehen, dass demokratische Zustände auf den Schiffen der Piraten geherrscht hätten. Die Schiffsführer übernahmen die Herrscherfunktion und schlossen Verträge, die ihre Mannschaften mit einschlossen.

Löw – Oberster Henkersknecht, der bei Hinrichtungen die Todgeweihten festhalten muss, dafür aber auch gesonderten Lohn erhielt. Ebenso wurde er für das Errichten der Schafotte und das Ausheben der Leichengruben entlohnt.

Luur up – Lurup ist heute ein Hamburger Vorstadtviertel, im Mittelalter war es ein verrufener, wilder Teil der Schenefelder Heide, wo angeblich Gesindel herumlauerte, welches Reisende überfiel. Die Gegend im Westen Hamburgs wurde erst im 18. Jahrhundert dörflich besiedelt und entwickelte sich zu Beginn des 20. Jahrhunderts zu einem Arbeiterstadtteil mit Schrebergärten und Kleinsiedlungen.

Meister Eckart – Eckart von Hochheim oder Meister Eckart wurde um 1260 in Thüringen geboren; gestorben ist er vor 1328, vermutlich in Avignon. Er war Theologe und Philosoph. Er gehörte dem Orden der Dominikaner an, in dem er hohe Ämter wahrnahm. Ebenso war er Universitätslehrer in Paris und Köln. Er vertrat die Vorstellung, dass im Menschen Anteil an einer göttlichen Gesamtseele vorhanden sei und dass der Mensch somit Gott durch Selbstentäußerung in seinem Wesen gleich werden könne. 1325 wurde Eckart als Ketzer denunziert; er reiste nach Avignon, um sich zu rechtfertigen. Eckarts Gedankengut hatte großen Einfluss auf die spätmittelalterliche Spiritualität im deutschen und niederländischen Raum, aber er wurde selten namentlich genannt, denn viele seiner Lehren waren nach seinem Tod als ketzerisch verboten worden.

Niedergericht – Im mittelalterlichen Hamburg tagte das Niedergericht am Markt. Hier wurden kleinere Vergehen abgeurteilt, die nicht mit Blutstrafen geahndet wurden. Richter waren ein oder zwei Ratsherren. Bei Widerruf musste das Hohe Gericht eingeschaltet werden.

Reinfeld – Das Kloster Reinfeld wurde 1186 auf Einladung des Grafen Adolf III. von Holstein von Zisterziensern gegründet. Die Mönche legten zahlreiche Teiche an, der Sage nach so viele, wie das Jahr Tage hat. Sie widmeten sich der Karpfenzucht, vermutlich gab es sechzig Karpfenteiche. Das Kloster entwickelte sich bald zu einem der einflussreichsten Klöster in Norddeutschland mit umfangreichem Landbesitz. Um 1440 gab es sechzig Brüder im Kloster, darunter acht Laienbrüder.

Rosenfeld – Rosenfeld war der Name, vermutlich ein Pseudonym, des Henkers, den der Hamburger Rat zur Hinrichtung Störtebekers anheuerte. Er nannte sich zudem »de Buxtehude«. Der städtische Henker war vermutlich zu alt oder zu schwach, um die große Zahl der Enthauptungen ohne Fehlrichtung durchzuführen.

Schomer, Heyne – Ursprünglich ein Knochenhauer, war Schomer aufgrund seines durch Geschäfte erworbenen Reichtums Parteigänger der Schonenfahrer geworden und vertrat ihre Interessen.

Schoke, Niclas – Schoke zählte zu den Englandfahrern und war von 1389 bis 1417 Ratsherr. Er gilt als der Flottenkapitän, der 1400 Störtebekers Raubkoggen vor Helgoland aufbrachte und dann an dem erfolgreichen Seezug gegen Godeke Michels beteiligt war. Zunächst war Niclas Schoke mit Alheid, also Alleke, Cletzen verheiratet. Aus dieser Ehe gingen der Sohn Tydeke und die Tochter Greteke hervor. 1402 machte Niclas Schoke sein Testament, um auf Pilgerfahrt zu gehen, in dem er die Rückgabe der Mitgift an Johann Cletzen verfügte, wenn er nicht zurückkehrte. Aus seiner zweiten Ehe, wiederum mit einer Ratsherrnwitwe, die ebenfalls Alleke hieß, gingen nach der Rückkehr von der Pilgerreise wiederum zwei Kinder hervor.

Schoss – direkte Steuer, im mittelalterlichen Hamburg eine kopfsteuerartige Vorabgabe auf den Gewinn des Familienoberhauptes.

Schreye, Albert, Geseke, Herman, Marquard – Die Kaufherrenfamilie Schreye begann Mitte des 14. Jahrhunderts ihren Aufstieg in Hamburgs ratstragenden Kreisen. Herman Schreye wurde Ratssyndikus. Sein Sohn Albert war ab 1380 Ratsherr und erfüllte jahrelang die wichtige Aufgabe des Kämmerers, in heutigen Begriffen des Finanzsenators. Alberts zahlreiche Dienste und Reisen für den Rat lassen darauf schließen, dass er nach 1380 nicht mehr auf eigene Handelsreisen gehen musste. Die Schreyes zählten zu den Englandfahrern. Ihr Wohlstand ist dementsprechend aus Handelsgewinnen entsprungen. Alberts Frau Margarethe bekam während seiner ersten Jahre im Rat ein zweites Kind, Geseke. Ihr erster Sohn Tydeke war zu jener Zeit schon berechtigt, Rentengeschäfte zu tätigen. Alberts Familie lebte zu jener Zeit auf einem großen Erbe auf der Neuen Burg im Kirchspiel Sankt Nicolai in der Nähe der Mühlenbrücke. Die rückwärtige Seite grenzte an ein kleines Feuchtbiotop, das Hafenmoor. 1390 wurde Marquard Schreye der Jüngere Bürgermeister. Sein Onkel Albert reiste nun auch häufig auf diplomatischen Missionen für den Rat. Bei dieser Arbeit entstand der Kontakt zu Vater und Sohn Cletzen, Reitedienern aus Sankt Jacobi.

Schreye verkaufte dem jungen Stadtreitersohn Johann Cletzen ein Grundstück in Sankt Jacobi bei den Steegen. Viele Jahre später sollte seine Tochter Geseke diesen Mann heiraten. Zunächst verheiratete Albert Geseke jedoch mit einem Ratskollegen, Sigvrid Clingspor. Clingspor war im Gegensatz zu seinem Schwiegervater im Rat untätig und wirkungslos, dementsprechend nützlich als Gefolgsmann für die aufstrebende Familie Schreye. Auf Albert Schreye kam 1400 die gefährlichste Aufgabe zu, die er für den Rat übernehmen musste: Er rüstete Friedschiffe gegen die Vitalienbrüder. Das Frühjahr und den Sommer 1400 verbrachte er auf See und in Verhandlungen mit den friesischen Häuptlingen. Schon vor oder während der ersten Schlacht vor der Wesermündung waren die Anführer der Seeräuber geflohen. Albert ließ zwar während seines Kriegszugs über achtzig Seeräuber hinrichten, aber Godeke Michels oder Claus Störtebeker waren nicht darunter. Da Albert aber bis zum Hansetag zurück in Hamburg sein musste, fehlte ihm die Zeit, um die Anführer zu verfolgen. Sein Verdienst bestand darin, dass er ein dichtes Netz von Verträgen um die Häuptlinge flocht, welches ihnen eigenständiges Handeln schwer machte.

Surcot – Tunikaartiges Obergewand des hohen und späten Mittelalters, auch Cotte genannt. Einfache Formen dieses Gewandes wurden im hohen Mittelalter von Männern und Frauen getragen. Bis in das 16. Jahrhundert stellte es ein wesentliches Element der Oberbekleidung der Frau dar, war tailliert und hatte lange, manchmal geschlitzte Ärmel. Es konnte reich oder schlicht sein und durch Gürtel, Wämser, Schnürungen oder Korsagen oder Schürzen ergänzt werden. Im späten Mittelalter trugen die Frauen darüber noch weitere verzierte Kleidungsstücke, sodass es zum Untergewand wurde.

Trippen – hohe hölzerne Unterschuhe, die als Schutz gegen den Straßendreck unter die feinen Lederschuhe geschnallt wurden. Trippen machten schnelles Gehen schwierig, daher kommt der Ausdruck »Trippeln«. Sie waren angesichts der unbefestigten Straßen weit verbreitet.

Utrecht, Simon von – Der streitbare Kaufmann stammte aus den Niederlanden, vermutlich aus Haarlem. Er war kurz vor dem Jahre 1400 nach Hamburg gekommen. 1400 erhielt er das Bürgerrecht, für ihn bürgte sein späterer Schwiegervater. Im selben Jahr nahm von Utrecht an zwei Seekriegen gegen die Likedeeler teil. Die Legende besagt, dass Störtebeker vor Helgoland gefangen nahm. Aber sein Schiff, die Schnigge namens »Bunte Kuh«, wurde erst im folgenden Jahr gegen Godeke Michels eingesetzt. 1425 wurde Simon von Utrecht in den Rat gewählt. Er betätigte sich weiterhin als Kriegsmann, so nahm er am Hansischen Seezug gegen die Dänischen Inseln und Flensburg im Jahre 1428 teil. Erst 1432 wurde er zum Bürgermeister gewählt. Von 1432 bis 1433 befehligte er die hamburgische Flotte gegen Friesland. Er schlug die Friesen zur See und danach auch auf dem Festland. Danach unternahm er im Auftrag Hamburgs zahlreiche diplomatische Reisen. Nach seinem Tod am 14. Oktober 1437 wurde er in der Kirche Sankt Nicolai bestattet.

Stadtsyndikus – Im mittelalterlichen Hamburg war dies der höchste Angestellte des Rates. Er war für das Abfassen und Verfertigen wichtiger Rechtsurkunden und Verträge verantwortlich. Die Stadtsyndici hatten daher meistens einen weitaus umfassenderen Einblick in die Rechtslage der Stadt als die Ratsherren. Der Syndikus beriet Bürgermeister und Rat in juristischen Angelegenheiten und verfasste juristische Gutachten in deren Auftrag. Er war der Vorstand der Stadtschreiber.

Thomas von Aquin – Thomas wurde um 1224/25 als Sohn des italienischen Grafen von Aquino geboren. Er kam mit fünf Jahren als »Oblate«, als gottgeweihtes Kind, zu den Benediktinern. Gegen den Willen der Eltern trat er 1244 den Dominikanern bei. Deshalb ließ seine Mutter ihn durch seine Brüder entführen und hielt ihn über ein Jahr lang gefangen. Nach seiner Befreiung durch Ordensbrüder studierte er in Bologna, Paris und Köln. 1265 wurde er nach Rom gerufen, um dort ein Studium für die Begabtesten der Studenten aufzubauen. Hier begann er sein wichtigstes Werk, die »Summa theologiae«, ein Lehrbuch der Theologie. Er bemühte sich in seinen Schriften, Glaube und Vernunft, Philosophie und Theologie zusammenzuführen. Thomas von Aquin starb 1274 zum Zweiten Konzil von Lyon.

Vitalienbrüder, Vitalier, Vitalienser – Ende des 14. Jahrhunderts wurden von Herzog Albrecht III. von Mecklenburg und von Königin Margarete von Dänemark im Streit um die schwedische Krone Seeräuber angeheuert, um den Handel ihrer Gegner zu stören. Die Herkunft des Ausdrucks »Vitalienbrüder« ist nicht klar. Vermutlich spielen die Vitalier darauf an, dass sie sich, anders als Söldner, selbst verpflegten und keinen Lohn empfingen, sondern nur Kaperbriefe entgegennahmen. Einige Wissenschaftler vermuten, dass sich die Seeräuber als Brüderschaft organisierten. Um 1398 war auch die Bezeichnung »Likedeeler« im Gebrauch. Zunächst kamen ihre Anführer aus verarmten mecklenburgischen Adelsgeschlechtern. Durch die Kaperbriefe wurde ihr räuberisches Gewerbe legitimiert. Die Hanse erkannte die Kaperbriefe nicht an, für sie handelte es sich bei Vitaliern einfach um Seeräuber, die man möglichst schnell ins Jenseits beförderte.

Wat Tyler – Tyler war ein englischer Bauernführer, der 1381 eine Revolte gegen eine Kopfsteuer für den Krieg nach Frankreich anführte. Am 10. Juni nahm Tylers Bauernarmee Canterbury ein und zog weiter nach London. Dort plünderten sie einige Stadtteile. Eine Gruppe von Bauern drang in den Tower of London ein und tötete den Lordkanzler, den

Erzbischof von Canterbury und den Schatzkanzler. Der König willigte daraufhin in Verhandlungen ein. Tyler stellte bei den Beratungen auf offenem Feld weitreichende Forderungen, so die Abschaffung von Leibeigenschaft und Ständeordnung. Daraufhin tötete ihn ein Knappe des Königs. Die Bauern ließen sich mit Versprechungen vertrösten und lösten ihr Heer auf.

Weiße Maria, Weiße Madonna – Der Altar der weißen Maria (Maria Alba) lag im Hamburger Dom an einer Treppe, die nördlich des Chors in die Krypta führte. Neben dem Marienschrein beim Hauptaltar war dies die zweite Verehrungsstätte für die Himmelskönigin im Hamburger Dom; sie ist schon vor 1350 belegt.

Danksagung

Woher die Geschichten in meinem Kopf kommen, ist für mich oft nicht einfach nachzuvollziehen. Meistens ist es die Beschäftigung mit historischen Quellen, die mich inspiriert. Die Erwähnung des seltsamen Henkers Rosenfeld im Störtebekerlied war ein Auslöser für diese Erzählung, aber auch meine Forschung über den Deutschen Orden und die Hospitalsstifterin Geseke Cletzen. Dem geheimnisvollen Störtebeker-Henker Leben einzuhauchen, dazu ermunterte mich Michael Siefener.

Meine Agentin Dorothee Engel vom Hamburger Buchkontor half dem Buchprojekt wie immer kompetent ins Leben. Lisa Kuppler lektorierte das Manuskript sorgfältig und inspirierend. Aufgemuntert, auf den richtigen Weg gebracht und unterstützt haben mich Markus Schladt, Thorsten Frahm und Prof. Franklin Kopitzsch. Daniel Nogly besorgte geschwind, genau und kritisch die Erstdurchsicht des Manuskripts. Dr. Ralf Wiechmann vom Museum für Hamburgische Geschichte (hamburgmuseum) stellte mir seine unübertroffene Expertise über Störtebeker zur Verfügung. Mit der Apothekerin Susanne Schümann aus Ulm konnte ich über Quecksilbervergiftungen diskutieren, und Dr. Christina Deggim vom Staatsarchiv Stade half bei der Kartensuche. Dank sei auch den Mitarbeitern des Staatsarchivs Hamburg und des Emons Verlags.

Dieses Buch wäre nicht ohne die Geduld und Liebe des Schriftstellers Michael Siefener entstanden, meines Mannes, der mir stets beigestanden ist und mich unterstützt hat. Ihm und allen anderen gebührt größter Dank.

Gewidmet ist dieses Buch aber derjenigen, die mir Bücher lesen und Texte schreiben beibrachte, Frau Sigrid Will, deren früher Tod eine schmerzhafte Lücke hinterließ.

Silke Urbanski und
Michael Siefener
TOTENTANZ
Broschur, 304 Seiten
ISBN 978-3-89705-454-7

»Straßen und Plätze sind so anschaulich geschildert, dass man bald glaubt, selbst durch die mittelalterliche Stadt zu laufen. Doch es kommt noch besser: Die Stimmung stimmt.«
Bayerischer Rundfunk

»Ein überzeugender historischer Kriminalroman – wirklich lesenswert.« www.krimi-couch.de